Alexandre-Fritz Karol

Printemps de Funérailles

ÉDITIONS
CRIN DE CHIMÈRE

Relecture et corrections : Ingrid Lombart

ISBN : 978-2-491874-05-6

Imprimé par MCP Print — Pologne
Dépôt légal : juin 2020

À ma mère, pour son amour et sa patience : il lui en a fallu en grandes quantités pour me supporter quatre décennies.

À Raphaël, le meilleur ami du monde. Le meilleur cartographe, aussi : la Magneterre n'aurait pas le même visage sans lui.

N
Empire Anscaride
Chaîne des Carcères
Rempart de Fer
Royaumes Francs
(neutres)
Concordia
Reisenvard
Skarland
Tournegrises
Stamorac
Krelfe
Drevnos
Morinthe
Arclonum
Les Cinq Divins
Kurgenmark
Solmost
Pont-Salin
Stregonie
Sainte-Eusie
(neutre)
Monts de la Lyre
Ligue de Skarland
Sainte-Eusie-Ville
Lourgonie
Strégos
Port-Lorque
Les Brisures
Mer du Lion
Grand Océan Oriental

1. Gibiers de potence

Quoique nominalement sous souveraineté du Grand-Duché de Sainte-Eusie, l'archipel des Brisures a, au fil des siècles, soigneusement et farouchement préservé son identité propre, notamment linguistique. On y recense pas moins de trois-cent-quatre-vingt-onze patois, soit tout de même une moyenne de dix-sept par île. On notera avec intérêt qu'au moins vingt de ces parlers locaux ne disposent d'aucun mot pour « bonjour », mais plusieurs dizaines pour dire « arrache-toi de là, c'est mon banc de sable ».

Charles de Vlincourt, *Le Grand Livre des Petites Langues, Patois Savoureux et Volapüks Folkloriques*, édition augmentée de 1179, page 834

LA CARRIOLE FIT SON entrée en ville à l'instant précis où, poussé par une flambée colérique de vent venu du Grand Océan Oriental, un banc de nuages vint disputer le ciel au soleil radieux. Quelques gouttes s'abattirent ici et là sur les toits fatigués des petites baraques, aux murs encroûtés de sel, qui bordaient la courte avenue. Pas de quoi perturber les oiseaux qui nichaient sur leurs tuiles, et encore moins les locaux qui s'adonnaient à la sieste en dessous. Le vent soufflant plus fort, il ramena des brassées de sable du littoral tout proche, contraignant à rentrer chez eux les quelques rares traînards qui s'étaient laissé surprendre. Ici, dans les Brisures, on était habitué aux caprices du climat. La grand-rue fut ainsi abandonnée au souffle du large et à la carriole qui avançait contre lui, tractée sans entrain par un unique cheval noir.

Une bâtisse un peu plus grande que les autres, au fronton de laquelle pendouillait mollement le drapeau, passablement rongé sur les bords, aux trois tridents d'argent croisés sur fond bleu océan du Grand-Duché de Sainte-Eusie, se dressait à mi-chemin de l'avenue. Une inscription se devinait encore sur la pierre blanche du linteau au-dessus des portes, mais l'érosion s'était chargée de la rendre indéchiffrable depuis des lustres, encore qu'on identifiât à grand-peine une partie de ce qui devait être le mot *prévôté*. Pour tout dire, à observer la saleté des murs et l'agglomérat de poussière et de sable qui tapissait les vitres, l'endroit semblait déserté depuis plusieurs années.

Un gros gaillard à l'uniforme passablement froissé, d'un bleu plus que délavé, était pourtant affalé sur un fauteuil à bascule, sous le porche de l'édifice, les mains croisées sur son ventre rebondi, ses lèvres laissant régulièrement échapper une série de borborygmes humides. À l'approche de la carriole, l'homme releva le feutre, dont le plumet dégarni se chargeait d'expliciter toute l'originalité des jeux des enfants du coin, qui lui tombait sur le nez, pour ne darder qu'un bref regard indifférent sur l'attelage avant de s'en retourner à sa somnolence.

Le vent se montra un tantinet plus curieux que le prévôt : il souleva légèrement la bâche de cuir noir qui recouvrait l'arrière du véhicule, avant de s'enfuir à tire d'aile en hurlant, comme choqué par ce qu'il venait de découvrir dessous. La nature de la cargaison n'avait pourtant pas de quoi surprendre : outre la robe du cheval et la bâche, la carriole elle-même était noire, et il en allait de même du long manteau de cocher et du haut chapeau à large bord du conducteur. Celui-ci ne manifestait guère plus d'allant que son canasson : ses mains gantées crispées sur les rênes, il se tenait voûté pour se prémunir des gifles grumeleuses du zéphyr chargé de sable qui lui sifflait au visage.

La guerre et sa dîme de sang. Elle avait beau se dérouler dans les Basses-Terres, dans l'ouest, loin, bien loin de la tranquille Sainte-Eusie, plus loin encore des misérables Brisures, ces innombrables îlots éclatés le long des côtes du Grand-Duché, elle trouvait pourtant le moyen de prélever son dû sur ces derniers. Vu d'un patelin brisard, le conflit qui opposait la Ligue de Skarland et l'Empire anscaride cessait d'être une tragédie déjà vieille de vingt ans, pour se parer des atours charmeurs de l'aventure, du parfum enivrant du danger et de celui, plus séduisant encore, de l'argent facile. La Ligue ayant toujours besoin de troupes fraîches, elle n'hésitait pas à recruter des mercenaires étrangers, quels que fussent leur jeune âge ou la longueur de leur casier judiciaire. Aussi, les Brisures voyaient-elles de temps à autre rentrer quelques-uns de leurs fils les pieds devant : en dernière instance, si la cupidité ne remplissait pas toujours les poches, elle s'y entendait à coup sûr pour garnir les cimetières.

Lorsque le macabre attelage s'immobilisa devant la prévôté, le silence tomba sur la grand-rue, moins meublé que souligné par le halètement asthmatique du vent. Le conducteur n'esquissa pas le moindre mouvement.

Au bout d'un moment, le cheval noir piaffa.

Le prévôt releva la tête. Les yeux chassieux, il affichait maintenant la mine contrariée du fonctionnaire inopinément arraché à une importante mission de service public. Il lui fallut pas moins de deux minutes pour s'extraire de son siège.

— Oh là, l'croquemort ! pesta-t-il en venant se camper au ras du perron, les pouces coincés dans son ceinturon. (Si sa morphologie le lui avait permis, il se serait dressé de toute sa hauteur. Las, il était pour ainsi dire plus large que haut, aussi donna-t-il l'impression de vouloir s'étaler sur la plus grande superficie possible.) Qu'est-ce que tu viens m'coller ta bidoche avariée sous l'tarin ? T'as oublié le chemin du cimetière ?

Il accompagna son injonction d'un geste éloquent de la tête en direction de l'autre bout de la grand-rue. Le conducteur ne répondit rien, ni ne bougea durant quelques secondes. Puis, précautionneusement, il ôta l'espèce de gros coussin de fourrure noire qui lui couvrait les genoux et descendit de sa carriole.

Le prévôt ne remarqua qu'à cet instant que quelque chose clochait chez cet employé des pompes funèbres, inhabituellement élégant pour un convoyeur de viande froide. Quoiqu'il portât l'uniforme habituel de ce corps de métier, manteau, chapeau et gants noirs, ces derniers se révélaient d'une coupe et d'une qualité infiniment supérieures aux standards vestimentaires en vogue dans les Brisures. Pour tout dire, grand, mince et portant beau, il n'avait pas du tout la dégaine d'un gars du coin. À la vue du gilet impeccablement sanglé, de la chemise blanche apparemment repassée de frais et de la lavallière nouée avec ce qu'on devinait être une méticulosité pathologique à tendance obsessionnelle, un ricanement rauque remonta de la gorge du Sainteusien.

— T'es pas l'fossoyeur habituel, toi, constata-t-il. C'est quoi, ces nippes de luxe ? Tu nous ramènes du gratin ?

— Du gratin ? répéta l'homme en noir, dont le visage se perdait dans l'ombre de son grand chapeau.

Il roulait délicatement les « r ». Tout aussi délicatement entreprit-il de faire glisser la lourde bâche recouvrant l'arrière de son véhicule.

— Des célébrités, quoi, résuma le prévôt.

— On peut dire ça, confirma l'autre en s'écartant de la carriole, révélant un premier cadavre bien raide et tirant déjà quelque peu sur le gris.

Le gros officier en resta comme deux ronds de flanc.

— Bordel à cul de…, commença-t-il, mais sa bouche se referma aussi sec. (Il descendit du perron et s'approcha prudemment de l'attelage, puis se pencha sur le macchabée.) Bons dieux, c'est pas Flatulence Jack, ça ? hasarda-t-il, l'air de ne pas trop y croire.

Il recula précipitamment la tête, l'air dégoûté.

— Guère moins pénible pour les narines qu'il l'était de son vivant, confirma le croque-mort.

La voix était monocorde, tout juste moins chaleureuse qu'un relent de bise hivernale. Les mots tombaient comme des grêlons sur une surface métallique, *clac, clac, clac.*

— Mais ça faisait des mois qu'on lui courait après, à ce salopiaud, se plaignit le prévôt. Des mois sans flairer la moindre piste !

— Il n'y fallait pourtant pas un odorat particulièrement développé, persifla le conducteur qui fit glisser encore un peu plus la bâche, révélant d'autres visages bien connus des services de police sainteusiens.

— Serpuline et Tréponème Scrofe, grommela le prévôt tandis que l'homme en noir poursuivait son manège avec la bâche. Le couple infernal. Ils ont dû tuer au moins vingt personnes rien que l'année dernière. C'est vraiment pas… Attends, Henri le Morpion ? J'déconne pas, c'est Henri le Morpion que j'ai sous les yeux ?!

— Le mal-nommé, relativisa le type en noir.

À raison : en fait de morpion, le quatrième cadavre dépassait allégrement les deux mètres et occupait à lui seul la majeure partie de la place à l'arrière de l'attelage.

— Mais je l'croyais cané ! s'exclama le prévôt.

Le conducteur eut un bref regard pour le corps.

— Il l'est.

— Putain, pour sûr, oui ! lâcha l'officier qui n'en revenait toujours pas.

Le Morpion, les Scrofe et Flatulence Jack passés de vie à trépas devaient à eux seuls représenter une diminution de près d'un dixième de tous les crimes et délits commis dans l'est du Grand-Duché. Le Sainteusien s'apprêtait à formuler la chose à voix haute lorsqu'il réalisa que plusieurs jambes dépassaient de sous la masse raidie d'Henri le Morpion.

— Et en d'sous, là, c'est qui ? voulut-il savoir.

— Salvator Monilouz, Poldero Culci et sa sœur Maloria, Lorion Fomitès, le P'tit Blême et Eugène Coquillette, aussi connu sous le nom de l'Arsouille, énuméra le croque-mort.

— *Sérieux ?* (Le Sainteusien braqua un regard ahuri sur le conducteur, puis fit volte-face pour se tourner vers le tas de cadavres.) J'ai besoin d'un verre, là, et vite, soupira-t-il en retirant son couvre-chef pour s'éponger le front. J'peux pas y croire, mon gars. T'es en train d'me dire que c'que j'regarde, là, en ce moment, c'est les corps raides et r'froidis de tous les hommes de main d'la Bande de Microbe ?

— Pas seulement les hommes de main.

Comme le prévôt lui jetait un regard interrogateur, le croque-mort désigna du pouce une imposante boîte en fer posée à côté de la place du conducteur. Il en ôta le couvercle à l'instant où l'officier, courtaud comme il était, se dressait sur la pointe des pieds.

À nouveau, le silence s'installa et prit ses aises.

— Respirez donc, Prévôt, lança le conducteur. Il serait regrettable que vous nous quittiez maintenant : je manque de place dans la carriole.

— Putain de bordel de merde ! lâcha le Sainteusien.

Il tourna les talons, galopa aussi vite que sa physiologie de barrique de bière le lui permettait jusqu'au perron de la prévôté, décrocha plusieurs avis de recherche punaisés au mur et revint au même rythme haletant. Il compara longuement le contenu de la boîte à la description figurant sur le premier avis de la pile, sous laquelle figurait la légende suivante :

La Prévôté Générale de Son Altesse le Grand-Duc de Sainte-Eusie

recherche pour meurtre, viol, vol à main armée, enlèvement et divers arriérés d'impôts

Michel Robert Édouard Casseroule, dit Microbe

Mort ~~ou vif~~

Récompense : 3 000 ducats

Prière de s'adresser à la prévôté locale pour tout renseignement

— Tu vois c'que j'vois ? tonna le prévôt. Tu l'vois, non ? Hein ? Tu l'vois ? J'ai pas la berlue ? C'est la sale tronche de Casseroule que j'ai sous les yeux ! La saloperie de tronche de cette saloperie de Microbe Casseroule ! Sans le reste, mais c'est bien sa putain de ganache de raclure ! T'imagines ? Dix ans que toutes les polices du Grand-Duché le cherchent ! Karely a mis sa… ben ouais, sa *tête* à prix pour trois-mille ducats ! Qu'est-ce qui lui est arrivé, au fait ? On dirait qu'il s'est fait bouffer par un ours.

— Un ours y aurait mis moins de mauvaise volonté, répondit l'homme en noir avec une nette tonalité de reproche dans la voix. Je vous aurais volontiers ramené le reste du corps, mais il n'était plus vraiment… présentable.

— Et c'est qui, çui-là ? demanda le prévôt en remarquant, complètement à l'arrière de la carriole, le corps d'un type maigrelet qu'il n'avait pas noté jusque-là et dont les bras traînaient par terre. Pas trop l'genre de Casseroule de recruter un freluquet pareil. Qu'est-ce qu'y fout là ?

— Il m'a attaqué sur la route, à deux ou trois kilomètres d'ici, expliqua l'homme en noir. Il m'a laissé le choix entre la bourse ou la vie. Je n'avais malheureusement qu'un portefeuille sur moi.

Il ôta son chapeau, dissipant les ombres qui jusque-là occultaient son visage.

Sous l'abondante chevelure argentée, bouclée par des mois de bourlingue, des traits fins, un front haut, un nez droit. Un faciès à la sévérité minérale, figé dans un masque d'instituteur contrarié par la bêtise de sa classe. Un pli réprobateur en courbait les lèvres pleines, comme si l'homme mâchait un oignon. Seule la lueur d'acier de deux iris bleu-gris animait cette physionomie aride, lui conférait un hiératisme rapace. De grands yeux en amande au fond desquels le propre regard exercé du prévôt reconnut un éclat particulier qui le fit se raviser quant à la vocation de son interlocuteur : si ce type-là avait bien une tête à enterrer les gens, il devait plutôt s'intéresser à leurs tout derniers instants, essentiellement pour s'assurer qu'ils allaient survenir dans les plus brefs délais. La dizaine de macchabées entassés dans le chariot pouvait en témoigner, même sans l'intervention d'un nécromancien.

— Chasseur de primes, pas vrai ? renifla l'officier en affichant ostensiblement son dédain pour une profession dont les représentants s'avéraient, en règle générale, à peine plus fréquentables que le gibier de potence moyen.

— Que voilà une merveilleuse déduction, Prévôt, répliqua l'homme sans même regarder son vis-à-vis et en époussetant son chapeau d'un geste sec avant de le recoiffer. Et si vous poursuivez sur ce même chemin, vous en déduirez également que si je suis ici, et en si bonne compagnie, c'est dans le but de toucher la prime afférente.

— La prime à faire quoi… ? grommela le gros officier. Oh, ouais, euh… *à faire rente*, hein ? Ouais, évidemment. La prime à faire rente. Voyons… Microbe, ça fait donc trois-mille, les Scrofe, huit-cents chacun, euh… Donc on est à quatre-mille-six-cents… Avec le Morpion, euh… Attendez que j'compte combien ça fait…

— Cinq-mille-neuf-cent-quatre-vingt-quatorze ducats.

— Mazette…, souffla le prévôt. Ouais, ça doit être ç…

— *Cinq-mille-neuf-cent-quatre-vingt-quatorze ducats ?*

Le Sainteusien sursauta : il aurait juré que la voix, aiguë et légèrement nasillarde, qui venait de s'exclamer, avait surgi de la boîte contenant la tête de feu Microbe Casseroule. Il avait déjà la main sur la poignée de son pistolet lorsque, sur la place du conducteur, ce qu'il avait pris pour un coussin de fourrure noire se déploya pour révéler un gros chat à l'épaisse robe de jais unie. Celui-ci s'avança résolument vers le Sainteusien, referma d'un coup de patte le couvercle de la boîte en fer avant de se jucher d'un bond sur celle-ci, puis braqua finalement sur l'officier deux grands yeux mauves pour le moins furibards.

— C'est quoi, cette putain d'arnaque ? s'exclama le félin en braillant au visage décontenancé du prévôt.

— Tais-toi, intima le chasseur de primes avec un regard en coin à l'adresse de l'animal.

— Oh ! Pitié ! s'écria ce dernier. Même pas six-mille, Luther ! Merde, ça fait quoi, en florins ? Euh… Attends, avec le taux de change…

Il se mit à compter sur ses griffes.

— Ignorez-le…, suggéra le dénommé Luther au prévôt médusé.

— Bref, ça fait des clopinettes, poursuivit le chat.

— … si vous y arrivez.

— Expliquez-moi ce phénomène, mon vieux, poursuivit le félin en s'adressant au prévôt qui s'interrogeait lui-même sur le phénomène qui l'engueulait. Comment ça se fait que toute la bande vaille même pas autant que le chef lui-même, hein ? Allez-y, faites-moi rire.

— Ben…, hésita le prévôt. C'est-à-dire que… En fait ça dépend des… Ouais, des crimes qu'les gonzes y z'ont commis, voyez, euh… Pis c'est le juge qui décide, après. C'est pas moi qui fixe les règles, hein.

— Ben voyons, railla le félin en se tournant vers le chasseur de primes. Comme c'est pratique. Moi j'ai surtout l'impression qu'on se fait bien carotter. Tu vas voir que dans pas longtemps, il va vouloir nous faire une retenue sur la prime du Microbe parce qu'on lui en a ramené qu'un seul morceau.

— La faute à qui ? répliqua l'homme en noir d'un ton glacial, et le chat aplatit les oreilles, comme s'il éprouvait une certaine gêne à répondre. Quoi qu'il en soit, les primes sont les primes, Boniface. Point à la ligne.

— T'appelles ça des *primes* ? cracha Boniface tandis que le prévôt avait de plus en plus l'impression d'assister à une scène de ménage. Des étrennes, oui ! Je sais bien que t'es nul en maths, Luther, mais faudra peut-être un jour que tu te décides à négocier, ou on finira par grailler uniquement des arêtes de poisson !

— Je ne suis pas un vulgaire marchand de tapis, rétorqua l'intéressé sans un regard pour son interlocuteur, en usant de la voix atone qu'emploie précisément tout bon mari pour s'adresser à sa chère et tendre après trente années de mariage.

— Pfouah ! cracha le félin, dédaigneux. J'avais remarqué : un marchand de tapis aurait fait fortune, depuis le temps. Tout ça pour à peine six-mille malheureux ducats ? J'ai risqué mon arrière-train, moi !

— En effet. Et je te prie de croire qu'il va chauffer si tu ne déguerpis pas immédiatement du couvercle de cette boîte. Tu as assez fait l'imbécile. Fort bien, enchaîna le chasseur de primes en se tournant de nouveau vers le Sainteusien. Je vous saurais gré de bien vouloir me verser mon dû, Prévôt. Voilà des mois que je parcours les Brisures, et j'éprouve à présent un irrépressible besoin de changer d'air. Le premier bateau pour n'importe quel pays fera l'affaire.

— Euh… ouais, bien sûr, fit l'officier gras du bide en se grattant la tempe. C'est quoi, vot' blase, au fait ?

— Falkenn, répondit le chasseur de primes. Luther Mortimer Falkenn.

— Eh ben, M'sieur Falkenn, j'suis désolé de devoir vous causer du mouron, mais z'êtes pas à la Prévôté Générale, ici. Six-mille, j'ai pas ça en stock, moi. Y a qu'à Sainte-Eusie-Ville qu'on pourrait raquer une telle somme d'un seul coup.

— Tss… Voilà ce que c'est de traquer des criminels jusqu'au fond du trou du cul du monde, maugréa Boniface.

— J'vais d'mander à la succursale de la banque Scramasaxe, y z'ont un bon système de coursiers, poursuivit le prévôt.

— Combien de temps ? voulut savoir Falkenn.

— Votre blé s'ra là dans moins de trois jours, garanti. Et en attendant, j'vous f'rai loger gratis dans l'meilleur hôtel de la ville !

Le félin émit un ricanement railleur.

— Quoi, la morgue ? persifla-t-il.

— C'est un sacré numéro, votre matou, railla en retour le Sainteusien. Il connaît d'autres tours ?

La température ambiante, qui avait déjà perdu quelques degrés sous l'effet du vent marin et de l'orage toujours plus proche, parut encore décroître sensiblement. Le prévôt se retrouva le point de mire des regards, fixes, de Falkenn et de Boniface : celui du premier, toujours aussi hautain mais désormais vaguement amusé, tandis que les yeux du second, soudain vidés de leur éclat moqueur, brillaient maintenant d'un sentiment nettement moins chaleureux. Le Sainteusien nota alors que des flammèches noires virevoltaient sur le pelage de l'animal.

Animal qui enflait à vue d'œil.

— Ouais, j'en connais un autre, grogna Boniface d'une voix très différente de celle avec laquelle il s'exprimait jusque-là, grave, rauque. Un très, très bon, mais je connais un tour qui serait encore meilleur. (Désormais de la taille d'un lynx et qui grossissait encore, au point que l'avant de la carriole commençait à s'affaisser sous son poids, il se pencha jusqu'à ce que sa truffe entrât en contact avec le nez du prévôt. Ce dernier, incapable de faire un mouvement et à peine moins pâle que les potes de Microbe Casseroule, fixait les yeux du félin — deux immenses fentes de lumière mauve qui emplissaient tout le champ de vision du Sainteusien.) Ce serait que tu fasses disparaître ton gros cul d'ici et que tu files dare-dare à cette putain de banque !

***

Nonobstant les conseils de Boniface et les bonnes dispositions évidentes du prévôt à l'égard de ses hôtes, il fallut du temps pour convoyer les fonds depuis Sainte-Eusie-Ville. Le séjour, entre-temps, fut infernal, au point qu'après coup, Luther Falkenn se fit la remarque que la morgue n'aurait pas, tout compte fait, constitué un si mauvais choix, ne fût-ce que pour y enfermer Boniface. Le félin passa les quatre jours suivant leur arrivée à se plaindre, de la chaleur et de l'humidité, du vent et du sable, et enfin, point sur lequel il obtint l'accord du chasseur de primes, du voisinage : les Sainteusiens n'étaient pas réputés pour leur discrétion, ni pour leur sens de la mesure. Le moindre prétexte étant bon pour faire la nouba, la liquidation du gang de Microbe fut dignement célébrée par quatre jours et quatre nuits de festivités. Une autre bonne raison de préférer la compagnie des locataires de la morgue. À plusieurs reprises, passé les deux, trois heures du matin, Falkenn dut d'ailleurs se retenir d'y expédier certains locaux rétifs à l'idée d'aller se coucher. De quoi lui rappeler ses débuts dans la police.

Quatre jours pénibles, donc, à crever alternativement de chaud et de froid en fonction des caprices du climat local, entre les murs décrépis du bouge qui passait localement pour le meilleur hôtel. Quatre jours qui vinrent s'ajouter aux cinq mois passés à écumer le moindre îlot des Brisures pour dénicher Microbe et ses sbires et les liquider sans autre forme de procès. Outre quelques ampoules et un début d'allergie au poisson, l'escapade avait vacciné Falkenn du soleil et de la mer — sans même parler de la compagnie des insulaires — pour les vingt prochaines années. Il espérait simplement que le gros prévôt daignerait montrer le bout de sa bedaine avant cela.

Au matin du cinquième jour, le chasseur de primes reçut un message qui le conviait, pour midi pétante, dans une taverne du bord de mer. Un endroit plutôt miteux qui tenait davantage de la paillote hors d'âge abandonnée depuis des lustres, que d'un véritable établissement destiné à accueillir des clients : les murs de bois, couverts de coquillages, semblaient sur le point de s'écrouler, et ce faisant, ils auraient entraîné le toit avec eux, si d'aventure il y en avait eu un. Un grand carré de ciel bleu surplombait la salle commune, d'où Boniface, sa tête dépassant de sous la table à laquelle était assis le chasseur de primes, surveillait d'un œil mauvais le vol erratique d'une mouette.

Les minutes défilèrent : bien évidemment, le prévôt était en retard. Falkenn entreprit donc de tromper son ennui. Il parcourut sans grande conviction le seul journal sur lequel il avait pu mettre la main, un exemplaire passablement jauni de l'*Observateur Sainteusien* datant de plus de trois mois. Ignorant les informations locales, dont il n'avait que faire, le chasseur de primes s'attarda sur les nouvelles du conflit en cours, quoiqu'elles se résumassent à peu de chose : le corps principal de l'armée anscaride, commandé par le Premier maréchal Tyruman Khan Saragaï, poursuivait son offensive en Pont-Salin. Dans une tentative de réduire la pression exercée sur les Pontsalinois, la Ligue de Skarland avait apparemment lancé une attaque massive en Krelfe depuis l'ouest, dans la région des Tournegrises. Une entreprise *« louable »*, selon l'auteur de l'article, adjectif que Falkenn changea mentalement en *« désespérée et vouée à un échec cuisant »* avant de refermer le journal en soupirant longuement.

Machinalement, il se mit à faire tourner entre ses doigts le pommeau d'argent massif, sculpté de cannelures et d'arabesques, d'une longue canne d'apparat, jusque-là appuyée contre la table, dont le fût de bois noir laqué se parait de légers reflets bleutés à chaque rotation. Le long pommeau, un petit chef d'œuvre d'orfèvrerie, se couvrait d'élégants motifs floraux, avant de prendre, en son extrémité, la forme d'une rose à moitié épanouie.

Une demi-heure de plus s'écoula. Un ronflement sonore venant de sous la table apprit à Falkenn que Boniface s'était assoupi : possiblement la meilleure nouvelle de la journée, du fait de la prédisposition maladive du félin à user de sa gueule pour vomir son fiel plutôt que pour tenir des propos constructifs. En fin de compte, au bout de vingt minutes d'attente supplémentaires, le prévôt fit son entrée dans la taverne, haletant et rougeaud.

— Oh là, M'sieur Falkenn ! lâcha-t-il en s'avançant pesamment vers la table du chasseur de primes. Tout va comme vous voulez ? Z'êtes bien installé ?

— C'est vraiment très original, comme lieu de rendez-vous, répondit sèchement le chasseur de primes. Vous n'avez pas trouvé d'endroit plus approprié ? Les abattoirs du coin étaient déjà pris, sans doute ?

— Ouais, j'sais bien, s'excusa le prévôt en tirant une chaise à lui. J'suis désolé. Mais j'avais b'soin d'un coin discret pour qu'on puisse causer tranquillement, v'voyez ?

— Causer tranquillement ? répéta Falkenn avec un éclat sombre dans le regard. De quel sujet devrions-nous donc « causer tranquillement », Prévôt ? Un problème avec ma prime, peut-être ?

Disant cela, il enroula les doigts autour du pommeau de sa canne et y imprima une torsion imperceptible. Tout aussi imperceptible fut le cliquetis que ce mouvement induisit. Sous la table, le ronflement avait brusquement cessé.

— Quoi ? fit le prévôt qui ne s'était aperçu de rien. Oh non, non, pas d'problème, z'en faites pas. Tenez.

Il dégagea difficilement de son ceinturon une énorme bourse de cuir qu'il déposa sur la table et fit glisser de quelques centimètres en direction du chasseur de primes.

— Mais j'ai p't'être un autre contrat pour vous. Si ça vous branche.

— Vraiment ? marmonna Falkenn en escamotant la bourse qui disparut sous son manteau.

Il ne fit aucun effort pour se montrer intéressé. Le seul contrat qu'il accepterait en la circonstance serait celui qui l'enverrait le plus loin possible des Brisures, de préférence à l'autre bout du continent. La recherche du toit de la taverne, par exemple.

— Un sacré truc, en plus, insista néanmoins le Sainteusien. L'client, c'pas un péquin ordinaire. Grosse huile, voyez l'genre ? C'est pour ça qu'nous fallait un coin tranquille.

Il regarda autour de lui et fit décrire à son index une série de petites circonvolutions.

— Personne met jamais les pieds ici.

— On se demande bien pourquoi, railla une voix sous la table.

— Et le serveur ? demanda Falkenn avec un mouvement de tête.

Il désigna ainsi le petit vieux à l'air affable qui souriait bêtement derrière son comptoir crasseux en récurant depuis une demi-heure le même verre ébréché et terni.

— C'est l'vieux Bromy, répondit le prévôt avec un sourire bonhomme. Inoffensif et complèt'ment gâteux. L'est resté coincé sur l'année 1183, me d'mandez pas pourquoi. M'prend pour mon grand-père ou des fois pour un gars du nom d'Gursh, j'sais pas qui c'est. Et j'm'en branle un peu, ajouta-t-il en se retournant. Ah, v'là l'client dont j'vous causais y a deux s'condes…

Se penchant légèrement pour regarder derrière le prévôt, Falkenn, ses yeux trompés par la lumière qui ne découpait qu'une simple silhouette dans le carré de clarté, crut d'abord qu'il s'agissait d'un enfant. Un enfant avec un certain embonpoint, certes, mais un enfant tout de même. Une fois le nouveau venu passé dans l'ombre des murs, le chasseur de primes fut cependant étonné de constater qu'il ne s'agissait même pas d'un Humain.

Haut d'un mètre trente, ventru et imposant comme souvent l'étaient ceux de son espèce, le Dvargar n'arborait pas de moustache, mais une barbe longue, tressée. Une abondante chevelure brune cascadait sur les épaules de sa redingote jaune, portée par-dessus un gilet et un pantalon bleus de fort belle facture. Ce qui attira toutefois prioritairement l'attention de Falkenn fut la lourde amulette d'or pendant à une chaîne autour du cou du Nain, apparaissant et disparaissant au gré des mouvements de la barbe. Le chasseur de primes ne put distinguer le symbole qui la garnissait en son centre avant que le visiteur ne s'immobilise et que le bijou ne soit à nouveau dissimulé à sa vue, mais il était à peu près certain qu'il s'agissait d'un insigne de chef de clan.

Le prévôt, qui s'était levé pour accueillir le Nain, se racla bruyamment la gorge.

— Falkenn, permettez que j'vous présente…

— Laissons cela, voulez-vous ? l'interrompit le nouveau venu en levant une main aux doigts alourdis de bagues. Je suis convaincu que notre ami souhaite quitter cette île aussi vite que possible, au moins autant que je le souhaite moi-même. Évitons par conséquent de faire perdre du temps à tout le monde. Je ne doute d'ailleurs pas que le vôtre soit précieux, Prévôt.

Le Sainteusien ne fit aucun commentaire. Il hésita un instant, puis s'inclina de manière grotesque et endimanchée avant de quitter la paillote, faisant s'interroger Falkenn quant à l'identité exacte de ce Dvargar auquel un officier gouvernemental, aussi minable fût-il, témoignait autant de déférence.

— Ainsi vous êtes le célèbre Luther Falkenn ? lança le Nain une fois le prévôt hors de vue.

Il épousseta ostensiblement la chaise sur laquelle s'était assis l'officier public, puis y prit place avec une certaine délicatesse, sans doute de peur qu'elle ne cédât sous son poids. Demeurant sur la défensive tout en se gardant de l'afficher, Falkenn avait toujours la main droite refermée sur le pommeau de sa canne. D'un geste de la gauche sous la table, il fit signe à Boniface de ne pas moufter.

— J'ignore si l'on peut à bon escient parler de célébrité en ce qui me concerne, répondit-il alors sur le ton de la conversation. Je ne suis qu'un chasseur de primes parmi tant d'autres.

— Ne soyez donc pas faussement modeste. Vous vous êtes taillé une solide réputation au cours des dernières années, d'un bout à l'autre du continent, en éliminant quelques-uns des criminels parmi les plus endurcis et les plus dangereux de Magneterre. On vous dit d'une redoutable efficacité, mais aussi d'une discrétion à toute épreuve. Deux qualités que l'on devrait toujours rechercher chez un collaborateur potentiel, mais que votre corps de métier cumule rarement. De fait, on vous décrit volontiers comme un oiseau rare.

— Je crains de ne pas connaître ce monsieur « On ».

— J'ai moi aussi une obligation de discrétion, voyez-vous ? expliqua le Nain avec un vague mouvement de la main et un sourire malicieux. Disons que vous et moi avons des amis communs… Ou, pour être plus précis, des clients communs.

— Des clients communs…, répéta lentement Falkenn. Seriez-vous donc chasseur de primes ?

— Oh, non, répondit le Nain avec un nouveau sourire que Falkenn aurait volontiers effacé d'un bon coup du pommeau de sa canne. Quoique. J'exerce également une profession qui n'est pas dépourvue de dangers, et certains vous diraient que je suis moi aussi un… prédateur. Mais permettez-moi de me présenter : je me nomme Elder Scramasaxe.

Falkenn, stoïque en dépit de sa surprise, se félicita d'avoir ordonné à Boniface de se taire. Il lui sembla néanmoins l'entendre étouffer une remarque sous la table. Le Dvargar, quant à lui, parut ne rien avoir entendu : il continuait d'afficher son sourire d'épicier.

— Je constate à votre expression que vous avez deviné qui je suis, ajouta Scramasaxe.

— Il ne fallait pas être grand clerc, reconnut Falkenn. Il y a une banque qui porte votre nom. La plus importante de tout l'est de la Magneterre.

— La plus importante de la péninsule eusienne, relativisa le Dvargar en joignant les mains en cloche sous son menton. Le gros de nos activités se concentre en Sainte-Eusie, et le gouvernement du grand-duc nous assure… hum… une certaine tranquillité dans nos transactions.

— Ainsi qu'une certaine discrétion, supposa Falkenn.

— Une discrétion certaine, dirais-je même, mais vous avez raison de le préciser. Car nous avons justement été les victimes d'une *indiscrétion* plus que regrettable, voyez-vous ? Une indélicatesse qui pourrait avoir des répercussions tout à fait désastreuses. Pas tant financières — ce sont là les conséquences habituelles du jeu de la finance — que… politiques.

— Ah. Traditionnellement, j'évite de me mêler de politique, Monsieur Scramasaxe, rétorqua Falkenn, faussement badin. C'est très mauvais pour mon teint.

— Votre teint ?

— Les morts ont rarement bonne mine.

Homme et Nain gardèrent le silence lorsque le vieux Bromy s'approcha, une assiettée de moules dans chaque main. Il les déposa sans mot dire devant les deux « clients » attablés, puis s'en fut, toujours silencieux, toujours souriant et, nota Falkenn, toujours à l'ouest : le plat ne contenait que des coquilles. Ce qu'il était advenu des mollusques demeurerait sans doute à jamais un mystère.

— Oui, reprit le Dvargar après le départ du vieillard, nous autres Scramasaxe veillons également à garder bonne mine. Nous préférons demeurer loin de la politique. Ce qui est mauvais pour votre teint, si vous me permettez, est mauvais pour nos affaires, voyez-vous ? C'est un point de vue partagé par l'ensemble des établissements de la Fédération Bancaire Eusienne, que j'ai l'honneur de diriger, et, pour tout dire, par le grand-duc Karely Borgontias en personne. Il a à cœur de préserver la neutralité de notre pays, objectif que nous partageons pleinement. C'est la raison pour laquelle nous ne nous sommes pas mêlés de la guerre entre l'Empire anscaride et la Ligue de Skarland. Jusqu'à récemment, en tout cas.

Scramasaxe guetta un commentaire de Falkenn, mais l'expression de ce dernier demeurait impassible.

— Je gage, bien sûr, que vous connaissez la vieille rengaine : rien de tel qu'une bonne guerre pour réjouir les financiers, poursuivit-il. Néanmoins, sauf pour les marchands d'armes et les imbéciles, la guerre n'offre de perspectives économiques qu'une fois qu'elle a pris fin, et celle-ci semble ne pas en prendre le chemin. Voilà vingt ans qu'a débuté l'invasion anscaride. Vingt années que la Ligue, en dépit de sa vocation autoproclamée de « Bouclier des Basses-Terres » et des efforts matériel et humain qu'elle déploie, cède ineffablement du terrain sous les assauts meurtriers de la Maison Militaire et des machines technomantiques de l'empereur Hagen. L'on peut se demander jusqu'où ira ce dernier : Reisenvard, la Krelfe, maintenant Pont-Salin… Et après ? Sur quel pays jettera-t-il son dévolu ? Sur lequel de nos voisins lancera-t-il Tyruman Khan Saragaï et ses *askari* ?

— À vous entendre, on pourrait croire que cela vous empêche de dormir.

— Sainte-Eusie peut se targuer d'une tradition séculaire de neutralité, certes, reconnut Scramasaxe. De même que les clans dvargars. Mais que vaut une tradition diplomatique, aussi fermement établie soit-elle, face aux ambitions d'un souverain fanatique ? Hagen pourrait bien se mettre en tête d'unifier tout le continent sous sa férule, d'imposer la religion tétrarète à l'ensemble de ses habitants, humains et nains confondus. Ou bien, cette guerre pourrait ne jamais connaître de fin. Aucune de ces solutions n'est acceptable à mes yeux. Il y a quelques mois, je m'en suis donc ouvert aux autres membres de mon clan, puis à nos partenaires, enfin au grand-duc lui-même, et nous sommes tombés d'accord. Les anciennes solidarités se doivent de rester vivantes lorsque la maison commune est menacée. Sainte-Eusie fut autrefois partie intégrante du Divin Empire, et le clan Scramasaxe a toujours considéré les Basses-Terres comme sa patrie. Nous ne pouvons laisser l'empereur Hagen et son chien de guerre Tyruman Khan dévaster nos contrées ni…

— … ni les laisser vous délester de vos biens, le coupa alors Falkenn.

— Qu'insinuez-vous ? maugréa le Nain avec un regard en coin.

Falkenn ne répondit pas immédiatement. Il se passionnait visiblement pour le jeu de la lumière se reflétant sur la rose d'argent ornant le pommeau de sa canne.

— J'ai entendu dire que Hagen avait récemment nationalisé les dernières banques encore privées des pays conquis par l'Empire anscaride au cours de la dernière décennie, explicita finalement le chasseur de primes tout en continuant son manège. Vos collègues de Reisenvard et de Krelfe ont perdu des fortunes considérables à cause de cette mesure. Aussi me demandais-je si votre brusque accès de patriotisme ne relevait pas plutôt d'une vulgaire pantomime destinée aux nigauds qui dirigent la Ligue de Skarland.

— Comment osez-vous…, commença Scramasaxe, mais Falkenn le fit taire d'une main levée.

— Je me moque de vos motivations exactes, Monsieur Scramasaxe, lâcha-t-il cette fois en fixant son interlocuteur droit dans les yeux. Mais évitez de me prendre pour un demeuré et épargnez-moi le couplet sur la préservation des Basses-Terres, je vous en saurai gré. Venez-en au fait : dois-je comprendre que vous soutenez maintenant la Ligue ?

— Officieusement, confirma Scramasaxe. Sur le papier, elle peut espérer s'opposer à l'Empire : elle a les généraux et le savoir-faire, ainsi que l'expérience accumulée des deux dernières Guerres de Dislocation. En revanche, elle connaît d'importantes difficultés à récolter des fonds. Les États membres ont toujours refusé qu'elle lève ses propres impôts et, depuis qu'Alchynon de Torée est devenu lieutenant-général à la place du roi Damyr de Morinthe, certains monarques rechignent à mettre de l'argent dans le pot commun. Vous savez sûrement que Torée, tout noble qu'il est, a la réputation d'être un… hmm, un moderniste. Subséquemment, les coffres de la Ligue de Skarland sont constamment vides. Nous comblons ce vide, à un taux extrêmement avantageux.

Falkenn nota que Scramasaxe ne jugeait pas utile de préciser avantageux pour qui.

— Bien entendu, vous vous doutez que la discrétion est de mise, en cette circonstance, enchaîna le banquier. Nous ne pouvons nous permettre que les Anscarides aient vent de nos arrangements avec Alchynon de Torée. Idem pour les autres dirigeants ligueurs, qui accuseraient immédiatement Torée d'utiliser les fonds à son seul profit, et suivant ses seuls caprices. Par ailleurs, nous n'aurions pu passer tous ces contrats avec la Ligue si le grand-duc ne nous avait pas donné son accord. Et c'est là qu'est le problème.

— L'indiscrétion que vous évoquiez tout à l'heure ?

— Exact. L'un de nos comptables, qui travaillait au siège social de la Scramasaxe à Sainte-Eusie-Ville, s'est emparé de plusieurs documents des plus compromettants, sur lesquels figurent les noms, signatures et sceaux de dirigeants de grandes banques eusiennes, du grand-duc Karely et, bien sûr, du lieutenant-général lui-même.

— Et à présent, le voleur s'improvise maître-chanteur ? crut deviner le chasseur de primes.

— Si tel était le cas, croyez-moi sur parole, nous paierions et tout rentrerait dans l'ordre. Mais non. Il semble vouloir vendre les documents aux Anscarides, voyez-vous ? Peut-être même entend-il tout bonnement les leur offrir. On trouve des partisans de Hagen jusque sous nos latitudes, et le culte des Quatre Vertus fait de plus en plus d'adeptes dans le Sud, au point qu'on peut se demander si leur loyauté est encore acquise à leur terre d'origine. Ne parle-t-on pas de « l'ardeur des convertis » ? Mais ce ne sont là que des détails sans grande importance. Ce qui est certain, c'est que le voleur a bien l'intention de faire parvenir ces documents aux autorités impériales.

— Comment pouvez-vous être aussi affirmatif ? Il pourrait aussi bien vouloir les vendre à vos concurrents ou à des adversaires du grand-duc ou d'Alchynon de Torée.

— Nous avons pu suivre sa trace, un temps durant, lui apprit le Nain. Après avoir volé les documents dans le coffre de notre siège, il a immédiatement pris un bateau... Bateau qui, par le plus grand des hasards, se trouve être la propriété d'une société qui appartient elle-même à la Banque Scramasaxe. Un coup de chance, vraiment. Les responsables de cette société nous ont donc fait parvenir la liste des embarquements et des débarquements. Or, le port où notre fugitif a quitté le bord ne laisse guère de doute quant à ses intentions, puisqu'il a tout bonnement débarqué à Solmost, en Pont-Salin.

— Vous êtes en train de me dire que votre ex-comptable et espion au pied levé se balade au beau milieu de la ligne de front ? Alors ne vous donnez pas tant de peines, Monsieur Scramasaxe, et gardez votre or : délicats comme ils sont, les Anscarides ou même les Ligueurs lui auront réglé son compte longtemps avant qu'il ait eu la moindre chance de faire parvenir ces documents à qui que ce soit.

— En fait, rectifia Scramasaxe, il semblerait qu'il n'ait pas quitté la capitale. Nous avons des gens à Solmost qui nous assurent qu'il est toujours en ville. Apparemment, il y aurait de la famille, qui le cacherait.

— Sans doute veut-il faire le mort jusqu'au moment où les Anscarides se seront emparés de la cité, supposa Falkenn. Cela peut arriver dans un mois, comme dans un an, ou peut-être jamais, si l'envie les prend de la raser complètement.

— Nous ne pouvons pas nous permettre de tabler là-dessus ! tempêta le Dvargar en tapant du poing sur la table. Si l'empereur entre en possession de ces documents, ils lui fourniront un *casus belli* contre Sainte-Eusie, qui ne pourra plus se prévaloir de sa neutralité. Et à cet instant, la guerre qui nous avait épargnés jusque-là gagnera la péninsule, et nous serons balayés ! Comment pourrions-nous résister à la Maison Militaire, là où les plus grandes puissances des Basses-Terres en sont réduites à lutter pour chaque mètre carré de terrain ?

— Vous auriez peut-être dû vous poser cette question avant de vous faire les bailleurs de fonds de la Ligue, répliqua posément Falkenn. Vous avez dit vous-même que votre métier était dangereux, qu'il s'agissait d'un jeu. Eh bien, c'est cela aussi, la finance, Monsieur Scramasaxe : on joue, et si on ne gagne pas, on perd.

— Voilà un cynisme digne d'un grand financier, grommela Scramasaxe.

— Je prends cela pour un compliment, rétorqua le chasseur de primes sans se départir de son ton imperturbable. Cela dit, en fait de cynisme, je me contente d'aborder cette affaire sous un angle strictement professionnel. À ce titre, j'aimerais attirer votre attention sur le fait que vous ne me confiez pas un contrat ordinaire : c'est un meurtre que vous commanditez, rien de moins. Aucun jugement n'a été rendu, aucun tribunal saisi. Quant à moi, j'ai un minimum de principes, ainsi que les moyens financiers de ne pas m'abaisser à agir en vulgaire homme de main.

— Vingt-mille ducats, lança alors Scramasaxe, rappelant ainsi qu'il avait quant à lui les moyens financiers de faire à peu près tout ce qui lui passait par la tête.

Falkenn se garda bien du moindre tressaillement. Tout le monde ne fit pas montre du même contrôle : il entendit Boniface s'étouffer sous la table.

Bon, se dit-il. *Je ne vais pas négocier. Cela manque affreusement de dignité. Ce sont les marchands de tapis qui négocient, et j'ai davantage de classe que ces gens-là. Je ne vais pas m'abaisser à négocier.*

— Quarante-mille, fit-il alors.

Je ne négocie pas, là. J'exige.

Falkenn n'entendait plus Boniface : après un coup pareil, il était sûrement tombé dans les pommes. Quant à Elder Scramasaxe, il prenait la chose avec une sérénité dont le chasseur de primes devina qu'à l'instar de son sourire, elle devait vraisemblablement beaucoup plus à ses qualités d'homme d'affaires qu'à ses bonnes dispositions actuelles à l'égard de son interlocuteur.

— Vous êtes dur en affaires, Monsieur Falkenn.

— Et la moitié payable d'avance, compléta l'intéressé, sous le coup d'une euphorie dont il n'était guère coutumier, tisonnée par le mépris virulent qu'il éprouvait pour Scramasaxe et sa morale à géométrie variable.

Le voir perdre pied lui procura un plaisir immense, en soi déjà inestimable.

— Pour qui vous prenez-vous donc ? cracha le Nain, outré.

— Pour l'homme qui va vous retirer une énorme épine du pied, répliqua le chasseur de primes. Considérez toutes mes conditions comme le prix à payer pour que je mette de côté mon éthique professionnelle, ou tout simplement mon envie profonde de vous envoyer balader.

Le Dvargar explosa.

— Très bien ! tonna-t-il en se levant d'un bond. Vous aurez vos vingt-mille d'avance, et le reste lorsque le travail sera fait. Et, par tous les dieux, à ce tarif-là, j'ose espérer qu'il le sera, vite et bien ! Je le veux mort, vous m'entendez ? Comptable, voleur, espion, peu importe : tuez-le ! Retrouvez les documents et brûlez-les ! Et vous devrez quitter Pont-Salin dans les plus brefs délais une fois votre contrat exécuté. Nous ne voulons pas prendre le moindre risque de voir cette affaire éventée. M'avez-vous bien compris, Monsieur Falkenn ?

Cette dernière question resta sans réponse. Le chasseur de primes se contenta d'adresser à Scramasaxe son regard le plus dédaigneux, puis, sur deux doigts portés sur le bord de son chapeau, il se leva et, à pas lents, quitta la taverne, Boniface sur les talons.

2. Chavirements

Le bon gouvernement est celui qui inspire la plus grande terreur à ses sujets, tout en se gardant d'en faire le moindre usage.

Propos attribués à Hagen Ier, de la Maison d'Anscar, empereur de Ténéstrane et Stalosie

Debout au bastingage, Luther Falkenn observait les flots tranquilles de la Mer du Lion qui viraient lentement au violet et à l'orange à mesure que le ciel la surplombant se parait des couleurs du crépuscule. À l'ouest, l'astre solaire avait depuis longtemps amorcé sa descente : dans moins de deux heures, il aurait complètement sombré dans la mer, et celle-ci se confondrait alors avec le ciel dans un linceul noir.

Pour l'heure, le chasseur de primes profitait de l'air frais. Il avait embarqué le matin même, à Sainte-Eusie-Ville, à bord du *Comminien*, un vapeur appartenant à une filiale de la Scramasaxe. Armé pour le cabotage en Mer du Lion, il transportait depuis le Grand-Duché marchandises et passagers désireux de se rendre dans les contrées méridionales de la Ligue : la Lourgonie, Pont-Salin et surtout la Morinthe. Un trajet d'une dizaine de jours au total, dont Falkenn se félicitait de n'avoir que la moitié à effectuer avant d'atteindre sa destination.

C'est qu'en guise de principale cargaison, le *Comminien* trimballait un assortiment pour le moins braillard de camelots de toutes nationalités, originaires de la péninsule eusienne, des Royaumes Francs, des Basses-Terres, et même de l'Isthme. Autant de voisins encombrants dont le chasseur de primes avait vite tempéré les ardeurs commerciales de son regard le plus méprisant. À cette heure-ci, heureusement, tout ce petit monde dégustait son apéritif, laissant Luther Falkenn seul à seul avec la mer, les mouettes et, à quelques encablures du *Comminien*, le suivant comme son ombre, l'*Oxybèle*.

Le cuirassé, battant pavillon sainteusien, alimentait l'essentiel des conversations à bord. Autrefois domaine de chasse des Semi-Elfes de l'Archipel d'Anuirloc, la Léonine orientale avait vu prospérer les échanges commerciaux depuis que la Reine des Tempêtes, souveraine des clans pirates, avait officiellement renoncé à la flibuste, deux siècles auparavant. Aussi ne s'attendait-on pas à voir un vaisseau de guerre de la taille de l'*Oxybèle* escortant un simple caboteur. La chose s'avérait d'autant plus étonnante que le *Comminien* transportait lui-même quelques pièces d'artillerie, comme au bon vieux temps de la piraterie triomphante.

— Les pirates sont d'retour en Mer du Lion orientale, expliqua le capitaine, à la table duquel Falkenn dîna ce soir-là.

Un honneur, si l'on peut dire, dont le chasseur de primes se serait volontiers passé, tant son hôte empestait la vinasse.

— Les Anuirloëns seraient-ils revenus sur leurs bonnes résolutions ? demanda le chasseur de primes.

— Pas qu'on sache, répondit le capitaine en se servant un nouveau verre. Et limite, j'aurais préféré. Ces Mi-Elfes sont des enculés, mais ils obéissent à un minimum de règles. Les salopards qui nous pourrissent la vie depuis trois mois sont des Tucks.

— L'Armada du Requin Rouge ? s'étonna Falkenn tout en posant la main sur son verre comme son interlocuteur en approchait le goulot de la bouteille. Je croyais qu'elle n'opérait qu'en Léonine occidentale et le long des côtes syams, loin dans le sud.

— Moi aussi, je l'croyais, plaisanta le capitaine avec un rire jaune. J'manquerai pas d'le leur rappeler, si jamais on les rencontre, juste avant qu'ils me découpent le scalp. Mais moi j'dis qu'ils sont pas venus d'leur propre chef. Pour qu'ils s'aventurent au-d'là de leurs territoires habituels de chasse, ils ont dû recevoir des encouragements. Des encouragements en monnaie sonnante et trébuchante, venus tout droit du Septentrion.

— Hagen ? lâcha le chasseur de primes, le sourcil droit haussé.

Le capitaine grommela son assentiment tout en avalant une lampée de vin rouge.

— C'est bien dans la mentalité d'cette ordure, maugréa-t-il. Ces Anscarides sont des barbares : ils incendient les villes, massacrent les populations, brûlent les récoltes, et ils appellent ça une religion de Vertus ? Et maintenant ils s'attaquent à des navires de commerce, en engraissant ces chiens des mers de Tucks pour qu'ils fassent le sale boulot à leur place !

Falkenn concevait de sérieuses réserves quant au bien-fondé des supputations de son interlocuteur. Elles n'étaient certes pas dépourvues de logique militaire : les pays côtiers étant aussi les plus puissants, les asphyxier économiquement impacterait suffisamment l'effort de guerre de la Ligue pour précipiter l'issue du conflit. D'un autre côté, la propagande battant son plein, on attribuait tout et n'importe quoi au camp d'en face. Or, Falkenn connaissait bien les Anscarides, suffisamment pour clouer le bec du capitaine si l'envie l'en prenait ; mais trop pour se permettre de céder à cette dernière sans risquer de révéler au passage certains épisodes de son existence passée qu'il avait soigneusement enterrés. Il se tint donc coi.

— Et ils s'enhardissent, ces salopiauds d'pirates, poursuivit le capitaine tout en remplissant à nouveau son verre. Depuis quelques semaines, ils ont commencé à lancer des raids directement sur les côtes lourgoniennes et pontsalinoises. Le vicaire du roi de Pont-Salin a même fait fermer les Portes de Pyrthe. On rentre plus dans la Baie de Sel sans montrer patte blanche.

— Comment ça, le vicaire du roi ? s'étonna Falkenn.

— Z'êtes pas au courant ?

— J'ai passé les six derniers mois à me promener dans les Brisures. Peu de nouvelles fraîches ont l'énergie ou simplement l'envie d'arriver jusque-là.

— Dur, commenta le capitaine avant de siffler son vin. Enfin, si vous voulez tout savoir, le roi Vénézilios a fait une attaque il y a huit jours. J'ai entendu dire qu'il assistait à j'sais plus quel spectacle organisé pour remonter le moral des habitants de Solmost — les dieux savent qu'il est au ras des pâquerettes — et brusquement… pouf ! Il serait passé directement d'la station debout à la position horizontale.

— Il a pourtant survécu ?

— Faut croire, répondit mollement le capitaine. En tout cas, c'est c'que dit la presse. Si ça s'trouve, le vicaire dissimule sa mort, le temps que le fiston r'vienne du front et r'prenne la couronne. Honnêtement, j'en sais pas plus, et pardonnez mon égoïsme : en tant que Sainteusien, j'm'en cogne un peu. Tout c'que j'veux, c'est qu'on m'nettoie ces saloperies d'pirates. Mais ça fait plusieurs mois déjà que les flottes de la Ligue et du Grand-Duché patrouillent pour localiser les bases arrière de ces raclures, sans succès. À croire qu'ils se planquent sous la flotte.

— Le grand-duc ne pourrait-il pas demander son aide à la Reine des Tempêtes ? Les Anuirloëns vouent une haine séculaire aux Nains du clan Tucks. Et les Sainteusiens ont une représentation permanente dans l'Archipel, me semble-t-il.

— Ouais, à Boucanbec. L'grand-duc a bien envoyé son ambassadeur, le mois dernier, mais y paraît que l'autre salope de Semi-Elfe lui a ri au nez. Soi-disant qu'les Tucks pourraient pas bouger un doigt d'pied des côtes syams sans qu'ses espions soient au courant ; qu'à partir de là, ça la concernait pas et qu'on avait qu'à s'démerder avec nos nabots preneurs de scalps.

— D'où la présence du cuirassé, conclut Falkenn, mais le capitaine lui sembla hésitant.

— On a jamais d'escorte, en principe. La maison-mère nous l'a toujours refusé. Trop coûteux, soi-disant qu'aucune marchandise à bord justifierait un tel gaspillage de moyens. Là, ça s'est goupillé au dernier moment. D'après c'que j'ai compris, un gros ponte de la Scramasaxe a exigé que l'*Oxybèle* nous file le train. Vraiment bizarre.

Falkenn se garda soigneusement de tout commentaire : l'identité exacte du gros ponte ne servirait qu'à perturber la digestion du capitaine. Il en allait de même de la nature de la marchandise, si précieuse et dont le brave homme ignorait la présence à son bord, justifiant dans ce cas précis un tel déploiement de force — et la dépense correspondante. Il était peu probable que son hôte mangeât habituellement à la même table que sa cargaison.

— J'vous sers ? demanda le capitaine comme on leur apportait le dessert, une spécialité sainteusienne baptisée « Bras de la matrone », dont l'unique ingrédient était manifestement du beurre.

— Non merci, déclina Falkenn en posant un regard horrifié sur le magma crémeux qui se répandit dans le plat lorsque le capitaine se coupa une tranche.

— Z'avez tort. C'est très riche.

— En graisses, certes, mais qui se soucie des autres nutriments ? lâcha-t-il avant de demander : Ne vous aurait-on pas remis une enveloppe à mon nom ?

— Hein ? Oh ouais, c'est vrai…, se souvint le capitaine en extrayant à grand-peine une enveloppe scellée de la poche intérieure de sa vieille vareuse usée. Un commis de la Banque Scramasaxe s'est pointé avec ça c'matin peu avant l'embarquement. J'devais vous l'donner uniquement après qu'on a appareillé, puis ça m'est sorti d'la tête.

— Quelle surprise…, marmonna Falkenn.

— C'est marrant, poursuivit le marin. Vous avez pas tellement l'genre des mecs qui bossent habituellement pour le Nabot. Vous êtes dans quelle branche ?

— L'élagage d'employés trop curieux, répliqua Falkenn en arrachant l'enveloppe des mains du capitaine.

***

Ayant retrouvé le calme et Boniface — deux choses qui allaient pourtant rarement de pair — dans la cabine privative qui lui avait été allouée, le chasseur de primes brisa le cachet de cire frappé de l'épée courte du clan Scramasaxe et prit connaissance du contenu de l'enveloppe.

Comme il s'y attendait, il s'agissait d'un certain nombre de documents fournissant les détails qui lui manquaient sur le fameux comptable. S'étant demandé pour quelle raison Elder Scramasaxe avait multiplié les cachotteries à ce sujet, Falkenn aurait presque ri de la réponse : le voleur s'avérait en fin de compte une voleuse. Sans doute le Dvargar avait-il craint que le chasseur de primes ne conçût quelque scrupule à s'en prendre à une femme et s'était, en conséquence, arrangé pour que cette information ne lui parvînt qu'à la dernière minute. Précaution superflue, à vrai dire : on n'exerçait pas pendant plus de vingt ans les métiers de policier, puis de chasseur de primes, en conservant la moindre illusion quant à la nature des hommes, et pas davantage quant à celle des femmes. Par ailleurs, une lame bien affûtée disposait de miraculeuses vertus égalisatrices : une fois la tête séparée du corps, le sexe devenait plus ou moins accessoire.

— Elle s'appelle comment, la greluche ? voulut savoir Boniface.

— Ambroisie Galate. Hum… Ça ne sonne pas sainteusien, comme nom. Elle est sans doute morinthienne ou plus vraisemblablement pontsalinoise, ce qui expliquerait qu'elle ait battu en retraite vers Solmost plutôt que n'importe quelle autre cité portuaire plus proche. Voyons… Ah, voilà : née à Solmost, le 14 Pratème 1195… Vingt-six ans cette année ? Cela me paraît bien jeune pour une comptable de la plus grande banque sainteusienne.

— Promotion canapé ? suggéra Boniface, jamais à court d'idées saugrenues.

— Promotion tabouret, plutôt, vu la taille du patron. J'en doute, néanmoins. Les Dvargars ne pratiquent le népotisme qu'à l'égard des leurs, mais ils savent reconnaître quelqu'un de compétent. À constater les bonds rapides sur le *curriculum vitae* de mademoiselle Galate, je dirais qu'elle relève de cette dernière catégorie : il ne lui a fallu que sept ans pour se hisser le long de la hiérarchie de la succursale solmostine de la Scramasaxe avant d'être envoyée à la maison-mère, en Sainte-Eusie, où elle officiait depuis moins d'une année comme comptable en chef adjointe.

— Une ambitieuse, quoi.

— Un peu trop. Il lui est sans doute apparu plus facile de se faire une place au soleil en vendant à prix d'or les secrets honteux de ses patrons, que de tabler sur de futures promotions : il est peu probable qu'un étranger au clan Scramasaxe, qui plus est un Humain, puisse espérer monter davantage en grade dans l'organigramme d'une structure essentiellement familiale. Une issue prévisible.

— J'en bâille intérieurement, approuva joyeusement Boniface.

— Tu serais donc capable de faire quelque chose sans alerter tout le monde à des centaines de mètres à la ronde ? persifla le chasseur de primes. J'imagine que c'est une nouvelle dont mes tympans devraient se réjouir. Quoi qu'il en soit, ajouta-t-il en refermant l'enveloppe, nous voilà fixés : nous savons maintenant à quel genre de client nous avons affaire.

Et c'est du menu fretin, songea-t-il avec aigreur. L'époque où il traquait de vrais criminels lui paraissait désespérément lointaine. Scramasaxe avait évoqué de « grands noms » et, toute modestie mise à part, il avait eu raison. Falkenn n'avait pas à rougir d'un tableau de chasse où se trouvaient épinglés les cadavres de quelques légendes du crime du début du siècle, des engeances aux côtés desquelles Microbe Casseroule et sa bande de tueurs sadiques passeraient pour une sympathique amicale de chanteurs à vocation caritative. Pourtant, au fil du temps, il avait dû se rabattre sur un gibier de moins en moins consistant. Du meurtrier de bas étage, du violeur sans envergure, du bandit de grand chemin sans intérêt ; mais la comptable indélicate… Là, il touchait le fond. En un sens, c'était rassurant : il ne pourrait pas tomber plus bas.

Encore que, rectifia-t-il mentalement. *Bientôt des parents abrutis me demanderont peut-être de corriger les mioches dont ils auront eux-mêmes bâclé l'éducation.*

Par le hublot, Falkenn vit le soleil disparaître derrière la ligne d'horizon, ce qui ne fit guère remonter son moral. Pour tout dire, il aurait donné cher pour avoir un de ces pirates sous la main, là, tout de suite.

Il n'allait pas être déçu.

***

Chaque fois qu'il pénétrait dans la salle du Haut Conseil, Somas Athossi se sentait comme écrasé. La magnificence des lieux n'y était certes pas pour rien : si les piliers de marbre, les dorures, les tapisseries précieuses et l'immense voûte ornée de fresques épiques ne vous remettaient pas d'entrée de jeu à votre place, les regards courroucés d'une vingtaine d'anciens monarques pontsalinois vous toisant depuis leur cadre s'en chargeaient dans la foulée. À travers leurs yeux morts, huit siècles d'histoire se demandaient ce que vous fichiez là et qui vous avait laissé entrer.

Somas n'avait pourtant jamais franchi les portes de la salle du Haut Conseil à une heure aussi tardive. La guerre avait bouleversé toutes les habitudes, y compris celles pourtant solidement ancrées des politiciens pontsalinois. Le vicaire ne quittait quasiment plus la grande salle, transformée en centre d'opérations, et se réservait le droit de convoquer les ministres à toute heure, de jour comme de nuit.

Le vieil homme était assis au bout de l'interminable table rectangulaire, à droite de la cathèdre réservée au roi. La tête rentrée dans ses épaules voûtées, par les ans comme par les soucis, lui donnait la silhouette d'une vieille corneille déplumée. Son extrême maigreur transparaissait par-delà les épaisseurs de ses robes noires, en dépit des riches ornements de fils d'or et d'argent qui dessinaient arabesques et motifs tarabiscotés le long des manches, sur les épaules et toute la longueur de la boutonnière ; ses articulations cagneuses saillaient çà et là. Son nez était proéminent, son menton désertait davantage qu'il ne se contentait de fuir, et la tignasse grise qui subsistait autour du dôme nu de son crâne semblait surchargée d'électricité statique, chaque mèche comme animée d'une vie propre et trépidante.

On n'aurait pas pu en dire autant du vieillard lui-même : figé dans une immobilité angoissante, il avait tout de l'arrière-grand-oncle oublié dans un coin un soir de nouba familiale et dont on ne se rappelle l'existence que le surlendemain, lorsque tout le monde a fini de dégriser et que l'intéressé, de son côté, commence précisément à virer au gris.

Passant du côté opposé de la table, Somas avança doucement, partagé entre deux craintes inégales : arracher le vicaire à l'une de ses trop rares plages de sommeil, ou découvrir qu'il ne se réveillerait plus jamais. Cette seconde hypothèse gagnait en crédibilité à mesure que le conseiller se rapprochait : ni la poitrine ni les épaules du vieil homme n'avaient l'air de bouger, quoiqu'il pût s'agir d'une illusion d'optique résultant de l'éclairage vacillant des lampes à huile.

— Je ne suis pas mort, Somas, lança soudainement le vicaire sans même lever la tête. Si c'est ce qui vous inquiète.

— J'ai déjà tant de raisons de m'inquiéter que l'idée que nous puissions vous perdre n'a pas osé traverser mon esprit, Excellence.

Un mensonge. La terreur avait non seulement traversé son esprit, mais en avait visité chaque pièce, retourné le mobilier et barbouillé les murs de bas en haut. Car d'autres prédateurs que le grand âge menaçaient le vicaire.

— Cependant, je dois admettre que je serais plus rassuré si vous acceptiez de renforcer la garde, poursuivit calmement Somas. Deux palicares pourraient ne pas suffire à assurer votre sécurité.

Ivannis Barca d'Ire, vicaire du roi de Pont-Salin, leva enfin les yeux de la carte étalée devant lui. Ses traits tirés et sa posture avachie trahissaient davantage que son âge, davantage même que l'épuisement strictement physique qui l'accablait. On y lisait le désespoir, non le sien propre mais celui qui irriguait désormais tout le royaume comme une source vénéneuse, alimentant les craintes des uns, les fantasmes des autres — et les ambitions des inévitables traîtres. Pourtant, au fond de son regard clair, nichaient une combativité et un courage intacts en dépit des événements, en dépit même des évidences. Une énergie qui lui permettait de tenir à bout de bras un pays à deux doigts de l'effondrement.

— Les palicares ont autre chose à faire que de s'occuper du confort de ma vieille carcasse, rétorqua-t-il d'une voix ferme. Nous sommes en guerre. Chaque homme compte. Pour le reste, si je ne me suis pas laissé intimider par les assassins du Bâtard il y a trente ans, je ne me laisserai pas davantage impressionner aujourd'hui par ceux à la solde de Hagen.

La tension qui avait fait vibrer sa voix d'un écho autoritaire sembla quitter ses épaules tandis qu'un mince sourire plissait un peu plus le parchemin déjà passablement froissé de son visage. Ce fut d'un ton plus doux qu'il poursuivit.

— Qu'en est-il de vous, mon cher Somas ? M'apportez-vous ma ration quotidienne de mauvaises nouvelles ? Je n'ai pas mangé, aujourd'hui.

— J'ai bien peur que vous ayez du mal à digérer celles-ci, Excellence, répondit le conseiller d'une voix neutre. Bilfimir est tombée hier soir.

— Que me racontez-vous là ? Bilfimir et sa province sont défendues par plus de cinquante-mille hommes…

— … qui ont dû faire face au triple de soldats de la Maison Militaire, Excellence, le coupa Somas tout en conservant ce ton protocolaire qui était sa marque de fabrique. Commandés par Tyruman Khan Saragaï en personne.

Le conseiller, arrivé avec trois dossiers sous le bras, tendit le plus épais par-dessus la table.

— Seigneurs dieux…, lâcha Barca d'Ire en le prenant. Quelles sont nos pertes ?

— Nos troupes ont été…

Athossi s'interrompit, cherchant ses mots. Il y en avait des dizaines pour exprimer les événements, mais il se demandait lequel pourrait, d'une manière ou d'une autre, ménager le vieux vicaire. Toutefois, la réalité derrière les paroles demeurerait la même : l'euphémisme était le langage des pleutres. Aussi revint-il au terme le plus proche de cette réalité.

— … totalement anéanties, acheva-t-il.

— Vous voulez dire que…

— Aucun homme, soldat ou officier, ne subsiste, poursuivit Somas en essayant d'ignorer le sens de ses propres paroles. Pour autant que nous le sachions, en tout cas. Les quelques régiments épars qui n'ont pas été balayés par l'assaut initial ont tenté de battre en retraite, mais une escadre de dragonnefs les a pris en chasse. Vous connaissez la nature du terrain au sud de Bilfimir : une plaine immense, sans le moindre couvert à perte de vue. La colonne de fuyards faisait une cible trop parfaite pour une attaque aérienne.

— Je vois…, souffla Ivannis Barca d'Ire en baissant les yeux sur le rapport.

Somas se félicita de ce que le vicaire ne lui demandât pas de poursuivre son exposé. Il avait déjà lu le rapport trois fois — une vieille habitude de juriste — et ne se sentait pas capable d'en restituer verbalement le détail à Barca d'Ire. Pas sans vomir le peu qu'il avait réussi à avaler ce jour-là.

Les Anscarides avaient donné l'assaut à l'aube, leurs canons pilonnant la ville et ouvrant rapidement d'importantes brèches dans des murailles bien trop anciennes pour résister à des armes d'une facture aussi innovante et d'une puissance aussi démesurée que celles de la Maison Militaire. Le commandant des forces assurant la défense de Bilfimir avait alors tenté une sortie, et les rapports des heures suivantes n'étaient finalement que la traduction littéraire d'une boucherie, aussi bien à l'extérieur de la ville qu'à l'intérieur, lorsque les défenseurs survivants s'étaient mis en tête de transformer chaque place et chaque rue en champ de bataille.

Soldats et civils avaient payé le prix fort pour leur résistance acharnée. Tyruman Khan s'était une fois de plus illustré, donnant au passage du grain à moudre à tous ceux qui, dans les Basses-Terres, le décrivaient comme un diable tout droit jailli du Sépulcre. L'auteur des rapports s'était d'ailleurs visiblement cru obligé de fournir les détails les plus répugnants sur les exactions commises à Bilfimir, comme si les coucher sur le papier avait été de nature à les exorciser de son esprit. Tous les officiers supérieurs faits prisonniers avaient été pendus, sauf le commandant en chef, décapité de la main de Saragaï lui-même. Ce dernier avait également fait noyer les édiles — responsables, selon lui, de n'avoir pas protégé la population en rejetant son offre de reddition — dont les cadavres avaient ensuite été jetés aux chiens. Là encore, Tyruman Khan avait réservé un traitement spécial au bourgmestre de la cité, toujours vivant lorsqu'on l'avait balancé au beau milieu de la meute enragée.

— Je crois que j'en ai assez lu, soupira Barca d'Ire en refermant le rapport avant de le mettre de côté, non sans une moue de dégoût. Ce que je ne comprends pas, c'est comment Saragaï a pu orchestrer un assaut aussi massif en si peu de temps. Il aurait dû dégarnir ses troupes dans le nord pour contrer l'attaque lancée par Torée dans les Tournegrises !

— Il n'a pas eu à le faire, Excellence, déclara Somas en attrapant un nouveau dossier sous son bras. C'est la deuxième mauvaise nouvelle dont j'ai le déplaisir d'être le porteur : l'offensive des Tournegrises a tourné au désastre. Le lieutenant-général a été rapidement refoulé derrière la frontière morinthienne après avoir subi des pertes monumentales. Deux Brigades complètes sur les quatre qui participaient à l'opération ont été balayées.

— Par quelle armée ? s'étonna le vicaire. Pas celle du duc de Krelfe, tout de même ? Ce sombre guignol n'a jamais été foutu de trouver son propre pays sur une carte !

— Non, il s'agissait d'unités venues de Reisenvard. Il semble que les Anscarides partagent votre jugement sur le duc : ils ont installé des gouverneurs militaires dans les provinces krelfiennes, et ce sont tous des Vardeners. C'est celui en poste dans les Tournegrises, un certain général Stanek Votha, qui commandait les troupes qui ont écrasé Torée et ses Brigades.

— Votha, hein ? Inconnu au bataillon, marmonna Barca d'Ire en parcourant brièvement les feuillets remis par Athossi. Si je comprends bien, nous ne pouvons plus compter sur davantage de soutien de la part du lieutenant-général ?

— Il va avoir fort à faire pour se maintenir en poste après l'échec des Tournegrises, confirma Somas. Il y a cependant plus embêtant en ce qui nous concerne : les Morinthiens nous ont fait savoir qu'ils n'enverront pas les renforts prévus. La débâcle de Torée fait craindre au roi Damyr que les Anscarides ne lancent une contre-attaque, avec ce Votha et les troupes vardeners en fer de lance.

— Dites surtout qu'il va être trop occupé à essayer de faire virer Torée pour reprendre sa place à la tête de la Ligue. Les Cinq nous préservent des ambitieux, Somas : un roi devrait apprendre à se contenter de son royaume.

Disant cela, le vicaire baissa à nouveau les yeux sur la carte dépliée devant lui, représentant Pont-Salin et les pays limitrophes, et matérialisant l'évolution du conflit. De petits étendards de différentes couleurs trônaient çà et là au bout de petites tiges maintenues à la verticale sur des socles de bois : les jaunes figuraient les armées pontsalinoises, les verts et les violets respectivement les troupes des rois du Kurgenmark et de Morinthe. En bleu apparaissaient les Brigades, formations placées sous le commandement commun de la Ligue, dont seulement deux sur les neuf existantes participaient directement aux opérations en Pont-Salin : la IIIe, qui tenait la forteresse de Magaïa, à mi-chemin de Bilfimir et de Solmost ; et la Ve pour l'heure gardée en réserve en cas d'attaque contre la capitale.

La main du vicaire survola la carte, se saisit entre le pouce et le majeur du petit drapeau jaune planté sur Bilfimir, qu'il retira délicatement avant de le remplacer par un drapeau rouge. Celui-ci s'ajoutait dorénavant aux multiples étendards de la même couleur qui ensanglantaient toute la portion nord de Pont-Salin.

— J'imagine que la panique a d'ores et déjà gagné les villes au sud de Bilfimir, commenta le vicaire, les yeux toujours fixés sur la carte.

— En effet, Excellence. Cette nouvelle démonstration de force a ébranlé le moral de nos concitoyens.

— Il n'était déjà pas bien haut.

— Maintenant, ce sont des colonnes de réfugiés qui descendent vers le sud du pays : les villes de Sbourne, Callimaës, Trière, ainsi que les bourgs et les villages environnants, se sont presque totalement vidés pour converger en un immense exode. J'ignore comment nous gérerons un afflux aussi massif de population.

— Nous n'aurons pas à le faire, répondit distraitement Barca d'Ire. Je doute qu'ils viennent à Solmost. S'ils ont deux sous d'intelligence, ils ignoreront la capitale au profit de régions plus méridionales.

Somas s'abstint de faire remarquer que deux sous d'intelligence prêtés à une foule prise de panique, c'était de l'argent dont on était garanti de ne jamais revoir la couleur.

— Peut-être faudrait-il s'en assurer ? suggéra-t-il à la place. Des bidonvilles aux portes de Solmost sont la dernière chose dont nous avons besoin.

— J'imagine que nous pourrions les aiguiller, convint le vicaire avec une série de gestes agacés de la main. Dépêchez un messager auprès du prince Belaïstès pour qu'il s'en charge. Le peuple lui fait confiance, les gens le suivront donc plus facilement qu'un général dont ils ne connaissent pas le visage.

— Justement, à propos de Son Altesse le prince héritier…

— Oui ?

— Le prince vous a adressé un courrier pour vous informer de son intention de… hem… de reprendre Bilfimir.

— Pardon ? hurla presque le vieillard en relevant brusquement une tête aux yeux exorbités. Je crois avoir mal entendu, Somas. J'espère sincèrement avoir mal entendu, insista-t-il, mais le conseiller infirma tout problème auditif en lui tendant la lettre incriminée.

— Il estime de son devoir de venger les atrocités commises par les troupes de Saragaï en menant un assaut avant que ce dernier n'ait eu le temps de quitter la ville, expliqua Somas tandis que Barca d'Ire parcourait le contenu de la lettre avec un air ahuri. Il pense avoir de bonnes chances de…

— De quoi ? le coupa brutalement le vicaire en balançant la lettre. De se faire tuer ? Serait-il devenu fou ? (Le vieil homme se frotta longuement le front de ses doigts décharnés.) Il est bien comme son père, tiens. Un sanguin dépourvu de cervelle !

— Excellence…, s'offusqua Somas.

— Quoi, Excellence ? s'emporta encore le vicaire. Vous voulez peut-être que j'applaudisse à cette brillante initiative ? Vous pensez peut-être que le suicide du seul héritier direct du trône serait une bonne chose pour l'avenir de Pont-Salin ? Vous vous imaginez qu'avec l'état dans lequel se trouve déjà le père, je pourrais me permettre de laisser le fils me claquer entre les doigts ? (Il pointa sur Somas un index noueux.) Vous allez répondre au prince que je lui interdis *formellement* de tenter quoi que ce soit, et que j'ordonne à ce jeune couillon de revenir ici dans les plus brefs délais !

— Jeune cou…

— Et vous pouvez citer la formule ! insista Barca d'Ire. Je l'ai vu en couches, ce morveux. Il n'y a pas si longtemps, il m'appelait encore « Tonton Vannis » en grimpant sur mes genoux et en bavant sur mes robes, alors ne venez pas me donner des cours sur l'étiquette, s'il vous plaît ! Et puis franchement, avec quelles troupes entend-il attaquer Tyruman Khan ? Il ne commande que deux-cents voltigeurs !

— Son Altesse fait mention des IIIe et Ve Brigades. Apparemment, il aurait reçu l'accord de leurs commandants.

— Les voilà qui prennent des initiatives, ceux-là ? Où diable sont-ils allés pêcher ces ordres ?

— Il semblerait que le représentant du lieutenant-général ait donné son aval pour cette opération, l'informa Athossi.

— Le représentant du…, grinça le vicaire entre ses dents serrées. (Il se releva de son fauteuil en prenant appui sur le bureau et foudroya le conseiller du regard.) Allez immédiatement me chercher le général Wolfdagger !

***

La nuit avait recouvert de ses bras la Léonine orientale, chassant d'un geste la lumière et la chaleur du printemps naissant, apportant avec elle un peu de la saison hivernale qu'elle gardait toujours sous le coude. Refroidis à tous points de vue par cette atmosphère soudainement plus rigoureuse, les passagers avaient déserté le pont du *Comminien*. Le vapeur avait adopté son rythme nocturne, se dandinant sur les flots dans le roulement serein et routinier de ses roues à aubes, sur fond des quintes de toux étouffées du moteur enchâssé au cœur de sa coque rouillée.

Une ambiance sonore à laquelle le capitaine était tellement accoutumé qu'il y prêtait la même attention qu'au bruit de sa propre respiration. Il pouvait détecter une avarie technique sur une simple variation des expectorations métalliques du caboteur, auquel il avait fini par s'identifier : un vieux modèle, certes quelque peu déglingué, mais qui remplissait encore son office avec efficacité. L'heure de la cale sèche approchait cependant : le nom même du bateau rappelait le temps où Sainte-Eusie n'avait pas encore arraché sa souveraineté au Divin Empire et aux pantarques de la maison Comminiani. Pas de quoi rajeunir l'officier non plus, qui avait connu cette époque charnière comme simple canonnier à bord d'une des dernières galères de guerre de la flotte impériale.

Avec le *Comminien*, ils avaient vieilli ensemble et, comme tous les vieux couples, développé rituels et habitudes. La promenade du soir sur le pont désert, un cigare au coin de la bouche et un verre de whisky au creux de la main, constituait de loin la préférée du capitaine. Les lunes jumelles ne s'étaient pas encore levées, les étoiles ne piquetaient pas encore le ciel, si bien que le navire donnait l'impression de flotter parmi le néant. L'obscurité avalait le firmament et la mer, la côte magneterrienne au loin, et dans la foulée l'*Oxybèle* dont on ne parvenait plus à deviner la silhouette trapue, même depuis le pont supérieur.

Le capitaine affectionnait ce moment. Il lui remettait systématiquement en tête toutes les anciennes croyances dans lesquelles il avait été élevé, et son père qui lui parlait de ce que les vieux marins nommaient « l'Heure du Borgne » — car, prétendaient-ils, ce bref instant de flottement entre chien et loup ouvrait une brèche vers le monde des trépassés. Quiconque fixait l'eau à cette heure-ci courait le risque d'apercevoir l'éclat rougeoyant de l'œil d'Andraxès, le dieu des Morts. Un mauvais présage.

Bien évidemment, notre bon capitaine se voyait comme un homme moderne. Il ne croyait plus en toutes ces vieilles histoires, ces récits d'autrefois qui, il l'avait compris de longue date, ressemblaient à des glaçons dans un verre de whisky : destinés à perdre peu à peu de leur consistance, à s'étioler à mesure que s'écoulaient les années, jusqu'à sombrer et ne subsister que sous forme de souvenirs, tout juste bons à rafraîchir les nuits des bambins.

Un postulat certes répandu en ces temps de modernité galopante, mais globalement erroné. Les croyances populaires ne surgissaient pas plus du vide que les enfants des choux ou des massifs de roses. En l'espèce, il aurait suffi au capitaine de se rendre dans n'importe quelle librairie du continent, même modestement achalandée, de s'y procurer un exemplaire de l'*Almanach magneterrien* de Charles de Vlincourt, pour trouver, au chapitre *Croyances diverses*, et à la fin de la section consacrée à « l'Heure du Borgne », le paragraphe suivant :

Il est à noter que ces récits traditionnels des régions côtières et insulaires du sud de la Magneterre trouvent leur origine, non dans des formes spécifiques du culte rendu à Andraxès ou aux autres divinités du Quinthéon, mais bien à une réalité connue des marins d'avant le Xe siècle, lorsque la Mer du Lion orientale était encore largement aux mains des Anuirloëns. Une réalité transmise de génération en génération avant de dégénérer en conte populaire puis en fable destinée à effrayer les enfants. En l'occurrence, c'était généralement à cette heure-ci que, profitant de la faible capacité d'adaptation oculaire des Humains, les pirates semi-elfes lançaient leurs raids.

Une information qui eut été fort utile au capitaine, mais moins que la toute dernière phrase : *Il est plus que probable que les Tucks usent, encore aujourd'hui, de la même stratégie.*

Et de fait, ce fut quelques minutes avant que les becs de gaz ne s'allumassent à bord du *Comminien* que l'attaque débuta.

Une vingtaine de petits submersibles à vapeur crevèrent la surface de l'eau, tous soigneusement collés dans l'alignement tribord du navire et, de ce fait, hors d'atteinte de ses canons — car largement sous leur ligne de tir — comme de l'arsenal de l'*Oxybèle* qui voguait à bâbord. Des écoutilles s'ouvrirent le long des parois rivetées à présent émergées des sous-marins : des dizaines de grappins traversèrent en silence l'espace en dévidant de longues cordes dans leur sillage. Leurs crochets raclèrent le sol du pont inférieur avant de trouver une prise solide en accrochant le garde-fou. Des formes ramassées se glissèrent par les issues rondes et entreprirent de remonter le long des solides filins jusqu'au *Comminien*, encore inconscient du danger qui guettait son équipage et ses passagers. Un état de fait qui changea brutalement lorsqu'un matelot fut malencontreusement alpagué à l'épaule par un grappin et happé par-dessus bord en piaillant.

Un peu partout à bord du vapeur, les becs de gaz se mirent à crachoter, nimbant le *Comminien* d'une aura grasse — et révélant au capitaine la flottille de sous-marins pendus aux basques de son navire.

— Les Tucks ! éructa-t-il après un instant d'hébétude. Les Tucks ! Branle-bas de combat ! Bran…

Une salve ennemie l'interrompit brusquement. Des taches de fumée noire maculèrent la brume jaune qui entourait le caboteur lorsque les pirates ouvrirent le feu. Une pluie de projectiles s'abattit sur le pont, forçant le capitaine à se jeter précipitamment à terre. Tous ses hommes n'eurent pas la même présence d'esprit : une poignée d'avachis de l'instinct de conservation rejoignirent promptement leurs ancêtres.

— Coupez-moi ces putain de cordes ! vocifèra l'officier, en vain.

Ses braillements peinaient à couvrir les crépitements des tirs et des lampes à gaz qui explosaient dans de brèves gerbes de flammes bleutées.

S'y joignirent bientôt les cris de guerre traditionnels des Tucks lorsque les premiers pirates abordèrent le *Comminien*. Dépassant rarement le mètre trente à l'instar de leurs cousins continentaux, les Nains de l'Armada du Requin Rouge se révélaient toutefois plus solidement bâtis que leurs frères de race. Des décennies, voire pour certains d'entre eux, des siècles de piraterie, leur avaient conféré la patine propre à ce corps de métier : tatouages, crasse et dents en or, que complétait toute une panoplie de prothèses essentiellement conçues pour couper, trancher, débiter, briser, broyer. Les affronter constituait une perspective effrayante aux yeux du capitaine : la dernière fois qu'il avait sabré autre chose que du champagne remontait au siècle précédent. Tout ce qu'il avait à opposer aux flibustiers se limitait à une poignée de gamins à peine sortis de la puberté.

Il évacua toutefois rapidement ces pensées : c'était le meilleur moyen pour qu'un Tucks lui décalotte le crâne. Raffermissant son emprise sur la garde de son sabre, dégainant finalement son pistolet, il adressa une rapide prière à Capalata, la déesse des Eaux, pour qu'elle emporte les âmes des pirates au fond de la mer.

Le premier d'entre eux à bondir par-dessus le bastingage à proximité du capitaine ne prit pied sur le *Comminien* qu'une fois mort. D'un revers de lame qui attestait qu'à l'image de la bicyclette, le maniement des armes ne s'oubliait jamais totalement, le Sainteusien lui avait ouvert le ventre, répandant ses tripes sur le pont. Un second flibustier surgit dans son champ de vision et il lui allongea une estocade qui lui perça l'estomac. Le Nain s'affala sur le corps inerte de celui qui l'avait précédé, mais il vivait toujours. Une balle en pleine nuque y remédia dans l'instant.

Il se précipita vers l'escalier du pont inférieur, d'où surgit en trombe un Tucks, un pistolet dans chaque main ; mais celui de l'officier gronda le premier. La réverbération de son propre tir fit qu'il n'entendit qu'au dernier moment les pas lourds dans son dos. Il pivota au moment où deux autres Nains se précipitaient vers lui. Ouvrant à nouveau le feu, le capitaine abattit le premier, mais fut trop lent pour accueillir l'autre dont l'énorme fendoir atteignit le bras du Sainteusien, qui lâcha son arme lorsque le fer, traversant l'épaisseur de tissu de sa manche, mordit profondément dans ses chairs.

S'efforçant de ne pas succomber à la douleur, le capitaine du *Comminien* poussa sur ses jambes, partit en avant, ceintura le pirate pour tenter de le déséquilibrer et de le renverser. Une manœuvre stérile lorsque l'adversaire se trouvait déjà trop près du sol : le Tucks n'eut qu'à se camper solidement sur ses jambes courtaudes pour faire avorter la tentative de l'officier, désormais en très fâcheuse posture. La poignée du fendoir le frappa rudement dans le dos, et il s'effondra face contre terre.

Instinctivement, l'officier roula sur le côté. La lame, courbe et mouchetée de rouille, le rata d'un cheveu. Il voulut se redresser, mais le pirate l'avait suivi : il lui plaqua une botte ferrée sur la poitrine, le maintenant à sa merci. Il brandit encore au-dessus de lui son lourd couperet, prêt à frapper. Le capitaine voulut lever son pistolet ; malheureusement, le choc et la perte de sang, sans parler de l'âge et d'une consommation immodérée de spiritueux, travaillant de concert, l'arme pesait une tonne au bout de son bras valide. Sa vue se brouillait déjà.

Il entendit vaguement une foulée rapide de bottes — *tac tac tac* — et il lui sembla qu'un trait de feu cristallin, comme un éclair blanc-bleu, se faufilait dans sa direction, passait en tourbillonnant derrière la silhouette du pirate.

Lequel n'eut pas le temps de se retourner. L'éclair décrivit une courbe rapide, élégante. Il y eut un déplacement d'air. Le Nain, déjà pas bien grand, se retrouva subitement raccourci d'une tête et d'une bonne longueur de barbe.

Son corps décapité bascula sur le capitaine. Le choc tira ce dernier de son état semi-comateux. Il baissa les yeux sur le cadavre en travers de ses jambes, puis sur ceux, étonnés et morts, du pirate, qui le fixaient depuis le pont où la tête avait roulé ; avant de les lever vers son sauveur.

Luther Falkenn lui adressa un petit salut de la main gauche. De la droite, il tenait une sorte de longue rapière, dont la poignée, sans garde et faite d'argent massif, s'ornait d'un pommeau en forme de rose. La lame en semblait étrange, totalement blanche : le matériau rutilait d'un éclat glacé, presque bleu à la lueur des lunes.

— Ce n'est pas le moment de tirer au flanc, Capitaine, lança-t-il, le poing gauche contre la hanche, la main droite appuyée sur le pommeau de son arme.

— Merci du coup de main, souffla l'officier qui se relevait en chancelant. Un peu plus et…

Un rugissement monta du pont inférieur, si perçant qu'il sembla déchirer la nuit, si puissant qu'il couvrit tout à la fois les cris de guerre des Tucks, les appels à l'aide des marins, les jérémiades des passagers et jusqu'aux aboiements des fusils. Le capitaine se figea.

— C'était quoi, ça, bons dieux ? gronda-t-il, inquiet. Est-ce que les Tucks auraient ramené une bête sauvage à bord ?

Il se tourna vers Falkenn qui arborait quant à lui une expression sardonique.

— Pas eux, non.

***

Jurant et ânonnant, le Dvargar s'échinait le long du cordage. Tout pirate qu'il était, il ne goûtait pas particulièrement cet exercice. Les Nains manifestaient, il est vrai, peu d'appétence pour les acrobaties, lacune traditionnelle à laquelle celui-ci ajoutait une surcharge pondérale considérable et sans doute un brin de flemmardise. Il lui fallait néanmoins sacrifier au rituel de l'abordage et figurer parmi les premiers à investir le navire ennemi : son devoir en tant que chef, et son honneur — ou ce qui lui en tenait lieu — en qualité de membre de la famille dont le nom demeurait indissociable de celui de l'Armada du Requin Rouge.

Car il s'appelait Weynar Tucks, et son grand-père n'était ni plus ni moins que Havared Tucks, Tucks l'Éclopé, le Seigneur aux Mille-Deux-Cent-Treize Scalps, le capitaine pirate le plus sanguinaire de toute l'histoire magneterrienne, qui écumait la Léonine occidentale depuis déjà plus de trois-cents ans. Mais à présent, son dernier œil valide se fixait sur la portion orientale de la mer, sur les richesses jusque-là hors de portée de la péninsule eusienne. Une occasion en or massif pour le jeune Weynar : si, à même pas cent-trente ans, il parvenait à mettre à sac Port-Lorque ou Sainte-Eusie-Ville, nul doute que le vieux ferait de lui son héritier.

Voilà ce qui guidait Weynar depuis des mois maintenant. L'ambition de devenir le prochain grand amiral de l'Armada du Requin Rouge. Chaque navire qu'il capturait, chaque marin qu'il tuait, chaque capitaine dont il récupérait le scalp le rapprochait un peu plus de cet objectif. Le temps travaillait également pour lui, car Havared se faisait vraiment vieux, même selon les standards de l'espèce. Plus que quelques décennies à attendre et l'Éclopé avalerait enfin son extrait de naissance. Peut-être même Weynar pourrait-il, par pure charité et amour filial, l'y aider si, par malchance, l'ancêtre éprouvait quelques difficultés à déglutir. Entre-temps, tout serait bon pour marquer des points, y compris prendre des initiatives, à l'image de l'attaque de cette nuit, destinée à imposer un peu plus son autorité sur ses frères, tout en impressionnant favorablement Havared. Après tout, le vieux lui-même avait bâti sa réputation en ne se trouvant jamais là où on l'attendait.

Weynar ne se trouvait plus qu'à deux mètres à peine du pont inférieur, lorsqu'un bruit insistant l'obligea à laisser de côté l'élaboration méticuleuse de son plan de carrière. Un grattement, ou quelque chose d'approchant. Plissant les yeux, il distingua une vague forme noire qui s'agitait sur la rambarde du bastingage, là où le grappin s'était immobilisé. Il arqua un sourcil interloqué en réalisant de quoi il s'agissait : un chat, tranquillement en train de mâchonner la corde.

Comme s'il sentait qu'on l'observait, le félin s'interrompit dans sa tâche et tourna vers le pirate des yeux aux iris violets.

— Salut, lança l'animal.

— Euh… Salut, répondit machinalement Weynar.

Logiquement, il aurait dû lui balancer son couteau à la truffe, mais c'était la première fois qu'un chat lui parlait. L'événement avait de quoi dérouter.

— Elles sont plutôt solides, vos cordes, poursuivit l'animal sur le ton de qui évoque la pluie et le beau temps.

— Euh… Ouais, admit le Nain dont la langue avait cette fois définitivement fait sécession d'avec son cerveau. On les tresse 'vec des lianes des forêts du Syamée. C'est du costaud : faut s'y mettre à plusieurs 'vec des haches pour en v'nir à bout. T'arriveras pas à grand-chose 'vec tes p'tits chicots, t'sais.

— C'est pas faux, admit le félin en reportant son attention sur le cordage.

La lumière et les ombres tremblotantes des becs de gaz alignés par-derrière jouèrent alors des tours aux yeux de Weynar : le pelage de l'animal sembla onduler, ses contours devenir soudainement flous, incertains… mouvants. Ils s'ourlaient de mèches de feu noir, de plus en plus nombreuses, de plus en plus longues, de plus en plus grandes à mesure que le corps du félin, flaque d'ombre vivante, se dilatait, enflait, se distendait encore et encore. Ses proportions dépassaient allégrement celles d'un loup lorsque Weynar, réalisant enfin qu'il n'avait pas la berlue, porta la main au tromblon suspendu à son ceinturon.

Deux hurlements retentirent coup sur coup. Le premier, bestial, rappela momentanément mais efficacement à tous ceux qui l'entendirent certaines réalités intemporelles, telles que l'existence d'une chaîne alimentaire et le fait qu'à rebours de ce qu'ils avaient toujours cru, ils n'y occupaient pas la place la plus élevée.

Le second, ponctué de jurons, prit fin sur une éclaboussure sonore lorsque Weynar Tucks, les mains crispées sur le tronçon de cordage, rencontra la Mer du Lion.

***

Sur les ponts inférieurs du *Comminien* avaient éclaté des corps-à-corps sanglants. Les lames crissaient, lançaient des gerbes rouges à la lumière crue des becs de gaz encore intacts ; les tirs poudroyaient en une grêle de fer, maculaient vareuses et débardeurs de trouées noirâtres. Matelots et Dvargars tombaient, côte à côte ou les uns sur les autres.

L'équipage, soutenu par une poignée de passagers, opposait à la sauvagerie des Requins Rouges l'unique atout dans sa manche : la force du nombre. Atout bien fragile qui ne se maintiendrait toutefois pas indéfiniment. Guerriers endurcis, les Tucks combattaient depuis souvent plus d'une vie d'Homme, tandis que l'équipage se composait en majorité des gamins. La piraterie n'étant plus le fléau qu'elle avait jadis représenté pour les Sainteusiens, la seule formation au maniement des armes dispensée à ces derniers avait dû se limiter à taper pendant quelques heures à l'aide d'un bâton en bois sur un mannequin rempli de paille. Quant aux civils présents à bord, il s'agissait pour l'essentiel de bons bourgeois bas-terriens auxquels leurs relations avaient probablement permis d'échapper à de fastidieuses obligations militaires, si bien qu'ils maniaient le fusil pour la première fois de leur vie.

Une résolution commune de survivre les unissait toutefois, les animait. Si les Tucks s'emparaient du navire, les marins seraient massacrés ou jetés par-dessus bord, les officiers et les passagers pris en otage, à condition d'avoir une valeur quelconque pour des gens fortunés sur le continent. Faute de quoi, les hommes et les vieillards finiraient eux aussi à la flotte, les femmes et les enfants sur les lointains marchés aux esclaves de l'Archipel d'Anuirloc ou des côtes syams.

Les cris lancés par le capitaine et son cadre, qui motivaient les défenseurs tant par leurs encouragements que par des insultes adressées à la vertu de leurs mères, enjoignaient donc les défenseurs à tenir. Le temps jouait en leur faveur. Une fois l'*Oxybèle* parvenue à distance d'abordage, les commandos de marine sainteusiens passeraient à l'attaque. Les mouches changeraient alors définitivement d'âne, d'où l'empressement des Nains à débarquer de leurs submersibles : le *Comminien* capturé, leur première priorité serait de mettre les gaz pour distancer le puissant mais lent cuirassé.

— Dégagez-moi ces foutus filins, bordel des dieux ! continuait à hurler le capitaine, mais son ordre peinait à être suivi d'effet.

Désarrimer les crochets d'acier du garde-fou représentait un défi presque aussi considérable que couper les cordes elles-mêmes. Marins et passagers devaient s'y mettre à plusieurs et frapper à coups redoublés pour en venir à bout. Sabres, couteaux et haches les entaillaient à peine.

Toute fine que fût sa lame, à peine plus large que celle d'une rapière, Luther Falkenn n'en tranchait pas moins les cordages comme si la canne-épée traversait du beurre. Encore le chasseur de primes ne mettait-il pas spécialement de force dans ses gestes : précis, presque mécaniques, comme étudiés un long moment à l'avance, ils restaient toutefois nonchalants.

Il se mouvait de la même façon. À observer sa démarche gracieuse, son port toujours altier, la façon dont il tenait son arme — le bras droit au côté, les doigts un peu relâchés, pas totalement refermés sur le manche —, on ne devinait chez lui aucune tension. Une attitude qui avait le don d'abuser ceux qui croisaient son chemin : les flibustiers qui se jetaient sur lui en braillant, s'attendant sans doute à le voir tourner les talons, semblaient sincèrement mais brièvement surpris lorsque la lame blanche leur transperçait la gorge ou leur fendait le crâne.

Il combattait de la même façon. Une technique économe de mouvements, attentiste, fondée sur la contre-attaque et l'effet de surprise, la célérité du jeu de jambes, la précision de l'œil et la souplesse du bras. Les rares assauts qu'il ne se contentait pas d'esquiver au dernier moment, là encore, avec une espèce de dédain corporel, se voyaient repoussés par l'épée, qui trouvait dans la foulée le chemin d'un cœur, d'un rein, d'une trachée ou d'une artère fémorale. Falkenn ne frappait qu'à bon escient : un coup, un mort.

Tout en essuyant son arme ensanglantée à l'aide d'un mouchoir ocre, Falkenn enjamba le corps d'un énième Tucks et ralentit l'allure pour évaluer la situation. Par-dessus le garde-fou tribord, dans le cercle de lumière graisseuse émis par les projecteurs à gaz, il constata que tous les cordages sur le pont inférieur du *Comminien* avaient été sectionnés, preuve que Boniface avait terminé sa part du travail. L'encombrant félin n'avait pas attendu après les instructions de son maître pour trouver une nouvelle occupation, plus ludique : poursuivant son chemin vers l'arrière du navire, le chasseur de primes aperçut également un certain nombre de cadavres de Nains ou, plus précisément, de morceaux de cadavres. Les braillements terrifiés qui lui parvenaient aux oreilles de temps à autre confirmaient également que Boniface s'en donnait à cœur joie.

Enfin parvenu à la poupe du caboteur et après avoir abattu deux autres pirates un peu distraits, Falkenn aperçut un petit groupe de marins qui pliaient sous le nombre et le poids du double de Dvargars. Acculés, le dos au bastingage, pour la plupart salement amochés, les membres de l'équipage n'allaient pas tarder à se faire tailler en pièces. Malgré la distance qui le séparait encore de cette position, le chasseur de primes entendait les rires rauques des Tucks, leurs injures, leurs menaces et leurs malédictions.

S'étant penché pour ramasser le couteau d'un des pirates qu'il venait de tuer, Falkenn accéléra à peine le pas, visa, arma son bras, le détendit lorsque la distance lui parut adaptée. Le projectile fila dans l'air froid pour s'enfoncer à la base de la nuque d'un Nain, qui s'effondra sur l'un de ses acolytes en le poussant directement sur la lame maladroitement brandie d'un des matelots.

Les survivants tournèrent vers le nouveau venu des trognes à faire avorter une couvée de singes. Falkenn se prépara à accueillir leur charge… qui ne vint jamais.

Une imposante silhouette se laissa tomber du pont supérieur. La créature évoquait une panthère, quoique nettement plus grosse et tout droit surgie des cauchemars d'un poète tragique sous laudanum, avec son pelage crêté de feu sombre, ses crocs luisant comme des dagues et ses yeux étincelants, uniformément mauves et dépourvus de pupilles. Elle atterrit directement sur la tête du Nain le plus éloigné du bastingage, et la scène qui suivit saisit dans un même élan de stupeur marins blessés et pirates, tous figés tandis que la bête, plus noire que les profondeurs marines, dépiautait l'infortuné Dvargar dans un concert de gargouillis sanglants et d'os éclatés.

Falkenn, blasé, laissa Boniface s'amuser. Ne trouvant finalement plus rien à se mettre sous les crocs, ce dernier rejeta la tête en arrière et feula.

Son hurlement primal fit son petit effet. L'instinct de survie revint instantanément aux pirates, en même temps que l'usage de leurs jambes. Cependant, ni l'un ni l'autre ne songèrent à inviter un semblant de jugeote à se joindre à leur duo : les Nains se débandèrent, paniqués, offrant aux marins du *Comminien* l'opportunité d'une contre-attaque. Falkenn en vit un lui passer quasiment sous le nez avant de sauter par-dessus le garde-fou — hélas pour lui, directement à l'aplomb de l'une des puissantes roues à aubes qui propulsait le caboteur.

Le chasseur de primes n'accorda qu'un bref coup d'œil au cours d'introduction à l'anatomie naine qui se déroulait en contrebas. Il se détourna pour baisser ses yeux au bleu ferreux sur Boniface qui, de son côté, avait entrepris de faire un brin de toilette. Un Boniface aux proportions tout à fait normales, et désormais seul à la poupe.

— Le spectacle est déjà terminé ? demanda Falkenn, non sans ironie.

— Rester trop longtemps sous Unciamorphose me fatigue, répondit le félin en regardant autour de lui. Où sont passés tous les marins blessés ?

— Ils ont manifestement mobilisé les forces qui leur restaient pour s'éloigner le plus possible de toi. Je devrais en faire autant, d'ailleurs, ajouta-t-il distraitement en s'adossant au garde-fou.

À nouveau, il utilisait un mouchoir rouge pour nettoyer sa lame.

— Même pas un « merci », se renfrogna Boniface. Je leur sauve la mise, et ces trous de balle décanillent comme les derniers des barbots au moment d'une descente de police. Je retiens. En attendant, j'ai les coussinets qui enflent à force de galoper partout, moi. Sans parler du goût du Nain : je sais pas ce qu'ils becquettent, mais leur chair a toujours un goût de carton. Pouah !

— Pauvre chaton exploité, se gaussa le chasseur de primes. Ne t'en fais pas, nous nous passerons de tes services à partir de maintenant. À moins que tes extraordinaires compétences n'incluent le maniement d'un canon.

En effet, les artilleurs gagnaient à présent leurs pièces au pas de course. Le capitaine avait poussé les moteurs au maximum de leurs capacités, creusant la distance avec les submersibles des Tucks. Certains de ceux-ci essayèrent bien de maintenir une certaine proximité avec le vapeur, tandis que d'autres, apparemment vidés de tout équipage, flottaient librement au gré des flots noirs ; mais tous étaient passés dans la ligne de tir des armes du *Comminien*.

Celles-ci ouvrirent le feu, de concert avec l'arsenal de l'*Oxybèle* dorénavant en mesure d'attaquer sans risquer de toucher le caboteur. La flotte pirate en perdition fut ainsi prise sous une averse d'obus revanchards, semant panique et destruction. Deux des submersibles percutés de plein fouet explosèrent, vaporisant sur des dizaines de mètres des échardes de métal, des balles de mousquets gardées en réserve et des morceaux de pirates carbonisés. La mer d'huile se fit bouillonnante, brassée par les explosions, les incendies et les projectiles qui manquaient leur cible, et bientôt un sauve-qui-peut général se propagea à travers les rangs des Tucks. Quelques submersibles tournèrent casaque et parvinrent à trouver refuge sous les eaux sombres de la Léonine orientale, mais la plupart des pirates durent abandonner leurs embarcations pour plonger plutôt que de finir cramés vifs dans leurs cercueils d'acier.

Ils demeurèrent ainsi un instant, à nager dans le cercle de lumière des projecteurs à gaz, observant le *Comminien* comme une planche de salut potentielle. Ils savaient pourtant cet espoir parfaitement chimérique : les pirates capturés n'avaient droit à aucun procès. Aucun, en tout cas, qui exigeât la présence d'un avocat.

Peu à peu, les survivants se détournèrent du bateau et, nageant au milieu des débris de leurs submersibles, disparurent dans les ténèbres, laissant leur ultime jugement entre les mains de la mer et de ses prédateurs.

***

Ivre de rage, les mains dans le dos et la démarche nerveuse de qui bout d'envie de passer sa colère sur quelqu'un, Ivannis Barca d'Ire rongeait son frein tout en faisant les cent pas dans la salle du Haut Conseil. Il marchait tête baissée, les yeux braqués sur le parquet précieux afin de ne pas croiser les regards ombrageux des rois et des reines défunts, figés dans leurs cadres ouvragés. Il les sentait pourtant peser sur lui, comme autant de rappels muets des responsabilités écrasantes qui lui incombaient.

Dans l'idéal, il aurait dû mettre à profit cette attente pour organiser ses idées, mettre en ordre de bataille ses arguments, choisir ses mots, les peser et les soupeser soigneusement : l'homme qu'il avait envoyé chercher avait, après tout, rang d'ambassadeur. L'on n'était pas censé houspiller ces gens-là comme de vulgaires domestiques, même lorsqu'on avait affaire à de parfaits parvenus tels que le général Wolfdagger. Un état de fait qui n'arrangeait rien au désordre qui régnait sous la caboche d'Ivannis Barca d'Ire, car si l'aristocrate rompu à l'exercice de la politique et de la diplomatie entendait se contraindre à la retenue et au tact, l'homme et le patriote n'avaient quant à eux que des injures à la bouche.

Comme si la situation n'était déjà pas assez sombre ! Le vicaire fulminait : contre l'empereur Hagen et Tyruman Khan, contre Wolfdagger, contre Belaïstès, contre le roi Vénézilios et, en dernière instance, contre lui-même. Le roi malade, les plus hauts responsables du pays tombant les uns après les autres comme des mouches, victimes des lames des assassins à la solde de l'empereur, et maintenant le prince héritier qui entendait se précipiter dans les bras de la mort avec autant de bravoure que de stupidité : tous les événements récents suivaient une ligne directrice, une route à sens unique qui ne menait qu'à l'asservissement ou à la destruction de Pont-Salin, et qu'aucune initiative ne paraissait en mesure de dévier. Les forces qui tenaient la plume de l'histoire humaine semblaient avoir en tête un scénario bien précis, qu'elles n'écriraient plus qu'à l'encre rouge.

À croire qu'entre nous et les Anscarides, les Cinq ont finalement fait l*eur choix*, se désespéra Barca d'Ire lorsque enfin on toqua à la porte de la salle du Haut Conseil pour annoncer son visiteur.

Ce dernier entra dans la pièce avec une raideur toute militaire, sanglé dans un dolman bleu sombre à col rouge bordé d'or, affublé de brandebourgs dorés et de multiples cordons, et sur la poitrine, d'assez de platine, d'or et d'argent pour nourrir une famille nombreuse pendant quelques années : les médailles d'un vétéran de plus de trois décennies de conflits, depuis les deux dernières Guerres de Dislocation jusqu'aux campagnes contre les Anscarides en Reisenvard et en Krelfe.

Cependant, bien que le vêtement et les décorations fussent impressionnants, ils l'étaient nettement moins que l'homme en dessous. Oscar-Baruk Wolfdagger mesurait à peu près deux mètres de haut, et on n'aurait que très peu exagéré en affirmant qu'il était tout juste moins large. On avait affaire à une sorte de colosse bedonnant, un fût de bière monté sur deux jambes légèrement trop courtes pour être bien proportionnées — lui conférant une démarche quasi-pachydermique — et doté de bras épais, eux-mêmes terminés par des poings de la taille de jambons.

Ce physique, davantage taillé pour les docks que pour les parades, il le compensait par une posture de manche à balai qui projetait son embonpoint très loin devant lui, éclaireur fort peu discret de sa masse totale prodigieuse. Quant à son visage, c'était une fine bande de peau agrémentée d'un nez en patate et percée de deux yeux noisette brillants, perdue entre une tignasse noire qui descendait aux épaules et une barbe énorme, évoquant un nuage de charbon qu'on eût dit soufflé directement par les narines. Le général, représentant officiel d'Alchynon de Torée en Pont-Salin, et commandant des Brigades en l'absence du lieutenant-général de la Ligue, était, en un mot comme en cent, impressionnant.

Néanmoins…

— Vous m'avez fait ferfer, Ecfellenfe ?

Le système pileux de Wolfdagger était apparemment si développé qu'il avait envahi sa bouche elle-même. Chacune de ses phrases contribuait à l'augmentation de la pluviométrie locale, ainsi qu'à l'hydratation de ses interlocuteurs.

D'une manière générale, ces derniers faisaient en sorte de demeurer à distance respectable des retombées verbales du héros de guerre.

— En effet, confirma le vicaire en s'efforçant de garder son calme.

Son calme et son sérieux.

— On vient de m'informer d'un fait particulièrement grave et ennuyeux, Général, reprit-il. Son Altesse le prince Belaïstès entendrait lancer une contre-offensive contre les troupes du maréchal Saragaï, dans l'espoir complètement fou de lui reprendre Bilfimir. Plus grave encore, il semblerait que vos subordonnés commandant les IIIe et Ve Brigades soient décidés à lui apporter leur soutien, à la fois moral et logistique. Que pouvez-vous me dire à ce sujet ?

Il avait opté pour cette approche indirecte, prêchant sa propre ignorance, dans l'espoir que Wolfdagger serait assez intelligent pour désamorcer tout conflit, ou même qu'il serait lui-même dans l'ignorance de cette affaire. Hélas, les désirs du vicaire étaient, semblait-il, destinés à être déçus.

— F'est ecvact, confirma Wolfdagger. Le prinfe a follifité l'appui de la Ligue. V'ai défidé de l'aider dans fette entreprive, fertes périlleuve, mais felon moi indifpenfable.

Ivannis Barca d'Ire garda le silence quelques secondes, le temps de traduire mentalement les propos du général, puis d'en digérer l'énormité. Cela fut difficile, mais le convainquit de jeter la diplomatie aux orties.

— Seriez-vous devenu dingue, Wolfdagger ? lâcha-t-il.

— Ecfcuvez-moi, Ecfellenfe ? s'étonna le général.

— Je vous demande si vous êtes devenu dingue ! s'emporta le vicaire. Si vous avez perdu la raison ! Si vous consommez des substances illicites !

— Ve vous prie de…

— Taisez-vous ! Êtes-vous donc inconscient ? Vous trouvez que les Anscarides ne me suffisent pas en matière de problèmes ? Il y a dans ce château un homme qui se meurt, Wolfdagger, et cet homme se nomme Vénézilios II, roi de Pont-Salin ; et moi, je suis son vicaire. Il m'appartient donc d'assurer ce qu'il ne peut plus prendre en charge lui-même. Et ce qui lui tient le plus à cœur, juste après la survie de son pays, c'est celle de sa dynastie. Or, tout ce qui reste à l'heure actuelle de la Maison de Zandill, hormis le roi, c'est un jeune imbécile qui entend se faire charcuter le plus héroïquement possible ! Et vous, espèce de sinistre gros tas, tout ce que vous trouvez à faire, c'est de l'y encourager ? Croyez-vous vraiment que le royaume puisse se payer le luxe d'une crise dynastique à l'heure actuelle ?

Barca d'Ire se tut. Non pas qu'il eût fini, mais ses poumons vieillissants suivaient difficilement le rythme de son courroux. Il essayait de retrouver au moins des bribes de respiration et de chasser les petites particules colorées qui dansaient dans son champ de vision. Il se sentait tout près de défaillir.

Il se ressaisit toutefois et darda un regard noir sur son interlocuteur. Le général avait visiblement profité de cette pause pour retrouver sa contenance. Il renvoya son regard au vicaire, mit les mains dans le dos, ce qui eut pour conséquence de projeter son ventre et sa poitrine un peu plus vers l'avant, faisant au passage gémir les coutures de son uniforme. Abandonnant à son tour le tact de rigueur, il haussa le ton.

— V'ignore fe que Pont-Falin peut fe permettre, Ecfellenfe. V'ignore tout des foufis de fucfeffion, et pour tout vous dire, ve m'en contrefiffe.

— Pardon ?!

C'était au tour du vicaire d'être interdit.

— Vous m'avez fort bien compris, poursuivit Wolfdagger. Ve ne fuis pas au fervife du roi. Ni au vôtre. Ve n'ai pas prêté ferment à la Maivon royale de Pont-Falin, ni d'ailleurs à aucune autre dynaftie des Baffes-Terres. Ve fers la Ligue de Fkarland et l'intérêt fupérieur qu'elle reprévente. Alors oui, v'ai approuvé l'affaut contre Bilfimir et donné des vordres afin que deux de nos Brigades fe voignent aux troupes du prinfe.

— Mais qu'espérez-vous, bon sang ?! hurla Barca d'Ire. Qu'ils se fassent tous massacrer ?

— Et vous, Ecfellenfe ? rétorqua Wolfdagger. Qu'attendez-vous donc ? Que la mort vienne, frappe à votre porte, afin que vous puiffiez lui ouvrir ? Tant d'années, Ecfellenfe ! Tant d'années que vous et votre gouvernement demeurez immobiles tandif que les Vanfcarides dévaftent le pays. Nous terrer derrière des murs n'est plus de mive. Il nous faut paffer à l'attaque.

— Vous faites allusion à la brillante déculottée de notre cher lieutenant-général dans les Tournegrises ?

Barca d'Ire eut l'immense satisfaction de voir la trogne déjà peu avenante de Wolfdagger se tordre un peu plus sous l'effet de la surprise — et d'un vain effort destiné à la dissimuler. Le haut commandement de la Ligue éprouvait toujours quelques réticences à étaler ses échecs sur la place publique, mais les États membres entretenaient leurs propres réseaux d'espions.

Le général se reprit néanmoins à une vitesse surprenante.

— Preuve en est qu'il nous faut attaquer fur tous les fronts, Ecfellenfe, répliqua-t-il posément. Fans nous foufier du prix à payer. Nous devons montrer à l'empereur du Feptentrion que nous n'acfepterons vamais fa dominafion, et que nous fommes prêts à tous les facrififes pour le repouffer. Alchynon de Torée l'a compris. Votre prinfe également. Il a foivi l'attaque.

— C'est la mort qu'il choisit ! s'écria Barca d'Ire qui vint se placer devant Wolfdagger, bravant les postillons.

— F'est poffible, lâcha le général. Mais f'il réuffiffait ? F'il reprenait Bilfimir à Tyruman Khan ? Et même dans la plus dramatique des perfpectives, fi fa mort fourniffait à touf un ecvemple de courave ?

— Vous espérez faire du prince…

Il vomit la fin de la phrase, bien plus qu'il ne la prononça.

— … une espèce de symbole ?

— Ve ne veux rien en faire du tout, Ecfellenfe. F'est le prinfe qui nous montre la voie. Il a compris fe que vous ne parvenez pas à admettre : Pont-Falin ne furvivra pas feul. Les vintérêts d'un unique pays ne peuvent nous faire renonfer à une opportunité, auffi maigre foit-elle, de faire reculer l'ennemi ! F'est du deftin de toutes les Baffes-Terres dont il est queftion. Foit nous révifterons et triompherons enfemble, foit Hagen nous ecfterminera touf !

— Il n'en aura pas besoin si tous les généraux de la Ligue sont des Wolfdagger, répliqua Barca d'Ire du tac au tac. Je vois à qui j'ai affaire, à présent. Et je vais agir en conséquence.

Il tourna ostensiblement le dos au colosse, nouvelle violation du protocole, et même des simples règles de bienséance, pour retourner s'asseoir à la grande table. Il mit un peu d'ordre dans ses papiers, comme s'il était seul dans la pièce, puis, s'estimant visiblement satisfait de son ménage, releva enfin les yeux vers le général Wolfdagger.

— Le roi est dans le coma, entama-t-il lentement. Je suis son vicaire. En un mot, Wolfdagger, *je suis Pont-Salin*. Je vais donc donner des ordres. D'abord, pour que Belaïstès renonce à sa folle entreprise guerrière et revienne au plus vite à Solmost. Il m'écoutera, croyez-moi, surtout si j'exagère l'état de santé de Vénézilios. Le fils voudra revoir son père avant la fin, et le prince entendra être présent lorsqu'elle surviendra. Car la vie continue, en dépit des Anscarides et en dépit des gens comme vous. Nous aurons sans doute bientôt le couronnement d'un nouveau roi.

Il détestait le son de sa propre voix et méprisait les paroles qui franchissaient ses lèvres plissées de rage. Outre son statut de plus important ministre de Vénézilios, il en était l'ami depuis plus de quarante ans : presque un frère après tant de temps passé ensemble à rire, à pleurer, à vivre ou à combattre. La perspective de la mort prochaine de ce vieux compagnon de route lui aurait arraché des sanglots s'il n'avait eu une telle maîtrise de sa propre personne, ou si la cruauté de la vieillesse, jumelée à celle des jours présents, n'avait finalement engourdi ses sentiments. Surtout, le dégoût que lui inspirait le général Wolfdagger lui donnait le courage nécessaire pour camper ce rôle de politicien impitoyable.

— En ce qui vous concerne, poursuivit le vicaire, je vais aussi donner des ordres. Afin qu'on vous expulse du territoire pontsalinois. Je vous déclare *persona non grata*, Général, et je vous encourage vivement à quitter ce royaume avant que mes palicares ne viennent défoncer la porte de vos appartements. Dame Morville assurera l'intérim jusqu'à la désignation d'un nouveau légat par le lieutenant-général… quel qu'il soit à l'avenir, puisque je doute qu'Alchynon de Torée occupe le poste encore très longtemps. Je vais tout de même adresser au haut commandement un courrier particulièrement salé à votre sujet. J'aimerais faire en sorte qu'aucun autre pays membre de la Ligue n'ait, à l'avenir, à déplorer les conséquences de vos agissements intempestifs. Vous pouvez disposer, Général. Pont-Salin se passera de vos services. Définitivement.

Wolfdagger demeura plusieurs longues secondes dans une immobilité marmoréenne, les yeux braqués sur ceux du vicaire, fixes et dépourvus d'expression. L'espace d'un instant, Ivannis Barca d'Ire fut tenté d'appeler les palicares de faction, mais il s'en garda bien. Tout ce que pouvait faire le général, c'était tenter de l'impressionner, et il ne se laisserait certainement pas faire. Il soutint le regard du colosse et manqua de sursauter lorsque ce dernier baissa brusquement et sèchement la tête en signe de salut muet. Toujours raide, Wolfdagger tourna alors les talons et quitta la salle du conseil avec toute la dignité d'un iceberg victime d'un phénomène de réchauffement climatique : discrètement et en silence.

Barca d'Ire s'étant attendu à un esclandre ou à des protestations, il se trouva fort étonné, et même soulagé, de la facilité avec laquelle il avait solutionné le problème Wolfdagger. Cependant, un rapide coup d'œil sur la carte étendue devant lui rappela combien ce problème-là était mineur. D'autres, nettement plus épineux, arriveraient bientôt du nord. Par dizaines de milliers.

Pêchant une feuille vierge, il attrapa sa plume, la trempa dans l'encrier et commença à rédiger de nouveaux ordres. Rapidement, il s'absorba dans son travail et ne prêta plus aucune attention aux bruits de la ville qui lui parvenaient pourtant par les fenêtres, ni aux rumeurs de la vie du palais qui bourdonnaient ici et là.

Aussi n'entendit-il pas le panneau coulisser derrière le tableau du roi accroché au mur juste dans son dos.

Des minutes durant, par les deux fentes soigneusement découpées dans les yeux du monarque immortalisé, elle l'observa.

3. Scramasaxe et compagnie

Pour ceux de nos compatriotes nés dans la décennie 1180, la paix est moins qu'une notion : c'est un mythe. Une responsabilité écrasante, mais sur les épaules de qui pèse-t-elle ? Sur Arkad, le dernier pantarque du Divin Empire, dont la tyrannie suscita la Quatrième Guerre de Dislocation ? Sur son fils illégitime, Virdrad, qui déclencha la Cinquième en tentant d'usurper le Trône des Lions ? Sur l'empereur Hagen, qui prit prétexte des crimes abominables du Bâtard pour envahir Reisenvard ? En réalité, il serait vain d'imputer ces quatre décennies de conflit à l'un ou l'autre de ces hommes, non plus qu'à d'antiques inimitiés entre nos peuples. C'est devant la porte de nos propres palais que nous devrions balayer ; c'est notre propre ambition dont il conviendrait de faire le procès.

Extrait des *Mémoires de Fer* du duc Hermentis de Brubartois, 1216, page 591.

— Non mais, vise-moi un peu ces clampins, lança Boniface.

Luther Falkenn, appuyé au garde-fou à la poupe du *Comminien*, leva les yeux de la montre à gousset en argent qui reposait au creux de sa main pour accorder un bref regard aux dizaines de passagers massés à tribord, dont il s'était volontairement isolé. Pour autant, les conversations atteignaient un niveau suffisant pour percer même le ronronnement des roues à aubes et les ronflements des moteurs à vapeur. Tout ce petit monde s'extasiait en cinq ou six langues différentes, lançait des salves universelles de « ooooh » et de « aaaah », tout en hérissant une forêt de doigts abrutis vers la côte.

Ils étaient enfin arrivés à Solmost.

Les falaises parurent s'effacer, comme un voile levé sur l'horizon, disparaissant brusquement pour lui laisser la place, ridicules et ternes en comparaison de sa grandeur et de sa magnificence cyclopéennes.

Depuis les escarpements de grès gardant le littoral au sud, jusqu'aux racines des imposants Monts des Cinq Divins au nord, un mur s'étendait sur un peu moins de deux kilomètres en travers de la Baie de Sel, qu'il condamnait totalement. Car si on l'appelait le Pont Blanc, il représentait avant tout un verrou stratégique, l'interface privilégiée entre Solmost et un monde extérieur aux motifs pas toujours très nobles. Haut de deux-cents mètres, il était couronné de larges créneaux, garnis d'innombrables canons dont, même à cette distance, les silhouettes noires tranchaient sur le blanc immaculé comme autant de caries sur des molaires hors d'âge. Quatre arches se découpaient sur la longueur de sa façade, grimpant jusqu'à la moitié de la hauteur du pont, chacune assez large pour laisser passer une flotte de guerre mais close par un couple de vantaux d'acier frappés de la grype royale pontsalinoise : les Portes de Pyrthe.

— Force est de reconnaître qu'il s'agit d'une construction étonnante, dit Falkenn sur un ton sans joie et en se passionnant de nouveau pour sa montre. Et du symbole majeur de Pont-Salin : après tout, le pays lui doit tout simplement son nom.

— C'est qu'un gros tas de pierres, fit valoir Boniface avec un prosaïsme des plus félins.

— Un gros tas de pierre de trois-mille ans, tout de même. Ce sont les Dvargars du royaume voisin de Lurengal qui l'ont édifié, afin de protéger la Baie de Sel — et leurs propres investissements commerciaux, cela va sans dire — des raids des Anuirloëns. Une manifestation de puissance en même temps qu'un geste d'amitié envers leurs voisins humains.

— Connaissant les rase-mottes, je te parie que le geste d'amitié a dû coûter un bras en plus de la traditionnelle poignée de main, persifla Boniface.

— Un bon investissement, quoi qu'il en soit, fit remarquer Falkenn en remisant la montre dans une poche de son gilet. Personne n'a jamais réussi à envahir la Baie de Sel pour menacer Solmost. À part Virdrad, évidemment.

— En parlant d'investissement, c'est quoi la suite du programme ? voulut savoir le félin. On a quand même quarante-mille ducats qui se baladent en ville, j'imagine que ton esprit supérieur a déjà conçu un plan génial pour mettre la main dessus sans avoir à frapper à chaque porte ?

— Je compte d'abord interroger le personnel et l'encadrement de la succursale locale de la Banque Scramasaxe. Puisque c'est là qu'Ambroisie Galate a débuté sa carrière, il s'agit du meilleur endroit pour commencer notre enquête. J'espère y obtenir quelques informations viables. Par ailleurs…

Il s'interrompit en apercevant cinq larges silhouettes, encore indistinctes dans la clarté du reflet solaire sur la pierre immaculée, qui filaient en piqué le long du mur du Pont Blanc en direction du *Comminien.* Brutalement, la jungle de doigts pointeurs changea de direction. Les intonations du chœur des passagers connurent une subtile altération, passant de l'émerveillement contemplatif voire comateux à l'émerveillement inquiet de qui se demande si la découverte qu'il vient de faire, aussi remarquable soit-elle, ne va pas lui sauter à la figure et lui arracher les yeux.

La grype n'était pas seulement l'emblème traditionnel de Pont-Salin. Si elle passait pour mythologique sous d'autres latitudes, les habitants de la péninsule eusienne, et spécialement les voisins des Monts de la Lyre, ne connaissaient que trop son profil impavide de rapace juché sur un puissant corps de fauve, le tout muni d'ailes capables de lui conférer une envergure de cinq mètres. Pour autant, seuls les Pontsalinois s'étaient révélés assez intrépides pour se risquer à les dompter, donnant naissance à une tradition militaire unique en Magneterre.

Les voltigeurs constituaient la crème de la crème de l'armée pontsalinoise, à telle enseigne que seuls les fils de la noblesse se voyaient autorisés à postuler pour intégrer ce corps d'élite. Non que ce privilège fût autre chose que symbolique, car on ne se bousculait pas au bureau de recrutement : la majorité des cadets — tous des derniers-nés de vieilles familles qui ne pousseraient pas le sens de l'honneur jusqu'à risquer un fils aîné chez les voltigeurs — quittait prématurément la formation avec quelques cicatrices en plus ou un certain nombre de morceaux en moins. La grype restait un animal sauvage et ce fait, ajouté à la dangerosité des manœuvres aériennes auxquelles ils se livraient, réduisait drastiquement l'espérance de vie des cavaliers. « Un voltigeur de plus de trente ans est un foutriquet », prétendait une formule bien connue des Pontsalinois.

Trois grypes quittèrent la formation et vinrent se poser sur le pont supérieur, dispersant la foule des passagers dans des cris d'orfraie. De près, monture et cavalier avaient encore davantage fière allure : au pelage mordoré recouvrant le corps semblable à celui d'un énorme lion, adouci par le plumage jaune pâle des ailes et de la tête d'aigle de la première, répondaient les tons froids arborés par le second, l'acier du plastron, des spalières et des gantelets portés par-dessus un uniforme vert.

Le capitaine du *Comminien* vint prestement saluer le chef de l'escadron. Ayant ôté son shako pour se recoiffer, celui-ci alluma une cigarette, et ce fut d'un ton tout aussi détaché qu'il ordonna une fouille en règle du navire. Dans le ciel, les deux derniers voltigeurs tournoyaient autour du vapeur, les mousquets abaissés et l'œil aux aguets du moindre mouvement suspect ou d'une alerte.

La fouille ne prit pas bien longtemps. Apparemment, l'officier voltigeur connaissait bien le capitaine du caboteur et, lorsque ses hommes vinrent lui signifier que rien ne clochait sur le bateau, il dégagea de sa ceinture un tout petit drapeau vert, qu'il agita en direction d'une des grypes en vol. Son cavalier fit exécuter à cette dernière un rapide demi-tour avant de lui faire remonter toute la hauteur du Pont Blanc, pour très vite disparaître à la vue des passagers.

Quelques minutes s'écoulèrent sans que rien ne se passe, dans un silence attentif, puis un cri de métal au supplice déchira brusquement l'ambiance pesante. À nouveau, tous les regards se portèrent vers l'immense pont, où la Porte de Pyrthe la plus méridionale avait, imperceptiblement pour l'œil mais douloureusement pour l'oreille, commencé à s'ouvrir pour laisser le caboteur pénétrer dans la Baie de Sel. À mesure que le navire se rapprochait, les vantaux basculaient vers l'intérieur, à une allure aberrante de lenteur et dans la plainte continue de l'acier et des lourds pistons actionnant la Porte. Lorsque le *Comminien* passa sous l'arche, le bruit devint tel que certains passagers se bouchèrent les oreilles tandis que d'autres se tassaient sur eux-mêmes, craignant sans doute que la Porte ne se décroche et ne s'effondre sur le vapeur. Facture dvargare ou pas, le bousin affichait quand même trente siècles au compteur : la garantie avait dû expirer depuis longtemps.

À peine le *Comminien* avait-il franchi l'arcade que les gigantesques battants entreprirent de rebrousser chemin pour à nouveau condamner la Baie de Sel. Installée sur son pourtour, Solmost baignait dans la tiédeur persistante de la fin d'après-midi, comme un plagiste profitant des ultimes rayons du soleil, rétif à l'idée même du froid, de l'obscurité et du sommeil.

La cité s'élevait en larges terrasses, dominant la baie d'un patchwork incongru de couleurs vives. Les maisons jaillissaient telles des champignons de pierre : rouges, jaunes, vertes ou bleues, leurs formes variées s'entassaient, sans souci apparent d'harmonie urbaine, le long d'avenues courant à travers d'immenses paliers, creusés de larges escaliers visibles depuis le bateau. La ville fumait encore ici et là de ses différentes activités industrielles journalières, de la vapeur s'enroulant sur les tours du Malniki Saraï, résidence du roi de Pont-Salin, dont les tours d'opale rosée n'étaient dominées que par celles, massives et autrement moins élégantes, de la forteresse colossale qui occupait la majeure partie de la rive méridionale de la baie : l'Alaqarak, la Forteresse Blanche.

Des éclats de voix retentirent. Falkenn, comme les autres passagers, abandonna la contemplation de la baie et de la ville pour regarder vers le pont supérieur du *Comminien*, où le capitaine du caboteur semblait avoir une conversation pour le moins houleuse avec le chef des voltigeurs. Le premier, rouge de colère, invectivait son interlocuteur en agitant les bras, indiquant successivement sa propre personne, son bateau et la ville. La teneur de la conversation échappait à ceux qui se trouvaient aux niveaux inférieurs, mais Falkenn commença à s'inquiéter en voyant Boniface galoper dans sa direction, sa mine féline exprimant un certain agacement.

— Que se passe-t-il ? voulut savoir le chasseur de primes.

— Tu vas pas aimer, répondit Boniface.

— Quoi donc ?

— J'étais sur le pont supérieur quand ces deux-là ont commencé à se crêper le chignon. J'ai pas tout entendu, mais il y a comme qui dirait un pépin.

— Le contraire m'aurait étonné, soupira Falkenn. Et de quel genre est-il donc, ce pépin ?

— Du genre qui reste coincé en travers de la gorge quand il y a quarante-mille ducats à la clé, grommela Boniface.

À cet instant, le capitaine s'appuya au garde-fou du pont supérieur. Il frappa dans ses mains à plusieurs reprises afin d'attirer l'attention de ses passagers comme de son équipage, mais il manifestait une certaine hésitation, lançant encore des regards furtifs en direction du voltigeur, comme pour s'assurer de son soutien — ou lui signifier son antipathie.

Finalement le capitaine se lança, mais d'une voix monocorde :

— Mesdames, Mesd'moiselles, Messieurs, j'vous prie d'bien vouloir m'accorder toute votre attention : j'ai deux déclarations à vous faire, d'une extrême importance. La première concerne un événement tragique que l'capitaine Dastriotis, des voltigeurs, ici présent, vient d'm'annoncer. Son Excellence Ivannis Barca d'Ire, vicaire du roi d'Pont-Salin, a été assassiné la nuit dernière par un espion à la solde de l'empereur du Septentrion !

Cette nouvelle consterna les passagers, majoritairement pontsalinois, suscitant cris d'indignation, larmes et injures. Apparemment, le vicaire était au moins aussi populaire que le roi Vénézilios lui-même.

Le capitaine haussa le ton, les mains levées.

— S'il vous plaît, s'il vous plaît ! J'vous d'mande de bien vouloir garder votre calme ! Comme j'vous l'ai dit, j'ai deux annonces à faire, et j'voudrais à présent pouvoir terminer. Les autorités pontsalinoises sont naturellement focalisées sur la traque et l'arrestation de l'auteur de ce meurtre lâche et odieux. Mais la difficulté d'une telle entreprise les a décidées à imposer des restrictions aux mouvements à l'intérieur de Solmost. En clair, personne n'est autorisé à quitter la ville… et personne n'est autorisé à y entrer non plus.

Les protestations changèrent rapidement de registre. Les Solmostins qui revenaient en ville se plaignirent qu'on leur interdise ainsi de retrouver leur famille et leur foyer. Les marchands étrangers dénoncèrent avec une véhémence que

Falkenn jugea déplacée cette entrave à la liberté de leur commerce. Il leur aurait volontiers ordonné de la boucler, mais le capitaine s'en chargea pour lui.

— Silence ! éructa-t-il. Nous allons accoster et les employés du port s'occuperont de décharger les marchandises que nous transportons, mais aucun d'entre vous, pas plus que moi-même ou un seul de mes hommes, ne quittera ce bateau ! J'ai bien conscience que chacun, ici, avait une excellente raison de se rendre à Solmost, mais les circonstances sont ainsi : nous ne pouvons pas. Dès le débarquement des marchandises terminé, nous reprendrons la mer vers notre prochaine escale.

— Nous n'avions pas besoin de ça, commenta Falkenn en s'éloignant de la cohue, Boniface trottinant à son côté.

— Tu m'étonnes, dit le félin. Et inutile d'essayer de descendre en douce.

— En effet. Je me demandais pourquoi ces voltigeurs restaient à bord au lieu de regagner l'Alaqarak. Maintenant la chose est très claire : ils vont rester là jusqu'à ce que le *Comminien* ait franchi le Pont Blanc en sens inverse.

— Et on fait quoi, maintenant ?

Falkenn haussa un sourcil en jetant à son acolyte poilu un regard surpris.

— Si tu poses la question, c'est que tu as un doute sur la réponse, lâcha-t-il, acerbe.

— Je sais pas, répondit le félin en jouant les innocents. On pourrait laisser tomber ?

— Et c'est toi qui viens me seriner ça ? Toi qui passes tes journées à te plaindre que mes contrats ne rapportent que des clopinettes ? C'est que ça représente des quantités astronomiques de mou de veau, quarante-mille ducats.

— Oh, pouah, quelle guigne ! ronchonna Boniface. Tu sais bien que j'ai horreur de faire ça ! Je me sens tout chose, après…

— Pourquoi diable faut-il donc toujours que tu râles ?

— J'aimerais bien t'y voir, maugréa Boniface. Ce n'est pas toi qui as l'impression que tes boyaux sont éparpillés aux quatre vents et que tu vas vomir par une dizaine de bouches différentes !

— Tu n'as pas de bouche, Boniface, répliqua Falkenn. C'est une gueule. Et tu l'ouvres un peu trop, je trouve.

— Sauf que je ne connais pas cet endroit, contra Boniface en sautant sur le garde-fou. On n'est jamais venus ici, je te le rappelle au cas où ce détail t'aurait échappé. Regarde-moi ça.

De la patte, il indiqua la portion de terre la plus proche, une bande déserte de quelques cinq-cents mètres séparant le mur de l'Alaqarak des zones habitées les plus méridionales.

— Tu veux faire ça sous le nez de l'armée pontsalinoise ?

— Je ne suis pas stupide, pas à ce point-là, répliqua Falkenn. Mais nous disposons d'une alternative.

— Laquelle ?

De sa main gantée de noir, Falkenn indiqua quelque chose par-delà le bastingage.

Non loin du *Comminien*, un petit voilier de pêche était ancré, tanguant légèrement au gré des mouvements de l'eau.

***

La Baie de Sel était poissonneuse. Elle offrait toute l'année de bonnes prises aux pêcheurs solmostins dont les bateaux n'avaient pas besoin de se risquer hors de la sécurité des Portes de Pyrthe, et alimentait à elle seule les innombrables marchés qui parsemaient la capitale pontsalinoise. Celle-ci n'avait au cours de son histoire jamais redouté la pénurie, pas plus que les sièges. Plus d'un envahisseur s'était, généralement un peu tardivement, rendu compte que Solmost n'était prenable que si l'on parvenait à l'isoler à la fois de son arrière-pays et de la Baie de Sel. Un seul avait réussi cet exploit en trois-mille ans. Une seule fois au cours de ses trente siècles de faction stoïque, la vigilance du Pont avait été prise en défaut.

Gernoto Flissa en avait connu, des tentatives d'invasion de sa ville natale, y compris celle qui avait vu les Portes s'ouvrir pour laisser passer la flotte de guerre du Bâtard. De cette période de terreur, il ne conservait toutefois qu'un souvenir très vague. L'âge lui avait appris qu'il n'existait que très peu de différences entre les tyrans et les poissons. Ils défilaient, et on les oubliait.

De la poiscaille, il en avait vu défiler, le bon Gernoto : avec plus de quatre-vingt-dix ans au compteur, il était le doyen, non seulement des pêcheurs, mais aussi de Solmost — de sa population humaine, en tout cas. Il continuait cependant de travailler parce qu'il n'avait jamais rien connu d'autre que cette routine faite d'allers et retours, deux fois par jour, du quai où il amarrait son voilier jusqu'aux secteurs de la baie qu'il savait être les plus riches en poissons. Le métier devenait étonnamment facile quand on savait exactement où jeter son chalut. Car Gernoto connaissait des choses que certains ignoraient. Il savait les mythes et les contes d'autrefois que les petits jeunes négligeaient et que les entreprises méprisaient.

Loin sous la surface, là où même la lumière du Grand Sud magneterrien peinait à disperser les ombres bathyales, demeuraient les ruines de l'antique cité-État de Pyrnadron, mère de Solmost. Engloutie voilà plus de quatre millénaires avec toute une partie du continent, elle demeurait pourtant habitée. Des bancs de *mormyridae* et de poissons-lochabre défilaient entre ses colonnes perdues dans un bleu funèbre. Vers tubicoles et gorgones s'accrochaient aux frontons écroulés des temples des Cinq, dansant au gré des courants comme sous l'effet d'une transe, invoquant peut-être leurs propres divinités des profondeurs. Parmi les palais effondrés s'affrontaient des royaumes arthropodes dont les frontières allaient et venaient au fil des victoires et des défaites, reproduisant sans fin les guerres de la surface.

Les ruines attiraient le poisson. Gernoto le savait.

Le vieil homme jeta un œil par-dessus son épaule tandis qu'un vapeur tout juste entré dans la baie le dépassait. À l'ouest, le dernier morceau de soleil disparaissait derrière le Pont Blanc, signe qu'il était temps de remonter les filets et de retourner au port pour le marché du soir. Il allait remonter s'exécuter lorsqu'il perçut quelque chose dans son dos. Quelque chose qu'il n'aurait pas su définir : pas exactement un bruit, pas tout à fait un mouvement ; la sensation subtile que l'air avait soudainement reflué sur le bateau.

— Merde, pesta une voix nasillarde. J'ai mal évalué la distance.

Gernoto se retourna. Une forme était affalée de toute sa longueur sur le pont. Recouverte d'une fourrure noire hérissée, pleine d'épis. Il fallut un certain temps au pêcheur pour y reconnaître un chat.

— Qu'esse-tu fous donc là, toi ? demanda le vieil homme à voix haute. (Il pointa un doigt menaçant sur le félin.) T'as pas intérêt à toucher à mon poisson, vu ?

Honnêtement, Gernoto ne s'attendait pas à obtenir de réponse. Aussi ne put-il que réprimer un sursaut lorsque l'animal, ouvrant un œil mauve, grommela à son attention :

— Me parlez surtout pas de bouffe. Je crois que je vais gerber.

— Vindieux, souffla Gernoto, dont le regard se déplaça alors sur sa gauche.

Un grand type vêtu de noir lui adressa un salut courtois.

— Excusez-moi, cher Monsieur, lança celui-ci au pêcheur médusé. Auriez-vous l'extrême amabilité de nous conduire à terre ?

***

Le cortège funéraire s'engagea lentement dans la rue. Il était mené par un clerc du Culte Solaire en tunique blanche et scapulaire noir, tenant entre les mains une grande vasque de cuivre au centre de laquelle brûlait une petite réserve d'huile. La lumière qui s'en échappait remontait le long des parois du récipient, éclairant par en dessous le visage austère du prêtre. On eût dit qu'il portait une colonne de lumière, grâce à laquelle il fendait l'obscurité nocturne, ouvrant la voie aux fidèles qui le suivaient.

Les enterrements avaient traditionnellement lieu à la tombée de la nuit dans la liturgie du Culte Solaire. Un cérémonial en apparence paradoxal, qui participait pourtant d'une symbolique d'espérance : la vasque représentait l'Unique guidant l'âme du défunt à travers les péripéties de l'après-vie, jusqu'au Séjour des Morts où son âme serait évaluée. La vie était un jour, la mort une nuit et, après elle, une nouvelle journée se lèverait sous un soleil radieux et éternel, pour peu qu'on en soit jugé digne. Le Sépulcre et ses démons guettaient les autres.

Derrière le clerc venait le corbillard, tiré par un attelage de deux chevaux noirs. Leurs sabots claquaient sur les pavés, le bruit rebondissait en échos sur les murs des maisons, emplissant la rue par ailleurs plongée, elle aussi, dans le deuil. Quelques voisins, qui ne pouvaient pas se déplacer, se tenaient à leur fenêtre, adressant leur ultime hommage à celui qu'ils avaient côtoyé des années, voire des décennies durant.

À la suite de la voiture marchaient la famille et les amis proches. Une femme très âgée, toute de noir vêtue, donnait le rythme au reste de la procession, avançant péniblement en s'appuyant d'une main sur une canne, de l'autre sur le bras puissant d'un fils aux cheveux grisonnants et aux rides marquées. La petite foule qui piétinait par-derrière affichait les visages sombres ou emmerdés de rigueur ; les têtes étaient courbées, sans qu'il fût aisé de déterminer si la responsabilité en incombait à l'affliction ou à un ennui profond. Néanmoins, que les postures fussent dignes ou endimanchées, le silence unissait la procession.

Jusqu'à ce qu'on le remarque.

Un homme se tenait sur le côté du passage. Un vieillard maigrelet, coiffé d'un haut-de-forme poussiéreux aux bords rongés et vêtu d'un long manteau noir miteux. Une longue barbe grise, passablement mal taillée, complétait sa panoplie du parfait clochard en lui descendant aux genoux. Des deux mains, il s'appuyait sur un bâton de frêne clair, au pommeau sculpté à l'apparence d'un visage humain, deux perles blanches brillant au fond de ses orbites évidées.

Il se tenait là, immobile, ses deux visages et autant de paires d'yeux fixant le corbillard, donnant l'impression de guetter le passage du convoi funéraire. Un bruissement indigné parcourut toute la longueur de celui-ci, entamant sa discipline. Des têtes se levèrent, des doigts pointèrent, des sourcils se froncèrent sous l'effet du courroux ou de l'impatience — ainsi, peut-être, que du secret espoir de voir un peu d'action si l'un des membres de la famille se décidait à évacuer l'importun à grands coups de pied dans l'arrière-train.

Cependant, personne n'osa. La frêle apparence du bonhomme avait peut-être quelque chose de dissuasif à cet égard, mais, à bien considérer les expressions figées de certains processionnaires, elle n'était pas seule en cause.

Apartés et conciliabules brisèrent alors le silence.

— On l'a pas déjà vu dans le coin ? Si, bien sûr. Il est venu à la maison. Pourquoi ? Il posait des questions. Des questions ? Quelles questions ? Des questions bizarres. Du genre ? Quand est mort votre père ? Comment ? Était-il souffrant ? Montrait-il des signes de faiblesse ces derniers jours, ou bien est-il mort brusquement ? Pourquoi voulait-il savoir ça ? Qu'est-ce qu'il fait là ? Et puis c'est qui, d'abord, ce vieux schnock ?

Un nom fut prononcé. Parti de l'arrière du convoi, il en remonta toute la longueur, précédant une vague d'effervescence angoissée. Sur son passage, les bras retombaient le long des corps, les regards s'égaraient en quête des chaussures. Un murmure emplit la rue, gagna les bâtiments environnants dont les volets claquèrent à la volée.

Le vieillard n'avait pas bougé, mais son regard, lui, s'était subitement glissé vers la droite, passant du corbillard à la tête du cortège.

Elle ne fit pas un bruit, ne poussa pas le moindre cri ni même ne lâcha un vague soupir. La canne rebondit sur les pavés avec un bruit sourd. Les jambes lâchèrent, les lois de la gravité reprirent leurs droits. La vieille femme bascula en avant. Le fils, surpris, fut d'abord entraîné à sa suite, mais parvint à conserver son équilibre et à retenir sa mère. Elle pendait, inerte, au bout de ses bras, comme une vieille poupée de chiffon.

Des cris résonnèrent dans la rue. Les chevaux hennirent. Le prêtre lâcha précipitamment son soleil métaphorique et accourut auprès de la famille.

Le vieil homme en noir tourna les talons et se laissa engloutir par l'obscurité d'une ruelle adjacente.

***

Ce ne fut que le lendemain que Luther Falkenn se rendit à la Banque Nationale pour la Croissance, la succursale solmostine de la Banque Scramasaxe. Il aurait certes pu y aller directement la veille, mais l'horaire tardif de son arrivée en ville l'en avait finalement dissuadé. Non pour des questions de bienséance ; cela ne l'arrangeait tout simplement pas. Il entendait mener sa petite enquête de proximité au plus fort de l'activité de l'établissement dvargar. Un vieux truc de flic : les gens laissaient plus facilement échapper des informations importantes lorsqu'on les interrogeait alors même qu'ils avaient l'esprit déjà occupé par le travail.

De même, les employés prêteraient moins attention à la présence d'un chat errant dans les locaux. Une bonne façon, accessoirement, de ne pas avoir Boniface dans les pieds, ni surtout son humour dans les oreilles : le nombre de calembours affligeants à faire sur des Nains travaillant dans une banque pour la *croissance* s'avérait décidément trop élevé.

L'on pouvait en dire autant du bâtiment lui-même : hormis l'Alaqarak et le Malniki Saraï, la BNC constituait l'édifice le plus haut de la capitale pontsalinoise. L'imposante verrière coiffant son toit dominait le quartier d'affaires, le Capistre, installé sur une presqu'île qui s'avançait dans la Baie de Sel. Ainsi isolée des secteurs marchands de la ville basse fréquentés par les couches populaires, la grande bourgeoisie solmostine demeurait également à bonne distance de la ville haute où l'aristocratie avait massé ses manoirs autour du Malniki Saraï, en une reproduction urbanistique d'une cour.

L'architecture même du Capistre insistait sur cette ségrégation volontaire, affichant sa différence. Elle rompait avec les lignes élégantes des grandes bâtisses classiques bas-terriennes en dessinant des cubes de béton rébarbatif ; délaissait les colonnades au profit de larges poutres de tôle et ne daignait s'ouvrir sur l'extérieur via ses immenses baies vitrées que très haut au-dessus de la rue, le plus loin possible des regards d'éventuels plébéiens égarés.

La BNC ne faisait pas exception. Bâtie à l'image d'un coffre-fort, elle écrasait néanmoins toutes les autres constructions du Capistre du haut de sa vingtaine d'étages. Les portes en étaient gardées par une paire de vigiles à la mine aussi antipathique que prognathe, qu'on n'aurait pas pu qualifier de gorilles sans commettre une terrible injustice à l'encontre du noble animal. Les deux lascars étaient d'ailleurs beaucoup trop grands et trop laids pour être totalement humains. *Des Demi-Ogres*, réalisa Falkenn en notant leur peau grise et leurs yeux jaunes lorsqu'il passa devant eux.

Comme il s'y attendait néanmoins, ils ne cherchèrent nullement à l'arrêter. Un type tiré à quatre épingles, avançant comme s'il était propriétaire de chaque pavé de la rue qu'il foulait, ne pouvait être qu'un honorable client, un individu bien sous tous rapports, un bon bourgeois ; bref, pas le genre de quidam auquel on faisait respirer l'haleine d'un bâtard d'Ogre. Le chasseur de primes soupira intérieurement devant pareille ânerie tout en admettant la logique biscornue qui la sous-tendait : on n'engageait pas ces créatures pour leur doigté ou leur finesse d'esprit, mais plutôt pour l'épaisseur de leur gourdin et celle, à l'avenant et tout aussi utile, de leur caboche. Des idées sensées avaient autant de chances d'en sortir que des indésirables de se frayer un chemin jusqu'à l'entrée de l'édifice.

L'intérieur de celui-ci s'avéra aussi dissemblable de l'extérieur que le jour peut l'être de la nuit. Si la façade présentait les atours charmeurs d'une prison de haute sécurité, l'atmosphère, au-delà des lourds battants d'acier, se voulait chaleureuse et confortable. L'antichambre, déjà vaste comme les halles d'un marché, donnait sur une multiplicité de pièces conçues et aménagées pour vous y faire sentir comme chez vous : le préalable indispensable pour ensuite vous convaincre de ce que votre argent s'y trouverait, quant à lui, bien mieux que chez vous. Salons, bars et fumoirs accueillaient ainsi les clients huppés qui pouvaient tranquillement y discuter affaires, échanger des informations sensibles, conclure des accords.

Et prendre leur mal en patience.

Au fond de l'immense couloir, une nouvelle volée de portes s'ouvrait sur le cœur bourdonnant de la banque. L'endroit tenait d'ailleurs matériellement de la ruche, et pas seulement en raison du bruit de fond constant de dizaines, de centaines de conversations qui montait jusqu'aux plafonds moulés et vous trucidait les tympans. Les murs en étaient entièrement tapissés de petites alvéoles au fond desquelles des employés au sourire figé se livraient à diverses opérations. Dépôts, retraits, emprunts, polices d'assurance : la guerre n'arrêtait pas les affaires.

Au milieu cavalaient des commis en livrée aux bras chargés de piles branlantes de documents, sous les yeux aux aguets de vigiles nettement plus présentables — et très certainement mieux rémunérés — que leurs collègues de garde à l'entrée : des Dvargars, cette fois. Falkenn releva d'ailleurs qu'il en allait de même des porteurs de documents, tandis que le gros des employés affectés aux guichets étaient humains. Sans doute était-ce une manière supplémentaire de mettre à l'aise une clientèle mesurant majoritairement plus d'un mètre cinquante. Ce fut d'ailleurs une Humaine qui accosta Falkenn.

— Soyez le bienvenu à la Banque Nationale pour la Croissance, première banque pontsalinoise, cher Monsieur, l'accueillit-elle avec une intonation si démesurément joyeuse qu'il se demanda si son contrat de travail lui imposait la prise régulière de drogues. Puis-je vous offrir un rafraîchissement en attendant qu'un de nos conseillers se libère ? Un café ou un thé, peut-être ?

— Je souhaiterais m'entretenir avec le directeur, répliqua Falkenn.

— Oh, il ne reçoit pas comme ça, Monsieur, chantonna-t-elle presque. Vous allez devoir prendre un rendez-vous.

— Voilà qui tombe très bien : j'en ai justement un pour ce matin, dit le chasseur de primes tout en fouillant dans une poche intérieure de son manteau.

— À quel nom, je vous prie ? voulut-elle savoir, et Falkenn perçut une légère pointe de suspicion percer la surface jusque-là impeccablement lisse du masque de son interlocutrice.

Ledit masque s'écroula tout à fait lorsque le chasseur de primes lui colla directement sous le nez l'enveloppe, désormais vide mais portant toujours le sceau du grand patron de la Fédération Bancaire Eusienne, qui avait contenu le *curriculum vitae* d'Ambroisie Galate.

— Elder Scramasaxe.

***

Ce fut avec un empressement fébrile et un sourire assez sucré pour achever un diabétique que l'employée guida Falkenn. Un surcroît frénétique de courbettes qui aurait pu irriter le chasseur de primes s'il ne s'était amusé de voir son accompagnatrice, si servile à son égard, mettre de côté ses manières pour lui ouvrir le chemin : elle piétinait quasiment les commis qui lui traînaient dans les jambes et n'hésitait pas à bousculer les clients qui lui barraient la route. Quand on lui adressait un regard noir ou esquissait un début de remontrance à son égard, elle brandissait devant elle l'enveloppe ornée du sceau d'Elder Scramasaxe. Les regards se détournaient alors, la langue retournait se faire mordre, et la jeune femme, triomphante, invitait à nouveau Falkenn à la suivre, comme si elle redoutait d'égarer cet invité si précieux. Un bout de papier et un morceau de cire : il n'en fallait pas davantage pour bouleverser momentanément les hiérarchies.

D'autant que Falkenn ne prêtait guère attention à son guide, tandis que celui-ci l'entraînait d'un bout à l'autre de l'immense ruche opérationnelle de la BNC. Son brouhaha abscons présentait soudain des échos mystérieusement familiers au chasseur de primes, qui se surprit à l'écouter d'une oreille différente. Il n'entendait rien à la finance, mais peu importait : il ne cherchait pas à décrypter les conversations, ne s'attardait pas sur le sens des mots, préférant s'immerger dans le bruit de fond comme un nageur se laisse emporter par une vague trop puissante.

Ce vrombissement de marché aux puces, ces clapotis de pas qui allaient et venaient, inlassablement ; ces tintements de machines à écrire qui vous résonnaient jusqu'à la pointe des nerfs, encore et encore. Le commissariat où il avait travaillé autrefois avait baigné dans une ambiance similaire. À quelques variations près, certes : il fallait travailler dans un poste de police pour entendre une épouse éplorée vous expliquer comment son mari s'était suicidé en se plantant un couteau de cuisine dans le dos à vingt reprises.

Autre différence, autre similitude : l'ascenseur. Celui du commissariat de Vissenrend ne pouvait pas accueillir vingt personnes. Il n'était pas décoré comme l'antichambre de la salle d'audience d'un duc, ni surveillé par deux vigiles ; et vous deviez appuyer vous-même sur le bouton, sans attendre qu'un Nain aussi élégant que taiseux le fasse pour vous. Il présentait toutefois l'avantage d'être silencieux en comparaison de l'ascenseur de la BNC, dont le système hydraulique couinait et craquait au point de couvrir le bruit de fond de la grande salle ; au point, également, qu'on pouvait se demander s'il allait tenir le coup jusqu'au vingtième étage où nichait le directeur.

Le bureau de ce dernier n'avait cependant rien à voir avec celui, poussiéreux et sombre, qu'avait occupé à Vissenrend le vieux commissaire de Falkenn. La lumière matinale y entrait à flots par l'immense dôme de verre qui couronnait ses murs encombrés de portraits en pied de Dvargars vêtus à la mode humaine : cravate et queue-de-pie, cigare au bec et canne d'apparat à la main. Tous présentaient un petit air de famille avec Elder Scramasaxe — un front bombé, le regard assombri par des sourcils touffus, la même expression faussement affable —, mais aussi avec celui assis derrière l'énorme bureau en acajou installé au milieu de la pièce, pile sous le dôme. Il avait la barbe et les cheveux grisonnants, la première scindée en deux tresses fermées chacune par un erseau d'or, les seconds coupés très courts. Levant les yeux du journal qu'il était en train de parcourir, il ôta ses lorgnons et fit signe à Falkenn d'avancer.

— Ainsi, c'est vous, le chasseur de primes que mon neveu a engagé ? lâcha-t-il en guise de salutations.

Le ton avait l'aménité d'un mollard en pleine figure. Le regard, la condescendance qu'on réserve aux domestiques — la suspicion d'avoir volé l'argenterie en plus.

Falkenn ne fit aucun effort pour détendre l'atmosphère : il s'assit en face du Nain sans que ce dernier l'y ait invité, et répondit en adoptant son ton le plus cassant. Autant dire qu'il restait naturel.

— Votre neveu ?

— Elder, répondit le Dvargar, agacé. Je suis Dreng Scramasaxe, directeur de la Banque Nationale pour la Croissance. Et vous, votre nom, c'est… ?

Encore un Scramasaxe. Rien d'étonnant, cela dit : chez les Dvargars, tout était affaire de famille. Peu importait l'activité choisie par le clan, ses membres s'y dédiaient avec un dévouement que seule égalait leur propension au népotisme. Dans une armée, ils auraient occupé chacun des rangs de la hiérarchie des officiers. Financiers, ils trustaient les sièges au sein des conseils d'administration.

— Luther Falkenn.

— Falkenn, hein ? maugréa Dreng, suspicieux. Hmm. De quelle origine est-ce ? Krelfienne ? Kurgennoise ?

Un léger rictus naquit à la commissure des lèvres du chasseur de primes. La finance n'était visiblement pas le seul domaine où les Scramasaxe excellaient : si Elder avait réussi à se faire détester en moins de deux minutes, il n'avait pas fallu dix secondes à son oncle pour parvenir au même résultat. Un joli record.

— Sans vouloir vous offenser, répliqua sèchement Falkenn, je ne suis pas venu jusqu'ici pour que l'on dresse mon arbre généalogique.

La répartie doucha l'agressivité du Nain, qui joignit les mains en cloche.

— Bien sûr, bien sûr. Je vous prie d'excuser mes manières, Monsieur Falkenn. Nous sommes tous un petit peu nerveux, avec ces documents qui se baladent à l'air libre, juste sous le nez de Hagen. Retrouver Ambroisie Galate ne sera pas facile. Solmost est une grande ville. Et la situation a encore trouvé le moyen d'empirer ces derniers temps.

— Sans doute faites-vous allusion à l'assassinat du vicaire du roi ?

— Lui et les autres. Barca d'Ire est le cinquième à y passer. Nous ne sommes donc pas les seuls à être à cran. Le gouvernement, ou tout du moins à présent ce qu'il en reste, soupçonne un espion anscaride. La presse, elle, penche plutôt pour une espèce de fantôme !

— Un fantôme, tiens donc.

— Une sorte d'engeance surnaturelle. Une créature que les arcano-technologues anscarides auraient réussi à subjuguer. Nos minables petits plumitifs lui ont même trouvé un nom : le *doppelgänger*. Ridicule, ajouta Dreng avec une expression railleuse en claquant le journal sur le bureau. Je ne sais même pas ce que ce mot veut dire.

Moi si, songea Falkenn en accordant un bref regard à la une de la *Missive vespérale* datée de la veille. *« Meurtre d'Ivannis Barca d'Ire : le doppelgänger achève le gouvernement »*, titrait-elle en grand.

— Enfin… Mettons cela de côté, poursuivit le Nain. Nous avons notre propre fantôme à retrouver, n'est-ce pas ?

Il eut un petit rire protocolaire, supposé détendre l'atmosphère. Falkenn ne s'y laissa pas prendre. Par-delà le simulacre d'urbanité affectée que Dreng Scramasaxe lui jouait à présent, il flairait la persistance d'une méfiance aux aguets et… d'autre chose.

— Malheureusement, en dépit de nos moyens et de l'importance de notre clan sur Solmost, nous n'avons pas été en mesure de localiser Ambroisie Galate, embraya Dreng. C'était d'autant moins évident qu'Elder tenait à ce que je fasse preuve de discrétion et que j'évite de contacter nos agents habituels.

Le Nain tira sur l'une des nattes de sa barbe, lissant la droite. Il fit de même ensuite avec la gauche avant de revenir, une dernière fois, à la droite. *Un tic nerveux*, devina Falkenn, qui avait également noté comme la voix de son interlocuteur semblait buter sur le nom d'Elder.

— Mademoiselle Galate a débarqué en ville il y a six jours très exactement, à bord de la *Dame de Barreau*, un vapeur en provenance de Sainte-Eusie-Ville, relata-t-il. On l'aurait ensuite vue du côté des entrepôts de l'Elminnos, le vieux port de Solmost... Et après, plus rien. On perd complètement sa trace. Selon toute probabilité, toutefois, elle n'a pas quitté la capitale.

— Selon toute probabilité ?

— À vrai dire, personne n'a essayé de sortir de Solmost au cours de la dernière dizaine, explicita Dreng. La tendance est plutôt inverse : les gens cherchent à rentrer. Je crois qu'ils s'imaginent à l'abri ici. Naturellement, ils se fourrent le doigt dans l'œil jusqu'à l'omoplate, mais la guerre n'aide pas à réfléchir sainement.

— Rien d'autre de pertinent ? demanda alors Falkenn. Votre neveu m'a parlé de membres de sa famille qui seraient susceptibles de lui offrir un refuge.

— Elle a bien une sœur, répondit Dreng en sortant une feuille de papier d'une chemise devant lui. Elle travaille au palais. Cependant, nous ne sommes pas sûrs qu'Ambroisie l'ait contactée. Les deux jeunes femmes ne s'entendraient guère : la mère est morte en mettant au monde la cadette, et son aînée conserverait une rancœur à son égard.

— Cela ressemble moins à des informations qu'à des bruits de couloirs ou à des médisances de voisinage, fit remarquer Falkenn.

— Hélas, c'est tout ce que j'ai à vous proposer. Comme je vous l'ai dit, je n'ai pas pu contacter mes agents habituels. Nous ne pouvons en effet exclure que l'un d'eux soit mêlé à cette opération.

— À mauvaises questions, mauvaises réponses, souffla Falkenn, sentencieux.

— En effet... Bon, vous trouverez l'adresse et la description de la sœur là-dessus, ajouta le Dvargar en tendant la feuille par-dessus le bureau. J'espère que cela pourra vous aider.

— Pas d'autre famille connue ? voulut savoir Falkenn en s'emparant du document.

— Non. Comme je vous le disais, la mère est morte il y a presque trente ans, et le père l'a suivie de près dans la tombe. Les deux sœurs ont été élevées par leur grand-père, qui est mort voilà déjà plus de dix ans.

— D'anciens collègues de travail qu'elle aurait pu contacter ?

— C'est très peu probable. Ce n'était pas quelqu'un de très sociable. Elle n'avait pas l'air de fréquenter grand-monde.

— Vous la connaissiez bien, à ce que je vois.

— Eh bien, hésita Dreng comme s'il venait d'être pris en flagrant délit. Forcément. Je veux dire… Elle travaillait comme comptable en chef adjointe à la BNC avant d'être mutée à la maison-mère. Dès lors…

— Combien de temps a-t-elle officié ici ? demanda Falkenn, coupant court aux propos de son interlocuteur.

— Sept ans en tout, répondit le Nain. Mais seulement un an à la comptabilité en tant qu'adjointe. Vous devez savoir que…

— N'est-ce pas étrange ? l'interrompit à nouveau Falkenn.

Il retrouvait ses habitudes de policier. Des questions courtes, en rafales ; ne jamais laisser le suspect terminer plus d'une ou deux phrases. Le faire parler, tout en l'empêchant de réfléchir à ce qu'il dit. Déconnecter la langue du cerveau comme on isole le maillon faible d'un gang pour lui faire cracher les secrets de son patron.

— Un an seulement, avant d'être transférée en Sainte-Eusie sur un poste aussi important ? enchaîna-t-il.

— Il est vrai que j'ai appuyé sa candidature, admit Dreng, de plus en plus sur la défensive.

— Pour quelle raison ?

— La seule qui compte : c'était quelqu'un d'extrêmement compétent, plaida Dreng qui s'efforçait manifestement de reprendre la main sur l'échange. Une fille sérieuse. Elle avait un don avec les chiffres, un esprit rigoureux, une mémoire de Dvargar, si vous me passez l'expression ; et bien sûr, ni amis ni vraie famille, pas de mari, donc pas de distractions superflues. L'employée idéale. En plus, je... enfin, Elder et moi pensions qu'il serait de bon ton, pour l'image de l'entreprise, de promouvoir un Humain.

Il se mit à triturer les nattes de sa barbe, suivant toujours le même ordre : d'abord la droite, puis la gauche, enfin, de nouveau la droite. *Ce détail-là, il vient de l'inventer*, réalisa Falkenn en le voyant faire. Le chasseur de primes fut pris d'une envie irrépressible de le pousser à bout.

— Je vois… Mais dites-moi, la nouvelle de son forfait vous a-t-elle surpris ? Je suppose que vous n'auriez jamais appuyé sa promotion à la maison-mère si vous conceviez le moindre soupçon à son égard ?

— Certainement pas ! s'emporta Dreng qui ne s'attendait sans doute pas à une question aussi stupide. Pour qui me prenez-vous donc ? Je dirige cette banque depuis plus de cent-vingt ans, Monsieur Falkenn, et j'estime être devenu, dans ce laps de temps, un assez bon connaisseur de la nature humaine.

— Manifestement pas dans le cas présent.

— Il faut croire que les gens changent, trancha le Nain, les dents serrées.

— Je laisse le connaisseur de la nature humaine que vous êtes seul juge de cette assertion, lâcha le chasseur de primes en remettant son chapeau en place d'un ample mouvement distingué.

— Hum… Puis-je vous poser une question avant que vous ne partiez, Monsieur Falkenn ? lança Dreng comme Falkenn s'apprêtait à se lever. (Le Nain se pencha légèrement sur son bureau.) Qu'est-ce que… Enfin, quelles instructions Elder vous a-t-il données concernant Ambroisie Galate ?

— Je ne suis pas sûr de comprendre le sens de votre question.

— Eh bien, je me doute qu'il vous a demandé de récupérer les documents volés, mais s'agissant de la voleuse ? Que vous a-t-il dit exactement ?

Je me doute qu'il vous a demandé de récupérer les documents volés, se répéta mentalement Falkenn. *Autant dire que vous ne savez rien. Votre neveu vous a tenu dans l'ignorance de ses plans, alors vous en êtes réduit à prêcher le faux pour savoir le vrai. Elder ne vous fait pas confiance, et c'est réciproque.*

— Il m'a demandé de la supprimer, répondit alors le chasseur de primes en éludant la question implicite des documents.

— Est-ce… bien nécessaire ? minauda Dreng. Il ne s'agit que d'une voleuse, après tout. Peut-être serait-il plus approprié de la garder au secret, ne serait-ce que pour l'interroger sur ses motivations exactes. Ainsi, je pourrais…

Récupérer, à défaut des documents, celle qui les a eus entre les mains des jours durant ? compléta Falkenn par-devers lui avant de couper la parole à son vis-à-vis.

— Votre neveu a exprimé le vœu très clair de voir mademoiselle Galate passer de vie à trépas. Vœu à l'appui duquel il a versé une somme que, sans rentrer dans des détails comptables indécents, je qualifierais de suffisante pour s'assurer que l'intéressée rejoigne effectivement ses ancêtres dans les délais les plus brefs. Je n'ai pas pour habitude de décevoir mes clients. (Les yeux de Falkenn captèrent et suivirent la main de Dreng Scramasaxe, qui venait d'ouvrir le premier tiroir sur sa droite.) Pas plus que de me laisser insulter en acceptant des suppléments sous la table, ajouta-t-il, précision qui entraîna la fermeture du tiroir dans un claquement et la réapparition immédiate de la main du Dvargar.

Ce dernier se tenait coi, caressant nerveusement sa barbe, natte par natte, droite, gauche, droite, et rebelote. Falkenn et lui se défièrent un moment du regard dans un affrontement stérile, aux règles mystérieuses. Finalement, pourtant, le Dvargar lâcha un soupir et agita les mains en un geste qui se voulait conciliant.

— Bien, hum… Je suppose que nous en avons terminé. À moins que vous n'ayez d'autres questions ?

— Oui, deux, confirma Falkenn, le nez baissé sur sa montre à gousset. Tout d'abord, j'aimerais savoir si tous les Scramasaxe naissent faux-culs, ou s'il s'agit seulement d'un genre de déformation professionnelle.

— Que…, hoqueta Dreng, les globes oculaires au bord des paupières.

— J'imagine néanmoins que la réponse à cette première question peut attendre. Aussi passerai-je directement à la seconde, beaucoup plus importante. (Il redressa alors légèrement la tête pour observer Dreng de sous le bord de son chapeau.) *Quand* a eu lieu le premier meurtre ?

***

Les hurlements lui parvinrent de l'autre bout du couloir.

Les bras chargés de documents, Somas Athossi pressa le pas sous les regards ahuris de l'armada de domestiques du Malniki Saraï, interrompus dans leurs tâches quotidiennes par la persistance du vacarme. Celui-ci atteignait à présent un niveau tel qu'on l'entendait sans doute jusqu'aux cuisines.

— Bon sang, que se passe-t-il là-dedans ? lâcha Somas à l'adresse d'un des gardes royaux de faction devant les portes de la salle du Haut Conseil. Ils organisent une beuverie ou alors…

Une idée terrifiante lui dégoulina brusquement le long des cervicales.

— Ne me dites pas qu'il y a eu un autre meurtre ?

Le visage du palicare contrastait avec la superbe de son uniforme de drap bleu. Les yeux rougis, les joues creusées à force de serrer les mâchoires, le jeune homme coula vers Somas un regard lourd de sens.

— Pas encore.

Somas aurait volontiers tapé sur l'épaule du pauvre garçon, s'il n'avait craint de paraître condescendant. Il savait parfaitement ce que ressentait le garde. Ce que ressentaient tant de soldats et d'employés du palais. Ce qu'il ressentait lui-même : la perte d'un père, en la personne d'Ivannis Barca d'Ire.

Se contentant d'un hochement de tête compréhensif, il poussa le battant et fit son entrée dans la salle où l'attendaient ses estimés collègues du gouvernement pontsalinois.

Et quel gouvernement ! Des chefs de guilde, de grands propriétaires terriens, des capitaines d'industrie, des marchands prospères, des financiers avisés. Tout ce que le jargon politicien aimait à désigner comme les « forces vives » d'une nation, mais Somas avait depuis longtemps compris qu'il s'agissait de pure langue de bois, d'une plaisanterie qui pouvait tourner à l'antiphrase : sans tête pensante pour les coordonner, sans une main ferme pour les orienter, elles viraient aux poids morts.

Ivannis Barca d'Ire avait été cette tête, cette main. Lui mort et le roi malade, c'était comme si le cœur même du royaume avait cessé de battre. Tout ce qui restait à présent du gouvernement pontsalinois, c'étaient des viscères remplis de merde n'attendant que de répandre leur contenu sur un pays qui y baignait déjà jusqu'au cou.

— Et où est le prince Belaïstès ? demandait le maître de la corporation des forges au moment précis où Somas faisait son entrée.

— Ah, en voilà une bonne question, renchérit le patron du syndicat des armateurs.

— Ouais, c'est même la première que j'entends depuis que je suis arrivé ! lança un autre conseiller.

— On se passera de vos commentaires ! répliqua un quatrième.

Somas se félicita de n'être que le conseiller hors-cadre aux Affaires internes. Une position importante qui lui conférait certes influence et pouvoir, mais sans jamais l'exposer au risque d'avoir à présider le cabinet — c'est-à-dire essuyer les attaques, les questions sans réponse et les humeurs de ses collègues. Quoique « jamais » était un bien grand mot : l'assassin envoyé par Hagen avait si bien fait le ménage à la tête du pays qu'en l'absence du prince héritier, un seul et unique ministre se tenait désormais entre Somas Athossi et la direction de l'État.

La honte le saisit en même temps que la terreur lorsqu'il se rappela ce que cela impliquait ; entre les mains de *qui* le pouvoir venait de dégringoler.

— *Silence !* Je vous ordonne de faire silence ! brailla une voix éraillée, trop fluette pour porter dans l'immensité somptueuse des lieux, que son propriétaire compensait par une agressivité de roquet. Vous n'êtes pas à la foire estivale, ici ! Ni au marché aux poissons ! Ceci est la salle du Haut Conseil ! J'entends que l'on respecte la solennité due au lieu ! Ce qui implique notamment d'arriver à l'heure, Conseiller Athossi, ajouta vivement la voix à l'attention de celui-ci. Vous êtes affreusement en retard !

— Tout le monde ne peut pas faire preuve du même empressement que vous, Monsieur le duc, rétorqua posément Somas.

Sa remarque réussit là où les jappements de son interlocuteur avaient échoué : les conseillers se turent. Le duc Dauro Lirrifas, ministre de la Sûreté, le teint cramoisi presque ton sur ton avec son frac couleur aubergine, remua sur son siège. Enfin, sur *un* siège : la cathèdre installée en bout de table et de tout temps réservée au roi, sur laquelle même le vicaire n'avait jamais osé envisager de s'asseoir.

Somas prit bien soin de croiser le regard de chaque conseiller présent tandis qu'il se dirigeait vers son fauteuil, situé sur la gauche de la table. Une place qu'il n'avait jamais appréciée : tournant le dos aux fenêtres, elle l'exposait aux regards pesants du roi Agalyre IX, du prince-régent Cloristocle le Débauché et de la reine Strégonia.

Mais aujourd'hui, ils avaient le droit d'être courroucés.

— Messieurs, vous donnez un piètre exemple, lança Somas en insistant sur chaque mot tout en déposant lourdement sa pile de dossiers devant lui. On vous entend d'un bout à l'autre de ce palais. L'heure n'est pas aux chicaneries.

— Peut-être, mais nous aimerions avoir la réponse à la question posée par notre ami des forges, s'éleva une voix calme comme Somas s'asseyait.

Il redressa lentement la tête, espérant jeter un regard suffisamment neutre à son interlocuteur… à la tête de son interlocuteur, en tout cas, car c'était tout ce qui en dépassait de la table.

Il n'était pas aisé de dire à quel titre Ostri Scramasaxe siégeait au cabinet royal : comprenez par là que contrairement aux autres conseillers, son influence était réelle, protéiforme, et ne se limitait pas à la quantité d'oseille qu'il pouvait aligner pour prix des courbettes de l'État. Son clan régentait la vie des citoyens nains de la capitale, au point de se voir parfois attribuer le titre de *petite famille royale* dans la presse locale. Hélas, il présentait tout de même un point commun avec la clique d'incompétents et de profiteurs qui l'entourait : c'était lui aussi un sale type, et d'un calibre supérieur à ce que laissait supposer sa taille.

— Il me semble que nous sommes en droit de savoir où se trouve l'héritier du trône, poursuivit-il. En tant que bras droit du vicaire, vous devez être au courant.

— Cette information est confidentielle, rétorqua Somas. Je ne suis pas censé pouvoir vous la communiquer sans l'autorisation expresse…

— … du vicaire ? l'interrompit Ostri. Il est mort, dois-je vous le rappeler ? Et à moins que vous n'ayez un nécromancien sous la main, vous allez avoir du mal à lui demander son avis.

Quelques rires gênés accueillirent cette remarque tout à fait spirituelle.

— Mettons de côté cette question procédurale, voulez-vous ? Dites-nous où se trouve Belaïstès.

— Répondez à la question, ordonna Lirrifas.

Somas patienta environ une minute avant de répondre. Seules dix secondes lui furent nécessaires pour consulter d'abord sa conscience, puis sa mémoire et retrouver les détails fournis par le dernier rapport en date de l'état-major du prince. Il en ajouta cinquante de plus pour faire comprendre au duc Lirrifas, de façon tacite quoique sans ambiguïté, qu'il pouvait se carrer ses ordres quelque part.

— Aux dernières nouvelles, Son Altesse se trouvait non loin du village de Sberilino, à cinquante-sept kilomètres au sud-est de Bilfimir, révéla Somas. Il y attend les IIIe et Ve Brigades et, une fois la jonction faite, marchera sur Bilfimir.

— Comment ? sursauta le maître de la corporation des forges. Serait-il fou ?

— Mesurez vos propos, Monsieur, aboya Lirrifas avant de se tourner à nouveau vers Somas. Le prince espère reprendre la ville à Saragaï avec l'appui des Brigades ? Voilà qui est pour le moins… aventureux.

— Peut-être pas tant que ça, jugea Ostri Scramasaxe en frottant sa barbe brune.

— Allons, Scramasaxe, que dites-vous là ? se lamenta le patron des armateurs. Les Anscarides…

— Les Anscarides, cher ami, nous voient comme des faibles, le coupa le Nain. Des chiffes molles apeurées qui se complaisent dans le rôle du mouton. Peut-être serait-il temps que nous cessions de leur abandonner celui du loup.

— Scramasaxe n'a pas tort, intervint le patron des artisans et commerçants. Après tout, en attaquant dans les Tournegrises, Alchynon de Torée a montré la voie, non ?

— Il a surtout montré qu'il était un stratège effroyable et un commandant incompétent, répliqua Lirrifas d'une voix doucereuse.

Somas grimaça. L'information de la défaite des Tournegrises avait fuité à peine un jour après qu'elle était parvenue au palais. Toute la presse en avait fait ses choux gras. Le moral de la population s'en était ressenti : déjà pas bien haut, il traînait maintenant suffisamment bas pour permettre aux rats, aux cafards et autres vermines de marché noir de jouer avec.

— Alors, j'imagine qu'on peut s'asseoir sur l'aide des Morinthiens ? intervint le patron des forges.

— Le roi Damyr nous a effectivement fait savoir qu'il n'enverrait pas les renforts initialement prévus, confirma Somas.

— Le roi Damyr fait ce qu'il a à faire, le contra sèchement Lirrifas. Notre situation militaire n'était déjà pas brillante, et l'initiative malavisée de Torée nous affaiblit encore un peu plus. L'armée morinthienne constitue l'un des principaux atouts de la Ligue. Si jamais Tyruman Khan devine la moindre faiblesse dans la cuirasse des Morinthiens, si jamais la frontière occidentale de la Krelfe présente une faille, il n'hésitera pas à ouvrir un nouveau front. Nos chances de résister s'en trouveront dès lors fortement réduites, sans même évoquer celles de remporter cette guerre.

— Nos chances de gagner sont déjà au ras des pâquerettes, fit valoir Ostri Scramasaxe.

— Et vous savez de quoi vous parlez, lâcha un conseiller en ricanant.

Ce fut le bide le plus retentissant de l'histoire des réunions ministérielles. Personne dans la pièce n'esquissa même un vague sourire nerveux, et pour cause : les trois quarts des présents avaient emprunté de l'argent à la famille Scramasaxe. Les autres priaient pour ne jamais avoir à le faire, mais ils croyaient beaucoup moins aux dieux qu'en la nécessité d'entretenir de bons rapports avec un potentiel créancier, mesurât-il moins d'un mètre trente.

— Si nous pouvions fermer cette parenthèse humoristique et revenir au sujet qui nous préoccupe, j'en serais fort aise, reprit Lirrifas. Bien. J'adresserai au prince nos encouragements et nos vœux en vue de la réussite de son entreprise.

— Vous soutenez cette initiative, maintenant ? s'étonna Athossi.

— Je ne fais que me ranger aux arguments de notre ami Scramasaxe. Nous devons reprendre la main. En outre, le moment serait mal choisi pour se faire le porte-voix de la pusillanimité et du défaitisme, maintenant que nous avons perdu Ivannis Barca d'Ire.

Le moment serait surtout mal choisi pour te mettre à dos l'héritier du trône, maintenant que le poste de vicaire sur lequel tu lorgnes depuis des années est enfin vacant, rectifia Athossi pour lui-même en observant Lirrifas se lever et appuyer ses phalanges pointues sur la table.

— Il ne sera pas dit que nous resterons les bras ballants pendant que le prince mène nos troupes au combat, enchaîna le duc. Nous avons notre propre guerre à mener, ici même. Voilà près d'une semaine qu'un assassin terrorise cette ville. Qu'il ridiculise ce gouvernement. Cela suffit. Je reprendrai à mon compte les mots du conseiller Scramasaxe : le temps est venu pour nous d'endosser le rôle du loup, et de faire sentir à cet espion du Septentrion ce que cela fait d'être un mouton.

Il entreprit de s'éloigner de la table, avec une pénibilité évidente. Somas détailla sa carcasse arthritique tandis qu'il longeait, vaille que vaille, le mur où s'alignaient les imposants portraits des monarques défunts. Pourtant de la même génération que le roi Vénézilios et Ivannis Barca d'Ire, le duc Lirrifas portait le poids des ans avec moins de bonheur : si les deux premiers avaient conservé jusqu'au bout l'énergie résiduelle des combattants qu'ils avaient été jadis, le second n'affichait qu'une décrépitude lasse, l'image de la vieillesse réduite à ses déperditions.

— L'enquête qui jusqu'ici piétinait a connu aujourd'hui une avancée décisive, annonça-t-il en s'arrêtant devant le tableau du prince-régent Cloristocle. Mes services ont fait une découverte capitale. Messieurs, je suis à présent en mesure de vous révéler de quelle façon le meurtrier a pu atteindre le vicaire.

Le duc se retourna vers la toile. Somas ne voyait pas très bien ce qu'il trafiquait, dissimulé qu'il était en partie par l'imposant patron de la corporation des forges, assis juste en face de lui.

En revanche, il vit très bien le tableau s'écarter du mur. Fixé sur un panneau amovible, il dissimulait un passage suffisamment large et haut pour qu'un homme adulte de bonne carrure s'y déplace avec aisance.

— Ce couloir mène à un escalier qui descend dans les entrailles du palais, jusqu'à un cellier inusité, annonça Lirrifas au cabinet estomaqué. Mes hommes ont retrouvé des traces de sang sur le sol et les murs, qu'ils ont suivies jusque dans les cuisines. C'est donc par là que notre assassin est sorti.

— Il est passé par les cuisines et personne ne l'a vu ? s'étonna Scramasaxe.

— D'après le thaumaturge du palais, il devait être aux environs de deux ou trois heures du matin lorsque le vicaire a été tué. Plus personne ne travaille aux cuisines à cette heure-ci, sauf commande exceptionnelle.

— Mais le palais est rempli de palicares, fit remarquer Athossi. Et il y a des patrouilles à l'extérieur. Comment a-t-il fait pour déjouer leur surveillance ?

— Il a fait preuve d'une grande discrétion, c'est certain, admit Lirrifas en refermant le panneau. En sortant, tout du moins. Il s'est montré beaucoup moins prudent à l'aller. Plusieurs cuisiniers, valets et servantes ont en effet remarqué quelqu'un passer par les cuisines, l'après-midi précédant le meurtre du vicaire. Une femme. Une parfaite inconnue. Personne ne l'avait jamais vue auparavant.

— Et ça ne les a pas étonnés ? voulut savoir Scramasaxe. Il devait y avoir des gardes, aussi, en pleine journée. Ils ont laissé cette personne se balader en toute tranquillité, sans vérifier son identité ?

— C'est qu'elle n'était pas seule, expliqua Lirrifas en revenant vers la grande table. Quelqu'un l'accompagnait, quelqu'un disposant d'une autorité suffisante pour que nul ne soit tenté de lui poser des questions.

Ses yeux se fixèrent sur Somas Athossi. Spontanément, toutes les têtes se tournèrent dans la direction de ce dernier, dont les joues prirent une teinte rosée sous le coup de l'effarement.

— Et qui était cette personne ? demanda Ostri Scramasaxe sans quitter Somas du regard.

— Une intendante, répondit le duc Lirrifas, un sourire mesquin étirant ses lèvres fines, ravi de sa petite vengeance.

Tous les regards revinrent brusquement sur lui, y compris celui, scandalisé, du jeune conseiller aux Affaires internes.

— Une intendante ? répéta ce dernier.

— En effet.

— Et pousseriez-vous l'amabilité jusqu'à nous révéler le nom de cette intendante ? soupira Ostri.

— Mais absolument, mon cher Scramasaxe, acquiesça le duc de sa voix grinçante. Elle s'appelle Galate. Ichoria Galate.

***

Eli Tria Echinoï — « Les Trois Oursins » en camoréen, la *lingua franca* des Basses-Terres — n'était pas l'auberge la plus cossue ni la plus accueillante de Solmost. Boniface l'avait sobrement qualifiée de « bouge infect dont même les rats esquiveraient les poubelles de peur de choper une saloperie ». Aux yeux de Luther Falkenn, l'établissement présentait toutefois un certain nombre d'avantages : des tarifs économiques — inutile de commencer à claquer l'argent d'Elder Scramasaxe tant qu'Ambroisie Galate respirait encore — ; un emplacement discret, loin des grandes artères de la capitale ; et une ambiance familiale, avec une clientèle essentiellement logée à l'année. En conséquence de quoi le propriétaire remarquait vite les nouvelles têtes et les indésirables potentiels, que moyennant un modeste supplément, il avait accepté de surveiller pour le compte du chasseur de primes. Depuis sa rencontre avec Dreng Scramasaxe, Falkenn n'excluait plus la possibilité d'avoir de la concurrence.

Il avait passé la majeure partie de la journée penché sur les journaux de la semaine écoulée. Il les avait récupérés auprès des cuisines où les sœurs du propriétaire — un trio de vieilles filles au tempérament de fer que Falkenn avait vite identifiées comme les trois oursins de l'enseigne — les conservaient systématiquement pour emballer les ordures. Elles ne les avaient d'ailleurs pas cédés gratuitement : le chasseur de primes en avait été quitte pour une séance de dégustation des spécialités locales. Boniface, planqué sous la table, n'avait pas perdu une miette de ce qui tombait, aussi régulièrement que malencontreusement, de l'assiette de son maître.

Réfugié dans la petite chambre obscure louée au premier étage, Falkenn avait méthodiquement épluché les articles touchant à la situation politique. N'était leur commun patriotisme de principe, parfaitement légitime en ces temps de guerre — *« L'Anscaride, voilà l'ennemi ! »* titrait deux jours plus tôt *La Grype*, un vieux journal nationaliste remontant à la Cinquième Guerre et aux années de résistance contre le Bâtard —, les différentes publications affichaient ouvertement leurs divergences politiques.

Si *L'Apocrisiaire*, loyaliste, louait l'action du vicaire et du prince héritier, *La Missive Vespérale* ne se gênait pas pour s'interroger sur le grand âge du premier et l'inexpérience du second. *Choix d'avenir*, l'hebdomadaire des milieux d'affaires, s'inquiétait des retombées commerciales des dernières défaites ; tandis qu'un journal ouvriériste, *L'Écho des Forges*, prônait l'adoption de réformes sociales radicales pour contrer l'influence grandissante de la propagande anscaride

— elle promettait travail et logements gratuits pour tous — auprès des masses laborieuses.

Les journaux satiriques n'étaient pas en reste. *Le Voltigeur Noir*, un opuscule essentiellement destiné aux militaires, présentait en première page de son édition de la semaine un dessin figurant une grype chassant de son nid un tigre blanc affublé d'un cache-œil : Tyruman Khan. On trouvait le même tigre borgne à la une de *La Vérole*, caché derrière des fourrés, en train de se frotter les antérieurs avec avidité tandis qu'au centre du dessin les membres du gouvernement, caricaturés en poulets, se chamaillaient devant le lit du roi malade.

Néanmoins, c'était le traitement des meurtres des responsables gouvernementaux qui intéressait Luther Falkenn au premier chef. Sur ce point-là, la presse pontsalinoise communiait dans une unanimité sans nuance, blâmant à l'unisson un espion de l'empereur du Septentrion, doublé d'un être aux pouvoirs obscurs. Une créature insaisissable, inarrêtable. Un monstre.

Le *doppelgänger*.

Et les dates coïncidaient. La première victime, un certain Amos Gaboria, ci-devant ministre des Finances, avait été tuée le concordedi 12. Six jours auparavant. Le jour même où la *Dame de Barreau* avait franchi le Pont Blanc avec à son bord Ambroisie Galate.

— Toujours le nez dans tes feuilles de chou ?

Interrompant sa lecture, Falkenn tourna la tête vers la porte-fenêtre pour voir Boniface se hisser sur la rambarde du minuscule balcon. Le seul luxe de la piaule : il offrait une vue imprenable sur le mur d'en face.

— Comme tu vois, répondit le chasseur de primes en ôtant ses lorgnons. Et toi ? Comment s'est passée ta petite excursion ?

Il avait envoyé le félin explorer les quartiers voisins pour écouter les conversations des Solmostins, s'informer des rumeurs, prendre le pouls de la cité après la mort du très populaire Ivannis Barca d'Ire.

— Une expérience exquise, répliqua aigrement Boniface. J'aurais préféré qu'on me suspende par les pattes au-dessus d'une fosse d'aisance pendant dix jours plutôt que de me coltiner tout l'après-midi les crincrins et les vocalises des gens du coin.

— L'âme méridionale est ainsi faite, philosopha Falkenn. Les Pontsalinois comme les Sainteusiens et les Libures chantent leurs peines avec autant d'entrain que leurs joies — ainsi que la même absence regrettable de goût pour l'harmonie.

— Ouais, ben la prochaine âme méridionale bourrée qui pousse la chansonnette devant moi, je lui sors les tripes pour les lui renfiler dans le gosier, centimètre par centimètre.

— Tu as pu en tirer quelque chose, au moins ?

— J'aurais pu en tirer de la bière, éventuellement ; mais tu m'avais fait promettre de ne tuer personne. Nan, rien d'utile, précisa le félin comme Luther lui jetait un regard noir. Entre deux tournées générales à la mémoire de leur foutu vicaire, ils rabâchent les mêmes histoires que tes papelards, là : c'est le *dope-eul-gang-heure* qui a fait le coup.

— *Doppelgänger*, rectifia Falkenn.

— J'ai l'air d'en avoir quoi que ce soit à secouer, de la prononciation ? grommela Boniface qui avait commencé à faire sa toilette. Et puis c'est quoi, d'abord, un dopplermachin ? Une race de chiens super-moches ?

— Une légende de par chez moi, le contredit Falkenn en croisant les jambes et en plaçant ses mains en clocher. Le réplicateur. Le voleur de vie. Une créature supposée pouvoir copier l'apparence, la voix et jusqu'aux connaissances les plus intimes de sa victime. Une fois celle-ci éliminée, le réplicateur prend sa place au sein du foyer, parmi la famille et les proches. Un parasite bien sous tous rapports, jusqu'au jour où en dépit de la perfection de la copie, un détail insignifiant finit par le trahir : un tic, une expression, un très vieux souvenir qui fait défaut. Pris en faute, le *doppelgänger* disparaît, non sans avoir laissé derrière lui les cadavres du conjoint et des enfants de la personne dont il avait usurpé l'identité.

Disant cela, Falkenn sentit un sourire lui titiller les muscles faciaux. C'était son grand-père qui lui racontait ce genre d'histoire. Il en connaissait des dizaines, peut-être des centaines. Celle du voleur de vie demeurait la préférée du petit Luther. Ce n'était ni le plus célèbre ni le meilleur des contes destinés à terroriser les marmots, mais l'inépuisable imagination et la curiosité maladive du garçonnet y avaient trouvé matière à s'épanouir.

Quand je serai grand, je serai policier, avait-il un jour expliqué à son grand-père en y mettant tout le sérieux qui le caractérisait déjà. Il avait à peine quatre ans. *Je trouverai un moyen de reconnaître les doppelgängers, et je les arrêterai.*

Il gardait en mémoire la réaction du vieil homme, à cheval entre hilarité contenue et fascination, dissimulant son sourire derrière une main, par réflexe conditionné d'une éducation bourgeoise plus que par volonté propre. Exactement comme Falkenn était en train de le faire.

— T'es en train de me dire que le principal suspect, c'est une espèce d'ombre maléfique qui change d'apparence à volonté ? se gaussa Boniface, ramenant le chasseur de primes à la conversation. On paye des gens pour écrire ça ? Et il y en a d'assez cons pour le lire ?

— Les Anscarides ont entouré leur arcano-technologie d'un épais voile de mystère, relativisa Falkenn. Face à cela, les habitants des Basses-Terres sont d'autant plus tentés de s'enivrer d'irrationnel que leurs propres dirigeants ne savent pas à quoi s'en tenir. Voilà seulement une vingtaine d'années, la plupart des gens du Sud croyaient dur comme fer que les dragonnefs étaient de véritables reptiles volants.

— Tu penses que les arcano-technologues ont réussi à *créer* un réplicateur avec leur saleté de magie dégénérée ?

Falkenn ne répondit pas immédiatement. La prétendue magie dégénérée avait fait d'un empire de cavaliers des steppes une puissance capable de faire voler des engins d'acier de plusieurs tonnes et de raser des villes entières sous des pluies de bombes. Sans parler des autres prodiges de l'arcano-technologie dont le quidam bas-terrien n'entendrait jamais parler : les cités anscarides rutilant dans la nuit de leurs kilomètres d'éclairage public ; les trains comme des mastodontes capables d'aller deux fois plus vite que leurs pitoyables équivalents à vapeur du Sud ; les machines climatiques qui avaient transformé en terres arables les immensités jusque-là condamnées à un hiver éternel de Ténéstrane, de Kosuagne et du Sverag.

— Il est difficile d'exclure quoi que ce soit avec les arcano-technologues, avança prudemment Falkenn. Cela expliquerait néanmoins comment une employée modèle de la Banque Scramasaxe s'est, du jour au lendemain, muée en agent anscaride aux tendances homicides prononcées.

— On est pas sûrs que ce soit l'Ambroisie qui ait dézingué tous ces types du gouvernement, fit valoir Boniface. Enfin, si elle s'appelle bien Ambroisie, du coup.

— La coïncidence des dates est frappante, réfléchit Falkenn à voix haute en croisant les bras. Le vol des documents liant la Fédération Bancaire et le gouvernement sainteusien avec la Ligue de Skarland ne sert les intérêts que d'une seule personne : Hagen. Peut-être les Anscarides ont-ils procédé au remplacement d'Ambroisie Galate par le *doppelgänger* lorsque la jeune femme a été mutée à la maison-mère de la Scramasaxe. Son forfait accompli, il revient à Solmost où, en attendant l'arrivée des troupes impériales, il s'emploie à liquider les membres les plus influents du gouvernement pontsalinois.

— Et l'identité d'emprunt se révèle d'autant plus intéressante que la grande sœur d'Ambroisie est intendante au palais royal, termina Boniface. Logique… Cela dit, il y a un problème, non ? Si tu as vu juste, ce truc n'a maintenant plus aucune raison de garder l'apparence d'Ambroisie Galate.

— C'est probable, concéda Falkenn. Je reste toutefois décidé à interroger la sœur. C'est ma seule piste, de toute manière.

— La confrontation risque d'être amusante, pouffa Boniface. Tu as prévu de lui présenter ça comment ? « Eh, vous savez que votre sœur est en fait un monstre qui peut prendre l'apparence de n'importe qui ? Et elle a tué cinq types cette semaine, dont le vicaire du roi. »

— Aussi tentante qu'elle soit, j'ai dans l'idée que cette entrée en matière ne me vaudrait, au mieux, qu'une crise de fou rire incrédule. Agrémentée peut-être, après un temps de réflexion, d'une volée de noms d'oiseaux.

— Tu te prendrais surtout une bonne paire de baffes, compléta joyeusement Boniface. (À son museau déjà habituellement chafouin s'ajouta un éclair de malice dans ses iris mauves.) J'adorerais voir ça.

Ils quittèrent *Les Trois Oursins* en toute fin d'après-midi, laissant derrière eux les confins de la zone portuaire pour s'aventurer dans le cœur de la ville basse. Un entrelacs de ruelles toutes plus étroites les unes que les autres, pentues ou taillées en degrés, serpentait entre des maisons de pierres colorées — tantôt jaunes, tantôt rouges, tantôt bleues ou vertes — et les façades plus austères de quelques rares insulats, ces habitats collectifs typiquement bas-terriens où s'entassaient traditionnellement les classes les moins aisées ; quoique ceux-ci fussent de moindre envergure — trois étages tout au plus — que les barres de béton que Falkenn avait pu voir dans les autres grandes métropoles sudistes, Sainte-Eusie-Ville, Brubart, Terracuse, Parvaigues ou encore Corvelieu.

La dissemblance de Solmost vis-à-vis de ses sœurs bas-terriennes le frappa de plus en plus à mesure qu'il progressait parmi sa trame labyrinthique et hasardeuse, tout en venelles et coupe-gorge. Bâtie à flanc du demi-corral rocheux qui dominait la Baie de Sel à l'est, la cité tenait d'une coagulation urbaine anarchique, de l'assemblage à la va-comme-je-te-pousse de plusieurs villages de montagne : chaque quartier semblait cultiver ses spécificités architecturales et protéger jalousement ses us et coutumes, son patois, ses trésors — ici un jardin dédié à l'adoration de Cémate où l'on priait pour les récoltes ; là-bas un autel garni de lames brisées et de pointes de flèches en mémoire des soldats morts au combat, ainsi placés sous la protection du dieu de la Guerre — et ses rancœurs, ancestrales, venimeuses, recuites au soleil de la Mer léonine.

Même le tracé des rares boulevards paraissait ne rien devoir à une logique urbanistique intelligible. Vous pouviez déboucher sur l'un d'eux par hasard, au détour d'une venelle, basculant de l'atmosphère jusque-là provinciale à un univers envahi de fiacres empressés, de conducteurs de charrettes vociférants, de belles dames et de gandins perruqués, de patrouilles de palicares ou de voltigeurs en permission, déjà fin soûls ; sous les façades orgueilleuses et les balcons fleuris en fer forgé de grands hôtels particuliers.

Solmost était pourtant réputée pour la puissance et la prospérité de ses industries, la compétence de ses ingénieurs, le savoir-faire de ses ouvriers — naturellement inversement proportionnel aux salaires qu'ils touchaient. Tout ce beau monde devait bien s'échiner quelque part. De fait, des fumées noires scarifiaient la voûte limpide du ciel et, à l'occasion, à l'angle d'un bâtiment, une puanteur chimique vous agressait les muqueuses nasales avant de disparaître, son forfait accompli. Pourtant, Falkenn ne repéra aucun indice de la présence physique d'une quelconque usine.

Il consulta brièvement le bout de papier sur lequel il avait retranscrit une partie des informations fournies par Dreng Scramasaxe. Ichoria Galate résidait au 2, place Stauriaditès, et c'était aujourd'hui soledi son jour de congé, qu'elle passait invariablement en ville. Falkenn n'avait pas recopié les détails, pour le moins fastidieux, des lieux visités par la jeune femme, listés par l'homme de main de Dreng : restaurant, boutique de chapeaux, cimetière et tant d'autres. Il n'avait aucunement l'intention de lui courir après à travers la moitié de la ville. Un bon chasseur attendait son gibier à proximité du point d'eau.

La place Stauriaditès était un secteur apparemment tranquille, dont la vie s'articulait autour d'un petit square propret. Des familles s'y promenaient, des enfants couraient entre les arbres ou se disputaient la possession d'un ballon. Une poignée d'anciens squattaient les bancs, lancés dans une discussion animée. Un employé municipal collectait les papiers qui traînaient par terre à l'aide d'une petite pique, tandis qu'un second s'affairait à faire disparaître à grands coups de pinceau un graffiti de la façade d'une maison.

Luther Falkenn adressa à ce dernier un salut courtois lorsqu'il regarda dans sa direction. Marchant d'un pas de flâneur, balançant sa canne devant lui, le chasseur de primes entreprit de faire le tour du square, Boniface trottinant sur ses talons.

Il alla ensuite s'asseoir sur un banc libre, un peu à l'écart. Le félin se réfugia en dessous, jetant des regards mauvais aux gamins qui couraient et ciclaient tout autour.

— Luther ? murmura Boniface au bout d'un moment.

— Oui ?

— La sœur Galate, elle habite bien au 2, c'est ça ?

— En effet.

— Alors tu peux m'expliquer ce qu'on fout en face du 9 ? On est à l'autre bout et du mauvais côté de la place.

— Tu vois le type qui repeint la façade, derrière moi ? demanda Falkenn qui continua à regarder droit devant lui.

— Oui, eh ben ?

— C'est un flic.

— Qu'est-ce que t'en sais ?

Le chasseur de primes ne prit pas la peine de s'expliquer. Il avait lui-même perdu suffisamment d'heures de sa vie en planque pour reconnaître au premier coup d'œil un policier en train de crever d'ennui.

— Et il n'est pas seul, compléta-t-il. L'autre employé municipal fait exprès de laisser retomber ou d'ignorer certains détritus. Le jeune homme qui lit, assis contre le tronc de l'arbre, à l'opposé du square, n'a pas tourné une page en cinq minutes.

— Il lit peut-être très lentement, fit valoir Boniface en dardant un regard suspicieux depuis le pied du banc. Il y en a d'autres ?

— Le vieux coiffé d'un béret gris.

— Celui qui pionce sur le banc, à gauche ?

— Il fait semblant de dormir.

— Han han… J'imagine qu'il n'y a aucune chance pour qu'ils surveillent une autre maison que celle d'Ichoria Galate ? voulut savoir Boniface.

— Tu sais ce que disent les Anscarides : « l'espoir est un poison ».

— Fait chier. Comment on gère ça ?

— Tu vas monter sur le toit de cette maison à l'angle de la rue. Le numéro 3. Tu me préviens au moindre mouvement. De mon côté, je vais tâcher de me faire discret.

Les oreilles habituées du chasseur de primes perçurent le mince déchirement soyeux sous le banc lorsque Boniface utilisa l'Éclipse. Levant les yeux, il distingua dans la mince lumière du jour mourant le félin en train de gravir les plombs du bâtiment d'angle.

Le square commença de se vider alors que l'obscurité gagnait peu à peu la place Stauriaditès. Les parents évacuèrent leurs garnements, de gré ou sous la menace d'une double ration d'épinards. Les vieux amorcèrent l'évolution quasi-tectonique qui devait les ramener à leurs pénates, s'arrêtant tous les deux mètres pour entamer une nouvelle conversation. Falkenn décida d'imiter tout ce beau monde afin de ne pas attirer l'attention.

Car son intuition se confirmait. Le peintre en était à sa sixième couche, et son collègue armé de la pique traînait ses sacs d'ordure un à un comme s'ils contenaient des lingots d'or. Le jeune gars s'était enfin décidé à tourner une page de son fichu bouquin. Quant au type au béret gris, il s'était probablement endormi pour de bon.

Le chasseur de primes ne redescendit pas la place. Volontairement, il partit en sens inverse, s'éloignant ainsi du domicile d'Ichoria Galate, faisant mine de poursuivre son chemin vers la ville haute. Ses pas adoptèrent spontanément l'allure, ni trop lente ni trop rapide, du badaud innocent.

Il finit par trouver ce qu'il cherchait : un petit escalier creusé dans l'encoignure de deux bâtiments, menant à ce qui devait vraisemblablement être la porte d'une réserve. Il s'engouffra dedans, la main gauche glissée dans la poche intérieure de son manteau.

Il en ressortit une petite boîte en argent, vaguement oblongue, semblable à un étui à lunettes. Le couvercle une fois soulevé révéla deux compartiments, chacun rempli de petits cristaux : jaunes pour les uns, noirs pour les autres. C'est l'un de ces derniers que Falkenn pêcha entre deux doigts avant de refermer la boîte qu'il rangea soigneusement. Il plaça ensuite le minéral sombre au centre de sa paume, referma le poing. Serra.

En dépit du cuir de son gant qui étouffa le bruit, il entendit le craquement lorsque céda la carapace de cristal de l'*umbraquartz*.

Des volutes noires lui dégoulinèrent de la main lorsqu'il ouvrit les doigts. Mi-liquides, mi-solides, mais comme vivantes, elles rampèrent sur son avant-bras, cascadèrent sur les pans de son manteau, lui couvrirent les épaules, l'encapuchonnèrent ; jusqu'à l'unir aux ombres accumulées dans le renfoncement de pierre.

La nuit tombait.

Emmailloté de ténèbres, Falkenn retourna vers le square.

***

Sur un toit voisin, un chat miaula longuement.

Précédée d'un claquement de bottines, elle apparut, s'engageant dans la flaque de lumière d'un réverbère : grande, vêtue d'un manteau sans doute trop chaud pour la journée, mais encore bien nécessaire en ces heures où les dernières exhalaisons hivernales balayaient les rues. La trentaine visiblement tout juste entamée, elle avait les yeux clairs, les cheveux blonds un peu frisés sous son chapeau emplumé, la peau mate.

Elle s'immobilisa devant la porte du 2, place Stauriaditès, un trousseau de clés à la main. Concentrée qu'elle était pour trouver la bonne, elle ne vit pas les quatre hommes qui resserraient l'étau derrière elle. L'un d'eux, un béret gris vissé sur la tête, la saisit par le bras. Il dut serrer un peu fort, car elle se contorsionna et lâcha un petit cri.

— Ichoria Galate ? aboya-t-il.

Depuis sa cachette à l'angle du square, Luther Falkenn leva les yeux au ciel. Habituellement, on s'assurait de l'identité du suspect *avant* de commencer à le brutaliser.

— Au nom du roi de Pont-Salin, je vous arrête pour complicité dans le…

Le flic ne termina pas sa phrase. La faute en incombait probablement au carreau d'arbalète qui lui encombrait maintenant la trachée. Un autre policier — celui déguisé en peintre en bâtiment — ne pivota que pour voir, il est vrai très brièvement, fuser un second projectile qui vint se ficher pile au milieu de son front.

Deux hommes vêtus de longs pardessus surgirent du bas de la place, armés de couteaux. Les deux policiers restants eurent à peine le temps de sortir leurs pistolets des holsters dissimulés sous leurs vêtements civils qu'ils étaient déjà sur eux : le jeune homme au rythme de lecture si lent fut promptement égorgé ; le faux préposé au ramassage des ordures se retrouva à terre, secoué de convulsions tandis qu'il se vidait de son sang, percé d'une douzaine de coups dans le ventre.

Le bon sens ayant finalement réussi à faire taire la surprise, ce fut le moment que choisit Ichoria Galate pour fuir. Peine perdue : vif comme un serpent, l'un des types en pardessus lui attrapa le bras et lui asséna une gifle si phénoménale qu'elle serait partie en toupillant si son agresseur ne l'avait pas retenue. D'un coup sec, ce dernier attira la jeune femme vers lui. Un large filet de sang dégoulinait de la bouche tordue de celle-ci.

Un troisième homme fit son apparition dans la rue, une arbalète de poing dans chaque main.

— Suis-nous sans faire d'histoire, compris ? lança-t-il à la jeune femme.

Sans attendre de réponse, il indiqua d'un geste de la tête l'autre extrémité de la place Stauriaditès.

Les doigts de Falkenn vinrent caresser le pommeau d'argent de son épée, pianotant au rythme de la valse-hésitation qui dansait sous son crâne tandis que les trois hommes traînaient leur prisonnière en direction de la ville basse. Devait-il intervenir ? Ou bien rester en arrière afin d'observer la suite des événements, quitte à laisser une jeune femme probablement innocente — et surtout le seul et unique témoin dont il disposait pour retrouver Ambroisie Galate — se faire malmener ? Ces types avaient tout l'air de brigands, mais quelque chose dans leur façon d'agir témoignait d'un hiatus. Ils avaient éliminé ces policiers avec une telle rapidité et une telle précision qu'un seul adjectif vint à l'esprit du chasseur de primes pour définir ce à quoi il venait d'assister.

Militaire.

Sa main droite s'écarta de la poignée de son arme.

— Boniface, souffla-t-il lorsqu'il fut certain que les trois hommes ne pourraient plus l'entendre : ils avaient maintenant dépassé le square, mais lui les voyait toujours.

— Boniface ? appela-t-il au bout de quelques secondes supplémentaires.

À présent, les silhouettes des ruffians et de leur captive avaient disparu dans la nuit. Tout au plus, pouvait-il encore distinguer des voix rauques.

— Boniface ? réitéra-t-il, mais juste pour la forme, les dents serrées. Abruti de chat. Jamais là quand j'ai besoin de lui.

Brisant un nouvel *umbraquartz*, il se glissa hors du couvert des arbres.

***

Perchées haut dans le ciel dégagé au-dessus de Solmost, Trotteuse et Phobie, les lunes jumelles de Choriloch, promenaient un regard blafard et stoïque sur la ville basse.

Les toits de celle-ci étaient pourtant le théâtre d'un bien étrange ballet. Parmi les cheminées de brique des maisons tassées les unes contre les autres, sur les gargouilles des temples et le long des gouttières des insulats, dansait une flamme noire. Apparaissant, disparaissant, encore et encore ; clignotante et instable, à l'image d'un feu follet en état d'ébriété.

De temps à autre, la lumière des Jumelles se reflétait dans ses yeux violets.

Boniface n'avait jamais aimé l'Éclipse. Parmi les pouvoirs que lui conférait sa nature de mandragot, c'était celui qu'il maîtrisait le moins. Oh, certes, il en contrôlait l'essentiel : le départ et l'arrivée. C'était l'étape intermédiaire qui lui posait problème, cet infime instant — car cela ne durait, en réalité, que quelques secondes — où il n'existait plus que théoriquement, non sous la forme de particules, mais d'*idées de particules.*

Allez expliquer ça à quelqu'un. Lui-même n'y entendait pas grand-chose. Le charabia des imprécateurs vous égarait toujours dans un coin paumé entre le mysticisme d'une religion primitive et la technicité arrogante du praticien des Arts arcaniques. « La magie est le souffle résiduel du Démiurge, le Créateur de Choriloch ; quiconque la maîtrise peut réagencer cette création, dans la limite de ses capacités » : voilà tout ce que Boniface avait retenu de l'époque où il vivait encore à l'Académie de Corvelieu. Ça, et le fait qu'il arrivait à s'Éclipser sur de courtes distances de manière répétée sans avoir à subir les effets secondaires du sortilège — principalement l'impression tenace que ses intestins cherchaient à lui squatter la boîte crânienne. Et c'était encore pire lorsqu'il devait se coltiner un passager.

Il réapparut au terme d'un nouveau déplacement de quelques mètres, au milieu d'une petite explosion de feu noir, perché sur le fronton d'une chapelle héliothéiste. En contrebas s'étalait un modeste cimetière, à l'aplomb du mur de la ville haute.

Une silhouette encapuchonnée crapahutait entre les sépultures.

Lorsque les types en pardessus avaient déboulé dans le sillage d'Ichoria, Boniface avait remarqué que quelqu'un d'autre la suivait, une dizaine de mètres en arrière du trio, en rasant les murs. Était-ce Ambroisie ? Ou le machin qui avait pris sa place ? Ce quelqu'un avait en tout cas pris la fuite sitôt les flics en civil éliminés et Ichoria alpaguée. Dans le doute, Boniface l'avait suivi, anticipant la réaction de Luther : le chasseur de primes lui reprocherait de s'être esbigné sans prévenir, mais dans l'autre hypothèse, il aurait fustigé son manque d'initiative. Perdant pour perdant…

À présent, la silhouette longeait la haie au fond du cimetière, contre le mur intérieur. Elle évoluait très lentement, le dos courbé, comme si elle cherchait quelque chose parmi les feuillages. Boniface s'Éclipsa à proximité, juste derrière une stèle de marbre, afin d'avoir une meilleure vue sur ce qu'elle tramait. Il la suivit quelques instants tandis qu'elle continuait son inspection méthodique.

Le félin se tassa sur lui-même lorsque l'encapuchonné s'immobilisa. Plongeant les deux bras dans la haie, celui-ci écarta non sans effort les branches, dégageant l'accès à une grille passablement rouillée : il dut batailler un bon moment pour l'ouvrir. Le long gémissement du fer au supplice s'abîma dans la nuit, cédant la place au silence offensé des résidents du cimetière affalés dans leurs couches de bois ou de pierre.

La silhouette s'engouffra dans le passage, non sans s'être assurée que personne ne l'avait suivie ou repérée, et referma péniblement la grille derrière elle. Depuis sa cachette, Boniface se gaussa intérieurement en se remémorant une formule récurrente de Luther : un bon chasseur prend garde de ne jamais devenir le gibier.

Une phrase de bon sens à laquelle le mandragot aurait dû accorder davantage de crédibilité, car lui-même ne jeta pas un regard en arrière avant de se glisser entre les barreaux du portail.

Ce faisant, il ne remarqua pas les deux grands yeux jaunes qui le fixaient depuis l'angle d'un caveau voisin.

4. La Ville sans Tour

Notre alliance relie plus que des princes, des États ou même des peuples. Elle est un pont jeté entre le passé et l'avenir. Elle est une responsabilité, une obligation, un impératif face aux menaces qui pèsent sur la liberté des Basses-Terres : hier Arkad et Virdrad ; aujourd'hui, Hagen. Elle est un bouclier contre la tyrannie.

Alchynon de Torée, lieutenant-général de la Ligue de Skarland

Suivre les trois brigands ne présentait guère de difficultés.

L'obscurité qui empoissait la ville basse était telle qu'elle en acquérait une matérialité, une densité, un poids. Elle envahissait les rues silencieuses aussi sûrement que l'eau submergeait celles, plus vivantes en ces heures nocturnes, de Pyrnadron — là, sous la surface de la Baie de Sel, bleuie des reflets des Jumelles, où voguaient d'éphémères astérismes.

Nimbé de noirceur, Luther Falkenn se mouvait parmi les flots d'ombre avec l'aisance d'un requin en maraude. À l'observer — pour autant que la chose fût possible —, on se serait toutefois vite rendu compte qu'il aurait pu se passer du renfort de l'*umbraquartz*. Il avait cette démarche singulière, tout à la fois féline et reptilienne, gracieuse et absurde, que développent au fil du temps tous ceux qui battent le pavé chthonien des nuits troubles des grandes cités ; policiers, brigands, assassins et espions. Un pas mesuré, léger, en apparence hésitant, parfois dansant, à la lenteur trompeuse que venait parfois briser une soudaine et courte accélération.

Esquiver les éclairages publics le cas échéant. Passer au large des zones, aussi faiblement éclairées fussent-elles, auxquelles les lunes accordaient un regard. Ne pas chercher à coller au train de sa proie ; demeurer à portée d'oreille, se fier au bruit des pas, aux voix. Toujours se laisser distancer, un peu, pour qu'un éventuel regard en arrière ne vienne pas vous griller, et en pareil cas ne jamais ralentir ni encore moins faire volte-face, sauf à vouloir se coller une cible directement au milieu du front. Savoir faire corps avec la rue, ses ombres, ses mouvances, ses rythmes. Savoir se fondre en elle, comme la panthère se fond dans la jungle.

Falkenn avait été un de ces flics à l'ancienne, quoique de son propre aveu, il appartînt à une génération de jeunes cons. Il croyait aux règles, aux codes, aux jalons, à ce qui se transmettait parce qu'on ne transmet que ce qui marche. Il croyait aussi en l'utilité de la technique et du progrès, mais se méfiait comme de la peste de leurs prétentions à la vertu.

Les *umbraquartz* en constituaient un parfait exemple. Lorsque la hiérarchie les avait introduits au commissariat de Vissenrend, les vieux de la vieille avaient renâclé. « On va tuer le métier », affirmaient-ils. Les plus jeunes avaient ricané — mais pas Falkenn — en fustigeant l'archaïsme de leurs aînés. Pourquoi se priver d'un outil qui vous rendait presque invisible dans l'obscurité ?

Presque.

Quelques mois plus tard, on avait retrouvé le cadavre d'un officier de la Section Antigang, égorgé par des Écumeurs de Verminebourg. Persuadé de l'efficacité des petits cristaux ténébreux, le nigaud avait décidé de croire en leur pouvoir davantage qu'en ses propres capacités. Il s'était assis sur les règles. *Ne pas chercher à coller au train de sa proie ; demeurer à portée d'oreille, se fier au bruit des pas, aux voix.* Il s'était assis sur les règles et on l'avait allongé dans un cercueil d'ébène, recouvert du drapeau noir, sang et neige du Vard. Falkenn avait été l'un des porteurs.

Le lendemain, à Vissenrend, plus personne ne ricanait.

Le chasseur de primes conservait toujours un stock d'*umbraquartz*, tant pour leur utilité concrète qu'en guise de rappel symbolique de cet épisode malheureux.

C'est donc en se fiant à son ouïe, affûtée par vingt-trois années de chasse nocturne en milieu urbain, qu'il put rester sur la piste des trois hommes et de leur captive. L'itinéraire choisi par ces derniers favorisait la stratégie de Falkenn : évitant soigneusement les grands axes, ils s'enfonçaient toujours plus profondément dans le dédale voué aux ténèbres de la ville basse. Si dans les quartiers plus proches de la place Stauriaditès, l'éclairage se contentait d'être médiocre et dispersé, ici, il brillait par son absence.

Il quitta la sécurité de sa cachette et enfila une rue au trot. Arrivé à un croisement, il ralentit un peu, s'avança, risqua un coup d'œil de chaque côté de la ruelle perpendiculaire — moins dans l'espoir d'apercevoir quoi que ce soit que pour s'assurer qu'il n'y avait rien à voir. Des échos de bottes et ceux, encore plus sonores, de bottines à talons résonnaient dans la nuit, percutaient mur après mur, semblaient venir de toutes les directions à la fois, égarant l'oreille ; cependant celle, experte, du chasseur de primes, ne se laissa pas abuser. Il prit à droite, par là où coulait la pente de la rue. Il n'en fut pas étonné.

La ville basse se murait dans un silence de tombeau. L'avait désertée la faune habituelle des quartiers pauvres. Ils manquaient tous à l'appel : clodos, camés, putes ; ombres solitaires et furtives en quête de plaisirs inavouables. Les rares personnes que Falkenn aperçut se déplaçaient en petits troupeaux empressés, apeurés et compacts, comme des moutons redoutant l'arrivée imminente d'un loup. Violation flagrante des traditions de la péninsule eusienne, volets et portes étaient hermétiquement clos.

Ces comportements en disaient long sur l'emprise mentale des Anscarides. L'empereur s'était emparé des nuits bas-terriennes pour les peupler de cauchemars d'enfant : dragons d'acier, soldats tout de noir vêtus combattant et mourant sans un mot derrière leurs masques ouvragés — cachaient-ils leurs lèvres cousues ou bien la chair décomposée d'un esclave auquel ses maîtres refusaient jusqu'à la paix du linceul ? —, esprits siffleurs sillonnant les champs de bataille en perçant les armures aussi aisément que les corps. On disait de Hagen — « le Boucher Blanc » — qu'il ne pouvait plus se déplacer que sur un palanquin d'os porté par des enfants, tant il se gavait de chair humaine. De Tyruman Khan, on croyait savoir qu'il mesurait plus de trois mètres et que son sabre, gigantesque, fendait la pierre comme beurre fondu. Fariboles et vérités mêlées qui torturaient l'imagination de la moitié d'un continent, privaient de sommeil des peuples entiers.

Une odeur salée vint flotter sous les narines de Luther Falkenn.

Plus bas dans la rue, la lumière ouvrait la perspective d'un boulevard. Elle brûlait avec le gaz des réverbères, s'accrochait aux fenêtres d'édifices que la nuit achevait de faire ressembler à des tas composites, des monticules industrieux et laids, comme des termitières.

Le Capistre.

Cette révélation confirmait encore un peu plus l'intuition première du chasseur de primes. Une nouvelle fois, comme ses doigts glissaient le long du pommeau de sa canne-épée, son esprit effleura l'idée de récupérer son témoin par la force.

Ce n'était pas la maîtrise manifeste des armes des trois gaillards en manteaux qui retenait son bras. S'il avait eu la conviction d'avoir affaire à trois spécimens classiques, il aurait déjà mis à profit la topographie des lieux pour les surprendre et les éliminer. Plus ils descendaient, plus la décision devenait urgente : ils retourneraient bientôt dans la lumière, qui priverait Falkenn de son meilleur avantage. Cependant, plus ils se rapprochaient du bord de mer, plus leur destination devenait évidente, moins il devenait envisageable pour le chasseur de primes de laisser leurs cadavres derrière lui.

Les dernières mansardes, les derniers commerces laissèrent bientôt la place à la promenade surélevée bordant l'accès à la presqu'île du Capistre. Au loin, droit devant Falkenn, la corolle de verre et de fer de la Banque Nationale pour la Croissance s'épanouissait dans la nuit, semblant se détacher de la masse confuse du reste du bâtiment. Plus loin, le Pont Blanc barrait l'horizon, semblable à une vague titanesque figée dans sa course folle vers le rivage. Sur sa gauche, les tours de l'Alaqarak s'alignaient comme à la parade, raides et dignes.

Les trois hommes marchaient en pleine lumière, traînant avec eux Ichoria Galate. Le dos collé à une façade festonnée du noir d'imposantes tentures funéraires, Luther Falkenn les observa disparaître au loin.

Un sourire mauvais barrait son visage.

***

Le vieillard ferma la porte derrière lui. Il demeura ainsi un instant, paume appuyée contre le battant de chêne, son autre main agrippant son bâton de frêne, haletant : les ronflements rauques qu'exhalait péniblement sa gorge évoquaient un vent chargé de poussière soufflant depuis d'antiques catacombes.

L'homme lui-même donnait l'impression d'être tout juste sorti de terre, avec un bronzage d'albâtre et des lèvres totalement desséchées aptes à susciter l'envie de n'importe quelle momie. La peau de son front était un parchemin sur lequel les rides, telles les lignes d'une écriture cryptique, proclamaient de trop nombreuses décennies à arpenter le monde des vivants. Le paysage aride qui recouvrait ses mains se vallonnait au rythme de larges veines bleues ou violacées qu'irriguait un sang à la vigueur encore phénoménale.

— Navré du retard, souffla-t-il en se retournant vers la femme qui se tenait à l'autre bout de la pièce.

Un sourire famélique étira ses lèvres décolorées, sans espoir de démentir l'inquiétude enfouie au creux de ses yeux mauves.

— Je crains de ne plus courir aussi vite à cent-trente ans qu'à quatre-vingts, se força-t-il néanmoins à plaisanter.

Son interlocutrice sourit à son tour.

Il ôta son haut-de-forme crasseux et son manteau aux bords mités, qu'il lança tous deux sans ménagement aucun sur un fauteuil proche. Il traversa l'imposante bibliothèque à pas étonnamment vifs, quoiqu'il s'appuyât toujours sur son bâton de bois clair. Les perles oculaires de ce dernier brillaient à la lueur des lampes à huile, si bien que le visage immobile taillé dans le pommeau donnait l'impression de défier les regards impavides des milliers d'ouvrages rassemblés là.

— Désolé du retard, répéta-t-il. J'ai passé toute la journée et une partie de la nuit à courir les enterrements, et c'est là un genre de vie mondaine dont je me passerais bien volontiers. Cependant, mes soupçons se confirment.

Il délogea un petit livre à la couverture de cuir vert, coincé entre un épais mais banal atlas magneterrien et le premier tome d'un traité aussi passionnant qu'encombrant : trente-deux volumes sur la reproduction des amphibiens en milieu tempéré.

— Il y a eu des signes avant-coureurs, évidemment, poursuivit-il en agitant le livre. Cette sensation délétère qui pollue l'environnement, depuis un certain temps, mais cela ne m'avait pas alerté à ce moment-là. À mon âge, il est normal de sentir la mort nous flotter autour. Je n'étais même pas au courant, pour le Nain. C'est le ballet des corbillards sous mes fenêtres, ces cérémonies du Culte Solaire plusieurs fois par nuit, qui ont fini par me mettre la puce à l'oreille.

La femme sur les talons, le vieillard se rendit jusqu'à une petite table de travail, sur laquelle il déposa le livre vert.

Il ne s'agissait pas d'un bel ouvrage. Non seulement le papier comme la couverture en étaient de piètre qualité, l'ensemble relié avec autant de technicité et de savoir-faire qu'un sandwich, mais il avait souffert. Des traînées comme des marques de griffes brunissaient sa partie inférieure, et c'est à grand-peine qu'on pouvait encore déchiffrer les deux mots minuscules incrustés sur son dos.

Et pourtant. Cet opuscule accomplissait le miracle auquel n'avaient pu parvenir ni des siècles de colloques œcuméniques et de débats théologiques interminables ni des décennies de bains de sang et de campagnes de conversions forcées : l'ensemble des clergés du continent communiaient dans l'ardente nécessité de le ramener à son état naturel de pulpe de bois. Pas seulement le dastorium du Culte des Cinq et la primocustodarchie héliothéiste, autorités religieuses suprêmes des Basses-Terres, mais aussi les prélats de la Maison Impériale anscaride et jusqu'aux cultes locaux ou folkloriques, comme les prêtresses de la Dame du Vard ou les chamanes des tribus franques, en passant par les Révérends du Fer du dieu des Nains. On racontait même que les mystérieux prêtres-nécromants du clan Fossegrim en conservaient un exemplaire en Anuirloc, sous bonne garde.

— En apparence, ces morts n'ont rien d'anormal : ces gens étaient vieux et malades, expliqua le vieillard en ouvrant le livre à plat. Mais ç'a empiré depuis quatre ou cinq jours. Non seulement il y a davantage de victimes, mais à présent elles meurent de façon brutale, inexpliquée. On accuse le grand âge. Une explication facile, mais pourquoi chercher plus loin ? Je doute même qu'un seul thaumaturge en ville ait pris la peine de procéder à une nécropsie. Le pire, c'est qu'il ne trouverait sans doute rien et conclurait à une crise cardiaque.

Le vieil homme compulsa les pages jusqu'à trouver celle qu'il cherchait en particulier, toute griffonnée d'annotations.

Une page très particulière. Sans elle, ce fichu bouquin n'aurait pas valu tous les arbres abattus pour lui. Sans elle, il n'aurait pas justifié les sommes honteuses soutirées par l'imprimeur pour prix de son travail bâclé ; et il n'aurait pas tant déchaîné les passions. Sans cette page, on ne se serait même pas hasardé à s'en servir en guise de cale pour un vieux canapé déglingué.

— J'ignore qui est derrière cela, avoua le vieillard tandis que la femme se penchait pour décrypter les pattes de mouche. J'ignore qui est assez fou pour se lancer dans une entreprise pareille. Mais j'en ai maintenant la certitude.

Il glissa une main dans la poche de son gilet. L'objet, froid et humide, vint jusque dans sa main. Il n'osait pas le regarder. Il n'osait même pas le sortir à l'air libre. Il le serra entre ses doigts, jusqu'à avoir mal.

— Quelqu'un essaie de la réveiller…, murmura-t-il.

***

Une formule bien connue prétend que « Solmost suce la moelle de deux cadavres ».

Tout le monde saisit l'allusion à Pyrnadron. Nul n'ignore la présence de ses ruines sous la baie qui alimente l'économie locale. Pêcheurs, marins et autres promeneurs qui viennent se camper à l'extrémité de la jetée du vieux port de l'Elminnos peuvent distinguer sous les eaux l'arrondi troublé de la coupole, encore intacte par quelque caprice de l'histoire, du Sénat nomocratique.

Depuis les hauteurs de la capitale, l'œil embrasse l'ensemble de la petite mer enclavée. Par temps clair, au plus fort de l'été, le soleil à son zénith la force à se dévoiler, à révéler ses trésors dévastés : les spires de bronze, verdies par la caresse des flots, des premiers temples dédiés aux Cinq ; la crête colonisée de moules et à moitié digérée par les eaux d'un hippodrome ; les marches égarées des étages supérieurs du palais d'un sénateur ou d'un magistrat oublié de longue date. Les silhouettes fantomatiques de cariatides embaumées d'algues, mais libérées de leur fardeau, lèvent les bras vers la surface, priant cet astre d'or qu'elles peuvent enfin contempler de leurs yeux de marbre.

Cependant, même parmi les gens cultivés — ce qui élimine d'entrée de jeu pas mal de monde —, bien peu comprennent à qui fait référence le second cadavre.

Sous la ville haute, dans les entrailles des montagnes, court une ossature inimaginable. Des piliers de pierre hauts comme des séquoias millénaires soutiennent des voûtes dont le sommet demeure perpétuellement dans les ténèbres, encadrent des arches comme la gueule béante du Sépulcre. Un bruit d'eau emplit les lieux d'un murmure incessant, celui du sang cristallin qui s'écoule le long d'artères de pierre larges comme les avenues qu'elles surplombent : des aqueducs, puisant dans les sources naturelles enfouies plus loin encore sous la terre.

Ses fondateurs — c'était longtemps avant Solmost, la ville ou le village de pêcheurs, longtemps avant l'édification du Pont Blanc — l'avaient appelée Malethorarlod. Le « Miroir-aux-Lunes ». Une modeste cité dvargare, elle-même pâle reflet de sa suzeraine, Lurengal, le royaume nain sis à l'abri des cimes des Monts de la Lyre, loin dans l'est.

Elle avait assisté à la chute de Pyrnadron. Elle avait survécu au raz-de-marée qui avait englouti la cité-État — pourtant simple écho du cataclysme marin qui avait annexé à l'océan la moitié sud de la Magneterre originelle qui aujourd'hui dormait sous la Mer du Lion —, mais qui s'était contenté de glisser sur sa cuirasse de pierre. Elle avait prospéré tandis que Pyrnadron gisait sous les eaux, que les Humains revenaient timidement peupler la surface des montagnes ; que naissait et se développait Solmost, à son tour, après que les petites mains industrieuses des ouvriers dvargars eurent fermé la Baie de Sel aux incursions de leurs cousins anuirloëns.

Las, si la roche était en mesure d'arrêter l'eau et les pirates, elle ne pouvait en faire de même contre la maladie. Lorsque le fléau connu sous le nom de peste grise avait frappé, treize siècles plus tôt, il avait décimé les populations tant à la surface qu'en dessous de la montagne.

Cependant, les Humains se reproduisent vite et en grand nombre. Et tandis que Solmost prenait son essor, absorbant un à un les bourgs et les villages alentours, Malethorarlod, vidée et sinistrée, se languissait au rythme de la pierre et de l'eau, prostrée dans un silence minéral. Pendant des siècles. Jusqu'à ce qu'un nouveau fléau l'envahisse en rugissant.

Aciéries. Fonderies. Cokeries. Laminoirs. Lorsque Solmost, devenue entretemps capitale royale, voulut se doter d'une industrie, elle mit à profit l'espace gigantesque et dépeuplé de la ville souterraine pour éviter de voir grandir, au-delà de ses murs, des faubourgs industriels à la portée de la première armée ennemie venue.

Elle concentra donc toutes ces activités, bruyantes et polluantes, au cœur même de Malethorarlod, et on fora de grands trous dans la voûte plurimillénaire pour laisser passer des cheminées qui, crevant les sommets de la montagne, emmèneraient les fumées au loin. La découverte de nouveaux filons de fer et d'argent accéléra le mouvement de mise à sac du patrimoine culturel des Nains, justifiant la démolition de toujours davantage de halls, de temples et d'habitats inusités. Grondant et besogneux, le ventre de la cité vivait dorénavant au rythme haletant des usines et des milliers d'ouvriers qui les faisaient tourner.

— Qu'est-ce que c'est moche…, lâcha Boniface en levant les yeux.

Les plaies infligées à Malethorarlod par Solmost ne se limitaient pas au bruit et à la pollution. Son urbanisme tout en grisaille s'y répandait à l'image d'une maladie, dévorant inlassablement le moindre espace autrefois sain et beau, ne reconnaissant aucune frontière à ses plans de conquête et d'enlaidissement, si bien qu'après avoir envahi la cité souterraine horizontalement, il avait entrepris de la coloniser *verticalement.*

Des armatures de fortune s'agrippaient aux piliers monumentaux. Tantôt de pierre, tantôt de métal, plus souvent de bois, elles s'enroulaient autour à l'image des tiges d'un lierre grimpant aux ramifications faites d'escaliers, de paliers et de plates-formes. S'y accrochaient des fleurs improbables, plus proches des berniques : insulats de béton aux murs crevés de meurtrières, baraquements de fortune aux toits de tôle tout de bizengouin, cabanes et maisonnettes branlantes aux fenêtres louchant sur cent-cinquante mètres de vide. Elles s'élevaient loin au-dessus de la masse compacte de manufactures, d'ateliers et d'entrepôts, les plus hautes s'enfonçant dans le brouillard artificiel régurgité par ces industries. Celui-ci se massait sous la voûte, désespéré, cherchant à s'échapper, nuage de cendres au ventre rougi — à croire qu'un gigantesque incendie couvait à l'intérieur.

— Et qu'est-ce que ça schlingue, compléta Boniface en plissant le museau.

La zone marinait dans une puanteur hétérogène qui fleurait bon les problèmes pulmonaires chroniques.

Le mandragot était un peu embêté. Au cours des dernières heures, il avait perdu deux choses essentielles : son chemin et la trace de son gibier encapuchonné. Le second point l'inquiétait beaucoup plus. Il pouvait déjà voir la mine figée et glaciale de Luther, entendre la liste des récriminations qu'il déviderait lentement de sa voix monotone, déplaisante, métallique. L'équivalent pour les nerfs d'une craie écrasée contre un tableau noir.

— Vous allez voir que ça va encore être de ma faute, ronchonna le félin qui évoluait parmi la foule.

La vie nocturne de la zone industrielle n'était pas moins trépidante que celle que rythmaient de jour le cœur d'acier et le souffle incandescent des hauts fourneaux. Les squelettes de bric et de broc noués autour des piliers n'abritaient pas que les habitats des ouvriers et de leurs familles. Chacun avait son compte de troquets, de cabarets, de maisons de jeu et de bordels, auxquels venaient s'ajouter quelques établissements offrant des services plus louches. Ouvriers en mal d'oubli, marins en permission et zonards s'y adonnaient aux plaisirs des beuveries, des rixes, des amours contractuelles et des repas régurgités — quoique pas nécessairement dans cet ordre-là.

Désormais principalement en quête d'une sortie qui lui libérerait la truffe des remugles industriels, Boniface entreprit de grimper au sommet de l'un des piliers. Le dominait une plate-forme conséquente, vaguement circulaire, appuyée directement sur les constructions qu'elle surplombait. Le mandragot espérait qu'elle lui offrirait un point d'observation et une bonne vue d'ensemble de la zone.

La presse y était plus concentrée qu'ailleurs, mais aussi plus jeune, plus diverse. Des gamins à peine pubères et des Nains traînaient dans les pattes bottées de fer de Demi-Ogres, au milieu d'une cohue aux trois quarts ivre — le dernier quart se réservant sans doute pour des produits plus exotiques. Des sachets bruns passaient ouvertement de main en main aux angles des bistrots. Pas la peine d'avoir bourlingué plus de dix ans en compagnie d'un ex-flic à la mine de croque-mort pour comprendre qu'ils ne contenaient pas de la cassonade.

— Matez-moi ce gros matou, lança brusquement une voix féminine éraillée par l'excès de tabac.

Boniface n'y aurait pas prêté la moindre attention s'il n'avait jugé étrange son intonation : celle qu'on emploie traditionnellement pour s'exclamer « regardez ce beau morceau de viande ».

Jetant un coup d'œil sur la gauche, il aperçut une gamine d'une quinzaine d'années affligée d'un embonpoint considérable. Son regard embrassa rapidement le groupe d'une demi-douzaine de jeunes, du même âge ou un peu plus vieux, qui l'entouraient : bagousés, tatoués, armés — le couteau bien visible au côté. Du bon vieux traîne-patins, le genre dont Luther aimait à dire qu'il ne valait pas le prix de la corde destinée à le pendre.

Boniface était fatigué. Il en avait plein les pattes, de cette ville, de cette caverne, des espions anscarides caméléons qui lui filaient entre les coussinets et des odeurs chimiques qui s'agrippaient à sa truffe. Il aurait sans doute dû se carapater avant que ces crétins n'essaient d'agrémenter leur régime alimentaire d'un délicieux civet de chat, mais il éprouva soudainement un besoin impérieux de se défouler sur quelqu'un.

— C'est moi que tu traites de gros, pouffiasse ? cracha-t-il. Tu t'es regardée dans un miroir, récemment, ou la crasse s'y est tellement accumulée que tu peux même plus voir ta sale gueule ?

La fille ouvrit des yeux ronds et une bouche à l'avenant.

— Il… il cause ! s'extasia-t-elle sans même relever l'injure.

— Mais non, je ne parle pas, s'exaspéra Boniface. Ça n'existe pas, les chats qui parlent, voyons ! T'as trop bu, et dans cinq secondes, tu verras mon grand pote l'éléphant rose et sa copine la souris verte. Grand temps d'aller cuver ton vin, ma grosse.

— J'crois que c'est un d'ces familiers de mages ou j'sais pas quoi, intervint un jeune gars.

À le voir faire tournoyer son canif entre des doigts qu'il estimait sans doute experts, Boniface devina qu'il s'agissait du chef de la meute.

— Ça vaut une fortune, ces machins-là, compléta le garçon.

— Très juste, admit le mandragot. Je suis hors de prix. Inaccessible pour ta petite bourse, trou duc'.

— De quoi tu m'as traité ?

Estomaqué, le type en avait laissé tomber son couteau. Boniface se délecta de son expression crispée, constipée. Si ses muscles faciaux le lui avaient permis, le félin aurait souri de toutes ses dents.

— T'es bouché aussi au niveau des esgourdes, trou duc' ?

L'orifice ainsi sommairement interpellé ramassa son canif.

— Je me demande quel goût ça a, la viande de greffier, lâcha-t-il en s'avançant, la lame brandie.

Boniface attendit que le minable soit assez proche. Il aimait ménager ses effets. La petite frappe n'avait plus qu'un mètre et demi à parcourir pour l'atteindre lorsqu'il invoqua l'Unciamorphose.

La sensation était toute différente de celle de l'Éclipse. Dans ce dernier cas, ses pouvoirs le conduisaient à renier toute matérialité, toute contingence physique, aussi bien pour lui-même que pour le monde qui l'entourait. Au cœur de l'Éclipse, son corps n'était plus, seul son esprit subsistait, puissant, tranchant, et il lui arrivait parfois d'avoir des pensées qui en temps normal lui échappaient. C'était comme si sa propre dualité, celle liée à sa condition de mandragot, basculait brutalement du côté « humain », celui qui lui conférait son intelligence.

L'Unciamorphose était le symétrique, l'opposé de l'Éclipse, de ce point de vue. Alors qu'il sentait son corps s'allonger, ses membres s'étirer et ses muscles grossir, Boniface captait la disparition d'une partie de lui-même. L'animal prenait le dessus, rejetait une part de sa conscience en-deçà de sa perception immédiate de son environnement, si bien qu'il se retrouvait comme à regarder, sentir et entendre à travers les yeux, les oreilles et le museau d'une autre créature.

Les témoins présents reculèrent précipitamment, y compris bien sûr l'apprenti-boucher qui trébucha et tomba sur le dos. Il n'eut que le temps de se redresser sur ses coudes quand une patte énorme, garnie de griffes brillantes comme de petits éclairs malveillants, lui retomba sur la poitrine, le clouant au sol.

Boniface approcha sa gueule à moins d'un centimètre du visage de sa victime. Une gueule énorme.

— Moi, je me demande quel goût ça a, la bidoche de primate, grogna-t-il d'une voix qui présentait maintenant des sonorités caverneuses. Dégage !

Il retira sèchement sa patte, lacérant la chemise du gaillard qui ne se fit pas prier. Couinant de terreur, le visage trempé de larmes et de morve et le pantalon tellement plus sec, il se débina lamentablement, tantôt à quatre pattes, tantôt sur deux jambes. Ses comparses s'étaient déjà enfuis depuis longtemps, abandonnant celui qui ne resterait probablement plus très longtemps leur chef.

La cohue absorba ce dernier sans lui accorder un regard. Son attention se focalisait tout entière sur Boniface — sur cette panthère, longue de près de trois mètres, au garrot plus haute qu'un Nain, aux muscles découplés saillant sous sa belle fourrure noire frangée de flammèches mauves. Les badauds n'avaient d'yeux que pour lui. Des dizaines et des dizaines d'yeux, de toutes les formes et de toutes les couleurs, tous éberlués, fascinés. Et tous, terrifiés.

À l'exception notable d'une paire d'entre eux. Ronds et jaunes. Immenses. Des yeux qui ne cillaient jamais.

Leur propriétaire se tenait au premier rang de la cohue massée entre les boutiques de guingois et les étals louches. Il mesurait près d'un mètre quarante ou quarante-cinq, encore qu'il perdît vingt bons centimètres du fait de sa posture gibbeuse, presque avachie, comme si tout son corps ployait sous le poids d'une tête beaucoup trop grande pour lui. De fait, on ne voyait qu'elle, avec ce faciès triangulaire et longiligne, ces longues oreilles pointues l'encadrant comme les cornes d'un petit démon, et cette peau bleue livide, ses moustaches fines et tombantes, cette barbichette en pointe que caressaient des doigts interminables, agiles et osseux, aux ongles effilés.

Et les yeux, bien sûr. Deux globes, énormes, fendus de pupilles reptiliennes et dépourvus de paupières, à l'expression aussi énigmatique que ceux d'une chouette, aussi inquisitrice que ceux d'une belle-mère, aussi perturbante que ceux d'un joueur de cartes professionnel.

Un Drude.

— Tiens tiens…, murmura Boniface en avisant le nouveau venu.

Le mandragot ne fut pas le seul à le remarquer. L'étrange créature gobelinoïde bleue à la mise singulière — ample manteau noir aux manches et au col doublés de fourrure grise, béret noir piqué d'une unique plume de paon — eut tôt fait de lui voler la vedette. Elle captait irrésistiblement l'attention des badauds.

De longues secondes défilèrent ainsi, figées dans le silence et l'immobilité. Le Drude regardait Boniface. Boniface regardait le Drude. Tout le monde regardait l'un, ou l'autre, ou successivement l'un puis l'autre. Quelques-uns, toutefois, les plus alertes, regardaient la sortie la plus proche.

Finalement, la créature aux yeux jaunes cessa de se caresser la barbichette et agita une main agacée.

— Le spectacle est terminé pour aujourd'hui, lança-t-elle d'une voix grinçante. Que chacun retourne à ses occupations !

Il y eut des échanges de regards et des raclements de pieds hésitants, puis, sur un signe de tête du Drude, des Demi-Ogres en tenue de cuir entreprirent de beugler sur tout le monde pour disperser l'attroupement, distribuant menaces et bourrades aux éléments les plus lents.

— Regardez qui voilà, marmonna Boniface en s'avançant. Ne serait-ce pas ce cher Metisto Strabyzem ?

— Qu'est-ce que tu fous ici, le greffier ? rétorqua l'autre.

— Je pourrais te poser la même question, répliqua Boniface. La dernière fois que je t'ai vu, tu refourguais du matos militaire anscaride de seconde main aux Républicains liburians. Ta petite affaire aurait-elle connu des ratés ?

Boniface connaissait bien Metisto. Il figurait sur le carnet d'adresses de Falkenn, sous la catégorie des crapules plus utiles à fureter dans les ombres qu'à se balancer au bout d'une corde. Qu'il fût un Drude contribuait bien sûr à son utilité aux yeux du chasseur de primes : ceux que l'on nommait aussi Diables Bleus ou Diablotins étaient réputés pour leur intelligence retorse, leur langue habile et leur capacité à prédire quand le vent allait tourner. Autant dire que sans l'obscure alchimie qui les rendait infréquentables aux yeux des autorités légales magneterriennes, ils auraient fait de parfaits avocats.

— On peut dire ça comme ça, oui, acquiesça le Drude en se grattant la tempe. Disons que la clientèle s'est révélée plus exigeante que prévu.

— Laisse-moi deviner : c'étaient des flingues ordinaires ?

Le mandragot rompit le sortilège qui le maintenait sous forme de panthère géante. Il s'ébroua et tout son corps s'embrasa d'un bref incendie noir et violacé, dont les flammes, une fois dissipées, ne laissèrent derrière elles que la forme originelle du félin. Quelques brandons dansèrent encore quelques secondes sur son pelage, avant de s'étioler et mourir.

Mécaniquement, il entreprit de faire un brin de toilette.

— Le pire, c'est que je n'y étais pour rien, se défendit Metisto. Pour une fois. En fait de matos de seconde main, il s'agissait d'authentiques armes à cristaux de première génération. De la bonne came, sauf à la dernière livraison : mon nouveau fournisseur m'a roulé dans la farine. Tu crois ça, toi ? Un contrebandier naga ! Si on peut même plus faire confiance à un Homme-Requin, où va le monde ?

— Et comme le service après-vente n'a jamais été ta spécialité, tu as préféré aller voir ailleurs avant que ça ne te retombe sur le paletot.

— Tu connais la réputation des Républicains liburians. Ils clouent les traîtres par les oreilles et attendent que le poids du corps les arrache avant de faire se radiner le peloton d'exécution. Vu mes grandes oreilles et mon corps très léger, j'ai décidé de mettre une mer entre eux et moi. C'est comme ça que j'ai atterri à Malethorarlod.

— Voilà un nom que je ne vais pas m'emmerder à retenir.

— Les gens d'ici ne se donnent pas cette peine non plus. Bienvenue à Citégrise, le greffier, ajouta-t-il en ouvrant des bras qu'on devinait rachitiques sous les amples manches de son manteau. Bienvenue dans la Ville sans Jour.

— La bien-nommée : c'est clair que c'est le coin idéal pour s'enterrer. Surtout quand on a des barjots comme les Réplib' au derche. Du coup, qu'est-ce que tu trafiques, maintenant ?

— Laisse-moi te montrer, répliqua Metisto en l'invitant à le suivre d'un geste.

Ils déambulèrent dans les rues bondées. Celles-ci spiralaient de manière irrégulière autour du pilier gigantesque, où alternaient commerces plus ou moins légaux et recoins sombres dédiés à la bicrave. Le plancher grinçait sous le poids d'un chaland à l'espérance de vie beaucoup trop courte pour se soucier des vices de l'architecture locale ou de ceux, plus dangereux encore, de la drogue parfois frelatée ou coupée qu'il achetait.

Ils s'installèrent en terrasse au bar d'un établissement plutôt conséquent — ses quatre étages, empilés sous un toit de tuiles dépareillées, s'appuyaient contre la structure du pilier avec autant de grâce qu'un clochard ivre-mort — que Metisto Strabyzem présenta comme « l'hôtel-bar-restaurant-casino le plus chic de Citégrise ». De fait, le *Nélombo*, puisque telle était sa raison sociale, répondait à tous les standards de luxe du quartier, il est vrai guère difficile à lister : une façade raisonnablement crade, seulement deux ou trois fenêtres brisées, et une clientèle qui pouvait régler son ardoise sans avoir préalablement à vendre ses cheveux, ses dents ou toute autre partie de son anatomie.

— Je t'offre quelque chose à… euh, laper ? proposa l'heureux propriétaire du *Nélombo* en retirant son béret.

— T'as du lait dans ton rade ? demanda Boniface en grimpant d'un bond agile sur la table.

— Un whisky pour moi et un bol de lait pour la patte-tendre ! héla Metisto à l'adresse d'une serveuse naine qui trotta dare-dare vers l'intérieur.

— Alors comme ça tu t'es reconverti dans la dope ? demanda Boniface, mais le Drude agita négativement un index interminable.

— Le trafic de rue, c'est pour les petits joueurs. Le choix est réduit et la qualité, médiocre. Je touche une com' parce que c'est moi qui paye la milice de ce pilier — tous des Demi-Ogres, histoire de calmer les emmerdeurs. Ici, par contre, poursuivit-il en indiquant la façade grise derrière lui, tu peux acquérir tous les produits imaginables, avec la garantie des meilleurs fournisseurs. C'est la raison d'être du *Nélombo.*

— T'es un intermédiaire, en gros ?

— Un entremetteur. Un facilitateur. Je fais se rencontrer ceux qui y ont intérêt. Citégrise est devenue une plaque tournante du trafic de stupéfiants au cours des dernières années. Quelqu'un devait en profiter, et ç'a été moi : je suis arrivé pile au bon moment. Du coup, je devrais presque remercier ce connard de Naga pour m'avoir enflé, mais c'est surtout aux Anscarides que je dois ma bonne fortune.

— Quel rapport ? voulut savoir Boniface tandis que la Dvargare revenait avec leurs consommations.

— Les routes de la drogue passaient auparavant par la Krelfe. Normal : le pays constitue un carrefour, pile entre les Basses-Terres, la péninsule eusienne, les Royaumes Francs et Reisenvard. Avant l'invasion, c'était Stamorac, la capitale mondiale de la dope. Mais l'itinéraire par la Krelfe est devenu beaucoup moins sûr maintenant que Hagen tient le pays. Le vicaire qu'il a installé pour gouverner à la place de cet imbécile de duc est un dur de chez dur, un tétrarète fanatique qui s'amuse à faire cramer revendeurs, clients et stocks de came sur les mêmes bûchers. Le gros du trafic a donc migré vers des cieux plus cléments.

Il désigna la voûte tapissée de brume chimique qui les surplombait.

— Les nouvelles routes contournent maintenant la zone occupée, soit par les Monts des Cinq Divins, soit par voie de mer. Dans les deux cas, Solmost constitue une étape incontournable. Et comme tu l'as si bien fait remarquer, Citégrise est un endroit parfait pour opérer dans l'ombre.

— Sauf que les Anscarides finiront par arriver ici aussi. Ils auront vite fait d'enfumer ton trou à rats.

— Il y a longtemps que j'aurai mis les voiles lorsque ça arrivera, répondit le Drude à voix basse. Il faut savoir anticiper, dans mon métier. Par ailleurs, tu me connais, j'ai la bougeotte. Comme toi, d'ailleurs. J'imagine que si tu es en ville, Falkenn l'est également ?

Une idée sembla écarquiller un instant les yeux déjà démesurés et globuleux du Drude.

— Il n'est pas en cheville avec les Réplib', j'espère ?

— Ils ont mis ta tête à prix, hein ? se moqua Boniface en relevant la sienne de son bol, le museau plein de lait. Juste pour rire : combien ?

— Deux-mille écus.

— Des clopinettes, ça fait à peine cinq-cents ducats, railla Boniface en s'efforçant de s'essuyer à coups de langue. À ta place, je me sentirais vexé. On paye davantage pour les voleurs à la tire, de nos jours. Nan, t'en fais pas : on est après une fugitive.

— C'est elle que tu suivais dans ce cimetière, tout à l'heure ?

— Tu m'as vu ?

— J'ai vu un mandragot. Ça m'a intrigué. Après… Vous vous ressemblez tous.

— Très drôle, venant du représentant d'une espèce qui ne se reproduit que par clonage. Mais tant qu'on papote, qu'est-ce que tu fichais dans un cimetière à une heure pareille ?

— Un repérage, répondit le Drude en portant le verre à sa bouche. Je fournis aussi les étudiants en médecine en cadavres. Depuis quelques jours, c'est la folie : tous les vieux du coin ont l'air de vouloir caner en même temps. Des crises cardiaques, en plus : les corps sont sains, la demande a donc grimpé en flèche. Sacré printemps pour les embaumeurs. Et pour nous. Il y a tellement de boulot en rab que je dois mettre la main à la pâte. Dis voir, c'est quoi son blase, à ta fugitive ?

— Ambroisie Galate.

— Ce ne serait pas cette fille après laquelle court Dreng Scramasaxe ?

— T'es au courant de tout ce qui se passe dans ce patelin, ma parole.

— Presque, se rengorgea Metisto en époussetant un revers de son manteau. L'information, c'est le nerf de la guerre. J'ai des oreilles qui traînent un peu partout.

— Ah bon ? Et tu les laves souvent ?

— Tu es toujours aussi hilarant, le greffier, maugréa Metisto. Si Luther se décide à se débarrasser de toi, je connais le proprio d'un cirque qui lui en paiera un bon prix.

— Plus de deux-mille écus ? s'enquit Boniface, acerbe. Blague à part, t'es en cheville avec les Scramasaxe ?

— Ces crevards-là ne courent pas les soirées mondaines de Citégrise. Ils ont une réputation à tenir. J'ai entendu parler d'Ambroisie Galate uniquement parce que les caves que le vieux Dreng embauche comme vigiles à la BNC — et qu'il paye au lance-pierre — arrondissent leurs fins de mois comme videurs ici. Mais ils n'ont pas eu accès à tous les détails. C'est quoi exactement, ces documents qu'elle leur a volés, aux Scramasaxe ?

— J'ai jamais parlé de docu…, commença très vite Boniface, mais son vis-à-vis le fit taire en appuyant l'index sur son museau.

— Ta truffe bouge quand tu mens, le greffier. Soyons sérieux : si c'était du pognon qu'on leur avait piqué, les Nabots n'auraient pas eu besoin de faire tout ce cirque et de recourir aux services d'un chasseur de primes. Dreng aurait pris contact avec ce grand con de duc Lirrifas pour qu'il mette sa police sur le coup. Mais que peut-on donc voler à un banquier mis à part de l'oseille ? La réponse est évidente : ses petits secrets honteux.

— En quoi ça t'intéresse ? rognonna Boniface en louchant sur le long doigt bleu.

— En rien, minauda Metisto.

Il retira son index, du bout duquel il vint caresser le bord de son verre vide. Son autre main jouait avec ses cheveux nattés.

— Mais c'est étrange, tout de même, ajouta-t-il en contemplant le fond transparent du récipient. Il y a six jours, les Scramasaxe commencent à remuer la merde pour retrouver cette Ambroisie. Le même jour, le mec qui tient les cordons de la bourse dans ce pays se fait dézinguer par un agent anscaride. Un *doppelgänger*, soi-disant. Un esprit tordu serait tenté d'y voir davantage qu'une coïncidence, et en conclurait que mademoiselle Galate et ce *doppelgänger* sont une seule et même personne. L'esprit d'un Drude, par exemple…

Il releva soudainement les yeux, dont il fixa Boniface avec une intensité nouvelle.

— Ou celui d'un ex-flic vardener autrefois à la botte des Anscarides, termina-t-il.

— D'accord, j'ai compris, soupira Boniface. Elle est bidon, ton histoire de cadavres pour les étudiants en médecine, pas vrai ? Tu nous files le train depuis le début ?

— Oh, je fournis bien les apprentis-bouchers. Mais je verse aussi de quoi mettre du beurre dans leurs épinards aux Demi-Ogres qui bossent à l'entrée de la BNC pour qu'ils me décrivent précisément les nouvelles têtes. Ça peut toujours servir. Alors, quand ils m'ont raconté avoir vu un type en noir terriblement déplaisant avec une canne au pommeau d'argent en forme de rose, j'y ai vu la confirmation de mes propres intuitions. Mais tu te trompes sur un point : ce n'est pas toi que je suivais.

— Tu en as après Ambroisie Galate ?

Les yeux du félin s'étrécirent. Il ne fit pas un mouvement, mais ses poils s'allongeaient déjà en flammèches noires, prélude à l'Unciamorphose.

— Attention, Metisto, j'aime autant te dire que si tu as l'intention de marcher sur nos plates-bandes…

— Pas la peine de t'énerver, mon minou, répliqua le Drude avec un geste conciliant, les deux mains dressées, paumes vers l'avant. C'est un partenariat que j'aimerais proposer à Falkenn. Ton maître a du flair, c'est sûr. Du flair et un bon coup d'épée. Il peut sans doute vaincre ce *doppelgänger*.

Il adressa au félin un petit sourire gavé de condescendance et d'ironie.

— Encore faut-il qu'il le trouve. Mais dans une ville comme Solmost, *a fortiori* si le gibier se planque à Citégrise, il aura besoin d'un coup de main.

— Si c'est un pourcentage que tu veux, l'avertit le mandragot, laisse-moi te dire que tu peux tout de suite asseoir dessus ton sale petit cul bleu.

— Je me fiche du pognon des Scramasaxe.

— Va raconter ça à quelqu'un d'autre. Les Drudes n'agissent jamais par bonté d'âme. Faudrait déjà que vous en ayez une, pour ça.

— Qui a parlé d'un acte désintéressé ? J'ai dit que les Scramasaxe pouvaient se torcher avec leur fric, je persiste et signe. Idem pour les documents : peu importe leur contenu. Il y a beaucoup plus de blé à se faire avec cette fille.

— Tu fais maquereau, aussi ?

Le Drude leva au plafond des yeux consternés.

— Je veux la *disséquer*, foutu phénomène de foire ! s'exaspéra-t-il. Tu ne comprends pas ? S'il s'agit réellement d'un *doppelgänger*, cela implique que les arcano-technologues anscarides ont franchi une étape de plus. Qu'ils ont trouvé le moyen de modifier des formes de vie, voire d'en créer de nouvelles. Des gouvernements de toute la Magneterre, et au-delà, voudront en savoir plus : les Ligueurs, évidemment, mais aussi les Confédérés, le Conseil monarchique des Syncouronnes, la Reine des Tempêtes d'Anuirloc. Même les phratrarques de Naugos n'ont pas développé leurs connaissances de la magie aussi loin. C'est une information qui vaut une fortune. Je laisse volontiers la récompense des Scramasaxe à Falkenn. Tout ce que je veux pour prix de mes menus services, c'est la fille.

Il se pencha en avant jusqu'à ce que ses globes oculaires envahissent l'ensemble du champ de vision de Boniface.

— De préférence encore vivante.

***

La fatigue assaillait Somas Athossi. Il était pourtant à peine quatre heures du matin. Sa tête lui faisait un mal de chien. Il avait l'impression que tous les os de son crâne vibraient au rythme de myriades de marteaux frappant en cadence, à croire que la totalité des usines de Citégrise avait brusquement été délocalisée sous sa caboche.

Il avait mal dormi, et peu. Environ deux heures auparavant, un domestique était venu le tirer de son lit pour l'informer que le duc Lirrifas avait convoqué d'urgence le cabinet royal. Des cochers du Palais avaient été envoyés à travers toute la ville haute, le Capistre et jusqu'au quartier dvargar de Malethorarlod pour ramener l'ensemble des conseillers au Malniki Saraï, toute affaire cessante.

Toutefois, Lirrifas ne s'était pas montré. Somas n'aurait pas cru la chose possible, mais cette absence du ministre de la Sûreté lui posait un problème. Elle le propulsait, par la force des choses et d'un protocole dont la logique profonde lui échappait plus que jamais, au sommet du Haut Conseil, qu'il allait en conséquence devoir présider, avec tout ce que cela impliquait de prises de bec.

Il ne s'en sentait pas capable. Vénézilios avait l'autorité naturelle des gens élevés pour gouverner depuis leur plus tendre enfance, un trait qu'il partageait avec son fils — bien que Belaïstès se montrât plus volontiers charmeur qu'autoritaire, sachant toujours quel compliment ou bon mot lui permettrait d'extorquer l'assentiment de ses interlocuteurs. Et Somas ne pouvait même pas prétendre être moitié moins diplomate qu'Ivannis Barca d'Ire.

Dans l'immédiat, fort heureusement, les membres du cabinet étaient tout juste assez alertes pour dodeliner de la tête et bailler. Pour autant, l'ambiance était déjà lourde. Tout ce petit monde poireautait depuis près de deux heures, marinant dans l'atmosphère fétide des fins de règne. Les visages étaient aussi hermétiques que les murailles d'une forteresse, les regards affûtés comme des lames, tous dirigés vers la haute cathèdre sculptée, désespérément vide en bout de table. Les lèvres des conseillers demeuraient scellées, mais Somas, sous le coup de la fatigue, percevait à l'orée de son imagination un chuchotis funèbre. Les portraits réunis là semblaient converser entre eux, murmurer les hypothèses qui brûlaient les esprits des ministres, trop veules pour les formuler ouvertement.

Et si…

Et si Vénézilios mourait…

Et si Belaïstès ne revenait pas…

Somas préférait ne pas y penser. Saignée aux quatre veines par la Cinquième Guerre, la Maison de Zandill se réduisait aujourd'hui à un vieil homme à l'agonie et à son jeune fils célibataire et un brin trop téméraire, qui n'avait même pas eu le bon goût de semer deux ou trois bâtards sur lesquels le royaume aurait pu se rabattre, le cas échéant, pour s'épargner une crise dynastique. Pire encore : si quoi que ce soit arrivait à Belaïstès, le trône risquait d'échoir à son plus proche cousin, nul autre que Damyr Vadrimatris, le roi de Morinthe en personne. C'en serait dès lors fini de huit siècles d'indépendance pontsalinoise.

Il vint à l'esprit de Somas que, parmi les membres restants du Haut Conseil, il serait le seul à s'en offusquer. La vieille aristocratie défendrait certainement le choix d'un roi issu de ses propres rangs, pour préserver l'autonomie du royaume, mais les guerres récentes ayant prélevé sur elles un lourd tribut, les maisons les plus prestigieuses étaient à présent minoritaires. La noblesse récente, la noblesse de robe, la noblesse qui avait acheté ses titres — la noblesse de vernis, les Lirrifas et compagnie — ne faisait quant à elle pas mystère de son parti-pris pro-morinthien. Et nul doute que le patronat solmostin paverait de pétales de rose le chemin vers le trône d'un monarque aussi authentiquement réactionnaire que Damyr, après les réformes sociales imposées par Vénézilios II sous l'impulsion d'Ivannis Barca d'Ire.

À contempler les expressions inspirées sur les visages de certains conseillers, à surprendre les quelques échanges timides et les courts conciliabules qui rompaient çà et là le silence pesant, Somas devinait que l'idée faisait peu à peu son chemin dans les esprits les plus mesquins. Restait à savoir lequel de ces vautours pousserait la volière à la curée.

Le jeune conseiller aurait volontiers parié sur Ostri Scramasaxe. Mais ce fut finalement le président de la corporation des forges qui se leva.

— Messieurs, commença-t-il d'une voix d'accro précoce au tabac. Très chers collègues. Amis. Je pense que le duc Lirrifas ne nous en voudra pas de commencer sans lui. Nous sommes réunis ici pour travailler et discuter des affaires de l'État. Or, j'aimerais proposer une motion.

« Comme vous le savez tous, le revers subi par les troupes de la Ligue dans les Tournegrises a convaincu nos amis morinthiens de revenir sur un certain nombre de leurs engagements. Loin de moi l'idée de fustiger ici la décision prise par Sa Majesté Damyr II : c'est un grand meneur d'hommes qui a déjà fait maintes fois la preuve de ses qualités exceptionnelles, politiques aussi bien qu'humaines.

En entendant cela, Somas envisagea sérieusement d'appeler un domestique pour qu'il lui apporte à boire. Quelque chose de suffisamment fort pour faire passer des énormités de ce calibre. Une bonne bouteille de détergent, par exemple.

— Néanmoins, poursuivit l'industriel, les faits sont là. Les Morinthiens devaient nous fournir des hommes, des armes et du matériel neuf. Nous savons aujourd'hui que rien de tout cela n'arrivera. Il apparaît à la lumière de ces nouvelles réalités que notre effort de guerre est devenu clairement insuffisant pour faire face à la pression grandissante des troupes de Hagen. Il est en outre évident que le reste de la Ligue ne pourra pas suppléer ce manque. Il nous faudra le produire nous-mêmes. Par conséquent, il me semblerait raisonnable de…

— Laissez-moi deviner, le coupa Somas en se frottant les yeux. Vous voulez que le conseil suspende l'ensemble de la législation sociale instaurée au cours des vingt dernières années par le roi Vénézilios ? Faire tourner les usines de nuit ? Remettre les enfants au travail dès avant douze ans ?

— En effet. Comment le saviez-vous ?

— Il ne fallait pas être devin, pouffa Ostri Scramasaxe. Vous êtes aussi subtil qu'un coup de pied au cul, mon vieux.

— Non mais dites donc…, s'insurgea le maître de forges, mais Somas reprit la parole.

— Savez-vous quel genre de graffitis on trouve sur les murs de Citégrise, ces jours-ci ? Non, bien sûr : vous n'y mettez jamais les pieds. Laissez-moi vous le dire : des dragons. Des dragons d'or. Vous savez de quoi il s'agit, bien sûr, et qui ils représentent : Meterkaph, le dieu des tétrarètes, le symbole de l'Empire anscaride. Si vos ouvriers n'étaient pas illettrés à quatre-vingt-dix pour cent, ils écriraient directement *Vive Hagen* sur les façades de vos usines. Que voulez-vous donc ? Qu'ils passent à l'étape suivante ?

À son tour, Somas se leva.

— Nous avons énormément de chance, Messieurs, qu'aucun directeur ou contremaître n'ait fini dans un bain de métal en fusion. Car la température monte à Citégrise, et vous pouvez m'en croire : ce n'est pas du fait d'une hausse de la productivité.

— J'abonde dans le sens du conseiller Athossi, intervint à nouveau Ostri Scramasaxe, à la grande surprise de Somas. Les habitants du quartier dvargar ramènent de drôles d'idées des usines et des bars de Citégrise, ces temps-ci. Il est question de travail pour tous, de salaires élevés, de logements gratuits. De *corporations ouvrières*.

Les deux derniers mots furent prononcés comme une antique malédiction.

— De la propagande anscaride de bas étage, fit néanmoins valoir le représentant du syndicat des commerçants.

— Peut-être bien, admit Somas. Je doute cependant que cet argument suffise à calmer les esprits, en particulier si nous acceptons que chaque intérêt privé tire la couverture de son côté : car c'est du tissu social même de Pont-Salin dont il est question ici. Nous sommes déjà en guerre contre les Anscarides, Messieurs. Nous ne pouvons risquer un conflit social qui aurait toutes les chances de dégénérer en guerre civile. Hagen et Tyruman Khan n'attendent que cela.

— D'autant que, si je puis me permettre de le rappeler, ajouta Ostri Scramasaxe, nous avons un ordre du jour plus pressant à traiter. Aux dernières nouvelles, le meurtrier du vicaire court toujours les rues. Si le duc Lirrifas nous a convoqués en pleine nuit, j'imagine que c'est afin de nous entretenir de ce suspect, de ce complice que ses services auraient identifié. Cette… intendante, c'est cela ? dont j'ai oublié le nom. Idoria… Ivoria ?

— Ichoria Galate, lui rappela Somas en se rasseyant.

— Voilà. Où en est-on avec cette affaire ? Sait-on au moins si cette femme a été arrêtée et interrogée ? Enfin, tout ceci est…

Les doubles portes s'ouvrirent alors, laissant passer un duc Lirrifas plus claudiquant que jamais.

— Ah ! s'exclama le Nain. Vous tombez bien, mon cher Duc ! Nous parlions justement de vous ! Aviez-vous l'intention de nous faire languir encore longtemps ?

— Qu'est-ce que vous baragouinez, Scramasaxe ? s'énerva Lirrifas.

— Vous avez convoqué le Haut Conseil voilà plus de deux heures, répondit Somas.

— J'ai passé toute la soirée au théâtre, rétorqua sèchement le duc. Un coche portant les armes du Palais m'attendait devant chez moi lorsque je suis rentré, voilà à peine un quart d'heure. Je n'ai rien convoqué du tout.

— Mais alors…, grommela Ostri. Qui nous a fait venir ?

— F'est *MOI* !

Le général Wolfdagger fit une entrée pour le moins fracassante. Il faut dire qu'il avait, pour des raisons qui sautaient aux yeux — elles leur sautaient dessus et les passaient à tabac, en fait — du mal à faire quoi que ce soit sans donner l'impression d'un immeuble précipité du haut d'une falaise sur une porcelaine délicate. Les portes de la salle furent quasiment arrachées de leurs gonds sur son passage. Le vieux Lirrifas passa à deux doigts de l'attaque d'apoplexie.

— Vous écoutez aux portes maintenant, Général ? lança le duc, scandalisé. En voilà des manières !

— Monfieur Fcramafacfe a pové une queftion. V'y ai répondu.

— Alors répondez donc à celle-ci, Général, s'interposa Somas. Que signifie cette intrusion ? Vous n'avez aucun droit d'être ici. Et je ne parle même pas de l'autorité de réunir le Haut Conseil !

— Dans fe cas, permettez que ve prenne fe droit, répliqua Wolfdagger. Ve fouhaiterais pouvoir m'adreffer au cabinet.

— C'est tout à fait irrégulier, cracha le duc.

— Ne soyez donc pas si bêtement protocolaire, Lirrifas, intervint Ostri Scramasaxe. Nous avons déjà Athossi, pour ça. Le général a visiblement une chose importante à nous dire. Je propose que nous l'écoutions, Messieurs.

Un vague chœur de marmonnements donna son assentiment.

— Merfi, fit Wolfdagger en s'inclinant très légèrement. Meffieurs, les faits que ve m'apprête à vous rapporter font d'une ecftrême gravité. Voilà quelques vheures, quatre offifiers de la Fûreté ont tenté d'interpeller la dénommée Ichoria Galate.

— Tenté ? nota Ostri.

— Ils vont été fauvavement affaffinés par des brigands qui ont enfuite emmené avec eux la fufpecte. Fort heureuvement, ils n'ont pas vété bien loin : une efcouade de mes propres vhommes, qui patrouillait dans le fecteur, les a interfeptés et mis hors d'état de nuire.

— Vos propres hommes, dites-vous ? répéta Lirrifas. Des brigadiers ? Depuis quand les soldats de la Ligue patrouillent-ils dans les rues de Solmost ?

— Depuis que vous vavez vune faille dans votre difpovitif de fécurité, Monfieur le Duc.

Le cabinet royal fixait Wolfdagger avec des yeux ronds. La moitié de ses membres accusait sévèrement le coup des propos du général — l'autre étant encore trop occupée à en traduire mentalement la teneur. Le duc Lirrifas, qui se trouvait à moins de deux mètres de l'officier, s'épongeait le visage.

— Il n'y a pas de faille dans notre dispositif de sécurité, s'exaspéra-t-il en rangeant son mouchoir brodé. Vous déblatérez, Général. Au sens propre comme au figuré.

— Vraiment ? Dans fe cas, comment ecfpliquez-vous fe qui f'est paffé ? Les polifiers font tombés dans vun véritable guet-apens ! Leurs meurtriers étaient de toute évidenfe bien renfeignés. Ils favaient où, quand et comment frapper. Et qui mieux que le patron de la polife pouvait leur fournir de telles vinformafions ?

— Vous osez m'accuser ? couina presque le duc, à deux doigts de suffoquer d'indignation. Moi ? Dauro Lirrifas ?

— C'est idiot, convint Ostri Scramasaxe. Pourquoi le duc aurait-il fait une chose pareille ?

— Pour dissimuler son rôle dans l'assassinat du vicaire.

Somas n'avait pas remarqué la présence de la femme jusqu'à présent, et il aurait juré ne pas être seul dans ce cas. Peut-être était-elle cachée depuis le départ derrière Wolfdagger — on aurait pu dissimuler un régiment entier derrière lui —, mais il ne pouvait en être certain. Elle aurait tout aussi bien pu se trouver dans la salle du Haut Conseil avant même l'arrivée de ses membres, occultée par un sortilège quelconque.

Wilhelmina Morville avait pourtant du mal à passer inaperçue. Rien à voir avec sa silhouette haute et athlétique, sa complexion de chasseresse ; ni avec cette extravagante robe rouge dont des plumes de corbeaux frangeaient le décolleté, les manches et l'ourlet, recouvraient les épaules comme autant de galons. Ce n'était pas non plus son interminable chevelure qui lui tombait jusqu'aux genoux comme une rivière d'eau noire, pas plus que ses grands yeux aux iris couleur indigo. Elle dégageait une aura : au-delà de son allure, impériale, au-delà même de ses pouvoirs ou de son statut de commandante de la Compagnie du Silence à Solmost, elle irradiait tout à la fois une dignité sereine, une confiance radieuse, une fermeté d'airain et une patience géologique. L'expression même de son visage demeurait aussi indéchiffrable que la surface d'un lac gelé : ni joyeuse ni triste, ni pensive ni légère. « Jamais un sourire », prétendaient ceux qui la côtoyaient régulièrement depuis qu'elle s'était installée à l'Alaqarak, quelques semaines plus tôt.

— Dame Morville, la salua Somas en se levant. Que dites-vous là ?

— La vérité, Conseiller, répliqua l'imprécatrice. J'ai moi-même procédé à l'interrogatoire de la dénommée Ichoria Galate. Celle-ci m'a non seulement révélé l'identité de l'agent anscaride après lequel vos services de sécurité courent en vain depuis six jours, mais aussi la raison de ces échecs à répétition. Une raison très simple, ajouta-t-elle en pointant l'index sur le duc Lirrifas. Votre ministre de la Sûreté est un traître.

Pour la seconde fois en moins de cinq minutes, Lirrifas frôla l'arrêt cardiaque. Lui dont les bajoues se coloraient un instant plus tôt d'une fort jolie teinte pivoine pâlirent instantanément, jusqu'à finir ton sur ton avec le dallage de marbre immaculé de la salle du Haut Conseil.

— C'est… c'est… c'est proprement scandaleux ! bafouilla rageusement l'intéressé. Mais qui êtes-vous donc, Madame, pour porter des accusations aussi insensées ? Une magicienne, vraiment ? Plutôt une pythie de cabaret, oui ! Il est hors de question que je laisse calomnier de la sorte le nom de ma maison ! Gardes ! Gardes ! GARDES ! (Une cavalcade de bruits de bottes répondit aussitôt à son appel, suivie du choc sourd des portes cognant contre le mur.) Que…, commença Lirrifas en observant, ahuri, la demi-douzaine de soldats qui venait de pénétrer dans le saint des saints du royaume.

Des hommes qui n'affichaient ni la distinction tout en réserve des palicares, ni le panache outrancier et un brin cabot des voltigeurs. En fait, ils ne portaient même pas l'uniforme jaune standard des troupes pontsalinoises.

Mais bien l'uniforme bleu outremer des brigadiers de la Ligue de Skarland.

— Faiviffez-vous de fet homme ! tonna Wolfdagger en pointant à son tour l'index — davantage une saucisse extra-large qu'un doigt à proprement parler — sur le duc Lirrifas. Mettez-le immédiatement aux varrêts !

— Pourquoi veut-il le mettre aux jarrets ? demanda discrètement le patron des armateurs en se penchant vers son voisin.

— Je crois qu'il a dit *aux arrêts*, le renseigna le chef des artisans et commerçants.

Les soldats ligueurs avaient quant à eux fort bien compris ce qu'on leur demandait. Deux d'entre eux vinrent encadrer le duc et le saisirent par son frac, sans égard à sa dignité d'aristocrate. Faisant lui aussi fi de celle-ci — preuve s'il en fallait qu'on pouvait acheter un titre sans recevoir le bénéfice de siècles de tradition —, Lirrifas se contorsionna sous la poigne de fer de ses geôliers, couinant comme un cochon qu'on mène à l'abattoir. Les portes se refermèrent sèchement sur ses imprécations inutiles, mais les quatre derniers brigadiers demeurèrent sur place.

Le silence tomba sur la salle du Haut Conseil. L'on aurait pu entendre voler des mouches, mais soit il n'y avait pas de mouches à ce moment-là, soit elles avaient sagement décidé de ne pas se faire remarquer.

Somas Athossi, toujours debout, paralysé par ce à quoi il venait d'assister, s'efforça de retrouver un peu de contenance. S'il devait faire preuve d'autorité, justifier la confiance et l'affection quasi filiale que lui avait témoignées Ivannis Barca d'Ire, la carrière qu'il lui devait, c'était maintenant ou jamais.

— Général Wolfdagger, Dame Morville, commença-t-il.

Il parlait d'une voix égale, maîtrisée. Il lui paraissait tout à fait inutile de chercher à intimider un vétéran de près de deux mètres de haut et une magicienne capable de l'incinérer sur place.

— Je vous somme de vous expliquer. Vous outrepassez toutes vos prérogatives, l'un comme l'autre. Le roi a beau être malade, il reste un État et des lois pour régir ce pays. L'on ne peut accuser et incarcérer quelqu'un sans preuve.

— Nous vavons toutes les preuves qu'il vous faut, répliqua Wolfdagger. Et bien pluf encore. Comme l'a fignalé Dame Morville, l'interrogatoire d'Ichoria Galate f'est révélé particulièrement inftructif.

— Il ne vous est pas venu à l'esprit que votre témoin pouvait mentir ? lança Ostri Scramasaxe qui écopa d'un regard minéral de Wilhelmina Morville.

— Nul ne peut mentir sous l'effet d'un sortilège de Communion, déclama-t-elle.

Plusieurs membres du cabinet se figèrent à l'évocation de ce mot. Il évoquait une période à peine moins sombre que celle que traversaient les Basses-Terres à l'heure actuelle : la Quatrième Guerre de Dislocation, la fin chaotique du règne de l'empereur Arkad. La raison première de la création de la Ligue de Skarland.

— Je croyais ce sortilège totalement interdit, osa répliquer Scramasaxe.

— Du temps de l'Ordre des Imprécateurs, en effet, convint Dame Morville. Ordre qui a été dissous voilà vingt-huit ans, au cas où vous auriez raté cet épisode, ajouta-t-elle en agitant vaguement la main.

Une espèce de dé à coudre en or, à l'extrémité garnie d'une pointe, lui enserrait le bout de l'annulaire.

— L'interdit a pourtant subsisté, insista le Dvargar. Non sans raison.

— Des raisons morales, Monsieur Scramasaxe, dont les nécessités nous contraignent à faire litière. Nous sommes en guerre depuis trop longtemps pour nous arc-bouter sur des acquis du passé.

— Je me demande si vos supérieurs de la Compagnie du Silence approuveront ce raisonnement, intervint Somas.

— Je suis la seule Dame-Imprécatrice dans cette pièce, rétorqua-t-elle posément. La seule dans cette ville : la seule, par conséquent, à pouvoir décider de ce qui est justifié ou non au regard des règles de la Compagnie ou de ce qu'exige la situation. Libre à vous, Conseiller, de gaspiller de l'énergie et un temps précieux pour en appeler à mes supérieurs ou même au lieutenant-général de la Ligue. Toutefois, je vous suggère de les employer à meilleur escient.

— Par exemple ?

— Vous diviez vrai, tout à l'heure, admit Wolfdagger. Il demeure touvours un État et des lois en Pont-Falin : loin de nous l'idée de les vignorer. F'est d'ailleurs la feconde raivon de notre prévenfe ifi, auprès du Haut Confeil. Afin que tout fe faffe dans les règles, nous fommes venus follifiter auprès de vous un pouvoir de polife ecfepfionnelle.

— Un pouvoir de police exceptionnelle ? traduisit Somas, au soulagement de nombreux présents.

— C'est un chèque en blanc que vous nous demandez, Wolfdagger, renâcla Ostri.

— Le duc Lirrifas a partie liée avec l'ennemi, argumenta Dame Morville. Un homme qui occupe le poste hautement stratégique de ministre de la Sûreté depuis des décennies. Qui sait combien d'autres nobles, hauts fonctionnaires ou gradés sont dans le même cas ? Voilà une question à laquelle je serai en mesure d'apporter des réponses d'ici quelques heures, une fois effectuée une nouvelle

Communion. Des informations qui nous permettront de porter un coup fatal à l'influence anscaride à Solmost, et par conséquent en Pont-Salin.

— Que je comprenne bien, reprit Somas : vous entendez, sur la base de visions obtenues par un sortilège qu'aucun magicien des Basses-Terres n'a pratiqué depuis près de trente ans, opérer une purge au sommet de l'État pontsalinois ? Et vous demandez que ce conseil valide pareille vilenie ?

— Non, répondit Wolfdagger du tac au tac en appuyant ses énormes paluches sur la table qui en grinça de désagrément. Nous ventendons gagner fette guerre. Et nous le ferons, avec ou fans votre accord.

Le général soutint le regard de Somas, immobile. Il carra les épaules vers l'arrière, rentra le ventre. Ce fut imperceptible, dans un cas comme dans l'autre, et pourtant, il parut soudain occuper beaucoup plus d'espace. Les conseillers se tassèrent sur leurs fauteuils, exception faite de Somas, fermement décidé à ne pas se laisser prendre à ce numéro d'intimidation ; ainsi que d'Ostri Scramasaxe, déjà tassé de nature.

— Tâchons de garder la tête froide, mes chers collègues, lança ce dernier au bout de quelques minutes de silence tendu. Je crois que nous sommes tous sous le coup de cette terrible révélation de la trahison du duc Lirrifas. Dame Morville et le général Wolfdagger s'adressent à présent à nous, en ce que nous représentons ce qui reste de légitimité dans ce royaume, afin d'en préserver la sécurité et l'unité. Peut-être devrions-nous les inviter à s'asseoir à cette auguste table ?

Des hochements de tête plus ou moins convaincus, et pas follement plus convaincants, manifestèrent un début d'assentiment à la suggestion du Dvargar. Somas envisagea un instant de s'y opposer avant de se raviser : la sagesse était une denrée trop rare pour l'ignorer lorsqu'elle vous passait sous le nez.

Fort du mutisme du conseiller, Scramasaxe se tourna ensuite vers les deux représentants ligueurs.

— Qu'en dites-vous, Madame ? Général ? Nous devrions commencer par le début : vous avez affirmé connaître l'identité de l'espion impérial. Peut-être pourriez-vous nous en dire davantage à ce sujet ?

***

Moins de vingt minutes plus tard, Ostri Scramasaxe entrait dans la cabine de son fiacre en en pulvérisant pratiquement la porte, réveillant le cocher nain qui se pencha vers la portière en clignant des yeux.

— Rentrons-nous à Malethorarlod, Monsieur ?

— Non, répondit sèchement Ostri. Direction le Capistre. À la Banque Nationale pour la Croissance. Et vite ! (Il referma violemment la vitre. Des doigts nerveux vinrent triturer sa dense barbe brune.) On est vraiment dans la panade, ce coup-ci.

***

On n'échappait pas aux yeux de Metisto Strabyzem.

C'est que le bougre en avait beaucoup plus que deux à sa disposition et, à l'instar des originaux, ils ne cillaient jamais : par centaines, grassement rémunérés, constamment à l'affût du moindre événement, aussi anodin fût-il, ils surveillaient chaque pilier, chaque rue, chaque bâtiment, depuis les catacombes situées tout au nord de Citégrise jusqu'au sud où s'étendait le quartier nain. Certains disparaissaient parmi la voûte empuantie, invisibles, portés par des ailes noires, quadrillant la ville souterraine.

La traque ne serait pas longue.

D'autres organes surnuméraires furent mis à contribution. Des oreilles épiaient les conversations, guettaient les confidences, soutiraient des aveux ; aux comptoirs des bistrots, sur les oreillers des bordels, dans les recoins sombres, au fond des caves où se réunissaient les syndicats illégaux d'ouvriers. Des mains distribuèrent généreusement bakchich et torgnoles. Des bouches promirent, négocièrent, menacèrent. Elles posèrent des questions et obtinrent des réponses. Avant longtemps, des doigts invisibles se glissèrent hors de la Ville sans Jour, s'aventurèrent à la surface, rampèrent à travers les rues endormies.

Ils en ramenèrent un nom.

***

Un léger frottement fit se dresser les oreilles de Boniface.

Il aurait pu passer inaperçu, tant il était discret, presque imperceptible pour le félin depuis le creux douillet de sa somnolence. Ce bruit lui était cependant familier, et il l'exaspérait autant que le tic-tac entêtant d'une vieille horloge avec lequel il partageait régularité et précision.

Le mandragot ouvrit un œil.

Debout devant le miroir en pied de la petite chambre des *Trois Oursins*, Luther Falkenn nouait sa lavallière autour du col relevé de sa chemise blanche à la lumière d'un chandelier. L'opération semblait revêtir pour lui une valeur quasi religieuse, relever de la même technicité qu'une manœuvre militaire. Ses gestes étaient lents quoique assurés, élégants mais mécaniques ; toujours les mêmes. Son visage affichait systématiquement une application concentrée et sérieuse de jeune homme se préparant pour son premier rendez-vous lorsqu'il y procédait. Et il ne supportait pas que quiconque lui parlât à ce moment-là. Aussi Boniface attendit-il que le col de la chemise eût retrouvé sa place pour aborder le sujet qui lui brûlait les babines depuis qu'il avait fait son retour à l'auberge.

— Luther ?

— Oui ?

— Tu souris, fit remarquer le félin sur un ton accusateur. Je veux dire : tu souris vraiment.

— Et alors ? demanda distraitement le chasseur de primes.

Il se penchait à présent sur sa malle de voyage, débarquée du *Comminien* par un matelot dont le salaire pour ce mois-ci avait brusquement augmenté d'une cinquantaine de ducats. Un imposant coffre de cuir noir dont le contenu résumait à lui seul tout un pan de l'existence et de la mentalité de son propriétaire. Une dizaine de chemises blanches y côtoyaient autant de lavallières, toutes du même violet ; quatre ou cinq gilets à coupe croisée et larges revers, au coloris rigoureusement identique aux cravates ; un autre manteau de cocher et deux redingotes noires pour les périodes plus chaudes, quelques pantalons et paires de bottes ou de chaussures, également noirs, bien sûr. Autant d'éléments de fixité, d'ancres symboliques par lesquels un esprit rétif au changement compensait celui, permanent, auquel l'acculait la vie de rabatteur pour potences. Le tout rangé avec une méthode qui faisait davantage que flirter avec la maniaquerie : elle la pelotait sans vergogne et lui roulait goulûment des pelles.

— Et alors, ça me fout les jetons, si tu veux tout savoir, répondit Boniface. Je suis pas habitué.

— Je ne vois pas pourquoi, commenta Falkenn en attrapant un gilet propre. Ce n'est pas si rare.

— Je parle pas de tes habituelles petites expressions satisfaites. Depuis plus de dix ans que je te colle aux basques, je t'ai vu qu'une seule fois aussi guilleret. Et c'était à une *pendaison*.

— Tu connais mon amour du travail bien fait, rétorqua Falkenn, pince-sans-rire.

— Sauf que ce boulot-là, on est loin d'en voir la fin, si tu veux mon avis. Je serais curieux de savoir ce qui te met en joie, comme ça. Est-ce que ç'a un rapport avec les gonzes qui ont enlevé Ichoria Galate ? Tu ne m'as pas encore raconté ce qu'il s'était passé.

— Pas grand-chose, à dire vrai. Je les ai suivis à travers toute une partie de la ville basse, jusqu'au Capistre.

— Le Capistre ? Alors ils bossaient pour le vieux Scramasaxe ?

— Non. Ils ne se sont pas aventurés dans le quartier des affaires. Au lieu de cela, ils ont poursuivi leur chemin le long du bord de mer.

— Mais il n'y a plus aucun bâtiment, après le Capistre, se remémora Boniface. À part…

— … À part l'Alaqarak, termina Falkenn en même temps qu'il finissait de boutonner son gilet. (Il ajusta la position de la lavallière, lissa les revers du gilet.) Ainsi que je le soupçonnais, nos trois amis étaient des militaires.

— Pourquoi des soldats pontsalinois tueraient des flics du coin pour les empêcher d'arrêter un suspect ? C'est totalement con.

— Cela n'a aucun sens, en effet, convint le chasseur de primes. À condition qu'ils soient bien pontsalinois, ce dont je doute fortement.

De son propre aveu, réfléchir n'avait jamais été le point fort de Boniface. Toutefois, après des années passées auprès de Luther, le félin avait fini par développer une assez bonne connaissance de sa façon de penser pour en suivre — certes péniblement et avec parfois quelques heures de retard — les raisonnements.

— Ce seraient des Ligueurs ? Je commence à piger pourquoi tu souris comme un requin qui nage sous le bide d'une tortue : cette histoire pue la merde, et pas qu'un peu. (Le mandragot grogna. Il ne partageait guère les goûts de son maître pour les énigmes.) Qu'est-ce que ça veut dire, d'après toi ? Moi, là, je patauge.

— Ne fatigue donc pas tes fragiles petites pattes, se moqua gentiment Falkenn qui farfouillait de nouveau dans sa malle.

Les côtés et l'intérieur du couvercle recelaient des compartiments protégés où le chasseur de primes conservait ses autres possessions : de l'argent de toutes les régions de Magneterre — ducats sainteusiens, florins bas-terriens, écus des Syncouronnes, statères franques, turgas anscarides, et même quelques ribouls des Royaumes Nains et liards anuirloëns —, de nombreux livres, des cartes, des médicaments et des bandages. Et quelques autres babioles d'un passé dont le mandragot ignorait la majeure partie, lorsque Luther vivait encore à Concordia, la capitale vardener.

Dans un compartiment secret, il gardait en outre ce que Boniface surnommait moqueusement « l'Ami des Grands Jours » : en l'espèce, un pistolet d'argent à crosse d'ivoire, un vieux six-coups bien entretenu, mais que son maître répugnait à utiliser parce qu'il jugeait son emploi bruyant et salissant. Psychorigide, Luther n'en demeurait pourtant pas moins réaliste : *doppelgänger* ou pas, il avait affaire à un assassin impérial. Autant éviter de lui voir de trop près le blanc des yeux.

— Moi-même, je ne peux prétendre avoir compris de quoi il retourne, poursuivit Falkenn en s'équipant d'un holster. Il me manque trop de pièces du puzzle. Ce dont je suis certain, en revanche, c'est qu'il n'est pas question d'un simple vol de documents. Et tout ne se résume pas non plus à la présence de cet espion anscaride. Tout le monde ment, dans cette affaire.

— Tu veux dire tonton et neveu Scramasaxe ? crut comprendre le mandragot, mais Luther, qui était en train d'enfiler ses gants, lui jeta un regard perçant.

— Tout le monde, insista-t-il.

Un claquement de linge trempé venant de l'extérieur attira leur attention. Un énorme corbeau venait de se poser sur la balustrade de fer passablement oxydée du balcon.

— Sympa de ta part d'avoir pensé à faire livrer la becquetance, dit Boniface. J'avais un peu la dalle, justement.

— Il est bagué, nota le chasseur de primes.

Il sortit sur le balcon, approcha lentement la main de la patte du volatile. Celui-ci, impassible, le fixait de son unique œil en bouton de bottine. Le chasseur de primes dégagea le petit rouleau de papier, qu'il déplia délicatement.

— *Retrouvez-moi sur le vieux port de l'Elminnos, quai 34, à cinq heures ce matin*, lut-il. Signé *M.*

— Qu'est-ce qu'il nous prépare encore comme turbin, ce fichu petit con bleu ? ronchonna le mandragot. Il devait juste nous rencarder sur une adresse.

— Je crois qu'il veut nous filer le train pour s'assurer que je remplirai bien ma part du contrat en évitant de répandre au sol les tripes de mademoiselle Galate.

— Bof. Que tu la tues direct ou qu'elle finisse les boyaux exposés aux quatre vents sur une table de nécropsie, ça fera aucune différence pour les Nabots. D'autant qu'on gardera ça pour nous. Toi, tu t'en fous encore plus. Du coup, je vois pas pourquoi Metisto s'inquiète. Il est en béton armé, votre accord : c'est du gagnant-gagnant à tous les coups, termina Boniface, sûr de lui.

Pourtant, il surprit à nouveau ce fichu sourire de murène en goguette sur le visage de son maître.

— À ta place, je n'en serais pas si sûr, lâcha celui-ci, radieux d'ironie.

***

Il était un peu moins de quatre heures et demie lorsque Falkenn et Boniface quittèrent *Les Trois Oursins*, mais les cuisines de l'auberge résonnaient déjà de l'activité des infatigables maîtresses des lieux. Le chasseur de primes jugea plus prudent de filer sur la pointe des pieds, des fois que leur viendrait l'envie de lui offrir de force un petit-déjeuner précoce et bourratif. Il tenait à sa ligne : on cavalait plus difficilement après les criminels avec un arrière-train d'un quintal.

Tout était tranquille à l'extérieur. L'aube bouclait d'or les sommets dénudés des montagnes à l'Orient, mais la cité demeurait encore sous l'emprise de la nuit, fraîche et silencieuse. Tout au plus, percevait-on quelques rues plus haut le frottement régulier de la brosse et le sifflement absent d'un employé municipal. Les pavés tordus et irréguliers des ruelles pentues de la ville basse dégoulinaient d'eau, l'acheminaient vers la baie, comme une offrande de la terre à la mer pour ses bienfaits.

Le vieux port de l'Elminnos occupait la portion la plus septentrionale de la Baie de Sel. Comme la plupart des quartiers de la capitale, il devait son nom à un antique village ou hameau, absorbé depuis des lustres, défiguré et exploité, puis ravalé au rang de secteur secondaire par un urbanisme carnassier autant qu'infidèle, avide d'expansion. Fut un temps, les quais de l'Elminnos constituaient le cœur des activités portuaires de Solmost, mais aujourd'hui ils restaient là, endormis, à pourrir lentement à mesure que l'eau et les coquillages rongeaient leur bois, sous la garde silencieuse d'une flottille fantôme d'antiques coquilles de noix. Solmost les gardait comme on conserve négligemment dans la poussière d'un grenier un jouet de son enfance.

Le côté opposé aux quais ne valait guère mieux. Mastroquets décrépits et entrepôts vidés par la zone industrielle et les installations portuaires plus récentes servaient aujourd'hui de repaires à tous ceux qui, pour quelque raison que ce fût, redoutaient de paraître en pleine lumière, mais refusaient de s'aventurer à Citégrise : clochards et prostituées âgées ou malades qui redoutaient la sinistre réputation des sanatoriums municipaux ; gangs chassés de la ville souterraine, dépossédés de leur territoire par une bande rivale ; réfugiés auxquels se mêlaient déserteurs et repris de justice.

L'endroit idéal pour un Diable, songea Falkenn tandis que Boniface et lui gagnaient le quai n° 34. Le chasseur de primes ne fut pas étonné lorsque les ténèbres massées entre deux entrepôts désaffectés dégobillèrent littéralement Metisto Strabyzem comme un mets avarié. Le petit être à la peau bleue sembla se matérialiser directement à partir du néant : les Drudes n'avaient pas besoin d'*umbraquartz* pour se fondre dans les ombres. Elles étaient leur élément, les accueillaient avec chaleur.

— Luther ! s'extasia le Diablotin qui agitait ses mains maigrelettes. Quel plaisir de te revoir après toutes ces longues années.

— Pas assez longues, en ce qui me concerne, répliqua le chasseur de primes en appuyant les deux mains sur la rose d'argent qui fleurissait — ou dépérissait, impossible à dire — au bout du pommeau de sa canne-épée.

Metisto et lui échangèrent un regard mi-figue, mi-raisin, à la frontière de la défiance et de la complicité.

Le Drude sourit.

— Heureux de voir que tu n'as rien perdu de ce côté pisse-vinaigre qui fait tout ton charme, railla Metisto. Et tu es toujours aussi bien accompagné.

— On ne change pas une équipe qui gagne, intervint Boniface.

— Je ne parlais pas de toi, le greffier, rétorqua Metisto. (Ses yeux jaunes étaient braqués sur la canne-épée, comme s'il s'agissait de la chose la plus fascinante au monde. De fait, il était l'une des rares personnes à savoir de quoi il s'agissait.) Tu sais que certains vendraient père, mère, enfants et jusqu'au dernier des cousins au énième degré pour avoir ce truc entre les mains ? Le pire, c'est que je ne pourrais même pas le refourguer. Personne ne pourrait casquer assez pour une vraie spadamantine. Tu ne m'as jamais raconté d'ailleurs : comment tu l'as eue ?

— Son précédent propriétaire me l'a cédée, répondit Falkenn, sans mentir ni exagérer.

Metisto se tint coi : il semblait inutile de demander à quel prix.

— Si nous en avons terminé avec les mondanités, peut-être pourrais-tu m'expliquer ce que nous fichons ici ? enchaîna le chasseur de primes.

— J'ai rempli ma part du contrat, tout simplement. J'ai découvert où se planque votre *doppelgänger*. Cela dit…

— Cela dit, il y a un problème, n'est-ce pas ? acheva Falkenn. Sans quoi tu n'aurais pas eu besoin de mettre ton sale nez dehors. Alors ?

— Crache ta pastille, renchérit Boniface.

Le Drude pointa de l'index un antique phare qui se dressait tout au bout de la jetée de l'Elminnos, à une cinquantaine de mètres de là. Antique et, nota

Falkenn, inutile : il avait perdu toute raison d'être lorsque le Pont Blanc avait été édifié, lui bouchant complètement la vue sur le large.

Autre détail frappant : il était bien entretenu, alors que tous les autres bâtiments du quartier croulaient sous leur parure de guano.

— Voilà l'endroit : le Vieux Phare de l'Elminnos, dit Metisto. Une fille correspondant à la description exacte d'Ambroisie Galate a été vue à plusieurs reprises, entrant et sortant, toujours de nuit, et pour la dernière fois il y a quelques heures à peine. Mais ce n'est pas une crèche ordinaire. Rien à voir avec toutes ces ruines du vieux port. Le mec qui vit ici est un genre de célébrité locale : il s'appelle Maddolus Spyridon.

— Qui est-ce ? voulut savoir Falkenn.

— Un ancien grand ponte de l'Ordre des Imprécateurs, l'informa le Drude. Également membre du Haut Conseil de Pont-Salin pendant les trente premières années du règne de Vénézilios, mais retiré des affaires depuis la Quatrième Guerre.

— Pas retiré de toutes les affaires, fit remarquer Boniface. S'il reçoit la visite d'un espion anscaride…

— Précisément, admit Metisto. C'est là que ça devient drôle. Spyridon a la réputation d'être un véritable ermite. Il ne cherche pas la compagnie de ses semblables, et fait même tout pour l'éviter. Afin d'être sûr qu'aucun voleur, représentant de commerce ou emmerdeur quelconque ne vienne toquer à sa porte, il a érigé des dizaines de défenses magiques autour du Vieux Phare. Des gars qui bossent maintenant pour moi ont tenté de rentrer chez lui, il y a quelques années de ça, histoire de vérifier que le vieux bougre possédait pas deux ou trois breloques de valeur, et ils ont fini à l'hosto. Même le Palais a renoncé à envoyer ses percepteurs d'impôts. C'est tout dire.

— Et voilà qu'il ouvre sa porte à notre *doppelgänger*, conclut Falkenn avec un de ces petits sourires qui irritait son mandragot. Intéressant, en effet…

— Reste à savoir comment vous allez l'ouvrir, vous, cette fichue lourde, fit remarquer le Drude. Je n'y connais rien en glyphes de protection. Peut-être qu'avec ton épée, tu pourrais…

— S'il y a plusieurs sorts de garde, je doute qu'elle puisse tous les absorber, le coupa Boniface. Il y a des limites à tout, même aux prodiges du fer-diamant.

— Je partage cet avis, approuva Falkenn. Par ailleurs, je préférerais éviter de rentrer en force. *Si* je peux l'éviter, évidemment. C'est là une première question à laquelle il nous faut trouver une réponse. À cette fin, Boniface va se faire un plaisir et un devoir de jouer les éclaireurs, n'est-ce pas ? ajouta-t-il en se penchant vers le mandragot qui riboula des yeux.

— Comme si j'avais le choix, ronchonna celui-ci avant de s'Éclipser.

Il réapparut au bout d'à peine cinq minutes, l'air ravi.

— J'ai une bonne et une mauvaise nouvelle, déclara-t-il devant les regards interloqués de Luther Falkenn et de Metisto. Je commence par laquelle ?

— La bonne, pour changer, soupira le chasseur de primes en se pinçant l'arête du nez.

— On peut entrer sans aucun problème. Pas un seul sortilège actif ne protège cet endroit, pas même pour empêcher de poser la main sur la poignée de la porte. Et avant que tu me poses la question : oui, je suis sûr de mon coup. Je suis peut-être pas le plus futé de la portée, hein, mais je flaire la magie comme un vrai chat flaire le poisson.

— Et qu'en est-il de la mauvaise nouvelle ? demanda Falkenn.

À sa tête, on comprenait toutefois qu'il connaissait déjà la réponse.

— Les boucliers magiques, c'est un sacré truc, expliqua tout de même Boniface. Faut des rituels qui prennent des plombes, et t'as pas intérêt à te viander dans tes formules ou le dessin d'un seul glyphe. Bref, ça disparaît pas comme ça. Donc soit ce gus désactive tous ses sorts de garde à chaque fois qu'il va faire ses courses, auquel cas, on a affaire à un abruti de classe internationale, soit…

Il laissa la fin de sa phrase en suspens. Falkenn ne pipa mot. Il se contenta de taper nerveusement des doigts sur le pommeau de sa canne, braquant un œil morne sur le Vieux Phare.

Il ne put réprimer un soupir. La propension des témoins de première importance à passer intempestivement l'arme à gauche ne laisserait jamais que de l'exaspérer.

5. Dure nuit

Les magiciens ? Je les apprécie encore moins que les politiciens et les curés : on peut corrompre les premiers et ignorer les seconds, mais nul ne peut acheter ni mépriser l'Ordre imprécatorial. Pas même moi. Je n'ai cependant pas besoin d'aimer une arme pour en user. Les Imprécateurs veulent éliminer leurs opposants ? J'en suis fort aise, car j'ai moi-même de nombreux ennemis à éradiquer. Or, ne sont-ce pas les mêmes ? Les uns prétendent libérer la magie des Traditions de l'Ordre, les autres s'affranchir de la juste tutelle impériale ; autant de révolutionnaires de pacotille dont nous aurons tôt fait de nous débarrasser, ensemble. L'alliance du Trône des Lions et de l'Ordre sera un gage de stabilité pour les siècles à venir.

Arkad, de la Maison Comminiani, dernier pantarque du Divin Empire, le 21 Floriâtre 1181

ELLE DORT…

Depuis combien de temps ? Elle ne saurait le dire. Le temps, son existence même comme le processus naturel lié à son écoulement, sont autant de notions inconnues d'Elle, inaccessibles à Sa perception inconsciente du monde qui L'entoure. Il passe, pourtant, mais ne La touche ni ne L'effleure. Jamais. Il glisse au-dessus d'Elle, telle une brise nocturne.

Elle dort…

Son sommeil est brumeux. Il est gris, vide, dépourvu de saveur. Elle ne rêve pas. Comment le pourrait-Elle ? Les rêves ne sont que les traductions hallucinatoires des désirs et des peurs tapis au plus profond de l'âme, et la Sienne, immense et intemporelle, demeure vide. Elle ignore tout du désir, car rien de ce qui existe dans l'ordre du monde ne saurait La contenter. Elle ne connaît nulle peur, puisque rien dans ce même ordre n'est en mesure de La menacer.

Et Elle dort…

Longtemps, le Chant L'a bercée. Quelques mots pour meubler Sa longue nuit, une chaîne de syllabes pour entraver Sa volonté, une nourriture immatérielle pour apaiser Sa faim. Un son qui restait dans Sa tête, y tournoyait et virevoltait au creux des cavernes de Son esprit immense, l'emplissant de ses accents doux et mélodieux.

Alors Elle dort…

À présent, cependant, le Chant s'affaiblit. Ses échos s'éloignent, étouffent ; Elle tend vers eux Ses sens engourdis, les appelle, les cherche avec avidité. Elle refuse qu'ils meurent.

Mais le Chant s'essouffle. Elle en perçoit les ultimes notes comme on entend les cris d'oiseaux qui s'envolent à tire d'aile. Le Chant agonise.

Elle dort encore…

Bientôt, la froide sérénité qui L'abêtissait, s'appesantissait sur Son esprit, s'estompe. Pour la première fois depuis longtemps, Elle ressent quelque chose, quelque chose qui était en Elle depuis les origines, mais que le Chant estompait. C'est une chaleur, les prémices d'une brûlure. Quelque part au cœur des abysses de Son être, Elle le sait. Elle se souvient. Elle a déjà connu cette sensation. Elle s'agite.

Pourtant Elle dort…

Une saveur étonnante, puissante, flotte autour d'Elle ; puis s'insinue, loin sous la surface de Son inconscience vacillante, pour en extraire et en remonter des souvenirs. Ce goût Lui fore les sens, fouaille des besoins longtemps ignorés. Méprisés. Elle S'en est déjà délectée. Le goût de la vie. Le goût de la vie et de la mort.

Elle en veut davantage. La brûlure s'accentue.

Mais Elle dort…

***

Falkenn baissa les yeux sur le cadavre.

L'homme était excessivement âgé, marqué de profondes rides comme autant de ravines et d'une maigreur extrême, sa silhouette cachectique transparaissant par-delà ses vêtements de ville élimés. Sa mise n'avait rien de celle d'un magicien, pour autant, l'on ne pouvait s'y tromper : écarquillés dans la mort, ses yeux s'ouvraient sur des iris violets — mutation, de naissance ou acquise, qui constituait la marque distinctive des organismes vivants naturellement en phase avec les flux arcaniques — et son annulaire gauche s'ornait d'une longue bague d'argent à l'extrémité particulièrement pointue. Moins un bijou qu'un ustensile de travail, indispensable aux imprécateurs pour pratiquer leurs hémurgies.

On avait proprement égorgé la victime. Non que l'opération eût été exécutée sans faire de salissure — le dallage et le tapis sur lesquels elle dormait de son dernier sommeil étaient imprégnés de sang —, mais l'assassin avait visiblement fait preuve d'une extrême conscience professionnelle, de même que d'une sauvagerie à l'avenant. Il l'avait si bien égorgée qu'en y mettant encore davantage d'entrain il l'aurait tout bonnement décapitée. Le cou du vieillard, ou ce qu'il en restait, se résumait à une fissure écarlate, béante. À se demander si l'arme du crime n'était pas un outil de labour.

— Maddolus Spyridon ? supposa Falkenn.

— C'est bien lui, confirma Metisto.

— C'était, rectifia Boniface.

À pas feutrés, le mandragot contourna le cadavre et vint renifler les épaves de ce qui avait été un bâton. La longue tige de frêne clair gisait, brisée, et ses multiples morceaux et échardes s'éparpillaient à proximité de feu leur propriétaire. Falkenn rejoignit le félin, observa les débris, puis se pencha pour en attraper un : le pommeau, dont les entrelacs de branchages dessinaient un visage, aux orbites garnis de perles de nacre, à l'expression guère plus impassible que le mort.

— En tout cas, elle l'a pas loupé, le pauvre vieux, commenta Boniface. Plus raide que ça, tu meurs.

— Pardon, réagit Falkenn au bout de deux secondes de silence contemplatif. Étais-je supposé rire, à un moment ou à un autre ?

— Fais gaffe, tu risquerais de choper des rides, répliqua moqueusement le félin. N'empêche que je suis sérieux, là. Tu as vu ses yeux ? Une teinte si profonde, ça ne trompe pas : ce type était un Seigneur. Y'a pas grand-monde qui peut se faire un Seigneur et repartir sur ses deux jambes… Encore qu'un chanceux pourrait repartir sur quatre ou six.

— Il est vrai que je ne vois aucun signe de lutte, admit le chasseur de primes.

N'était le bâton, qui avait pu se briser lors de la chute du corps — voire être mis en morceaux par l'assassin lui-même, pour quelque obscure raison —, la pièce ne présentait aucune séquelle d'un quelconque combat. Falkenn examina attentivement les paumes du cadavre et la pointe de la bague, sans y déceler de marque fraîche : preuve que le magicien n'avait pas cherché à utiliser la magie de sang pour se défendre.

— Le meurtre est récent, annonça-t-il en testant la souplesse des doigts. Moins d'une heure, je dirais : la rigidité cadavérique commence à peine à produire son effet. (Il entreprit ensuite de faire les poches du vieil homme.) Qu'avons-nous là ? s'interrogea-t-il en ramenant un petit objet en or.

— Une pièce de monnaie, non ? intervint Metisto qui regardait par-dessus l'épaule de Falkenn.

De prime abord, cela pouvait effectivement évoquer une pièce. Rond, les bords crénelés, l'objet mesurait environ quatre centimètres de diamètre et semblait fabriqué en or, quoique l'éclat en fût terni : de la terre maculait l'objet comme s'il avait séjourné longtemps dans le sol, et la boue masquait en grande partie le symbole gravé en son centre.

— Je ne crois pas, rétorqua Falkenn en astiquant l'objet à l'aide d'un mouchoir rouge. C'est trop gros. On dirait plutôt un genre de médaille. C'est… c'est un médaillon de chef de clan dvargar, finit-il par dire en levant l'objet, dûment débarbouillé, à la lumière des lampes à gaz.

Une lance à lame étroite se dressait sur ses deux faces.

— C'est quoi, ce symbole ? demanda Boniface. On dirait un harpon.

— Je crois que cela s'appelle une *langue de bœuf*, répondit le chasseur de primes après une petite hésitation et avant de se tourner à demi vers Metisto. J'imagine qu'aucun clan nain en ville ne répond à ce nom ?

— Là tu me poses une colle, Luther, répondit le Drude. J'en sais fichtre rien. Je collectionne les infos utiles, moi, et le bottin mondain du quartier des rase-mottes ne contient qu'un seul nom : Scramasaxe. Tout le reste, c'est de la gnognotte tout juste bonne à trimer dans les mines de Malethorarlod. (Il haussa ses étroites épaules, gagnant l'espace d'un instant l'apparence d'une affreuse chauve-souris.) Tu penses que c'est important, ce bidule ?

— Maddolus Spyridon l'avait dans la poche : ça l'était donc pour lui, bien que j'en ignore la raison, répondit Falkenn en glissant l'objet dans l'une de ses propres poches avant de se redresser. Tu as bien dit qu'il était retiré de toutes les affaires publiques ?

— Officiellement, en tout cas, relativisa Metisto.

Falkenn opina distraitement tout en regardant autour de lui.

La bibliothèque occupait à elle seule une bonne moitié de la hauteur du phare, qui avait sans doute fait l'objet d'aménagements conséquents pour pouvoir l'accueillir. Déployés sur pas moins de six étages, ses rayonnages grinçaient sous le poids du savoir accumulé parmi des milliers de volumes, grimoires et parchemins soigneusement rangés, perturbant à peine le silence des lieux. Un silence particulier, lourd, autoritaire, un silence qui ne se contentait pas de l'absence de bruit. Un silence qui ne se taisait pas. Un silence qui vous soufflait « chut ! ».

Luther Falkenn connaissait cette ambiance singulière, cette vie propre aux vieilles bibliothèques que leurs propriétaires traitaient avec les mêmes égards et autant de dévouement qu'une épouse. Il avait grandi dans un lieu tel que celui-ci. L'humble bibliothèque de son grand-père à Concordia faisait certes pâle figure en comparaison de la collection ventrue de Maddolus Spyridon, et pourtant, l'atmosphère y était identique, puissante, écrasante, chargée d'odeurs de bois, de cuir et de colle, qui ramenèrent le chasseur de primes des décennies en arrière.

— Bien, bien…, marmonna-t-il en évacuant les souvenirs — les bons avec plus encore de détermination que les mauvais — qui menaçaient de déborder son cœur. J'ai comme la sinistre impression que, dans cette affaire, il va nous falloir revenir au b.a.-ba du métier de policier.

— Quoi, choper un type au hasard et le tabasser jusqu'à ce qu'il avoue ? le brocarda Boniface.

— Fouiner partout dans cette bibliothèque en priant pour que le coupable soit un parfait demeuré et ait laissé assez de preuves derrière lui. Fouillez les étages. Je me réserve la scène de crime.

Tandis que Boniface et Metisto gagnaient les escaliers qui couraient à travers les niveaux supérieurs, Falkenn demeura à proximité du cadavre, cherchant à comprendre ce qu'il s'était passé.

Car mine de rien, le mandragot avait levé un sacré lièvre : éliminer un Seigneur ou une Dame, les plus puissants parmi les imprécateurs, ne constituait pas un mince exploit. De quoi accréditer encore un peu plus la théorie du *doppelgänger*, car il semblait manifeste qu'il n'y avait pas eu confrontation. En prenant l'apparence d'un ami, d'un ancien collègue ou d'une relation quelconque, l'assassin aurait réussi à s'introduire ici et à surprendre le vieux magicien.

Mais pour quelle raison ?

Le corps reposait à proximité d'un imposant lutrin de chêne sculpté, dont Falkenn nota que du sang maculait les vantaux. Se plaçant face à ceux-ci, le chasseur de primes se projeta mentalement la scène.

La victime devait se tenir à cet endroit. L'assassin dans son dos. Il l'égorge, du sang est projeté sur le lutrin. Le vieux s'effondre dessus avant de glisser jusqu'au sol.

C'était cohérent avec la position du corps, mais le tableau d'ensemble ne convainquait pas Falkenn. Le lutrin était en chêne massif. Et le sang…

Même si le magicien était trop léger pour entraîner le lutrin à sa suite, il y a trop de sang sur le bois. Le corps n'a pas immédiatement glissé. Pas tout seul. Il s'est affalé sur le lutrin, et y est resté. L'assassin l'a lui-même poussé… pour prendre quelque chose, donc. Quelque chose qui se trouvait sur le corps de sa victime. Ou…

Les yeux gris acier de Falkenn se posèrent à nouveau sur le cadavre, puis revinrent aux vantaux du lutrin. Un rectangle irrégulier de bois vierge de traces de sang s'y dessinait nettement.

… ou en dessous. Un livre reposait sur le lutrin. Un vol : voilà le mobile du meurtre. L'assassin désirait un ouvrage en particulier, et il se l'est fait montrer par la victime avant de se débarrasser d'elle et d'emporter son butin.

De nouveau, il leva les yeux vers les rayonnages qui grimpaient sur plus de quarante mètres.

Reste à savoir de quel livre il s'agissait.

La tête farcie de nouvelles interrogations au milieu desquelles surnageait péniblement une unique réponse qu'il ne pouvait encore étayer, il rejoignit Metisto à l'étage supérieur. Le Drude s'affairait parmi les étagères, sans doute moins en quête de preuves que d'un ouvrage avec assez de valeur pour être refourgué.

— Metisto, toi qui t'y connais en arcano-technologie…, commença Falkenn, mais le Drude pianota doucement des doigts dans le vide, une moue dubitative tordant ses moustaches.

— Tu me surestimes beaucoup, là. Je fais dans la contrebande de matos de première génération, et je touche ma bille en hybridation ; mais de là à me prendre pour un spécialiste, il y a une sacrée marge.

— Néanmoins tu en sais davantage que certains imprécateurs parmi les plus calés.

— C'est pas faux. Tu veux savoir quoi ?

— Crois-tu que les Anscarides pourraient avoir besoin d'un ouvrage de magie bas-terrienne ?

— Alors là, ça m'étonnerait, répondit Metisto avec assurance. Les bouquins de Tradition sudiste, c'est un tiers de sagesse de grand-mère, un tiers de paternalisme condescendant et un dernier tiers de charabia sans intérêt taillé sur mesure pour dissuader quiconque sain d'esprit de s'y intéresser. Honnêtement, ça relève moins de la théorie fondamentale que de la croyance religieuse. À part quelques rituels, les sortilèges les plus usuels sont transmis de façon orale. Même les rares technomanciens bas-terriens qui ont survécu à l'Inquisition de Zarmara entravent que dalle à l'arcanotec'. Pourquoi tu veux savoir ça ?

— Simple curiosité, éluda le chasseur de primes qui consulta sa montre. Le soleil ne devrait plus tarder à se lever. Allons donc retrouver ce stupide félin qui me sert de compagnon de route, et filons. J'aimerais autant avoir vidé les lieux avant que quelqu'un d'autre ne réalise que les défenses du phare ont disparu.

À cet instant précis, on entendit du raffut en provenance de l'étage supérieur, immédiatement suivi par la voix du stupide félin susmentionné.

— Bordel de *miaaaaaaaaaaaaoooooooou !*

Une boule noire en vague forme de chat mécontent descendait les escaliers en roulant sur elle-même et en crachant des jurons à chaque marche rencontrée. Boniface finit sa course sur le palier du premier étage, où il s'étala comme une improbable étoile de mer aux yeux violets.

— Argh, lâcha-t-il.

— Tu t'es emmêlé les pinceaux ? persifla le chasseur de primes qui s'était approché du pied de l'escalier.

— Elle est encore là, répondit Boniface. Elle était cachée derrière un rayonnage et m'a balancé un coup de pied avant que j'aie le temps de réagir. Aïe… Je crois que la salope m'a pété une côte…

Il se rendit compte qu'il s'adressait à un grand espace d'air inoccupé : Luther Falkenn s'était déjà élancé, l'épée au clair, dans l'escalier.

Le mandragot se redressa d'un bond.

— Et merci pour ta sollicitude ! Ça me touche énormément ! cracha-t-il.

***

Ostri Scramasaxe se retint de bâiller, alors même qu'il faisait, pour la seconde fois au cours de la nuit, son entrée dans la salle du Haut Conseil.

On prétendait les Dvargars durs à la tâche. Une réputation taillée dans le roc à coups redoublés de marteau et de pioche par des générations entières réduites en esclavage — même les propres ancêtres d'Ostri avaient connu les chaînes — d'abord par les Elfes, puis par les Humains après le cataclysme qui avait exterminé les premiers. La sélection naturelle ainsi opérée avait doté les Nains d'une santé de fer, d'une force peu commune et d'une propension marquée à dormir moins de quatre heures par nuit. Leur divinité tutélaire, Eldrugar, ne s'attribuait-elle pas le titre de dieu du Labeur ? De fait, si aucun Scramasaxe ne rechignait face au travail, il était clair dans l'esprit d'Ostri que son clan n'avait pas accumulé des fortunes considérables pour le plaisir de perpétuer une tradition millénaire de servitude. Un Nain honnête bossait dur, mais un Nain riche pouvait se permettre de faire turbiner les autres sans qu'on vienne le réveiller à des heures indues.

Aux alentours de cinq heures du matin, Ostri prit donc place autour de la grande table, sous les regards sans doute plus méprisants que jamais des monarques du passé ; car cette fois, le cabinet avait été officiellement convoqué par le tout nouveau responsable de la Sûreté, le général Oscar-Baruk Wolfdagger. Un fils de paysan krelfien présidant le Haut Conseil de Pont-Salin : de quoi les faire tous se retourner dans leur tombeau en mordant leur linceul pour étouffer leurs éructations de rage.

De telles considérations de rang social ne revêtaient rigoureusement aucune importance aux yeux d'Ostri. Le cabinet pouvait bien voir siéger à sa tête un Demi-Ogre bègue et manchot affligé d'un sérieux problème d'incontinence, il s'en accommoderait comme il s'était jadis accommodé du Bâtard. Une seule question le taraudait présentement, qu'il posa sans préambule à l'officier ligueur :

— Avez-vous des nouvelles concernant l'espion de Hagen ?

— F'est la raivon pour laquelle ve vous vai touf fait venir, répondit Wolfdagger alors même que les derniers retardataires gagnaient leur place en traînant les pieds. Affeillez-vous, ve vous ven prie, Meffieurs. Où est paffé le confeiller Athoffi ? ajouta-t-il en glissant un regard en coin au seul siège qui demeurait inoccupé.

— J'ai vu un des valets du Palais lui apporter un message, le renseigna le patron des artisans et commerçants. J'ignore de quoi il retournait, mais il s'est barré. Et il avait l'air fumasse.

Où qu'il soit allé, qu'il y reste, songea Ostri non sans une petite satisfaction. Athossi absent et le duc Lirrifas au cachot, il aurait les coudées franches pour agir.

— V'efpère qu'il fe voindra bientôt à nous. Fes vanalyves et fes vidées font préfieuves pour fe pays, commenta Wolfdagger en y mettant pas mal de conviction.

Ostri s'efforça de ne pas s'étrangler de rire : il était persuadé que le général se réjouissait tout autant que lui-même de l'absence de cet horrible pinailleur légaliste.

Wolfdagger s'installa dans le fauteuil qui était traditionnellement celui de Lirrifas. Le vénérable mobilier grinça en signe de protestation lorsqu'il appuya ses énormes pognes sur les accoudoirs, et y ajouta des craquements de mauvais augure lorsque l'imposant fessier trouva, seuls les dieux savaient comment, à se caser dans un siège conçu pour une seule personne.

— Meffieurs les membres du Haut Confeil, v'ai la voie de vous vinformer que nos vinveftigafions ont nettement progreffé. Grâfe aux vinformafions que Dame Morfille a pu ecftraire de la mémoire du traître Lirrifaf, nous vavons vété en mevure de retrouver la pifte de l'efpion ennemi. Fon arreftafion n'est plus qu'une queftion d'heures.

— Magnifique, très bon travail, le complimenta Ostri qui pensa : *Et merde.*

— Merfi, Monfieur Fcramafacfe. Néanmoins fe n'est pas tout et, hélaf, les vautres nouvelles dont ve fuis porteur font très mauvaives.

« V'ai refu, tôt fe matin, un rapport m'informant que l'opérafion deftinée à reprendre Bilfimir aux Vanfcarides f'est foldée par un éfec. Pour tout dire, elle a même tourné au dévaftre : nos troupes ont été anéanties devant les portes de la fité par les varmes de Tyruman Khan, et nous déplorons la perte de plus de finq-mille hommes.

— C'est catastrophique ! intervint le patron des armateurs.

— Fe n'est pas tout, enchaîna Wolfdagger. Dédaignant toutes les mives en garde, le prinfe Belaïftèf a lui-même mené fes voltiveurs contre une efcadre de dragonnefs. Et f'est avec une grande trifteffe et un profond refpect qu'il me faut vous vannonfer le défès du prinfe.

Une grande tristesse, un profond respect et une logique imparable, ne put s'empêcher d'ajouter mentalement Ostri. *Des voltigeurs face à des dragonnefs ? Passé un certain stade, la bravoure confine véritablement à la connerie pure et simple.*

Le Dvargar passa en revue ses collègues. Leurs réactions s'avéraient telles qu'on pouvait les espérer : tous se lamentaient du trépas héroïque du seul héritier direct de Vénézilios, en y mettant, croyaient-ils, les formes de rigueur :

ils levaient les bras au ciel, s'arrachaient les cheveux, poussaient des hauts cris. Aucun n'avait encore eu l'idée de simuler une syncope, mais quand on avait affaire à de parfaits imbéciles, il ne fallait jurer de rien.

Car au-delà de leur misérable pantomime patriotique, leurs yeux se chargeaient de démentir ce que leur bouche proclamait si bruyamment. Tous savaient fort bien ce qu'il adviendrait lorsque Vénézilios, dorénavant sans enfant, passerait lui aussi l'arme à gauche : Damyr de Morinthe sur le trône de Pont-Salin, les Vadrimatris au pouvoir à Solmost… et l'ensemble de la législation sociale façonnée par Barca d'Ire jetée aux ordures.

De quoi réjouir tous ces gagne-petit, songea Ostri.

— Pardonnez-moi, mes amis, intervint alors le patron de la corporation des forges. Je suis naturellement, tout comme chacun d'entre vous, littéralement atterré par cette terrible nouvelle : c'est une perte immense pour le royaume et…

Bla bla bla bla bla, se lamenta intérieurement Ostri tandis que son estimé collègue, plus lourd que l'ensemble de la production annuelle des forges de Solmost, en faisait des tonnes pour enrober un propos à l'issue pourtant limpide. Il se garda néanmoins de l'interrompre : autant le laisser gaspiller sa salive.

—… ... cependant, il nous faut maintenant songer à l'avenir. Le roi Vénézilios a perdu son fils, il est vrai ; mais nous savons tous qui est l'héritier présomptif du trône de Pont-Salin. Damyr de Morinthe…

— … devra attendre, le coupa sèchement Wolfdagger. Le roi est touvours en vie, et la guerre fe pourfuit à l'inftant où nous parlons. Dans fes condifions, fe confeil n'a pas de temps à perdre pour ftatuer fur la queftion fucfefforale.

— Je partage l'avis du général, s'interposa alors Ostri. Tout ne se réglera pas en un claquement de doigts. Une union personnelle entre Pont-Salin et la Morinthe exigerait des mois, peut-être des années de négociation. Par ailleurs, mon cher ami des forges, dois-je vous rappeler qu'il existe des lois de dévolution de la Couronne, dans ce pays ?

— On croirait entendre Athossi, railla le maître de corporation. Vous voilà juriste, maintenant ?

— Certes non. Cependant, à défaut d'être un fin connaisseur des règles en la matière, je les ai déjà vues appliquées. Je siège au cabinet depuis plus de soixante ans, Messieurs. J'étais présent à la mort brutale de Belaïstès III, le père de Vénézilios, qui était encore enfant à l'époque. Il appartient au Haut Conseil de constater la vacance du roi, puis de désigner un régent qui aura, dans le cas présent, la lourde tâche de régler la succession.

— Et qui devrait être ce régent, selon vous ? demanda le représentant des artisans et commerçants avec aigreur.

— Pas vous, déjà, répondit Scramasaxe. (La pique suscita un mouvement d'hilarité nerveuse chez les autres membres du cabinet.) Et pas moi non plus, je vous rassure. Si vous voulez mon avis, nous devrions chercher un candidat qui cumulerait un certain nombre de qualités et de… C'est quoi, ce barouf, encore ? s'interrompit-il comme on entendait de l'agitation de l'autre côté des portes.

Talonné de près par deux brigadiers en uniforme bleu qui avaient apparemment échoué à l'empêcher de passer, Somas Athossi fit son entrée, son faciès généralement flegmatique rendu rouge par la colère autant que par le manque de souffle.

— Vous avez dépassé les bornes, Général ! trouva-t-il néanmoins les ressources pour s'égosiller.

— Confeiller, le salua placidement Wolfdagger en se carrant dans son fauteuil au risque de le faire s'effondrer sous son poids.

D'un geste de la main, le général ordonna aux soldats ligueurs de ne pas bouger.

— Que vous arrive-t-il, Somas ? intervint Scramasaxe. Vous avez l'air dans tous vos états. Une charrette serait-elle passée dans une rue piétonne ?

— On m'a informé de vos exploits, Général, lança Somas en ignorant la remarque du Dvargar. (Dans sa main droite, il agitait une épaisse liasse de documents.) J'ai ici la liste des hommes et des femmes que vos soudards ont arrêtés au cours des dernières heures. J'attends vos explications immédiatement !

— Ve n'ai pas à vous fournir d'ecfplicafions, rétorqua l'intéressé, toujours affreusement serein. Le Haut Confeil m'a invefti de fertains pouvoirs afin de traquer les vennemis de Pont-Falin et de les mettre hors d'état de nuire. Eh bien voilà : f'est dévormais fove faite.

— C'est désormais chaussette ? hasarda le patron du syndicat des armateurs à l'oreille de son voisin.

— C'est désormais *chose faite*, corrigea celui-ci du coin de la bouche tandis que Somas balançait sur la table la liste dont les nombreux feuillets, une dizaine à vue de nez, s'éparpillèrent sous les yeux des membres du cabinet.

— Vous plaisantez, Général ? tonna le conseiller. Cent-quatre-vingt-dix-sept personnes ? *Cent-quatre-vingt-dix-sept ?* Des nobles, des officiers supérieurs, des fonctionnaires de toutes les administrations centrales et jusqu'aux membres de leurs familles ! Voulez-vous vraiment nous faire croire que ce seraient tous des traîtres, qu'il y aurait près de deux-cents espions anscarides à Solmost ?

— Il y a même la duchesse douairière de Calysa, lut le représentant des artisans et commerçants en se tordant le cou. Tu parles d'un espion. Cette antiquité est aux trois quarts moisie.

— L'interrogatoire du duc Lirrifaf a révélé les noms de nombreuves perfonnes dont la loyauté enfers Pont-Falin et la Ligue est pluf que vafillante, se défendit Wolfdagger. Eux auffi feront interrovés, et leurs complifes véventuels arrêtés. Nous ne pouvons les laiffer répandre le poivon de la fédifion dans nos rangs.

« V'ai également donné l'ordre de quadriller les rues de la fité, et renforfé les patrouilles, poursuivit-il en parcourant des yeux le Haut Conseil. Les brigadiers fe voindront aux forfes de polife afin de maintenir l'ordre. Un couvre-feu fera inftauré. Les réunions publiques de plus de dix perfonnes feront interdites. Tout contrevenant à fes nouvelles difpovifions, ainfi que toute perfonne fufpecte, feront immédiatement arrêtés, incarférés à l'Alaqarak et tenus au fecret vufqu'à fe que v'en défide autrement.

— Vous déclarez purement et simplement la guerre à la population de Solmost ! s'emporta Somas.

— Nous fommes dévà en guerre, répliqua posément Wolfdagger. Devant l'ampleur du danver, des mevures ecfepfionnelles doivent être adoptées. V'ai l'intenfion de proclamer la loi marfiale, et ve vous demande d'entériner fette défivion.

— Certainement pas, répliqua Somas sur un ton sans appel. La loi martiale ne saurait être instaurée à la demande de quelqu'un qui n'occupe le poste de la Sûreté qu'à titre transitoire et exceptionnel ; de surcroît un ressortissant étranger. Vous allez trop loin, Wolfdagger, et j'ai bien l'intention de..., voulut poursuivre le conseiller, mais Ostri décida qu'il était temps pour lui de reprendre la main.

— Allons, Somas, le coupa le Nain. Tâchons de rester rationnels, voulez-vous ? De mon point de vue, les paroles du général sont frappées du sceau du bon sens.

— Auriez-vous abusé de la bière, Scramasaxe ?

— Pas depuis une quarantaine d'années, répondit le Nain. Je suis parfaitement sérieux. Notre ennemi est redoutable, Somas. Nous sommes déjà démunis sur le champ de bataille face aux armes des arcano-technologues. Les imprécateurs et les technomanciens de la Compagnie du Silence font ce qu'ils peuvent pour trouver des contre-mesures à même de rééquilibrer le rapport de force, sans grand succès pour l'instant.

« Mais ici, Somas, il n'est pas question de dragonnefs, d'arbalètes *strilkaï*, de *doppelgängers* ou Eldrugar sait quoi d'autre. Il s'agit d'ordre public et de propagande. Un terrain sur lequel nous pouvons nous battre à armes égales avec l'empereur, pourvu que nous n'ayons pas peur de nous aligner sur ses méthodes. Il faut combattre le mal par le mal.

Les autres conseillers attablés manifestèrent leur assentiment avec plus ou moins de conviction et une certaine circonspection. Auparavant, ils guettaient la prochaine passe d'armes entre Wolfdagger et Athossi, mais que le roué Scramasaxe prenne aussi ouvertement parti pour le général les désarçonnait. Quant à Athossi, il semblait à court d'arguments juridiques.

— Vous n'allez pas entériner les décisions iniques de ce fou furieux ? s'éberlua-t-il devant la mollesse du cabinet.

— Vous êtes sous le choc, Somas, rétorqua rapidement Ostri avant que le général ne puisse réagir. C'est bien naturel. Tout le monde était attaché à notre bien-aimé vicaire, et vous plus encore que quiconque. Et le fait est que vous vous laissez manifestement guider par vos sentiments dans cette affaire.

Rappelez-vous plutôt ce qu'a dit Dame Morville : personne ne peut mentir sous le coup d'une Communion.

Les yeux d'Athossi foudroyèrent brièvement le Dvargar, avant de passer en revue les hommes réunis autour de la table. Lorsque son regard eut fait le tour et se fut à nouveau posé sur Wolfdagger, on y lisait une résolution que Scramasaxe jugea immédiatement suicidaire.

— Qui nous assure qu'elle ne ment pas, *elle ?* argua Somas avec force.

Sa répartie suscita la consternation parmi les membres du cabinet. La tension déjà forte qui imprégnait la salle du Haut Conseil grimpa encore d'un cran lorsque le général se leva. Ostri le trouva, à nouveau, étrangement serein.

— F'est une accuvafion grave que vous portez là, Confeiller, intervint-t-il. Néanmoins, ve penfe que monfieur Fcramafacfe a raivon : vous vous laiffez emporter par vos fentiments. Et ve fuis fertain qu'un entretien en tête-à-tête avec Dame Morville fuffira à diffiper tous vos doutes à fon égard. Foldats ? (Deux des quatre brigadiers présents dans la salle vinrent alors encadrer Athossi, pris au dépourvu.) Veuillez efcorter le confeiller Athoffi à l'Alaqarak.

Un silence glacé tomba sur la salle lorsque les soldats ligueurs embarquèrent Somas Athossi, lui-même trop stupéfait pour ruer dans les brancards.

Ostri Scramasaxe ne s'était nullement mépris sur le sens du verbe *escorter* utilisé par Wolfdagger, pas plus que sur celui de l'expression *tête-à-tête* : il ignorait certes comment se passait une Communion, tout en ayant l'intuition que ce ne devait pas être une franche partie de plaisir pour celui qui la subissait. Et à voir les visages blêmes de ses collègues, eux non plus ne s'y étaient pas trompés.

Ils ont la trouille, maintenant, réalisa-t-il. *Ils sentent le vent tourner, mais ne savent pas encore dans quelle direction il risque de les emporter.*

Ostri Scramasaxe, quant à lui, ne comptait se laisser emporter nulle part. Il avait toujours parfaitement su dans quel sens il lui fallait mener sa barque.

Car s'il chassait les miasmes puants du règne qui s'achevait, ce vent-ci charriait également les senteurs autrement prometteuses de celui qui allait bientôt commencer.

***

Falkenn ne se précipita pas à l'étage d'où Boniface avait été sauvagement éjecté. Arrivé aux deux tiers de l'escalier, il ralentit : une précaution élémentaire pour ne pas subir le même genre de désagrément que son mandragot. Voire pire. Ne pas courir au-devant de sa propre mort était une leçon que tout policier apprenait très tôt, ou jamais. Les têtes brûlées et les mauvais élèves ne laissaient derrière eux, en plus d'une veuve et de quelques orphelins, qu'une poignée de mauvais souvenirs en guise d'héritage.

Le meurtre était tout frais. Falkenn aurait parié sur deux ou trois heures tout au plus, mais il avait pu être commis plus récemment encore. L'irruption de leur trio avait-elle surpris le meurtrier ? Et que faisait-il encore là ? Si, comme le chasseur de primes le supposait, le mystérieux livre était bel et bien le mobile du meurtre, que cherchait l'auteur de ce dernier ? Un autre livre ?

Le pied lupin, le bras souple, l'œil vif et l'oreille aux aguets, Falkenn gagna le niveau supérieur.

La lumière se raréfiait dans les étages. Du gaz finissait de se consumer dans quelques lampes stratégiquement placées que le propriétaire des lieux devait laisser allumées en permanence pour éviter un accident domestique malheureux, mais la pénombre au-delà de leur zone d'influence paraissait plus dense, poisseuse, peuplée de masses mouvantes et épaisses, presque physiques, comme autant de *doppelgängers* potentiels.

Poc.

Un bruit léger, infime ; tout juste audible pour qui y aurait prêté attention. De petits coups secs, brefs, minéraux ; comme si du gravier tombait à intervalle régulier sur le plancher.

Poc.

Les maigres fenêtres qui perçaient la carcasse vénérable du phare ne s'ouvraient que sur l'obscurité encore étoilée de la Baie de Sel. Le printemps n'avait pas encore pris ses quartiers. Même aussi loin dans le sud des Basses-Terres, les longues nuits s'attardaient.

Poc.

La brise marine s'aventurait dans la vieille bâtisse par ces meurtrières, répandait sa complainte monotone, sifflait entre les rayonnages en jouant les esprits annonciateurs de mort — avec un peu de retard, certes. Lui répondaient les échos geignards du bois et de la pierre, qui gémissaient alternativement comme un couple de gérontes se plaignant des ravages du temps, tout en se chamaillant au sujet de leurs douleurs respectives.

Poc.

Luther Falkenn ajoutait sa propre partition à cette querelle domestique : les lattes du parquet couinaient désormais à chacun de ses pas, craquaient à l'occasion sous son poids tandis qu'il longeait les étagères plongées dans un noir quasi complet.

Poc.

Poc.

Poc.

Crac !

Falkenn fit volte-face à l'instant même où fleurissait la lumière de l'un des *helioquartz* qu'il avait pris soin de semer derrière lui, convaincu que l'assassin ne résisterait pas à la tentation de l'attaquer dans le dos ; et que ce faisant, il finirait immanquablement par marcher sur l'un d'eux. Une forme longiligne et brillante fusant droit sur lui fut la première chose qu'il vit : un couteau, qu'il dévia de sa trajectoire d'un coup d'épée.

Puis il la vit, *elle*.

La haute silhouette élancée dans ses vêtements d'homme, pantalon et chemise, la longue chevelure blonde nattée. Le faciès un peu pâlichon pour une Pontsalinoise.

Et bougrement rapide. Elle fondit sur lui, le percuta et le renversa. Tous deux basculèrent sur le sol, et le chasseur de primes eut le souffle coupé lorsque la femme lui tomba dessus. Trente-six chandelles lui dansant sous les yeux, il sentit ses doigts relâcher d'eux-mêmes leur étreinte sur la garde de son épée ; un effort de volonté lui fut nécessaire pour les obliger à rebrousser chemin.

À califourchon au-dessus de lui, son assaillante brandissait maintenant des deux mains un second poignard, prête à l'abattre.

Une partie de Falkenn trouva la ressource de juger cette situation parfaitement incongrue. La dernière fois qu'il s'était retrouvé avec une femme au-dessus de lui remontait à très loin, et à dire vrai, il n'éprouvait guère d'envie de renouer avec ce genre de position, surtout si c'était pour qu'on lui agite des couteaux sous le nez.

Il tendit le bras gauche en travers de son propre corps pour bloquer les avant-bras du *doppelgänger*. Poussant sur sa gauche, il réussit à se tourner, désarçonnant son adversaire qui rencontra à son tour le plancher. Poursuivant son mouvement, le chasseur de primes lança le bras droit : la longue lame d'adamantine décrivit un arc de cercle couleur de nacre dans l'air avant de s'abattre avec force. Son tranchant crissa sur le parquet, y laissant une sympathique balafre. Le *doppelgänger* avait eu la bonne idée de rouler sur le côté, s'épargnant ainsi la décapitation. Au passage, il récupéra l'arme qu'il avait vainement projetée sur Falkenn quelques secondes plus tôt et, ainsi armé, il repartit immédiatement à l'assaut.

La lumière topaze de l'*helioquartz* enveloppait les deux belligérants, soulignait leurs différences. « Ambroisie » frappait sans s'économiser, ne s'accordait pas plus de répit qu'elle n'en offrait à son adversaire. Elle portait des coups opportunistes, inélégants, brutaux, irréfléchis. *Sans style*, estima la part de l'esprit de Falkenn qui vaquait toujours à ses propres considérations sans se préoccuper outre mesure du monde extérieur, même lorsque ledit monde prenait la forme de quinze centimètres de métal pointu qui lui zonzonnaient au visage comme une mouche à merde cinglée. Les poignards attaquaient sans relâche, piquaient furieusement l'air, cherchaient une faille où nicher leur pointe d'acier.

Par opposition, les mouvements élégants et précis de Falkenn lui donnaient de fausses allures de danseur. Il frappait, s'effaçait en virevoltant, revenait à la charge sur un pas de tango. Sa lame tournoyait, comme animée d'une vie et d'une volonté bien à elle, parant, feintant, contre-attaquant.

La lumière ne se contentait pas d'être le témoin muet de leur sarabande : elle se joignait à eux, les accompagnait pas à pas, se calait sur le rythme sauvage des coups et des esquives. Elle jetait de brefs éclairs, jaunes et mauvais, là où taillaient les dagues. Elle s'attardait longuement sur le fer-diamant, comme si elle coulait sur lui, s'y accrochait, le caressait ; elle escortait ses mouvements d'une trame brillante d'étoiles, comme des groupies poursuivant le dernier artiste à la mode.

De rares coups trouvaient leur cible. Du sang gicla lorsque le métal blanc entailla la joue de la femme ; celle-ci contre-attaqua rageusement, lacéra le manteau de Falkenn sur presque toute la longueur de la manche. Sans l'épaisseur du cuir, elle lui aurait découpé le biceps.

Le chasseur de primes se fendit brusquement. Le *doppelgänger* bloqua la canne-épée à l'aide d'une de ses dagues, voulut envoyer sa seconde lame dans le ventre de Falkenn qui l'évita en se décalant très légèrement et attrapa de sa main libre le poignet de son assaillante avant de lui expédier le genou dans l'estomac.

Son adversaire plié en deux, il écarta brutalement la dague qui bloquait toujours son épée, l'envoyant valdinguer à travers la pièce ; il tordit ensuite le poignet qu'il tenait toujours de sa main libre, forçant les doigts de l'assassin anscaride à laisser échapper le second poignard. Le poing gauche de Falkenn s'écrasa ensuite sur la mâchoire de la fausse Ambroisie qui toupilla en arrière, sonnée, livrée à une ultime estocade.

Metisto va devoir se contenter de son cadavre, songea le chasseur de primes en détendant son bras armé, la pointe de la spadamantine dirigée droit sur la gorge du *doppelgänger*.

Ce dernier se jeta à terre, esquivant de justesse le coup destiné à l'embrocher. Se réceptionnant sur les mains, il effectua un rapide balayage, fauchant les jambes de Falkenn auquel son élan ne permit pas de tenter la moindre manœuvre d'évitement. Le chasseur de primes partit vers l'avant, chercha à maintenir son équilibre ; échoua, roula au sol, se redressa, frappa de taille… pour constater que son adversaire se faisait la malle. Longeant les étagères, il cherchait à nouveau la protection des ténèbres.

Cependant, la nappe de lumière produite par l'*helioquartz* le *suivait*. Elle lui collait aux basques, littéralement : de minuscules fragments incrustés dans la semelle de sa botte constituaient autant d'attaches invisibles, par lesquelles le cristal arcanique, même brisé, maintenait artificiellement sa cohésion. La lueur dessinait un cercle imparfait autour de la femme. L'idéal pour une séance de tir au pigeon.

Falkenn glissa la main sous le pan gauche de son manteau, referma les doigts sur la crosse de son six-coups, visa la jambe — plus ou moins : le mépris pédant qu'il affichait pour les armes à feu s'accommodait fort bien de sa myopie naissante.

Ne restait plus qu'à presser la détente.

Un grondement se fit entendre. Naissant du sol, il monta le long des murs et jusqu'au plafond, et se répandit en Falkenn à travers la voûte de ses pieds, s'élevant par ses jambes jusqu'à son ventre où ses entrailles se nouèrent, alertées par ce qui semblait n'être qu'un écho anticipé, une annonce.

Quelque part, une latte de parquet craqua. De la poussière cascada du plafond sur l'épaule du chasseur de primes.

Cela se précipita sur le phare avec la force d'un ouragan. Le grondement qui montait depuis quelques secondes des entrailles de la terre se mua brutalement en un long mugissement tandis que le sol tanguait. Les étagères dansaient sur leurs pieds avant de se renverser et de répandre leur contenu sur le sol dans un fracas de bois, de temps à autre accompagné d'un tintement de verre ou de métal. Un nuage de poussière s'éleva du milieu des décombres de la bibliothèque tandis que du mortier se déversait en une bruine grisâtre.

Sous les pieds de Falkenn, le parquet tremblait tant qu'il lui sembla que les lattes allaient se désolidariser d'un instant à l'autre. Titubant, il parvint à s'arrimer au sol en s'appuyant sur la pointe de son épée, tout en cherchant à s'éloigner des étagères qui, même lorsqu'elles tenaient, vomissaient le contenu de leurs rayonnages, répandaient volumes et grimoires comme un bourgeois se déleste de son trop-plein de fortune sous la menace d'une arme.

Sa démarche d'ivrogne et une nouvelle vague de soubresauts lui firent presque embrasser le mur ; la douleur siffla entre ses dents lorsqu'il donna méchamment de l'épaule contre les antiques moellons.

Mû par l'instinct, son bras pointa de lui-même son pistolet devant lui ; cependant, il était désormais seul à cet étage. Levant les yeux, il constata que le halo lumineux — qui suivait toujours le *doppelgänger* avec l'infatigable dévotion d'un huissier de justice — se déplaçait en tressautant dans l'escalier, deux étages plus haut.

Sa propre ascension fut ardue. Les secousses, quoiqu'à présent légèrement moins fortes, arrachaient à la structure de bronze des grincements de supplice, la faisaient tanguer comme un navire pris dans la tempête. Les soubresauts du sol le ballottaient à droite et à gauche, en avant et en arrière, l'obligeant parfois à interrompre sa progression. C'était ça ou chuter dans l'escalier et se rompre le cou.

Passant devant une étroite fenêtre, il contempla un bref instant la Baie de Sel en proie à la turpitude : l'eau noire s'agitait follement, faisant valser les reflets d'étoiles qui la piquetaient selon une chorégraphie chaotique et absconse, leur donnant l'apparence d'une horde de lucioles démentes.

Même lorsque la terre se calma, que les tremblements s'estompèrent et que le hurlement se tut, remplacé par un vague gémissement qui mourut peu à peu, sa progression demeura circonspecte. Il ne repérait plus l'aura pâle accusant la présence de l'espion impérial ; la lumière d'un seul *helioquartz* se dissipait d'autant plus rapidement que son utilisateur se déplaçait.

L'escalier se poursuivait au-delà du dernier étage de la bibliothèque : par une trappe, il donnait accès au sommet du Vieux Phare.

Maddolus Spyridon avait conservé aux locaux d'habitation des gardiens leur destination première, en y aménageant ses propres quartiers, dont l'ameublement ne dépareillait guère du reste de sa demeure. De nouveaux rayonnages alourdis de livres et de parchemins consentaient tout juste assez de place à un vieux lit à baldaquin, une écritoire et une unique armoire. Les livres encombraient encore les deux niveaux situés au-dessus : l'ancienne salle de veille et la galerie, désormais privée de lanterne, dont toutes les parois étaient condamnées par de nouveaux rayonnages.

Toutes, sauf une. Une unique haute fenêtre, ouverte sur l'Orient et un matin qui pointait tout juste le bout de son nez dans un ciel rosissant, sur fond duquel se découpait, de dos, la silhouette athlétique de la fausse Ambroisie Galate.

Le pistolet en main, Falkenn fit un pas en avant.

Le *doppelgänger* fit de même.

Le chasseur de primes se précipita à la fenêtre, s'attendant plus ou moins à ne rien voir d'autre de sa proie, au terme d'une chute de plus de cinquante mètres, qu'un sympathique agrégat de sang, d'os et de boyaux. Cependant l'ouverture était orientée légèrement plus au sud qu'il ne l'avait cru, et à cet endroit le phare surplombait directement la baie : les flots encore sombres avalèrent sa proie — sa prime ! — sous les yeux médusés de Falkenn.

Celui-ci n'eut pas le temps de s'attarder sur ce à quoi il venait d'assister. Des éclats de voix en contrebas lui signalèrent qu'il n'avait pas été le seul témoin du grand plongeon. Sur la gauche, il aperçut un important groupe d'hommes en uniformes bleus qui observaient le point de chute de l'assassin impérial.

En dépit de la distance et de la faible clarté, il devina qu'il ne s'agissait pas du bleu saphir que revêtaient les palicares, mais de celui, outremer, des brigadiers de la Ligue de Skarland. Et lorsqu'il vit leurs têtes se relever vers le sommet du phare, qu'il aperçut leurs doigts pointés et que leurs vociférations redoublèrent d'intensité, il se fit la réflexion qu'il se trouvait peut-être au mauvais endroit, au mauvais moment… avec en plus une arme à la main.

La chose se confirma lorsque la lumière du soleil, qui dessinait à présent une ligne de feu sur la crête des montagnes, s'accrocha au métal d'une haie de mousquets. Le chasseur de primes battit en retraite dans la galerie alors que des balles sifflaient et soulevaient des gerbes de mortier autour de lui. Il lui semblait inutile, et même dangereux, de riposter ; et tout aussi stupide de vouloir s'expliquer, considérant la distance qui le séparait de ses interlocuteurs potentiels — aussi bien physiquement qu'intellectuellement.

Lorsqu'il entendit le bruit de course dans l'escalier, il pivota d'un bloc, bras tendu, prêt à faire feu. Il avait toujours six balles dans le chargeur : cela lui ferait autant de brutes en moins à éviscérer.

Il fut presque déçu de voir Boniface surgir de l'escalier en lieu et place d'une bande de criminels de guerre déguisés en soldats d'élite. Avisant le six-coups braqué dans sa direction, le félin freina des quatre fers, lâchant le fût de bois noir de la canne-spadamantine qu'il tenait dans sa gueule.

— Holà, c'est que moi, on se calme ! lança-t-il. T'es d'une humeur exquise aujourd'hui, ma parole !

— Et toi tu as l'utilité d'une fourchette sans dents, railla Falkenn en remisant le six-coups dans son holster. Puis-je savoir où tu étais passé, chat de gouttière ?

— J'ai été victime d'un accident de travail, répliqua mielleusement Boniface. Et j'ai encore un peu mal, au cas où ça t'intéresserait.

— À ton avis ?

— Me fais pas rire : j'ai mal aux côtes, je te dis. Y'a du grabuge sur le port : cinq escouades de brigadiers ont investi les quais, et avec Metisto, on les a entendus enfoncer la porte du phare. Je sais pas ce qu'ils viennent foutre ici.

— Voilà une question dont je compte bien trouver la réponse, lâcha Falkenn qui se baissa pour récupérer le second morceau de sa canne. Où est passé notre ami le Diablotin ?

— Il a dit qu'il se débrouillerait tout seul.

L'écho d'une explosion confuse et de hurlements frénétiques de douleur grimpa jusqu'à la galerie. Falkenn et Boniface s'entre-regardèrent un moment tandis que la rumeur s'estompait et mourait — probablement en même temps qu'un certain nombre de soldats ligueurs. Ceux qui se retrouvaient du mauvais côté de la bioalchimie drude avaient rarement l'occasion de témoigner de ses effets abominables. Leurs cadavres s'en chargeaient fort bien, cela dit.

— Il devrait s'en sortir, je pense, finit par compléter le félin. Moi, je propose qu'on se calte d'ici dare-dare !

Falkenn approuva du chef. Il fit doucement glisser la lame blanche de son arme dans ce qui lui servait de fourreau, puis s'agenouilla, la main droite appuyée sur le pommeau-rose. De l'autre, il prit Boniface contre lui. Le mandragot lové au creux de son bras, contre sa poitrine, le chasseur de primes demeura ainsi, un genou à terre ; le plus immobile possible, en un simulacre d'hommage. C'était de très loin la position la plus sûre pour supporter l'Éclipse.

Il ressentit l'habituelle morsure glacée se répandre dans son thorax lorsque le mandragot invoqua son pouvoir. Un choc à plus d'un titre. Le feu noir de l'Éclipse consumait sans brûler, détruisait sans blesser, effaçait toute sensation dans son étreinte glacée. Mourir de froid devait précisément ressembler à cela : lorsqu'il ruissela du pelage transmuté — brandons en lieu et fait de poils — sur son propre corps, Falkenn eut l'impression de perdre successivement l'usage de ses jambes, puis de ses bras. L'engourdissement gagna bientôt les extrémités, pieds et mains, lui faisant perdre tout contact physique avec son environnement.

Le froid qui envahissait sa poitrine — avec, toujours nichée à l'arrière-plan des terreurs du béotien, la crainte que le cœur ne supporte pas le phénomène, s'arrête réellement et pour de bon — lui remonta le long de la gorge, noya toute forme de goût dans sa bouche tandis que ses muscles faciaux raidissaient avant de s'évanouir à leur tour.

Puis tout devint noir.

***

Le coup fut d'une telle violence qu'il fit trembler les vitres de la salle du Haut Conseil. Telle la foudre, il s'abattit sur la table de bois massif et centenaire. Du bois noir de Krelfe, traité selon un procédé ancien, réputé dur comme de la pierre ; cependant le poing gigantesque de Wolfdagger y laissa une profonde fissure.

La voix du général-légat résonna comme un coup de tonnerre — un coup de tonnerre chargé de pluie, en fait.

— Vous vêtes vune bande d'imbéfiles ! crachouilla-t-il.

Il était assis à l'opposé de la cathèdre royale, le dos tourné aux portes de la salle. Sur les côtés de la table de réunion, la vingtaine d'officiers brigadiers rassemblés faisaient soudainement moins honneur à la réputation de morgue mal placée et crâneuse qui était celle de leur supposé corps d'élite. Les plus proches du général subissaient stoïquement sa fureur quasi-élémentaire comme un pauvre planton supporte une averse rageuse.

— Des vidiots ! tonna encore Wolfdagger. Des vabrutis ! Des vincapables ! Des vean-foutre !

— Des quoi ? murmura un lieutenant en fond de table à l'adresse de son voisin.

— Des jean-foutre, répondit celui-ci, un capitaine, entre ses dents tandis que Wolfdagger poursuivait son invective.

La barbe pétaradante, le cheveu plus hirsute que jamais, les petits yeux porcins du général lançaient des éclairs depuis le mince rectangle de peau cramoisie qui subsistait entre les deux. Ses meuglements auraient pu couvrir ceux d'un troupeau de buffles en pleine saison des amours.

— Vous vous croyez en vacanfes ou quoi ? On vous paye, Meffieurs, et on vous paye graffement, en puivant dans les faibles reffourfes finanfières de la Ligue, on vous donne le dernier cri en matière d'équipements, et tout fa pour quoi, hein ? Pour une clique de foudards fans fervelle, de foi-divant foldats d'élite, incapables d'attraper un unique efpion, en f'y mettant à finq efcouades ! Foifante guerriers ecfpérimentés contre une unique femme, et vous trouvez encore le moyen de revenir les mains vides ! F'est une humiliafion fans préfédent dans l'hiftoire de la Ligue !

Il ne cessait de s'agiter, de remuer, et même de sautiller sur son siège, comme en proie à une grave crise hémorroïdaire. Le vénérable fauteuil, soumis à ce soudain déchaînement, grinçait, craquait, couinait et tremblait de façon inquiétante. Il pliait même par moments, et plusieurs officiers ligueurs n'avaient d'yeux et d'oreilles que pour lui, ignorant la tirade dont ils étaient la cible : ils guettaient avec avidité le moment où il céderait finalement sous le poids phénoménal de son monstrueux occupant.

Car il en fallait plus pour impressionner des officiers des Brigades. C'étaient tous de solides gaillards dont le crâne rasé, les tatouages, les scarifications et l'haleine fétide auraient suffi à faire fuir n'importe quel adversaire. Ou n'importe qui d'un peu porté sur l'hygiène.

S'ils ressemblaient tous si peu à des militaires, ce n'était pas sans raison. Lorsque le Tribunat Général, le commandement central de la Ligue de Skarland, avait décidé la constitution des Brigades, la méfiance naturelle de certains monarques bas-terriens à l'égard d'Alchynon de Torée — ce petit baronnet dont les idées progressistes servaient, selon eux, de cache-misère à des ambitions moins nobles — avait abouti à une impasse politique. La conscription, la levée en masse de soldats-citoyens désirée par le lieutenant-général, ne fut jamais votée. Ne restait dès lors plus qu'à puiser dans les mitards.

Ce furent d'abord les déserteurs qui obtinrent la grâce. Sous la pression constante d'un effort de guerre insatiable, toutefois, il avait fallu élargir le recrutement aux délinquants de droit commun. Des peines d'incarcération pour vol, rixe ou ébriété publique furent converties en années de service. Des mauvais payeurs, des exhibitionnistes et des petits revendeurs de drogue se retrouvèrent du jour au lendemain en première ligne, où ils n'avaient brillé que les quelques secondes nécessaires à leur incinération par les armes incendiaires de l'ennemi.

On avait donc mis un grand coup de pied dans les portes des prisons qu'on s'était jusque-là contenté d'entrouvrir. Et à mesure que le dragon anscaride dévorait toujours davantage des enfants parmi les meilleurs des Basses-Terres, on avait garni la ligne de front avec les pires représentants de l'espèce carcérale.

Meurtriers. Violeurs. Gros bonnets et hommes de main du trafic de drogue ou de chair humaine. La raclure des prisons bas-terriennes avait inondé de ses uniformes bleus flambant neufs les cités déjà affligées par la guerre, au point d'en voir certaines, au moment de l'invasion de la Krelfe, hisser elles-mêmes le drapeau impérial, accueillir en libérateurs les soldats muets de la Maison Militaire. « Plutôt la toque que le shako », entendait-on alors dans les rues de Stamorac, Vordest et Syarkarel.

— Ve veux fette efpionne anfcaride, ordonna sèchement Wolfdagger au terme d'un quart d'heure supplémentaire à beugler. Elle et fes complifes, fi elle en a bel et bien. Ve veux fette garfe qui a humilié le corps des brigadiers et f'est moquée de la Ligue. Ve la veux vivante, f'est bien compris ? Vivante ! Fi vous me ramenez un cadavre, ve vous ferai touf muter fur le front des Tournegrives, et ve m'arranverai pour qu'on vous colle en première ligne ! Ramenez-la-moi avant demain ! Ve me moque des méthodes que vous vemploierez. Fouillez faque maivon, faque bâtiffe, faccavez toute fette fité fi bevoin est, mais ne rentrez pas bredouille, ou vous regretterez le vour où vous vavez vété confus !

— Le jour où quoi ? demanda le lieutenant sourdingue du fond.

— Où on a été *conçus*, traduisit le capitaine, exaspéré.

— Qu'est-fe que vous vattendez ? grogna Wolfdagger. La permiffion de votre mère ? Dégavez d'ifi !

Les brigadiers s'exécutèrent sans prendre la peine de saluer. Habituellement, ils n'étaient déjà pas très portés sur les règlements militaires, mais toute seconde gagnée pour s'éloigner du général et de ses retombées salivaires leur semblait à exploiter. Quelques-uns y avaient récolté leur douche annuelle.

— Général ? lança une voix par-dessus les bruits de bottes.

— Quoi encore ? Oh, f'est vous, Monfieur Fcramafacfe, se ravisa Wolfdagger qui n'avait pas entendu le Nain arriver. Que faites-vous ifi ? Ve n'ai pas convoqué le Haut Confeil.

— Il faut savoir se détendre, dans la vie, Général, répondit Ostri Scramasaxe en brandissant une imposante boîte en bois. Tout ne tourne pas autour du boulot. Vous fumez ?

Disant cela, il releva le couvercle de la boîte, dévoilant des rangées de cigares longs d'une quinzaine de centimètres.

— De temps ven temps, hésita Wolfdagger devant cet étalage d'urbanités. Fe font des vanuirloëns, non ?

— Des anuirloëns, en effet, confirma Scramasaxe avec une solennité exagérée. Des *kuruna* de Manevarion, pour être précis : un petit cadeau du régent des Îles Précieuses. Pour quelqu'un qui fume de temps en temps seulement, vous êtes un fin connaisseur, dites-moi.

Un domestique fit son entrée alors même que le Dvargar prenait place à la table, porteur d'un plateau chargé de deux verres et d'une grande carafe à whisky en cristal.

— J'ai pris la liberté de nous faire porter à boire, expliqua Scramasaxe en même temps qu'on les servait. J'espère que vous ne m'en voudrez pas, Général.

Le Dvargar tâta le cigare sur toute sa longueur. Jugeant le module trop sec, il en plongea la tête dans son verre de whisky, puis laissa quelques minutes à l'humidité pour se propager le long de la cape, afin d'éviter que celle-ci ne s'effrite lors de la combustion. Ceci fait, il flaira longuement le cigare, s'imprégnant déjà des senteurs boisées, légèrement teintées d'un arôme terreux, avant de procéder à la coupe à l'aide de la guillotine pêchée dans la boîte.

Il tira une première bouffée à cru, régalant ses papilles d'un premier contact avec les saveurs où se mêlaient foin tout juste coupé et épices rares de l'Archipel. Ayant fait craquer une allumette, il dégagea ensuite la tête du cigare de sa bouche, approcha le pied de la flamme tout en prenant soin qu'ils n'entrent pas en contact l'un avec l'autre, attendit patiemment que le tabac fût porté à incandescence. Wolfdagger le regardait faire comme on observe un fou se livrer à un rituel absurde.

— Vous savez, finit par dire Scramasaxe après une première bouffée, fumer un cigare, cela ne se fait pas n'importe comment. Il y a des règles. Une bonne manière de le faire… et une mauvaise, bien sûr. Il en va ainsi dans bien des domaines de la vie. Quel que soit l'objectif que l'on vise, il existe une bonne et une mauvaise manière de l'atteindre. Car ce n'est pas par leur résultat qu'on peut les distinguer : il arrive même bien souvent que la mauvaise méthode s'avère plus rapide, plus facile que la bonne. Qu'elle soit en apparence plus fructueuse.

— Est-fe pour philovopher fur la déguftation de figare que vous vêtes venu me voir ? s'impatienta Wolfdagger.

Il arracha l'extrémité de son propre *kurun* d'un bon coup de dents.

— Vous vous doutez bien que non, Général, répondit Scramasaxe en se passionnant pour sa vitole. J'aimerais que nous jouions cartes sur table, vous et moi.

— Cartes fur table ?

— Je sais ce que vous voulez faire, explicita le Dvargar, le regard toujours rivé sur son cigare. Vous voulez convaincre tous ces guignols du Haut Conseil — mes estimés collègues, n'est-ce pas — de ce que la meilleure façon de se prémunir contre la pluie reste encore de se jeter à l'eau.

— Ecfcuvez-moi, ve ne fuis pas très và l'aive avec les métaphores, grommela le général.

— Alors laissez-moi être plus direct, dit Scramasaxe dont les yeux trouvèrent cette fois ceux de son interlocuteur. Vous voulez empêcher Damyr de Morinthe de monter sur le trône de Pont-Salin, parce que cela n'arrangerait pas les affaires de votre patron Alchynon de Torée, fais-je erreur ? Pour cela, il vous faut empêcher le Haut Conseil de valider l'union personnelle. De ce point de vue, votre petite prise de bec avec Athossi, la façon dont vous l'avez sorti de l'équation… Tout cela a sans conteste marqué votre auditoire. Les membres du cabinet, je veux dire. Vous les avez impressionnés, tous. Il s'en faudrait de très peu que vous ne les terrorisiez complètement.

« Mais n'oubliez pas ce que disent les Anscarides : la terreur est d'autant plus efficace qu'on se contente de l'inspirer, sans jamais y recourir. Vous oubliez sans doute un détail : les vieux briscards de cette auguste assemblée d'enculés qu'on appelle le Haut Conseil ont tous plus de soixante ans. Ils étaient déjà là lorsque Virdrad a pris le pouvoir en Pont-Salin. Le Bâtard, qui plus que quiconque, plus même que son père l'empereur Arkad, s'y entendait en matière de terreur. Le Bâtard, qui était assis juste là il y a à peine vingt ans de cela, ajouta-t-il en désignant la cathèdre à l'autre bout de la longue table. Dites-moi, Général : où est Virdrad, aujourd'hui ?

« Il est mort. Tué dans les bombardements anscarides lorsque Tyruman Khan s'est emparé de Concordia. Mais pourquoi le Bâtard se trouvait-il donc à Concordia, alors qu'il avait fait de Solmost son éphémère capitale impériale, que Pont-Salin était sans conteste sa plus grande prise de guerre ? Oh, je sais ce que mes compatriotes diraient. Que si Virdrad et sa légion de chiens ont été chassés de cette ville et de ce pays, c'est uniquement grâce à Vénézilios et Barca d'Ire. Les deux figures de proue du royaume qui, refusant de quitter la capitale, se sont réfugiées à Citégrise, d'où ils ont structuré la rébellion. Mais soyons sérieux, Général : croyez-vous vraiment que Citégrise se serait soulevée si la corporation des forges avait voulu l'en empêcher ? Pouvez-vous vraiment imaginer que les mineurs de Malethorarlod se seraient joints à cette grève générale qui a marqué le début de l'insurrection populaire si les Scramasaxe en avaient voulu autrement ?

— Vous vêtes en train de me menafer ?

— Pas du tout. Au contraire, même : je vous offre mon aide. Le clan Scramasaxe possède la moitié de cette ville — et la totalité de son sous-sol. Nous y contrôlons un bon tiers des organes de presse et avons des obligés dans presque tous les autres. Tout le monde en ville nous doit quelque chose. Avec notre appui, vous ne persuaderez pas simplement le Haut Conseil de se jeter à l'eau pour éviter la pluie : c'est le pays tout entier qui préférera la noyade à la pneumonie. Qui vous préférera, vous, au roi Damyr.

— Tout fela est très vintéreffant, Fcramafacfe, convint Wolfdagger.

Il tira longuement sur son cigare avant de vomir par le nez un cumulo-nimbus de fumée dont les traînées grisâtres s'étiolèrent parmi le poil noir et dense de sa barbe.

— Mais ve n'arrive pas à comprendre où est votre intérêt dans fette opérafion. V'aurais cru que vous partaveriez les tendanfes pro-morinthiennes de vos « veftimés collègues ».

— Le fait d'être court sur pattes oblige à une certaine hauteur de vue, Général. Le patronat de ce pays ne réfléchit guère à long terme. Tout ce que voient nos brillants capitaines d'industrie, c'est que Damyr effacerait d'un trait de plume près de vingt années d'acquis sociaux divers qui les empêchent de dormir. Je ne nie pas que cela serait bon pour les affaires… au moins au début, en tout cas. De fait, Vénézilios était… oui, il était un roi à l'ancienne mode. Il pensait détenir son pouvoir des dieux pour le bien du plus grand nombre de ses sujets, des plus faibles d'entre eux. Cela le rendait peu accommodant envers nos intérêts, certes. Mais cela le rendait également *prévisible*. Nous savions toujours dans quelle direction il allait mener sa barque. Il était dès lors facile de limiter la casse, voire de voguer sous le même vent.

« Il n'en ira pas ainsi avec Damyr. Les Vadrimatris sont des sanguins, des impulsifs. Nous avons déjà eu des rois morinthiens par le passé, et on ne trouve guère de nostalgiques de cette époque parmi les Pontsalinois. De plus, la position de Torée étant diminuée depuis l'échec des Tournegrises, le roi Damyr risque de se focaliser sur le poste de lieutenant-général. Il pourrait même renoncer au trône de Pont-Salin et nous expédier Eldrugar sait qui à sa place. Sa fille Chryséïde, peut-être, ou pire, son barjot de frère, Skandar. Un saut dans l'inconnu, quoi qu'il en soit, que je ne peux accepter de faire. L'incertitude est un fléau bien pire que les réformes sociales. Voilà pourquoi je vous propose ce… appelons cela un partenariat privilégié.

— Et que voulez-vous en éfanve ?

— Ce que je veux ? répéta Scramasaxe qui ne put retenir un petit ricanement sarcastique. Que veulent les individus, Général ? Que veulent les peuples ? Une seule et même chose : *persister dans leur être*. Survivre. Depuis que je siège au cabinet du roi, j'ai toujours eu à cœur de préserver les intérêts de mon clan. Peu importe le prix à payer pour parvenir à cette fin. Vous savez, on dit de nous autres Scramasaxe que nous ne sommes que des profiteurs, des parasites… Eh bien, c'est vrai. Voilà des termes que j'assume pleinement en ce qui me concerne. Or, de la même façon que le parasite ne peut survivre sans son hôte, le clan Scramasaxe a besoin d'un Pont-Salin stable. Vénézilios ne peut plus apporter cette stabilité, et il est clair que Damyr n'en sera pas capable, ni même simplement soucieux.

« Ne reste que vous, Général. La seule option. Le dernier espoir. Mais permettez que je cite à nouveau un proverbe cher à nos ennemis : l'espoir est un poison. Celui qui se contente d'espérer se condamne à l'incertitude. Il met son avenir tout entier entre les mains du destin, ou plus grave encore, entre les mains d'autrui. Vous ne m'en voudrez pas si je me refuse à vous accorder une confiance aussi aveugle. Il me faut donc pouvoir compter sur une parfaite franchise de votre part. J'ai besoin de savoir où vous comptez nous mener.

Wolfdagger avait écouté dans un silence religieux, n'étaient les grondements industrieux de sa respiration tandis qu'il aspirait et recrachait lentement la fumée de son cigare anuirloën. Elle le couronnait à présent, formait comme un nimbe autour de sa tête. Elle entortillait ses doigts gris dans sa barbe, comme un démon joueur ; dressait des spires cendreuses au-dessus de ses cheveux en bataille. Les tons noisette de ses iris en paraissaient plus vifs, plus éclatants ; plus sauvages et plus cruels. Ils semblaient appartenir à une tout autre créature, monstre ou dieu tapi dans les tréfonds d'une montagne au cœur rugissant de braises.

Même sa voix ne parvint pas à rompre le charme lorsqu'il répondit finalement à la question qu'avait formulée Ostri.

— À la victoire, Monfieur Fcramafacfe.

***

Le monde reprit de la netteté. Les ténèbres se dissipèrent d'un coup, révélant le décor familier aux relents de lavande de la petite chambre des *Trois Oursins*.

Émerger d'une Éclipse, c'est assister à la première aube des temps. Ce n'est pas un spectacle que l'on contemple avec sérénité et détachement. C'est violent, brutal, douloureux. La noirceur de l'Éclipse, dense comme une nuit sans étoiles, statique comme le tombeau, assourdissante de silence, a beau ne durer que le temps d'un battement de cœur, on en sort comme d'un séjour de vingt ans au fond de la plus obscure des oubliettes.

Les sens reviennent brusquement, aiguisés, inquiets. Avides. L'espace d'une seconde à n'en plus finir, ils se rassurent en captant tout ce qu'ils sont incapables d'appréhender en temps normal, avant que le retour à la réalité ne les contraigne de nouveau. L'œil peut voir dans toutes les directions, sous tous les angles ; il surprend des couleurs chimériques, impossibles, et des détails qui n'existent qu'à l'échelle microscopique.

L'oreille s'abrutit de sons infinitésimaux : celui du cœur qui repart — quoiqu'il ne se soit jamais arrêté —, celui du sang qui s'écoule dans les veines alors que, croit-il, il était figé l'instant d'avant, pris dans une gangue de temporalité morte. Les pattes des insectes cavalant sur les lattes du parquet produisent des claquements dignes d'un laminoir, tandis que des commérages chuchotés de bouche à oreille, deux rues plus loin, vous balayent avec la puissance d'un ouragan. L'odorat perçoit son environnement non plus seulement dans l'espace, mais aussi dans le temps : fumet rance de repas d'antan, parfums spectraux de courtisanes oubliées, relents de sueur, d'urine et de quelques autres fluides corporels fossilisés dans les draps et le matelas.

Toujours un genou à terre, Luther Falkenn s'appuya sur sa canne tandis que sa main gauche venait se plaquer contre sa bouche. Les dents noyées de bile, il ferma les yeux le temps que son organisme achève de gérer la transition.

— Si t'as envie de gerber, tu seras bien aimable de détourner la tête, entendit-il pester Boniface. Pas envie de prendre une douche, moi.

Le félin avait glissé du bras de son maître et gisait maintenant au sol, les pattes écartées, le poil hérissé. Effectuer une Éclipse de cette sorte, avec un passager, exigeait de lui davantage de concentration et d'énergie, si bien que la facture s'en trouvait elle aussi alourdie.

Il essaya de se redresser et de faire quelques pas, mais ses membres semblaient incapables de se mettre d'accord sur certains détails techniques de l'opération : la droite et la gauche, le haut et le bas, l'avant et l'arrière. Sa tête rendit un son mou en heurtant le sol lorsque ses antérieurs partirent chacun dans une direction opposée.

— Et merde, lâcha-t-il en guise de commentaire.

Il rampait maintenant sur le parquet avec toute l'élégance et la dignité d'un jeune phoque pas très doué.

Le chasseur de primes ne faisait guère plus belle figure. Ce fut d'une démarche bringuebalante de vieillard qu'il gagna sa grande malle de voyage, à l'intérieur de laquelle il pêcha, après un court instant de réflexion et avoir constaté que la température semblait déjà plus haute que la veille à la même heure, une de ses redingotes. Il ôta son manteau de cocher, et Boniface nota la fente de plusieurs centimètres à la manche.

— Pas blessé ? demanda celui-ci.

— Moi, non, répondit Falkenn en enfilant son vêtement de rechange. Mon orgueil n'en dirait pas autant.

— Je vois pas pourquoi. Certains diraient même qu'affronter un espion anscaride et pas finir à la morgue, c'est déjà un motif valable de satisfaction.

— Probablement, convint le chasseur de primes qui consulta sa montre. À peine six heures et demie. Voilà qui nous laisse du temps pour…

— Pioncer ? suggéra Boniface, la voix pleine d'espoir.

— … nous rendre au quartier dvargar afin de retrouver le propriétaire de cette médaille, termina Falkenn alors même qu'il transvasait ledit objet de la poche de son manteau abîmé à celle de sa redingote. Cela permettra à Metisto de mettre à nouveau en branle son réseau d'informateurs.

— Ouais, eh ben, peu importe où tu veux aller, ce sera à pinces, voilà ce que j'en dis, moi, ronchonna alors le mandragot d'un ton décidé en laissant sa tête retomber sur le parquet, l'air bougon. C'est officiel : je fais la grève sur le tas.

— Considérant le poids que tu as pris ces derniers temps, ne serait-ce pas plutôt la grève *du* tas ? se gaussa Falkenn.

— Tu sais, je crois sincèrement qu'à chaque fois que tu fais une blague, quelqu'un, quelque part, meurt dans d'atroces souffrances. Pour le maintien de l'équilibre cosmique. En attendant, je suis très sérieux : je me sens exploité. Voilà.

— Bon, d'accord. Je vais faire un geste. Je triple ton salaire.

Le félin lui jeta un pauvre regard désabusé.

— J'ai jamais été très fort en maths. Trois fois zéro, ça fait combien ?

***

Chaque jour, des cohues phénoménales se pressaient sur les grandes artères qui perçaient le corral montagneux, unissant Solmost et Citégrise. Des chariots gavés de matières premières croisaient ceux qui revenaient des usines, au milieu des cohortes d'ouvriers et de chômeurs venus du reste de la ville et, de plus en plus souvent, de l'extérieur à mesure que la guerre ajoutait sa contribution à un exode rural déjà massif. Le conflit drainait la pauvreté des coins les plus reculés du royaume pour la concentrer là-dessous, comme on bourre un baril d'explosifs avant de laisser distraitement brûler une flamme nue juste à côté.

Le boucan généré par ces masses vivantes ne constituait qu'un inoffensif prélude, une insignifiante mise en bouche, à celui qui régnait sous la roche. Jour après jour, heure après heure, les ateliers gigantesques entonnaient leurs hymnes à la gloire du fer. Le feu rugissait dans les hauts-fourneaux comme le lion dans la lointaine savane du Syamée, délimitant son territoire, affirmant sa suprématie sur ce lieu qu'il avait jadis arraché à la pierre et à l'eau.

Pourtant, son ramage ne portait pas si loin qu'il le désirait. Passée la défiguration des industries, passés les amoncellements tortueux de ponts, de chaussées et de bâtiments précaires ; passées la claustrophobie, la fumée, les odeurs mêlées de produits chimiques et d'excréments, le silence reprenait ses droits. La perspective s'ouvrait, l'horizon se libérait.

Là, loin dans le sud, Citégrise redevenait Malethorarlod.

Mais le Miroir-aux-Lunes ne brillait plus. L'unique reflet qu'offrait encore sa surface ternie par les siècles était celui, pâle et accablé, d'une beauté évanouie ; parmi les reliques figées d'une grandeur à jamais envolée. Les piliers y avaient des allures d'arbres morts, privés qu'ils étaient des fruits — répugnants, certes — qui poussaient sur leurs frères du cœur industriel. Ils surplombaient de leur désespérance des rues bordées de vastes demeures claniques, rébarbatives et austères, à l'image de leurs bâtisseurs, souvent inoccupées. Portes et fenêtres laissaient s'échapper des courants d'air fétides, autant d'exhalaisons sépulcrales qui sonnaient comme un écho des tragédies lointaines, guerres, maladies ou démons. Un avertissement, peut-être : « ce qui a été sera à nouveau ; ce qui a tué, tuera encore ».

Cependant, ici, le burin n'avait pas effleuré la pierre, la main de l'Homme n'avait pas effacé les ouvrages laissés par celle du Nain. La fumée n'y masquait pas le sommet de la voûte, d'où jaillissaient des faciès colossaux, la mine sévère d'un ancêtre, la barbe et le cheveu en bataille, le sourcil épais et revêche, qui semblaient vous regarder, vous surveiller, vous juger. Eldrugar, l'Esprit de la Forge, le dieu du Labeur.

Les visages de chair qui circulaient sous le regard attentif de leurs équivalents de pierre ne se montraient guère plus avenants, quoiqu'ils fussent dépourvus de cette énergie rageuse, bornée, qui caractérisait le faciès de la divinité tutélaire des Nains. Ils étaient davantage à l'image des demeures délaissées de leurs ancêtres : affligés, méfiants, redoutant moins les afflictions que leur réservait l'avenir que celles qu'ils subissaient déjà au quotidien.

Il n'y avait certes pas grand-monde dans les rues du quartier dvargar à cette heure-ci. La majeure partie des habitants en âge de travailler avaient déjà gagné les usines du nord de Citégrise ou les mines de fer et d'argent, situées plus à l'ouest encore. Ceux que croisèrent Falkenn et Boniface étaient vieux, et guère causants. Ils se renfrognaient à la vue de l'Humain, s'écartaient de son passage sans pour autant cesser de le fusiller du regard, lui, l'intrus aux grandes jambes, le visiteur de cette surface qui n'amenait toujours que peine et destruction dans son sillage.

— *Petra kozkat man, hiru dfhar ref'al bok ?*

Ce furent les premiers mots qu'ils entendirent après leur entrée dans le quartier nain. Et ce n'étaient pas des paroles de bienvenue. Boniface ne parlait pas un traître mot de folmog, mais l'intonation seule suffisait à expliciter leur hostilité.

Leur auteur, un Nain d'apparence terriblement âgée dont la peau relevait d'une géographie montagneuse couverte de la neige d'une barbe effilochée, s'appuyait des deux mains sur une canne de bois toute simple. Assis sur un banc de pierre à l'angle d'une rue, une cigarette aux trois quarts consumée au coin des lèvres, il détaillait le chasseur de primes de la tête aux pieds. Boniface estima à une sur deux ses chances de finir avec la barbe nouée autour des chaussures s'il continuait à toiser ainsi son maître.

— *Betzan ti negounar'al rebech al maber'al hir Lurengal'glad ?* cracha alors Falkenn.

Le Nain ouvrit tant la bouche qu'il en laissa tomber sa clope, et ses globes oculaires écarquillés par la surprise faillirent bien suivre le même chemin. C'était sans doute la première fois de sa vie qu'il entendait la langue ancestrale des siens sortir de la bouche de quelqu'un de plus d'un mètre quarante ; et en sortir sans se faire massacrer au passage, qui plus est. Peu d'Humains se donnaient la peine d'apprendre le folmog.

Boniface ne l'aurait jamais avoué, mais c'était là une caractéristique de son maître qui l'impressionnait sincèrement. Luther ne parlait pas seulement le sibarois — sa langue natale, commune aux Vardeners, aux Krelfiens et à quelques autres peuples de la Magneterre centrale —, le camoréen et le folmog. Il pouvait s'exprimer avec la même aisance en libure, en brandorgnan, en anuirloën et — cela, Boniface le savait alors même qu'il n'en avait jamais entendu un mot franchir la bouche de Luther — en ténéstro-stalois, la langue majoritaire dans l'Empire anscaride. Le tout, quasiment sans accent : seule sa manie de rouler les « r » trahissait les origines du chasseur de primes.

L'attitude du Dvargar changea du tout au tout. Le balai-brosse qui lui servait de moustache se retroussa sur un râtelier jaune et ébréché lorsqu'il adressa un franc sourire à Falkenn.

— Un Échassier qui cause la langue des Forges ? lança-t-il, toujours en folmog. J'pensais pas pouvoir encore être étonné à mon âge ! (Son sourire vacilla lorsqu'il réalisa qu'il venait d'utiliser le terme Échassier.) Pardon, hein ? Savez ce que c'est… hein ? Les habitudes ont la vie dure.

— Tout le monde dans cette ville ne peut pas en dire autant, rétorqua aimablement Falkenn.

— Ah ouais, commenta distraitement le vieillard qui essayait de récupérer sa cigarette, mais ses articulations usées n'étaient pas du même avis. J'ai entendu dire que vous aviez pas mal de décès aussi à la surface.

— Ici également, alors ?

Falkenn s'avança, ramassa l'infâme mégot qu'il rendit au Nain.

Cela amusa Boniface, qui essayait de suivre la conversation malgré ses lacunes linguistiques. *Le voilà qui joue les îlotiers, maintenant,* songea-t-il. *Ce type a vraiment son boulot de flic chevillé à l'âme.*

— Les vieux, ç'a tendance à caner sans crier gare, pontifia le Dvargar en répandant autour de lui l'équivalent en fumée d'un petit incendie de forêt. C'est même une bonne façon d'les reconnaître. Cela dit, m'ont l'air plus nombreux que d'habitude. Huit, rien qu'au cours des trois derniers jours, v'vous rendez compte ? (Il tira une longue taffe. Les ravins qui lui creusaient la peau se firent soudain plus pensifs.) Va p't'être ben falloir que j'me penche sur mon testament, moi, tiens, termina-t-il en soufflant un nuage de tabac à l'odeur infecte. Vous bossez pour les Scramasaxe, non ?

— Qu'est-ce qui vous fait dire ça ?

— Bah, les seuls Humains qui s'radinent par ici sont leurs employés. Si vous êtes perdu, c'est facile : cherchez la baraque la plus mastoc et la plus m'as-tu-vu du coin, vous y serez !

— Vous n'avez pas l'air de beaucoup les aimer.

— Qui aime les Scramasaxe ? Y peuvent déjà pas se piffrer entre eux !

— À dire vrai, je ne venais que pour rendre ceci à son propriétaire, expliqua alors Falkenn en montrant l'objet trouvé dans la poche de Maddolus Spyridon.

Boniface vit le vieux Nain plisser les yeux.

— Bah, c'est l'médaillon au gros Canute, ça ! finit-il par s'exclamer.

— Canute… ?

— Svardstaf, précisa le Nain. Avec son pochtron de fils, ils habitent juste à l'entrée des mines. Par contre je vous préviens, lança-t-il avec une brusque ferveur, vous allez le lui rendre vous-même, hein ? Pas question que j'aille toquer à la porte de ce cinglé !

— Cinglé, tiens donc. Pourquoi dites-vous cela ?

— Bah, dans c'te famille y sont tous un peu… (Il renifla ostensiblement. Du bout de l'index, il se tapota la tempe.) Voyez ? Zinzins, quoi. Bizarres. Secrets. Y parlent pas, y restent toujours entre eux. Même à la mine, y s'mélangent pas avec les autres clans, comme si z'avaient un truc à cacher. Paraît qu'leurs ancêtres étaient nobles et tout : c'est p't'être pour ça. (Il aspira une ultime taffe avant d'expédier son tronçon de mégot d'une chiquenaude.) Et Canute, bah, ça lui arrive souvent de disparaître, genre pendant trois ou quatre jours. Personne sait où y va. Et pis y réapparaît, sans jamais donner d'explications. Son daron f'sait pareil, j'me souviens bien. Quand j'étais gamin, j'ai voulu l'suivre, un jour. Il m'a surpris et renvoyé chez moi à grands coups de bâton dans les côtes. Eh, ça aussi j'm'en souviens bien, tiens ! C'tait un sale connard, l'vieux Svardstaf.

— Il a dit quoi, au tout début ? voulut savoir Boniface après qu'ils eurent laissé le Dvargar sur son banc.

— Hmm ?

— Tu sais. Pétard colza machin, là.

— Oh, « *petra kozkat man, hiru dfhar ref'al bok* » ?

— Ouais, ça veut dire quoi ?

— La traduction la plus exacte serait : « Qu'est-ce qu'il branle ici, ce cul de veau aux grandes guibolles ? »

— Cul de… Putain… J'étais loin, en fin de compte. On était plutôt à neuf chances sur dix.

— De quoi est-ce que tu parles ?

— Rien, rien, éluda le mandragot. Et tu lui as répondu quoi ?

— Je lui ai demandé si c'était là toute l'étendue des traditions d'hospitalité des héritiers du grand royaume de Lurengal.

Ils poursuivirent leur route vers l'ouest, selon les indications fournies au chasseur de primes par le géronte. Ils gagnèrent ainsi la périphérie du quartier dvargar, longèrent des habitats toujours plus petits et espacés les uns des autres, enfilèrent des rues de plus en plus étroites à mesure que les parois de la montagne se refermaient sur eux.

L'empreinte de la brillante civilisation lurenne s'effaçait alors, cédait la place à la roche brute, tandis que la rue, devenue sentier, s'enfonçait dans les méandres d'un boyau pierreux. Au terme de plusieurs minutes de déambulation claustrophobe, celui-ci débouchait abruptement sur un espace ouvert, offrant une vue plongeante sur un fossé béant, une vaste excavation de plusieurs centaines de mètres de largeur, et beaucoup, beaucoup plus profonde. Des flammes comme des milliers de feux follets dansaient sur ses parois évidées, trouées, rognées. Le sentier, garni d'une rambarde de fer, se poursuivait sur la droite, longeant le précipice ; un escalier taillé dans la roche permettait la descente.

Les mines de Malethorarlod.

Des habitats troglodytes s'alignaient à l'opposé du garde-fou, très différents de ceux de la cité naine proprement dite. Ce n'étaient guère plus que des clapiers, les façades grossières de réseaux de tunnels sommairement aménagés pour l'inconfort de leurs habitants. Une architecture simpliste qu'il ne fallait pas mettre sur le compte de la précipitation ou du manque de temps. Elle véhiculait un message clair d'ostracisme social, désignait des demeures de clans mineurs, dans tous les sens du terme.

C'était une architecture tout en trous. Des trous pour les portes, en bois, mal ajustées, laissant entrer nuisibles et courants d'air. Des trous pour les fenêtres. Le tout dans un secteur qui avait déjà lui-même tout du trou à rats : entre l'obsédante mélodie de xylophone névrotique des centaines de pioches frappant en cadence qui remontait depuis les mines — encore des trous — et la puanteur des produits chimiques utilisés pour leur exploitation, on aurait pu ouvrir là une léproserie sans trop risquer de bouleverser le voisinage.

Quelques volets claquèrent sur le passage des deux intrus tandis que ceux-ci descendaient le semblant de rue en direction d'une maison guère moins sinistre que ses voisines. Falkenn frappa trois fois du pommeau de sa canne sur la porte, la faisant trembler sur ses gonds. Le silence en profita pour aller en griller une en vitesse, mais à part quelques souris qui jaillirent de sous la porte, les coups ne semblèrent pas déranger grand-monde.

— Chouette garde-manger, commenta Boniface en regardant les rongeurs qui s'éparpillaient en couinant stupidement leur indignation. Ça me fait penser que j'ai pas pris de petit-déjeuner, ce matin.

— Si tu tiens absolument à être malade, fais-toi plaisir, rétorqua Falkenn.

— Quitte à avoir mal au bide, autant qu'il soit plein, déclama le mandragot avec solennité. C'est ce que dit toujours ma mère.

— Les méfaits de l'hérédité, commenta Falkenn en frappant trois coups supplémentaires, plus virulents, à la porte. Je savais bien que ce magicien me refilait le raté de la portée.

— Pas l'air d'y avoir foule là-dedans, fit remarquer le félin. Ou alors ils font les morts.

— À moins qu'ils ne le soient déjà, morts, rétorqua Falkenn.

— Voilà quelqu'un, l'avertit le mandragot.

Un Dvargar marchait dans leur direction, remontant les degrés de pierre qui spiralaient vers les mines, une pioche sur l'épaule et un cruchon dans l'autre main. Pauvrement vêtu, il se portait pourtant bien. Trop, sans doute : il se déplaçait sans aisance, en se dandinant. Il ne marchait pas très droit, non plus.

— Canute Svardstaf ? appela Falkenn.

Le Nain, qui jusqu'à présent marchait la tête basse, le regard perdu au fond de son cruchon comme si autre chose que la cirrhose pouvait en jaillir, s'immobilisa d'un coup et releva brusquement les yeux sur le chasseur de primes. Une certaine fébrilité s'y lisait, teintée de…

Peur, comprit immédiatement Falkenn. *Ce type crève de trouille.*

— Vous êtes Canute Svardstaf ? redemanda-t-il en s'approchant du nouveau venu.

— N-non non. M-mon nom est M-modi. Ca-canute est mon… mon p-père.

Il bégayait dans un camoréen affreux, en cherchant ses mots. Ceux-ci ne glissaient que de mauvaise grâce sur une langue rendue pâteuse par un excès manifeste d'alcool.

— Z'êtes q-qui ? jappa-t-il.

— Je m'appelle Luther Falkenn. Je souhaiterais m'entretenir avec votre père, si cela est possible.

— L-l'est p-pas là en ce mo-moment.

Les yeux rougis du Nain larmoyaient, mais la poussière des mines et la biture n'étaient pas seules en cause. Falkenn connaissait cette lueur, l'avait déjà observée des centaines de fois sur autant de visages, que ce fût dans l'étroite salle d'interrogatoire de Vissenrend, dans les rues mal famées de Concordia ou sur les routes, guère mieux fréquentées, sur lesquelles il s'était égaré depuis son départ précipité de Reisenvard.

Modi Svardstaf lui *mentait.* En fait, plus précisément qu'un mensonge, la rapidité de la réponse, l'écho de l'autosuggestion derrière la voix, semblaient indiquer une forme quelconque de demi-vérité. Un mensonge par omission.

Le chasseur de primes effectua une rapide équation. Elle intégrait le médaillon des Svardstaf, retrouvé couvert de terre dans la main d'un magicien mort ; la remarque du vieux Dvargar sur la bizarrerie de la famille Svardstaf ; la tendance naturelle et récurrente du dénommé Canute à s'éclipser des jours durant ; enfin l'inquiétude qui irradiait du visage de Modi.

La conclusion était limpide.

— Depuis quand votre père a-t-il disparu ? demanda Falkenn à brûle-pourpoint.

La figure de Modi s'allongea de stupéfaction. Son regard devint fuyant, ses mains furent prises d'une soudaine tremblote. Son front se perla d'une myriade de gouttelettes de sueur accusatrices.

— Ch-ch… j'sais pas d'quoi vous parlez, répliqua-t-il tout de même.

Il est à point, jugea Falkenn.

— Ceci appartient à votre père, je crois ?

Disant cela, il ouvrit la main et présenta entre le pouce et le majeur le médaillon frappé de la lance, juste sous les yeux de Modi. Ce dernier ouvrit la bouche, mais aucun mot n'eut la force d'en sortir avant plusieurs secondes.

— Où… Où vous avez trouvé ça ? demanda-t-il finalement sans plus buter sur aucun mot : la vue du médaillon semblait lui avoir fait l'effet d'un bon litre de café bien noir.

— Sur le cadavre d'un certain Maddolus Spyridon, répondit Falkenn qui eut la satisfaction de voir la figure de son interlocuteur s'allonger encore. Pour un peu, sa barbe finirait presque par toucher terre.

— L'Seigneur Spyridon est mort ? haleta-t-il en lâchant sa pioche.

— Il a été tué la nuit dernière. Vous le connaissiez ?

— Oui… Non… Enfin, pas bien, disons, bredouilla Modi en se frottant le front du bout de ses doigts calleux. On s'est parlé juste une fois.

— Quand était-ce ?

— Hier après-midi. Y… y voulait voir mon père, mais…

— Mais votre père a bel et bien disparu, termina Falkenn. Quand l'avez-vous vu pour la dernière fois ?

Il empilait les questions à un rythme rapide, désireux de profiter de l'état de confusion de son interlocuteur. Dans l'immédiat, Modi était encore trop bouleversé par la réapparition du médaillon de son père et l'annonce de la mort du magicien, mais il finirait par reprendre le contrôle de ses émotions et, dans la foulée, se refermerait comme une huître. La fenêtre de tir était mince pour lui extorquer des informations valables.

— Y'a six jours, répondit le Nain, la tête dans les mains, le regard plus désemparé que jamais.

— Je l'aurais parié, marmonna Boniface à voix basse.

— Dans quelles circonstances votre père a-t-il dis…, voulut enchaîner Falkenn, mais Modi s'agrippa brusquement à son manteau.

— Le livre ? demanda-t-il vigoureusement en secouant le chasseur de primes comme un prunier. Est-ce qu'ils ont pris le livre ?

— Quel livre ? l'interrogea Falkenn en réponse, mais l'attitude de son interlocuteur, voguant sur les flots volages de l'ébriété, avait à nouveau basculé sur la défensive.

Lâchant les pans de la redingote du chasseur de primes, Modi fit un pas en arrière.

— Pourquoi vous êtes là ? questionna-t-il, soudain soupçonneux. Pour qui vous bossez ?

— La Sûreté, mentit Falkenn, du tac au tac.

Considérant les propos hostiles du vieux Nain à la cigarette au sujet des Scramasaxe, et la capacité naturelle de ces derniers à se faire détester d'à peu près tout le monde, mieux valait éviter de les mentionner devant Modi Svardstaf.

— Je suis chargé de l'enquête sur le meurtre de Maddolus Spyridon, précisa-t-il.

— Policier, hein ?

Modi hocha la tête tout en marmonnant des propos incompréhensibles. Son visage affichait l'expression embarrassée de qui a dressé une liste pour les courses, mais ne sait plus où il l'a rangée.

— Oui, finit-il par lâcher, non sans une certaine véhémence. Bien sûr. Policier. Z'êtes policier. Et z'avez des questions sul'meurtre de Spyridon. Ouais. On va aller chez moi, on s'ra plus à l'aise, hein ? Laissez-moi juste récupérer ma pioche…, acheva-t-il en se baissant.

Falkenn l'avait vu venir, si bien que la pointe de fer rouillé le rata d'un bon mètre. Le Nain avait mis tellement de force dans son mouvement qu'il tournoya sur lui-même et manqua de s'étaler par terre.

— Vous m'prenez pour un idiot ? gueula-t-il en se campant à nouveau sur des jambes mal assurées. (Il brandissait sa pioche au-dessus de lui à la façon d'une hache.) Le magicien m'avait prévenu ! Il avait dit qu'vous viendriez ! Il l'avait dit ! Il savait tout ! Et vous, vous l'avez tué, bande de salauds !

— En voilà un qui est bon pour la cellule de dégrisement, commenta Boniface.

— Qu'est-ce que vous avez fait d'mon père ? Hein ? Qu'est-ce que vous en avez fait ? Vous le torturez, c'est ça ? Vous pensez qu'il va vous dire où elle est ? Jamais ! Jamais, m'entendez, espèce d'enculé ? Il vous dira rien, et moi non plus ! (Il balaya à nouveau l'air devant lui avec sa pioche.) Vous êtes fous ! beugla-t-il. *Fous !* Vous savez pas c'que vous faites ! Vous allez tous nous faire tuer ! Vous allez TOUS nous faire tuer !

Et il se rua en avant, les yeux injectés de sang et la bave aux lèvres, prêt à frapper ; prêt à tuer. Néanmoins, il était lent, ses mouvements se révélaient pataauds, prévisibles. D'un premier coup du pommeau de sa canne, Falkenn lui fit sauter la pioche des mains. Un second, en plein menton, l'envoya mordre la poussière.

Le Nain ne mit cependant pas les pouces. Ses doigts se refermèrent sur une poignée de gravats qu'il projeta à la face du chasseur de primes. Ce dernier détourna le visage, mit sa main libre en protection, et lorsqu'il regarda à nouveau dans la direction opposée, ce fut pour voir Modi Svardstaf cavaler comme s'il venait d'avaler une solution laxative particulièrement efficace.

— Étonnant, une telle détente chez un pareil gros tas, fit remarquer Boniface.

Assis sur son derrière, la tête penchée sur le côté, le mandragot observait le fuyard qui s'engageait dans les escaliers descendant vers les mines.

— Joli sprint, admit Falkenn en essuyant la poussière sur sa manche.

— Je me trompe ou il s'essouffle déjà ?

— Avec la surcharge pondérale qu'il se trimballe, nous aurons de la chance s'il ne casse pas sa pipe avant d'être parvenu au bas de cet escalier. J'aimerais autant éviter de perdre un nouveau témoin aujourd'hui.

— Je suppose que c'est moi qui m'y colle ? demanda distraitement Boniface, très occupé à se gratter une oreille.

— Si ce n'est pas trop demander. Je te promets de chercher une poissonnerie, après.

— Puisque tu me prends par les sentiments…, acquiesça le félin en s'élançant, laissant derrière lui une traîne de plus en plus longue de feu noir à mesure que l'Unciamorphose étirait son corps, le dotait de nouveaux muscles, le rendait plus fort, plus rapide.

Modi Svardstaf n'avait aucune chance. Il n'avait déjà rien d'une gazelle, mais son allure se faisait de plus en plus poussive à mesure que son embonpoint épuisait son endurance. Le mandragot ne ressentait même pas le besoin d'accélérer : il ne doutait pas une seconde de pouvoir rattraper le fuyard.

Pour tout dire, il ne lui restait plus que deux petites foulées de distance à combler lorsque le sol se déroba sous ses pattes.

***

Elle dort…

Elle ne perçoit plus le Chant. Il s'est évanoui. Ses relents s'estompent jusqu'à bientôt franchir la frontière de l'audible. Son écho s'efface de Sa mémoire. Il se retire de Son esprit, comme la nuit se retire au petit matin. Il dévoile les mystères de Son esprit comme la brume chassée par le vent révèle le monde longtemps caché dans son étreinte vaporeuse.

Elle dort…

Mais à présent de nouvelles voix tempêtent à l'intérieur de Sa tête. Que sont-elles ? Que disent-elles ? Elle ne parvient pas à les comprendre. Pas encore. Pourtant Elle réalise qu'Elle les a déjà entendues par le passé. Qu'elles ne proviennent pas du monde extérieur. Qu'elles sont des souvenirs. Ses souvenirs à Elle, que le Chant a masqués. Longtemps.

Elle dort…

Il y a aussi des images. Plus confuses, plus violentes que les voix, elles jaillissent dans Son esprit. De Son esprit. Ce sont d'autres souvenirs, plus lointains encore. Des éclats de mémoire qui, peu à peu, reviennent à leur place. Ils le font d'eux-mêmes, sans qu'Elle ait besoin d'un acte conscient pour les ordonner. Images et sons s'agencent les unes et les autres, reconstituent Son histoire. Elle Se souvient.

Elle dort…

L'éveil de Sa mémoire ne fait qu'attiser le feu qui couve dans Son ventre. Il est à présent dévorant, intraitable. Implacable et conquérant, il se répand en Elle comme un torrent de lave, consumant tout ce qui n'est pas lui. Il balaye tout sur son passage, bannit toute réflexion, toute pensée qui ne vise pas à le satisfaire. Le Chant n'est plus là pour lui barrer la route.

Ce feu a un nom. Il est la faim. Et une seule chose au monde peut l'apaiser.

Elle se réveille.

6. Trahisons

Au commencement fut Antramath, le Vagabond, le Créateur de Mondes. Il façonna la terre, dressa les montagnes, fit s'écouler fleuves et rivières, emplit les mers, gratifia Sa nouvelle création de la vie végétale.

Cependant Celui-qui-est-Tout se lassa de notre monde. Le jugeant imparfait, Il le rejeta, se retira dans les limbes de l'univers, oublia jusqu'à l'existence de ce qui devint ce jour-là Choriloch, le Royaume Abandonné.

Puis vinrent les Cinq, qui surgirent des forces vives laissées derrière Lui par le Vagabond. Du soleil naquit Arganas, souverain des cieux. De la terre naquit Cémate, reine du monde. Du feu naquit Suradrus, guerrier et protecteur. Des eaux naquit Capalata, maîtresse des océans. Des arbres et des fleurs destinés à la décomposition naquit Andraxès, gardien de la frontière de la vie et de la mort.

Ensemble Ils s'approprièrent la Création, la modelèrent à Leur goût, la changèrent à jamais.

Ensemble Ils gouvernèrent Choriloch.

Axiomes, Livre Premier, versets 1 à 5

Ce fut le séisme le plus violent de l'histoire de Solmost. Un record somme toute relatif, puisque c'était aussi le second. De mémoire d'Homme, jamais la terre n'avait tremblé sous la Baie de Sel.

De mémoire de Nain, les choses se révélaient un peu différentes. Les anciens du quartier dvargar et les chroniques soigneusement conservées dans les coffres d'acier des forges sacrées d'Eldrugar mentionnaient des phénomènes similaires, quatorze siècles auparavant, à l'époque même où la peste grise brisait pour toujours le Miroir-aux-Lunes.

D'aucuns voulaient y voir une relation de cause à effet. Ils prétendaient que des fissures nées dans la roche malmenée s'était échappé quelque chose. Qu'un mal ancien, jadis banni de la surface par une quelconque divinité oubliée, avait réussi à se frayer à nouveau un chemin vers le monde des vivants et s'était abattu sur Malethorarlod, décimant ses habitants, l'envahissant de spectres pour les siècles à venir ; attendant, peut-être, de la voir se repeupler avant de frapper à nouveau.

Le tremblement de terre fit de nombreuses victimes à Citégrise. Certes, la structure de la Ville sans Jour, ses troncs de pierre millénaires, legs impérissables des géniaux artisans lurens, soutinrent stoïquement l'assaut des forces souterraines, comme le chêne séculaire ignore la bise hivernale. Cependant, à l'image de l'arbre qui ne peut guère retenir toutes ses feuilles sous la dure caresse de la saison froide, les piliers ainsi sauvagement secoués lâchèrent par grappes entières les constructions de bric et de broc qui avaient poussé sur toute leur hauteur au fil des deux dernières centaines d'années.

Des maisons s'effondrèrent sur elles-mêmes comme des châteaux de cartes. D'autres bâtiments basculèrent, leur poids entraînant dans leur chute leur voisin, et ainsi de suite, des quartiers entiers s'effondrant ainsi comme des dominos. Des insulats miteux cascadèrent, étage par étage, comme des piles de pièces de monnaie, faisant pleuvoir cuisines, chambres à coucher, salles de bains et cadavres sur les rues inférieures qui résistaient rarement à l'impact, décrochaient à leur tour avant de venir s'écraser sur les niveaux en dessous qui cédaient, eux aussi, dans un fracas de vieux bois, les hurlements du métal se mêlant à ceux des hommes et des femmes. C'est tout un urbanisme spontané, édifié en dépit du bon sens et des règles élémentaires de l'architecture, qui fut brutalement rappelé à l'ordre et au sol par les lois trop longtemps ignorées de la gravité.

Rétrospectivement, Metisto Strabyzem se félicitait de l'argent qu'il avait investi, des années auparavant, pour étayer les plates-formes et sécuriser les bâtiments du pilier au sommet duquel il avait installé le *Nélombo*. Un investissement important, certes, mais minimal, en ce qu'il garantissait la pérennité de tous ceux qui allaient suivre. Zone sismique ou pas, faire supporter des dizaines d'étages de pierre, de métal et de bétail humain par des échafaudages de bois pourri relevait d'un pari plutôt osé avec les dieux.

Il avait néanmoins envoyé ses Demi-Ogres pour aider à la recherche d'éventuels rescapés piégés sous les décombres dans les rues environnantes. Les brutes déployèrent dans cet élan de civisme le même entrain et la même énergie qu'elles mettaient habituellement à sécuriser les abords du *Nélombo* à coup de lattes dans les gencives, si bien que leur seule présence dissuada les nombreux aspirants au pillage bien plus efficacement que n'importe quel déploiement policier. Une démonstration de bonne volonté en même temps que de force, mais pas seulement : dans quelques jours, quelques semaines ou quelques mois, en fonction des besoins, le Diablotin se rappellerait au bon souvenir d'untel qu'on avait tiré de sous les gravats ou de tel autre dont on avait retrouvé la fillette égarée parmi les ruines.

L'épisode sismique n'avait guère interrompu le cours normal des affaires au *Nélombo*. Certes, on déplorait un peu de casse — de la vaisselle, pas mal de bouteilles, quelques vieux meubles et la cheville d'une serveuse —, mais la clientèle traditionnelle de l'établissement craignait beaucoup moins les phénomènes naturels que les descentes de police. Par ailleurs, Metisto avait très vite rassuré ses habitués : les marchandises vraiment importantes étaient stockées à part, dans des caches creusées au cœur même du pilier auquel s'adossait l'établissement.

On trouvait là toutes les drogues circulant à travers le continent, d'est en ouest et du nord au sud, depuis les plus répandues et les moins chères jusqu'aux raretés réservées à une clientèle triée sur le volet. Le chandoo aux vertus anesthésiantes avait la réputation d'être facile d'accès, peu cher et inoffensif. L'ergotfeu, une poudre rouge à priser, était un stimulant très couru parmi tous les combattants, aussi bien les mercenaires que les pugilistes ou les lutteurs, tandis que l'ananda, pratique car soluble dans n'importe quelle boisson, avait la préférence des couples à problèmes : à faible dose, il augmentait la libido et remédiait aux problèmes érectiles de ces messieurs ; au-delà, il facilitait grandement le processus de deuil des veuves joyeuses. La très célèbre poudre-aux-vieux, un hallucinogène dont ironiquement les consommateurs réguliers atteignaient rarement l'âge de la retraite, y côtoyait des produits plus récents, à la mode, aussi hors-de-prix que mortels, à l'image de la rose-de-fer ou du sang-pareil.

Autant de poisons qui se négociaient à la tonne et à prix d'or dans le confort tape-à-l'œil des salons privés du *Nélombo*. Le maître des lieux ne reculait devant rien pour garantir le bien-être de ses clients privilégiés : un mobilier de bois noir de Krelfe, des canapés moelleux du meilleur cuir, les alcools les plus fins importés à grands frais et les plus belles danseuses, achetées directement — et illégalement — sur les marchés aux esclaves des Îles Précieuses. L'habitude des trafiquants locaux de couper la langue et de crever les tympans des captives garantissait efficacement la confidentialité des transactions auxquelles elles assistaient.

Certains hôtes du *Nélombo* demeuraient cependant insensibles à toutes ces petites attentions. Ils se montraient imperméables à la caresse du cuir d'antilope, à la délicatesse des vins sainteusiens comme à l'élégance ambrée du whisky bannfelltais ou encore aux charmes des effeuilleuses à la peau dorée par le soleil de l'Archipel. Des cas si difficiles que Metisto devait se faire violence et courber l'échine plus que ce qu'exigeait déjà naturellement sa morphologie pour les contenter.

Roxane Malnati était de ceux-là. Aussi accorte que la porte de la prison dont avaient jadis surgi ses ancêtres — les Malnati étaient la plus grande famille de criminels et de mercenaires de tout l'Isthme —, la jeune femme de tout au plus vingt-cinq ans avait pourtant été fort gâtée par la nature : une longue crinière rousse, la peau cuivrée, des yeux comme deux émeraudes hors de prix. Immense, car à vue de nez elle dépassait le mètre quatre-vingt-dix, musclée, bardée de tatouages et de cicatrices, elle portait à la ceinture retenant son pantalon de cuir cramoisi un sympathique arsenal de dagues et de flingues, de quoi dissuader l'armada de prétendants trop entreprenants que sa présence ne manquerait pas d'attirer. Car c'était un beau parti : les Malnati étaient aussi riches que cruels. L'heureux élu qui lui mettrait la bague au doigt décrocherait la timbale, à condition de survivre à la nuit de noces et aux réunions de famille.

— Êtes-vous certain de pouvoir nous fournir la quantité exigée en temps voulu ? demanda-t-elle d'une voix à l'avenant de son caractère : chaque mot claquait comme un coup de fouet.

— Ne vous inquiétez pas, la tranquillisa Metisto. J'ai plusieurs fournisseurs qui doivent arriver sous quinze jours. Réunir la marchandise ne posera aucun problème.

— Quelle origine ? voulut-elle savoir. J'ai eu des problèmes par le passé avec des trafiquants anuirloëns qui coupaient leur ergot-feu avec du piment rouge en poudre.

Je parie qu'eux ont eu quelques problèmes avec toi par la suite, songea le Drude sans cesser de sourire. *Reste à savoir ce que tu leur as coupé.*

— Je ne me fournis qu'auprès des cartels sainteusiens, la rassura-t-il. C'est de l'ergot-feu première qualité, ni coupé ni frelaté.

— Et qu'en est-il du délai ?

— Pas plus de deux semaines à compter de la réception à Solmost.

— Vous vous avancez, il me semble, insista Roxane Malnati. J'ai entendu dire que les Portes de Pyrthe allaient rester fermées un moment. Et la situation politique va sans doute entraîner une hausse des mesures de surveillance. Nous mettons beaucoup d'argent sur la table. Deux millions, tout de même. Mon oncle ne paiera pas une somme pareille pour que ses caisses d'ergot-feu restent coincées dans le port de Solmost.

— Vous pouvez rassurer don Tiberio sur ce point, rétorqua Metisto. La cargaison transitera d'abord par les montagnes jusqu'à Arclonum. Je graisse régulièrement la patte des gardes-frontières morinthiens, ils laisseront passer le convoi et fourniront à mes passeurs tous les papiers nécessaires à l'embarquement. À partir de là, il ne faudra pas plus de quinze jours au bateau pour arriver à Scalari. Et d'ailleurs, si cela peut achever de vous convaincre, je…

Il s'interrompit lorsqu'un de ses hommes de main demi-ogres franchit les tentures écarlates qui séparaient le salon privé de la salle commune du bar du *Nélombo*.

— S'cusez, Patron, lança celui-ci.

— J'avais demandé à ce qu'on ne me dérange pas ! s'emporta le Drude. Tu ne vois pas que je discute affaires avec une cliente ?

— C'est important, Patron, insista le bâtard d'Ogre. C'est à propos de cette histoire de comptabilité. Vous savez ? Avec les Nains.

— Ah..., lâcha Metisto. (Il adressa un regard en coin et un sourire doucereux à Roxane Malnati qui lui rendit le premier de ses vastes billes vertes, mais garda pour elle le second.) Navré de l'interruption. Des ennuis d'intendance. Vous connaissez sûrement ça. Si vous voulez bien m'excuser...

Il suivit le Demi-Ogre de l'autre côté de la tenture. La salle commune était déjà bondée, malgré l'heure précoce. Les affaires, toujours les affaires.

— J'espère vraiment que c'est une info de première bourre que tu as pour moi, lâcha Metisto. Tu sais qui c'est, la grande bringue ?

— Ouaip. Un joli p'tit lot, répondit l'homme de main en écartant légèrement les rideaux pour s'offrir une nouvelle vue sur ladite grande bringue.

— Continue à te rincer l'œil comme ça et elle va te rincer la gueule, le brocarda le Drude. C'est Roxane Malnati, crétin. Roxy la Sanglante. La nièce du roi Tiberio de Varga, et son héritière présomptive.

— Je sais pas ce que veut dire *présomptive*, mais ça fait une sacrée paire de loches pour une future reine, commenta le Demi-Ogre en opinant du chef.

De fait, le bustier de cuir rouge sombre que portait Roxane Malnati ne mettait pas en valeur que ses deltoïdes et ses biceps.

— La seule paire qui m'intéresse chez elle, ce sont les deux millions qu'elle va casquer pour l'ergot-feu de son cher tonton, répliqua Metisto. Alors accouche, que je puisse retourner lui cirer les godasses avant qu'elle décide d'aller se fournir ailleurs.

— On a reçu ça par corbeau il y a à peine cinq minutes, lui apprit la brute en tendant un petit bout de papier à Metisto. Ça vient d'un de nos gars qui bosse au Capistre en journée.

— Merde, c'est une blague ? demanda le Drude après avoir parcouru la courte missive.

Une question purement rhétorique. Personne ne plaisantait avec Metisto Strabyzem. Il rechignait certes à user de la force, et plus encore à tuer — les morts sont traditionnellement de très mauvais payeurs —, mais il avait pris garde de laisser juste ce qu'il fallait de cadavres derrière lui, au cours des cinq dernières années, pour que personne dans le petit monde de la pègre solmostine n'ignorât ce qu'il en coûtait de vouloir faire marron le Diable Bleu de Citégrise.

— Et il nous prévient juste maintenant, ce con ? lâcha-t-il encore tout en agitant le message devant lui. On avait bien besoin de ça.

— On fait quoi, Patron ?

— Fais passer la consigne à tout le monde : à partir de maintenant et jusqu'à nouvel ordre, on se tient à carreau et on évite les questions indiscrètes sur Ambroisie Galate. Des nouvelles de Falkenn ?

— Aucune, Patron. Le cireur de godasses qui bosse en face des *Trois Oursins* doit nous faire signe quand il revient à l'auberge, mais on a rien reçu pour l'instant.

Metisto entreprit de rouler le message entre ses longs doigts maigres, comme une cigarette, l'air de réfléchir. Décrypter les sentiments d'un Drude relevait de la pure gageure. Leur visage étroit et lisse laisse peu de place aux expressions faciales ; leurs yeux constamment ouverts, à la fixité ophidienne, ne manifestent guère d'émotions, tout en suscitant un malaise systématique chez ceux qu'ils contemplent. Pourtant, à cet instant, le Diablotin semblait cogiter vraiment dur.

Ses doigts se refermèrent sur le bout de papier, le froissèrent méchamment.

— Retrouve-moi cet enculé de chasseur de primes. Et vite.

***

Des cris et de la poussière.

Le tremblement de terre avait fait s'effondrer plusieurs galeries parmi les plus anciennes et difficiles d'accès des mines de Malethorarlod, piégeant de nombreux Dvargars loin sous la surface. Il avait libéré des poches de gaz qui s'étaient embrasées au contact d'une flamme inopinément mise à nu ou d'une matière chimique volatile et instable, transformant les tunnels en souricières, les puits en incinérateurs, comme si les feux du Sépulcre se répandaient depuis les profondeurs les plus insondables du royaume des morts, voraces.

Les cadences folles en vigueur avaient encore aggravé le nombre des victimes : après quinze ou vingt heures à jouer de la pioche, certains mineurs n'avaient même pas compris quel drame se nouait.

Des parois trouées de l'immense fossé remontait à présent un nuage pulvérulent qui s'accrochait aussi passionnément aux narines qu'aux vêtements. Il étouffait les nouveaux sons qui remontaient des accès en contrebas : non plus le *staccato* millimétré, quasi-harmonique, de la routine minière, mais les échos virulents et anarchiques d'une urgence, d'un imprévu. Des contremaîtres peu habitués à devoir user de leur autorité — la discipline des Nains était proverbiale, non sans raison — peinaient à se faire obéir pour organiser les opérations de secours, beuglaient en pure perte sur des ouvriers désemparés, abrutis de labeur, paralysés d'angoisse. Pioches et pelles ne fouaillaient plus la roche en quête de richesses, mais pour mettre à jour un collègue, un ami, un parent, un cadavre. Les forges sacrées avaient dépêché un contingent de Révérends du Fer, les élus d'Eldrugar, portant sa bénédiction dans leur propre chair : c'est à mains nues qu'ils creusaient pour les vivants, tout en chantant pour les morts.

Jetant un dernier coup d'œil par-delà la rambarde sur la fourmilière paniquée et vociférante, Luther Falkenn épousseta autant qu'il put sa redingote maintenant grise.

— Il semblerait que notre gibier se soit bel et bien envolé, commenta-t-il.

— *Enterré*, tu veux dire ? commenta Boniface, non sans aigreur et tout en s'efforçant lui aussi de rendre à son pelage sa couleur d'origine. On fait quoi maintenant ?

— Nous retournons au *Nélombo*, répliqua le chasseur de primes. En espérant que les yeux de Metisto auront vu quelque chose. À moins que tu n'aies une solution alternative à proposer ?

— Ouais : on pourrait manger un morceau.

— Cela t'arrive-t-il de penser à autre chose qu'à ton estomac, ne serait-ce que deux minutes ? le morigéna Falkenn.

— Deux minutes ? Oh… oui, largement. Deux minutes, ouais. Par an.

— Tu es un ventre monté sur pattes, grinça le chasseur de primes en tournant les talons.

— Je crois qu'en langage scientifique, on appelle ça un *chat*, fit valoir le mandragot en trottinant à sa suite dans le boyau par lequel ils étaient arrivés peu avant.

Mis à part les tréfonds de ses mines, la ville dans la ville qu'était Malethorarlod n'avait guère souffert de ce second tremblement de terre. Les modes de construction étaient différents de la surface, les normes aussi — sans même parler de celles, mystérieuses et suicidaires, du centre industriel de Citégrise — et les Dvargars avaient conservé, au plus profond de leur conscience collective, la mémoire des tremblements de terre et des raz-de-marée qui s'abattaient jadis fréquemment sur les domaines maritimes et côtiers du Sunungarglad, le défunt Royaume du Soleil, la patrie aujourd'hui engloutie de leurs ancêtres elfiques.

— Tu y comprends encore quoi que ce soit à cette affaire ? voulut savoir Boniface. Moi, je patauge de plus en plus. Qu'est-ce que ce mineur alcoolo et son daron disparu viennent faire là-dedans ?

Ils remontaient la rue principale du quartier nain, fendant la marée des locaux qui se précipitaient vers les mines pour participer au sauvetage des leurs ou simplement prendre des nouvelles.

— C'est en effet de moins en moins clair, reconnut Falkenn. Si l'on s'en tient aux données initiales, en tout cas.

— Je pige pas.

— Il y a trop de coïncidences. Une fausse Ambroisie Galate débarque en ville. Les cinq membres les plus éminents du gouvernement pontsalinois se font tuer. Admettons. Puis c'est au tour de ce magicien, dans la main raide et froide duquel on retrouve le médaillon d'un chef de clan nain qui n'a plus donné signe de vie depuis le jour précis où le *doppelgänger* est arrivé à Solmost. C'est trop facile. Je suis convaincu qu'un élément essentiel de cette histoire persiste à nous faire défaut.

— Mais tu as entendu Modi Svardstaf, rétorqua Boniface. Il croit mordicus que c'est la Sûreté pontsalinoise qui a enlevé son paternel. Et rappelle-toi ce qu'il a balancé : « Vous pensez qu'il va vous dire où *elle* est » ? « Elle », c'est forcément notre espionne. La boucle est bouclée, non ?

— Apparemment, soupira Falkenn sur un ton mi-figue, mi-raisin.

— Mais tu n'y crois pas, hein ?

— Le fils Svardstaf avait tout de même l'air pas mal pinté. Un délire d'ivrogne constitue un piètre témoignage, fit remarquer le chasseur de primes en se remémorant l'accès de rage du jeune Nain.

Il se rappela néanmoins également son expression sincèrement terrorisée. *Vous allez tous nous faire tuer.*

— Mais alors, de qui il causait, le Nabot, à ton avis ? demanda Boniface. C'est qui, « elle » ?

— Le Fossoyeur si je le sais, avoua Falkenn.

Laissant derrière eux l'agitation qui s'était emparée du quartier nain, ils retrouvèrent la tristesse minérale figée de l'ancienne Malethorarlod. Ils remontèrent sa grand-rue à l'allure d'allée de cimetière, jalonnée de demeures comme autant de sépultures épuisées parmi lesquelles le vent jouait les mauvais esprits. Son sifflement babillard, tantôt menaçant, tantôt geignard, se mêlait aux lointains cancans des eaux usées ; une litanie obsédante que seuls perturbaient les claquements réguliers des bottes et de la canne de Falkenn.

Pourtant…

Les oreilles de Boniface se dressèrent. Elles pivotèrent de droite et de gauche comme sous le coup d'une volonté propre.

— On nous file le train, annonça-t-il tout de go.

— Je suis au courant, répondit Falkenn, dont l'instinct de vrai flic de rue valait bien l'ouïe aiguisée d'un félin. Combien sont-ils ?

— Trois, lui apprit le mandragot après un rapide regard vers l'arrière.

— Il y en a certainement au moins autant qui nous attendent plus loin devant pour nous coincer. Une stratégie intelligente, qu'en penses-tu ?

— Je pense qu'on les aura mérités, ces quarante-mille putain de ducats, répondit Boniface.

Il s'écarta lentement de Falkenn, traversa la rue pour s'engouffrer dans une venelle perpendiculaire qui courait, obscure et silencieuse, entre deux maisons vides.

Le chasseur de primes continua à regarder droit devant lui, conservant la même allure. À gestes mesurés, ni lents ni rapides, il puisa dans leur petite boîte métallique une poignée d'*helioquartz* — huit ou neuf, il ne prit pas la peine de compter — qu'il conserva fermement, sans pour autant les briser, au creux de sa main gauche. Du pouce et de l'index droits, il déverrouilla délicatement sa canne-épée, dont la lame glissa d'à peine un centimètre hors de son fût de bois noir de Krelfe.

Il aperçut un petit groupe qui marchait à présent à sa rencontre. Quatre types qui ne faisaient rien pour paraître indolents : ils avançaient comme si la rue leur appartenait, roulant des mécaniques, les bras le long du corps, vêtus de cache-poussière usés qui dissimulaient à peine leurs armes. Quatre beaux gaillards à la dégaine de vieux chevaux de retour, qui affichaient une mine réjouie : rien de tel que de se faire un cave de bon matin pour mettre la journée sur de bons rails.

Falkenn ne ralentit pas. Les yeux dissimulés sous les ombres du rebord de son chapeau, il observait la tension grandissante chez les arcans à l'approche. Guettait le moment où une main allait se glisser sous le pan d'un manteau ou voler vers l'arrière d'un ceinturon.

Lorsqu'il estima la distance adéquate, il accéléra. Surpris, les quatre truands défouraillèrent nerveusement.

D'un ample mouvement du bras gauche, Falkenn, détournant légèrement la tête, projeta devant lui les *helioquartz* qui formèrent un bref escadron suicide avant de toucher le sol aux pieds des brigands.

Fragiles par dessein, les minces gangues de cristal jaune éclatèrent à l'impact. Instables par nature comme souvent les produits de l'arcano-technologie, elles générèrent un bref éclair de lumière ; doré comme l'aurore, froid et perçant comme une lame.

Les ruffians gueulèrent, couvrirent leurs yeux au supplice avec leurs avant-bras ; vacillèrent comme des ombres incertaines sous l'assaut du jour naissant.

L'éclat dissipé de l'explosion laissa derrière lui une brume jaune et statique qui les enveloppa dans ses contours flous, chimériques.

Falkenn s'y propulsa d'un coup de talon. Il écarta les doigts qui maintenaient en position le fût de son arme. La lame se libéra dans un crissement satiné annonciateur de boucherie.

Elle jaillit de bas en haut, lacérant la peau, découpant les muscles et la graisse, brisant des côtes sur son passage comme si elles n'avaient été constituées que de minable verroterie ; dansa dans les airs avant de s'abattre à nouveau, tranchant une clavicule, mordant dans un poumon. Gavée de sang, elle tournoya encore ; décrivit un arc de lumière qui se pailleta d'étoiles carmin lorsqu'elle ouvrit une trachée-artère.

Les frimas ambrés des *helioquartz* commencèrent à se lever, révélant indistinctement les trois cadavres qui gisaient déjà au sol.

Les yeux encore embués de larmes douloureuses, le dernier brigand leva son pistolet, bien trop tard : Falkenn écarta le bras armé d'un geste nonchalant, enfonça la spadamantine dans le ventre, arracha un cri de douleur au type qui trouva cependant la force de se saisir du couteau pendu à sa ceinture et de lever un bras vengeur. Falkenn imprima une vive et brusque torsion à sa lame, déchiquetant les viscères. Son adversaire lâcha son couteau en même temps qu'une série de gazouillis rauques. Un voile vitreux tomba sur ses yeux injectés de sang.

La brume artificielle était presque complètement dissipée à présent. Percevant des cris et un piétinement dans son dos, Falkenn agrippa l'épaule de son défunt agresseur. Son épée toujours fichée dans le bide de celui-ci, il pivota, entraînant le cadavre à sa suite ; se cala dos à la façade de la maison dvargare la plus proche.

De courtes détonations éclatèrent, suivis d'une série de bruits mous et organiques lorsque les balles se fichèrent dans le dos du truand mort. D'autres ricochèrent sur les pavés alentour ou contre le mur, au-dessus de la tête de Falkenn.

— Dépêche-toi, foutue peste à fourrure, grommela le chasseur de primes, toujours abrité derrière son bouclier de fortune tandis qu'une vingtaine de mètres plus loin dans la rue, les trois derniers malfrats, vêtus de cache-poussière gris identiques à ceux qu'il venait d'occire, se précipitaient dans sa direction, pistolet au poing.

Il allait pêcher le sien dans son holster lorsqu'il aperçut Boniface surgir en trombe derrière le trio d'hommes en armes, sous sa forme normale — idéalement moins bruyante. Ce n'est qu'après avoir bondi que le mandragot passa sous Unciamorphose, si bien que c'est fort d'une centaine de kilogrammes qu'il retomba sur sa victime, qu'il plaqua au sol avant de refermer ses mâchoires sur sa tête et de lui sectionner la nuque d'un mouvement qu'on devinait expert.

Les deux survivants modifièrent brusquement leur angle de tir, basculant sur cette nouvelle cible qui se présentait à eux : une horreur noire de près de trois mètres, queue comprise, crocs et griffes meurtriers tenus ensemble par une ombre funeste. Les percuteurs claquèrent. Les balles vrombirent dans l'air empuanti ; tintèrent contre le sol.

Boniface fusa à l'horizontale comme s'il était lui-même un projectile. Son premier coup de patte atteignit l'homme de droite directement sous les côtes, lui labourant le ventre sur une trentaine de centimètres de longueur. Le mandragot frappa à nouveau, enfonçant ses griffes cristallines plus profondément au-delà de la chair et des muscles, arrachant et éparpillant des morceaux d'entrailles.

Les jambes de l'homme lâchèrent. Il s'effondra comme une marionnette soudain privée de ses fils.

Le cadavre n'avait pas touché terre que le dernier tireur, qui braquait son arme sur l'énorme panthère, fut momentanément aveuglé lorsqu'un éclair blanc lui passa devant les yeux ; l'instant suivant, il se trouva à contempler le moignon ensanglanté qui avait remplacé sa main. Celle-ci gisait au sol, l'index toujours sur la gâchette.

Luther Falkenn saisit le vaurien par le col, le poussa sans ménagement contre le mur. La lame rougie de la spadamantine vint lui caresser la carotide.

— Épargnez-vous des problèmes et dites-moi qui vous envoie, ordonna le chasseur de primes.

— Va te faire mettre, baltringue !

Outre l'haleine fétide qui dénotait la mauvaise hygiène bucco-dentaire endémique à Citégrise, Falkenn releva un certain nombre de détails : le blanc des yeux craquelé de conjonctivite, les pupilles dilatées, le tremblement des muscles faciaux, la tension générale perceptible qui agitait l'ensemble du corps. Autant de signes qu'il avait déjà repérés chez son bouclier humain.

Avec un grognement de dédain, il égorgea le truand et laissa son corps glisser le long du mur.

— C'est comme ça qu'on interroge les suspects en Reisenvard ? railla Boniface qui avait retrouvé sa forme normale. Ah, bravo ! Tu m'étonnes que vous ayez mauvaise réputation ! Non parce que j'ai dans l'idée que là, il va avoir un peu de mal à se mettre à table !

— Il n'aurait rien dit. Ni lui ni ses comparses, d'ailleurs. Ces hommes étaient gavés d'ergot-feu.

Il s'agenouilla près du corps dont il entreprit de remonter une manche. Boniface le regarda faire sans rien dire environ deux secondes, assis sur son derrière.

— Tu choures les montres, maintenant ? finit-il par lâcher, pince-sans-rire. Un peu de dignité, je t'en prie !

— Crétin de chat. Je cherche s'il a des tatouages. Les régiments des différentes Brigades de la Ligue fonctionnent comme des gangs. Ils ont souvent leurs propres marquages qu'ils imposent à leurs membres.

— Et tu les connais tous, ces marquages ?

— La plupart.

C'était le genre de menus problèmes auquel la Ligue s'était exposée en constituant une armée à partir de déserteurs et de récidivistes : les premiers désertaient, les seconds récidivaient, et il fallait bien quelqu'un pour ramasser la merde qu'ils semaient inévitablement dans leur sillage. De préférence discrètement, en s'épargnant la publicité embarrassante d'une cour martiale dont le rôle finirait plus bourré qu'un pilier de bistrot un soir de solstice. Du pain bénit pour les chasseurs de primes de toutes les Basses-Terres, et même au-delà : on aurait quasiment pu en mettre un derrière chaque brigadier.

— Rien du tout, lâcha Falkenn sans dissimuler son étonnement, après avoir étudié le dernier cadavre sur lequel il était toujours penché. Ces types n'appartenaient pas aux Brigades.

— Pas besoin de se creuser la soupière, alors, fit remarquer Boniface. T'as bien dit qu'ils étaient sous ergot-feu, non ?

— Metisto…, soupira le chasseur de primes en se redressant.

— Je savais bien qu'on avait tort de faire confiance à ce sale petit bicraveur aux longues oreilles, cracha le mandragot, de sombres brandons effilochés dansant sur son pelage ébouriffé. Je vais te le transformer en descente de litière, ça va pas faire un pli !

***

Le bruit de fond de Citégrise avait changé.

Parmi les ruines de son urbanisme malmené, s'élevait le *lamento* désemparé des survivants qui avaient tout perdu : parents, enfants, collègues et amis ; écrasés par cette chose pourtant pathétique, souvent tordue, rarement étanche, que peu de temps auparavant ils persistaient, en dépit du bon sens, à appeler un toit. Ici et là, quelques optimistes grattaient encore les décombres ; de temps à autre, un hurlement trouait la complainte monocorde lorsqu'on extirpait un corps inanimé de son suaire de gravats.

Un grondement sourd roulait par-dessus les sanglots des Citégrisards. Irrégulier, spasmodique. Comme une crise de tachycardie qui ferait vaciller le rythme du cœur industriel de la ville. Pour la première fois en trente ans, pour la première fois depuis que le Bâtard avait été chassé du pays, des piquets de grève se dressaient aux abords des usines, des chants ouvriéristes éclataient au grand jour sous la voûte impénétrable de pierre et de pollution.

Les hauts-fourneaux s'étaient tus.

Le tremblement de terre, sa dévastation, l'incurie des autorités locales plus préoccupées par la traque des agents anscarides que par l'organisation des opérations de sauvetage, n'étaient pas ce qui avait mis le feu aux poudres. Les journaux du matin titraient sur la mort héroïque du prince Belaïstès et la possibilité subséquente de voir le roi Damyr de Morinthe monter sur le trône de Pont-Salin. Les articles insistaient très lourdement sur les conséquences sociales désastreuses que cela risquait d'entraîner : baisse générale des salaires, suppression des déjà maigres fonds de retraites, levée des limitations touchant au travail de nuit, entre autres joyeusetés.

Un observateur attentif aurait été surpris de cette brusque poussée de fibre sociale sous la plume de gratte-papiers qui n'avaient jamais mis les pieds à Citégrise. Un observateur encore plus attentif aurait, quant à lui, relevé que tous ces journaux appartenaient, directement ou indirectement, à la famille Scramasaxe.

De nouveaux graffitis barbouillaient les façades répugnantes des usines. Certains, dénotant une conscience politique forte en dépit d'une grammaire lacunaire, suggéraient *« Damir, vas posé ton cu ayeurs ! »*, menaçaient *« Un réjent ou la graive ! »* ou exigeaient *« Les Maurintiens dehors si vous voulez les ouvriés dedans ! »*.

D'autres slogans se contentaient de verser dans l'invective, mais désormais, à côté des traditionnels *« Les patron on les enculent ! »* et *« Mort aux contremètres ! »*, on pouvait trouver des *« Vive Aggen ! »* ou encore *« Les Anscarides plutôt que les Moraintiens ! »*

Des choses que l'on s'astreignait encore à murmurer sur la pointe de la langue à l'oreille de son voisin la veille au soir faisaient maintenant l'objet de bruyants débats de rue. Des agitateurs appelaient à la constitution de milices et au pillage des stocks des manufactures d'armes. Des spécialistes autoproclamés affirmaient qu'il n'y avait ni pauvres ni chômeurs dans l'Empire anscaride. Qu'ouvriers et paysans y étaient constitués en puissantes corporations. Que tout le monde y avait un toit, un but, une place. Semi-mensonges et éclats de vérités saupoudrés d'une bonne rasade d'incompréhension et d'ignorance, qui alimentaient la grogne, la sédition, la trahison.

Citégrise *chauffait.* Comme toujours. Mais pas comme d'habitude.

***

Cela avait chauffé aussi aux abords du *Nélombo.*

Les corps sans vie de plusieurs dizaines de personnes jonchaient les rues entortillées autour de l'immense pilier. Des revendeurs de drogues s'étaient fait poinçonner à leur angle de rue, des prostituées avaient été égorgées sur leur pas de porte, des fourgues abattus d'une balle dans la tête. Leurs clients gisaient çà-et-là, camés, michetons et locaux, qui grêlés de plomb, qui lardés de coups de couteau ; étripés, massacrés. Les regards fixes étaient encore saisis de stupeur et d'effroi.

Celui de Falkenn considéra le carnage avec le détachement propre à tous les professionnels de la mort.

— Il semblerait que nous ayons accusé un peu vite ce cher Metisto, souffla-t-il au bout d'un moment.

Boniface, de nouveau sous Unciamorphose, grogna son assentiment.

Parmi les macchabées baignant dans leur sang, il en était un, plus imposant que la moyenne, qui attirait l'attention : un des Demi-Ogres au service du Drude, percé de multiples blessures à l'arme blanche et d'impacts de balle. Et juste à côté de lui, brisés, tordus, la cage thoracique enfoncée ou le visage écrabouillé, la main encore serrée sur leur arme, trois hommes vêtus de tenues grises crasseuses.

La scène suggérait un assaut brutal, rapide. Les types en gris s'étaient sans doute mêlés à la cohue des chalands et visiteurs habituels du quartier, avaient commencé à négocier le prix d'une dose, d'une passe ou d'un objet volé ; agi comme si de rien n'était jusqu'au moment où l'un d'eux avait dû donner le signal de la curée.

Des impacts métalliques et un cliquetis de maille attirèrent l'attention du chasseur de primes, interrompant sa réflexion. Relevant les yeux du pavé gavé d'hémoglobine, il aperçut l'un des immenses hommes de main de Metisto qui descendait vivement la rue, un flingue à la main, ses bottes ferrées soulevant des étincelles à chaque foulée. Un roulement organique de mauvais augure monta spontanément de la gorge de Boniface, mais Falkenn lui posa une main sur le flanc pour le calmer.

Le Demi-Ogre rangea son artillerie.

— Le patron veut vous voir, annonça-t-il tout de go.

Sans un mot de plus, il fit demi-tour. Toujours sur le qui-vive, Falkenn et Boniface lui emboîtèrent le pas.

Il y avait davantage de cadavres en cache-poussière gris à l'intérieur même du *Nélombo*. Les assaillants s'y étaient frottés à une faune autrement plus piquante que celle, miséreuse et avachie, qui traînait ses grolles entre les étals de guingois et les rades minables du quartier. Une clientèle d'un tout autre *calibre* — dans tous les sens du terme — composée de barons de la drogue, de patrons de guildes de voleurs, d'assassins réputés et de chefs mercenaires ; venus de toute la Magneterre, et même de plus loin, en assez grand nombre pour assurer à Falkenn la fortune et une retraite confortable si l'envie lui en prenait tout à trac.

— La vache, Luther, commenta Boniface du coin de la gueule. Mate-moi ça. Que des célébrités !

De fait, il y avait là pas mal de têtes connues. Simagrius Mertolly, dit Sim le Marle — vingt-mille ducats à lui seul, le prix d'une carrière passée à plastiquer politiciens, juges et policiers pour le compte de la Camaria, la mafia krelfienne —, se trouvait en grande conversation avec Ricino Lupara, l'un des plus gros bonnets de l'Isthme. Losgar Chourin, un hiérarque de la Karendiad, la mafia dvargare, tapait le carton avec deux Anuirloëns — on ne les distinguait guère d'êtres humains qu'à leurs oreilles légèrement effilées et leurs grands yeux en amande —, dont Falkenn ne parvint pas à se remémorer les noms, mais qui appartenaient au puissant Cartel de Leno, autrefois spécialisé dans la traite des esclaves, récemment reconverti dans le trafic de dope. Une rouquine à la carrure peu commune, qu'il identifia comme une des nièces de don Tiberio Malnati — « la pire ordure du continent », prétendait-on de celui-ci, non sans raison —, était accoudée au bar, la chevelure et les vêtements poisseux de sang. Et à la voir siffler tranquillement whisky sur whisky, il ne s'agissait pas du sien.

Autant de sales trognes bonnes à couper qui se tournèrent dans la direction du chasseur de primes lorsqu'il fit son entrée, précédé du boucan métallique des bottes de son escorte demi-ogre. À son approche, quelques mains glissèrent subrepticement vers la crosse d'un pistolet ou le manche d'un poignard. Ces margoulins-là pouvaient flairer un flic à des kilomètres. Nul doute qu'à leurs narines aguerries, Falkenn empestait comme une charogne abandonnée en plein cagnard.

Le bureau de Metisto Strabyzem, situé au dernier étage du *Nélombo*, consistait pour l'essentiel en un capharnaüm odorant, bruissant sans fin d'un fond sonore aussi polymorphe que pénible. Des liquides aux couleurs inquiétantes ou à tout le moins guère ragoûtantes, mauves glauques, verts fétides, jaunes d'urine, clapotaient joyeusement parmi un fatras alchimique de cornues et d'alambics, embaumant les lieux d'une puanteur âcre. D'innombrables fioles, non-étiquetées mais ordonnées selon un classement aussi savant que cryptique, à la portée du seul maître des lieux, s'alignaient sur des étagères poussiéreuses ; tandis que depuis de gros bocaux de verre, certains aussi grands qu'un Nain et remplis d'un liquide à l'opacité miséricordieuse, des *choses* observaient. Difficile de trouver terme plus adéquat pour les qualifier : on devinait des corps boursouflés, des membres surnuméraires, des tentacules, des bouches garnies de crocs, des becs effilés, et surtout une quantité faramineuse d'yeux globuleux, toujours en mouvement.

N'était un bureau envahi de paperasse, le reste de la pièce était occupé par une gigantesque volière. Une armada de corbeaux y commérait, assemblée de manteaux noirs voûtés à l'expression impassible.

— Entrez, entrez, dit Metisto en ouvrant la porte. Désolé pour le bazar, mais il est rare que je reçoive des visiteurs ici. C'est mon saint des saints personnel, vous voyez.

— Je doute qu'il y ait quoi que ce soit de saint dans cette pièce, quelle que soit l'orthographe qu'on choisisse, répliqua Luther Falkenn en balayant les lieux du regard. (La bioalchimie drude se vantait de pouvoir engendrer les potentialités jamais réalisées de la nature. À voir les horreurs informes qui trépignaient dans leurs bocaux, on ne pouvait que se féliciter que la nature eût écarté ces potentialités-là.) Tu me cherchais ?

— Oui, confirma le Drude. Nous avons un problème.

— Un seul ? railla Boniface en retrouvant son apparence normale. Vu la quantité de macchabées qu'on a croisée en venant ici, je crois que t'es loin du compte, mon petit vieux.

— J'ai reçu ça il y a moins d'une heure, poursuivit Metisto. Envoyé par un de mes types qui bosse à la BNC.

Il sortit de la poche intérieure de son manteau un bout de papier tout chiffonné qu'il tendit au chasseur de primes.

— *Ai aconpanié le vieu au bare du* Grain Moqueur. *Longue entrevu avec Letto Larpal. Grausse some d'argens échanjés. Pas put entendre des tailles*, lut Falkenn avec difficulté, tant du fait de l'écriture en pattes de mouche que des abominables outrages faits à la grammaire et à l'orthographe. J'imagine que « le vieux » désigne Dreng Scramasaxe ? demanda-t-il, et le Drude opina faiblement du chef. Et qui est ce Letto Larpal ?

— Le chef des Passeurs. Un gang local très dangereux.

— Nos amis en manteaux gris, je présume ?

— Tu présumes bien.

— Qu'est-ce qu'il a branlé, le vieux Scramasaxe ? cracha Boniface. Pourquoi il s'est mis en cheville avec cette bande de tordus ?

— Pour couper l'herbe sous le pied de son neveu Elder, répondit Falkenn. Quitte à me faire couper la tête dans l'entreprise.

— T'as pas l'air franchement surpris, nota le mandragot.

— Depuis le départ, il est manifeste que le bon tonton ne partage pas les objectifs de notre employeur ; que quel que soit son propre agenda, il implique de récupérer Ambroisie Galate ou, à défaut, les documents volés à Sainte-Eusie-Ville, pour lui seul. Il a simplement fini par agir en conséquence.

— Et les choses vont devenir beaucoup plus compliquées maintenant que mes agents à Citégrise sont dans le collimateur des Passeurs, fit remarquer Metisto. Je ne peux pas mettre un Demi-Ogre derrière chaque pute et chaque clodo qui me rencarde. C'est déjà beaucoup d'avoir réussi à repousser l'attaque d'aujourd'hui.

— Je ne m'avancerais pas autant, si j'étais toi. Ta petite milice privée n'a pas fait montre d'autant d'efficacité, contesta Falkenn.

— Explique ?

— Il n'y a que très peu de cadavres de Passeurs dans les rues autour du *Nélombo*, et encore moins de victimes parmi tes Demi-Ogres, répondit le chasseur de primes. Ce sont essentiellement des gens du quartier qui ont été visés. Les manteaux gris n'ont pas été repoussés : ils se sont retirés. Ce n'était pas un coup de force, mais un avertissement.

— « Touche pas à mon Ambroisie », traduisit Boniface.

— Un déploiement de force inutile, quoi qu'il en soit, grommela Metisto. Je ne peux pas me lancer dans une guerre frontale avec les Passeurs. J'ai les meilleurs yeux de Citégrise, mais Larpal a les plus gros bras. Si encore je pouvais apprendre où il se planque… l'éliminer dans le feutré. Son gang n'y survivrait pas, et nous aurions à nouveau les coudées franches.

— Tu n'auras pas à te donner autant de mal, lâcha Falkenn.

Il affichait maintenant un air tout à fait amusé qui collait mal au caractère de plus en plus épineux de la situation. Une nonchalance qui réussit à faire monter la moutarde au nez de l'animal à sang froid qu'était pourtant Metisto Strabyzem.

— Et laisser Larpal mettre la main sur le *doppelgänger ?* s'emporta ce dernier. Pas question !

— Bah, ça me fait mal à l'arrière-train de l'admettre, mais le petit con bleu a raison, s'interposa Boniface. Toute cette affaire est déjà assez chiante comme ça : si en plus on doit se coltiner la moitié des barjots de Citégrise, on y arrivera jamais, Luther.

— Vous êtes bien naïfs si vous vous figurez que j'ai la moindre intention d'abandonner mon gibier au premier minable caïd venu, rétorqua celui-ci. Et si vous aviez deux sous de jugeote, l'un comme l'autre, vous réaliseriez que l'initiative de Dreng Scramasaxe, pour malavisée qu'elle soit, joue en dernière instance en notre faveur. Elle va considérablement nous faciliter la tâche. Et il y a davantage : en agissant de la sorte, Scramasaxe nous a fourni une information essentielle.

— Laquelle ? s'enquit Metisto.

Le sourire du chasseur de primes s'élargit encore. Boniface n'exagérait pas lorsqu'il affirmait que le sourire de son maître n'était pas beau : il tenait davantage de l'expression pleine de satisfaction anticipée du squale qui s'apprête à croquer un nageur. C'était le genre de sourire que vous pouviez contempler autour d'une table de poker, juste avant qu'on vous étale une quinte flush royale sous le nez et qu'on vous mette dehors en caleçon.

— Il n'y a pas de *doppelgänger* à Solmost. Il n'y en a jamais eu.

***

Les tours d'ivoire impassibles de l'Alaqarak s'élevaient, plus hautes que les montagnes. Elles clôturaient l'horizon ; écrasaient de leur masse séculaire la cité et la baie en contrebas. Le soleil, proche de son zénith, en cuisait les murs blancs, transformait la place d'armes en chaudron. Il réchauffait le vent, vif et brûlant comme un coup de sirocco, qui semblait pousser devant lui la foule en colère, en une nuée sombre et compacte annonciatrice d'orage.

Vu d'en haut, l'échafaud prenait des allures de radeau de fortune emporté par la rage houleuse de la plèbe. Aussi rude et insondable qu'une mer démontée, celle-ci se déversait par vagues successives sur la place d'armes de la Forteresse Blanche, rugissait sous ses murailles comme l'eau hurle en s'écrasant aux pieds d'antiques falaises de granit. Elle montait et descendait au gré des vents mauvais qui travaillaient son humeur inconstante — la peur le disputant à la colère — et de ses courants propres. Chacun y jouait des coudes pour se ménager la meilleure place, se rapprocher autant que possible du gibet et de son trophée macabre.

L'application de la loi devenue spectacle dégénérait en kermesse païenne. La foule était une déesse noire, la potence l'autel dévolu à sa vénération ; elle exigeait le sacrifice des condamnés, s'abreuvait de leur sang, offrande vivante faite à sa gloire funèbre.

À trois mètres au-dessus du roulis des têtes levées, le cadavre du duc Lirrifas tanguait doucement au bout de sa corde.

Depuis sa cellule, Somas Athossi contempla encore un instant ce spectacle navrant avec le détachement désemparé du gardien de phare qui assiste, impuissant mais blasé, au naufrage d'un énième navire.

Les exécutions publiques étaient rares en Pont-Salin. La peine de mort y était appliquée comme partout ailleurs en Magneterre, mais Ivannis Barca d'Ire trouvait sujette à caution la prétention symbolique des gibets en plein air, et il avait convaincu le roi de les supprimer, sauf exception. *« Il faut bien sortir les poubelles de temps en temps, certes »*, se plaisait-il à dire, *« mais on ne se met pas sur son trente-et-un pour ça, et on n'invite pas non plus les voisins pour admirer la vue. »*

Le conseiller se détourna finalement du petit carré strié de fer roussi d'oxydation par lequel il avait encore accès au monde extérieur, pour regagner la fraîcheur de sa minuscule cellule. L'épaisseur des murs vénérables garantissait que même l'air, étrangement suffoquant pour un printemps naissant, ne parviendrait pas à entrer. Un bon point pour le nouveau domicile de Somas, mais le seul.

Les geôles de la Forteresse Blanche n'avaient pas été conçues pour assurer aux prisonniers un confort quelconque. L'on y était certes à cheval sur l'hygiène : pour éviter les puces, les poux et autres parasites amateurs de matelas et de paillasse, on laissait les « Blanchis » — jeu de mots dérisoire pour désigner les locataires des lieux — dormir à même le sol. Aucun mobilier, même sommaire, n'aménageait d'ailleurs le réduit coincé entre ses quatre murs de pierre. On partait du principe que le séjour serait de courte durée, car ne se retrouvaient là que les criminels les plus endurcis, ceux dont on craignait qu'ils s'échappent de la prison de la Sûreté, à Citégrise : essentiellement des meurtriers en attente d'exécution, ainsi que les déserteurs et les traîtres. Jamais Athossi n'aurait imaginé se retrouver un jour rangé dans cette dernière catégorie. *Enfermé* dedans, même.

Je n'y resterai pas longtemps, cela dit, se consola-t-il en repensant au duc Lirrifas suspendu comme un jambon.

De fait, il entendait déjà des bruits de pas se rapprocher de sa cellule. De vagues ombres dansèrent le long de la ligne de lumière clignotante en bas de la lourde porte de fer. Athossi se redressa quand il entendit qu'on insérait une clé dans la serrure de sa porte. Il y eut une série de claquements secs, un raclement lorsque le battant fut repoussé, et les silhouettes martiales de deux palicares se découpèrent dans le rectangle rouge-orangé.

— Suivez-nous, Monsieur le Conseiller, dit l'un d'eux — un sergent, à voir ses galons.

La voix était courtoise. Cela mit un peu de baume au cœur d'Athossi. Il n'aurait pas toléré d'être traité comme un vulgaire prisonnier par ses compatriotes. Par ailleurs, constater que les palicares demeuraient encore maîtres chez eux et que l'Alaqarak n'avait pas été massivement investi par les brigadiers lui procura une maigre satisfaction.

Les deux gardes royaux le menèrent d'abord à une salle de garde où l'attendaient des vêtements propres et un repas plutôt frugal de viande froide, d'œufs et de fromage. Il passa les premiers — chemise de lin blanc et pantalon noir, l'uniforme du parfait petit condamné —, mais refusa le second.

Autant en finir vite.

Aux yeux de Somas, l'Alaqarak était un dédale, un cauchemar de couloirs et d'escaliers strictement identiques ; une bête gigantesque dont les entrailles se répandaient sur des centaines de mètres, voire des milliers, dans et sous la terre, par des tunnels conçus et aménagés pour le stockage de vivres, l'évacuation et la survie, tant des soldats que de la population civile.

C'était une autre ville dans la ville, et un monde à part. Les palicares, sérieux comme des prêtres, y côtoyaient les intrépides et bruyants voltigeurs, amateurs de concours de rots et de pets ; et plus récemment des contingents de brutes des Brigades et de magiciens de la Compagnie du Silence. Le bruit y était permanent : claquements des bottes, crissements des épées et des baïonnettes à l'entraînement, ordres et jurons, chants et rires, hennissements des chevaux des haras royaux et piaillements déchirants des grypes dont les dresseurs du Cadre d'Or, l'école des voltigeurs, assuraient l'éducation — généralement au prix d'un œil et de quelques doigts.

Somas s'était toujours demandé comment les occupants réguliers de la Forteresse Blanche parvenaient à s'y orienter. Lui-même ne s'y rendait qu'occasionnellement, et systématiquement pour s'y égarer.

Pourtant, au fur et à mesure de leur progression, il réalisa qu'il reconnaissait certains passages ; que la vue sur la ville qui s'offrait brièvement à lui en passant devant une arcade lui était familière. Il s'aperçut en outre que son escorte ne descendait pas vers la place d'armes, mais qu'elle grimpait de plus en plus haut, le menait vers la seule section de la citadelle où le fonctionnaire civil qu'il était avait de bonnes raisons d'aller se perdre.

Les archives.

Jadis demeure royale des souverains morinthiens de la maison Stauriadités et des premières dynasties barciques, l'Alaqarak conservait la majeure partie de la mémoire nationale pontsalinoise sous la forme de données cadastrales, de cartes, de sommes alchimiques, de traités militaires et d'ouvrages de magie. Une quantité déjà phénoménale de papier qui cependant n'occupait qu'un mince tiers des lieux, la majeure partie des huit étages consacrés aux archives supportant les centaines de milliers de pages des registres des bannières, recensant toutes les lois adoptées depuis l'indépendance du pays, huit siècles auparavant.

Wilhelmina Morville, jambes croisées, était assise dans une haute cathèdre de bois noir krelfien, derrière une table de travail du même matériau envahie de bouquins ouverts et de parchemins déroulés. Y étaient également étalées plusieurs cartes de Solmost : une de la cité en surface, une de Citégrise ; et quelques autres manifestement plus anciennes, à voir leurs bords déchiquetés, représentant la capitale à différents stades de son développement.

Visiblement pensive et concentrée, la magicienne sembla ne pas remarquer l'entrée des trois hommes.

— Le conseiller spécial aux Affaires internes Somas Athossi, Madame, annonça le plus gradé des gardes royaux.

— Merci, Sergent, répondit-elle sans lever les yeux. Laissez-nous seuls, maintenant.

— Bien, Madame.

Les palicares partis, elle ignora complètement la présence de Somas. D'une main, elle se massait le front, tandis que l'autre suivait les lignes d'un petit opuscule aux pages jaunies. À l'occasion, elle compulsait un des autres livres, soulevait un parchemin ou traçait d'un coup de plume élégant une croix sur l'une des cartes les plus récentes.

— À quoi jouez-vous, Dame Morville ? finit par lâcher Athossi.

— Je vous demande pardon ?

Elle fronça les sourcils. Ses lèvres remuèrent muettement comme elle parcourait un nouveau parchemin.

— Pour quelle raison m'avez-vous fait venir ici ? insista Somas.

— Le confort de votre cellule vous manque-t-il ? répliqua-t-elle en inscrivant une nouvelle croix sur la carte de la capitale.

— Finissons-en, je vous prie. J'imagine que Wolfdagger vous a demandé de pratiquer sur moi ce fameux sortilège de Communion ? J'ai entendu dire que les victimes perdaient souvent la mémoire, voire restaient à l'état de légume.

C'est sans doute une méthode plus discrète que l'exécution pure et simple pour éliminer tous les ennemis de son petit coup d'État.

— Soyez assuré que si le général Wolfdagger voyait en vous un ennemi, Conseiller, vous seriez en bas avec le duc Lirrifas, non ici en ma compagnie. Reconnaissez que vous gagnez au change.

— Que voulez-vous de moi, alors ?

— Le général souhaite vous voir reprendre votre place au Haut Conseil. Et même un peu plus, en fait. Le poste de vicaire est toujours vacant : il est pour vous, si vous le désirez.

Somas sentit la nausée le gagner. Wolfdagger l'imaginait-il si veule ?

— Croit-il sincèrement pouvoir m'acheter avec un titre ? cracha-t-il.

— Il n'est pas question ici de titre, répliqua sèchement la magicienne en braquant ses yeux mauves sur le conseiller. Mais de responsabilité. Du rôle que vous pouvez tenir dans ce pays, et pour lequel vous avez été préparé par Ivannis Barca d'Ire lui-même. Il voyait en vous un successeur, d'après ce que j'ai entendu dire. Un homme compétent et intègre qui saurait tenir le poste le plus difficile du royaume. S'il vous a jadis pris sous son aile, vous, le fils de simples domestiques, et vous a fait gravir les échelons jusqu'au poste que vous occupez, ce n'était certainement pas pour vous voir commettre la même erreur que Lirrifas et choisir le mauvais camp.

— Ne vous risquez pas à faire parler les morts, Madame, lâcha froidement Athossi. Je connaissais le vicaire ; vous, non. Et pas plus que moi, il ne se serait laissé circonvenir par vos mensonges ridicules. (Il défia l'imprécatrice du regard, réussit à forcer ses yeux à ne pas fuir le contact des iris d'améthyste rutilante qui le clouaient sur place. Il trouva même le courage de s'avancer et de se pencher sur le bureau, dans une tentative — aussi aventureuse que futile, voire insensée — de se donner un vague ascendant dans l'échange en cours.) Le duc Lirrifas a bien… pardon, il *avait* bien des défauts, enchaîna-t-il. Piètre administrateur, ministre incompétent, conservateur borné, et tant d'autres dont le respect minimal dû à un mort m'empêche d'énoncer la liste complète. Mais de là à l'accuser d'être à la botte de l'empereur Hagen ?

— Je n'ai pas le souvenir d'avoir formulé une telle accusation, répondit la magicienne en piquant à nouveau du nez sur sa paperasse.

Somas en resta comme deux ronds de flan.

— Vous avez déclaré qu'il avait partie liée avec l'ennemi ! lui rappela-t-il, outré qu'elle le prenne aussi ouvertement pour un idiot.

— Exact. C'est ce que j'ai dit. Vous noterez toutefois, poursuivit-elle avec une candeur aussi soudaine que désarmante, que je n'ai à aucun moment précisé de quel ennemi il s'agissait.

— Il n'y a pas d'autre ennemi que les Anscarides.

— C'est là que vous faites erreur. Car ce n'est pas Hagen qui a commandité le meurtre du vicaire. Ni même Tyruman Khan.

— Que me chantez-vous là ?

— La vérité, répliqua la magicienne.

Sa main brandissant la plume était figée au-dessus de la carte représentant le réseau de rues souterraines de Citégrise. Après un court instant, elle dessina un cercle approximatif dans la zone sud, à hauteur des mines. Puis elle déposa la plume, croisa les mains sur son ventre et redressa le menton.

— Vous n'êtes pas stupide, Conseiller, lâcha-t-elle. La propagande ligueuse est taillée pour la populace, non pour les gens comme nous. Pensez-vous sincèrement que l'empereur a besoin de semer le désordre en Pont-Salin pour l'emporter ? Ses armées sont plus nombreuses, mieux équipées, mieux commandées. Ses soldats sont mieux formés et plus dévoués que les nôtres. Et je ne parle même pas des dragonnefs. Je sais que vous aimiez le vicaire comme un père, mais soyons sérieux : sa mort est sans importance pour le cours de cette guerre.

Somas serra les poings jusqu'à en avoir mal aux phalanges. Ces mêmes phalanges qu'il appuyait contre la table de bois noir, comme s'il espérait pouvoir les y enfoncer, les y briser, les faire saigner ; les mettre dans le même état que son cœur. Et ce qu'il venait d'entendre avait d'autant plus rouvert la plaie qu'une fois évacué le maelström des sentiments qu'il avait éprouvés pour Ivannis Barca d'Ire — mentor, bienfaiteur et père de substitution — le jeune homme se trouvait obligé d'admettre que la magicienne avait raison.

Qui, alors ? Qui d'autre pourrait profiter du chaos politique actuel ? s'interrogea-t-il brièvement. Car, de fait, une fois écartée la piste anscaride, la réponse n'était guère difficile à trouver. Somas n'avait jamais été fort en algèbre, mais il était encore capable d'additionner un et un.

— Le roi Damyr de Morinthe, exhala-t-il. (Wilhelmina Morville approuva d'un faible hochement de tête.) Mais c'est ridicule, poursuivit Somas en s'asseyant en face d'elle. Le roi Vénézilios est toujours en vie, et Damyr ne pouvait pas prévoir que le prince Belaïstès tomberait en tentant de reprendre Bilfimir. À quoi lui servait d'éliminer des ministres, aussi importants fussent-ils ? Rien de tout cela ne lui garantissait de récupérer le trône de Pont-Salin.

— Vous n'y êtes pas. L'objectif du roi de Morinthe est tout autre, et dépasse de très loin la question de la succession pontsalinoise. Avez-vous jamais entendu parler de la *Primojucia ?*

— Le vicaire a dû évoquer ce nom devant moi deux ou trois fois, guère plus. Il s'agit d'une association de familles nobles qui soutiennent la Ligue, me semble-t-il.

— C'est beaucoup plus que cela, en réalité. La *Primojucia* regroupe des aristocrates de toutes les Basses-Terres : pas seulement la Ligue de Skarland, mais aussi la Confédération du Soleil. Elle recrute également parmi les sphères les plus aisées de la haute bourgeoisie d'affaire, qu'il s'agisse des milieux industriels ou bancaires. Officiellement, elle vise à lever des fonds, essentiellement pour des entreprises caritatives directement en lien avec la guerre en cours : l'accueil des réfugiés, la constitution de pensions de veuvage, l'éducation des orphelins, ce genre de choses.

— Et officieusement ?

— Éliminer politiquement Alchynon de Torée. Comme vous le savez, la popularité du lieutenant-général décroît à mesure que l'on grimpe l'échelle sociale. De nombreuses familles nobles bas-terriennes, au mieux se méfient de lui, quand elles ne le haïssent pas tout bonnement. Elles le voient comme un populiste ambitieux dont les idéaux un peu trop modernes menacent leurs privilèges aussi sûrement que les armées de Hagen, si ce n'est davantage. Autant d'éléments qui font des primojuciens et de Damyr des alliés objectifs.

— Vous ne m'apprenez rien. Ces enjeux sont connus et largement étalés sur la place publique depuis des années, de même que l'inimitié personnelle qui existe de longue date entre le lieutenant-général et le roi de Morinthe.

— Les primojuciens ne veulent pas simplement replacer Damyr au poste de lieutenant-général. Si, pour la galerie, ils financent des opérations caritatives en soutien aux forces ligueuses, dans les coulisses, ils chantent un refrain tout à fait différent. Ils prétendent que la Ligue ne parviendra pas, à elle seule, à vaincre ni même à contenir les forces anscarides ; que Torée ne cherche qu'à exploiter la situation militaire désastreuse pour s'arroger toujours davantage de prérogatives politiques. Ils considèrent en outre, dans la mesure où les Basses-Terres dans leur intégralité sont menacées, qu'il est nécessaire de les unir à nouveau pour repousser l'envahisseur. *Qu'il faut un empereur pour en vaincre un autre*. Voilà leur but : réunir la Ligue et la Confédération, ressusciter le Divin Empire pour mettre Damyr sur le Trône des Lions et Torée sur la touche, détruisant au passage tout ce que celui-ci a bâti au cours des vingt dernières années.

« Peut-être vous êtes-vous demandé comment la nouvelle de la défaite des Tournegrises s'était répandue aussi vite ? Ou par quelle source les journalistes locaux ont eu vent de l'existence des *doppelgängers*, alors même que cette information est classée confidentielle ? Vous tenez maintenant la réponse, Conseiller. Les primojuciens n'ont pas perdu une seule occasion de répandre la terreur et le doute parmi la population. Le roi Vénézilios gravement malade, ils ont fait tomber juste assez de têtes pour s'assurer qu'en l'absence du prince héritier, bien trop occupé à guerroyer et à risquer sa vie sur les champs de bataille du nord du pays, le pouvoir reviendrait à leur agent le plus influent à Solmost.

— Lirrifas…, comprit Athossi.

— Le ministre de la Sûreté, compléta Morville. Le chef de la police, idéalement chargé d'enquêter sur les meurtres ourdis par ses propres amis de la grande aristocratie bas-terrienne. Et qui, ô miracle, dégote un témoin essentiel quelques heures seulement après la mort du vicaire Barca d'Ire, alors que jusque-là ses services peinaient à trouver ne fût-ce qu'un indice.

— La dénommée Ichoria Galate, réfléchit tout haut Athossi. Ce sont donc des hommes de Wolfdagger qui ont tué ces quatre inspecteurs de la Sûreté, non de quelconques bandits payés par Lirrifas, comme vous l'avez prétendu hier ?

— Nous avions l'occasion rêvée de faire tomber Lirrifas en le prenant à son propre piège. Il avait trouvé dans les deux sœurs Galate de parfaits boucs-émissaires : Ichoria, en tant qu'intendante, appartenait au premier cercle des domestiques du Palais et connaissait jusqu'à l'emplacement du passage secret menant à la salle du Haut Conseil ; la jeune Ambroisie, quant à elle, avait débarqué à Solmost le jour même du premier meurtre. Le duc n'aurait pas réussi à fabriquer des coupables aussi idéales, même s'il l'avait voulu.

« Mais comme vous le faisiez remarquer tout à l'heure, Lirrifas était un incompétent de première. Les services secrets de la Ligue n'ont eu aucune difficulté à infiltrer des agents au sein de la Sûreté pontsalinoise. Lorsque l'un d'eux nous a prévenus de l'arrestation imminente d'Ichoria Galate, le général Wolfdagger a vu l'opportunité d'agir. Nous avons porté un coup mortel à l'influence de la *Primojucia* à Solmost : par la Communion, j'ai pu arracher à Lirrifas les noms de tous ses agents en ville.

— Les deux-cents personnes que vous avez fait arrêter… Il s'agissait donc bien d'une purge.

— Et à présent que Pont-Salin est débarrassé des primojuciens, nous allons pouvoir passer à la suite des opérations. Raison pour laquelle votre concours serait grandement apprécié. Les officiers commandant les palicares, les voltigeurs et la troupe régulière ont déjà prêté serment au général Wolfdagger, en tant que responsable provisoire de la Sûreté et représentant de la Ligue. L'armée est de notre côté, mais l'administration civile semble plus réticente à notre égard. Vous avez l'influence nécessaire pour remédier à cela.

— Le dois-je ? Vous vous montrez très satisfaite du bon déroulement de vos plans, mais pour autant que je sache, vous conservez toujours Ichoria Galate en détention. Vous avez même pratiqué une Communion sur cette pauvre femme. Et vous avez officiellement accusé sa cadette d'être l'assassin impérial.

— Nous ne pouvons prendre le risque de révéler au grand jour les complots de Damyr et de la *Primojucia.* Nous manquons de preuves, Conseiller, et nos ennemis comptent dans leurs rangs des ministres, des généraux, des juges, des dignitaires religieux de haut rang, ainsi que certaines des plus grandes fortunes des Basses-Terres. Les risques politiques sont trop grands : une scission de la Ligue serait catastrophique. Nous sommes par conséquent contraints d'agir dans l'ombre, du moins pour l'instant. Et à l'ombre, Ichoria Galate va y rester un moment.

— Et qu'en est-il de sa sœur ?

— Nous ne lèverons pas l'accusation qui pèse sur Ambroisie Galate, trancha la magicienne. Elle sera appréhendée, arrêtée et incarcérée à l'Alaqarak dans l'attente de son procès. Procès dont on se gardera très certainement de fixer la date.

— Cela contreviendrait à toutes les lois pontsalinoises en matière de…

— Je suis ravie de retrouver le juriste combatif et hargneux dont tous les connaisseurs vantent les mérites, le coupa-t-elle. Cependant, nous menons non pas une, mais *deux* guerres. Celle qui nous oppose à la *Primojucia* n'est pas moins impitoyable que celle que nous mènent les Anscarides. Et elle n'exigera pas moins de sacrifices.

— Un sacrifice a du sens, fit valoir Athossi. Briser deux vies humaines pour faire avancer des ambitions démesurées n'en a aucun. Vous me proposez de rallier Alchynon de Torée et le général Wolfdagger dans leur lutte contre Damyr de Morinthe et les primojuciens, mais à dire vrai, je ne vois guère de différences entre vos factions. Vous affirmez la supériorité de vos idéaux, mais usez des mêmes moyens perfides. Et vous n'avez manifestement que faire de Pont-Salin.

— Vous avez raison sur ce point, répliqua Dame Morville avec un aplomb effrayant. Je me contrefiche de ce pays. Pont-Salin n'est qu'une étape, pour nous comme pour la *Primojucia.* (Elle posa les coudes sur la table et joignit les mains en clocher sous son menton.) Pour les partisans de Damyr, elle sera la première d'une longue série. Restaurer le Divin Empire n'aura rien d'une promenade de santé. De nombreuses maisons nobles de l'Ouest contestent la légitimité du roi de Morinthe, monnaient au prix fort leur soutien au projet, exigent des contreparties politiques et des garde-fous au pouvoir du futur empereur. Et ce n'est pas le pire : parmi les dirigeants confédérés, certains voient encore d'un très mauvais œil l'idée d'être entraînés dans le conflit avec le Septentrion. Ils pensent ne pas être concernés ; s'imaginent qu'une fois la Ligue vaincue, Hagen ne se lancera pas dans d'autres conquêtes continentales, dans la mesure où il se sera ouvert un accès aux mers chaudes du sud, au commerce avec l'Archipel et à la colonisation du Syamée. Sans compter le peu de soutien populaire que recueillerait pareille entreprise : le souvenir des derniers pantarques et des Guerres de Dislocation est encore vif dans la mémoire collective. Pour couronner le tout, l'image de Damyr hors de Morinthe est proprement désastreuse.

« Imaginez-vous le temps et l'argent nécessaires à la finalisation d'un projet aussi colossal, sur des bases déjà vermoulues ? Les années perdues et les sommes considérables qui seront englouties avant que Damyr ne puisse enfin faire son entrée triomphale à Terracuse pour s'asseoir sur le trône des pantarques ? Vous connaissez le roi de Morinthe, au moins de réputation, Conseiller. Il n'attendra pas davantage. Pour forcer la main à ses alliés trop frileux, il a besoin d'un signe fort, d'un message clair. D'un symbole. Pont-Salin sera ce symbole.

— Je ne comprends toujours pas.

— Vous jouez aux échecs, n'est-ce pas ? N'avez-vous jamais sacrifié un pion pour gagner une partie ? C'est là le projet de Damyr et de la *Primojucia* pour Pont-Salin, poursuivit-elle avec une tranquillité glacée. Non pas de s'en emparer, mais tout au contraire de l'abandonner à Hagen et Tyruman Khan pour susciter une vague d'indignation et d'effroi qui se répandra jusque dans la Confédération ; rappelant ainsi aux derniers réticents que leur tranquillité n'est en rien assurée, que ce qui est arrivé à Pont-Salin leur arrivera demain, sauf si les Basses-Terres s'unissent à nouveau.

Somas se prit la tête dans les mains, accablé par tout ce qu'il venait d'entendre. Il ne voulait pas en croire un mot, mais sa nature profonde comme l'instruction qu'il avait reçue ne le disposaient pas au déni imbécile. Il repoussa la consternation qui menaçait de lui embrumer l'esprit, écarta ses propres sentiments personnels et chercha un contre-argument, une faille dans l'histoire qu'il venait d'entendre ; n'importe quoi qui lui permettrait de mettre en doute les propos de son interlocutrice.

Toutefois, chaque élément qui lui venait à l'esprit renforçait un peu plus la conviction vénéneuse qui contaminait un à un ses ultimes espoirs. Les révélations de Dame Morville éclairaient sous un nouvel angle les événements des derniers jours, en faisaient apparaître les incohérences, soulignaient leur incongruité.

Damyr n'avait aucune raison valable de refuser d'envoyer davantage de troupes en Pont-Salin après l'annonce de la défaite des Tournegrises, fut-il contraint d'admettre. *Au contraire. Torée humilié, il avait l'occasion rêvée de reprendre la main, de se donner le beau rôle, de jouer les sauveurs en faisant parader ses soldats dans les rues de Solmost. Protéger sa frontière avec la Krelfe n'est qu'un prétexte pour nous abandonner à notre sort. Nous laisser dévorer par le tigre septentrional. Faire de nous un exemple.*

Somas sursauta lorsqu'il sentit qu'on lui serrait délicatement le poignet. Penchée par-dessus la table, Dame Morville le fixait avec une intensité féline. Le genre de regard dont on ne pouvait se détourner.

— Pour nous aussi, Pont-Salin n'est qu'une étape, je vous l'accorde, fit-elle d'une voix étrangement douce. Mais pas n'importe laquelle : la dernière. Damyr et ses séides ont besoin d'une défaite retentissante afin de justifier leurs projets de restauration impériale. Pour asseoir la pérennité de la Ligue et de ses idéaux, démontrer qu'elle n'est pas une alliance provisoire et intéressée de rois et de princes, mais une union de peuples frères, nous voulons une victoire. Une victoire décisive, dont Pont-Salin sera le théâtre. *La* victoire, Conseiller. Cette guerre n'a que trop duré. Nous allons y mettre un terme, ici et maintenant.

— Voilà deux décennies que nos troupes subissent défaite sur défaite face à la Maison Militaire, rappela Athossi d'une voix lasse. Comment comptez-vous inverser la tendance ?

— Il existe un moyen, répondit l'imprécatrice en lui lâchant le poignet pour se renfoncer dans sa cathèdre. Une arme. Une arme très ancienne, et si destructrice que son concepteur renonça à en faire usage. Terrifié par la puissance de ce qu'il avait créé, il la dissimula aux yeux du monde et fit en sorte qu'on l'oublie. Mais je sais qu'elle existe.

Elle avança la main vers le vieux livre posé juste devant elle. D'un geste sec, elle le referma, révélant une couverture de mauvais cuir vert, toute rongée par l'usure et maculée d'une grande tache marron sombre. Athossi ne put s'empêcher de penser qu'il s'agissait de sang.

— Et maintenant, je sais où elle se trouve, termina-t-elle.

***

Un mince torrent s'écoule à vive allure à l'abri du clair-obscur d'un sous-bois, crachouillant furieusement le long des rives envahies de cailloux. D'imposants saules pleureurs les surplombent, à l'image de bêtes penchées sur un point d'eau, mais figées, assoupies, comme sous l'effet d'un enchantement malveillant, porté par le vent qui s'insinue parmi les troncs.

Languide, il parcourt en prédateur ce paysage à la jovialité de cimetière, peuple les halliers de mille et une présences invisibles ; qui vous suivent, vous traquent, se collent dans le sillage des peurs les plus intimes que vous semez sur votre passage, susurrent aux oreilles inattentives secrets et vérités qu'elles ne désirent pas entendre.

Un nom volette au-dessus du torrent ; il court dans les branchages, fait larmoyer leurs feuilles gorgées de rosée.

« Ambroisie… »

Une femme se campe au bord du torrent, vêtue d'une robe blanche ; en apparence jeune et pleine de vigueur, bien que ses traits demeurent constamment dissimulés par une pénombre qui semble lui coller à la peau. Ses cheveux blonds sont pourtant dégagés vers l'arrière, mais la lumière blafarde qui perce les houppiers s'obstine à fuir son visage.

« Ambroisie… Viens… »

La requête s'adresse à une enfant. Pas bien haute, pas très belle, blonde elle aussi, elle se tortille nerveusement sur la berge opposée, dardant deux pastilles bleues inquiètes sur le cours d'eau qui lui paraît un obstacle insurmontable.

La femme, elle, continue d'appeler.

« Ambroisie… Viens… Viens, ma fille… »

La supplique se fait plus insistante. Elle retentit sous la canopée enténébrée avec toujours plus de puissance, la peuplant d'échos impérieux, réverbérée par chaque tronc, par chaque rocher, comme portée par le vent et l'eau ; et le nom qui l'obsède ricoche inlassablement à la surface du ruisseau.

« Ambroisie… »

La femme risque un pied dans le torrent. Elle tend des bras fins en direction de la gamine, mais celle-ci, toujours peureuse, demeure immobile, refuse de faire le moindre geste qui la rapprocherait de cette eau trépidante. Alors la femme avance encore.

« Viens, Ambroisie... »

Chaque pas l'expose davantage au rideau de lumière blanche qui fend le sous-bois. Peu à peu, il lève le voile pudique que les ombres s'étaient jusque-là ingéniées à tendre sur la femme en blanc : une peau désespérément pâle, des membres frêles, une complexion décharnée de vieillarde à laquelle la robe, déchirée ici et là, s'accroche comme un linceul.

Son visage, en revanche, se soustrait toujours à la clarté.

« Ambroisie... »

À mesure qu'elle fend le torrent, celui-ci révèle une profondeur insoupçonnée. La femme s'y enfonce jusqu'à la taille, et l'eau, qui l'instant précédent chantait, claire, au milieu des cailloux, prend des allures turbides, lèche les racines des saules avec des bruits de succion fangeuse.

« Viens, Ambroisie, viens... »

L'eau noircit alors que les ténèbres se répandent dans la futaie. Elles engloutissent les saules, n'en laissant plus voir que les silhouettes immenses et menaçantes, monstres éveillés au terme d'un trop long sommeil, affamés et cruels. Ils lorgnent sur la forme cadavérique qui s'est aventurée dans leur domaine de chasse. À la faveur de l'obscurité nouvelle, ils semblent se mouvoir, se pencher davantage sur la rivière, tendre leurs branches maintenant garnies de doigts noueux et avides.

« Ambroisie... »

Seule et sans défense au milieu de la rivière, la femme persiste à appeler l'enfant. Elle lève des bras dégoulinants qui, sans cela, auraient disparu sous l'eau. Sa robe blanche trempée plaque à présent contre son corps de vieille femme, souligne encore davantage sa maigreur, révèle les côtes qui rayent son torse étroit.

Elle avance toujours, mais l'enfant recule en hurlant.

« Ambroisie... »

Car la rivière se pare maintenant de reflets vermillon. Des taches rouges qui se répandent mollement, imperturbables, comme lorsqu'on prépare un œuf au plat et que le jaune éclate et s'étale peu à peu sur le blanc.

Du sang.

Il envahit la rivière, remonte le long de ses berges où il poursuit sa conquête sous une forme presque solide, sondant la terre de ses tentacules rougeâtres. Les saules noircissent au contact de son poison, leurs branches se tordent comme sous le coup d'un mal invisible, leurs feuilles se flétrissent, tombent, pleuvent en cendres sur les eaux écarlates.

Et, toujours au milieu de la rivière, figure blanche cadavérique sur fond mortuaire tissé de rouge et de noir, la femme appelle encore, mais sa requête aimante se réduit à une imploration pathétique. Sa voix brisée faiblit jusqu'à devenir moins encore qu'un souffle : un râle, dont les paroles, fantomatiques, s'égarent dans l'obscurité.

Là, un instant avant que les eaux rouges ne se referment sur elle, son visage apparaît enfin.

***

Ambroisie se réveilla en sursaut, haletante. Elle émergea douloureusement, le ventre tordu et les larmes aux yeux, la gorge serrée par l'angoisse, comme si les doigts crochus de ses cauchemars s'agrippaient encore à elle, lui refusant la libération de l'éveil, cherchant à la maintenir sous leur joug. Elle dut lutter pied à pied, combattre ses propres terreurs, les faire refluer jusqu'à cette zone brumeuse et inaccessible de sa psyché d'où elles jaillissaient.

S'asseyant dans le lit, la jeune femme disciplina sa respiration. Un souffle après l'autre, ses doigts serrés sur la courtepointe rêche et mitée, elle s'efforça de s'arracher définitivement à cette forêt, d'en chasser les derniers relents qui s'accrochaient encore à ses sens éveillés : l'odeur saisissante d'eau croupie, le souffle persistant du vent qui gringottait son nom ; l'image rémanente de ce visage qu'elle n'arrivait jamais à se remémorer.

Et pour cause : elle n'avait jamais vu sa mère. Cette génitrice aux bras froids, morte en la mettant au monde et dont les traits lui demeuraient inconnus, car son père avait préféré en brûler tous les portraits plutôt que de contempler son image figée sur une toile stérile.

Peu à peu, elle retrouva le plein contrôle d'elle-même. Mais son cœur ne cessa pas pour autant de tambouriner contre sa poitrine : elle ne s'arrimait à la réalité que pour se rappeler que celle-ci était à peine moins désespérante que le songe noir qui la poursuivait depuis qu'elle était gamine.

La chambre, minuscule, lui rappelait celle dans laquelle elle avait dormi jusqu'à ses douze ans. Une pénombre bienheureuse, à peine contrariée par un moignon de bougie qui finissait de dégouliner dans son binet de cuivre, en voilait les détails : la peinture écaillée sur les murs, les moisissures qui gangrenaient le plafond, les lattes tordues de l'assemblage de bois qui faisait office de parquet ; le lit étroit. Ambroisie réalisa d'ailleurs qu'elle y était seule : Chehanna n'était apparemment pas rentrée.

La jeune femme balança les jambes hors du lit. Le sommier hors d'âge salua son départ par un concerto pour grincements et claquements métalliques. Pieds nus, elle ignora les échardes qui lui titillaient la voûte plantaire pour gagner la vitre crasseuse, maquillée de buée, contre laquelle elle appuya la tête. Au-dehors, la nuit perpétuelle de Citégrise s'enfonçait dans un silence tendu maintenant qu'usines et manufactures s'étaient tues.

Elle avait grandi dans l'une de ces cabanes minables, un défi au bon sens et à l'architecture, suspendue à son échafaudage tordu comme un grain de raisin pourri au bout d'une grappe malade, attendant l'instant fatidique où elle se décrocherait. Un rire étouffé lui jaillit d'ailleurs des narines en repensant au jeu stupide auquel elle se livrait avec Ichoria, du temps où elles partageaient le même réduit : c'était à celle qui se pencherait le plus longtemps par la fenêtre qui, à l'instar de celle de Chehanna, donnait directement sur un à-pic de plusieurs dizaines de mètres. Ichoria se dégonflait toujours la première : Ambroisie n'avait jamais eu peur du vide.

Elle passa la paume de sa main sur la surface glacée de la fenêtre pour en retirer la buée que son souffle avait générée. Le bref reflet mortuaire qu'elle entrevit alors la saisit, comme un écho de ce rêve toujours inachevé : était-ce là le visage blafard qu'engloutissait la rivière de sang ? Le sien, et non celui de sa mère ? S'agissait-il d'un souvenir avorté ou d'un présage funeste de ce qui n'était même plus un avenir, mais le présent ?

Ambroisie évacua ces sombres pensées. Elle appuya à nouveau le front contre la vitre, le froid sur sa peau lui procurant un maigre apaisement, comme s'il était de nature à éteindre les sentiments qui parasitaient ses perceptions, ruinaient sa capacité à appréhender les faits avec la rationalité qu'ils exigeaient. Il lui fallait se montrer logique, considérer la situation actuelle de façon mathématique. La réduire à un ensemble de données, à une équation.

Elle s'y entendait en mathématiques. Tout était si simple avec les chiffres ! On ne pouvait pas les interpréter, ils étaient univoques. On ne discutait pas avec eux, ils étaient imperméables à la philosophie. Par eux-mêmes, ils étaient incapables de mentir ou de se tromper. On les additionnait ou on les soustrayait, et on obtenait un résultat, point barre.

Elle avait toujours été convaincue que l'existence se réduisait à de basiques opérations algébriques. D'ailleurs, depuis qu'elle était entrée en possession des documents compromettants d'Elder Scramasaxe, les emmerdes tendaient à se multiplier…

Un bruit sourd et un court jappement, de l'autre côté de la cloison aussi épaisse que du papier à cigarette, la tirèrent de sa cogitation.

— Chehanna ? C'est toi ?

Quittant la chambre le bougeoir à la main, Ambroisie se retrouva dans un couloir pour le moins exigu : à peine assez haut pour qu'elle ne s'y cogne pas la tête, tout juste assez large pour ne pas la contraindre à s'y glisser en crabe, il menait directement à la cuisine. C'était là l'unique autre pièce de la maison : les Citégrisards n'avaient guère l'utilité d'un salon, et la salle de bains faisait figure de signe extérieur de richesse. À cet égard, Chehanna avait beau être la prostituée la plus courue du nord de la Ville sans Jour, il lui faudrait sans doute écarter les cuisses pendant encore des années avant de pouvoir s'offrir un appartement dans un insulat.

Ambroisie la découvrit vautrée sur le ventre à même le sol de la cuisine, encore affublée de ce qu'à défaut d'un terme plus approprié, elle était tentée de désigner comme l'uniforme de la parfaite catin citégrisarde : une robe fendue de tous les côtés pour assurer le passage de l'air et des regards concupiscents, des talons assez hauts pour humer directement la bonne fumée des usines, et un emplâtre de maquillage suffisant pour boucher les pores de la peau.

Cette vision lui arracha un petit rire.

— T'as même pas eu la force de ramper jusqu'à ton pieu, pauvre pute camée ?

Des mots prononcés sans la moindre trace de méchanceté ou même de moquerie. Elle avait été une camée, elle aussi, et plus d'une fois Chehanna l'avait retrouvée baignant dans son vomi. Quant à la carrière d'arpenteuse de trottoir, elle n'y avait renoncé que pour embrasser celle, guère plus flatteuse, de voleuse à la tire. En fin de compte, elle avait eu la chance dont Chehanna n'avait pas bénéficié : que quelqu'un, à l'étage supérieur, baisse les yeux sur elle pour y voir autre chose que du gibier — de potence ou de maquereau, ce choix-là restant toujours ouvert pour la gent féminine citégrisarde.

— Allez, au dodo, décréta Ambroisie.

Elle fit un pas en direction du corps étendu dans la pénombre, frissonna de dégoût en éprouvant le contact d'un liquide chaud sous son pied.

— Oh, chiotte ! Ta saleté de clébard a encore pissé n'importe où ! Je te préviens : je nettoie pas ça.

Elle abaissa sa bougie, et l'espace d'un très court instant, son esprit s'emballa devant le spectacle ainsi révélé par la lumière frémissante.

Une grande flaque rouge sombre s'étalait devant elle.

Ambroisie n'osait plus bouger. Rêvait-elle encore ? La rivière vermeille débordait-elle de son lit de cauchemar pour la poursuivre jusque dans ses autres songes ? Elle redoutait de faire un pas de plus en direction de Chehanna, paralysée par la vue du sang, imbécile comme la gamine immobile face aux lamentations de sa mère implorante, persuadée que cette flaque risquait de l'engloutir, elle aussi.

La réalité la percuta en pleine poitrine, la tirant de sa stupeur.

— Chehanna ? appela-t-elle encore en se penchant sur le corps immobile de son amie d'enfance.

Ambroisie déglutit en découvrant ses yeux ouverts, fixes, son teint cireux ; fit deux pas en arrière en apercevant le collier rouge qui lui barrait la gorge.

Son dos buta contre une surface dure.

On la tira par les cheveux, la poussa contre le plan de travail. Un type en manteau gris entra dans son champ de vision, lui colla une main en travers de la bouche et un couteau déjà ensanglanté sur la gorge.

— Tu vas m'suivre sans faire d'histoire, vu ? exhala-t-il, et son haleine empestait la vinasse bon marché. Ou j'te saigne comme ta copine et son clebs.

Ambroisie lui signala son désaccord d'un bon coup de genou dans l'entrejambe. Elle le repoussa, se ménageant assez de place pour se saisir d'une des casseroles qui pendaient au mur derrière elle, pivota, frappa durement à la mâchoire. Le truand accusa le coup, faillit perdre l'équilibre, mais parvint à se rattraper au bord du plan de travail ; un pan de son manteau écarté révéla un vieux six-coups. Ambroisie agrippa la poignée de l'arme qu'elle dégagea vivement du ceinturon du salopard avant de lui loger trois balles dans l'estomac.

Les détonations déclenchèrent un remue-ménage à l'extérieur de la maison. La jeune femme entendit la porte à l'autre bout du couloir voler en éclats et des bruits de bottes se rapprocher. Elle ouvrit le feu deux fois de plus, sans prendre la peine de viser, lorsque d'autres hommes en manteaux gris s'encadrèrent dans l'embrasure de la porte ; suscitant un bref mouvement de retraite. Décidée à profiter de ce répit, elle tourna les talons, enjamba d'un bond le cadavre de Chehanna et se jeta par la fenêtre en pulvérisant cadre et carreaux, moins pour gagner du temps que par obligation : la plupart des fenêtres, à Citégrise, n'avaient qu'une vocation décorative et étaient dépourvues de poignée.

La cuisine étant située à l'opposé de la chambre, elle donnait directement dans la rue. Ambroisie se réceptionna du mieux qu'elle le put, quelques mètres plus bas, au milieu des débris de verre et de bois qui pleuvaient autour d'elle. Elle se remit debout au terme d'une roulade aussi incontrôlée que douloureuse, ignorant les lacérations qui lui couraient sur les avant-bras et les épaules, ainsi que les vociférations qui tombaient des hauteurs — cris mêlés du voisinage et de ses poursuivants enragés —, puis se mit à courir.

Diverses pensées faisaient librement la culbute sous sa caboche tandis qu'elle cavalait à fond de train entre les habitations de guingois. Des chiffres, pour l'essentiel : combien de ces mecs en manteaux gris — on les appelait les Passeurs, non ? — avait-elle maintenant aux trousses ? Combien les Scramasaxe, car c'étaient nécessairement eux, les commanditaires, avaient-ils payé pour sa tête ? Combien son existence valait-elle, à l'heure actuelle ? Et combien de temps durerait-elle encore ? La situation ne s'améliorant guère, le comptable de son espérance de vie revoyait de plus en plus à la baisse ses estimations, au point de ne même plus les formuler en semaines, mais en jours, voire en heures.

Ambroisie ne tint aucun compte de tout ce qui lui traversait la tête. Le seul chiffre qui l'intéressait, le seul auquel elle accordait de l'importance à cet instant, c'était la distance que chacune de ses foulées mettait entre elle et les pognes des

Passeurs. Elle en avait connu, des situations de ce genre : l'Ambroisie des bas-fonds avait couru une partie de sa vie, pour échapper aux petites frappes, aux caïds, aux argousins de la Sûreté ou à leurs chiens. La règle était simple : courir comme une dératée jusqu'au moment où on ne sentait plus ses jambes, et même au-delà, celui où on perdait tout, la notion du temps, le sens de l'orientation et, en dernier recours, le souffle.

Une idée subreptice parvint à se glisser au milieu de la confusion mentale de la jeune femme, qui lui étira les lèvres en un sourire désabusé. Ses collègues de la Banque Scramasaxe ne la reconnaîtraient sans doute pas s'ils la voyaient en ce moment. Comment pourraient-ils suspecter que l'honorable comptable au chignon impeccable, toujours vêtue de noir, perchée sur ses talons hauts, ses lunettes — parfaitement inutiles au demeurant, mais qui complétaient idéalement sa panoplie de scribouillarde coincée — vissées sur le nez, partageait quoi que ce fût avec cette furie échevelée, tachée de sueur et de sang, qui galopait pieds nus dans les rues crottées de Citégrise ?

Son amusement fut bref : l'image de Chehanna baignant dans son sang creva soudainement la surface agitée de ses pensées en roue libre. La violence de cette vision la ramena brutalement à la réalité au moment même où un Passeur surgissait d'une ruelle adjacente.

Ambroisie fit taire son esprit logique qui, à cet instant, insistait sur le fait que le type qui lui barrait présentement le chemin lui rendait deux bonnes têtes, et accéléra. Le choc fut rude pour ses articulations et ses muscles déjà mis à mal par dix jours de cavale, mais elle était lancée à une telle vitesse que, bien qu'indéniablement plus grand et plus fort, le brigand fut repoussé, vacilla et alla se vautrer au milieu d'un tas d'ordures. Elle-même parvint à conserver son équilibre au prix d'un effort qui menaça de consommer ses dernières forces. Elle serra les dents.

Laissant le Passeur aux prises avec le locataire des poubelles — un énorme chat roux qui entreprit de manifester sa mauvaise humeur à grands coups de griffes —, la jeune femme poursuivit sa fuite effrénée. Ses pieds décidaient seuls de la direction, retrouvant d'instinct des parcours qu'ils avaient déjà empruntés, une vie plus tôt, mais dont ils conservaient une empreinte claire, comme une carte vivante tatouée à même la peau.

Hélas, l'urbanisme local vivait sa propre vie, rendant largement caduc le schéma imprimé dans la mémoire plantaire de l'Ambroisie des bas-fonds. Des insulats avaient coupé des rues en deux, des échoppes poussé comme des champignons à la surface d'esplanades surélevées, les transformant en dédales. Certains tronçons de venelles charcutées donnaient directement sur le vide.

Un mur surgit devant Ambroisie, qui ne figurait pas dans ses souvenirs. Elle venait de déboucher dans un cul-de-sac.

— Chiotte ! pesta-t-elle.

Il était trop tard pour rebrousser chemin : une demi-douzaine de gaillards en cache-poussière couleur ciment accouraient dans son sillage, condamnant toute retraite.

Ambroisie recula vers le fond de l'impasse. Elle éprouva le poids du pistolet dans sa main rendue moite, tant par la peur que par l'effort. Une balle. Il lui restait une seule et unique balle dans le chargeur. Le calcul était vite fait. Il ne lui restait plus qu'une solution.

Au moment où les Passeurs allaient se jeter sur elle, elle se colla le canon de l'arme directement sous la mâchoire.

— Scramasaxe me veut vivante, pas vrai ?

Elle n'en savait rigoureusement rien. Cependant, le Passeur qu'elle avait tué chez Chehanna s'était contenté de la menacer. De ce qu'elle savait sur ce gang, faire dans la retenue n'était pas le genre de la maison.

— Laissez-moi passer, ou vous pourrez dire adieu à votre oseille !

Elle ramena le percuteur de l'arme en position de tir. Les truands, pris au dépourvu, se consultèrent muettement du regard. Cette simple hésitation confirma la théorie de la jeune femme.

— Écartez-vous ! lança-t-elle, le flingue toujours sous le menton, le doigt sur la gâchette.

Le canon s'enfonçait tant dans la chair tendue sous sa mâchoire qu'elle en avait mal, mais cette sensation la maintenait en alerte alors même que la fatigue cumulée des derniers jours cognait à l'arrière de son crâne.

— Contre le mur ! ordonna-t-elle. Si j'en vois un remuer un seul doigt de pied, je me fais sauter le caisson ! Vous irez expliquer ça à votre patron.

Cette ultime remarque parut décider ses vis-à-vis à obtempérer. Ils se décalèrent prudemment vers le mur qu'elle avait indiqué de sa main libre, mais ne la quittèrent pas du regard. Elle fit de même tout en glissant de biais vers la ruelle, mais des bruits de pas l'obligèrent à y jeter un regard.

Un autre Passeur marchait dans sa direction. Fagoté d'un long manteau renforcé de cuir bouilli plus sombre aux épaules, il portait en outre un ample capuchon du même matériau. Celui-ci ne laissait entrevoir de son faciès qu'un menton dur et une mâchoire carrée, l'un et l'autre piqueté des poils drus d'une barbe de quelques jours.

— Contre le mur avec les autres ! jeta la jeune femme.

Pour toute réaction, le nouveau venu s'immobilisa à l'entrée de l'impasse, projetant son ombre sur les pavés tordus.

— T'es le sourdingue de la bande ? grogna Ambroisie en se retenant de reculer.

C'était une épreuve de force stupide, un jeu de fier-à-bras qui tenait de l'affrontement entre deux corniauds se disputant la carcasse d'un poulet. Il ne fallait manifester aucun signe de faiblesse, ne surtout pas baisser le regard. Elle devait paraître inflexible. Elle fit encore un pas en avant.

— Barre-toi de mon chemin ou je…

Vif comme un serpent, l'encapuchonné se saisit du pistolet par le canon, en détournant la gueule du visage d'Ambroisie. Simultanément, son autre main vint se plaquer sur la nuque de la jeune femme.

Le cri de cette dernière resta bloqué au fond de sa gorge, sans qu'elle sût pourquoi. Sa bouche ouverte ne produisait plus aucun son, sa langue gisait derrière ses dents, inerte, soudain trop lourde pour les muscles supposés l'actionner. Un froid mordant lui brûlait le palais, s'insinuait en elle. Il lui saisit la poitrine, lui coupant le souffle ; la larda de pointes vicieuses, émoussant ses sensations, comme s'il tranchait un à un les fils nerveux reliant son esprit et son corps.

Tout autour d'elle devint plus grand — les murs et les Passeurs qui s'agitaient dorénavant comme des chiens à la fin d'une chasse à courre — et ce n'est que dans un dernier sursaut de lucidité que son cerveau embrumé, relayant péniblement et à regret la douleur qui lui remontait le long des cuisses, lui apprit qu'elle venait de tomber à genoux.

Le brouillard qui avait envahi son corps sourdait à présent de sous ses paupières écarquillées, noyées de larmes ; recouvrait rapidement sa cornée d'un voile de givre opaque, au milieu duquel surnageait le mince lambeau de visage de l'homme encapuchonné qui la dominait de toute sa hauteur, silhouette lugubre figée dans les ténèbres grandissantes.

Pour la première fois de sa vie, Ambroisie ressentit le vertige. Elle se tenait au bord d'un précipice bien plus profond que tous ceux qu'elle avait stupidement défiés au cours de sa jeunesse perdue, lorsqu'elle puisait dans l'alcool, la drogue ou les bagarres de rue l'ivresse absurde d'une existence vouée à se consumer comme un mégot, taffe après taffe.

Pourtant, elle n'éprouvait aucune peur. Lorsque le vide se précipita à sa rencontre, elle l'accueillit avec soulagement.

7. Mauvais calculs

Pleure donc, Toi le Royaume Abandonné,
Pleure sur la triste rengaine de Ta destinée.
Car les Cinq dieux, après T'avoir tant choyé,
Comme le Vagabond qui T'a jadis engendré,
À leur tour se lassèrent, se détournèrent de Toi,
Te délaissèrent, pauvre terre, trône sans roi.

Lacrimae Regni Derelicti, poème anonyme, VIe siècle

Le noir complet.

Pas plus que le vide, l'obscurité n'effrayait Ambroisie. Elle la trouvait rassurante, réconfortante, chaleureuse même. Peut-être parce qu'elle avait passé la moitié de sa vie coupée du ciel et de l'horizon marin sans borne des hauteurs de la ville, mais les grands espaces l'oppressaient. À la surface, elle se sentait exposée, nue, offerte aux regards des curieux et des intrus. La lumière du soleil sur sa nuque lui faisait le même effet que le souffle chaud d'un flic qui se tiendrait constamment dans son dos.

Rien que de très logique, décida-t-elle depuis les profondeurs léthargiques où elle baignait. À vivre dans un trou à rats, on développe des appréhensions de rongeur.

Elle ne dormait pas, elle en était certaine. Son sommeil n'était jamais vide, jamais aveugle. Il lui refusait la paix d'une obscurité uniforme et sans nuance. Là, elle profitait d'un moment unique, précieux, dont elle redoutait la fin : ce petit flottement, à l'aube de l'éveil, où ses souvenirs, les bons comme les mauvais, les plus récents comme les plus anciens, parvenaient tout juste à surnager parmi les flots figés, à la texture de mélasse, de sa mémoire encore assoupie.

L'immobilité ne lui était pas désagréable non plus. Ces derniers jours l'avaient vue courir, donner des coups et en prendre, pleurer et saigner ; fuir, encore et encore, encore et toujours, comme jamais depuis l'époque où elle traînait ses godillots sans semelle dans les bas-fonds de la Ville sans Jour. Fuir les assassins à la solde des Scramasaxe, les flics et les soldats, les Passeurs. Fuir cette vie à la surface qui s'était révélée aussi cruelle que ses années de galère. Fuir la vue du malheur qu'elle semait dans son sillage. D'abord Ichoria, arrêtée et enfermée à l'Alaqarak ; puis le vieux Maddolus, égorgé au Vieux Phare…

Et maintenant Chehanna, se souvint-elle avec la vigueur d'un coup au plexus. *Merde… Chehanna… Pas toi, non, pas toi !*

Ouvrir les yeux fut une torture. Ses paupières trempées s'écartèrent avec l'aisance de vieux portails grignotés de rouille, brûlaient comme si ses glandes lacrymales suintaient un acide corrosif.

Un incendie remontait le long de sa gorge desséchée. Ses poumons n'aspiraient l'air qu'avec difficulté, le recrachaient avec des sifflements asthmatiques de mourant. Une quinte de toux aussi soudaine qu'incontrôlable lui donna l'impression de gerber du verre pilé.

Elle bougea la tête et éprouva le frottement rugueux d'une surface dure, froide et légèrement grumeleuse contre sa joue. Ses membres gourds de fatigue dérapèrent lorsqu'elle voulut se remettre debout, et à la seconde tentative elle renonça, restant en équilibre douloureux sur un coude.

Des flammes se trémoussaient au rythme indolent des courants d'air dans quatre petits braseros de pierre, à mi-hauteur d'une pièce basse de plafond et rectangulaire. Dans chaque coin se dressait la statue d'un haut personnage encapuchonné, son visage dissimulé penché sur la vasque qu'il tenait entre ses mains en coupe. Le mobilier se résumait à une imposante table en pierre, dépourvue de pieds : un genre d'autel mastoc, posé en plein milieu de l'espace dégagé. Ambroisie, couchée à même le sol, avisa une seule issue : une haute grille en fer, légèrement rouillée, mais fermement verrouillée par un lourd cadenas.

Il fallut quelques minutes à la jeune femme pour trouver les forces suffisantes afin de se relever. Appuyant une main contre le mur le plus proche, elle prit encore le temps de retrouver complètement son souffle et d'assurer son équilibre : ses jambes lui faisaient l'effet de deux vieux cotons-tiges. Elle se sentait vidée.

Elle se remémora l'encapuchonné de la ruelle. Il l'avait frappée à la nuque, non ? Pourtant, lorsqu'elle risqua une main prudente pour tâter l'arrière de son crâne, elle ne ressentit aucune douleur. Au contraire : par endroits, la chair lui paraissait singulièrement peu sensible, au point qu'elle dut y enfoncer les ongles pour éprouver quelque chose.

La main toujours contre le mur, serrant les dents face à l'épuisement qui l'écrasait toujours, elle se traîna, vaille que vaille, jusqu'à la grille. Celle-ci donnait sur un couloir qui filait à la perpendiculaire et se perdait, à droite comme à gauche, dans des ténèbres à la senteur de moisi. La lueur résiduelle qui se glissait entre les barreaux de sa prison révéla toutefois à Ambroisie d'autres passages grillagés le long des parois de pierre.

Peu à peu, elle prit conscience de certains détails que le voile induit par son état second avait momentanément occultés. Des fresques épiques s'étalaient sur les murs, à moitié érodées : des scènes d'antiques batailles mettant aux prises des factions à présent anonymes, des affrontements dantesques que le passage du temps avait malmenés au point de les réduire à des gribouillis abstrus. Il en allait de même des armoiries, dont Ambroisie ne pouvait guère distinguer davantage que les contours sur les parois de l'autel.

S'étant déplacée jusqu'à la statue la plus proche, elle constata que le visage dissimulé sous les plis du capuchon de pierre avait quant à lui été parfaitement préservé de l'usure. La lumière du brasero révélait les traits élégants d'un fort bel homme, mais seulement du côté droit : à gauche, sa figure se réduisait au masque ricassant d'un crâne dénudé. Ce n'est qu'à cette vision lugubre que la jeune femme percuta enfin, qu'elle réalisa que ce qu'elle avait pris pour un autel était en réalité un sarcophage.

Penché aux quatre coins de la pièce, Andraxès, le dieu des Morts, veillait sur le dernier sommeil de son occupant.

— Chiotte…, pesta-t-elle d'une voix grêle. J'ai fini dans une putain de tombe !

— On y finit tous un jour ou l'autre, ma jolie.

Ambroisie pivota au moment où trois Passeurs se campaient devant les grilles. L'un d'eux brandissait une torche tandis que l'un de ses comparses s'affairait avec un gros trousseau de clés. Le troisième était une vieille connaissance : l'encapuchonné aux épaulettes de cuir bouilli. La jeune femme recula gauchement, maintenant son équilibre précaire des deux mains appuyées contre le mur, lorsque ce dernier repoussa la grille ouverte par son acolyte.

— Sais-tu que tu es quelqu'un d'extraordinaire ? lança-t-il sur un ton désinvolte.

Sa voix était haut perchée, nasillarde, aussi agréable à l'oreille que du papier de verre frotté à même les tympans. Il avançait lentement vers Ambroisie tout en parlant.

— Voilà des années que je n'avais pas mis les pieds hors de mon quartier général. Et en moins de vingt-quatre heures, je me suis exposé à deux reprises, rien que pour tes beaux yeux.

— Quelle veinarde je fais, railla Ambroisie sans pour autant cesser de reculer.

— La chance n'y est pour rien, rétorqua l'encapuchonné en glissant la main droite sous son manteau, à hauteur de ceinture. Quand le Nabot le plus riche du pays demande à traiter avec les Passeurs, il est naturel qu'il ait affaire à leur chef.

Il ramena sèchement la main devant lui, et les feux colorèrent de rouge la lame incurvée d'un couteau à la poignée d'ivoire. La brutalité du geste surprit la jeune femme, dont tous les muscles se raidirent, mais son interlocuteur ne fit plus un pas dans sa direction. Il fit tourner l'arme, laissant la lumière jouer le long de son tranchant affilé.

Puis, avec une lenteur calculée, presque cérémonieusement, il s'entailla la paume de la main droite. Il demeura immobile deux ou trois secondes, tête penchée et silencieux, tandis que le liquide carmin s'écoulait au creux de sa main mutilée.

Le sang s'embrasa.

L'encapuchonné leva légèrement le bras, amenant la flamme qui rougeoyait au creux de sa main à hauteur de son visage, éclairant des bajoues vérolées, plantées des épis anarchiques d'une pilosité blonde, clairsemée ; une bouche étroite, un nez busqué, des yeux tombants.

Des yeux tombants aux pâles iris couleur de lilas.

Ambroisie sentit ses tripes se nouer. C'était donc lui, le chef des Passeurs ? Letto Larpal, Letto le Riffaudeur, la pire raclure jamais régurgitée par les ténèbres puantes de Citégrise ?

Déjà toute gamine, elle avait entendu des histoires épouvantables sur le compte de Larpal. Les chefs des autres gangs citégrisards mouillaient leur froc à la seule évocation de son nom, et même les matadors de comptoir les plus hâbleurs mettaient en sourdine leur jactance lorsqu'un type en cache-poussière gris s'aventurait à portée de voix, tant on prétendait le patron susceptible. Seuls les poulbots se risquaient aux abords des territoires contrôlés par les Passeurs : ils se lançaient des défis stupides, jouaient à celui qui s'approcherait le plus près des cadavres calcinés marquant les frontières du domaine du Riffaudeur.

— La presse est unanime, constata celui-ci avec une ferveur feinte. Tu es le *doppelgänger*, l'assassin impérial. C'est ce qu'a aussi laissé entendre Dreng Scramasaxe, et les autorités ont mis ta tête à prix pour les meurtres de tous ces grands ministres. Un défi intéressant. Je pensais devoir recourir à mes plus puissantes hémurgies pour venir à bout de toi. Au lieu de quoi…

Il referma les doigts, étouffant les flammèches dans son poing serré. Lorsqu'il le rouvrit, le sang avait déjà cessé de couler, et seule une infime marque restait de la blessure qu'il s'était infligée.

— Il m'aura suffi d'un banal choc électrique pour paralyser les centres nerveux de ton appareil respiratoire. Un sortilège basique. Tu n'es pas un *doppelgän-*

ger. Pourtant, le vieux Scramasaxe a déjà allongé cinq-mille ducats pour ta belle petite gueule. Je me demande ce que tu es, en réalité.

— Pas ton genre de fille, déjà, répliqua Ambroisie.

Sa bravade dessina un rictus sur le faciès de Letto. D'une main, ce dernier repoussa son capuchon, révélant son crâne rasé. La peau, au niveau de la tempe droite, était bizarre : rosie, un peu flétrie, elle s'ornait d'un tatouage en forme de lettre Z — ou était-ce le chiffre deux ? — dont chaque extrémité se terminait par une tête de serpent. Elle avait déjà vu ce symbole, mais où ?

— Il y a un truc qui m'étonne, poursuivit le Riffaudeur. Le Nabot a dit que tu bossais chez lui comme comptable. Mais depuis quand les petites comptables savent se servir d'un flingue ? Ça fait des jours que tu échappes à la Sûreté, aux Brigades, à tout ce que les Scramasaxe lancent à tes trousses. Tu connais manifestement Citégrise comme ta poche. Voilà ce que je pense : tu es une petite pute du coin qui s'est élevée un peu trop haut et a mis le nez dans des affaires trop importantes pour elle. Tu as découvert un secret que les Scramasaxe ne veulent pas voir s'ébruiter. Et tu vas me dire de quoi il s'agit.

— Parle donc à mon cul.

La répartie d'Ambroisie avait fusé, comme un automatisme ressurgi d'un passé pas si lointain. C'est ainsi qu'on parlait, à Citégrise, et c'était la seule façon pour une fille de se faire respecter par les caïds. Ça, et un coup de genou bien senti dans l'entrejambe.

Le poing de Letto fusa, lui aussi, directement dans l'estomac de la jeune femme.

— Je m'occuperai de ton cul, t'inquiète pas pour ça, rétorqua le chef des Passeurs tandis qu'Ambroisie, pliée en deux, lâchait un jet de bile sur le sol poussiéreux du tombeau. Mais je suis un type civilisé : les préliminaires d'abord. Une chance pour toi : je ne maîtrise pas le sortilège de Communion, il va donc nous falloir procéder à l'ancienne.

— Alors t'es pas rendu, cracha Ambroisie en se redressant et en défiant Letto Larpal du regard. Tu cognes comme une fillette.

Cette fois, le poing lui atterrit en plein menton. Ses jambes lâchèrent, et elle se retrouva à genoux.

— Je m'échauffe, rectifia sereinement Letto. Et toi aussi, tu commences à m'échauffer. Fais ce qui est bon pour toi, et mets-toi à table. Qu'est-ce que tu vaux vraiment pour Dreng Scramasaxe ? Tu es qui, en réalité ?

— Je suis sa bâtarde, connard, t'as pas compris ? répliqua la jeune femme en redressant la tête.

Une mauvaise idée : le coup suivant lui éclata la lèvre.

— Scramasaxe a bien dit qu'il ne paierait pas pour un cadavre, embraya le chef des Passeurs en pliant les genoux pour se mettre au niveau d'Ambroisie. Il te veut en état de parler, mais il n'a rien précisé en ce qui concerne ta capacité à marcher ou à manger de la nourriture solide. Alors ne joue pas à la plus maline avec moi : tu as deux jambes et deux bras que je peux péter, sans parler des trente-deux dents qui garnissent cette jolie bouche, ajouta-t-il en serrant ses doigts de chaque côté de la mâchoire de la jeune femme tandis qu'elle crachait du sang. Et je te garantis qu'avant que j'en arrive à te les arracher une par une, tu vas me dire tout ce que tu sais.

***

La journée s'annonçait mauvaise pour Dreng Scramasaxe. La lumière radieuse du soleil de midi qui se déversait par la coupole de verre était la seule chose positive tombée aujourd'hui sur son bureau : tout le reste n'était que mauvaises nouvelles.

De plus en plus de clients importants vidaient leurs comptes à la BNC, demandaient à récupérer l'or stocké dans ses coffres blindés. Non que le Dvargar ne comprît pas leurs motivations : même une triple épaisseur de l'acier le plus solide et les rituels de protection létaux payés rubis sur l'ongle aux meilleurs imprécateurs du royaume paraissaient soudainement une sécurité dérisoire face à la menace anscaride. La bonne santé des affaires résidait dans la confiance, et peu de gens entretenaient encore des illusions quant à la capacité de la Ligue de Skarland à repousser la Maison Militaire.

La situation politique interne ne valait pas mieux. Dreng avait appris par son fils Ostri la désignation imminente de Somas Athossi comme nouveau vicaire du roi. La compétence et la probité du personnage, toutes deux de notoriété publique, n'étaient pas en cause, mais Dreng le jugeait encore trop inexpérimenté pour d'aussi éminentes responsabilités. Par ailleurs, cette nomination intervenait dans un climat pourri : la suspicion généralisée, les arrestations massives de prétendus agents anscarides, l'exécution du duc Lirrifas et Citégrise qui virait à la marmite sociale. Autant d'éléments qui plombaient encore un peu plus le moral des Solmostins et la confiance des investisseurs. Sans compter les incertitudes quant au nom du futur souverain. Dans de telles circonstances, placer à la deuxième position de l'État un homme aussi jeune ne manquerait pas d'attiser inquiétudes et convoitises. Le nouveau vicaire allait s'asseoir sur un baril de poudre. Une position que le vieux Dvargar n'enviait guère — quoique la sienne sentît déjà passablement le roussi.

La lettre était arrivée par le courrier de midi, dans une petite enveloppe brune frappée du sceau personnel de Dreng. Cette même enveloppe qu'il avait remise seulement quelques heures plus tôt à Letto Larpal afin qu'il puisse facilement l'informer lorsque Ambroisie Galate aurait été retrouvée et mise en sûreté. Hélas, le contenu de la missive, aussi lapidaire qu'une lame passée en travers de la gorge, n'était pas tout à fait celui qu'espérait le banquier nain.

— Bonjour, Monsieur Scramasaxe.

Dreng sursauta. Il n'avait pas entendu les portes s'ouvrir, pas plus qu'il n'avait entendu quelqu'un pénétrer dans son bureau. La stupeur le paralysa un instant face à la haute silhouette noire qui se tenait, hiératique, devant ses doubles portes.

Puis il la reconnut.

— Falkenn ? grommela-t-il. Par l'Esprit de la Forge, que faites-vous donc ici ?

Et comment se fait-il que vous respiriez encore, d'ailleurs ? Une question qu'il évita de formuler à voix haute.

— Qui vous a laissé entrer ? préféra-t-il demander.

— Je me passe d'autorisations, répliqua posément le chasseur de primes en s'avançant de quelques pas nonchalants, la main gauche sur le pommeau de sa canne, le bras droit replié derrière le dos.

Quel sale type, ne put se retenir de songer Dreng devant cette attitude arrogante. *Ils se sont vraiment trouvés, Elder et lui.*

L'indignation et la colère du vieux Dvargar le disputaient à son inquiétude face à l'irruption du chasseur de primes, mais celle-ci monta encore d'un cran lorsque Luther Falkenn gagna l'orée du périmètre de pleine lumière délimité par le dôme du toit. Le regard de Dreng croisa alors ses yeux gris-bleu, dans lesquels il lut une résolution proportionnelle à la tranquillité affichée du langage corporel de son interlocuteur. Le genre d'expression algide, pleine de promesses d'un avenir à l'horizon raccourci, qui vous rappelle brutalement que vous n'avez pas encore rédigé votre testament.

Dreng s'efforça de ne manifester aucune crainte et de conserver un air impassible. Il ne put toutefois retenir son geste et lissa les tresses dans sa barbe, la droite puis la gauche et à nouveau la droite : un réflexe nerveux dont il n'avait jamais réussi à se débarrasser.

— Vous… Où en êtes-vous dans vos recherches ? questionna-t-il en maîtrisant sa voix.

Insensiblement, sa main droite se déplaça vers le bord du bureau. Ses doigts courtauds y tâtonnèrent le bois verni, pas encore tout à fait assurés de leur destination : la sonnette de l'alarme ou la crosse du pistolet d'ordonnance que le vieux Nain conservait toujours à portée de main ?

— Auriez-vous l'amabilité de laisser votre main là où je peux la voir ? lança alors Falkenn. (Disant cela, il ramena son bras droit devant lui, braqua un six-coups en argent directement sur la tête du banquier.) Vous multipliez les initiatives malheureuses, ces temps-ci, et il serait regrettable d'en prendre une nouvelle qui risquerait d'être la dernière.

— Vous n'oseriez pas ? grimaça Dreng.

Pour toute réponse, le chasseur de primes fit alors basculer du pouce le percuteur de son arme en position de tir. Le Nain demeura figé : la dernière fois qu'il s'était retrouvé dans une position aussi périlleuse remontait à trois bons siècles, lorsqu'il officiait comme simple caissier, et jamais il n'aurait imaginé y être à nouveau confronté au dernier étage de la forteresse d'acier et de verre qu'était la BNC. Des dizaines de *scenarii* possibles lui défilèrent derrière les yeux : hélas, aucun ne l'inspirait, car tous se clôturaient sur le même épilogue. Le sien.

Il tressaillit à nouveau lorsqu'un chat noir aux yeux violets bondit sur son bureau.

— Jouez pas au plus con avec Luther, lui conseilla l'animal d'une voix nasillante. Il perd jamais à ce jeu-là.

— Je suis entré ici sans que personne ne me voie, enchaîna Falkenn en s'avançant dans le cercle de lumière. Je pourrais sortir de la même manière. Considérant le climat de débilité contagieuse qui court en ce moment dans cette ville, on s'empresserait d'ajouter votre nom à la liste des victimes de ce soi-disant espion impérial. Car il n'y a pas d'espion, n'est-ce pas, Monsieur Scramasaxe ? Pas plus qu'il n'existe de documents attestant le soutien de la Fédération Bancaire Eusienne à la Ligue de Skarland qu'aurait dérobés Ambroisie Galate.

— Comment avez-vous deviné ? voulut savoir Dreng.

D'un geste délibérément lent, il fit rebrousser chemin à sa main droite, la plaçant bien en évidence.

— L'histoire que m'a servie votre neveu Elder n'était guère crédible, répondit Falkenn qui s'approchait lentement du bureau. Passe encore que le grand-duc Karely ait décidé d'appuyer les Ligueurs via la Fédération Bancaire ; mais si des documents permettant d'établir cette alliance existaient, il aurait lui-même veillé à ce qu'ils disparaissent, ainsi que, connaissant un peu le personnage, tous les témoins superflus de l'accord. Il n'aurait jamais laissé des preuves aussi compromettantes traîner à la maison-mère du plus important établissement bancaire sainteusien, là où, précisément, un éventuel agent anscaride serait venu les chercher.

— Vous avez pourtant accepté le contrat que vous proposait Elder, fit remarquer Dreng, mais le chat noir, assis sur le bureau, pouffa de rire.

— Avec quarante plaques à la clé, on peut bien faire un effort d'imagination, railla-t-il. Moi, à ce tarif-là, je crois à tout ce que vous voulez. Même à un clébard intelligent, tiens.

— Veuillez pardonner le vocabulaire de Boniface. Il est à son image : disgracieux et limité. Cependant, il a raison sur un point : il faut bien vivre. Et que voulez-vous, je reste un policier dans l'âme. Ma curiosité pathologique l'a emporté. J'étais convaincu de ce que votre neveu était coupable, sans pouvoir déterminer de quoi.

Le chasseur de primes tira vers lui une chaise et s'assit en face de Dreng. Il croisa les jambes, posa le bras gauche en travers de ses cuisses, et utilisa son avant-bras pour stabiliser le pistolet.

— C'est votre attitude qui a achevé de me convaincre. Lors de notre première entrevue, il m'est apparu évident que vous cherchiez un moyen de nuire à votre neveu. Or, les fameux documents dont il m'avait parlé ne vous offraient que le pouvoir de faire sauter la Scramasaxe et d'affaiblir la Fédération Bancaire, ainsi que le grand-duc Karely, ce qui équivalait à un sympathique suicide collectif. Dans le même temps, vous avez cherché à me soudoyer afin que je vous ramène mademoiselle Galate en un seul morceau, là où Elder désirait ardemment sa mort : c'est donc qu'elle a été témoin de quelque chose, quelque chose que votre neveu ne souhaite pas voir s'ébruiter alors même que vous voulez le rendre public… À moins que vous ne vouliez simplement le faire chanter, bien entendu. À partir de là, le reste du château de cartes s'écroule tout seul : s'il n'existe pas de documents permettant à Hagen d'attaquer Sainte-Eusie, alors il n'y a ni espion, ni *doppelgänger*, seulement des fariboles colportées par une presse hystérique ou aux ordres. Une presse qui, si je ne m'abuse, vous appartient majoritairement ?

— C'est exact, admit Dreng. Encore que nous ne soyons pas à l'origine de cette histoire de *doppelgänger :* elle a attiré l'attention des autorités pontsalinoises et ligueuses sur Ambroisie Galate, ce dont nous nous serions bien passés.

— Pour quelle raison ?

— Il y a un point sur lequel vous faites erreur, Monsieur Falkenn. Ambroisie Galate a bel et bien subtilisé des documents extrêmement compromettants. Mais, et cela vous l'avez fort bien compris, pas pour la Banque Scramasaxe, ni pour la Fédération Bancaire Eusienne, ni même pour le Grand-Duché. De toute façon, j'ai tendance à croire que, documents ou pas, alliance ou non, si l'empereur veut envahir la péninsule, il trouvera un prétexte.

— Et j'aurais tendance à vous suivre sur ce point, commenta Falkenn. Donc, les documents en question existent, mais ils mettent en cause Elder lui-même, j'imagine ?

— Il a dû mettre le doigt dans le pot de confiture, marmonna Boniface.

— Disons plutôt qu'il essaye de casser le pot de confiture, rectifia Dreng.

— Plus précisément ? questionna Falkenn.

— Vous avez certainement entendu parler des actes de piraterie qui se multiplient en Mer du Lion orientale ? demanda Dreng, et le chasseur de primes acquiesça d'un bref hochement de tête. Nombre de navires qui ont été attaqués durant l'année qui vient de s'écouler appartenaient à des sociétés appartenant elles-mêmes, soit à des banques mineures de la Fédération, soit à la Scramasaxe elle-même. En fait, j'ai découvert que tous les bateaux pris au cours des trois derniers mois appartenaient, directement ou indirectement, à la banque du clan. C'était trop énorme pour n'être qu'une coïncidence : nous avons toujours été pointilleux sur la sécurité. J'ai alors acquis la certitude que quelqu'un renseignait les pirates du Requin Rouge sur les mouvements de nos navires.

— Elder ? supposa Falkenn.

— Celle-là, elle est dure à avaler, même avec quarante-mille ducats pour faire passer la pilule, grommela Boniface.

— C'est pourtant la vérité, insista Dreng. Le capitaine du *Comminien*, le navire même à bord duquel vous avez voyagé jusqu'à Solmost, a rapporté que les Tucks disposaient maintenant de submersibles à vapeur. Or, les Requins Rouges opèrent depuis les côtes orientales du Syamée, loin dans le sud : une zone vaste, dangereuse, sauvage, difficile d'accès, ce qui interdit tout mouvement massif des flottes magneterriennes à leur encontre, mais prive les Tucks de certaines ressources capitales. Où ont-ils trouvé les métaux pour construire ces engins, le charbon pour les faire avancer, sans parler du savoir-faire ? On sait que les puissances syams, notamment les Naugosiens et les Catragues, ferment les yeux sur certains petits trafics auxquels se livrent leurs ressortissants avec les Tucks : de la nourriture, des armes, des munitions, mais dans des proportions réduites. Ils ne laisseraient pas Havared Tucks devenir une menace à leur propre porte.

— Ce ne sont là que des supputations, Monsieur Scramasaxe, fit remarquer Falkenn. J'imagine que vous avez des preuves de ce que vous avancez ?

— Nous avons une succursale à Catragano. Nos clients y sont moins… reluisants, dirons-nous, que ceux qui fréquentent nos établissements magneterriens : ce sont majoritairement des corsaires, des contrebandiers, des trafiquants d'esclaves. Cependant, à défaut d'être de bonne compagnie, ils sont bien renseignés et frayent à l'occasion avec les Tucks. Mes agents sur place — des gens de confiance — ont pu obtenir d'eux des informations essentielles. Il leur a suffi d'éponger quelques dettes, de promettre ici ou là un prêt à taux zéro… Bref. Je vous fais grâce des détails de notre tambouille interne. Ce qui importe, c'est qu'ils ont pu confirmer que Havared Tucks recevait régulièrement des armes et des équipements à vapeur en provenance de Sainte-Eusie. Mieux encore : certains de nos clients interrogés ont eux-mêmes participé au transport !

— Cela me surprendrait beaucoup que ce genre d'hurluberlus acceptent de mettre les pieds dans un tribunal magneterrien pour témoigner de leurs amitiés syams avec les Tucks, souleva Falkenn.

— Sauf pour quarante-mille ducats, peut-être, renchérit le mandragot. Mais à force, ça va finir par vous coûter la peau du cul.

— C'est effectivement pour leurs fesses qu'ils craignent, admit Dreng. Ou plutôt leur scalp. Pour autant, les informations qu'ils ont fournies m'ont motivé à poursuivre mon enquête directement à Sainte-Eusie-Ville, et à faire surveiller Elder de près. J'ai promu un de mes meilleurs espions à la maison-mère, et il n'a pas tardé à découvrir qu'Elder faisait transiter les informations relatives aux déplacements et aux cargaisons de nos navires par un de ses employés humains. Une comptable, pour être précis.

— Ambroisie Galate ? s'étonna Falkenn.

— Cette nana a vraiment le chic pour se retrouver au mauvais endroit, au mauvais moment, railla Boniface. Putain, une vraie catastrophe ambulante. (Il adressa un regard en coin au chasseur de primes.) Tu devrais la demander en mariage, tiens. Vous êtes manifestement faits l'un pour l'autre. Et qui sait : ça sautera peut-être une génération, et vos gosses seront normaux.

— Continue à déblatérer comme ça et tu n'en auras jamais, de gosses, le prévint Falkenn. Que s'est-il passé ensuite ?

— Mon agent a rapidement décidé de passer à l'action, relata Dreng. Il a voulu intercepter la missive suivante et s'emparer d'Ambroisie Galate afin d'obtenir son témoignage, mais…

— Mais mademoiselle Galate n'est pas le genre de femme à appeler à l'aide quand elle se fait agresser, n'est-ce pas ? le coupa Falkenn qui ne put retenir un sourire. J'ai pu constater par moi-même qu'elle savait se défendre.

— Mon homme de main l'a constaté lui aussi. Il est resté deux jours à l'hôpital. Le temps qu'il soit sur pieds, notre seul témoin avait mis les voiles, en emportant avec elle les documents.

— Ce qui semble indiquer qu'elle ignorait, jusque-là, la nature de ce qu'elle transportait, supputa le chasseur de primes.

— C'est ce que je pense aussi. Au cours de notre premier entretien, vous vous étiez étonné du délai extrêmement court entre sa dernière promotion à la BNC et sa mutation à la maison-mère. Vous aviez raison, bien sûr : c'est Elder lui-même qui m'a demandé de lui envoyer une Humaine, de préférence jeune. Pour l'image de l'entreprise, prétendait-il, mais c'était un prétexte. Il avait besoin d'un messager, de préférence un étranger, qui pourrait, le cas échéant, servir de fusible.

— Ce qui a fini par arriver, constata Falkenn. Se sentant menacée, mademoiselle Galate a donc fui Sainte-Eusie pour regagner sa ville natale, mais elle ne vous faisait pas suffisamment confiance pour vous remettre les documents. Sans doute vous croit-elle de mèche avec Elder.

— Ouais, que vous êtes tous dans le même bateau pirate, renchérit Boniface. Mais en parlant de mèche, pourquoi votre idiot de neveu s'est acoquiné avec ces preneurs de scalps ?

— Ces actes de piraterie génèrent des revenus considérables, expliqua le Dvargar. Les navires capturés sont désossés, les cargaisons saisies vendues à prix d'or, les équipages et les passagers capturés finissent sur les marchés aux esclaves anuirloëns ou rançonnés. Elder a tout bêtement décidé de piller la fortune de sa propre famille pour se ménager une retraite dorée, loin de Sainte-Eusie :

je sais qu'il a acquis, sous un faux nom, de nombreuses propriétés à Naugos au cours des derniers mois. En somme, il liquide ses actifs.

— Il les envoie par le fond, plutôt, commenta Boniface.

— Vous comprenez maintenant pour quelle raison il est essentiel que je mette la main sur Ambroisie Galate. Elle seule sait où se trouvent maintenant les documents, et avec son témoignage, je pourrai forcer Elder à démissionner de tous les postes qu'il occupe : il n'aura pas le cran d'affronter la Fédération Bancaire et notre famille dans son ensemble, sans parler du grand-duc Karely. Il se laissera pousser vers la sortie plutôt que de risquer sa tête, et les Tucks, privés de leur source d'informations, y réfléchiront à deux fois avant de s'aventurer en Léonine orientale.

Le Nain se tut, guettant une réaction du chasseur de primes. Cependant, ce dernier se tenait coi : il fixait intensément Dreng, dardant sur lui ses yeux gris comme l'acier, un léger pli au coin de la bouche, comme s'il mâchait un aliment particulièrement acide.

Dreng se retint de céder à son tic : il redoutait que Falkenn n'interprète tout signe de nervosité comme la preuve d'un mensonge.

Finalement, le chasseur de primes désarma le chien de son arme.

— Vous auriez dû me dire tout cela il y a deux jours, Monsieur Scramasaxe.

— J'ignorais si je pouvais vous accorder ma confiance, argua le Nain en s'affaissant de soulagement dans son fauteuil.

Mécaniquement, il se lissa la barbe à plusieurs reprises, comme pour rattraper toutes les occurrences ratées.

— Il est regrettable que vous ne vous soyez pas posé cette même question avant de l'accorder à Letto Larpal, répliqua Falkenn.

— Vous ne croyez pas si bien dire, soupira Dreng qui se pencha pour attraper sur son bureau une lettre qu'il poussa en direction de Falkenn. J'ai reçu ce message avec le courrier de midi. Larpal refuse de me livrer Ambroisie Galate et menace de la remettre aux autorités si je ne paye pas le double de ce qui était prévu.

— L'inflation, quel fléau, ironisa Boniface.

— Rien que de très prévisible, soupira Falkenn. Un plus un font deux, le soleil se lève à l'est, et les criminels se comportent comme des criminels. À quel autre résultat vous attendiez-vous donc ?

— Peu importe, éluda Dreng. Si Ambroisie Galate ou les documents tombent entre les mains de la Sûreté, si les accointances d'Elder et des Tucks viennent à être révélées au grand jour, le déshonneur s'abattra sur le clan Scramasaxe.

— Vu l'ambiance festive qu'il y a en ville, c'est plutôt la hache du bourreau qui va s'abattre sur votre nuque, fit remarquer Boniface.

— Certes…, convint amèrement le vieux Nain. Quoi qu'il en soit, je ne peux pas me permettre que cela arrive.

— Larpal non plus, argua alors Falkenn. Les informations détenues par mademoiselle Galate valent déjà de l'or, mais les documents eux-mêmes lui permettraient de vous faire chanter pendant des années. Si jamais il a réussi à tirer les vers du nez de notre comptable préférée et est entré en leur possession…

— … Vous êtes dans le caca, termina joyeusement Boniface. Mais vous avez du bol : Luther a un plan pour vous tirer de la panade.

— Vous m'aideriez ? s'étonna Dreng.

— Comme je vous l'ai dit, je reste un policier avant tout, répondit Falkenn, les mains à présent jointes sur le pommeau de sa canne. Il est hors de question que je me fasse le complice de votre neveu. Il a causé la mort de dizaines de personnes et condamné des centaines d'autres à l'esclavage : je compte bien qu'il paye pour cela.

— D'ailleurs, en parlant de payer, il nous doit toujours du pognon, le sale petit étron, rappela Boniface.

— Il va de soi que vous pouvez compter sur moi pour payer le reliquat de la prime promise par Elder, assura Dreng. Reliquat auquel j'ajouterai les dix-mille ducats qu'exige Letto Larpal, en dédommagement du risque que je vous ai fait courir en impliquant les Passeurs dans cette affaire.

— Oubliez les dix-mille, objecta Falkenn. Ils constituent notre meilleure option pour retrouver Ambroisie Galate. Vous allez vous rendre à l'endroit convenu et remettre la somme aux Passeurs. Boniface espionnera la transaction, puis filera le train à nos camarades en manteaux gris jusqu'à leur repaire. La simplicité même.

— Surtout quand on branle rien et que c'est encore un autre qui va se taper tout le boulot, fit remarquer le félin du coin de la gueule.

— Localiser l'antre de Larpal est une chose, admit Dreng avec circonspection. Y entrer pour chercher Ambroisie Galate risque d'être moins aisé. Comment comptez-vous vous y prendre, exactement ?

Lorsque Luther Falkenn lui eut détaillé ce qu'il prévoyait de faire, Dreng Scramasaxe regretta d'avoir posé cette dernière question.

La journée s'annonçait décidément très mauvaise.

***

Depuis combien de temps je suis là ?

Je flotte dans une mare de somnolence douloureuse, un état de semi-conscience cuisant. Pas assez endormie pour ne pas ressentir les effets de la dégelée infligée par Letto, mais pas suffisamment réveillée pour tenir à distance les cauchemars qui reviennent inlassablement à la charge, avides de m'attirer plus profondément dans leurs abysses.

Je revois le sous-bois plongé dans une pénombre anxieuse, le torrent qui vagit sous les frondaisons affligées des saules noircis. Je revois la figure spectrale de ma mère, plantée comme une souche pâle sur l'autre rive. Je me revois, moi, gamine obtuse et indécise au bord de l'eau, incapable de faire un pas.

Aux portes de la conscience, l'esprit clair dans le brouillard de ma douleur, je m'interroge sur ce qui m'entoure. Pourquoi une forêt, bordel de chiotte ? J'ai toujours vécu en ville, moi. Jamais mis les pieds dans la cambrousse de toute ma putain de vie. Alors il sort d'où, ce satou ?

« Ambroisie… »

Et la voilà qui recommence à gémir. Tu veux pas me foutre la paix ? Me laisser pioncer une fois, juste une fois, rien qu'une, sans venir me faire chier ? Tu vas me poursuivre jusqu'à la fin de mes jours, c'est ça ? Ambroisie, Ambroisie… Je sais comment je m'appelle !

Comme toi.

Mon paternel a cru bon de me refiler le prénom même de sa femme morte en couches. Une idée à la con, ça. Je le porte comme un boulet. Il m'a enchaînée au fantôme de ma mère, en un rappel permanent de son destin tragique et des circonstances de sa mort. Tu parles d'un fardeau posé sur les épaules d'une gamine ! J'y ai toujours vu une accusation informulée, souterraine, vicieuse, terrible : celle de ma responsabilité dans le décès de ma génitrice.

« Ambroisie… »

Et bien sûr, je n'ai jamais entendu la voix de ma mère. Depuis toujours, dans ce fichu cauchemar, c'est par ma propre bouche que son fantôme s'adresse à moi, comme un don obscur né de la malédiction de notre prénom commun.

« Ambroisie… »

Et l'autre naine, là ? Mon alter-ego enfantin bêtement perché sur son bout de rive. Tu crois qu'elle ferait un pas en avant, cette gourde ? Tu crois qu'elle se remuerait le popotin ? Mais vas-y, bons dieux : tu vois bien que ce n'est qu'un petit torrent de rien du tout !

J'ai beau l'invectiver, lui chanter pouilles, la menacer des pires mesures de rétorsion si elle ne daigne pas traverser le ruisseau — coups de trique et brocolis, difficile d'être plus vache —, cette sale pisseuse reste plantée où elle est. Et l'eau monte, s'épaissit, vire au carmin, colore le sous-bois d'un éclat douloureux et cruel. Le torrent devenu rivière dévore ma mère, encore et encore.

Je vois son visage, à chaque fois. Et à chaque fois, je l'oublie.

***

Depuis combien de temps je suis là ?

Entre deux itérations de mon rêve d'enfant, mon esprit s'abandonne à une errance indolente. Il dévale le cours cahoteux de ma vie, toujours plus loin en direction de l'aval. Il se heurte aux souvenirs qui affleurent, tels des récifs, à la surface de ma mémoire.

Par moment, rêves et réminiscences se superposent. Un instant, j'aperçois Chehanna qui se baigne dans la rivière, inconsciente du danger. Je la hèle, lui ordonne de regagner la rive en ponctuant mon injonction de noms d'oiseaux, mais cette sale cagne me fait un doigt avant de plonger en riant dans les flots rouges.

Je crois ensuite distinguer dans le tronc lointain d'un saule perdu dans les ombres la silhouette maigrelette de Maddolus, affublé de son vieux pardessus usé et appuyé sur son bâton de frêne, mais l'illusion se dissipe dans un souffle, me laissant seule sur la berge, avec le zef qui me siffle dans les oreilles. Ses gifles sont plus dures que celles du Riffaudeur : il s'insinue en moi, resserre sur mon cœur un étau d'angoisse.

« Seule, me susurre-t-il. Tu es seule. »

Je réalise pourtant qu'Ichoria se tient sur la berge opposée. L'air revêche et inquisiteur, ma grande sœur a les yeux baissés sur la rivière comme si elle en évaluait le degré de propreté.

Je lui fais signe, mais elle m'ignore.

***

Depuis combien de temps je suis là ?

Je ne peux m'empêcher de penser à Ichoria. Le sang que nous partageons a toujours été un lien autant qu'une frontière. Le sang de notre mère, d'abord, versé pour me donner la vie. Celui de notre père, ensuite, répandu sur les murs de la petite mansarde familiale après qu'il a décidé de se faire sauter le caisson, à peine quatre ans plus tard. Mon seul souvenir de lui : c'est moi qui ai découvert le corps. Mon premier souvenir, en fait ; et une raison supplémentaire pour Ichoria de maudire la naissance de cette sœur qu'elle n'avait pas demandée.

Tout nous sépare. Après que notre grand-père nous a recueillies, mon aînée a très vite assumé le rôle de maîtresse de maison, quand je traînais dans les rues, multipliant les coups bien au-delà des quatre-cents. Ichoria est travailleuse et appliquée. Je suis une adepte convaincue de la glandouille, et les chiffres mis à part, rigoureusement bonne à rien. Ma sœur est d'une féminité exquise, naturellement élégante, incapable d'un mot plus haut que l'autre, mais tout à fait à même de s'exprimer d'un simple regard ou d'un silence affecté ; j'ai la subtilité d'un parpaing lancé à l'arrière du crâne, et à une époque, ma relation au savon était plus houleuse encore que celle que j'entretenais avec la gent masculine citégrisarde, qui avait d'ailleurs appris à redouter la précision et la vivacité du coup de genou auquel se réduisait mon langage corporel.

C'est Ichoria, seule, qui s'est occupée de tout après le décès du grand-père. Je n'ai pas daigné assister aux misérables funérailles, sans doute trop occupée à faire la bringue. Pour tout dire, je ne me rappelle même pas ce que je faisais à ce moment-là, ni où, ni avec qui. À l'époque, déjà, je collectionnais les aventures avec la même rigueur que les emmerdes.

Cette absence lors de l'enterrement du vieil homme a achevé de rendre notre relation détestable, en creusant une rive de plus entre ma sœur et moi. Déjà séparées par un torrent de non-dits, et bientôt par une voûte de pierre de plusieurs dizaines de mètres d'épaisseur après qu'Ichoria a trouvé du taf à la surface, on ne s'est plus adressé la parole pendant des années.

Quant à moi, à partir de là, je n'ai eu de cesse de m'enfoncer. Pas assez souple pour passer ma vie les genoux pliés comme Chehanna, je me suis écartée du trottoir pour emprunter la pente menant directement à la place de grève et à la fosse commune. J'avais beau être une nana, j'étais un peu plus qu'un vulgaire demi-sel : à quatorze ans, ma réputation de bagarreuse vicelarde était déjà bien établie, et j'étais plutôt bonne piqueuse. Mon levé de coude était au moins aussi professionnel que mon coup de genou. Cela, ajouté à ma consommation régulière d'ergot-feu, m'a valu une kyrielle de petits noms affectueux et pas mal d'ennuis. Je n'étais pas du genre à baisser les yeux, même quand le minimum syndical d'instinct de conservation le commandait.

J'aurais pu mal tourner. J'aurais dû mal tourner. J'avais même déjà amorcé le virage : ma peau garde encore les trophées de mes exploits : balafres laissées par des coups de couteau, stries blanchâtres marquant un passage imprévu à travers une vitre, deux jolies petites marques rondes là où une dragée tirée par un bignolon de la Sûreté m'a percé le gras de l'épaule.

Le plus cocasse, c'est que si je suis encore de ce monde, c'est à mon côté stupidement bravache que je le dois. Un soir où nous étions plus rétamées que d'habitude, alors que je me vantais de ma journée — j'avais barboté une montre en or à un bourge de la surface, ni vu ni connu —, Chehanna m'avait lancé un défi.

« T'es pas cap' de faire les poches à Maddolus Spyridon. »

Maddolus Spyridon. Le plus célèbre magicien de Solmost, et même de tout le pays, ainsi qu'à en croire certains, le plus puissant. On racontait qu'il pourrait faire s'effondrer tous les piliers de Citégrise si l'envie l'en prenait, ou vider la Baie de Sel. Comment, avec une paille ? C'était ridicule, pour sûr, mais l'idée de frotter mes talents de piqueuse à une figure locale de cette importance me bottait bien. Dégrisée, Chehanna avait tenté de me dissuader, mais autant pisser dans un violon en espérant qu'il se mette à jouer l'hymne national : j'étais décidée à ajouter un fleuron à ma couronne.

Encore aujourd'hui, je serais bien en peine d'expliquer pourquoi le vieux Maddolus ne s'est pas contenté de me désintégrer d'un geste. Outre que cela n'aurait pas représenté un gros effort pour lui, personne ne serait venu lui demander des comptes pour la mort d'une Citégrisarde : un Seigneur-Imprécateur, un membre estimé de sa corporation, un type qui avait siégé plus de quarante ans au conseil du roi ? Les argousins auraient balayé les cendres de la défunte Ambroisie Galate en s'excusant pour le dérangement.

Au lieu de quoi il m'a ramenée chez lui par les cheveux et m'a forcée à prendre un bain. Ouais, un bain, un vrai, le premier de ma vie, dans une vraie baignoire, avec de l'eau chaude et tout. Rien à voir avec mes trempettes mensuelles avec Chehanna sous les fuites de l'aqueduc à côté de la vieille fabrique de casseroles désaffectée que nous squattions avec quelques autres zonards.

Au cours des années suivantes, l'imprécateur retraité m'a nourrie, logée, blanchie, expédiée à l'école ; sans jamais rien demander en retour ni fournir d'explications. Chehanna avait entendu dire que les vieux magiciens développaient parfois ce genre de lubies. Leur espérance de vie étant nettement supérieure à celle des gens du commun, ils enterraient souvent conjoints, enfants et petits-enfants. Est-ce que ma ganache lui rappelait un membre disparu de sa famille ? Une épouse, une amante, une fille ? J'ai fouillé dans ses affaires au Vieux Phare — on ne se refait pas — sans jamais rien trouver pour étayer une thèse en ce sens.

C'est grâce à Maddolus que j'ai dégoté ce boulot de caissière à la Banque Nationale pour la Croissance. Probablement son meilleur tour de magie, puisqu'il a dû s'arranger pour faire disparaître le dossier, long comme le bras, de sa petite protégée à la Sûreté. Mais le vieux magicien l'avait plus long encore : un simple mot murmuré à l'oreille d'une connaissance, et le fichier dressant la liste exhaustive de mes petits péchés de jeunesse s'est miraculeusement évanoui. Malencontreusement égaré par un stagiaire distrait ? Inopinément jeté aux ordures par une femme de ménage trop consciencieuse ? Réduit par inadvertance à l'état de sous-main taché d'encre, de gras et de café ? Ou subtilisé par des lutins, peut-être ? Peu importait. Aux yeux de la loi, j'étais à nouveau vierge.

Cette blague avait beaucoup fait rire Chehanna.

***

Mon don pour les chiffres m'a valu une carrière fulgurante à la BNC. Une carrière d'actrice, essentiellement. J'ai dû apprendre à sourire sur commande, à faire preuve de tact et de retenue — des trucs dont j'ignorais jusqu'à l'existence — et à fermer ma gueule devant mes supérieurs, même s'ils m'arrivaient en moyenne au nombril.

Tous les jours, je me déguisais. *J'enfilais ces maudites godasses à talons qui me bousillaient les panards et me mettaient invariablement les mollets en compote, cette robe ridicule et ce putain de chemisier dont le col me grattait le cou, mais dissimulait idéalement le tatouage que je porte au-dessus de la clavicule. Tous les jours, je lisais mon texte : « Oui, Monsieur Scramasaxe », « Bien, Monsieur Scramasaxe », « J'y vais de ce pas, Monsieur Scramasaxe ». Et ta sœur, Monsieur Scramasaxe ?*

J'ai hésité à accepter la promotion à Sainte-Eusie-Ville. Pour tout dire, je ne m'y attendais pas du tout : le favoritisme est au moins aussi répandu chez les Nabots que la pingrerie. Je devais être sacrément convaincante dans mon rôle de composition pour que le vieux Dreng vienne me proposer de bosser à la maison-mère. Comptable en chef adjointe dans la plus grande banque naine des Basses-Terres, à même pas vingt-cinq balais, excusez du peu !

Je m'en foutais, en réalité. Je ne voulais pas quitter Solmost, ce qui m'aurait éloignée de Citégrise. M'aurait éloignée de Chehanna.

Paradoxalement, c'est cette dernière qui m'a motivée à partir. Durant les sept années passées à la BNC, j'ai vu mon autre sœur, ma sœur de cœur, vieillir à vue d'œil. Oh, elle restait magnifique, grande, élancée, les fesses galbées et les seins fermes, le sourire éclatant ; mais le regard, fenêtre sur une âme brisée par le tapin et la drogue, se faisait morne, s'auréolait de cernes. Des sillons accusateurs creusaient son front soyeux et ses joues de moins en moins roses sous son maquillage ravalé à la truelle.

Je me suis donc décidée à accepter l'offre de Scramasaxe. Vu le salaire mirobolant qu'on me proposait — le triple de ce que je gagnais à Solmost —, il me suffirait de quelques années afin d'amasser assez d'argent pour revenir au bercail et sortir définitivement Chehanna du trottoir.

Las, le retour a été moins triomphal que prévu.

Fraîchement débarquée à Solmost après moins d'un an d'absence, j'ai filé illico au Vieux Phare. Si le vieux Maddolus avait pu faire en sorte que la Sûreté m'oublie, il pourrait certainement se dépatouiller des papelards que j'avais volés à Sainte-Eusie-Ville.

Je l'ai trouvé inhabituellement nerveux, fermé. Il n'a prêté qu'une oreille distraite à mes problèmes.

« Reste ici, m'a-t-il dit. Repose-toi. Plus tard, je me rendrai personnellement auprès d'Ivannis Barca d'Ire et je m'occuperai de lui remettre ces documents.

— Plus tard ? Est-ce que tu as écouté quoi que ce soit de tout ce que je viens de te raconter ? J'ai tout le clan Scramasaxe pendu aux miches, et les dieux savent qui d'autre, et tu me demandes de rester à poireauter entre ces quatre murs ?

— Personne ne viendra t'y chercher. Nul ne peut pénétrer à l'intérieur du phare sans mon autorisation. Tu es en sécurité, ici, bien plus que n'importe où en ville. Surtout en ce moment. »

Quelque chose l'inquiétait, c'était évident. J'ai tenté de lui tirer les vers du nez, mais j'aurais eu plus de succès en essayant de forcer les coffres de la BNC avec un cure-dents.

Cependant, son mutisme a aiguisé ma curiosité. Je voulais savoir ce qui pouvait causer du mouron à un bonhomme de plus de cent-trente piges qui avait connu les pires heures du dernier siècle, et qui n'avait pas cru bon de quitter Solmost sous le règne du Bâtard.

Il s'est mis à baguenauder en ville, de jour comme de nuit. C'était inhabituel, ça aussi. Ignorant ses consignes, je l'ai suivi une première fois, à la nuit tombée — je n'étais pas assez conne pour montrer ma gueule en pleine lumière — pour le retrouver en train d'épier un enterrement. Un cirque auquel il s'est encore livré les jours suivants. Devenait-il fou ?

La veille du meurtre du vicaire, je lui ai filé le train jusqu'aux mines de Malethorarlod, pour le voir rentrer dans un de ces clapiers taillés dans la roche où logent les gueules noires. Là encore, je suis tombée des nues : depuis quand fréquentait-il des Demi-Portions ? Et des pue-la-sueur, par-dessus le marché ?

« … crains de ne pas être porteur de bonnes nouvelles », ai-je entendu en me rapprochant de la fenêtre. C'était la voix du magicien. « La Petite Sœur se réveille.

— Si tôt ? s'est étonné son interlocuteur. Mais mon père a disparu que d'puis cinq jours !

— Nous naviguons sur des eaux inconnues, Modi. Le cas ne s'est jamais présenté depuis la peste grise, voilà plus de treize siècles. Tout ce que nous savons, c'est que le Chant a cessé d'entraver sa volonté, et que son pouvoir se répand à travers Solmost, lentement mais inexorablement. Pour l'instant, les victimes ne sont que des vieillards, mais plus elle émerge de son sommeil, plus il est à craindre que les conséquences prennent des proportions incontrôlables.

— Une nouvelle peste grise.

— Il y a plus inquiétant encore. Celui qui est responsable de la disparition de votre père a sans doute bien d'autres projets que de déclencher une épidémie. Pour des esprits qu'enfièvre la marche forcée vers l'avenir, la Petite Sœur pourrait constituer une arme fantastique, un moyen de dépasser certaines limites auxquelles ils se heurtent aujourd'hui.

— Les Anscarides ?

— Les Anscarides ou les Ligueurs, quelle différence ? s'est exaspéré Maddolus. Alchynon de Torée n'est pas moins doctrinaire que Hagen. Le premier ira jusqu'au Sépulcre et y enter-

rera les peuples qu'il prétend défendre pour gagner cette guerre. Quant aux Septentrionaux… Ils ont déjà violé tant de lois de la nature, pourquoi s'arrêteraient-ils en si bon chemin ?

— Qu'est-ce qu'on peut faire ? a demandé le dénommé Modi.

— Il y a encore des esprits raisonnables parmi les têtes pensantes de la Compagnie du Silence. Dame Morville, qui commande ses forces à Solmost, passe pour l'un d'eux. Je vais lui exposer la situation. Si l'initiative vient des Ligueurs, elle pourra peut-être faire cesser cette folie. Et dans l'hypothèse où Hagen serait derrière, la Compagnie devra mobiliser ses ressources afin de traquer les agents impériaux responsables de cette opération et de retrouver votre père.

— Ça pourrait leur prendre trop d'temps. Si la P'tite Sœur se réveille d'ici là, on y est jusqu'au cou !

— Le Chant n'est qu'une des barrières qui la retiennent, avait argumenté Maddolus. Or, il faut localiser le Berceau pour briser l'autre. Cela nous laisse encore un peu de temps. Un tout petit peu de temps, et guère plus d'espoir. Mais ne nous décourageons pas, Modi. Remettez-moi le médaillon de votre père : je vais tenter un rituel sensitif. Je doute de pouvoir le localiser ainsi, mais sait-on jamais… Merci. Je dois voir Dame Morville demain soir. Je vous tiendrai au courant. Dans l'intervalle, ne parlez à personne. Si quelqu'un prétend venir de ma part, ne le croyez pas. Si votre père les tient en échec, s'il arrive à leur cacher l'entrée du Berceau, ils viendront sans aucun doute fouiner par ici. »

Je n'ai rien bitté à ce qu'ils racontaient. La Petite Sœur ? Le Berceau ? Le Chant ? C'était quoi, ce baratin ? Et voilà qu'après quarante ans à l'écart des affaires publiques, le vieux Maddolus semblait décidé à prendre contact avec la Compagnie du Silence ?

Je suis rentrée au Vieux Phare, la caboche farcie de ces questions auxquelles je n'avais pas la moindre chance de trouver un début de réponse. J'en avais presque oublié que j'avais mes propres soucis à résoudre, et il était clair que les documents des Scramasaxe n'étaient pas la priorité du moment pour le magicien. J'allais devoir me débrouiller autrement.

Le lendemain, en désespoir de cause, je me suis décidée à m'adresser à ma sœur.

Cette dernière n'a rien dissimulé de sa déconvenue en revoyant sa cadette, ni le peu de cas qu'elle faisait de mon histoire, purement abracadabrante, n'est-ce pas, de documents et de pirates. Elle a refusé de m'introduire au Malniki Saraï afin que je présente les documents au vicaire du roi.

« Tu veux que je perde mon poste ? Et de toute façon, je ne suis qu'intendante : il y a du monde entre moi et Barca d'Ire. On ne te laissera pas l'approcher comme ça. »

Je n'ai pas lâché le morceau.

« Ces documents sont importants pour les Scramasaxe, ai-je affirmé en les agitant sous le nez d'Ichoria. Et pas seulement pour eux. Quelqu'un m'a attaquée à Sainte-Eusie-Ville pour mettre la main dessus, et vu leur contenu, tu peux parier que le commanditaire est pas un rigolo. Et j'ai les Scramasaxe sur le dos, maintenant : t'as vraiment envie d'attendre que leurs hommes de main viennent frapper à ta porte ? Arrange-toi pour que je rencontre le vicaire, et nous serons protégées. »

Un mauvais calcul de plus. À croire que je ne suis pas si bonne avec les chiffres, et que mes années à bosser derrière un bureau ont émoussé mes instincts de mauvaise fille de Citégrise.

J'aurais dû venir voir le coup, déjà à Sainte-Eusie-Ville. Quand Elder Scramasaxe s'est pointé, tout sourire, pour me demander de jouer les coursiers, à peine deux mois après mon entrée en fonction, j'aurais vraiment dû flairer le fourbi. Fallait-il vraiment une comptable en chef, même adjointe, pour distribuer le courrier ? « J'ai besoin d'une personne de confiance pour transporter ces documents de toute première importance », qu'il me dit, et vas-y qu'il me rajoute une couche de cirage : « Votre professionnalisme n'est plus à prouver ». Suis-je donc si bonne actrice pour que mon numéro de music-hall sur talons abuse jusqu'au Nabot le plus retors du continent ?

Des nèfles, oui. Une employée haut placée de la Scramasaxe avait peu de chances d'attirer l'attention des autorités. Que je sois humaine et pontsalinoise permettrait à mon sympathique patron de se désolidariser plus facilement si, par le plus grand des hasards, on venait à me surprendre avec les plans de route et les listes des cargaisons de tous ces rafiots. J'étais la bonne poire, la mule et, en cas de pépin, le bouc émissaire parfait.

J'aurais aussi dû comprendre beaucoup plus tôt qui m'avait balancée. Ce type en noir qui débarque au Vieux Phare, suivi de près par les rombiers des Brigades, ce n'était sûrement pas une coïncidence.

Le coupable tout désigné, c'était Ichoria. Après tout, elle avait pris des risques pour me faire entrer au palais royal le soir-même du meurtre du vicaire — meurtre auquel j'avais assisté, et aux premières loges, s'il vous plaît ! — et on l'avait arrêtée dans la foulée, sans doute parce que des domestiques sous ses ordres avaient moufté auprès des argousins. Je doutais sincèrement qu'elle m'aime assez pour ne pas croquer le marmot à son tour.

Mais j'ai oublié un élément dans mon équation.

Après avoir vu mon adorable grande sœur se faire agrafer devant sa baraque, mon instinct des bas-fonds a momentanément repris le dessus, mis mes guibolles en branle sans que mon cerveau y trouve à redire. Elles m'ont guidée jusqu'à Citégrise, jusqu'à ma chère Ville sans Jour, et je me suis sentie chez moi dans la forêt de ses piliers scrofuleux, à respirer le bon air chargé d'émanations aussi diverses que nocives, à humer sa divine puanteur.

Ma maison. Ma vraie maison.

J'en ai profité pour planquer les encombrants fafiots des Scramasaxe. Cette paperasse maudite ne m'attirait que des ennuis, et bien qu'elle soit ma meilleure assurance sur la vie, la dernière chose qui donnait un vague prix à mon existence aux yeux de tous ceux qui me couraient après, m'en délester momentanément me rassurait.

C'est là que j'ai retrouvé Chehanna. Elle faisait le ruban du côté de notre ancienne carre, la fabrique de casseroles ayant depuis été reconvertie en usine d'armements. L'activité étant florissante, c'était une bonne gâche pour rameuter du micheton.

Elle avait encore pris un bon coup de vieux depuis notre dernière rencontre. Elle avait à peine un an de moins que moi, mais donnait l'impression d'en afficher dix de plus au compteur. Pourtant, au fond, elle ne changeait pas d'un poil : toujours aussi bringueuse. On a passé le reste de la nuit ensemble à faire la tournée des bars, avant d'atterrir chez elle pour un dernier tour de piste.

Plus encore que la gueule de bois mémorable que je me trimballais à mon retour au Vieux Phare, peu avant l'aube, c'est sans doute la découverte du cadavre de Maddolus qui m'a embrouillé le ciboulot. Je n'étais pas préparée à sa mort. L'idée même qu'il puisse baiser la Camarde ne m'avait jamais effleuré l'esprit : plus un magicien est puissant, plus il vit vieux. Seulement voilà : magicien ou pas, puissant ou non, quand on vous tronçonne la carotide jusqu'aux cervicales, c'est dur de s'en remettre.

J'étais moi-même sous le choc. Sans ça, j'aurais été plus prompte à réaliser que c'était Chehanna, et non Ichoria, qui m'avait débinée.

Le gâteau sur la cerise, c'est que Letto s'est chargé de confirmer mes soupçons. Durant notre petit tête-à-tête, entre deux darioles tendrement appliquées en travers de la banquette, le duraille s'est fendu d'une petite confession inattendue.

« Tu connais Metisto Strabyzem ? Oui, bien sûr, ça fait déjà quelques années qu'il s'est installé, tu en as sûrement entendu causer. Figure-toi qu'il te cherche, lui aussi. Oh, attention,

il est moins sympa que moi : je tiens à toi, tu vois ? Ta bonne santé me préoccupe. On est là… On discute. On taille une bavette. Le Diablotin, lui, comme il est persuadé que tu es un doppelganger, il a prévu de t'ouvrir de bas en haut pour voir ce que tu as dans le ventre.

« Il a un sacré réseau d'informateurs. Il est vachement difficile à concurrencer sur ce terrain, faut avouer : la moitié des traîne-patins de Citégrise doit bosser pour lui, directement ou indirectement. Il a des mouchards partout, même des gamins et des clodos. Et des putes, évidemment. Tu vois où je veux en venir, hein ? Ta copine l'agenouillée, là… Tehanna, c'est ça ? Boh, on s'en fout. C'est elle qui t'a balancée. Eh ouais. L'amitié ne vaut pas plus cher que la vie par ici.

« Mais le Diable ne paye pas bien. Alors, lorsque j'ai mis cinq-cents ducats sur la table, ni une ni deux, l'arthurine a retourné sa veste. Mais je n'allais pas raquer, tu penses bien. Faut pas déconner : une demi-plaque la passe, c'est moi qui me faisais baiser. Au final, cette salope a eu ce qu'elle méritait, tu ne crois pas ? »

Il espérait sûrement me casser le moral comme il m'avait déjà démoli le portrait, et me décider dans la foulée à lui livrer les informations qu'il désirait sur les petits trafics auxquels se livrait le clan Scramasaxe. Peine perdue : à ce moment-là, outre quelques décilitres de sang, deux ou trois chicots et une bonne partie du lexique ordurier de Citégrise, j'avais déjà craché tout ce que je savais.

Il a tout de même réussi à me faire pleurer, l'empaffé.

***

Peu à peu, Ambroisie sortit de sa torpeur.

Les sombres images qui hantaient son esprit refluaient vers ses profondeurs, mais lentement, rechignant manifestement à abandonner le terrain durement conquis au cours des dernières heures. Elles finirent néanmoins par s'évanouir, chassées par une aube rouge de douleur.

Larpal s'était montré démocratique dans sa façon de la passer à tabac : un os, un coup. Pas une partie du corps d'Ambroisie qu'il n'ait négligée, de telle sorte que, si à cet instant, on lui avait collé entre les mains un bouquin d'anatomie, la jeune femme aurait été en mesure d'identifier chaque muscle et chaque os rien qu'à la sensation cuisante qui les parcourait. Ses côtes la lançaient, sa bouche avait la saveur pâteuse des lendemains de cuite à laquelle venait se mêler celle, métallique, de son propre sang. Des frissons lui remontaient le long des jambes, comme si un milliard de minuscules fourmis de glace se glissaient en colonnes sous l'épiderme de ses mollets et de ses cuisses.

Allongée à même le sarcophage de son colocataire du moment — sans conteste le plus accommodant avec lequel elle eut jamais partagé quatre murs —, il lui sembla percevoir des éclats de voix. Ouvrant des yeux chassieux — une manœuvre aussi ardue que si ses cils avaient été des barreaux d'acier suspendus à même ses paupières —, elle aperçut une lumière jaune qui éclairait le plafond du corridor au-delà des grilles closes. Percluse de douleur, la jeune femme prit sur elle pour se redresser, et parvint au terme d'une pénible séance de contorsions à dénicher une position où elle n'avait mal qu'en une petite dizaine d'endroits.

La lumière gagnait en intensité dans le couloir, formait maintenant une flaque qui se répandait au sol de sa sinistre cellule. Les voix se doublaient à présent de bruits de pas.

Un groupe de personnes approchait. Ambroisie ignorait si elle devait s'en réjouir ou s'en inquiéter : elle savait pertinemment que si d'aventure Letto Larpal la libérait, ce ne serait que pour la remettre aux Scramasaxe, et qu'elle en viendrait très vite à regretter la compagnie du Riffaudeur. Et si les Nabots refusaient de payer, elle bénéficierait sans doute d'une ultime séance en tête-à-tête avec le chef des Passeurs.

La silhouette de ce dernier se dessina derrière les grilles. Bien que sa vision ne se fût pas encore totalement dégagée de la brume de son inconscience, Ambroisie le reconnut clairement à sa capuche. Plusieurs hommes l'accompagnaient. Deux d'entre eux tenaient des lampes à huile. Larpal ouvrit le portillon, s'écarta de l'entrée, et deux autres brigands en pardessus gris pénétrèrent alors dans le caveau, tenant par les bras un personnage de petite taille, mais à l'embonpoint prononcé.

— Lâchez-moi ! hurla celui-ci.

Ambroisie sentit tous ses muscles se contracter.

Cette voix…

— Je vous ai ordonné de me lâcher ! insista le petit être rondouillard.

— Mais bien sûr, acquiesça Letto, faussement urbain. C'est demandé si poliment.

Il eut un geste de la main, et les deux Passeurs qui tractaient la silhouette obèse balancèrent leur chargement.

Ce dernier atterrit pesamment sur le ventre, à moins de deux mètres de distance d'Ambroisie. À la lueur de la bougie qu'on lui avait laissée, elle reconnut sans peine son ancien patron.

C'était Dreng Scramasaxe.

Le Dvargar se remit d'un bond sur ses pieds et se précipita vers la sortie, mais les Passeurs avaient déjà refermé la grille.

— Cela ne figurait pas dans notre accord, Larpal ! mugit le directeur de la BNC en s'accrochant aux barreaux du portillon qu'il secoua comme un gros macaque barbu.

— J'ai changé les termes de notre accord, répliqua sereinement le Riffaudeur.

— Libérez-moi immédiatement, ou je vous jure que…

— Que quoi ? Allez-y, dites-moi ce que vous allez faire, que je rigole un bon coup. Citégrise n'est pas le Capistre, Scramasaxe : vous voilà dans des eaux où vous n'êtes plus au sommet de la chaîne alimentaire.

— Vous n'êtes qu'un idiot ! s'emporta le Nain. Je suis le directeur de la Banque Nationale pour la Croissance ! Le chef du clan Scramasaxe en Pont-Salin ! Vous croyez que personne ne va remarquer ma disparition ? Des gens vont se mettre à ma recherche !

— Qu'ils s'amusent, alors, contra Larpal, les bras croisés sur la poitrine. Cela fait plus de vingt ans que la Sûreté a mis ma tête à prix, et pendant tout ce temps, personne n'a jamais trouvé cet endroit. Alors prenez vos aises, c'est un conseil. Les négociations pourraient durer un certain temps.

— Quelles négociations ? Si vous comptez que mon cher fils paye une rançon pour moi, vous surestimez la tendresse des sentiments qui nous unissent.

— Et qu'en est-il de votre neveu ? demanda Larpal après s'être penché pour que ses yeux se retrouvent au niveau de ceux de son interlocuteur.

Il décroisa les bras et en tendit un en direction d'un de ses subordonnés, qui lui remit une chemise en carton passablement chiffonnée qu'il agita ensuite sous le nez du Dvargar.

— J'ai la preuve de vos petits arrangements avec les Tucks. Ces documents, et le témoignage de la greluche, sont amplement suffisants pour faire tomber l'ensemble du clan Scramasaxe. Mais il y a un truc qui ne colle pas dans votre histoire : pourquoi la vouloir vivante, puisqu'elle est si dangereuse pour vos intérêts ?

Du menton, il indiqua Ambroisie, et Dreng se retourna d'un coup vers elle, comme s'il n'avait jusque-là pas eu conscience de la présence de quelqu'un d'autre dans la pièce.

— En fin de compte, j'ai rempli ma part du contrat, enchaîna Larpal, sarcastique. Vous vouliez cette petite garce vivante, eh bien, la voici. Vous allez avoir tout le temps de discuter, tous les deux. Le temps pour moi de savoir combien votre neveu est prêt à mettre, lui, pour récupérer ces documents et la fille.

***

Les premières minutes après le départ de Larpal et de ses hommes s'écoulèrent dans un silence qu'on aurait pu qualifier de mort, mais outre la faiblesse du calembour, c'eût été faire injure à l'occupant légitime du caveau. Il n'avait pas demandé à recevoir des invités aussi malcommodes et discourtois.

— Larpal a dit que vous me vouliez vivante, finit par lâcher Ambroisie, assise sur le sarcophage. Pourquoi ?

— J'ai besoin de vous pour faire tomber Elder et mettre un terme à son trafic avec les Tucks, répondit Dreng Scramasaxe.

Il ouvrit les bras, embrassant d'un geste le réduit macabre qui leur servait de geôle.

— Vous nous auriez épargné tout ce cirque en venant directement me voir avec les documents, ajouta-t-il aigrement.

— Vous en avez de bonnes ! s'exclama la jeune femme. Comment je pouvais deviner que vous n'étiez pas de mèche avec votre neveu ? Ç'aurait été un sacré pari, et c'est ma tête que je jouais. Tout le monde sait que les clans nains sont soudés et très hiérarchisés !

— Tout le monde sait aussi que les Dvargars sont petits et barbus, mais je peux vous garantir que ma mère ne s'est jamais rasée de sa vie.

— Et elle faisait deux mètres vingt, aussi ?

— Vous voyez ce que je veux dire, répliqua Dreng.

— Ce que je vois, c'est que je suis dans la panade à cause de vous.

Ses ongles grattaient la pierre du cercueil, piètre exutoire à la colère qui lui montait des tripes. Elle s'imagina en train de rouer de coups le vieux Dvargar, mais se retint à grands frais.

— Vous voulez me faire croire que vous êtes différent de votre neveu ? La bonne blague ! C'est vous qui avez engagé les Passeurs ! C'est vous qui m'avez collée dans les pattes de Larpal ! Le peu que j'avais dans ma vie, je l'ai perdu en quelques jours, tout ça à cause de vos magouilles ! J'aurais dû vous envoyer chier quand vous m'avez proposé cette promotion au lieu de tabler sur la reconnaissance d'une bande de pourris !

— Mademoiselle Galate ! s'offusqua Dreng qui n'avait encore jamais entendu la Citégrisarde derrière la comptable.

— Quoi, « Mademoiselle Galate » ? cracha violemment Ambroisie, mais un méchant élancement dans les côtes l'empêcha de poursuivre sa tirade.

Elle porta une main à son flanc endolori, s'appuya de l'autre sur le sommet du sarcophage afin de se laisser le plus délicatement possible glisser à bas de son lit de fortune et de marbre. Sifflant entre ses dents, elle s'assit en tailleur, le dos appuyé contre la paroi ouvragée de l'antique sépulture nobiliaire.

— Y'a plus de « Mademoiselle Galate », exhala-t-elle, soudainement vidée du peu d'énergie dont la rage l'avait momentanément dotée. La représentation est finie, Scramasaxe. J'ai fait mes adieux définitifs à la scène, alors ne comptez plus sur mes ronds de jambes. L'Ambroisie des bas-fonds de Citégrise, c'est tout ce qui reste.

Le Nain l'observa sans mot dire, ébaubi par la charge qu'il venait de subir. Cédant à son rituel des mauvais jours — et les dieux savent que celui-là était sans doute un des pires de sa vie —, sa main triturait nerveusement les nattes de sa barbe, l'une après l'autre, droite gauche droite, droite gauche droite. Ambroisie aurait volontiers ri à la déconfiture de son ex-patron, si elle n'avait redouté déclencher de nouvelles douleurs.

Sentant à nouveau l'épuisement la gagner, elle ferma les yeux.

— Je suis désolé, souffla tout à coup Dreng.

— Désolé ? répéta Ambroisie en relevant les paupières.

— Larpal. Je n'aurais jamais dû faire appel à lui. J'ai agi dans l'urgence : Elder avait mis un chasseur de primes à vos trousses. Il fallait que j'agisse pour lui couper l'herbe sous le pied. Je ne pouvais pas prendre le risque qu'il vous tue.

— Je devrais sûrement vous remercier, mais, comment dire ? ironisa Ambroisie. J'ai mal de partout, la gueule comme une balle de cricket, je crève la dalle, et j'ai le cul posé sur le sol d'un caveau. Vous comprendrez que je garde ma gratitude pour une autre occasion, hein ?

— Je devais empêcher que ces documents tombent entre de mauvaises mains ! se défendit Dreng.

— Bravo, alors, répliqua la jeune femme avec vivacité. C'est très réussi.

À nouveau, sa répartie coupa la chique au Dvargar. Bras croisés, une main triturant alternativement les nattes de sa barbe, celui-ci soutint toutefois le regard de son ancienne employée : sans doute le représentant d'une des plus vieilles lignées naines du continent qu'il était se refusait-il à baisser les yeux devant une Humaine sortie d'une des pires fosses d'aisance de l'histoire des grandes villes industrielles. Ce fut tout du moins ce que se figura Ambroisie jusqu'au moment où Dreng, s'étant approché d'elle à pas mesurés, se mit à la scruter avec intensité à la lumière flageolante de la bougie.

— Il ne vous a pas ratée, le bougre, commenta-t-il finalement avec un regard peiné pour le visage d'Ambroisie.

— Y'a pas à dire : vous savez parler aux femmes, vous.

— Navré… Vous avez très mal, j'imagine ?

— C'est en enfonçant des portes ouvertes que vous êtes devenu directeur ? grogna encore la jeune femme, mais elle se surprit à regretter la virulence de ses propos.

La compassion qu'elle lisait dans les yeux du vieux Nain paraissait sincère. Ambroisie se refusait toutefois à faire montre d'une quelconque aménité à son égard. Elle l'avait assez fréquenté à l'époque où elle travaillait à la BNC pour savoir qu'il était, lui aussi, un excellent acteur.

Toutefois, une question lui brûlait les lèvres.

— Dites…, enchaîna-t-elle. Y'a pas de miroir ici, alors… Sans mentir…

Elle désigna du doigt son propre visage.

— C'est comment ?

Le Dvargar ne put retenir une vilaine grimace.

— Il faudra sans doute insister un peu sur le fond de teint, à l'avenir. Ai-je dit quelque chose de si drôle ? s'étonna-t-il comme Ambroisie partait d'un rire douloureux.

— L'avenir ? Parce que j'ai un avenir, moi ? Arrêtez l'humour, Scramasaxe. Je sortirai jamais d'ici, conclut-elle en se calant la tête contre le cercueil, mais le Nain s'approcha encore d'elle.

— Ne vous en faites pas, fit-il alors en baissant la voix. Nous serons très bientôt libres.

— Vous, peut-être. Mais Larpal ne me laissera pas sortir : tant qu'il m'aura sous la main pour faire pression sur Elder, il pourra le faire cracher indéfiniment au bassinet. Je suis sa poule aux œufs d'or.

— Je ne m'inquiéterais pas non plus du cas de monsieur Larpal, si j'étais vous, persista Scramasaxe. Il sera réglé avant la fin de la journée.

— Et par quel miracle ? voulut savoir Ambroisie, dubitative.

— Vous me décevez, Mademoiselle Galate. Vous avez travaillé pour moi pendant plusieurs années : pensez-vous sincèrement que j'aurais joué avec le feu sans raison ? Que j'aurais pris un risque pareil sans escompter un bénéfice en retour ?

— De quoi est-ce que vous parlez, bons dieux ?

— Larpal exigeait dix-mille ducats, ce que j'ai accepté de payer uniquement pour l'attirer hors de sa tanière : le chasseur de primes engagé par Elder, et qui travaille à présent pour moi, sait où nous nous trouvons. Certes, je ne m'attendais pas à me retrouver en si fâcheuse posture, mais peu importe. Seul le résultat final compte. Larpal croit m'avoir piégé ? Qu'il ricane tant qu'il le peut : c'est lui qui a mordu à l'hameçon. Nous n'avons plus qu'à attendre qu'on vienne nous chercher.

— Vous êtes sérieux, là ? persifla la jeune femme. On va venir nous chercher ? Vous délirez ou quoi ? Les Passeurs sont le plus gros gang de Citégrise. Il y a une véritable petite armée entre nous et le monde extérieur. En plus, Larpal est un magicien : ma main à couper que cet endroit est truffé de boucliers et d'alarmes pour empêcher le passage des indésirables. Est-ce qu'il a pensé à ça, le luminaire intellectuel qui a pondu cette brillante stratégie ? Comment il compte s'y prendre pour venir nous récupérer, votre chasseur de primes ? Il lui faudrait des hommes, en nombre et bien armés, secondés par des magiciens pour passer en force. Qu'est-ce qu'il compte faire, votre stratège ? Engager une armée de mercenaires, comme ça, au débotté ? Non, attendez, j'ai mieux encore comme idée à la con : taper à la porte du palais et demander poliment à l'armée de se ramener ici en expliquant que l'espion anscaride s'y trouve !

Ambroisie laissa échapper le ricanement qui lui chatouillait la gorge, en dépit de la brûlure qui lui explosa au bas des côtes. Sa mimique narquoise folâtrait avec une grimace de douleur, mais l'une comme l'autre disparurent sous un masque de stupéfaction froide lorsque la jeune femme saisit l'expression, sérieuse quoiqu'à présent mâtinée d'un léger soupçon d'embarras, de son ancien patron.

— Non… ? Vous vous foutez de moi ? C'est ÇA, votre putain de plan ?

***

— Épouftouflant…, souffla Wolfdagger.

Il s'était exprimé à voix basse, mais l'acoustique des lieux captura son chuchotement, l'étira, le démultiplia en un chœur assourdi de soupirs parmi lesquels s'infiltraient des murmures à la limite de l'audible, fantasmés peut-être ; comme si des siècles de prières sourdaient directement des murs, rappelés du passé par l'invocation du général.

Le Pyrée Quinque était l'un des lieux les plus sacrés de Solmost. Sis au rez-de-chaussée de l'imposant donjon de l'Alaqarak — auquel certains historiens, relayés par la croyance populaire, affirmaient qu'il était antérieur de plusieurs siècles, que la forteresse avait seulement été érigée autour, comme un écrin de solides pierres immaculées —, il s'agissait également de l'un des plus vieux temples quintimiens.

Certes, il faisait pâle figure à côté des édifices monumentaux érigés à la gloire des Cinq à travers toute la Magneterre. Vraisemblablement bâti par la main même des croyants locaux, ses proportions se limitaient à celles d'une humble chapelle pentagonale. Les soldats y venaient se recueillir à la veille d'une bataille, dans l'espoir de s'attirer la faveur du dieu de la Guerre ; ou après, pour recommander à Andraxès les âmes de leurs compagnons tombés au combat.

Cependant, la beauté de ses fresques murales hissait le Pyrée Quinque au rang des plus illustres lieux de culte du continent. Leur paternité comme leur datation précise faisaient l'objet de débats passionnés chez les historiens de l'art, et si chacun s'accordait à reconnaître qu'elles ne pouvaient avoir plus de mille ans — et étaient subséquemment largement postérieures au temple lui-même — , le mystère de leurs origines demeurait entier. On les avait successivement attribuées à plusieurs grands noms de la peinture magneterrienne, sans qu'aucun consensus ne se dégageât parmi les spécialistes de l'art religieux.

Wolfdagger contempla un à un les différents panneaux qui retraçaient les grandes étapes de *Samara*, l'Affrontement, la guerre des dieux qui avait vu s'opposer les Cinq au Faux Frère, le grand démon Netras. L'artiste s'était évertué à représenter ce dernier de façon floue : jamais au centre des scènes où il figurait, comme une créature honteuse à six bras, il se soustrayait à la lumière par des teintes ternes, grises, noires ou terreuses ; c'était une ombre, un spectre obscur et informe, aussi difficile à reconnaître que le mal qui siège pourtant dans le cœur de chacun.

À l'inverse, les fresques dépeignaient les Cinq dans leurs moindres détails. Le radieux Arganas, petit homme barbu et malicieux au crâne nimbé d'un éclat d'aube, resplendissant dans ses robes d'or. La magnifique Cémate, déesse de la Terre et Mère des Hommes, dont la peau tannée rappelait l'écorce du chêne, aux yeux dépourvus d'iris, changeant de couleur au gré des saisons. La déesse des Eaux, Capalata, mi-femme mi-poisson, couronnée de corail, aux joues parsemées d'innombrables yeux similaires à ceux d'une pieuvre ; et le Fossoyeur, le dieu des Morts, la moitié gauche de son visage dénudée jusqu'à l'os, une pointe de lumière écarlate étincelant au creux de son orbite évidée. Un œil vigilant à jamais ouvert, infatigable, à l'affût des péchés des mortels dont Andraxès était le juge, le juré et le bourreau.

Le regard du général s'attarda un instant sur le cinquième membre de la divine fratrie, Suradrus. Appuyé sur un lourd espadon, revêtu de mailles rougies par le sang de ses ennemis, le visage et les bras lardés de balafres laissées par ses sept fils, la peau cloquée de brûlures anciennes — le genre de témoignages d'amour auquel on doit fatalement s'attendre lorsqu'on engendre des dragons —, l'apparence du dieu de la Guerre aurait pu être celle de n'importe quel soldat : solennelle, pleine de fierté contenue, mais dépourvue de pompe, elle se voulait moins une ode au combat qu'un rappel cinglant de l'âpreté du métier des armes.

De fait, la plupart des panneaux retraçaient des scènes de bataille mettant aux prises les nations humaines demeurées fidèles aux Cinq aux hordes de l'empire nétrasque : Ogres, morts-vivants, démons et magiciens corrompus par les promesses de pouvoir sans limite du Faux Frère. Jusqu'au combat final, lorsque Sivarius, le Fils des Cinq, le demi-dieu fondateur du Divin Empire, abattit Netras et le précipita du plus haut sommet du Rempart de Fer jusqu'aux tréfonds du Séjour des Morts où il demeurerait prisonnier à jamais.

Oscar-Baruk Wolfdagger n'était pas très porté sur la religion. Élevé dans la foi quintimienne, il conservait de ses années de jeunesse une certaine sympathie pour les curés, et ses bourlingues des trente dernières années lui avaient appris à estimer les aumôniers, qu'ils fussent quintimiens — les prêtres-guerriers de Suradrus participant directement au combat, les guérisseurs cématiens, les sinistres silhouettes encapuchonnées des thanaturges d'Andraxès chargés d'achever les blessés et d'éviter qu'on réveille les morts — ou même héliothéistes. Pour autant, il se méfiait des hautes instances religieuses, à ses yeux dangereusement réactionnaires. Une appréciation qui valait, là encore, tant pour les cinq hauts prêtres du Dastorium — l'organe collégial à la tête du Culte des Cinq — que pour le primogarde du Culte Solaire, qui figurait parmi les plus fervents partisans de la restauration impériale sous la férule de Damyr de Morinthe.

Quant aux dieux… Wolfdagger y croyait, certes, mais bien moins qu'au libre-arbitre. En fin de compte, n'était-ce pas un Homme qui avait vaincu Netras ? Et à travers Sivarius et la fondation du Divin Empire, les Cinq n'avaient-ils enjoint aux mortels d'assumer eux-mêmes leur propre destin ? N'était-ce pas là la vraie leçon de *Samara*, la seule qui vaille la peine d'infliger à un gamin des heures de catéchisme : « Démerdez-vous » ?

Et pourtant. Ces derniers temps, le général était séduit par l'idée d'une intervention divine. Il s'étonnait lui-même de la facilité avec laquelle chaque étape du plan mis au point avec Alchynon de Torée et Wilhelmina Morville succédait à la précédente, avec quelle perfection elle préparait la réalisation de la suivante, comme dans un jeu de dominos. Et jusqu'à cet imbécile de prince Belaïstès lui-même qui, refusant de céder un pouce de terrain aux Anscarides, avait eu l'idée de cette folle initiative de riposte sur Bilfimir ! Wolfdagger n'aurait pas osé proposer une telle chose.

Il quitta le Pyrée Quinque, non sans avoir brûlé un peu d'encens sur l'autel et laissé en offrande quelques-uns des cigares offerts — un terme sans doute dépourvu de sens quand on avait affaire à un banquier — par Ostri Scramasaxe. Celui-ci en avait fait livrer une caisse entière au bureau du général à l'Alaqarak : probablement l'équivalent nain d'une boîte au format familial, mais à l'échelle d'un clan complet.

On croisait du monde à toute heure dans les couloirs de l'Alaqarak. Officiers, soldats du rang, aumôniers, fonctionnaires civils et magiciens allaient et venaient en un flot continu, sang animant les artères de pierre de la vénérable forteresse, lui conférant une vie propre. Un flot qui se scindait à l'approche de Wolfdagger comme pour esquiver un énorme caillot. Les soldats et les officiers le saluaient avec raideur, usant du classique « Mon Général ». Cependant quelques-uns, de même que la majorité des civils qu'il rencontra en chemin, lui donnèrent plutôt du « Monsieur le Ministre ». La nouvelle n'avait pas tardé à se répandre que le vicaire Athossi, fraîchement installé dans ses nouvelles fonctions, avait immédiatement officialisé la désignation de Wolfdagger comme ministre de la Sûreté.

Un poste de première importance qui, avec l'appui de la famille Scramasaxe, lui permettrait de verrouiller totalement l'information, de soustraire la population à la propagande ennemie, tant anscaride que morinthienne.

Tandis qu'il franchissait un pont couvert, Wolfdagger alluma un cigare. Ce n'était certes pas faire preuve d'une discipline exemplaire, mais l'ambiance bigarrée et potache de la forteresse se prêtait à ce genre d'écarts, surtout dans les zones où voisinaient depuis peu voltigeurs et brigadiers — les traditions bien ancrées d'insubordination des premiers ayant trouvé dans les mœurs au minimum gouapeuses des seconds un partenaire idéal. Ça se maravait dans les cours intérieures et les couloirs avant de se réconcilier autour d'une bonne bouteille de tord-boyaux, pour finalement partir bras dessus, bras dessous pour chasser la gueuse en meute.

Wolfdagger préférait de très loin cette atmosphère trépidante à celle, pincée, encroûtée dans le protocole minaudier propre à la vieille aristocratie, et alourdie de mauvaise foi bourgeoise, qui prévalait au Malniki Saraï. Une ambiance au milieu de laquelle Athossi et Scramasaxe évoluaient avec l'aisance de piranhas dans une rivière de sang, mais où Wolfdagger se sentait dans ses petits souliers, bien qu'il donnât le change en jouant de son physique — rarement aussi avantageux qu'en ces circonstances, car dissuadant les emmerdeurs potentiels d'engager la conversation. Il n'avait pas l'intention de récupérer pour son usage le bureau de feu le duc Lirrifas au palais royal. Il resterait auprès des soldats.

Il retrouva Wilhelmina Morville dans ce qui était officieusement devenu le bureau et, en un sens, la chambre de celle-ci au cours des derniers jours, aux archives royales. Penchée sur une table de travail qu'encombrait un fatras de cartes et de manuscrits, elle lui tournait le dos.

— Dame Morville ? l'appela-t-il.

— Chou blanc…, l'entendit-il exhaler d'un filet de voix rauque à peine audible.

Un parfait contraste avec le hurlement qu'elle lâcha ensuite.

— *J'ai encore fait chou blanc !*

Un bruit sourd à l'image d'un lointain coup de tonnerre dans les montagnes gagna la salle des archives, faisant trembler les vitres et vibrer jusqu'à la pierre.

La table fut balayée : plans et livres, plumes et encriers volèrent dans les airs comme une onde de choc se répandait à travers la pièce, renversant les chaises et faisant tanguer les plus lourdes bibliothèques. Des dizaines de parchemins anciens ou manuscrits hors de prix, amoureusement classés par des générations de scribouillards minutieux, ainsi que des lois qu'on n'avait jamais arrachées à la douce étreinte de la poussière — ni encore moins appliquées — furent éparpillés à même le sol. Wolfdagger lui-même ressentit l'impact, bien qu'il pesât autrement plus lourd que le mobilier.

— Dame Morville ! réitéra-t-il, et cette fois, l'imprécatrice se retourna dans sa direction.

Vétéran d'à peu près tous les conflits d'importance qui avaient agité le continent magneterrien au cours des trois dernières décennies, Wolfdagger pouvait naturellement se targuer d'avoir contemplé bon nombre d'horreurs. Jeune recrue, il avait surplombé les charniers de vieillards et d'enfants laissés derrière elles en Krelfe par les armées du Bâtard. Officier, il avait assisté à l'incinération des cadavres fondus, coagulés, fusionnés en tas de chair coulante, d'organes éclatés et d'os mis à nu, des soldats de la Ligue victimes des abjects mortiers à biocide des Anscarides. Il avait même affronté en deux ou trois occasions son propre reflet dans le miroir et réussi à ne pas tressaillir.

L'expression de Wilhelmina Morville à cet instant, si elle ne risquait pas de détrôner ces images du passé, les talonnait tout de même de très près. Ses iris scintillaient, anneaux de feu mauve à présent parés d'étranges et menaçants reflets émeraude. L'expression bouffie de rage et d'amertume qu'on y lisait coulait sur son visage d'albâtre en un rideau de tension à fleur de peau qui brisait l'harmonie jusque-là parfaite de ses traits. Elle en démasquait les défauts et les imperfections, en révélait les rides, plis et sillons ; autant d'ébréchures laissées en témoignage par les années innombrables et soudainement dévoilées.

Le général ignorait l'âge précis de l'imprécatrice. À vue de nez, il ne lui aurait pas donné plus de quarante ans, mais Wolfdagger savait cette estimation parfaitement fausse : la formation d'un mage de bas rang prenait déjà quinze ou vingt ans ; celle d'un Seigneur ou d'une Dame — ainsi le défunt Ordre des Imprécateurs désignait-il ceux dont l'affinité naturelle avec les énergies arcaniques était la plus forte — au moins trente. *Elle pourrait sans doute être ma mère*, réfléchit Wolfdagger. *Voire ma grand-mère, si ça se trouve.*

— Général, gronda-t-elle en tentant manifestement de maîtriser sa voix. Je ne vous avais pas entendu approcher.

— Veuillez m'ecfcuver fi ve vous déranve en plein travail. Un problème ?

— Pour le moins, oui. (D'un geste dédaigneux, elle désigna les cartes éparpillées au sol.) Nos recherches n'ont rien donné. Le Berceau ne se trouvait pas là où je le pensais. Il ne s'agissait que d'un ancien quartier de Malethorarlod, dont les accès avaient été murés après la peste grise. Je me suis trompée.

Elle se rembrunit, et Wolfdagger la vit serrer et desserrer les poings à plusieurs reprises avant de lâcher, un peu plus bas :

— Je me suis *encore* trompée.

— Vous réuffirez, tenta alors le général, guère habitué à voir la dirigeante de la Compagnie du Silence dans un tel état. V'ai pleinement confianfe en vous, de même que le lieutenant-vénéral lui-même.

La magicienne lui adressa un regard ambigu, une moue infime, elle aussi parfaitement sibylline, au coin de la bouche. Wolfdagger n'aurait su dire si elle s'apprêtait à exploser ou à lui lancer tranquillement une vacherie.

Au lieu de quoi elle inclina légèrement la tête, retrouvant finalement son masque habituel.

— Je vous en remercie, Général.

— Nous difpovons encore d'un peu de temps, ajouta-t-il. Continuez vos referfes, et fi bevoin est, v'y allouerai de nouveaux moyens. Les brigadiers f'ennuient, ve n'aimerais pas que l'inactivité reffufitent leurs vieux démons. Mais dites-moi, où en êtes-vous avec Canute Fvarf… Fvartf… Ffard… Ffff…

— *Svardstaf ?*

— Le Nain oui, acquiesça Wolfdagger avec une dignité affectée et pas mal de reconnaissance dans la voix. Révifte-t-il touvours à la Communion ?

— Il résiste toujours, en effet. À ma grande stupeur. J'ignore comment il s'y prend, mais sa résilience à la magie dépasse tout ce que j'ai pu voir par le passé. Il semble partager les protections naturelles que l'on retrouve chez certains Dvargars, en particulier les Révérends du Fer et certaines lignées princières. Ce qui n'a rien d'anormal, lorsqu'on connaît ses ancêtres, mais je ne m'attendais pas à ce que son esprit me soit totalement inaccessible. Toutes mes tentatives d'intrusion ont échoué.

— Peut-être devriez-vous opter pour des méthodes moins fubtiles ?

— Si c'est à la torture que vous pensez, j'ai déjà essayé. Son corps semble aussi robuste que son esprit. Mais je n'ai pas dit mon dernier mot. Svardstaf a un fils. Nous verrons s'il s'obstine à garder le silence lorsque je commencerai à démembrer sa progéniture sous ses yeux.

— Il n'est peut-être pas indifpenfable d'en arriver à une telle ecftrémité, tempéra Wolfdagger. Nous vallons arrêter le filf, et ne le relâferons qu'une fois le Berfeau découvert. Le père fèdera fous la preffion, v'en fuis fertain. Mes vhommes f'occuperont d'appréhender le veune Fvartf… Ffarftft… Fffftf… pfff, hum… le veune Nain. Entre la Fûreté et mes brigadiers, il ne pourra pas fe cafer bien longtemps. Dans l'intervalle, v'ai bevoin de vous pour une miffion prioritaire.

— Aucune mission ne saurait être prioritaire sur la recherche de la Petite Sœur, Général, décréta sèchement Dame Morville. C'est un projet…

— … auquel vous vavez dédié énormément de temps et d'énervie, termina Wolfdagger. V'en fuis pleinement confient, Madame, et ve ne fuis pas le feul. La Ligue vous doit beaucoup : fans vous, nous vignorerions encore tout de la Petite Fœur, et nous n'aurions pas l'efpoir de mettre un terme à fette guerre.

— Alors vous savez également que chaque seconde de mon temps que je consacre à autre chose est une seconde accordée à Hagen et Tyruman Khan, ajouta rageusement l'imprécatrice. Je ne peux le tolérer. J'entends les détruire, Général. Me comprenez-vous ? Depuis des années, je ne vis et ne respire que pour ça.

— Et nous vy arriverons, assura Wolfdagger en posant ses mains énormes sur les épaules de la magicienne. Nous les détruirons. L'empereur, fon redoutable Premier maréfal, leurs varmées vimplacables et leurs terribles dragonnefs : touf plieront devant la puiffanfe de la Petite Fœur. Fefi est une fertitude. Il nous faut donc penfer à l'avenir. Or, l'avenir porte un nom : Alchynon de Torée. Nous ne devons rater aucune occavion de démontrer au peuple que f'est la

Ligue qui le protève, et non les révimes corrompus entre les mains de la vieille ariftocratfie bas-terrienne.

— Prenez garde, Général : certains diraient que vous commencez à parler comme un Anscaride. Quant à moi, je ne vois toujours pas où vous voulez en venir.

— Une lettre anonyme nous vest parvenue, expliqua le général. Ambroivie Galate fe trouverait actuellement entre les mains d'un gang connu fous le nom des Paffeurs, un groupe de malfrats et de forfiers dévoyés. V'ai défidé de ne pas y envoyer la Fûreté : finq efcouades de brigadiers épaulés par la Compagnie du Filenfe vont inveftir le quartier vénéral des Paffeurs et ramener la fille. Vous les commanderez.

— Moi ?

— Oui, vous. Comprenez-moi bien : les vens doivent comprendre que nous fommes différents de leurs vélites politiques tradifionnelles. Que nous n'hévitons pas à nous vimpliquer perfonnellement. La preffe fera prévente et, demain matin, les vournaux titreront fur l'arreftafion de l'affaffin anfcaride : non par la polife locale, mais par les foldats de la Ligue, commandés par une des plus hautes refponfables de la Compagnie du Filenfe.

— Dans ce cas, pourquoi ne pas y aller vous-même, Général ? Vous auriez votre heure de gloire à la une des journaux, et moi, une heure de plus à œuvrer sérieusement pour la victoire de la Ligue au lieu d'aller gaspiller mon temps pour superviser une banale opération de police !

— Ve ne ferfe pas la gloire, Madame. Feulement l'efficafité. Et nous nous fommes mal compris : ve ne veux pas fimplement que vous foyez prévente pour diriver l'opérafion. Ve veux que vous la meniez. Directement. En première ligne.

La magicienne lui jeta un regard en coin dont Wolfdagger n'aurait, à nouveau, su interpréter la teneur : était-elle choquée ou amusée par sa requête ? Il lui sembla qu'un début de sourire pointait à la commissure de ses lèvres charnues.

— Je vois, soupira-t-elle. C'est un spectacle que vous voulez, hmm ? De la magie avec un grand « M » ? De quoi exciter vos gratte-papiers de la presse locale et impressionner le bas peuple ? (Elle pointa l'index sur la poitrine épinglée d'or et d'argent du général. Son ongle tinta contre une médaille.) Vous savez, je devrais m'offusquer que vous osiez me demander une chose pareille. Voilà fort longtemps que je ne suis plus une novice, Wolfdagger, et j'ai passé l'âge de faire la démonstration de mes pouvoirs comme on exige des tours d'un chien de cirque. Mais vous avez de la chance. J'ai justement besoin de me défouler. Alors je vais me rendre sur place et faire le ménage. Par le vide. Vous voulez les gros titres ? Vous allez les avoir. Vos plumitifs ne vont pas faire le déplacement pour rien.

Elle planta son regard dans celui de Wolfdagger. En dépit de la différence de taille qui obligeait son interlocutrice à se tordre le cou, celui-ci se sentit tout à coup minuscule.

— Néanmoins, je préfère vous avertir, acheva-t-elle. Ne venez pas vous plaindre du nombre de morts.

8. Valse Funèbre

Permettez que je rie, Monsieur. Vous vous présentez devant cette diète, en armes et flanqué de vos soudards. Vous interrompez les travaux de cette auguste assemblée par vos vociférations et vos coups de feu. Et vous exigez que, toutes affaires cessantes, alors que nous sommes encore en guerre, nous étudiions votre requête parfaitement insensée ? Vous prétendez à la dignité impériale en violant toutes les lois du Divin Empire, et vous ne pouvez produire aucun document attestant de votre ascendance ? Vous vous prétendez le fils de feu Arkad Comminiani ? Que je sache, votre nom est Radzek. Alors, Virdrad Radzek, laissez-moi vous dire ceci : bâtard vous êtes, bâtard vous resterez, et jamais un bâtard ne montera sur le Trône des Lions.

Derniers mots de Son Excellence Baolus enn Lyrfynn, ambassadeur de Krelfe à la Diète impériale, quelques minutes avant l'élection de l'empereur Virdrad

LORSQU'ELLE ENTENDIT LES RONFLEMENTS, Ambroisie sut qu'il était temps d'agir.

Elle coula un regard en direction de Dreng Scramasaxe : assis non loin d'elle, dos au sarcophage, piquant du nez dans sa barbe dont les poils se soulevaient au gré de sa respiration ralentie, son ancien patron avait sombré dans un sommeil profond.

Voilà des heures qu'on les avait laissés là, tous les deux. Aucune nouvelle de Letto — ce qui n'était pas pour déplaire à la jeune femme — ni du dénommé Falkenn. Des heures de silence, la tranquillité des lieux n'étant perturbée qu'à intervalles plus ou moins réguliers par la ronde d'un unique Passeur. Des heures qu'Ambroisie avait mises à profit pour réfléchir.

Le plan que lui avait exposé le Nain était foireux. Non que la jeune femme en aurait eu un meilleur à suggérer, mais calculer la probabilité de sortir en un seul morceau du repaire des Passeurs pris d'assaut par les forces spéciales de la Sûreté — ou pire, par l'armée — se révélait une opération un brin trop ardue, même pour une matheuse aussi passionnée et brillante qu'Ambroisie.

La confiance placée par le vieux Scramasaxe dans le chasseur de primes lui paraissait en outre excessive. Et de son côté, leur faisait-elle seulement confiance, précisément ? Sur le coup, elle avait accepté sans broncher la version de Dreng Scramasaxe comme quoi l'alliance avec les Tucks était la responsabilité du seul Elder, et de fait, le bref échange entre Dreng et Letto auquel elle avait assisté semblait confirmer les dires de son ancien patron. Le vieux banquier la voulait donc vivante, certes ; mais pour combien de temps ? Une fois Elder poussé vers la sortie, aurait-elle encore une utilité pour Dreng, ou deviendrait-elle simplement un témoin gênant de la lessive familiale du clan Scramasaxe ? Le linge sale dûment lavé, son cadavre ne risquait-il pas d'être évacué avec les eaux usagées ?

En outre, même en admettant que Dreng disait la vérité, qu'en était-il de ce Falkenn ? Le vieux Nain avait bien spécifié que le chasseur de primes travaillait à présent pour lui, qu'il avait rompu son contrat avec Elder, mais comment pouvait-elle en être assurée ? Ce pouvait n'être qu'un stratagème, et Ambroisie n'était pas prête à parier sur l'honnêteté d'un type qui avait déjà failli la raccourcir d'une tête. Autant laisser une distance de sécurité raisonnable entre sa gorge et la lame blanche. Plusieurs kilomètres feraient amplement l'affaire.

Car en fin de compte, elle pouvait peut-être profiter de la situation. Elle devait juste trouver un moyen de franchir la grille du caveau.

Elle avait d'abord envisagé de jeter un coup d'œil à l'intérieur du sarcophage : ouvragé et mastoc comme il l'était, il avait dû coûter une blinde, sans compter que les armoiries érodées qui en marquaient les flancs et le couvercle identifiaient son occupant comme un aristocrate d'une époque reculée, et sans doute, au vu des bas-reliefs sur les murs, un militaire. Pour nulle en histoire qu'elle avait toujours été, Ambroisie — celle des bas-fonds, sans doute — avait néanmoins retenu que la coutume, dans le temps, voulait qu'on enterrât les nobles avec leurs possessions : armes, armures et, détail qui avait capté l'attention de la jeune piqueuse pas encore franchement repentie, bijoux. Peut-être son colocataire du moment avait-il été inhumé avec quelque chose d'utile : une arme pour briser le verrou, ou une broche dont l'épingle pourrait servir à en crocheter la serrure.

Elle avait toutefois rapidement renoncé. Le sarcophage était si fermement scellé que, seule et sans outil, elle n'avait aucune chance de virer le couvercle. Par ailleurs, *pilleuse de tombe* était sans doute une ligne dont son *curriculum vitae* déjà trop bien garni de mauvaise fille pouvait se dispenser.

Lentement, à gestes mesurés — tant pour ménager sa carcasse endolorie que pour éviter de réveiller Dreng —, la jeune femme se releva. Frissonnant au contact du dallage glacé du caveau sous sa voûte plantaire, elle se dirigea vers la grille, y appuya la tête, scrutant les ténèbres du corridor, passant son silence au crible. Avant longtemps, ses sens furent récompensés : ses yeux perçurent la coulure jaune d'une lampe à huile s'étendant sur les murs au loin ; ses oreilles devinèrent l'écho d'un pas lent, bientôt accompagné du cliquetis aguicheur d'un trousseau de clés.

Ambroisie avait très vite écarté l'option de la séduction. Outre qu'elle aurait éprouvé quelques difficultés à prononcer la phrase « Eh, beau gosse, tu voudrais pas venir me tenir chaud ? » sans dégobiller avant même de l'avoir finie, elle avait dans l'idée que le maquillage de bleus et autres coquards laissé par Letto ne lui vaudrait, au mieux, qu'un bon gros râteau.

Elle se rabattit sur une option plus simple.

— T'aurais pas une clope pour moi ? héla-t-elle lorsque le garde passa devant la porte grillagée.

La promptitude mécanique avec laquelle le Passeur s'immobilisa, déposa sa lampe à huile et glissa une main dans la poche intérieure de son pardessus fit sourire Ambroisie : à tous les coups, elle avait affaire à un pur rejeton de Citégrise. L'échange de clopes y était une forme de communication aussi courante que celui de bourre-pifs, quoique autrement plus onéreuse.

— Merci, t'es choucard, lança-t-elle après que son vis-à-vis lui eut allumé une cigarette.

Alors qu'il rangeait son briquet et avant qu'il ait eu le temps de faire volte-face, Ambroisie passa les deux bras à travers les grilles, lui agrippa la nuque des mains et puisa dans ses maigres forces pour le tirer violemment vers elle. La tête du Passeur donna contre le barreau en rendant un son métallique. Un second coup vint à bout de sa cloison nasale et le mit au tapis.

— Qu'est-ce… Qu'est-ce qui se passe ? entendit-elle dans son dos.

Ignorant la question qui lui était adressée, Ambroisie subtilisa le trousseau de clés qui pendait à la ceinture du Passeur inconscient qui avait glissé contre la grille.

— Mais qu'est-ce que vous êtes en train de faire ? lâcha Dreng Scramasaxe qui se relevait péniblement.

— Je chasse les colibris, ça se voit pas ? répliqua la jeune femme en essayant les clés une par une.

Un petit claquement libérateur retentit à la cinquième tentative. Elle dégagea le cadenas, ouvrit la grille en repoussant le corps inerte du Passeur et referma immédiatement derrière elle.

— Mais enfin, qu'est-ce qui vous prend ? voulut savoir le Nain en se saisissant des barreaux à l'instant même où Ambroisie verrouillait le cadenas. Je vous ai dit que…

— … que votre pote chasseur de primes allait profiter du fait que les Passeurs seraient distraits par l'attaque pour entrer, finit-elle. Je sais. Le plan n'est peut-être pas si bête : moi, je vais en profiter pour sortir. Vous m'en voudrez pas si je vous emmène pas avec moi. Vous risqueriez de me ralentir.

— Parce que dans votre état de fatigue, vous comptez semer vos poursuivants ? fit remarquer Dreng. Vous n'irez pas bien loin.

— Je tente ma chance.

Elle s'agenouilla pour fouiller le Passeur dans les vapes. S'emparant tout d'abord de la dague glissée dans un petit fourreau de cuir fixé au ceinturon, elle lui fit ensuite les poches, espérant bien trouver un objet précis.

Car Scramasaxe avait raison : la fatigue accumulée au cours des derniers jours, et plus encore des dernières heures, lui pesait directement sur le crâne comme une tonne de briques. Le massage façon Letto n'avait évidemment rien arrangé à cet égard, et à cet instant elle doutait même de pouvoir simplement courir plus de dix mètres avant de s'effondrer.

Elle avait toutefois repéré des signes : sur le Passeur qu'elle avait abattu chez Chehanna, sur les visages de ceux qui l'avaient coincée au fond de ce cul-de-sac ; et encore quelques minutes auparavant, lorsque le garde s'était approché pour lui filer une clope. Les pupilles énormes, masquant presque les iris, les marbrures rouges tout autour, de légers spasmes au coin de la bouche et dans les mains. Des signes qu'elle connaissait intimement pour les avoir, à une époque, souvent notés dans le miroir.

Avec satisfaction, elle extirpa finalement d'une poche extérieure un mince sachet tubulaire.

— Et où irez-vous ? insista Scramasaxe tandis qu'Ambroisie glissait son butin dans sa propre poche. Votre tête a été mise à prix. Pas seulement par les autorités pontsalinoises, mais aussi par les Ligueurs.

— Chouette alors : je vais devenir une vedette !

— C'est la moitié d'un continent qui va vous courir après, jeune écervelée ! insista vigoureusement Dreng. Et Elder ne vous lâchera pas, lui non plus : lorsqu'il réalisera que Falkenn lui a fait faux bond, il enverra quelqu'un d'autre. Vous n'aurez jamais la paix !

— Qui vous dit que je cherche la paix ? Le type allongé derrière vous, il a la paix. Je suis pas pressée de l'avoir, moi. Ils veulent me filer le train ? Qu'ils s'amusent : je vais les faire cavaler.

— Passer le reste de votre vie à courir, c'est ça votre idée de l'avenir ? Fuir et vous terrer ? Où, à Citégrise ? À moins que vous ne songiez à quitter le pays ? Ne soyez pas stupide : ils vous ont déjà retrouvée une fois, ils vous trouveront à nouveau. Vous finirez comme votre sœur. Ils vous jetteront dans une geôle de l'Alaqarak, et ils oublieront la clé quelque part.

Ambroisie, qui s'était éloignée pour récupérer la lampe à huile, pivota pour faire face à son interlocuteur, le regardant droit dans les yeux. À nouveau, elle crut y déceler une sincérité dont elle n'avait jamais soupçonné l'existence chez le vieux requin de la finance qui avait été son supérieur pendant plus de six ans.

L'espace d'un très bref instant, l'idée lui vint qu'elle pourrait lui accorder sa confiance. Qu'à rebours de tout ce que la vie lui avait enseigné, elle aurait plus de chances de s'en tirer si elle ne comptait pas sur ses seules ressources.

Mais les dés roulaient déjà, elle le savait. Sa décision était prise.

— Au revoir, Monsieur Scramasaxe, conclut-elle sans animosité. Vous n'étiez pas un si mauvais patron, tout compte fait.

Ignorant les protestations du vieux Nain, et espérant qu'il ne se mettrait pas à brailler au risque d'alerter les Passeurs, Ambroisie s'éloigna dans le couloir. La lampe brandie dans la main gauche, la droite resserrée autour du manche doublé de cuir du couteau, la jeune femme prit la direction par laquelle elle avait, à deux reprises, vu arriver Letto Larpal et ses sbires : la sortie se trouvait certainement par là.

L'obscurité l'entourait et le silence ne tarda guère à se joindre à elle, étouffant brusquement les récriminations déjà tout juste audibles de Dreng Scramasaxe, comme si celui-ci avait été happé par le néant. Ambroisie avançait avec appréhension, l'oreille aux aguets, mais l'œil inquiet, redoutant ce que le faible halo de la lampe risquait de lui révéler au détour d'un couloir.

De fait, les proportions des lieux s'avéraient nettement supérieures à ce que la jeune femme avait imaginé. La sophistication du caveau, la richesse du sarcophage, la présence d'armoiries, l'avaient de prime abord convaincue qu'elle se trouvait dans un de ces mausolées comme les aristocrates aimaient à s'en faire bâtir pour s'assurer que, dans la mort comme dans la vie, ils en mettraient plein la vue au quidam et ne risquaient pas de le voir importuner leur ultime voyage, en première classe, vers le Séjour des Morts.

Le premier quart d'heure de marche la détrompa.

Ambroisie avait beau être citégrisarde jusqu'au bout des ongles, certains secteurs de la cité-gigogne qu'était Solmost lui demeuraient mystérieux, connus seulement de la canaille vivant du trafic et de la contrebande. Au plus sombre de la ville basse, à la nuit tombée, des grilles d'égout oubliées laissaient parfois échapper de discrets bateaux noirs, chargés d'objets que leurs propriétaires ne reverraient jamais. Sur les hauteurs de la capitale, de fausses bouches d'aération menaient à d'antiques réseaux de grottes, pour certaines jamais mises à jour par les Dvargars, souvent reliées à Citégrise par des tunnels creusés à la va-vite, soutenus par des étais de fortune que l'on pouvait faire s'effondrer en cas d'hypothétique descente de police.

Plus énigmatiques encore, entourées de légendes, les catacombes offraient un tout autre univers souterrain, laborieusement grignoté dans les entrailles des Monts des Cinq Divins, au nord de la ville, à mesure que Solmost gagnait en densité de population, que son maillage urbain se resserrait, encore et encore, ne laissant même plus de place pour les morts. C'était longtemps avant que la peste grise ne vide Malethorarlod : depuis, Citégrise avait eu ses propres cimetières, quoiqu'ils eussent, tôt ou tard, finis par être recouverts sous de nouveaux bâtiments, de nouvelles industries. De fait, pour la plupart des Citégrisards, une cuve de métal en fusion offrait une alternative économique à l'achat d'une concession hors de prix : une place dans un cimetière valait davantage qu'un appartement dans un insulat.

C'était la première fois qu'Ambroisie y mettait les pieds. Même la mauvaise fille à l'esprit bravache, toujours prête à relever les défis les plus stupides, s'était jadis dégonflée devant les portes du complexe funéraire. Une seconde Ville sans Jour dont elle avait mésestimé les méandres, ses étroits corridors tressant le canevas d'un véritable labyrinthe, ponctué d'innombrables chambres mortuaires, de tailles et d'architectures très variées.

Certaines se résumaient à de simples dortoirs, que partageaient souvent des familles entières. Si au creux des niches profondes s'étageant sur les murs de ces *cubicula* se serraient les cercueils rongés par l'humidité et l'usure de cinq ou six pauvres hères anonymes qui n'avaient pas eu les moyens de s'offrir une piaule individuelle pour leur dernier repos, d'autres chambres prenaient des allures de cryptes princières. Pour autant, bien que leurs sols fussent parés de mosaïques colorées, soutenant des catafalques monumentaux, les sarcophages ouvragés qu'elles recelaient s'avéraient généralement en aussi piteux état que leurs misérables équivalents de bois des *cubicula*. Ici, des pilleurs s'étaient chargés du sale travail.

Plus rarement, des passages voûtés ou des portes de fer aux battants défoncés ou arrachés donnaient accès à des chapelles. Pentagonales lorsqu'elles étaient vouées à l'adoration des Cinq, circulaires pour le Dieu Unique du Culte Solaire, les unes comme les autres avaient fait l'objet des attentions œcuméniques des parasites et des indésirables de tous poils : symboles religieux, icônes, statues ; rien qui pût avoir de la valeur n'avait été épargné.

La jeune femme essayait d'envisager la suite des événements. Elle n'avait pas de plan à proprement parler : seulement une opportunité, une très mince fenêtre de tir pour se tirer de ce guêpier. Mais à supposer qu'elle parvienne à trouver la sortie des catacombes, puis à se faufiler entre les balles que ne manqueraient pas d'échanger Passeurs et soldats, il lui faudrait trouver un coin tranquille où se faire oublier.

Une solution qui ne pourrait être que provisoire. Scramasaxe avait également raison là-dessus. Tôt ou tard, il lui faudrait se remettre à courir, mais pour aller où ? Rester en Pont-Salin n'était pas concevable. Elle écarta tout aussi rapidement la possibilité de passer en Krelfe : pour peu que les Anscarides aient vent des accusations pesant sur elle, ils voudraient certainement l'interroger. À Sainte-Eusie-Ville, Ambroisie avait entendu les gros pontes de la Fédération Bancaire évoquer les Diseuses de Vérité de l'empereur. Elle préférait ne pas tomber entre les griffes de ces femmes.

Elle pourrait peut-être rejouer les piqueuses, gagner juste ce qu'il fallait d'argent pour se payer les services d'un contrebandier et traverser les montagnes, au sud pour gagner la Lourgonie, ou au nord, direction la Morinthe. Toutefois, cela ne résolvait rien : jouer les touristes en territoire ligueur allait devenir un passe-temps plutôt risqué une fois sa binette placardée de Port-Lorque à Arclonum.

Un soupçon d'air frais vint perturber l'atmosphère sèche, viciée, chargée d'odeur de chair décomposée et de bois pourri, attirant l'attention d'Ambroisie. Elle s'efforça d'en remonter la source. Ayant avisé un escalier à l'autre bout d'un *cubiculum* aux murs souillés de graffitis, elle se glissa souplement entre deux rangées de niches mortuaires recouvertes de terre cuite, laissa échapper un soupir d'exaltation soulagée en découvrant à l'autre extrémité du long boyau pentu un carré incertain de lumière blanche. Ses jambes ragaillardies d'allégresse, elle en oublia presque la prudence et gagna la surface, franchissant quatre à quatre les marches érodées.

Son enthousiasme s'affaissa plus vite qu'un soufflé fraîchement sorti du four. Il y avait une ville en contrebas. Mais ce n'était pas Solmost.

Ambroisie sentit sa gorge se serrer. Des coups sourds résonnaient à ses oreilles, et un certain temps lui fut nécessaire pour comprendre que c'étaient là les battements de son propre cœur qui lui bondissait sous la glotte, comme soudain à l'étroit dans sa cage thoracique, comme si une poigne invisible, comprimant sa poitrine, cherchait à lui broyer les côtes.

L'air était vif, l'horizon dégagé, mais la jeune femme se sentait tout près de suffoquer.

Pour la première fois de sa vie, elle contemplait Supplicate.

***

Une vallée aux nombreuses ramifications se répand à l'abri des lointains sommets, acérés et criblés de neige, des Monts des Cinq Divins — choronyme des Monts Zaramrat, auxquels la tradition a d'ailleurs conservé les noms, en Langue Première, des dieux de Choriloch : Araganath, Saymathrata, Suradhirusa, Mahla'Capalata et Andharaksa. Les pics plus proches de Solmost, plus modestes, verts de forêts encore sauvages, portent des noms aux sonorités plus familières pour les oreilles des populations locales : l'Astériole, le Mont Stavros, le Massif des Grypes, Faussepointe, la Cime-d'Argent.

Venu du nord, un vent coupant s'y fraye un chemin laborieux. Il colporte jusque sous ces cieux méridionaux, habituellement si cléments, ses abrupts auspices hivernaux.

Son souffle seul anime les lieux. Il lance des échos rugissants qui courent sur les flancs des montagnes ; cependant l'oreille une fois accoutumée discernera peut-être, de loin en loin, les trilles d'un chocard, la cavalcade sonore d'un bouquetin sur les rochers, le feulement agacé d'un lynx. Les seules traces de vie à venir perturber la quiétude figée de la vallée.

Sur des kilomètres, le fond de celle-ci est tapissé de pierre et d'ardoise, hérissé de fer et de bronze. Un fleuve de marbre s'écoule en son centre, aussi froid et immobile que les éons étendus là, dans l'attente que l'avenir et ses promesses avortées de lendemains enchanteurs les rejoignent.

Des milliers de milliers de sépultures : tel était le legs des siècles, fertilisant le sol de la Vallée de Supplicate. Les antiques souverains morinthiens de la Maison Stauriaditès s'étaient, les premiers, fait enterrer là, et plus loin dans le nord de la vallée se dressaient encore leurs sépulcres, mastabas colossaux abritant les dépouilles des monarques, de leurs épouses et concubines, de leurs chiens de chasse, chevaux et même, dans un cas avéré, de l'unique raton laveur à avoir jamais été fait maréchal.

Seuls à pouvoir rivaliser avec ces constructions d'un autre âge, les tumulus monumentaux des dynasties barcides et de Zandill, véritables donjons mortuaires, s'élevaient dans le centre de Supplicate. Chacun se voyait précédé d'un arc de triomphe proclamant les plus glorieuses victoires — ou, quand on ne pouvait pas faire autrement, les plus retentissantes défaites — du roi défunt.

Ces tombeaux grandioses dominaient ceux des ducs, comtes, barons et chevaliers dont les palais de marbre aux proportions plus modestes écrasaient à leur tour les sépultures des quidams, du caveau familial à la fosse commune où cohabitaient indigents et criminels.

Toutefois, la nécropole était à l'abandon. Voilà près de trente ans qu'on n'enterrait plus personne à Supplicate, et cela n'avait rien à voir avec le manque de place. Une rumeur courait parmi les Solmostins, de malédiction, de nécromancie ou de fléau venu du Sépulcre, qui se serait abattu sur la vallée et la cité des morts, tirant ces derniers de leur sommeil, les poussant à attaquer les vivants qui s'aventureraient jusque sur leur territoire, les condamnant à hanter les travées.

Autant de fadaises auxquelles un visiteur courageux qui se serait hasardé à Supplicate ce jour-là aurait été tenté d'attribuer un fond de vérité. Là, parmi la pierre, la bruyère sauvage et les générations allongées, au détour d'un mausolée ou à l'ombre d'un cénotaphe dédié à un grand héros disparu, il aurait entendu claquer les échos de la voix du passé.

— Et un p'tit carré d'as qui fait plaisir ! annonça la voix, passablement avinée, du passé. À moi l'oseille !

Si notre hypothétique visiteur, aux ardeurs pas refroidies par ce qu'il venait d'entendre, avait cherché à déterminer l'origine de la voix, il aurait fini par déboucher face aux marches cyclopéennes d'un temple aux proportions hallucinantes, bâti à même une falaise de granit. Les hauteurs de celle-ci, jadis taillées de main de maître par des ouvriers à jamais anonymes, voyaient jaillir un visage colossal dont la moitié gauche n'était qu'un crâne à l'expression moqueuse — si d'aventure notre visiteur avait eu une très bonne vue, il aurait, à ce moment-là, aperçu une jeune femme blonde dans l'orbite cave du dieu des Morts.

Sous le regard minéral de ce dernier, au milieu de la cour d'honneur autrefois vouée à recevoir les plus fastueuses cérémonies funèbres, trois hommes en cache-poussière cendreux tapaient le carton en devisant bruyamment, assis sur l'immense piédestal d'une statue dont ne restait que le bas de la robe. Le reste gisait en épaves érodées, éparpillées à travers l'esplanade balayée par les courants d'air.

— Allez, allez, aboulez le fric, les enfants, ordonna joyeusement le vainqueur de la manche. Soyez pas timides ! Tonton Achem saura s'occuper de vos économies !

— Putain, c'est ton jour de chance aujourd'hui, fit remarquer un autre Passeur.

— Chance de cocu, ouais, renchérit un troisième.

— S'il suffit de se faire cocufier pour gagner à la bambara, comment ça se fait que t'es pas déjà millionnaire, Garfis ? lâcha le dénommé Achem.

— T'insinues quèque chose, p't'être ? demanda celui qui répondait au nom de Garfis.

— À toi d'me l'dire, persifla Achem. Elle devient quoi, ta récureuse de chiottes ? Ou ta lavandière : j'sais plus c'qu'elle fait, comme taf. J'me souviens juste qu'elle passe ses journées à genoux…

— Roh, ça va, commencez pas, vous deux, intervint le troisième, un jeunot à la face glabre. Rappelez-vous comment ça s'est fini la dernière fois. En plus c'est pas le moment d'se faire remarquer : le patron est déjà sur les nerfs avec le gros Nabot et sa comptable au frais, alors calmez-vous un peu. Faut se faire bien voir. On va empocher un max de blé avec ce coup-là, et j'ai bien l'intention de m'offrir des vacances loin de cette taule à ciel ouvert.

— Tu seras pas le seul dans ce cas-là, fit alors remarquer Achem en distribuant les cartes pour une nouvelle partie. Paraît que Letto veut se tirer d'ici une fois le fric versé.

— Si ça faisait vingt piges que j'étais coincé là-dessous avec tous ces macchabées, je serais ravi de pouvoir me calter, moi aussi, fit valoir Garfis en relevant délicatement ses cartes avant de jeter un regard par en dessous au dénommé Achem. Surtout quand les macchabées commencent à bouger, hein ?

— De quoi tu causes ? voulut savoir le jeunot.

— T'es pas au courant ? se moqua Garfis. Notre bon vieux Achem a vu des revenants !

— J'ai rien vu du tout, se défendit placidement l'intéressé. On m'a raconté des trucs, c'est tout.

« C'était y'a cinq ou six jours de ça, enchaîna Achem en se penchant vers ses camarades et en baissant la voix comme s'il redoutait que ses paroles ne réveillassent bel et bien les locataires de Supplicate. Un soir, un de nos gars, Manos… Tu connais ? Bon. Manos, donc, était parti chier dans les buissons…

— Au moins t'es prévenu, le coupa Garfis en s'adressant au jeune gars imberbe. Avec un début pareil, ça peut être qu'une histoire de merde.

— Ta gueule, Garfis, gronda Achem. Bref : Manos termine son affaire, se refroque et va pour rentrer au temple… quand il entend un bruit. Un bruit surprenant. Un bruit que personne a plus entendu dans cette vallée de la mort depuis une génération. Un bruit, surtout, qu'il est pas censé entendre. Le bruit d'une pelle. Forcément, il se demande d'où ça peut venir : trente piges que

Supplicate a été désertée, qui peut bien manier la pelle, et au coucher du soleil, qui plus est ? Alors il cherche, et il finit par tomber nez à nez avec un vieux bonhomme habillé en noir en train de creuser une fosse dans un carré de boue libre.

« Le vioque, c'est une vraie antiquité : plus un poil sur le caillou, blanc comme un cul, un râtelier qu'aucun dentiste voudrait approcher sans désinfectant et une bonne assurance-vie ; il est taillé comme un clou rouillé. C'est tout juste si le poids de sa putain de pelle l'entraîne pas dans son trou à chaque coup qu'il met. Pour couronner le tout, ce pauvre vieux débris semble sourd : il bronche pas d'un poil quand Manos lui gueule de se tirer avant qu'il lui arrive des bricoles. Au lieu d'ça, il continue à creuser, pépère. Alors Manos s'approche encore, se plante juste à côté du vieux et le chope par son col de chemise.

— Et qu'est-ce qu'il a fait, le vieux ? voulut savoir le jeunot, tout excité. L'a chié dans son froc, j'parie, hein ?

— Mes couilles, oui ! s'emporta Achem. Ce con s'contente de sourire bêtement, alors qu'il fait trois têtes de moins que Manos. Et lui, ben, il commence à s'énerver, forcément. « Qu'est-ce tu branles, vieux schnock ? » qu'il lui d'mande, et l'aut' répond : « Ben, M'sieur, j'creuse ! » et là, il est déjà chanceux de pas s'en manger une en pleine poire, vu qu'il joue au con. Mais faut croire que Manos était d'humeur souple, ce jour-là. Bref. « Décarre d'ici tout d'suite, ou j'te fais bouffer ta pelle pis j'te colle dans ton trou », qu'il dit, le Manos, mais l'vieux en démord pas : « Mais M'sieur, j'peux point décarrer ! » qu'il fait, et il s'énerve, lui aussi : « Faut ben que j'enterre ce pauvre type, j'vais pas le laisser comme ça ! » qu'il beugle. Et pis il se plaint : « C'est pas professionnel, M'sieur », qu'il couine. « J'suis le fossoyeur, moi, M'sieur ». Et là Manos lui d'mande : « Mais d'qui tu causes, vieille tanche ? », parce qu'y'a personne d'autre dans les parages.

« Là y s'passe un truc, poursuivit Achem en baissant encore d'un ton, mais ses messes basses sont comme aspirées par les murs du temple, susurrent entre les piliers. Le vieux, y s'met à cocotter, un truc sévère. Manos a pas su dire si c'était son haleine ou quoi, mais le voilà maint'nant qui pue l'herbe pourrie, que c'en est à gerber. Ça schlingue tellement que Manos est forcé de reculer en vitesse, mais là *bam !* son talon heurte un obstacle, il perd l'équilibre, se retrouve le cul dans la gadoue. Il se redresse en vitesse, le couteau à la main, prêt à faire sa fête au vioque, mais…

— Mais ?

— L'vieux connard s'était fait la malle, termina Achem en baissant les yeux sur ses cartes. Va savoir comment : l'espace était dégagé autour d'eux sur des dizaines et des dizaines de mètres, pas un endroit où se planquer, mais il a réussi à se volatiliser, ce trou du cul. Cela dit, y'a encore mieux. Quand Manos a voulu savoir sur quoi il avait trébuché, il s'est rendu compte qu'un morceau d'une stèle, qu'il avait pas remarquée en arrivant, dépassait du sol. Un vieux bout de pierre, qu'avait l'air d'être là depuis toujours… Sauf que dessus, y'avait pas de nom. Seulement une date. J'te l'donne en mille : c'était la date du jour même, termina-t-il en écarquillant les yeux, les mains écartées en une position théâtrale.

— La vache, quelle histoire ! s'extasia le jeunot.

— Ça m'a tout l'air d'une mauvaise blague, bougonna Garfis à voix haute, ravi de casser l'ambiance. En plus, t'es gentil à vouloir jouer les conteurs, mais d'une, t'es nul, et de deux, Manos, il est bourré vingt-quatre heures sur vingt-quatre, sept jours sur sept. Son vieux fossoyeur qui pue l'herbe, il l'a vu à travers le cul d'une bouteille, terminé. Et pis je serais toi, j'éviterais de colporter les délires que ses cuites inspirent à Manos : si ça arrive aux oreilles de Letto, c'est lui qui t'enterrera, et la pelle, tu l'auras où je pense.

— Et les hurlements ? lâcha Achem. Qu'est-ce t'en fais, des hurlements ?

— C'est vrai, approuva le jeune gars. On les a tous entendus, l'autre jour. Même toi, Garfis.

— Moi, j'étais ici même, en train d'en griller une avec Boréas et Sandar, quand c'est arrivé, raconta Achem. Toute la vallée en résonnait. On aurait dit que ça venait du nord.

— V'nez pas m'faire chier avec vos hurlements, ronchonna Garfis. C'était le vent, point final. Tu l'as dit toi-même, Achem : le bruit venait du nord de la vallée, et qu'est-ce qu'on trouve, là-bas ? Les tombeaux des Rois Morinthiens, bande de pécores ! Tout le monde sait qu'ils ont prévu des mécanismes pour dissuader les pilleurs : l'air passe dans des conduits spécialement aménagés pour que le son produit ressemble à un cri humain et fasse fuir les demeurés dans votre genre. C'est bête comme chou !

— Nan nan nan, contesta Achem. J'peux te garantir sur facture que c'était pas le vent. C'était bien la voix d'un homme et, crois-moi, il passait un putain de mauvais quart d'heure. La dernière fois que j'ai entendu un gonze gueuler comme ça, on était en train de lui arracher les ongles à la pince.

— Tu veux dire que *tu* étais en train de lui arracher les ongles à la pince, précisa Garfis. C'est ta spécialité.

— Pardon, ma spécialité, c'est les aiguilles, pas la pince, rectifia Achem. C'est vachement plus douloureux, et l'avantage c'est que tu peux faire traîner en longueur. Le truc, c'est d'enfoncer lentement l'aiguille pile entre la peau et l'ongle, tu vois, et alors là il faut que…

Un vif déplacement d'air, suivi d'un bruit sec, mit un terme à l'échange verbal avant que le Passeur ne livre toutes les subtilités de l'enfonçage d'aiguilles sous les ongles. Achem bascula en avant, tête la première sur la pierre du piédestal, éparpillant cartes et bouteilles vides, offrant à ses deux comparses médusés une vue imprenable, tant sur l'arrière de son crâne que sur le carreau d'acier noir qui le perforait.

***

Ambroisie s'agenouilla rapidement contre la rambarde du balcon creusé dans la roche lorsque le premier Passeur s'effondra, à peine vingt mètres en contrebas. Les deux autres eurent tôt fait de subir le même sort : ils n'eurent pas le temps de se relever, encore moins celui de donner l'alarme, que deux nouveaux projectiles fendaient l'esplanade, atteignant l'un des deux sous le menton tandis que son acolyte, frappé en pleine poitrine, chutait du piédestal pour atterrir sans un bruit au milieu de la poussière et des gravats.

Des silhouettes incertaines se mouvaient en lisière du temple, attirant l'attention de la jeune femme. Mal placée, elle ne put que deviner des uniformes sombres — sans pouvoir déterminer avec précision s'il s'agissait du bleu roi de la garde royale ou de celui, marine, des brigadiers — qui se faufilaient parmi les cariatides squelettiques encerclant la cour d'honneur. Laissant traîner son regard sur les alentours immédiats du temple, elle y devina d'autres manteaux bleus, tapis à couvert des sépultures voisines. Une petite armée avait encerclé le repaire du Riffaudeur.

— Vous êtes pile à l'heure, les gars, murmura-t-elle.

***

Penché sur son bureau, Letto Larpal étudiait les documents volés aux Scramasaxe par Ambroisie Galate.

Il ne s'agissait pas, à proprement parler, d'un bureau. La table, en marbre blanc veiné de gris, en avait certes les proportions, la hauteur, mais pas la destination. Reliquat de l'époque pré-axiomatique où les cultes des Cinq n'avaient pas encore été unifiés en une seule et unique foi, elle avait sans doute vu couler davantage de sang que de vin de messe : la vieille religion andraxite, surtout dans l'est du continent, était réputée friande de sacrifices humains.

L'iconographie de la chapelle principale, dont Letto avait fait son antre, constituait un rappel morbide de cette période cruelle, révolue depuis plus de mille ans. Ses bas-reliefs, usés par le passage du temps, voyaient encore défiler des colonnes de squelettes caquetants, l'air hilare en dépit de leur physionomie figée, harcelant des vivants apeurés, courbés sous le poids du fardeau de la vie, mais fuyant en pure perte le jugement implacable du dieu au visage mutilé.

Ledit visage grimaçait partout, taillé dans la roche, sur les piliers, au-dessus du seuil de chaque chapelle, de chaque salle d'embaumement, quoique évidemment en modèle infiniment plus réduit qu'à l'extérieur du temple où il veillait, en majesté, sur le repos des trépassés allongés sous le ciel de Supplicate. Ici ou là, cependant, un bas-relief ou une fresque plus récente lui préférait la rose fanée, l'autre symbole d'Andraxès, comme une concession faite à une imagerie plus douce, moins horrifiante, du passage dans l'au-delà. Trente années de disgrâce et de courants d'air, sans même parler des déprédations auxquelles s'étaient livrés les encombrants locataires en tenues grises, n'avaient d'ailleurs pas réussi à éliminer du temple le parfum des fleurs que des générations de Solmostins avaient, conformément à la coutume, laissées pourrir en guise d'offrandes. Entêtant, étouffant, il demeurait, en dépit du temps qui s'étirait, tel un fantôme pris aux pièges entre ces murs. Le gardien invisible des lieux. Le témoin muet de leur histoire.

Letto s'en serait bien passé, de ce témoin. Il jugeait l'odeur insupportable et, s'il n'avait été un homme tout à fait rationnel, il aurait été tenté de croire à une malédiction, une mauvaise plaisanterie divine : il avait beau faire brûler de l'encens, jour après jour, inlassablement, la puanteur de rose décomposée revenait à la charge, lui faisant grimper la bile au fond de la gorge.

Ce n'était pas le seul témoin dont le chef des Passeurs aurait voulu se débarrasser. Voilà plusieurs heures qu'il cherchait un moyen d'utiliser les papiers des Scramasaxe sans le concours de la comptable, mais il lui fallait à présent se rendre à l'évidence : sans Ambroisie Galate pour en expliquer l'origine et l'utilité, l'ensemble de cartes, de dates, de listes de navires et de marchandises pouvait n'être que le fruit d'une simple erreur. Ou d'un vol : aux dires de la comptable, c'était vraisemblablement la ligne de défense prévue par Elder Scramasaxe si par malheur sa messagère venait à se faire gauler.

Tant que cette pétasse respire, je garde une chance de quitter cet enfer, songea Letto, à regret. Il n'aimait pas l'idée de s'embarrasser d'un otage sur le long terme, mais il était hors de question de laisser passer une chance pareille de quitter Supplicate. De quitter Solmost.

De quitter cette saleté de continent.

Mécaniquement, il se gratta la tempe, du côté droit, avec le pouce, là où se tortillait ce fichu serpent bicéphale en forme de chiffre 2.

Près de trente ans après, il ressentait encore la douleur qui l'avait saisi jusqu'au creux de l'âme lorsque les magiciens de Virdrad Radzek lui avaient apposé ce tatouage. Tous ceux qui avaient combattu sous sa bannière le portaient, bien en évidence, sur la tempe, le front ou la joue. Davantage qu'un signe d'allégeance, plus encore qu'une façon de marquer ses hommes comme du bétail humain, ce signe constituait aux yeux de Virdrad un moyen de se prémunir contre les traîtres. Les imprécateurs de sa cour dégénérée de Concordia le prétendaient magique, mais Letto, lui-même mage de son état, avait toujours éprouvé les plus grands doutes à cet égard. Après tout, le tatouage n'avait pas empêché les trois quarts de l'armée de Virdrad de déserter après sa défaite en Pont-Salin. Letto lui-même avait préféré s'enterrer à Citégrise, puis à Supplicate, plutôt que de rejoindre en Reisenvard le dernier carré de tordus et d'idiots qui, passés l'année 1198 et l'entrée en guerre des Anscarides, s'était obstiné à soutenir Virdrad et sa mère.

Mais quelques mois après sa défection, Letto avait néanmoins fini par comprendre en quoi résidait le prétendu enchantement du tatouage.

Bien décidé à faire disparaître ce témoignage gênant de ses erreurs de jeunesse, il s'était rendu auprès d'un thaumaturge véreux de Citégrise. Celui-ci, moyennant finance, prétendait pouvoir effacer le tatouage sans laisser aucune trace. Le guérisseur, un insupportable vieux barbon qui avait rappelé à Letto ses instructeurs à l'Académie, avait eu recours à un rituel particulièrement pénible : un sortilège de régénération dermique, en principe destiné à réparer la peau des grands brûlés. Malheureusement, au bout de trois jours, l'image du serpent ne s'était même pas estompée.

Ayant réglé la facture du thaumaturge en le faisant cramer avec son officine, Letto avait, par la suite, tout tenté : l'acide, le feu, le couteau. En vain. Même lorsqu'on s'attaquait directement à la peau en dessous, la marque réapparaissait après seulement quelques heures, nette comme au premier jour. Une sorcellerie totalement étrangère à l'Arcane des imprécateurs magneterriens, et un trait d'humour cruel, doublé d'une vengeance posthume, dignes de l'enflure qu'avait été Virdrad. S'il ne garantissait en rien la fidélité de celui ou celle qui le portait, le tatouage rendait bel et bien son allégeance *indélébile*.

Le Bâtard s'était ainsi assuré qu'en cas de défaite, tous ceux qui lui survivraient ne connaîtraient pas le repos : arborer sa marque faisait de vous une cible, un authentique mort en sursis, un client de première classe pour le gibet. Le commandement de la Ligue de Skarland promettait des récompenses faramineuses sur lesquelles renchérissaient les rois de Pont-Salin, de Morinthe et du Kurgenmark. Appâtés par ces promesses de fortune rapide, des chasseurs de primes venus des Royaumes francs, de la Confédération du Soleil et de l'Isthme se bousculaient, jouaient des coudes pour mettre la main sur les porteurs du serpent bicéphale ; tandis que les membres de la Maison Prétorienne, les tristement célèbres Juges Rouges de l'Empire anscaride, ne rêvaient que de les faire rôtir sur les bûchers dédiés à leur abominable dieu-dragon.

Deux décennies de rapts, d'extorsions et de contrebande n'avaient pas suffi à Letto pour amasser assez d'argent et prendre la tangente. Les destinations lointaines ne manquaient pas : les Îles Précieuses dans l'Archipel, repaire séculaire de proscrits ; le continent syam et ses cités-États dirigées par des pirates et des magiciens ; le Bannfellt au-delà de la Mer Froide. Autant de pays exotiques hors de portée des appareils judiciaires magneterriens et de leurs pseudopodes privés, indifférents aux vieilles rancunes qui les agitaient. Cependant, peu importait le choix de Letto, un tel voyage exigeait de payer des dizaines, voire des centaines de milliers de ducats en dessous de table pour convaincre les divers interlocuteurs auxquels il serait confronté au cours de son périple — passeurs, gardes-frontières, capitaines de navires et garde-côtes — d'oublier sa ganache et l'affreux petit dessin qui en ornait la tempe.

La fille et les documents constituaient un sésame inespéré. Dire que le vieux Dreng lui avait offert une récompense de cinq-mille ducats pour récupérer la comptable. Cinq-mille ducats ! Une coquette somme, en effet, mais des clopinettes en comparaison de ce qu'il allait maintenant pouvoir extorquer aux Scramasaxe. Letto ignorait même totalement jusqu'où il pourrait aller. C'est qu'il avait du mal à se figurer ce que pouvait représenter ce qu'il détenait entre ses mains. Rien à voir avec les tractations auxquelles il était habitué jusqu'à présent. Les possessions du clan Scramasaxe, les terres, les immeubles, les navires et les sociétés étaient une chose, mais à combien pouvait-on évaluer la valeur d'un nom, le prix de siècles d'effort collectif, le montant d'une réputation ?

Alors, combien ? se demanda Letto. *Cent-mille ducats ? Cinq-cent-mille ? Un million ?* Les chiffres escaladaient les montagnes de son imagination jusqu'à des hauteurs dont lui-même n'avait pas soupçonné l'existence jusque-là.

Il fut brutalement ramené sur le plancher des vaches de la réalité par le hurlement reconnaissable entre tous d'un pistolet. Un bruit de course folle, et les portes de la chapelle s'ouvrirent sur deux Passeurs, un homme et une femme. La rumeur pétaradante d'un combat les talonnait de près.

— Chef ! gueula le premier, affolé. On nous attaque !

— Qui ? voulut savoir Letto. Et pourquoi nos sorts d'alarme n'ont pas fonctionné ?

Cette dernière question s'adressait à la femme. Blonde, elle présentait trois points communs avec Larpal : la cinquantaine bien engagée, les yeux mauves, et le tatouage au serpent, qu'elle arborait quant à elle sur l'arcade sourcilière gauche.

— Pas la peine de me regarder de traviole, lança-t-elle sereinement. Nos alarmes sont toujours opérationnelles. J'ai vérifié. Quelqu'un les a contournées.

— Tu plaisantes ?

Une question sans intérêt, car la réponse s'imposait d'elle-même : si quelqu'un s'était contenté de bêtement faire sauter les rituels d'alarme, tous les magiciens présents au temple, à commencer par Letto lui-même, l'auraient immédiatement ressenti, du fait de la puissance nécessaire. Les circonvenir sans attirer l'attention avait dû demander un doigté qui n'était pas la signature du premier prestidigitateur venu.

— Depuis quand la Sûreté embauche des magiciens de haut rang ? demanda le Riffaudeur.

— C'est pas les gars de la Sûreté qui nous attaquent, le renseigna la femme. Ils portent des uniformes bleus.

— Palicares ? supposa Letto, mais à nouveau, sa comparse le détrompa d'un simple geste de la tête.

— Brigadiers, précisa l'homme à côté d'elle.

— La Compagnie du Silence…, comprit le chef des Passeurs, les dents et les poings serrés. Nous voilà dans de beaux draps. J'espérais ne pas les avoir sur le dos, mais il faut croire qu'ils tiennent vraiment à leur histoire de *doppelgänger*. Bon… Va falloir faire avec. Toi ! jeta-t-il sèchement au type en face de lui. Prends une poignée d'hommes avec toi. Va chercher le Nabot et la fille, emprunte les tunnels secondaires et ramène-les à Citégrise. Et magne-toi le fion, t'attends quoi, que je te tape la bise ? ajouta-t-il rudement avant de se tourner à nouveau vers la femme, à laquelle il s'adressa d'une voix plus posée. Il faut à tout prix bloquer l'avancée des Ligueurs, qu'ils ne puissent pas accéder aux catacombes avant que les otages aient été mis hors de portée. C'est bien compris ? Place des hommes à toutes les issues du sanctuaire : je ne veux pas voir un seul Manteau Bleu dans ces putain de galeries !

***

Dreng Scramasaxe laissa échapper un grognement de frustration.

Voilà bientôt vingt minutes qu'il s'échinait sur le verrou fermant la grille du caveau. Sans grand succès, mais non sans raison : à aucun moment de sa formation, on n'avait jugé utile de lui apprendre à crocheter une serrure. Dans sa branche, on les préférait inviolables et sévèrement gardées. Il avait également dans l'idée que son épingle de col faisait un bien piètre rossignol.

Le vieux Nain en était réduit à se contorsionner douloureusement. Le front en sueur, l'épaule quasiment encastrée entre les deux barreaux pour permettre à son bras, évidemment trop court, d'atteindre le trou de la serrure, il y touillait nerveusement de la pointe de bronze de son épingle de sûreté, espérant contre toute logique que le mécanisme finirait poliment par capituler devant tant d'insistance.

— Qu'est-ce que tu fous, le Nabot ? grogna une voix rauque près de son oreille.

Dreng voulut dégager son bras, trop tard : le garde, qui s'était finalement réveillé de sa sieste impromptue, lui attrapa le poignet, le serra durement pour le contraindre à lâcher son épingle de col.

— Elle est passée où, la fille ? s'écria le brigand en tirant encore sur le bras de Dreng. Où est-elle, hein ? Merde… C'est vrai… Cette salope a réussi à… Les clés ! s'exclama-t-il en tâtant son ceinturon. Elle m'a pris les clés, cette foutue garce ! Putain, j'aurais dû la lui faire bouffer, sa clope. Letto va me…

Une silhouette noire, immense, passa en trombe devant l'entrée du caveau : à la seule lumière de la bougie, Dreng ne put en distinguer grand-chose, mais elle percuta violemment le Passeur, l'entraînant avec elle hors de la vue du banquier dvargar.

Celui-ci dégagea vite fait son bras de la grille avant de reculer prudemment vers le fond du caveau. De derrière le sarcophage, dont sa tête dépassait tout juste, il suivit le sinistre *concerto* qui se jouait dans les ténèbres au-delà des barreaux marbrés de rouge par la lumière de la bougie : d'affreux braillements rauques qui descendirent très rapidement la gamme de la souffrance et de l'agonie jusqu'aux borborygmes liquides, à peine audibles ; sur fond de craquements d'os et de grognements bestiaux.

Dreng entendit ces derniers se rapprocher, et son palpitant manqua un battement lorsque l'imposante forme sombre défonça la grille avec une aisance proprement ébouriffante.

Une panthère au pelage nimbé de feu noir se tenait maintenant de l'autre côté du sarcophage, et le Nain se serait probablement laissé aller à paniquer pour de bon s'il n'avait entrevu ses grands yeux mauves tandis qu'elle observait autour d'elle d'un air intéressé.

— Classe, votre nouvelle crèche, fit remarquer Boniface tandis que du couloir provenaient des bruits de bottes, rythmés par le claquement reconnaissable entre tous d'une canne frappant le sol. Pas franchement spacieuse, mais au moins vous êtes pas emmerdé par les voisins.

— Monsieur Scramasaxe. (Falkenn entra à son tour, sa voix transpirant ce sempiternel flegme vaguement doucereux, oscillant entre ironie et mépris. Une étrange aura se diffusait autour de lui, comme s'il se trimballait sa propre aube portative.) Veuillez nous pardonner pour le retard : nous avons eu quelques difficultés à vous retrouver. L'endroit est tentaculaire et le flair de Boniface n'est, hélas, pas aussi développé que son vocabulaire ordurier.

— J'ai l'air d'un cochon truffier ? s'offusqua l'intéressé.

— Je vois bien quelques ressemblances. Ce que je ne vois pas, en revanche, c'est mademoiselle Galate, compléta Falkenn en se tournant à nouveau vers le Dvargar. Savez-vous où les Passeurs la gardent ?

— Nulle part, répondit Dreng en contournant le sarcophage. Elle a volé les clés à l'homme que votre familier vient de… Euh…

— Disperser, l'aida distraitement Falkenn. Et elle s'est enfuie, en vous laissant derrière elle ? (Il exhala un soupir narquois.) Que voilà positivement une charmante jeune dame…

— Une grosse chieuse, tu veux dire, gronda Boniface. D'autant que rien qu'à nous deux, ça va être coton de couvrir toute la zone. En plus, on fait quoi de lui ? ajouta-t-il avec un mouvement de sa grosse tête de panthère pour indiquer Scramasaxe.

— Il y a une chapelle, un peu plus loin dans le couloir, dont la grille semble en bon état, se souvint Falkenn en s'adressant au Nain. Je vais vous y enfermer, si vous n'y voyez pas d'inconvénient. Je ne peux pas courir après Ambroisie Galate et assurer votre sécurité en même temps. Vous savez vous servir d'une arme ?

— Mon tout premier poste, c'était convoyeur de fonds, lui apprit Dreng. Mon père croyait aux vertus de commencer au bas de l'échelle.

— Un Nain selon mon cœur, approuva le chasseur de primes en lui tendant son six-coups à crosse d'ivoire. Tenez. De notre côté, nous allons suivre les mouvements des Passeurs.

— T'es sûr que c'est une bonne idée ? voulut savoir Boniface. La fille risque de vouloir éviter les combats, tu crois pas ?

— Vouloir, sans doute, concéda Falkenn. Y parvenir, j'en doute. Sauf à vouloir passer des jours à errer dans ces catacombes, elle cherchera une des issues extérieures du temple. Ce qui, à un moment ou un autre, l'obligera à franchir les rangs des brigadiers. J'aimerais autant lui mettre la main dessus avant qu'elle n'aille se suicider sur leurs baïonnettes.

— Ouais ben, moi aussi, acquiesça le mandragot. Je commence à en avoir plein l'arrière-train de cavaler après cette greluche. Finissons-en.

***

Les commandos des Brigades n'eurent aucun mal à prendre le contrôle des accès extérieurs du temple d'Andraxès.

Sans grand effort d'inventivité, ils se surnommaient eux-mêmes les Carreaux Noirs. Un sobriquet qui suscitait à peu près autant de détestation côté impérial que de terreur à l'arrière de la ligne de front. De tous les soldats de la Ligue de Skarland, les commandos des Manteaux Bleus avaient la plus forte réputation, forgée à grands renforts de coups d'éclat — l'élimination d'un officier supérieur anscaride ou d'un aristocrate sudiste rallié à Hagen, le plastiquage d'une usine d'armements ou d'une ligne de chemin de fer stratégique —, mais aussi de méfaits à l'encontre des populations civiles : entre deux campagnes, pour arrondir leurs fins de mois, ils se faisaient coupeurs de route, hommes de main ou tueurs à gages.

Ils n'en constituaient pas moins l'élite que la Ligue avait à offrir aux Basses-Terres. Des hommes certes dénués de compassion, mais aussi de lâcheté. Tous s'étaient un jour retrouvés du mauvais côté des redoutables armes arcano-technologiques des Septentrionaux. Tous avaient laissé quelque chose sur les champs de bataille de Krelfe, du Haut-Huulm ou de Pont-Salin : des lambeaux de chair, leur jeunesse et, sans doute, pour beaucoup d'entre eux, leur santé mentale. Mais aucun n'avait jamais tourné casaque.

N'ayant pas à se préoccuper de la présence de sortilèges d'alarme, ils éliminèrent promptement et discrètement les brigands sur leur passage, ouvrant celui de la force ligueuse principale, composée d'une petite centaine de carabiniers. Un vaste parcours de vestibules abandonnés au vent et à la poussière, de bibliothèques aux rayonnages depuis longtemps pillés, de chapelles secondaires et de chambres d'embaumement tomba rapidement aux mains des Manteaux Bleus, avant même que le premier coup de feu ne fût tiré.

Ces zones proches de la vallée voyaient rarement circuler les membres de la bande du Riffaudeur. Pour monumental qu'il fût, l'essentiel du temple n'était qu'un somptueux habillage pour le sanctuaire, le naos, qui se résumait à son tour à une immense salle hypostyle d'où rayonnaient les ramifications du réseau labyrinthique des catacombes. Là était le vrai domaine du dieu à la face mutilée, sous le couvert protecteur des ténèbres et de la pierre, et c'était également là que les Passeurs avaient fait leur nid.

Un échange de tir. Un cri.

Rapidement, répondant à l'appel de leurs chefs, des dizaines d'hommes et de femmes en cache-poussière gris accoururent depuis les galeries, armés et prêts à en découdre.

On trouvait parmi ceux-ci bien plus que le tout-venant destiné à garnir les prisons de droit commun. Outre les habituels aspirants caïds, gavés jusqu'aux yeux de drogue de combat et tout juste bons à menacer des commerçants ou à tabasser des petites vieilles pour leur voler leur sac à main, Letto Larpal avait assemblé une fine équipe de tueurs chevronnés, composée d'anciens chiens de guerre dont certains, parmi les plus âgés, avaient combattu durant la Cinquième Guerre de Dislocation — aucun du côté ligueur, cela allait sans dire. Si à l'extérieur, le tatouage ophidien valait opprobre et condamnation à mort, dans les rangs des Passeurs, il était vu comme une distinction, l'équivalent des galons d'un officier supérieur.

Sans doute, parmi les Manteaux Bleus et les chefs des bandits, certains s'étaient-ils déjà affrontés, des décennies plus tôt. Ce faquin de sort, par un de ces coups dont il avait le secret, les mettait à nouveau face à face.

***

— Dépêchez-vous !

Un groupe de bandits enfila le couloir au pas de course, semant derrière lui un cliquetis de métal : pistolets qu'on chargeait ou armait, dagues grinçant contre le rebord cerclé de fer d'un fourreau.

Ambroisie ferma les yeux. En dépit du rythme soutenu avec lequel les bottes battaient le dallage, l'allure des Passeurs lui semblait tout juste arthritique : à croire qu'ils s'amusaient à tourner en rond pour le seul plaisir de faire monter la tension artérielle de la jeune femme. Oppressée par la pierre autour d'elle, terrorisée à l'idée qu'un seul regard en coin pourrait suffire à la griller, elle parvenait à peine à respirer — osait à peine respirer, en fait.

Les bruits de leur course rebondissant le long des galeries se firent assourdissants, au point qu'Ambroisie n'entendait plus rien d'autre. Rien d'autre hormis son propre cœur dont les battements lui bourdonnaient jusqu'aux oreilles et lui martelaient les tempes, comme si les pas des brigands résonnaient directement dans ses veines qui menaçaient de rompre sous la pression.

Il est pourtant pas si long, ce putain de couloir, tenta-t-elle de se rassurer.

Elle s'efforçait d'ignorer la présence des corps desséchés qu'elle devinait à ses côtés. La part la plus irrationnelle de son esprit redoutait à tout moment de percevoir, tout près, par-dessus le boucan produit par les brigands, le grattement d'une phalange ou le frottement des côtes ou des omoplates sur la pierre ; le contact glacé d'une main depuis longtemps morte sur sa chair.

— Magnez-vous ! réitéra celui qui avait déjà exhorté ses acolytes à la célérité, et Ambroisie d'approuver dans l'intimité de son crâne à deux doigts d'exploser. Letto veut qu'on sorte la fille et le Nain avant que les Ligueurs aient investi les catacombes, et moi, ça me va très bien. J'ai pas la moindre intention de moisir dans le secteur, je vous le dis !

Ambroisie se figea, aussi raide et immobile que les morts autour d'elle.

L'espace de quelques secondes, elle avait hésité à utiliser le sachet d'ergot-feu pris sur le garde qu'elle avait assommé. Elle s'était très vite ravisée : la drogue lui rendrait force et vigueur en un rien de temps, mais dans son état de fatigue, une seule dose ne produirait guère d'effets au-delà d'une heure, tout au plus. D'expérience, la jeune femme savait aussi que l'ergot-feu, pris le ventre vide, lui monterait à la tête plus vite qu'il ne lui descendrait dans les guibolles : il impacterait ses facultés mentales, la rendrait moins prudente, lui ferait dangereusement surestimer ses forces. Sans compter le contrecoup, qui risquait d'être particulièrement violent. Elle devait attendre le dernier moment, sauf à risquer tomber comme une pierre sous le nez des Passeurs ou des soldats ligueurs.

Les voix s'éteignirent peu à peu. Les bruits de bottes se réduisirent à des échos flous. Au loin, une grille lança une longue complainte, brusquement réduite au silence par un claquement sec.

La quiétude des catacombes reprit ses droits, mais Ambroisie attendit encore avant de se risquer hors de sa cachette, au cas où un retardataire déboulerait à l'improviste.

Elle compta vingt secondes dans sa tête — les vingt secondes les plus longues de sa vie — puis, l'oreille toujours en alerte, les doigts fermement serrés sur le manche de son couteau, elle rampa précautionneusement hors de la niche mortuaire où elle s'était engouffrée quelques courts instants plus tôt, abandonnant sans regrets les morts à leur dernier sommeil.

***

Le gros des combats se concentra très vite dans le sanctuaire.

Les Passeurs avaient réussi à entraver l'avancée de la soldatesque ligueuse avant qu'elle n'ait pu franchir les portes du naos, si bien que les Manteaux Bleus se retrouvèrent bien vite pris dans un goulot d'étranglement : ils avaient beau tenir la majeure partie du temple, il n'existait qu'un seul accès au saint des saints, dont ils ne pouvaient franchir le seuil sans se retrouver sous un feu nourri et croisé. L'endroit offrait certes un grand nombre de couverts, mais il s'avérait tout aussi généreux en positions de tir. Les brigands tenaient non seulement les issues latérales — celles qui s'enfonçaient dans le cœur de la montagne, vers les demeures des morts —, mais aussi la terrasse en surplomb.

Les intrépides brigadiers qui, fidèles à leur réputation de têtes brûlées et d'insubordination, se risquèrent malgré tout dans le sanctuaire, se firent tirer comme des lapins. De glorieuses statues, miraculeusement épargnées par les ravages du temps, furent criblées de balles, tandis que le sang qui giclait sur les immenses colonnes nouées de dorures végétales semblait absorbé par l'élégant porphyre rouge. De profondes alcôves autrefois destinées à la prière montèrent cris de guerre et injures, encouragements et râles de douleur.

— Reculez, bougres d'idiots ! hurla la voix rauque d'un officier ligueur.

Bon gré mal gré, les Manteaux Bleus refluèrent vers l'antichambre du naos, une salle aux proportions à peine plus modestes que celui-ci.

Portés par l'ivresse de ce premier contact, certains de leur position de force, poussés aussi par l'ergot-feu qui leur chauffait les veines, les Passeurs tentèrent une contre-offensive pour reprendre le contrôle des portes du sanctuaire. Émergeant par dizaines des galeries, ils brandissaient un arsenal hétéroclite, anachronique parfois, de pistolets à six-coups ou à silex, de fusils, de vieux modèles de mousquets ou même d'arbalètes à cric ; de sabres ébréchés, de haches au fer rougi de sang et de rouille, de couteaux, de coups-de-poing.

En dépit de son uniformité chromatique, la marée couleur de cendre qui se déversait des catacombes ne jouissait guère d'harmonie non plus : c'était un simple mouvement, un élan, une impulsion dépourvue d'esprit de corps. Un piétinement plein de fougue, de rage... et de stupéfiants, aussi.

Un rugissement assourdissant couvrit celui des Passeurs lorsque ceux-ci franchirent le seuil. Dans une scansion aux accents de tonnerre contenu, trois mitrailleuses montées sur affût déployées dans l'antichambre par les Manteaux Bleus entrèrent simultanément en action.

Ta-ta-ta-ta-ta.

Les équipes d'artilleurs s'activaient. Un pour viser, un pour tirer : des duos de professionnels et de bidouilleurs capables de réparer leur engin de mort en plein champ de bataille, de vieux couples rompus à un exercice fastidieux pour l'esprit autant que pour le corps, et à long terme mortel pour les tympans. On tablait moins sur la bonne vue du premier servant que sur des bras assez solides pour maintenir le bon angle de tir en dépit du recul phénoménal de l'arme. Quant au tireur, son principal ennemi était l'ennui : hermétique à son environnement, il n'avait qu'à tourner frénétiquement la manivelle actionnant la rotation des canons.

Ta-ta-ta-ta-ta.

Chargement. Verrouillage. Percussion. Les tubes pivotaient inlassablement sur leur axe, présentaient leurs hommages à l'ennemi, cédaient la place au suivant, et rebelote.

Ta-ta-ta-ta-ta.

Les balles crépitaient et sifflaient dans l'air, joyeuses et mortelles. Les douilles vides tintaient misérablement au sol dans l'indifférence générale.

Ta-ta-ta-ta-ta.

Ta-ta-ta-ta-ta.

Ta-ta-ta-ta-ta.

Les canons rotatifs vomirent en l'espace de quelques dizaines de secondes davantage de balles que les deux camps n'en avaient échangées depuis le début de l'engagement. Le déferlement d'acier brisa la contre-offensive des Passeurs, faucha leur horde coagulée à l'entrée du sanctuaire : ils se gênaient les uns les autres, ceux qui cherchaient à battre en retraite cognant dans ceux qui persistaient à avancer. La puanteur de la poudre et du sang ne tarda pas à supplanter celle des fleurs fanées.

Le gris vira au rouge.

Dans un brinquebalement pénible de bois et de métal, les servants des mitrailleuses firent avancer leurs pièces, flanqués par des unités des commandos qui avaient délaissé l'arbalète au profit du pistolet. Sur le sol de marbre vénérable, les roues cerclées de fer produisaient une cacophonie insupportable, un roulement proche d'un début de tremblement de terre, donnant l'impression que les murs du temple étaient sur le point de s'effondrer. Bottes et roues piétinèrent ou écrasèrent les cadavres des brigands massacrés, laissèrent une traînée rougeâtre dans leur sillage.

Les mitrailleuses une fois postées à l'entrée du sanctuaire donnèrent à nouveau de la voix. Repoussée par la puissance de feu des Ligueurs, la bande du Riffaudeur refluait à présent vers les catacombes.

***

Luther Falkenn glissa une main gantée dans la petite poche de sa redingote noire. Il en tira un mouchoir de soie tout simple, dépourvu de fioritures ou de broderies ; d'un rouge sombre, presque grenat. Soigneusement, il essuya la lame rougie de son épée en fer-diamant. On associait bien des prodiges au métal légendaire, malheureusement, absorber sang et lambeaux de chair n'en faisait pas partie.

Ils avaient croisé un petit groupe de truands en tenue grise tandis qu'eux-mêmes descendaient les galeries en direction du temple d'Andraxès. Falkenn y avait vu un signe de réussite de son plan. Le gros de sa bande occupée à faire face aux Brigades qui attaquaient depuis la vallée — car le chasseur de primes s'était bien gardé de révéler l'emplacement des accès depuis Citégrise dans le courrier anonyme qu'il avait fait porter au Malniki Saraï —, Larpal avait certainement voulu mettre ses deux précieux otages à l'abri. Mis à part la demi-douzaine de brigands qu'ils venaient d'éliminer, lui et Boniface n'avaient pas croisé âme qui vive. Pour autant, Falkenn préférait rester sur ses gardes : dans sa partie, on mourait plus facilement encore d'excès de confiance que d'indigestion de plomb.

Le chasseur de primes termina son nettoyage, ignorant l'agitation dans son dos — des grondements rageurs, des halètements mécontents. En fin de compte, il prit encore le temps de replier et de ranger le mouchoir avant de s'intéresser à la source de tout ce raffut.

La gueule fermement verrouillée autour du cou d'un Passeur, Boniface s'acharnait sur sa victime inerte comme un chaton s'amuserait avec une vieille poupée de chiffon déjà bien malmenée. Il agitait la tête, donnant de grands coups, un coup à droite, un coup à gauche. Les jambes du pauvre type se balançaient en rythme comme celles d'un pendu sous les assauts d'une tempête.

— Boniface, veux-tu bien cesser de jouer avec ce cadavre ?

Le mandragot s'interrompit brutalement dans son geste, jeta un regard en coin à son maître ; desserra l'étau de ses mâchoires, laissant retomber le corps du brigand dont le crâne, ou présentement, ce qu'il en restait, heurta le sol avec un bruit mou.

— Désolé, s'excusa-t-il, un peu contrit. J'ai toujours un peu de mal à me contrôler sous cette forme.

— S'il n'y avait que sous cette forme…, persifla le chasseur de primes en enjambant les autres cadavres.

L'atmosphère autour d'eux avait sensiblement changé. Les ornements des catacombes, jusque-là frappés du sceau d'une certaine anarchie funéraire — les emblèmes religieux quintimiens cohabitant avec le cercle frangé d'or du dieu héliothéiste, au milieu d'un joyeux fatras d'inscriptions et de pictogrammes aux symboliques plus personnelles —, se faisaient plus rigoureux. Murs et plafonds se couvraient de bas-reliefs de crânes qui, par le jeu de la lumière de l'*helioquartz*, semblaient suivre le visiteur du regard. Des roses jouaient les pleureuses en semant leurs pétales flétris sur des files de pénitents : les âmes des défunts marchant vers le jugement d'Andraxès.

Ils croisèrent des chambres mortuaires aménagées en dortoirs ou en salles de vie, meublées de tables récupérées à droite et à gauche. Des bouteilles vides traînaient par terre, des cibles de fléchettes pendaient à des clous, de même que des lampes à gaz.

La rumeur confuse des combats parvenait à présent jusqu'à Falkenn : bruits de bottes, ordres incompréhensibles beuglés de part et d'autre, jappements des balles échangées ; quintes de toux saccadées de mitrailleuses.

— Ils ont l'air de bien s'amuser là-dessous, fit remarquer Boniface du coin de la gueule.

— J'escomptais qu'ils sortiraient l'artillerie lourde. Les brigadiers n'ont jamais été réputés pour leur subtilité.

— C'était pas à ça que je faisais allusion. Mate un peu la spadamantine.

Le chasseur de primes baissa le regard sur son arme. Une mince ligne de feu mauve brillait sur le fil de la lame, croissait à chaque seconde, muait peu à peu l'épée en fanal.

— Quelqu'un est en train d'emmagasiner un paquet de magie dans le secteur, commenta le mandragot.

***

Une averse de feu dégringola sur les Manteaux Bleus.

Depuis la terrasse du sanctuaire, Letto et ses magiciens renégats bombardaient les soldats, ciblant prioritairement les mitrailleuses et leurs équipages. Sur leurs paumes tailladées, comme si leur sang lui-même s'embrasait au simple contact de l'air, giclaient des bluettes qui couraient, animées d'une vie propre et trépidante, le long des lignes de leurs mains. Elles s'arquaient, enflaient, s'unissaient en se torsadant ; aspiraient à la liberté.

Cela n'avait rien de boules de feu. Une fois lancées, les hémurgies pyromantiques ressemblaient moins à des projectiles enflammés qu'à des éructations organiques : des langues, des glaviots ou des vomissures incandescents. Elles décrivaient des paraboles indolentes, s'élevaient mollement vers le plafond à moulures du temple avant de retomber, presque gracieuses, sur le sanctuaire.

Leurs victimes s'embrasaient instantanément. Le feu arcanique dévorait avec la même avidité tissu, cuir et peau, transformait les soldats en brandons hurlants. Plongés dans les flammes, aveuglés, pris d'une frénésie terrifiée, ils couraient en tous sens et en pure perte, dansaient avec leurs frères d'armes, obligés de les esquiver, un quadrille dément. Une gerbe brûlante frappa la réserve de munitions d'une mitrailleuse, vaporisant dans un éclat blanc canons, affût et servants, projetant tout autour une mortelle farandole d'esquilles d'acier, de rouages et de balles.

— Repoussez-les hors du sanctuaire ! tonna depuis la terrasse la voix du Riffaudeur. Ne les laissez pas accéder aux catacombes !

Remotivés par les pertes tout juste infligées aux Manteaux Bleus, les brigands obtempérèrent. Une nouvelle fois, ils jaillirent en nombre hors des issues latérales du naos. Une trentaine de Passeurs que rejoignit un groupe moitié moins important qui dévala l'escalier situé au fond du sanctuaire, mené par un trio aux yeux mauves. Ces derniers levèrent les bras, projetant de nouvelles giclées ardentes pour couvrir l'avancée des brigands.

Les Manteaux Bleus qui tenaient les grandes portes du sanctuaire se préparèrent à encaisser la charge. Resserrant les rangs, ils levèrent leurs fusils. Mais la voix éraillée d'un officier jaillit alors dans leur dos.

— Fumecendre !

Les brigadiers rompirent leur formation, s'écartant de l'entrée du sanctuaire comme si une horde de démons s'apprêtait à en jaillir.

Une détonation étouffée, asthmatique.

Un épais nuage de fumée grise se déversa par les portes. C'était comme si on avait soufflé depuis l'intérieur d'une antique et gigantesque cheminée jamais confiée aux bons soins d'un ramoneur. Si dense qu'il occultait tout ce qui passait sous son ombre, il se déplaçait à une allure que sa consistance, presque ouatée, rendait dangereusement trompeuse. Il avait l'air de se répandre aussi mollement qu'une coulée de boue, mais le temps d'un battement de cil, et il était déjà sur vous.

Avant que les Passeurs n'aient eu la plus petite chance de réagir, il avait enveloppé tout le sanctuaire dans son suaire d'étoupe nébuleuse.

***

Ambroisie n'avait plus besoin de tendre l'oreille pour savoir par où se diriger. La clameur des pistolets et des carabines, le brame des officiers ligueurs, le bégaiement des mitrailleuses se détachaient de plus en plus nettement du tumulte confus auquel s'était d'abord réduit ce qu'elle captait du combat. Si, encore quelques brèves minutes plus tôt, elle s'était retrouvée à hésiter entre deux, trois voire quatre directions — car les bruits s'égaraient eux aussi dans les catacombes —, à présent la jeune femme ne pouvait plus se tromper.

L'anatomie des lieux ne lui laissait d'ailleurs plus guère de choix : à mesure qu'il convergeait vers le temple proprement dit, le lacis de couloirs troués et de passages entremêlés des catacombes tendait vers l'univocité. À l'image de la vie elle-même, que l'on pouvait traverser de bien des manières différentes, mais qui à terme n'offrait qu'une seule issue. Une issue qu'Ambroisie, pour sa part, préférait la plus lointaine possible.

Le temps d'une infime pensée, la fille bien qu'elle n'était jamais devenue, mais dont elle soupçonnait les velléités, persistantes sous les couches accumulées des mauvaises habitudes de l'Ambroisie des bas-fonds, lui fit remarquer qu'elle n'aurait pas dû abandonner le vieux Scramasaxe. Après tout, il était plutôt clair, à présent, qu'il n'existait aucune collusion entre lui et Elder. Le laisser à la merci de possibles mesures de rétorsion du Riffaudeur n'était sans doute pas la chose à faire.

Il y avait aussi Ichoria. Ichoria, qu'elle avait injustement suspectée de l'avoir dénoncée. Ichoria, qu'elle avait abandonnée aux pognes de ces types devant chez elle. Ichoria, qui devait croupir entre les quatre murs d'une cellule puante de l'Alaqarak. Elle si à cheval sur l'hygiène !

Sa conscience assena à Ambroisie qu'elle avait salement merdé, et sur toute la ligne. Mais son instinct de conservation, qui disposait ces temps-ci de la majorité absolue des suffrages, ordonna à sa conscience de la fermer. Car le plus dur restait à faire.

D'un coup de dent dont l'expertise, née d'une habitude tout aussi manifeste, sautait aux yeux, elle arracha le tiers supérieur du sachet contenant l'ergot-feu. Le petit tube ainsi obtenu s'insérait parfaitement dans la narine. Fermant l'autre d'une pression du doigt, Ambroisie prit une grande et rapide inspiration.

La poudre rouge lui taquina la cloison nasale.

L'ergot-feu, c'était un concentré miraculeux à vil prix. Les combattants qui y avaient recours le surnommaient le Feu des Dieux, ou encore le Coup de Foudre, car ses effets étaient quasiment instantanés. À peine prisé, ça vous grimpait à la tête à la vitesse d'un furet piqué par une guêpe, ça vous mettait toute la cervelle en émoi en y allumant toutes les lumières, et éliminait jusqu'à la plus petite trace de fatigue, comme si l'ensemble de vos muscles se prenaient une violente décharge électrique.

Ambroisie avait cessé de prendre de l'ergot-feu peu de temps avant de rentrer à la BNC : étriper des dizaines de clients et de collègues sous l'effet d'une drogue de combat aurait sans doute été très mal vu par la direction. Elle ne s'attendait pourtant pas à la violence de sa réaction, après tant d'années d'abstinence. Son organisme encaissa le choc initial comme la ruade d'un canasson particulièrement mal embouché ; elle se sentit littéralement propulsée vers l'avant, pour ainsi dire hors d'elle-même, comme si une nouvelle Ambroisie, fraîche et pleine de vigueur, venait d'être expulsée de la chrysalide percluse de douleur qu'elle avait occupée ces dernières heures.

Maintenant, ma vieille, c'est cours ou crève !

Ce fut désormais à toute allure qu'elle enfila corridors et escaliers. Alerte comme un aigle, aussi vive qu'un guépard, la jeune femme s'efforçait néanmoins de conserver un certain contrôle sur ses pensées ; de ne pas prêter attention à la petite voix, pourtant de plus en plus insistante, qui cherchait à la convaincre qu'elle n'avait plus rien à craindre, que rien ne pouvait plus lui échapper, ni l'arrêter dorénavant.

Sa cavalcade la rapprocha du cœur des combats : alors qu'elle traversait un très long couloir, elle vit un groupe de Passeurs qui reculaient d'une galerie perpendiculaire, tout en faisant feu.

Accélérant, Ambroisie percuta l'homme qui s'était le plus engagé dans le corridor, le renversa, lui enfonça la lame du couteau sous la clavicule — la précision et la puissance de son propre geste l'étonnèrent — , repartit en trombe en ignorant les vociférations des autres brigands et les balles qui sifflaient depuis la galerie devant laquelle elle venait de passer.

— Eh, c'est la fille ! Elle se casse ! Chopez-la !

***

Certains Passeurs avaient détourné le visage, fermé les yeux et retenu leur respiration lorsque le Fumecendre s'était refermé sur eux ; par pur réflexe, pour certains, par présence d'esprit pour les plus anciens, ceux qui avaient connu la Cinquième Guerre et qui savaient que, pour dérisoire qu'il fût en apparence, ce geste constituait la seule défense viable contre l'un des sortilèges les plus vicieux du répertoire des imprécateurs. Ceux-là, les vétérans des légions du Bâtard, savaient ce qu'ils allaient voir ensuite.

Les victimes, une trentaine de leurs comparses, étaient encore en vie. Celles qui tenaient toujours debout giflaient l'air devant elles avec toute l'énergie désemparée de qui se découvre soudainement aveugle. Leurs orbites ravagées se réduisaient à de gros trous noircis, d'où s'épanchaient des ruisseaux écarlates, transformant leurs visages en masques dédiés à la souffrance. Leurs hurlements prouvaient néanmoins qu'ils avaient, dans leur malheur, évité de respirer le Fumecendre.

Les autres gisaient au sol. La rétine détruite, le visage lacéré par de minuscules cristaux aussi durs que le diamant, ils évoquaient des poissons tout juste pêchés, abandonnés sur la rive. Leurs bouches s'ouvraient en vain sur des éructations pituiteuses, à peine capables d'aspirer un peu d'air, leur trachée et leurs poumons obstrués de concrétions cendreuses de plus en plus épaisses, les condamnant à s'étouffer lentement.

Brigadiers vétérans et brigands âgés tatoués du serpent de Virdrad se figèrent face à ce tableau atroce, digne de la Cinquième Guerre de Dislocation. Les imprécateurs ligueurs usaient alors du Fumecendre avec la même efficacité que ceux ralliés au Bâtard et, vers la fin du conflit, la même absence notable de retenue. Des deux côtés, balancer un Fumecendre au milieu d'une mêlée était perçu comme le moyen idéal d'en maximiser les dégâts. Au soir des batailles, après que les armées s'étaient retirées, le champ du carnage résonnait encore longtemps des misérables adjurations des victimes des nuages mortels qui l'avaient sillonné toute la journée. De vaines exhortations à ce qu'on vînt les achever, car nul ne se risquait après le crépuscule du côté de la ligne de front. La nuit y était hantée, peuplée de bêtes étranges et de silhouettes tordues, d'ombres vivantes en quête d'espions, mais qui n'avaient que faire des mourants : valravens, blêmes et sans-os. Les épouvantables familiers de la mère de l'empereur.

Poussés en avant par leurs officiers, les Manteaux Bleus reprirent leur progression : ils se déversèrent en grand nombre depuis les portes de l'antichambre. Baïonnettes au canon, ils chargèrent les survivants.

— Ne les laissez pas passer ! rugit de son côté Letto tout en rameutant ses jeteurs de sorts autour de lui. On va se faire déborder, ce coup-ci !

Les magiciens en terrasse projetèrent de nouvelles flammes dégoulinantes, sans plus chercher à viser ou à épargner les leurs. Leurs hémurgies tissèrent un véritable filet ardent au-dessus du sanctuaire.

Cependant, il ne l'atteignit jamais.

Ce ne fut pas, à proprement parler, une explosion particulièrement impressionnante. Le feu sembla buter contre un plafond invisible ; il y eut une brève détonation, dont les échos se perdirent dans les hauteurs du temple. Puis un tout aussi bref scintillement vert bleu un mètre au-dessus des soldats ligueurs, et les flammes se désagrégèrent d'un coup en minces volutes noires, qui furent promptement balayées par les courants d'air.

Une silhouette rouge fendit la cohue bleu outremer mouchetée de gris des combats. Elle se déplaçait avec autant d'allure que d'assurance, de toute évidence aucunement intimidée par la violence qui se déchaînait autour d'elle. Les douze Carreaux Noirs qui la talonnaient n'étaient d'ailleurs pas dévoués à sa protection : tout au contraire, c'était elle qui leur ouvrait le passage.

Tout en avançant, Wilhelmina Morville donnait l'impression de pianoter dans le vide. Des particules bleutées, comme de minuscules éclats de givre, dansaient sur ses paumes meurtries, formaient de fins tourbillons qui s'enroulaient autour de ses doigts, les prolongeaient de griffes fantomatiques. Son escorte n'avait même pas besoin de lever ses armes. Qu'un Passeur fît mine de se mettre en travers de son chemin, elle faisait décrire à son bras un mouvement gracile, mollement impérieux, un geste de dénigrement ; on entendait un déplacement dans l'air, comme le sifflement d'une faux, et les brigands s'effondraient, qui la gorge tranchée, qui la poitrine lacérée de haut en bas, qui le bras tranché net ou le ventre ouvert, déballant ses mètres d'intestins. Les crachats incendiaires projetés depuis la terrasse se brisaient sur le bouclier qu'elle avait érigé au-dessus du naos. Le petit groupe eut tôt fait de gagner les escaliers au fond du sanctuaire.

— Ne faites pas de prisonniers, ordonna-t-elle calmement. Trouvez la fille, et tuez tous les autres.

***

Ambroisie fonçait droit devant elle, s'efforçant d'ignorer l'écho produit par les bottes qui galopaient dans son dos. La fuite, rien que la fuite. Courir d'abord, réfléchir ensuite : c'était ainsi qu'on pouvait survivre à Citégrise, et jamais depuis une dizaine d'années la jeune femme ne s'était autant félicitée d'avoir été, la majeure partie de son existence, la mauvaise fille des bas-fonds de Solmost.

Se fiant toujours au bruit des combats pour se guider, elle mit la matheuse en elle en veilleuse : la probabilité qu'elle se sorte vivante de cette saloperie de temple devait se réduire à un zéro suivi d'une virgule, derrière laquelle s'alignaient quelques autres zéros suivis d'un unique chiffre dépité de n'avoir personne à qui faire la causette.

La jeune femme n'en avait cure. Elle sentait à présent les doigts du vent lui glisser sur le visage, agiter ses boucles blondes, les faire onduler. Pas le toucher spectral des courants d'air qui balayaient les catacombes, chargés de leurs remugles de charogne sèche et de bois pourri. Ce vent-là était un vent de première main, tout droit débarqué de la vallée. Un vent qui embaumait encore le muguet, la pimprenelle et tout ce tralala bucolique dont Ambroisie n'avait jamais rien eu à braire, mais qu'elle jugeait à présent d'un attrait irrésistible. Le vent de la liberté.

Elle était résolue à traverser la mêlée générale, et tant pis si elle se prenait une balle perdue. C'était préférable aux deux autres alternatives : rejoindre sa sœur aînée à l'Alaqarak ne la tentait pas plus que de retomber entre les pattes de Letto Larpal.

Cours ou crève, se répéta-t-elle. *Comme à Citégrise.*

Ses jambes toujours portées par l'ergot-feu qui inhibait douleur et fatigue, elle s'engouffra dans la galerie suivante, à gauche. Un passage plus court qui débouchait sur un petit espace circulaire disposant de trois issues. À sa droite, un nouveau couloir qui semblait retourner dans les profondeurs des catacombes ; sur sa gauche, un escalier. Face à elle, une arcade le long de laquelle s'entassaient plusieurs cadavres de Passeurs donnait sur un grand espace garni d'imposantes colonnes de porphyre, autour desquelles s'enroulaient les tiges d'or d'un rosier aux fleurs fanées.

Le sanctuaire. Le théâtre des combats.

La sortie, réalisa-t-elle, un espoir fou se mêlant au délire de toute-puissance que lui instillait la drogue. Malheureusement, une escouade de Manteaux Bleus déboula dans son champ de vision au moment même où elle allait passer sous l'arche.

— Arrêtez-la ! C'est l'espionne !

— Chiotte !

Ralentissant à peine le train, Ambroisie obliqua sur sa gauche et s'engagea dans l'escalier. Évidemment, cela l'éloignerait probablement du sanctuaire, mais ça l'éloignerait aussi de ses poursuivants, et à cet instant cela lui semblait nettement plus urgent.

La chance se mit de la partie : les brigadiers qui s'apprêtaient à s'élancer à sa suite dans l'escalier furent rejoints par les Passeurs qui la poursuivaient depuis quelques minutes. Les deux groupes se rentrèrent dans le lard et commencèrent à échanger des amabilités, délaissant leur proie commune.

Un soldat parvint cependant à se frayer un chemin, bondit dans l'escalier, se jeta en avant et réussit à agripper des deux mains la jambe gauche d'Ambroisie. Se sentant basculer vers les marches, la jeune femme projeta les mains en avant pour se réceptionner, prit appui, tourna la tête et flanqua une belle ruade de sa jambe libre, expédiant son talon en plein dans la mâchoire du brigadier qui lâcha prise en grognant. La jeune femme repartit comme une dératée, franchissant les dernières marches en une cavalcade simiesque, à quatre pattes.

Parvenue à l'étage, elle ne redressa la tête que pour voir un type en gris lui foncer dessus à toute berzingue.

***

— Eh, c'est la fille ! Elle se casse ! Chopez-la !

— On est sur la bonne piste, déclara Boniface. Par ici !

Luther Falkenn suivit son mandragot. Il n'avait rien entendu, ou plutôt, il entendait trop de bruits pour pouvoir opérer un tri parmi le tohu-bohu de tirs et de cris, mais c'était au moins un registre dans lequel il se fiait à Boniface : son odorat ne valait peut-être pas celui d'un chien de chasse, mais il avait l'ouïe acérée des commères professionnelles.

Les deux compères enfilèrent rapidement une série de couloirs. L'odeur de la poudre gagnait en intensité à chacun de leurs pas. Boniface ralentit à une intersection. Ses oreilles remuaient tant qu'elles donnaient l'impression d'être montées sur des vis.

— C'est par là, finit-il par dire en désignant de la tête une galerie, un peu plus loin sur leur droite.

Ils s'y glissèrent au moment même où, à une dizaine de mètres d'eux, au-delà d'un espace circulaire, Ambroisie Galate disparaissait dans un escalier, une dizaine de Passeurs et autant de brigadiers à ses trousses, venant de directions différentes.

— Arrêtez-la ! C'est l'espionne ! s'écria un Manteau Bleu.

— Ils commencent à me gonfler, avec leur histoire d'espionne…, gronda Boniface en s'élançant, suivi par Falkenn, l'épée au clair.

***

Ambroisie sentit sa tête partir vers l'arrière, et une vive douleur lui déchira le haut du crâne lorsque ses cheveux la retinrent. Quelqu'un tira violemment sur sa natte, la remettant debout. On lui bloqua la main droite et lui passa un bras sous le cou. De sa main libre, elle ne pouvait que se ménager un faible espace pour respirer.

Elle reconnut Letto Larpal à l'odeur, bien avant qu'il n'ouvre la bouche.

— Qu'est-ce que tu fous ici, toi ? lui grinça le Riffaudeur à l'oreille.

— Merde, ça t'arrive de te laver les chicots ?

Elle sentit la pression sur sa trachée se relâcher, mais Letto lui attrapa à nouveau les cheveux et la tira en direction de l'escalier.

— Remue-toi un peu le popotin, cracha-t-il. Mes hommes ne tiendront plus longtemps, maintenant. On va se faire une petite virée en ville avant de quitter ce pays de merde. Rien que toi et moi.

— Quelle veinarde je fais, ironisa Ambroisie.

— T'imagines même pas à quel point, répliqua Letto. Tu croyais quoi, pauvre débile ? Que tu allais franchir la ligne des Manteaux Bleus comme ça, seule et sans aide ? Tu les connais pas, ces animaux-là : tu allais te faire trouer la peau en un clin d'œil !

— Tu veux peut-être que je te remercie ?

— Tu devrais ! répondit-il avec une véhémence surprenante, et Ambroisie réalisa à ce moment-là que quelque chose clochait chez son bourreau. Tu n'as pas la moindre idée de *qui* te court après, poursuivit-il en s'engageant dans l'escalier en tractant derrière lui la jeune femme. Si tu le savais, tu me supplierais de t'emmener le plus loin possible de cet endroit, et à genoux, qui plus est !

Il n'affichait plus la conviction tranquille du caïd et semblait en proie à la panique. Pourtant, la jeune femme avait l'étrange certitude que ce changement d'attitude n'avait rien à voir avec ses hommes qui se faisaient massacrer dans le sanctuaire et ses abords, que c'était là un événement certes regrettable, mais qui ressortissait de la comptabilité normale d'un parcours de chef de gang.

Letto Larpal *tremblait.*

Il tremblait de peur.

***

À l'étage inférieur, le corps-à-corps mettant aux prises Passeurs et Manteaux Bleus se poursuivait. Levant sa main libre, Letto généra une puissante giclée de flammes qui incinéra sans distinction amis et ennemis, libérant ainsi le passage. Parvenu au bas de l'escalier, il enjamba les cadavres calcinés tandis qu'Ambroisie piétinait maladroitement dans son sillage et toussait, les narines et la gorge agressées par la puanteur qui en émanait.

Un feulement attira l'attention de la jeune femme. Levant les yeux, elle aperçut…

C'est quoi, cette horreur ?

… une énorme panthère. Du moins cela ressemblait à une panthère : la créature en avait la silhouette, mais son pelage était frangé de flammes mauves et noires, comme un cauchemar surgi tout droit d'un improbable enfer pour ailurophobes. Et ça lui fonçait dessus, les crocs sanguinolents et les griffes prêtes à frapper !

Derrière, à guère plus de deux mètres, venait le type qui avait failli la tuer au Vieux Phare. Le dénommé Falkenn.

Une première langue de feu de Letto rata l'énorme bestiole, qui esquiva d'un bond souple ; mais ce faisant, elle avait ralenti sa course, devenant une cible plus facile pour le Riffaudeur. Une nouvelle hémurgie incandescente fusa, et cette fois, l'animal ne put que sautiller maladroitement sur le côté. Néanmoins, cela fut suffisant pour le sauver d'une incinération précoce. Le projectile frappa le sol, fit éclater le dallage de marbre en une floraison de flammes et d'éclats de pierre. L'énorme félin fut projeté contre le mur en couinant.

Le feu gicla une troisième fois, visant le chasseur de primes. Proche comme elle était de Letto, Ambroisie ressentit toute l'énergie que celui-ci mit dans cette nouvelle attaque. Le chef des Passeurs ne voulait pas s'embarrasser à viser : puisant dans ses ressources, c'est une véritable conflagration qu'il invoqua et qui franchit en hurlant la courte distance qui la séparait de sa cible. Falkenn n'avait aucune chance de l'éviter.

Il n'essaya même pas, du reste. Un hoquet de stupeur au bord de la glotte, la jeune femme contempla, horrifiée, le chasseur de primes brandir son épée devant lui avant de se jeter dans les flammes qui…

(qui frappèrent la lame avec une violence inimaginable, cependant Falkenn la ressentit à peine. C'était comme trancher un mur de papier, comme franchir un épais rideau de pluie. Il en perçut pourtant toute la puissance, mais uniquement à travers les sensations émises par la spadamantine, transmises jusqu'à la poignée sous la forme d'infimes vibrations, à l'image de trépidations orgasmiques. La lame, jusqu'à cet instant froide pièce de métal dépourvue d'âme, s'anima soudain, prit vie dans une flambée de pouvoir, s'éveilla à la faim et dévora goulûment celui de la magie de sang, rougeoyait de plaisir.)

… se brisèrent sur la lame de la canne-épée comme une vague se brise sur les rochers. Elles refluèrent sur toute la longueur du métal, inexorablement aspirées, s'y tortillèrent comme autant d'insectes saugrenus, à l'agonie.

Le Riffaudeur eut un mouvement, autant de recul que de surprise, mais il était trop tard pour lui. Falkenn avait ramené en arrière son arme, scintillante et écarlate, encore parcourue de flammes, ultimes soubresauts du sortilège mourant mais encore actif ; puis, d'un geste sec et précis, il embrocha son adversaire.

La bouche de ce dernier s'ouvrit en grand sur un hurlement abominable. En lui, le métal déchirait et le feu se répandait en coulées assassines, comme s'il avait ingéré de la lave en fusion. Au contact de l'épée, son manteau prit feu et, avant que Falkenn ait eu le temps de dégager son arme, l'homme se mua en torche vivante. La peau de Larpal se cloqua, puis se cartonna sous l'effet des flammes qui la rongeaient, mettaient les os à nu avant de les noircir et de les carboniser.

Ambroisie décida qu'elle avait suffisamment profité des hurlements de porc passé vivant à la broche du magicien. Tournant les talons, elle se dépêcha de passer sous l'arcade.

***

Boniface ne sentait plus le contact du sol sous ses coussinets. Un rapide examen de sa situation lui en fournit la raison : couché sur le dos, il avait les pattes en l'air.

Il avait pris un bon coup sur la caboche. Il en avait résulté une déperdition d'énergie et une relative instabilité morphique. Sa forme de combat donnait l'impression de fondre, ici ou là, répandant de petites coulures, semblables à du pétrole, qui s'évaporaient au terme de quelques secondes passées à se convulser.

Il s'ébroua pour retrouver sa forme d'origine, puis bascula du bon côté. Des taches colorées lui dansaient encore devant les yeux lorsqu'il les posa sur les derniers instants de Letto Larpal. Celui-ci ne faisait alors plus aucun bruit : ses cordes vocales avaient rapidement été consumées. Sa bouche s'ouvrait, toute ronde, et formait avec ses orbites carbonisées trois fenêtres ouvertes sur l'enfer qui consumait à vive allure ce qui n'était déjà plus qu'un cadavre.

Le mandragot aperçut alors Ambroisie Galate en train de s'esbigner. Falkenn lui emboîta bien vite le pas, dispersant au passage le petit amoncellement charbonneux qui était tout ce qu'il restait de feu Letto le Riffaudeur.

Se remettant péniblement sur ses pattes, le félin entreprit de suivre son maître.

Ce dernier n'était pas allé bien loin, cela dit. Boniface le retrouva à l'orée du sanctuaire, immobile, aux trois quarts planqué derrière le pilier de l'arcade. Se faufilant sous le manteau et entre les bottes du chasseur de primes, il jeta un coup d'œil par-delà le passage au plafond voûté.

Au beau milieu du sanctuaire semé des corps troués, hachés ou carbonisés de plusieurs dizaines de Passeurs et de brigadiers ; et alors même que la tenaient en joue les carabines des Manteaux Bleus, Ambroisie Galate faisait face à une grande femme aux cheveux noirs, vêtue d'une imposante robe dont les tons carmin se mariaient harmonieusement, tant avec la pierre rouge des piliers soutenant le plafond moulé du sanctuaire qu'avec les flaques de sang qui en souillaient le dallage de marbre blanc. D'après ses yeux mauves et les motifs de sa robe, le mandragot l'identifia comme une imprécatrice de haut rang. Et à en juger par les flux d'Arcane qu'il sentait converger vers elle, rien de moins qu'une Dame.

La comptable se tenait à quelques mètres de la magicienne, un couteau à la main ; pourtant, aucune tension ne semblait habiter son bras. Boniface se demanda si c'était la terreur qui la paralysait, ou bien si la jeune femme se trouvait dorénavant sous l'emprise d'un quelconque sortilège. Cette théorie parut se vérifier lorsque, l'imprécatrice à moins d'une longueur de bras, Ambroisie la laissa poser une main sur son épaule, puis l'attirer doucement contre elle. La jeune femme, toujours soumise, se laissa faire lorsque la magicienne l'enlaça avec précaution, telle une mère avec sa progéniture un peu limitée.

La robe de la magicienne s'agita alors, parcourue d'ondulations rouges qui se répandirent sur le sol, comme de l'eau, avant de s'élever, formant des volutes qui se mirent à tournoyer autour des deux femmes, les enveloppant peu à peu.

— Ben merde alors, marmonna le félin pour lui-même. Une Éclipse directe, sans familier ? Elle est costaude, la bougresse en rouge : ça doit être une huile de la Compagnie du Silence. Et tiens, en parlant d'Éclipse, on devrait peut-être récupérer la demi-portion et se calter d'ici avant que… Tu m'écoutes, Luther ?

Le chasseur de primes semblait ailleurs. Ses yeux restaient fixés sur les deux femmes qui s'évanouissaient peu à peu, et même après qu'elles eurent totalement disparu, ils ne cillèrent pas, continuant d'observer l'espace désormais vide comme s'ils parvenaient à y déceler une réalité escamotée à tout autre regard.

Pour lui avoir collé au train depuis plus de dix ans, le mandragot savait parfaitement comment fonctionnait son maître. Falkenn était un monstre de contrôle, un ensemble de procédures et de règles tenues ensemble par un caractère aussi enjoué et chaleureux que celui d'un glacier, méthodique quel que fût le domaine : aucun acte, aucune parole, aucun silence qui ne fût soigneusement étudié, attentivement mis au point. Une vie menée comme une partie d'échecs. Aussi, Boniface n'en revenait-il pas de ce à quoi il assistait présentement.

Luther Falkenn *tremblait.*

Le mandragot n'aurait pas su dire si c'était de peur ou de colère.

9. Secrets inhumés

Les Cinq affrontèrent Netras, sans pouvoir le vaincre. Car le Faux Frère avait accaparé bien des âmes, et son emprise sur la Création dépassait dorénavant la Leur.

Lors les Cinq engendrèrent Sivarius, notre Sauveur. Conçu dans le ventre même de Cémate, dont il partageait la bonté, d'Arganas il reçut l'espoir, de Suradrus le courage et de Capalata l'intelligence et la ruse. Cependant, le dieu des Morts demeura silencieux.

Notre Sauveur lui demanda : « Que veux-Tu m'offrir, Toi qui règnes sur le Monde d'En Bas ? »

« Mon présent Tu recevras lorsque Je déciderai de Te rappeler à Moi », répondit Andraxès.

Ainsi fut-il décidé que les mortels seraient sauvés par l'un des leurs.

Axiomes, Livre Sixième, versets 19, 21, 22, 23 et 24

La nouvelle de l'arrestation de l'espion impérial se répandit très vite à travers la capitale pontsalinoise.

Les crieurs publics municipaux, qui ces dernières années s'étaient habitués à ne se risquer hors de chez eux qu'en catimini pour annoncer du bout des lèvres défaites et hausses d'impôts — et à se carapater dans la foulée avant de récolter tomates et œufs pourris de la part de concitoyens à l'humeur rendue acide —, s'en donnèrent à cœur joie. L'appel entêtant de leurs cloches résonna aux quatre coins de la ville.

Et Solmost l'écouta. Elle l'écouta avec d'autant plus d'attention qu'elle baignait jusque-là dans un climat de renoncement qui, depuis l'annonce de la mort du prince Belaïstès, se teintait d'une inclination malsaine pour le réconfort de l'oubli, le seul qu'elle imaginait encore à sa disposition. Pour anecdotique et essentiellement symbolique qu'elle fût, cette annonce inattendue prenait des allures de libération, de victoire retentissante.

On avait prévenu tout ce que la ville comptait d'imprimeurs : dès avant le lancement de l'attaque sur le quartier général des Passeurs, les rotatives chauffaient, prêtes à vomir les éditions spéciales des différents journaux conviés par le général Wolfdagger pour couvrir l'opération.

La Missive Vespérale, deuxième publication la plus lue de la ville, n'en faisait pas partie : deux jours auparavant, propriétaire, rédacteur en chef et journalistes avaient été arrêtés et poursuivis pour haute trahison. Les deux premiers avaient déjà été exécutés, victimes de leurs amitiés morinthiennes étalées avec un peu trop d'entrain.

Au sein des autres rédactions, le message était passé avec la souplesse d'une corde autour du cou. *La Vérole* et *Le Voltigeur Noir* mirent sous le boisseau leur vocation satirique. Fidèle à sa réputation de lèche-bottes gouvernemental et, comme tel, sensible aux changements d'orientation politique, *L'Apocrisiaire* s'arrangea pour citer le nom de Wolfdagger environ une fois toutes les deux lignes tout au long de sa première page. *La Grype*, qui la veille s'était félicitée de la désignation d'un militaire au portefeuille de la Sûreté, titra *« Merci, Mon Général ! »*. L'hebdomadaire, pourtant connu pour son patriotisme sourcilleux, ne prit pas ombrage de l'absence des forces pontsalinoises au temple d'Andraxès et publia les noms de tous les soldats ligueurs morts durant l'attaque.

Depuis les parvis des bâtiments publics et les places des marchés, le braillement des crieurs et des vendeurs de journaux produisait de l'écho ; l'information ricochait. Par le bouche-à-oreille, elle courut de quartier en quartier, de rue en rue, de palier en palier. Elle attira hors des temples prêtres et fidèles, interrompit tractations financières et parties de cartes, mit fin à des discussions philosophiques ou des conversations banales — les premières comme les secondes de toute façon dépourvues d'intérêt. Elle entraîna dans son sillage des hommes, des femmes et des enfants, de même que des vieillards qui ne sortaient pourtant guère plus de chez eux. Elle parvint même à arracher à leur godet matinal des piliers de bistrot qu'on croyait collés à leur siège depuis des lustres.

Elle unit la cité, du nord au sud, d'est en ouest et de haut en bas, abolit ses frontières internes, sociales, raciales. Elle fit marcher au même pas et dans la même direction ceux que l'existence quotidienne n'appelait jamais à se côtoyer. Aristocrates et domestiques des hauteurs de la ville formaient des processions disparates, auxquelles s'agglroméraient des groupes de pêcheurs, de commerçants, d'hommes d'affaires et de chômeurs venus de la ville basse ; des Humains et des Nains.

Elle se glissa jusqu'à la Ville sans Jour, fit irruption au milieu des assemblées générales des usines et des manufactures en grève où elle souleva une flambée de joie patriotique. À Malethorarlod, elle fit taire la liturgie des marteaux et des pioches, se mêla aux homélies des Révérends du Fer.

Elle se risqua parmi les rues crasseuses et les échafaudages tordus qui s'enroulaient autour des imposants piliers, franchit sans peur la porte des établissements les plus miteux et les plus mal fréquentés. Elle rameuta clochards et poulbots, catins et tire-laine ; rendit la vue à des aveugles et leurs jambes à des culs-de-jatte. Elle draina à la surface une cour des miracles bigarrée et puante à laquelle se joignit la faune la plus louche de Citégrise, celle qui fuyait pourtant la lumière du soleil avec autant d'énergie que la police.

À son appel se formèrent des rivières vivantes, coulant toutes dans la même direction, convergeant vers le même objectif. Elles se jetaient les unes dans les autres, se firent fleuve remuant, grondant, qui se déversait sur les plus grandes artères. Solmost bourdonnait à l'unisson, mais au milieu du roulis inepte des milliers de conversations, de cris et de chants, affleurait de loin en loin un thème, une rythmique, une récurrence.

— Wolf-da-gger.

Tel un caillou jeté dans une mare, l'appel, à peine un murmure dans l'immensité de la foule, générait des ondulations, s'étendait le long de la marée humaine. Suivant le mouvement de la cohue, il remontait les rues étroites et les avenues de Solmost, gagnait un peu plus en intensité à chaque nouvelle occurrence.

— Wolf-da-gger.

Les trois syllabes, martelées inlassablement, étaient reprises par un nombre toujours croissant de voix. Le murmure se fit invocation, enfla au niveau d'une prière ; puis, lorsque la presse atteignit une masse critique sous les fenêtres du Malniki Saraï, il explosa en un fracas d'ovations.

— Wolf-da-gger !

Une porte-fenêtre à double battant foisonnant de feuilles d'or s'ouvrit au premier étage du corps principal du palais royal, laissant passer, non sans difficulté, le général Wolfdagger. Il vint se camper sur le balcon d'honneur, derrière la balustrade en fer forgé, en grand uniforme. Raide et énorme, hors de proportion, il rejetait naturellement à l'arrière-plan le décorum fastueux qui l'entourait, aussi digne qu'un monarque, plus incongru qu'un éléphant perché sur un arbre à chat.

Il leva une main capable d'écraser un ananas d'une simple pression, soulevant la houle populaire.

— Vive le général Wolfdagger !

— Vive Pont-Salin !

— Torée, Torée, Torée !

Les vivats rugirent de plus belle lorsque deux nouvelles personnes firent leur apparition sur le balcon : un homme portant l'habit noir et or du vicariat ; et une femme en robe rouge.

— Athossi, Athossi !

— Hourra, hourra pour Dame Morville !

Sur toute la longueur de la grand-place qui s'étendait face au palais et des avenues attenantes, sur la devanture des magasins et les balcons des hôtels particuliers les plus huppés, fleurissaient des drapeaux. Celui de Pont-Salin, bleu azur et frappé de la grype d'or, côtoyait celui de la Ligue de Skarland : dix bandes horizontales, noires et jaunes, avec dans le coin supérieur gauche un rectangle bleu marine où un tigre blanc était figé, le dos rond et la tête basse, comme à l'affût. Une iconographie doublement passée de mode : des dix États qui s'étaient constitués en rempart contre la tyrannie de l'empereur Arkad pour ensuite faire face à Virdrad et à Hagen, seuls huit se tenaient toujours face au souverain du Septentrion. Quant à la cité vardener de Skarland où avait été proclamée l'alliance, son tigre héraldique s'était depuis longtemps blotti sous les ailes d'or protectrices du dragon impérial.

La liesse populaire n'avait que faire de ces détails historiques. L'arrestation d'Ambroisie Galate n'offrait qu'un prétexte pour goûter l'instant présent de retrouvailles collectives, faire corps autour des symboles de l'unité nationale, se rappeler que Pont-Salin avait des alliés ; s'imaginer que, peut-être, un espoir subsistait.

À l'écart de la cohue, à l'ombre d'une porte cochère, la mine plus sombre encore que sa mise, silencieux parmi le vacarme, aussi à-propos qu'une couronne mortuaire à un mariage, Luther Falkenn ne communiait pas dans l'enthousiasme forcené des Solmostins de tous âges et de toutes conditions qui défilaient devant ses yeux. À peine percevait-il leur présence.

En temps normal, le chasseur de primes se serait sans doute étonné de la profusion inédite de drapeaux rayés de noir et de jaune, qu'il n'aurait pas jugée naturelle. En temps normal, il se serait demandé d'où venait cette soudaine popularité de la Ligue : trop lointaine pour les chanceux dont la ville ou le village n'avait pas de vue dégagée sur les piles de cadavres s'entassant le long de la ligne de front, elle était généralement considérée comme beaucoup trop proche par ceux — et surtout *celles* — qui subissaient les ardeurs et les crises de rut des brigadiers. En temps normal, il se serait demandé si, parmi les manifestants, ne se trouvaient pas, justement, un certain nombre de soldats ligueurs en civil. En temps normal, il n'aurait pas fallu deux minutes à Luther Falkenn pour voir que ce grand défilé ne devait pas tout à la spontanéité patriotique des Pontsalinois.

C'était une autre foule que contemplaient ses yeux gris. Une autre foule, sur une autre place, face à un autre palais ; qui acclamait d'autres personnes, fêtait une autre victoire, brandissait d'autres drapeaux.

Dans une autre vie.

***

Il se souvenait du soleil radieux. Sur le champ azur où il triomphait couraient de rares traînées nuageuses, comme autant d'épaves vaincues, en perdition, qui venaient se briser sur les tours effilées, dressées telles des javelots, du château royal de l'Amnis. Elles en festonnaient les remparts, les dômes et les flèches, rampaient sous ses arcs-boutants, drapaient de tarlatane les statues des rois, reines et dieux juchées sur ses toits turquoise et ses fontaines de marbre, semblaient les apprêter pour une grande occasion.

Il se rappelait le claquement des drapeaux dans l'air encore imprégné de givre d'une belle matinée d'automne. Le claquement du vol des corbeaux et des pigeons au-dessus de la place noire de monde et des eaux saphir du Cheiron que cajolaient les rayons du soleil. Le claquement des bottes des soldats sur les pavés de la Prinzepsplatzen.

Il entendait les voix qui jaillissaient de la foule concordianne compacte réunie sous les innombrables yeux noirs de la résidence des Rois du Vard, tandis qu'on traînait la femme en hardes vers le centre de la place. Ce n'étaient pas des cris. Ni insultes ni obscénités n'étaient proférées sur son passage. Seulement des noms : celui d'une fille, celui d'un frère, celui d'un père ou d'un ami. Une liste sans fin, égrenée avec une roide dignité et un aplomb de fer, répétée comme une oraison absurdement entêtante, ou une prière, tant pour le repos des morts que pour la paix de ceux qui demeuraient. Qui témoignaient.

Il éprouvait le picotement vivifiant de l'air sur ses joues rasées de frais. La caresse râpeuse du col, un brin trop haut, et peut-être un peu trop serré, de son tout nouvel uniforme. La sensation, toujours inhabituelle mais rassurante, bizarrement exaltante aussi, de l'alliance en argent autour de son annulaire gauche.

Il revoyait le bûcher. Dressé en plein centre de la place, il était dominé par un mannequin immense qui s'élevait loin au-dessus des têtes : un dragon tressé de paille autour de vertèbres de bois, aux ailes renforcées de fer et couvertes de plumes peintes que le soleil teintait d'éclats dorés.

Il revoyait le Pont-Georg-Tobias, reliant l'Amniskastel à la Capitainerie, transformé en estrade de luxe, surchargé d'officiels en grand appareil. Le roi Cornélius fraîchement restauré, la reine consort Heldegarde, le prince héritier Uttar, le prince Endrig, la petite princesse Sigrid âgée de cinq ans dont seules dépassaient les boucles blondes. Aux maréchaux et généraux, aux pairs du Jarlsdag, aux échevins de Concordia qui entouraient la maigre famille royale vardener s'étaient joints des émissaires de toutes les villes, des chefs de villages endimanchés de costumes loués à grands frais, des thaumaturges venus des campagnes environnantes, des prêtres de tous les cultes présents dans le royaume. Aux deux extrémités du pont, à croire qu'ils avaient renoncé aux places d'honneur, pointaient les toques des représentants anscarides : en fourrure noire pour les officiers supérieurs de la Maison Militaire ; en feutre, mauve pour les arcano-technologues, rouge pour les juges de la Maison Prétorienne, grands ordonnateurs des festivités du jour.

Il gardait en mémoire l'odeur du bois et de la paille qui brûlaient. Les brandons qui se détachaient du brasier, toujours plus nombreux ; qui brillaient, vivants et rouges, au milieu des exhalaisons charbonneuses. Qui pirouettaient un court instant, semblaient s'attarder autour du bûcher judiciaire avant de s'évanouir sans un bruit, comme apaisés.

Il entendait les insultes et les vaines menaces de la femme ligotée au bûcher, bientôt noyées sous des quintes de toux hystériques et désespérées. Il voyait le feu qui grimpait à l'assaut du corps sinueux du mannequin-dragon, l'avivait : il peuplait ses entrailles de grondements organiques, embrasait ses ailes de paille tendues en travers de la Prinzepsplatzen, *lui faisait cracher des fumerolles qui empoissaient le ciel, comme l'annonce d'un orage imminent.*

Il se rappelait la femme qui brûlait. Elle brûlait et elle vivait, alors même que les fumées crasseuses auraient déjà dû l'étouffer. Face à la puanteur de chair brûlée qui se répandait, portée par le vent ; sous les hurlements de ce qui se réduisait à une silhouette confuse parmi le brasier et ses tentacules vaporeux, les premiers rangs du public reculaient. Des hommes et des femmes se débandaient, en larmes, certains prêts à dégobiller, tous horrifiés.

Mais lui restait. La chaleur lui cuisait pourtant le visage, la sueur poissait ses cheveux, glissait au bas de ses tempes, de sa nuque, jusque sous le col, où elle dispensait sa caresse abrasive sur une peau déjà irritée par le frottement du tissu. L'odeur imprégnait ses narines, gagnait sa bouche, lui faisait remonter le cœur jusqu'au ras des molaires.

Mais il restait, stoïque face au souffle du dragon vengeur dont les ailes se délitaient à présent, semaient leur plumage factice en larmes de feu sur les pavés blancs. Il ne cillait ni ne détournait le regard. Il n'avait d'yeux que pour les flammes. Il n'avait d'yeux que pour les flammes, et la femme qui dansait au milieu en hurlant.

***

C'est en automate que Somas Athossi avait passé l'essentiel de la journée.

Suivant une habitude qui avait précocement dégénéré en rituel immuable, il s'était levé au petit matin, peu avant l'aurore, pour n'avaler qu'un unique œuf à la coque et une tasse de thé. La digestion monopolisait trop de neurones pour accorder davantage de place au petit-déjeuner. « Frugalité est mère de lucidité », avait coutume de répéter Ivannis Barca d'Ire.

Mais lorsque la servante du palais, venue pour débarrasser les restes de son maigre premier repas du jour, l'avait appelé « Votre Excellence », le souvenir de ses nouvelles fonctions l'avait crûment rattrapé. *Vicaire du roi*, s'était-il lamenté. *Je suis le vicaire du roi.*

Un autre domestique, pincé et cérémonieux, lui avait remis les habits officiels de sa charge : une longue tunique d'un noir uni, au col et à la boutonnière liserés de motifs entrelacés de grypes d'or et de lauriers d'argent ; laquelle, à la grande surprise de Somas, lui allait parfaitement. De toute évidence, il s'agissait d'un travail sur mesure. Soupçonneux, il avait demandé qui en avait passé commande, persuadé que le général Wolfdagger avait anticipé sa capitulation.

« Son Excellence Ivannis Barca d'Ire », l'avait détrompé le même vieux domestique. Cette révélation avait été comme une morsure à l'âme pour le nouveau vicaire. Son mentor avait de toute évidence tout préparé de longue date en vue de sa succession, assuré qu'il était de l'identité de son remplaçant et des capacités de celui-ci. La robe pesait bien plus que son faible poids de tissu, bien plus même que la seule charge de l'État : c'est toute la confiance placée en lui par Barca d'Ire qui écrasait les épaules de Somas.

Il n'avait pas eu grand mal à refouler les sanglots qui s'entassaient dans sa gorge. Le reste de la journée s'était chargé de le ramener aux réalités présentes d'une situation politique lamentable. Un roi malade et désormais sans héritier direct, un gouvernement décimé qu'il allait falloir renouveler — les candidats ne manqueraient assurément pas, dont il allait falloir gérer l'ego et ménager les susceptibilités, perspective ô combien déprimante —, l'emprise croissante d'Alchynon de Torée et Damyr de Morinthe en embuscade, sans compter les Anscarides : de quoi faire se casser les dents même au combinard le plus véreux rompu à toutes les entourloupes politiciennes. Somas ne s'en sentait définitivement pas l'âme.

Il y avait eu des réunions, des audiences publiques, des entrevues privées. Le nouveau vicaire avait reçu les félicitations de tout ce que Solmost comptait comme élites, ainsi que de tous ceux qui s'imaginaient en faire partie. Somas avait hoché de la tête, souri, salué, remercié, s'était fait violence pour adresser quelques mots à la cohorte professionnelle des renifleurs de cadavres.

Contempler la liesse populaire qui s'était déversée de toute la capitale à l'annonce de l'arrestation d'Ambroisie Galate ne lui avait évidemment apporté aucune espèce de consolation. Outre qu'il savait la jeune femme innocente des crimes qu'on lui imputait, il était trop conscient de ce que toute cette opération ne servirait, *in fine*, qu'à accroître les empiétements de la Ligue de Skarland sur les affaires internes pontsalinoises. Mais pouvait-il faire autrement que de cautionner le coup d'État, car c'en était bel et bien un, du général Wolfdagger, alors même que le principal allié du royaume entendait l'abandonner, mains liées et gorge offerte, aux griffes de Tyruman Khan ? Sauvegarder l'intégrité de l'État supposait donc qu'il acceptât d'amuser la galerie en jouant le rôle qu'on lui avait imparti dans cette sinistre pantomime. Pour l'instant.

Il ne s'était pas attardé sur le balcon d'honneur, prétextant un rendez-vous officiel. Ses nouvelles responsabilités, pour limitées qu'elles fussent au regard des circonstances, lui permettaient à tout le moins d'esquiver la compagnie de Wolfdagger et de Wilhelmina Morville. De surcroît, il n'avait pas menti, en l'espèce. Il lui restait effectivement une personne importante à voir.

L'avant-dernier étage du corps principal du Malniki Saraï n'était guère fréquenté ces dernières années. Y résidaient exclusivement les membres de la famille royale, qui depuis le décès de la reine Lareffa se réduisait à Vénézilios et Belaïstès. Or, le premier dormait quatre heures par nuit, tandis que le second préférait de très loin l'ambiance de caserne de l'Alaqarak à celle du palais royal.

Dans la ville en contrebas s'écoulaient déjà les ombres vespérales. La nuit débarquait toujours avec un peu d'avance dans les secteurs les plus proches du front de mer, dominés par le Pont Blanc ; alors même que les plus grandes tours de la ville haute offriraient encore, pour un temps, un tête-à-tête avec le soleil. Dans le couloir, semé d'immenses baies vitrées, menant aux appartements royaux, ses rayons déclinants teintaient de rose le dallage rutilant, faisaient saigner rideaux et tapis écarlates, semblaient animer les fresques murales dont les protagonistes, dieux et déesses, monstres et héros, se désintéressaient de leurs fabuleuses affaires pour vous suivre du regard. Somas, gêné par toute cette luminosité, en était presque réduit à avancer à l'aveuglette.

Deux palicares en tenue d'apparat flanquaient les portes ouvragées des appartements de Vénézilios. Les hallebardes qu'ils croisèrent lorsque le vicaire approcha n'avaient quant à elles rien de décoratives.

— Je souhaite voir Sa Majesté, annonça Athossi qui s'immobilisa à trois pas des gardes royaux.

— Je crains qu'il nous soit impossible d'accéder à votre requête, Votre Excellence, répondit l'un d'eux, le regard fixe.

— Vraiment ? Et pourquoi cela ?

— Nous avons reçu des ordres, Excellence. Seuls peuvent accéder aux appartements de Sa Majesté la personne en charge des soins de Sa Majesté et Son Excellence Ivannis Barca d'Ire.

— Ivannis Barca d'Ire n'est…

— Plus de ce monde, Excellence. Nous le savons. Et en ce cas, seule la personne chargée de soigner Sa Majesté peut vous autoriser à entrer, Monsieur.

— Seriez-vous en train de vous moquer de moi ?

— En aucun cas, Excellence, assura le factionnaire.

Il déployait manifestement de gros efforts pour rester stoïque. Un filet de sueur captait l'éclat crépusculaire qui baignait le couloir en glissant le long de sa joue.

— Tout cela est ridicule, marmonna Somas. Mais… Très bien. Où puis-je trouver le thaumaturge royal ? Maître Télape…

— Maître Télape a été renvoyé, Monsieur, le coupa l'autre palicare.

— Renvoyé ? Par qui ? Quand ?

— Par Son Excellence Ivannis Barca d'Ire, il y a déjà une semaine de cela, Excellence.

— Une semaine, dites-vous ? Voilà qui est proprement insensé !

Somas en tombait des nues. Le vicaire — *l'ancien vicaire*, se rectifia-t-il avec amertume — ne lui avait absolument rien dit à ce sujet, alors qu'il était son plus proche collaborateur. Quelle nouvelle catastrophe allait-il découvrir, qui avait justifié pareille entorse au règlement, ainsi qu'à leur confiance mutuelle ? La surprise fut telle qu'il mit plusieurs secondes à réaliser ce qu'impliquait le renvoi du thaumaturge royal.

— Mais alors…, finit-il par souffler. *Qui* s'occupe de soigner le roi, depuis tout ce temps ?

***

Ce fut tel un saumon en période de frai que Falkenn retraversa la ville. Il dut ferrailler contre le courant populaire qui le poussait en sens inverse, cherchait à le happer, à le contraindre, voulait l'entraîner dans son hourvari ineptement triomphant et festif de slogans et de chants.

Le chasseur de primes en aurait presque eu la nausée. Ce fut avec satisfaction qu'ayant finalement réussi à s'extirper de l'étreinte poisseuse de la foule qui sévissait en surface, il retrouva Citégrise, s'immergea dans son infect empyreume industriel ; car, vidée d'une partie considérable de sa populace vociférante, les cheminées de ses manufactures en berne, la Ville sans Jour n'avait plus rien à offrir qu'un silence bienvenu.

Falkenn profita de cet instant de répit pour parcourir les exemplaires de journaux qu'il avait achetés à la surface, chemin faisant. Tous reprenaient les mêmes éléments, mettaient en exergue les mêmes faits, vantaient les mérites des mêmes personnes : le courage politique de Somas Athossi qui avait su rapidement prendre la mesure de la situation ; la compétence d'Oscar-Baruk Wolfdagger qui avait réussi à mettre la main sur l'assassin impérial en moins de deux jours ; enfin l'abnégation, l'héroïsme même, de Wilhelmina Morville — *« une femme qui a des couilles »*, osait même avancer l'éditorial du *Voltigeur Noir*.

Le chasseur de primes lut l'essentiel des articles en diagonale. Non qu'il comptât apprendre quoi que ce fût par leur entremise. Deux mots, seulement deux, l'intéressaient. L'obsédaient.

Sa mémoire ne le lâchait pas, ne lui laissait pas l'occasion de réfléchir sainement. Encore et encore, elle l'attirait en arrière, le ramenait sous ce beau soleil d'automne, sur la *Prinzepsplatzen*, face au bûcher.

À la lecture des journaux, cependant, un autre souvenir, guère plus récent, revint lui titiller les neurones. Les derniers mots prononcés par son vieux commissaire du quartier de Vissenrend, le jour où Falkenn avait quitté son poste du fait de sa promotion au commissariat central de Concordia.

« N'oubliez jamais, Luther. La première force d'un bon flic, ce n'est pas son flingue. Ce n'est pas son coéquipier. Ce ne sont pas les hommes en armes qui l'entourent, ce ne sont pas ses indic', ce n'est pas sa capacité à se faire bien voir des huiles. Et ce n'est même pas son intelligence. Tout ça est utile, mais pas essentiel. La première force d'un bon flic, c'est son imagination. Parce que croyez-moi : les criminels, eux, en manqueront toujours. »

Il regagna le *Nélombo* à pas lents, l'écho de ses bottes et de sa canne bégayant sous la voûte immense. Traversant la salle commune du rez-de-chaussée, il ignora les regards mauvais des quelques clients encore accoudés là, demanda au passage au barman, un Nain, si Metisto était dans les parages.

— Pas vu de la journée, répondit le Dvargar qui devait poser les pieds sur un tabouret pour qu'on le voie, lui. J'y ferai la commission, ajouta-t-il indolemment comme le chasseur de primes spécifiait qu'il avait à parler au Drude de toute urgence.

Réfrénant son envie profonde d'enfoncer sa canne dans la gorge du barman pour aller lui touiller le contenu de l'appareil digestif, Falkenn quitta la grande salle et ses remugles d'alcool — auxquels se mêlait un parfum piquant de chandoo venu d'une salle voisine où des fumeurs vautrés sur des canapés se tuaient à petit feu — pour retrouver, deux étages plus haut, l'ambiance olfactive guère plus plaisante de la chambre qu'il avait louée un jour plus tôt. Demeurer aux *Trois Oursins* ne lui paraissait plus très sûr, surtout après son passage au Vieux Phare. Après tout, des brigadiers l'y avaient vu.

Le mandragot faisait la sieste dans une de ces positions improbables que seuls affectionnent les ressortissants de l'espèce féline. Littéralement replié sur le dossier d'un fauteuil passablement défoncé, la tête en bas et les pattes avant repliées, sa queue chassait des mouches invisibles tandis qu'une de ses pattes postérieures semblait battre une mesure incertaine. Ronflant assez fort pour couvrir les bruits qui montaient de la salle de jeux à l'étage inférieur, il ouvrit pourtant un œil lorsque son maître eut refermé la porte.

— T'as fait une sacrée promenade, dis donc, fit-il remarquer.

— J'avais besoin de marcher, répliqua le chasseur de primes.

— Dans ce cas j'ai de bonnes nouvelles pour toi. J'ai discuté avec Metisto pendant ton absence : il dit qu'il peut nous faire quitter la ville avant vingt-quatre heures, mais il va falloir passer par les montagnes, vu que les Portes de Pyrthe sont fermées. Un beau crapahutage en perspective.

— Nous n'irons nulle part, le détrompa Falkenn.

Après avoir suspendu son chapeau au porte-manteau, il ôta sa redingote et l'accrocha soigneusement.

— Nous avons encore à faire ici, compléta-t-il sans se retourner vers Boniface.

— Ma parole, elle t'a vraiment tapé dans l'œil, lâcha celui-ci en commençant à se remettre sur ses pattes, mais la réponse de Falkenn fut si violente qu'il faillit basculer du haut du fauteuil.

— Je n'ai que faire d'Ambroisie Galate ! tonna-t-il en braquant sur Boniface un regard si ardent qu'il aurait pu clouer sur place une meute de chiens enragés ; une veine saillait au-dessus de sa tempe droite. Qu'ils la trimballent à travers la ville dans une claie, qu'ils la pendent, qu'ils la décapitent, qu'ils la jettent aux chiens ou qu'ils tressent des guirlandes avec ses intestins, peu m'importe !

— Vache ! grimaça le félin, ses griffes râpant le velours tandis qu'il se hissait de nouveau sur le sommet du fauteuil. Tu t'es levé du pied gauche, ce matin ?

— Devine où il va atterrir, mon pied gauche, si tu ne fermes pas immédiatement l'insupportable truc pointu et inutile qui te sert de claque-merde !

Le mandragot n'en revenait pas de ce qu'il voyait et entendait. Luther ne levait *jamais* le ton. Luther ne faisait *jamais* montre de vulgarité. Luther ne perdait *jamais* le contrôle. Et là, pour la seconde fois en moins d'une journée, son maître semblait en proie à une colère teintée — il le constatait à présent, lisible sur le visage de Falkenn — de désemparement.

Son équilibre pleinement rétabli, Boniface s'assit en haut du fauteuil. La question suivante, il la posa en y mettant la même prudence qu'un artificier dilettante qui trouverait une bombe dans son salon et se demanderait quel fil couper en premier pour la désamorcer.

— Qu'est-ce qu'y t'arrive, Luther ?

Le chasseur de primes ne répondit pas immédiatement. Boniface lisait le conflit sur le visage de son maître : le Luther qu'il connaissait tentait manifestement de reprendre le contrôle sur celui dont il ne savait rien, ou pas grand-chose, en tout cas. En une douzaine d'années passées ensemble, la complicité, sincère quoique malsaine dans ses modes d'expression, qui s'était instaurée entre eux n'avait jamais laissé la place à de grandes effusions sentimentales, encore moins à des confessions intimes.

Falkenn s'assit dans le fauteuil en face de celui de Boniface, retrouvant un à un les gestes que le mandragot lui connaissait : croisant les jambes, ajustant la position de sa lavallière, lissant inutilement les revers de son gilet avant de consulter sa montre à gousset. Toutefois, ils n'avaient ici rien de mécanique : il s'agissait clairement d'un rituel par lequel son maître cherchait à conjurer les émotions qui menaçaient de le déborder.

Il y parvint, toutefois. Ce fut de la voix que Boniface lui connaissait, parfaitement posée, claire, précise, qu'il reprit la parole.

— Rappelle-moi quel âge tu as, exactement ? demanda-t-il, les mains jointes en clocher à hauteur de son visage.

— Trente-et-un ans, répondit Boniface.

À l'instar des autres créatures en phase avec la magie, les mandragots voyaient leur espérance de vie démultipliée très au-delà de la normale.

— Tu es sans doute trop jeune pour te rappeler la Cinquième Guerre de Dislocation, supputa Falkenn.

— J'ai grandi à l'Académie de Magie de Corvelieu, rappela le félin. C'est en territoire confédéré, alors je me sentais pas franchement concerné. De ce que je me rappelle, nos dirigeants étaient plutôt ravis de la situation. La Ligue leur offrait un bouclier à moindre coût contre le Bâtard : personne avait envie de le voir débarouler à Terracuse pour s'installer sur le Trône des Lions. D'un autre côté, chaque victoire qu'il remportait entamait les capacités futures des Ligueurs à venir chercher des noises à la Confédération.

— Ni Virdrad, ni Damyr, résuma Falkenn, et son mandragot approuva mollement du chef. Qu'en est-il de la mère du Bâtard ? C'était une imprécatrice de haut rang, tu as sans doute entendu parler d'elle ?

— Dame Radzek, opina Boniface. Ma mère en causait souvent, à l'époque. C'était une pointure, à ce qu'y paraît, avant la Quatrième Guerre : la magicienne de cour de l'empereur Arkad, et elle était bien partie pour devenir la première femme à accéder à la tête de l'Ordre des Imprécateurs.

— Dans les années 1160 ?

— Moui, ça doit être ça. Ma mère t'en parlerait mieux que moi, cela dit. En gros, l'Imprécateur Suprême Zarmara se faisait vieux, et Radzek avait les faveurs d'une courte majorité des doges scolaires et des régents d'académies. Jusqu'à ce qu'elle ait l'idée géniale de se faire engrosser par l'autre vieux schnock de Comminiani : là, tout le monde lui est tombé dessus. Les princes d'Empire qui avaient élu Arkad parce qu'il était vieux, veuf et sans enfant voulaient pas d'un héritier sorti du chapeau, surtout un nouveau-né dont la mère risquait de devenir l'Imprécatrice Suprême. Du côté des imprécateurs, c'était encore plus simple : sa grossesse fournissait un argument supplémentaire à ses ennemis pour vilipender son ambition dévorante, un motif valable aux hésitants pour ne pas la rallier, et une bonne raison aux plus tièdes de ses soutiens pour la lâcher en rase campagne. Ma mère pense que Radzek redoutait un assassinat, sur elle ou sur son enfant à naître ; que c'est pour ça qu'elle a disparu du jour au lendemain. En tout cas, on l'a plus revue pendant plus de vingt ans. Jusqu'au début de la Cinquième Guerre, en fait.

— Quand elle est réapparue dans le sillage de Virdrad, clamant haut et fort qu'il était le fils d'Arkad Comminiani, conclut Falkenn. Dis-moi, te souviens-tu de son prénom ? Le prénom de Dame Radzek ? précisa-t-il.

— Euh…, hésita le mandragot. Je l'ai su… Attends… Attends, ça va me revenir. C'était Vi… Vivivivivi… Nnnnnnon. C'est pas ça. C'était pas un V. Wi… Wi… Wilmora ! C'est ça, c'était Wilmora.

— Et comment s'appelle l'imprécatrice qui dirige la Compagnie du Silence à Solmost ? enchaîna Luther Falkenn à brûle-pourpoint.

La question prit d'ailleurs de court Boniface, auquel son maître ne laissa, cette fois-ci, pas le temps de réfléchir. Il lui fournit la réponse dans la foulée :

— Wilhelmina Morville, dit-il, deux mots qu'il répéta en insistant lourdement sur la première syllabe de chaque. WILhelmina. MORville.

Le mandragot regarda son maître avec des yeux ronds. Le chasseur de primes, lui, se carra dans son fauteuil, bascula la tête vers l'arrière en signe de lassitude. Un court instant, il sembla détailler le plafond grêlé de taches de moisissure, puis, se reprenant, lâcha d'une voix chargée de sarcasmes amers :

— Les criminels manqueront toujours d'imagination.

***

Les appartements royaux baignaient dans une pénombre que la lumière du soir rehaussait de pourpre crépusculaire ; elle se glissait sans conviction par les interstices des volets clos, hésitante, comme à regret. À croire qu'elle appréhendait ce qu'elle pourrait révéler.

Elle dévoilait à Somas Athossi un paysage qui aurait dû lui être familier. Conseiller spécial aux Affaires Internes, bras droit d'Ivannis Barca d'Ire, il avait souvent eu l'occasion de passer les portes des appartements du roi Vénézilios. Peu amateur de pompe, guère porté sur le protocole et prompt à l'envoyer balader, le souverain pontsalinois aimait à recevoir ses plus proches conseillers dans son salon, une bonne bouteille de vin morinthien à portée de main, plutôt que dans son bureau.

Pourtant, la faible luminosité, cette singulière ambiance purpurine qui saturait les lieux, les rendaient comme étrangers à Somas, lui donnaient l'impression d'y pénétrer pour la première fois. Elles distordaient l'espace, étiraient les distances, gonflaient les proportions de la pièce, en gondolaient murs et plafond moulés. Des ombres fantasmées coulaient le long des cloisons rougies, fuyaient les regards pour se réfugier derrière le mobilier massif qui prenait vie à la faveur du jour moribond. Une imposante commode en chêne prenait soudain des allures de bête trapue dérangée jusque dans son antre, prête à bondir à la gorge de l'intrus. Les fauteuils paraissaient s'écarter de mauvaise grâce tandis que Somas traversait l'espace à vivre pour gagner les doubles portes donnant accès à la chambre du roi.

— S'il vous plaît, Excellence, insista l'un des palicares restés à l'entrée comme le jeune vicaire posait la main sur une poignée. Je ne pense pas que ce soit une bonne idée de…

— Il suffit, l'arrêta Somas en détournant légèrement la tête. Je suis le vicaire du roi Vénézilios, pas celui du général Wolfdagger. Encore moins celui d'une obscure magicienne, ajouta-t-il un ton plus bas tout en écartant les portes.

La puanteur le frappa avec la virulence d'un carreau d'arbalète.

Au tout début de sa carrière, Somas avait officié en qualité de contrôleur gouvernemental des Offices thaumaturgiques. Ivannis Barca d'Ire, désireux de confronter son protégé aux conditions de vie des plus miséreux de leurs compatriotes, l'avait affecté au pire poste : les dispensaires de Citégrise. Les narines du jeune homme y avaient côtoyé les fumets virulents des sanies, les émanations nauséabondes des draps imprégnés d'urine, de fèces et de sang ; et l'odeur singulièrement entêtante que dégageaient les décoctions thaumaturgiques, comme une bouffée saisissante d'herbe fraîchement coupée. À défaut de cette expérience, il est probable que les remugles de viande avariée, banals quoique puissants, qui stagnaient dans la chambre du roi, auraient instantanément fait reculer le jeune vicaire.

Une obscurité touffue régnait dans la pièce. On avait non seulement tiré les volets comme dans le salon, mais les rideaux avaient été remplacés par de lourdes tentures dont l'épais velours noir occultait toute lumière venant de l'extérieur. Quelques rares bougies avaient bien été disposées à l'entrée et de part et d'autre du lit, mais outre qu'elles s'avéraient trop peu nombreuses pour disperser les ténèbres poisseuses, les flammèches qui les coiffaient ne dispensaient guère de lumière : d'un étrange vert pâle, elles demeuraient totalement imperméables aux mouvements de l'air. Ne les nimbait qu'une maigre auréole souffreteuse, renforçant l'atmosphère de veillée funèbre qui étouffait déjà la pièce.

Prostré à l'entrée de la chambre, Somas tendit l'oreille, tâchant de faire abstraction des bruits, nombreux, qui résonnaient depuis le reste du palais et de la ville au-dehors — grincement d'un parquet ancien, claquement d'une porte, roulis des festivités patriotiques que ponctuaient de loin en loin l'aboiement d'un chien, le hennissement d'un cheval, le criaillement d'une mouette ou d'un commerçant dont on venait malencontreusement de briser la vitrine —, mais sans résultat. Faisant un pas en avant, il s'efforça de capter ne serait-ce qu'un filet de respiration en provenance de la couche royale ; en vain. Il s'apprêtait à s'avancer encore dans le noir lorsque enfin un bruit lui parvint depuis les draps perdus dans les ténèbres, sans qu'il parvînt à en identifier précisément la nature ou la source : un léger cliquetis métallique.

— Votre Majesté ? risqua-t-il d'une voix douce.

Il n'obtint aucune réponse, en dehors d'un nouveau cliquettement, accompagné d'un léger frottement satiné de drap.

Sur la pointe des pieds, le vicaire se coula jusqu'à la fenêtre. Il se faisait l'effet de glisser sur une mare de néant : les flammes vertes n'éclairaient même pas ses bottes. Tout juste pouvait-il deviner la masse du mobilier ancien et l'ombre épaisse des lourds rideaux de velours noirs. Et lourds, ils l'étaient tant que Somas éprouva des difficultés à les écarter pour dégager l'accès à la fenêtre.

Sa main en effleura le loquet de bronze.

— Je ne ferais pas ça, si j'étais vous, le prévint une voix surgissant des ténèbres.

Somas serra mécaniquement les doigts autour de la poignée de la fenêtre. À sa grande satisfaction, il avait réussi à ne pas sursauter.

Wilhelmina Morville se tenait sur le seuil de la chambre, grande et droite, les mains croisées au niveau du ventre et sur le visage l'air affectueusement courroucé de la maîtresse d'école qui constate, sans grande surprise, que le nigaud de la classe a encore fait des siennes. La lumière délavée des bougies allongeait encore sa silhouette élancée, recouvrait ses joues et son front d'albâtre, constellait ses iris d'étoiles vertes à l'éclat morne, froides et mortes.

Somas ne se laissa pas démonter. Il ne daigna accorder qu'un regard à l'imprécatrice avant d'outrepasser son avertissement, ouvrant la fenêtre et repoussant les volets d'un geste impérieux.

Le soleil déclinant s'invita dans la chambre du roi.

Ce furent les chaînes que le jeune vicaire vit en premier. Arrimées aux pieds ainsi qu'aux montants sculptés de grypes de l'imposant lit à baldaquin, elles se croisaient en travers du matelas, en plusieurs endroits, leurs maillons s'entrechoquant doucement au gré des mouvements poussifs de la silhouette qu'elles entravaient.

Le visage de ladite silhouette fut la deuxième chose sur laquelle se posèrent les yeux de Somas, qui réussit à ne pas commencer à vomir avant d'avoir étiré le cou par-delà la fenêtre grande ouverte.

— Lorsque vous en aurez terminé, Excellence, lança calmement Dame Morville dans son dos tandis qu'il se vidangeait les boyaux, je vous conseille fortement de refermer les volets, la fenêtre, et les rideaux que j'ai fait installer. L'air frais et la lumière du jour sont très mauvais pour Sa Majesté.

— Que lui avez-vous fait ? Qu'avez-vous fait au roi ? croassa au bout d'un moment le jeune homme, d'une voix rauque à force de régurgitations.

Toujours penché à la fenêtre, il ne cherchait pas seulement le contact de l'air frais sur son visage. Ce n'était pas non plus l'imprécatrice qu'il craignait, ou dont il redoutait de croiser à nouveau le regard glacé. Mais il était terrifié par la curiosité, dépravée autant qu'insistante, qui lui murmurait de regarder à nouveau la chose étendue, captive, sur le lit.

Sa mémoire, transie d'effroi, refoulait déjà ce qu'il avait vu, en bannissait les images vers les couches les plus profondes de sa psyché, là où subsistent fantasmes et cauchemars comme autant de monstres mythologiques — la poussière des désirs et des peurs inconscientes qu'on s'échine à dissimuler sous le tapis du temps qui passe. Quelques-unes persistaient toutefois, et persisteraient longtemps, à l'orée de son esprit troublé. Les orbites caves qui le fixaient. Les joues évidées, les lèvres exsangues qui s'ouvraient sur un puits noir et silencieux. Les mains décharnées qui se tendaient, implorantes, faisant tinter les chaînes.

— Ce n'est pas de la thaumaturgie, lâcha-t-il sombrement. Vous avez fait renvoyer Maître Télape parce qu'il ne devait en aucun cas être témoin de… de ça. Ce n'est pas de la magie imprécatoriale. De quoi s'agit-il ?

Il se tourna enfin vers la magicienne, qui n'avait pas esquissé un geste. À l'extrême lisière de son champ de vision, la créature se tortillait de plus en plus fébrilement sous ses couvertures, agitait ses fers comme un pathétique fantôme de conte de fées.

— Et vous, qu'êtes-vous en réalité ?

***

— T'es vraiment en train de suggérer que la nana qui commande les tocards de la Compagnie du Silence dans ce patelin, serait en réalité Wilmora Radzek ? résuma Boniface.

— C'est exact, confirma Falkenn.

— Wilmora Radzek, la mère du Bâtard ?

— Celle-là même.

— Wilmora Radzek ? insista encore le mandragot en remettant une louche de cette ironie lourdingue qu'on réserve habituellement aux débiles profonds incapables de voir l'éléphant au milieu du couloir.

— Deviendrais-tu sourd ? s'exaspéra le chasseur de primes.

— Et toi, tu virerais pas maboul, des fois ? répliqua Boniface. Faudrait peut-être que je prévienne Metisto de surveiller son stock de dope avant que tu tapes encore dedans. Wilmora Radzek est morte : les Anscarides l'ont retrouvée, alpaguée, ficelée à un bûcher et fait revenir à feu doux.

— Doux, oui…, commenta le chasseur de primes, la voix et le regard lugubres. C'était en effet une fin trop douce pour une meurtrière de son acabit. J'y étais, Boniface.

Et le félin de percuter, enfin. Il avait tendance à ne voir en Luther que l'ex-flic qui s'était dépouillé des obligations de l'uniforme pour mener une vie d'errance en quête de biffetons, en oubliant que son maître était originaire de Reisenvard. Qu'il était né et avait vécu la majeure partie de sa vie à Concordia ; qu'étant donné son âge, il avait par conséquent grandi sous les ombres noires du Bâtard et de son affreuse génitrice.

Boniface s'efforça de rameuter le peu de cette période qu'il avait gardé en mémoire. À Corvelieu comme dans toutes les grandes villes de la Confédération du Soleil, on ne s'était guère soucié du sort des Vardeners, non plus que des Krelfiens et des Pontsalinois. On partait du principe que, tant que la Ligue de Skarland sacrifiait ses fils par paquets de mille pour tenir Virdrad à bonne distance des frontières confédérées, ce dernier pouvait bien faire ce qu'il voulait des peuples sous sa botte.

Un détail, toutefois, revint subrepticement à l'esprit du félin. La détestation à l'endroit de Dame Radzek avait toujours été très forte dans les rangs des imprécateurs de l'Académie de Magie de Corvelieu, essentiellement pour des raisons de basse politique, et les cancaneries à son sujet avaient repris de plus belle lorsqu'on avait appris que Virdrad, parti guerroyer contre les Ligueurs dans le Sud, avait laissé à sa mère le soin de gouverner Reisenvard en son nom ; en lui octroyant au passage le titre de *Regina cuncti Vardis*, « reine de tout le Vard ». *« Cette sale cagne a finalement réussi à poser son cul sur un trône ! »*, s'était même esclaffé le premier maître de Boniface, le vieux Stradon Mélech.

— Si la moitié de ce que j'ai entendu sur elle à l'Académie de Corvelieu est vraie, reprit le mandragot, ç'a dû être festif par chez vous.

— Il n'est pas une famille dans le Vard qui ne lui doive une tombe à fleurir, approuva Falkenn.

Entre deux doigts, il triturait machinalement la chaînette retenant sa montre à gousset.

D'autres bribes du passé titillaient la mémoire de Boniface. Des éléments plus obscurs, plus abscons, glanés au hasard de ses pérégrinations facétieuses de chaton turbulent, toujours là où il n'était pas supposé se trouver : des rumeurs colportées à mot couvert au détour d'un couloir, des ragots échangés sur l'oreiller. Des récits délirants de criminels fraîchement exécutés ramenés à la vie, hagards et vengeurs ; de femmes enceintes étranglées avec le cordon ombilical de leur enfant donné en pâture à des corbeaux que possédaient des esprits malfaisants.

— On la prétendait versée dans les Arts Interdits, énonça précautionneusement Boniface comme s'il redoutait qu'on l'entende. Enchantements, rituels démoniaques et…

— Nécromancie, termina Falkenn. Cela n'avait rien de banales rumeurs, crois-moi. Après la libération de Pont-Salin, Virdrad manquait de troupes, sans disposer du moindre canal de recrutement, ce qui l'a forcé à piocher dans ses forces stationnées en Reisenvard. Un état de fait qui ne s'est pas arrangé avec l'entrée en guerre des Anscarides. Il aurait été vaincu bien plus tôt sans sa mère pour ressusciter inlassablement les mercenaires qui tombaient au combat.

— Tout de même…, s'obstina le mandragot.

Il se tut quelques instants, histoire de réfléchir. Deux exercices dont il n'était guère coutumier, si bien qu'il ne put s'empêcher de formuler ses hypothèses à voix haute.

— Y'a plus beaucoup de nécromanciens en Magneterre, de nos jours : ça fait belle lurette que l'Ordre et les Académies se sont chargés de les exterminer. M'étonnerait que la Radzek ait pu se dégotter quelqu'un pour lui enseigner ses petits tours sanglants dans les Basses-Terres. Peut-être pendant son exil ? C'est vrai que personne sait où elle se planquait jusqu'à la guerre. Le Syamée, peut-être… Ou l'Archipel ?

« Mais y'a quand même un truc qui me chiffonne, embraya le mandragot. Elle avait déjà largement dépassé le siècle dans les années 1180. Même si on admet qu'elle a réussi à survivre au bûcher grâce à la nécromancie, elle aurait dans les, quoi ? cent-cinquante piges, au moins. Elle devrait pas avoir l'air très fraîche. Et ta Dame Morveuse, là, je l'ai bien vue, moi aussi, au temple du Fossoyeur. J'ai grandi dans une Académie de Magie, alors j'ai le coup d'œil pour ces choses-là : elle a tout au plus soixante ou soixante-cinq ans. Garanti sur facture.

— Je n'ai pas d'explication rationnelle à mettre en avant, mais le fait demeure : je sais ce que j'ai vu dans ce sanctuaire, persista le chasseur de primes. C'était bien Wilmora Radzek. Garanti sur facture, pour reprendre ton expression.

— À t'entendre, on pourrait croire que tu l'as approchée de très près, nota Boniface.

— C'est le cas.

Falkenn se leva et entreprit de faire les cent pas dans la petite chambre miteuse. Les talons de ses bottes produisaient un claquement régulier, métronomique. Dans sa main gauche, la montre au bout de sa chaînette en argent allait et venait comme un pendule.

— Savais-tu que les Anscarides avaient organisé un procès ? questionna-t-il pour la forme. Vous autres Sudistes vous plaisez à les dépeindre comme des barbares, mais la réalité est tout autre. Un empire aussi colossal ne peut prospérer huit siècles durant par la seule grâce de la force : ils ont des règles, et dans la mesure du possible, ils s'y tiennent. Or, dans cette affaire, Tyruman Khan Saragaï entendait d'autant plus s'y tenir qu'il avait besoin de ménager les susceptibilités des Vardeners, de prouver que le roi Cornélius IV était bel et bien restauré dans ses prérogatives souveraines, et non un pantin dont l'empereur tirerait les fils depuis Starisad. Si ce sont bien les *askari* de la Maison Militaire qui ont interpellé Wilmora Radzek, Saragaï s'est montré intelligent, magnanime et juste en laissant à nos magistrats la pleine maîtrise de la procédure, mettant délibérément à l'écart les Juges Rouges de la Maison Prétorienne… Jusqu'à l'exécution.

« J'ai assisté à toutes les audiences, en qualité de… d'officier de police. J'ai été présent au tribunal tous les jours pendant les deux mois qu'a duré le procès. Je ne l'ai jamais quittée des yeux, Boniface. Pas un seul instant mon regard ne s'est détourné de cette femme : seule dans le box des accusés, ses pouvoirs entravés par les rituels des arcano-technologues, vaincue, humiliée, mais à la fierté inaltérée. Ses traits sont gravés dans ma mémoire. Je peux les ressusciter pour les contempler de mes yeux grands ouverts, d'une simple pensée. Elle était âgée, j'en conviens. Bien plus que Wilhelmina Morville : tu as parfaitement raison sur ce point. Cependant, il est certaines caractéristiques qui échappent même à l'emprise du temps. L'ossature du visage, les expressions, le regard, demeurent.

Il avait prononcé cette dernière phrase face à un miroir à la surface ébréchée sur plus de dix centimètres, pendu de guingois au-dessus du lavabo qui occupait un coin de la chambre. Concession dérisoire faite à la coquetterie des locataires des lieux, sans même se risquer à évoquer leur hygiène.

— J'admets toutefois que mon raisonnement peut sembler tout à fait spécieux, dit-il comme s'il s'adressait à son reflet balafré. Il n'est fondé sur rien d'autre qu'une ressemblance, aussi frappante que troublante, certes, entre deux femmes qu'objectivement tout sépare, y compris, comme tu viens de le faire remarquer à juste titre, les années. L'on pourrait d'ailleurs, à bon droit, m'objecter qu'il en va de même de mes souvenirs du procès de Wilmora Radzek : les faits remontent à vingt bonnes années, qui auraient pu altérer son visage dans ma mémoire. Je ne t'aurais pas fait part de cette théorie, que tu juges rocambolesque, s'il n'y avait autre chose. Un autre élément à prendre en considération. (Il se retourna vivement vers le mandragot.) Maddolus Spyridon.

— Le magicien du Vieux Phare ? s'étonna Boniface comme Falkenn reprenait sa déambulation. Qu'est-ce qu'il vient foutre là-dedans ?

— C'est précisément là toute la question, répondit le chasseur de primes vardener qui leva un index professoral, en parfaite harmonie avec les intonations de sa voix.

Boniface se détendit un peu. Il jugeait rassurant de voir son maître retrouver ses manières de fin limier croisé avec un précepteur légèrement coincé.

— Son meurtre ne cadre pas avec le reste du tableau, poursuivit Falkenn. Il est clair qu'il n'a pas été motivé par des considérations d'ordre politique : le commanditaire derrière les meurtres des responsables gouvernementaux n'avait aucune raison de s'en prendre à un imprécateur de longue date retiré des affaires publiques.

Il s'immobilisa face à son énorme malle de voyage. D'une poche cousue à l'intérieur du couvercle, il retira une petite chemise de cuir fauve, dont il entreprit de défaire les attaches.

— Nous savons également que ce n'est pas Ambroisie Galate qui l'a tué, poursuivit-il. Comment l'aurait-elle pu, et pour quelle raison ? Je suis à présent certain qu'elle s'était réfugiée au phare, qu'elle connaissait Spyridon, bien que la nature de leur relation persiste à m'échapper. Non. On l'a tué pour mettre la main sur un livre. Un livre très particulier.

Avec une grande délicatesse, ses doigts extirpèrent de la chemise un petit opuscule dont la couverture avait subi bien des outrages, et pas seulement ceux du temps : le cuir vert en tirait ici et là sur le brun, et depuis son fauteuil, Boniface en devinait les pages noircies. Il ne parvenait cependant pas à lire les deux mots inscrits sur son dos.

— *Ce* livre.

***

— Quand est-il mort ? voulut savoir Somas.

De retour dans le salon rendu cramoisi par l'interminable effondrement du jour, il avait fait quelques pas, moins pour s'éloigner du fumet méphitique qui se répandait depuis la chambre du roi que pour échapper à l'insoutenable tintinnabulement des chaînes.

— Deux jours après avoir fait son attaque, l'informa Dame Morville en refermant les portes. Il faut admettre que le roi était exceptionnellement résistant : un homme de moindre constitution n'y aurait pas survécu davantage que quelques heures. Il m'a néanmoins fallu intervenir rapidement pour préserver un semblant de vie chez lui.

— Un semblant de vie ? répéta Somas, interdit par la légèreté de la magicienne. Vous l'avez bien regardé ? C'est un zombie ! Un *vrai* zombie !

— Il n'en demeure pas moins Vénézilios II de Pont-Salin, argua l'imprécatrice. Les bruits en provenance de la chambre permettent d'entretenir l'illusion qu'il est vivant. Malade, certes, et même aux portes de la mort ; mais qu'il respire toujours. Cela suffit à contrecarrer les plans de Damyr de Morinthe. C'est la raison pour laquelle votre prédécesseur m'a donné carte blanche : avec le prince Belaïstès sur le front — et la chose est d'autant plus vraie à présent qu'il n'est plus de ce monde —, il était capital que le trône ne fût pas vacant.

— Je n'arrive toujours pas à le croire. Barca d'Ire et le roi étaient amis depuis plus d'un demi-siècle…

— Une amitié fondée également sur leur commune dévotion à servir l'État, fit valoir Dame Morville en traversant la pièce que perçaient à présent de grands épieux de lumière rouge, dernières munitions du jour en débâcle. Vous les connaissiez mieux que moi, Somas : pensez-vous qu'ils auraient reculé devant quelque sacrifice que ce fût pour barrer la route du roi de Morinthe, sachant ce qu'il projette pour votre pays ?

La question suscita des grincements de dents chez le jeune vicaire. Il souffla bruyamment par le nez pour manifester son dédain.

— Vous avez raté votre vocation, Madame. Quelle prodigieuse politicienne vous feriez ! Vous faites mine de parler de mon roi et de mon mentor, mais je flaire qu'il s'agit d'un biais pour évoquer vos propres turpitudes et celles du général Wolfdagger, pour m'inciter à en reconnaître la justesse. Un coup d'État discret, des dénonciations calomnieuses, des arrestations et des détentions arbitraires, des procès tronqués et expédiés, et maintenant de la nécromancie ? Mais vous m'en demandez trop. Vous prenez tout un peuple en otage, vous le leurrez, vous excitez chez lui tour à tour la suspicion et l'espoir. Tout ça à seule fin de servir les intérêts politiques d'Alchynon de Torée.

— Les intérêts de la Ligue de Skarland, corrigea Wilhelmina Morville, soudainement rogue. Ainsi que ceux des peuples qu'elle défend depuis tant d'années.

Comme ils franchissaient côte-à-côte les portes des appartements royaux, les deux palicares, toujours de faction, se mirent au garde-à-vous. Ils les dépassèrent d'un pas tranquille, et Somas patienta jusqu'à être hors de portée de voix pour répliquer, un ton plus bas, mais le timbre empreint de fermeté :

— Inutile de me servir cette antienne rancie sur la solidarité bas-terrienne. J'en ai trop appris au cours des cinq derniers jours pour pouvoir encore la digérer. La Ligue n'est qu'un agrégat fragile d'intérêts divergents, que seule maintient encore la terreur de voir triompher l'empereur Hagen. Et même cela n'y suffira bientôt plus. Si Tyruman Khan prend Solmost, les Anscarides contrôleront l'un des plus importants ports des Basses-Terres. Ils auront accès à la péninsule eusienne, à l'Archipel, au Syamée : un objectif stratégique formulé de longue date par leurs empereurs sera enfin réalisé. Combien de nos soi-disant alliés se précipiteront alors pour leur proposer une trêve, voire un traité de paix en bonne et due forme ? Combien verront dans notre asservissement à Starisad le prix dérisoire de leur propre sécurité ? Combien de temps leur faudra-t-il pour se coucher devant Hagen, foulant aux pieds toutes leurs promesses et leurs engagements à notre égard, une fois que Pont-Salin sera tombé ?

— Pont-Salin ne tombera pas, assura Wilhelmina, mais Somas souffla à nouveau, de dérision cette fois.

— Grâce à cette fameuse arme que vous recherchez si activement ? persifla-t-il, la voix montée sur des grands chevaux d'ironie incrédule. Vous semblez décidément très confiante dans ses prodiges, tout en vous gardant de m'en révéler quoi que ce soit. Au point de me faire douter de son existence, dois-je le préciser ?

— Vous devez comprendre qu'il s'agit d'un projet de la plus haute importance, rétorqua la magicienne d'un ton égal. C'est l'issue de ce conflit qui se joue, ici et maintenant, Somas. Le secret est capital. À la minute où je vous parle, seules quatre personnes sont au fait de l'ensemble de l'opération : le lieutenant-général Alchynon de Torée, bien sûr ; le général Wolfdagger ; mon supérieur immédiat, la Dame-Imprécatrice Magda Lyrope, qui commande la Compagnie du Silence pour l'ensemble du front Sud ; et moi-même.

— J'ai parfaitement conscience de la nécessité du secret, Madame, repartit Somas, un peu piqué au vif par la condescendance persistante de son interlocutrice. (Par deux fois déjà, elle l'avait appelé par son prénom. Sans être bégueule, il était tout de même dorénavant le vicaire du roi : l'on ne pouvait le rabaisser, lui, sans rabaisser la fonction.) Et vous devez, vous, avoir conscience qu'en tant que plus haut représentant du gouvernement de Pont-Salin, les opérations auxquelles vous vous livrez sur notre territoire, et qui risqueraient d'avoir des conséquences néfastes sur nos concitoyens, me concernent au premier chef.

— J'entends. Toutefois, les raisons qui nous ont poussés à limiter autant l'accès à l'information ne relèvent pas toutes de la simple politique. Nous redoutions évidemment la présence d'espions, impériaux aussi bien que primojuciens, mais il y a davantage. D'autres sensibilités sont à l'œuvre. Des sensibilités religieuses.

— J'ai du mal à vous suivre.

— Je m'en doute. Venez. Nous serions plus avisés de poursuivre dans la salle du Haut Conseil que dans ces couloirs ouverts à tous les vents et à toutes les indiscrétions.

Ils redescendirent ensemble, Somas restant sur les talons de l'imprécatrice qui avançait sans se presser. Le jeune vicaire fut tenté d'y voir une façon de maintenir l'ascendant psychologique indéniable dont elle jouissait déjà sur lui. À moins qu'elle ne cherchât à se ménager un peu de temps pour lui concocter un nouveau mensonge : elle s'apprêtait à lui révéler des informations auxquelles seul avait accès le premier cercle des fidèles du lieutenant-général de la Ligue, informations dont il n'aurait par conséquent aucun moyen de vérifier la véracité. Il allait devoir se montrer attentif pour démêler le vrai du faux, extraire le factuel du non-dit.

Ils gagnèrent la salle du cabinet royal. Par ses baies orientées à l'est, le soir avait déjà investi l'endroit, n'était une unique lampe à gaz qu'on y laissait brûler en permanence. Une tradition instaurée après la défaite de Virdrad en Pont-Salin, pour marquer le retour du monarque et la continuité restaurée de l'État. Somas en alluma quelques autres, éclairant le visage d'une poignée de souverains du passé.

— J'imagine que vous connaissez la Théorie du Verset Manquant ? demanda Dame Morville du tac-au-tac.

Le jeune vicaire, pris par surprise par cette question dépourvue de lien avec la conversation interrompue quelques minutes plus tôt, chercha la logique dissimulée derrière. N'en trouvant aucune, il haussa les épaules, agacé.

— Comme tout le monde, exhala-t-il. Une erreur de rédaction dans le Livre VI des Axiomes : un scribe inattentif a inscrit le chiffre 21 devant le vingtième verset. Pour d'obscures raisons, la coquille est restée, et aujourd'hui encore, on passe directement du dix-neuvième au vingt-et-unième verset.

— Une coquille, certes, mais avec des conséquences fâcheuses, fit remarquer l'imprécatrice qui avait pris place dans un fauteuil au hasard. (Derrière elle, le prince-régent Cloristocle prenait la pose, son profond ennui perceptible en dépit des efforts du peintre.) Elle a excité tout un courant de pensée qui prétendait qu'il avait bel et bien, à une époque reculée, existé un vingtième verset, dont le Livre VI avait par la suite été expurgé. Un verset au contenu aussi mystérieux que controversé. Des siècles durant, cependant, cette affirmation ne fut rien d'autre qu'une théorie marginale, que ne se hasardèrent à endosser que des cuistres et des salonnards accablés d'ennui. Jusqu'à ce que survienne l'Hérésie scalariote.

— Scalari…, soupira Somas qui déployait pas mal d'efforts pour ne rien manifester de son impatience. C'est en Liburie, je crois ?

— Dans l'Isthme, en réalité. Vous n'étiez pas loin. C'est la deuxième plus grande ville du royaume de Varga, son principal port commercial ; et le lieu de naissance du père Vituperato. Vous n'en avez jamais entendu parler ?

— Je dois avouer que non, grommela Somas en s'asseyant en face de la magicienne.

— Cela n'a rien d'anormal, assura cette dernière. Ses ennemis se sont donné beaucoup de mal, non seulement pour le mettre à mort, mais aussi pour effacer jusqu'au souvenir de son nom. Vituperato de Scalari fut pourtant l'un des lettrés les plus doués de son époque : prêtre des Cinq, il était en outre philosophe, poète, mathématicien et astronome. Il fut aussi un grand nom de l'archéologie balbutiante, bien qu'aujourd'hui ce corps de métier le renie avec férocité, les plus embarrassés allant même jusqu'à prétendre qu'il n'a jamais existé.

« De fait, le père Vituperato était un ambitieux dans sa partie. Il caressait un rêve dément : percer le secret des origines de Choriloch, mais de façon scientifique, en mettant à jour des preuves tangibles de l'existence du Vagabond et de son œuvre. LE grand mystère de notre monde, créé puis abandonné par un dieu que personne n'a jamais pris la peine de vénérer. À cette fin, le prêtre ne projetait rien de moins que de rallier le site mythique de Pashkamrat.

À son corps défendant, et alors même qu'il s'efforçait de comprendre où Wilhelmina Morville essayait de l'emmener avec son récit, Somas haussa des sourcils sidérés à l'évocation du nom de Pashkamrat. Plus encore que Terracuse — tombeau de Sivarius et, onze siècles durant, capitale du Divin Empire —, il s'agissait du lieu le plus saint de Magneterre, et même de tout Choriloch. Supposément là où avaient vu le jour les Cinq, les Rois-Dragons et Netras, toutes les religions tenaient le plateau de Pashkamrat pour la première chose créée par Antramath, le point à partir duquel Il aurait donné le jour au reste de la Création. Le centre et l'origine du monde, rien de moins.

— Je devine, à votre expression, une certaine incrédulité, nota la magicienne. Elle est bien compréhensible. Pashkamrat se trouve au sommet du Mont Érèbe. Le point culminant du Rempart de Fer, qui s'élève en plein cœur du massif. Non seulement il s'agit d'une zone volcanique presque constamment en activité, mais y parvenir relève déjà en soi d'une gageure : peu importe le chemin choisi, la route passe nécessairement par les territoires des Umgarlls, les plus féroces parmi la race des Ogres. Et ils ne représentent même pas le plus grand danger : d'autres créatures ont trouvé refuge dans ces contrées désertiques de roche noire. Des choses refoulées par nos ancêtres à la fin de *Samara*. Des serviteurs de Netras qui ont survécu à la chute de leur maître.

« Vituperato mit toute une vie à monter sa folle expédition. Plus d'un demi-siècle à cultiver proximités et amitiés avec tous les mécènes potentiels. Sa renommée lui avait heureusement ouvert les portes des plus prestigieux palais, accordé l'oreille des plus importants parmi les Princes d'Empire. Ceux-ci se firent les porte-parole du Scalariote auprès du pantarque Vissarion II en personne, qui accepta d'entrer dans le cercle des bailleurs de fonds. Mieux encore, il décida de fournir à Vituperato un bataillon complet de gardes impériaux, les célèbres Bucellaires. Chercheurs, guides, porteurs, ouvriers et soldats : ce furent plus de mille-cinq-cents hommes qui quittèrent Terracuse ce jour de Fructème 919, avec la bénédiction impériale et sous les vivats.

« Sur ce millier et demi d'âmes, moins d'une centaine arriva en vue des Tours Mutilées : les ruines de la forteresse de Netras, érigée en plein centre de Pashkamrat. C'est là, à l'endroit même où, quelque neuf siècles plus tôt, Sivarius avait vaincu le Faux Frère, que le Scalariote aurait eu sa « révélation ». Sous l'impulsion de visions qu'il disait venir du Vagabond lui-même, Vituperato rédigea son œuvre majeure, celle qui lui vaudrait de devenir la cible de toutes les autorités, temporelles aussi bien que spirituelles, de Magneterre. Un ouvrage dont quelques rares exemplaires ont survécu aux autodafés orchestrés par les instances héliothéistes et quintimiennes après l'Hérésie. Les *Sententiae Deorum*.

— Les Jugements Divins ? traduisit Somas.

— Les Jugements des Dieux, plus précisément. Mais Vituperato était un polémiste, un poète, et le titre, à dessein, est trompeur. Il n'y est pas question de jugements rendus par les dieux, mais bien de sentences prononcées *contre* eux. L'auteur y affirmait que toutes les croyances connues étaient des fraudes fondées sur l'adoration de fausses divinités ; catégorie sous laquelle il rangeait pêle-mêle le Dieu Unique des héliothéistes, le dragon Meterkaph, le Dieu des Nains Eldrugar et jusqu'aux esprits mineurs, élémentaires et familiaux, que révèrent encore aujourd'hui les Francs.

« Les Cinq n'étaient pas épargnés, au contraire. C'est à eux, et à leur clergé dont il était pourtant lui-même issu, que Vituperato réservait ses piques les plus incendiaires. Aux dieux, il reprochait non seulement d'avoir usurpé la Création, mais aussi de s'être lassés d'elle comme un enfant capricieux finit par mettre de côté un jouet précédemment dérobé. Il les accusait de s'être, par paresse, détournés de leur devoir, d'avoir créé Netras, de lui avoir laissé le champ libre pour s'approprier à son tour ce qui ne lui revenait pas et le souiller davantage. D'avoir rendu possibles l'Affrontement et ses ravages. Ses erreurs et ses folies, aussi. Or, reprenant la Théorie du Verset Manquant, Vituperato prétendait que le verset 20 du Livre VI traitait de l'une de ces folies : un épisode que le clergé quintimien avait volontairement fait disparaître des Axiomes afin de préserver la foi de ses ouailles dans la bienveillance des Cinq.

La magicienne se tut un instant. Se levant, elle commença à longer la table du Haut Conseil, passant devant les portraits de la reine Strégonia et de ses fils, les rois jumeaux Nothos et Kruptos.

— Comme vous le savez, les Axiomes ne brillent guère par leur précision temporelle, poursuivit-elle tout en marchant. Aucune date n'y est mentionnée, et on ignore généralement quel laps de temps sépare les événements décrits dans deux versets consécutifs. Ainsi, personne ne peut dire combien de temps s'écoule entre le verset 19, qui décrit la défaite des Cinq face à Netras, et le 21, où ils engendrent Sivarius, le futur vainqueur de *Samara* et premier pantarque. Les auteurs classiques fournissent des délais très variables : quelques jours, quelques semaines. Quelques mois tout au plus.

« Vituperato prétendait quant à lui que plusieurs *siècles* s'écoulèrent entre la défaite des Cinq et la naissance de Sivarius. Des centaines d'années durant lesquelles plusieurs générations de Magneterriens furent sacrifiées dans une guerre où les généraux avaient déserté. Une guerre pour les dieux, mais sans les dieux. Imaginez-vous une chose pareille ? Imaginez-vous vénérer des êtres aussi veules, tapis dans un recoin sombre comme un enfant terrorisé par l'orage ?

« Il s'en trouva quelques-uns, à l'époque, pour se poser cette question et y apporter une réponse. Le Scalariote reste vague quant à leur identité : il les décrit comme une cabale de magiciens humains et de prêtres d'Eldrugar, résolus à mettre fin au conflit, alors même que leurs supérieurs en étaient encore à guetter un signe des Cinq. Certes, Netras était hors de leur portée. Nous parlons tout de même d'un dieu. Cependant, l'écrasante majorité de ses serviteurs demeuraient mortels. Les conjurés mirent alors leurs connaissances en commun et façonnèrent une arme destinée à anéantir des cités entières, celles où vivaient les adorateurs du Faux Frère et leurs familles. Une arme d'un genre nouveau, vivante ou presque, gavée d'Arcane, insensible au fer autant qu'à la magie. Indestructible.

« Ironiquement, ses créateurs la baptisèrent la « Petite Sœur » : comprenez par là, la Petite Sœur des Cinq. Une Création des mortels destinée à pallier les insuffisances de la Divine Fratrie. Il est cependant périlleux de railler des êtres divins, fût-ce à l'aide d'un jeu de mots subtil, poursuivit-elle, et Somas crut déceler une pointe de délectation dans sa voix. L'un des conjurés, un Dvargar inquiet du potentiel de dévastation de la Petite Sœur, terrifié à l'idée qu'elle pourrait servir d'autres finalités, voire tomber aux mains des Nétrasques, se dégonfla : il avertit les Cinq qui, piqués au vif, entrèrent dans une colère noire. Ils mandatèrent alors Andraxès qui se chargea de punir les créateurs de la Petite Sœur. D'après le père Vituperato, le Fossoyeur ne se contenta pas de les tuer : il arracha leur esprit à leur enveloppe charnelle, mais leur refusa le passage de l'autre côté, les enchaînant à jamais à leur création. Celle-ci fut ensuite mise au rebut dans un lieu appelé le Berceau, ici, à Solmost, voilà plus de mille-deux-cents ans.

Campée face à une haute fenêtre, la magicienne observait à présent le ciel qui tournait rapidement au noir.

— Vous comprenez à présent l'impérieuse nécessité de donner le moins de publicité possible à ce projet, jusque dans les rangs de la Ligue et de la Compagnie, dit-elle, les mains croisées dans le dos. Nous recherchons une arme qui ne figure ni dans le récit de *Samara* par les Axiomes, ni dans aucune chronique, contemporaine ou ultérieure, à l'authenticité reconnue. Une arme qui *n'existe pas.* Pourtant non seulement Vituperato de Scalari la mentionne dans ses *Sententiae Deorum*, mais il en indique aussi la cachette. Il révèle, à travers une série d'énigmes, la localisation du Berceau. Imaginez-vous les réactions que cela pourrait susciter dans les milieux religieux et l'usage politiquement intéressé que certains seraient tentés d'en faire ? Les dernières guerres de religion bas-terriennes remontent au Xe siècle. Le moment semble mal choisi pour ressusciter ce genre de démons, qu'en dites-vous ?

Elle s'était tournée vers Somas pour poser cette ultime question rhétorique, mais celui-ci ne pipa mot. Il avait gardé le silence tout au long du récit mythologique de l'imprécatrice, la laissant en dévider le fil, alors même qu'une partie de son esprit était occupée à rembobiner celui d'événements beaucoup plus récents, et s'employait maintenant à les relier.

— Solmost a subi deux séismes au cours des derniers jours, lâcha-t-il finalement, les yeux rivés dans ceux de son interlocutrice. Ce n'était jamais arrivé par le passé. Allez-vous prétendre que cela n'a aucun rapport avec cette Petite Sœur et votre projet de l'exhumer ?

— Il est possible que nos fouilles l'aient réactivée, supposa la magicienne avec un haussement d'épaules qui donna des envies de meurtre au nouveau vicaire du roi, avant de se tourner de nouveau vers la vitre. Cela ne peut que me conforter dans ma conviction que le Berceau se trouve bel et bien à Malethorarlod.

— Les deux-cents Solmostins et Citégrisards enterrés sous les décombres seront ravis de l'apprendre ! explosa Somas en écrasant les phalanges sur la table. Bon sang, cette arme est manifestement incontrôlable, et vous entendez l'utiliser contre la Maison Militaire et ses machines arcano-technologiques ? Combien de Pontsalinois comptez-vous encore sacrifier ?

— Autant qu'il le faudra, repartit l'imprécatrice dont la sérénité dépassait en abomination tout ce que Somas avait vu aujourd'hui. Vos compatriotes mourront de toute façon, par centaines, si les Anscarides l'emportent. Alors par pitié, gardez vos vertueuses indignations pour les journalistes et les pleureuses professionnelles. Et laissez-moi gagner cette guerre.

***

— Pfff…, soupira Boniface.

Pas bien vaillant, le dernier carré de ses neurones s'était bien vite débandé devant le flot trop dense d'informations fournies par Falkenn : l'arrestation de Radzek, le livre retrouvé dans ses affaires, le périple de Vituperato de Scalari, la création de la Petite Sœur, la punition des Cinq. N'y manquaient plus qu'une jolie princesse à la chevelure dorée et un caniche doué de parole et le tout achèverait de l'assommer. Il préférait les histoires courtes et l'humour premier degré.

— J'ai mal à la tête.

Il se tut, guettant chez Falkenn les prémices d'une de ces saillies dont il avait le secret, à l'image de quelque commentaire vipérin sur la contenance décidément trop réduite de sa pauvre petite boîte crânienne de félin attardé. Au lieu de quoi le chasseur de primes se mura momentanément dans le silence. Son regard figé se focalisait sur les *Sententiae Deorum* posées à plat sur la table basse devant lui, à croire qu'il s'attendait à voir Wilmora Radzek surgir en personne de leurs pages malmenées.

Aux dires du chasseur de primes, l'ouvrage s'était, du fait de son contenu, retrouvé au cœur du procès. Découvert à moitié brûlé dans les affaires de l'ex-imprécatrice par les *askari* après que les arcano-technologues eurent neutralisé celle-ci, il avait été versé au dossier, transmis aux magistrats vardeners comme une banale pièce à conviction.

Naturellement, la question qui asticotait Boniface, celle qu'il mourait d'envie de poser, celle qu'il sentait lui sautiller sur la langue et gratter contre ses dents pour sortir en hurlant, était : « Qu'est-ce que ce bouquin fiche dans ta putain de malle de voyage ? »

Encore ne constituait-elle que l'avant-garde de toutes celles qui se bousculaient dans la tête du félin. Luther l'avait-il volé avant de quitter Reisenvard ? Et si oui, pourquoi ? Quelle importance revêtait l'opuscule de Vituperato de Scalari aux yeux de son maître, pour qu'il brave non seulement sa propre hiérarchie — et la police vardener avait la réputation d'être une des moins arrangeantes de Magneterre —, mais aussi les autorités anscarides ?

Boniface réalisa qu'il s'agissait là d'interrogations mineures. Elles ne faisaient que graviter autour d'une autre question qui n'avait jamais surgi entre lui et le chasseur de primes. Les raisons qui avaient poussé celui-ci à quitter son pays demeuraient à tout le moins obscures pour le mandragot. Les premières années de leur association, il avait élaboré une plâtrée d'hypothèses, des plus classiques — Luther était tout bêtement un ripou en cavale — jusqu'aux plus loufoques — il devait rembourser les dettes colossales qu'il avait accumulées pour entretenir une armada de maîtresses et de bâtards. Boniface avait même, un temps durant, très sérieusement envisagé la possibilité que son maître fût un agent anscaride : le métier de chasseur de primes offrait une couverture idéale pour fouiner partout sans jamais avoir à se soucier des frontières et des juridictions. Il avait cependant très vite réalisé que Falkenn faisait son possible pour éviter toutes les affaires qui risquaient de l'attirer sur le terrain politique.

Alors quoi ? Qu'est-ce que tu fuis ? Qu'est-ce que tu cherches ? C'est quoi, ton véritable objectif, depuis tout ce temps ?

Autant de questions que le mandragot ne formula que dans l'intimité de sa conscience. La curiosité le démangeait aussi férocement qu'une armée de fourmis, mais il jugea que s'il devait, une fois et rien qu'une seule dans son existence, faire preuve de retenue, c'était aujourd'hui ou jamais.

— Vos juges ont dû s'amuser pour arracher toutes ces informations à Radzek, supputa-t-il pour relancer la conversation. Je l'imagine assez mal passant aux aveux.

— Elle a passé l'essentiel du procès à injurier magistrats et témoins, confirma le chasseur de primes qui faisait rouler la chaîne de sa montre entre ses doigts gantés. (Un mince rictus, comme un élan cynique de nostalgie, lui effleura brièvement le visage.) Curieusement, personne ne la faisait taire. Le procureur était pourtant un teigneux, et dans le Vard, nous ne badinons pas avec les règles. Moi-même à l'époque, je n'étais pas dans la confidence : je n'étais qu'un tout jeune policier. Rétrospectivement, je m'étonne que Radzek n'ait pas réalisé qu'il y avait anguille sous roche. Car les Anscarides n'étaient pas restés totalement hors du coup. Une Diseuse de Vérité s'était mêlée au public.

Ce fut au tour de Boniface de faire la grimace, de dégoût celle-là. Hormis les dragonnefs, aucune création de la Ghilde Anscaride d'Arcano-Technologie, la Ganartec, ne provoquait autant d'effroi que les Diseuses de Vérité. On leur prêtait toutes sortes de pouvoirs, à commencer par celui de lire dans les pensées, mais le plus terrifiant demeurait leur origine : de très jeunes filles, « offertes » à l'empereur, sur lesquelles les arcano-technologues se livraient à d'épouvantables expériences, des années durant. Parmi celles qui survivaient au processus, seules quelques-unes demeuraient en état de rejoindre la sororité. Les autres terminaient leur ersatz d'existence dans des bocaux que n'auraient pas reniés les lugubres étagères de l'atelier alchimique de Metisto Strabyzem.

— Alors Radzek espérait réellement gagner la guerre avec ce truc, là ? s'étonna Boniface. Cette… Petite Sœur ?

— Quel autre recours avait-elle ? supposa Falkenn. Fin 1197, la guerre avait déjà largement tourné en défaveur de son fils : les troubles se multipliaient en Pont-Salin ; Damyr de Morinthe, qui commandait les forces de la Ligue à l'époque, venait d'enfoncer les lignes du Bâtard dans les Tournegrises ; et le vent venu du Septentrion, en sus du froid hivernal, apportait d'inquiétants bruits de bottes. Le butin amassé à force de pillages et d'extorsions se réduisait à moins qu'une peau de chagrin : il était par conséquent impossible de recruter des mercenaires frais. Quant à chercher des alliés dans de telles conditions, c'était bien entendu une perte de temps.

« Lorsque Wilmora a appris, les dieux savent comment, que l'un des derniers exemplaires encore en circulation des *Sententiae Deorum* se trouverait à Concordia, elle a fait mettre à sac toutes les bibliothèques et librairies de la ville. Malgré cela, il lui a fallu plusieurs mois pour mettre la main dessus, et sa découverte arrivait trop tard pour renverser la vapeur. Entre-temps, les Pontsalinois s'étaient libérés et Hagen avait déclaré la guerre à Virdrad. Il n'a pas fallu deux années à Tyruman Khan pour écraser définitivement les troupes du Bâtard, en dépit du renfort des morts-vivants levés en masse par sa mère. La prise de Concordia marqua le dernier acte de leur empire d'opérette. Lorsque Wilmora a été capturée, deux mois plus tard, elle essayait de quitter Concordia. M'est avis qu'elle entendait gagner discrètement Solmost afin d'y poursuivre ses recherches sur l'arme. Malgré la mort de son fils, elle n'avait toujours pas mis les pouces.

— Et la revoilà, vingt ans plus tard, dans les rangs de la Compagnie du Silence, conclut Boniface dont le peu de conviction ne passa pas inaperçu de son maître.

— Tu restes dubitatif, n'est-ce pas ? demanda celui-ci en dardant un regard pénétrant sur son mandragot.

— Beeeeen…, hésita Boniface en se passionnant pour une moisissure sur le mur à sa droite.

— Veux-tu une preuve supplémentaire de ce que j'avance ?

Le chasseur de primes se pencha sur la table. Précautionneusement, il rabattit la couverture mangée de traces de brûlures, fit tourner quelques pages jusqu'à en trouver une dont le contenu restait à peu près visible.

Visible, mais pas lisible, découvrit Boniface après avoir sauté du fauteuil sur la petite table.

— *Tazha ashma eyeti veshvedu Pashkamratu…*, s'efforça-t-il de lire, mais la fin de la ligne s'égara dans un crachotement confus de consonnes surnuméraires. Qu'est-ce que c'est que ce charabia ?

— De la Langue Première.

Une nouvelle fois, Boniface ouvrit des yeux ronds comme des soucoupes. La Langue Première était l'une des plus rares au monde, mais pas de celles qu'on enseignait entre une sieste et une séance de biture à des étudiants en état de quasi-mort cérébrale dans un amphithéâtre puant le renfermé et la chaussette fermentée. C'était la langue des dieux, et plus encore, celle par laquelle Antramath aurait, de son Verbe, donné naissance à Choriloch.

— Me crois-tu, à présent ? lança Falkenn. Il ne doit pas se trouver plus de cent personnes dans toute la Magneterre pour maîtriser la Langue Première, et encore : pas assez pour déchiffrer l'intégralité de ces pages. Les meilleurs linguistes vardeners et anscarides s'y sont cassé les dents. Même la Diseuse de Vérité n'a pas réussi à percer toutes les défenses de Wilmora Radzek pour révéler ce qu'elle savait à propos du livre de Vituperato. Toutefois, une chose est certaine : Radzek parlait la Langue Première. Tu peux parier tes moustaches que « Wilhelmina Morville » n'aura pas eu besoin d'un traducteur pour mettre à jour les secrets de l'exemplaire volé au Vieux Phare et s'emparer de la Petite Sœur.

— Pour se venger des Anscarides ? avança Boniface.

— Et à cette fin elle utilise les moyens des Ligueurs. Le moment venu, cependant, elle se retournera contre eux : une vendetta à la fois. Mais je n'ai pas l'intention de la laisser en arriver là.

— Qu'est-ce que tu comptes faire ? Tu viens de le dire : Radzek a les Ligueurs à sa botte dans cette affaire. Et même si ma modestie naturelle m'empêche de faire remarquer que je suis un mandragot exceptionnel, je pense pas que ça suffira à faire la différence.

Le félin se gratta fébrilement une oreille.

— Tu pourrais peut-être faire passer l'info au commandement anscaride ?

— Envisageable mais hasardeux, réfléchit Falkenn. À supposer que nous trouvions un moyen, encore faudrait-il qu'ils nous croient. Il y a vingt ans, ni Tyruman Khan ni les pontes de la Ganartec n'ont accordé le moindre crédit au récit fantasque du père Vituperato : je ne suis même pas certain qu'ils se soient donné la peine de faire remonter l'information à l'empereur. Et dans l'hypothèse où je parviendrais à les convaincre, leurs troupes se trouvent encore à plusieurs jours de Solmost. Tout ce qu'ils pourraient faire, c'est dépêcher une escadre de dragonnefs pour bombarder la ville, sans garantie de neutraliser l'arme. Non. Il va falloir nous débrouiller seuls.

— Eh ben ça risque d'être coton, fit remarquer le mandragot avec véhémence. Notre seul indice, c'est un bouquin rédigé dans un sabir à la con que plus personne ne jacte. Plus personne de vivant, pour ce que j'en sais : le seul qui aurait pu nous aider, c'est le vieux Spyridon, et il est cané.

— Tu oublies Modi Svardstaf.

— Qui ? Oh… Le gros Nain qu'on a croisé à Malethorarlod, se souvint Boniface. Celui qui s'est carapaté quand tu as voulu l'interroger.

— Celui que tu as laissé filer, oui, rappela Falkenn avec un soupçon feint de reproche dans la voix. Il connaissait Maddolus Spyridon et avait l'air d'en savoir très long sur ce qui se trame en ville. Et il a évoqué un livre, rappelle-toi. Je crois que… Oui ? lança-t-il comme on frappait deux coups discrets à la porte.

Metisto Strabyzem franchit le seuil de la chambre miteuse.

— Il paraît que tu as demandé à me voir ?

— En effet, confirma Falkenn. Je vais à nouveau devoir solliciter tes services. Trois services, pour être précis.

— Trois, rien que ça ? persifla le Drude. Dis donc, tu deviens un poil exigeant comme client, je trouve.

— Devinerais-je comme une pointe d'hostilité dans cette réflexion ?

— Sans aller jusque-là, j'espérais surtout te voir décaniller, reconnut Metisto. J'ai une affaire à faire tourner, vois-tu, et on ne peut pas dire que la situation dans le secteur se soit améliorée depuis que tu as pointé ton sale petit blaire de flic.

— Navré de te décevoir, mais j'ai encore à faire en ville, rétorqua Falkenn. Par ailleurs, je me permets d'attirer ton attention sur le fait que, grâce à moi, tu es débarrassé de Letto Larpal : sa disparition va certainement te permettre de renforcer tes propres positions à Citégrise, fais-je erreur ?

— Tu essaies quoi, là ? ronchonna le Diablotin. De me faire admettre que j'aurais une dette envers toi ?

— Moi, je pensais même pas que tu connaissais le mot, dauba Boniface.

— Tu seras défrayé, cela va sans dire, le rassura Falkenn. En outre, ce ne sera pas très compliqué pour toi.

— Dans ce cas…, opina mollement Metisto en lissant la plume de paon piquée dans son béret. Vas-y, je t'écoute. De quoi as-tu besoin ?

— De tes yeux, en premier lieu. Je veux qu'ils me retrouvent la trace d'un Dvargar du nom de Modi Svardstaf : une gueule noire de Malethorarlod. À l'heure où je parle, il est sans doute recherché par la Sûreté, peut-être même par les Manteaux Bleus, alors mon intuition me dit qu'il se terre dans un coin en attendant que ça se tasse un peu. J'ai également besoin de savoir si un autre Nain, Canute Svardstaf, le père de Modi, a été arrêté au cours des dix derniers jours et, si tel est le cas, où il est détenu à l'heure actuelle.

— C'est très spécifique, comme requête, nota pensivement Metisto, ses globes oculaires fixés sur le chasseur de primes. Hmm… Ça pourrait prendre un peu plus de temps que de pister le fiston. Le temps de tirer les bonnes ficelles auprès de mes contacts à la Sûreté et de voir ce qui tombe. Et ça coûtera un peu plus cher, naturellement, surtout que c'est un peu le bordel chez les flics depuis l'exécution de Lirrifas et la nomination de Wolfdagger. Mais ça devrait pouvoir se faire. Et ce troisième service que tu voulais me demander ?

— L'autre jour, au Vieux Phare, tu m'as bien dit t'y connaître en hybridation ?

— Ouais, je bidouille, confirma le Diable Bleu, faussement modeste, les mains sur les revers fourrés de son manteau. En plus, j'ai réussi à développer mon propre réseau de récupérateurs d'équipements arcano-technologiques. Du coup, j'ai accès à du matos de pointe.

— Parfait, dans ce cas, se félicita Falkenn, la main sur la crosse d'ivoire de l'Ami des Grands Jours.

D'un geste sec, il décrocha de son holster sa vieille mais fidèle pétoire, qu'il tendit à Metisto Strabyzem par le canon.

— J'ai besoin que tu apportes quelques modifications à cette antiquité.

***

Extrait du journal de Somas Athossi.

Fluctedi 15 Sapième 1221

Voilà plusieurs jours que je n'ai rien écrit et j'ignore par où commencer.

Par la fin, peut-être ? C'est probablement une démarche qui sied à l'air de ces temps d'effondrement que nous vivons. La nature et l'histoire ont ceci de commun d'être cycliques, mais un rouage semble s'être grippé dans cette mécanique immémoriale. Notre époque me paraît celle de l'entropie : un ordre ancien se meurt, mais ce qui se profile dans l'ombre de son linceul ne ressemble guère à une aube.

Le prince héritier Belaïstès est mort. Que dire de plus ? Lui qui, par sa jeunesse, par sa beauté, par sa flamboyance guerrière tempérée d'un caractère doux et d'une sincère bonté, incarnait l'avenir du royaume, n'est plus. Ce sens de l'honneur si ombrageux qui était probablement son seul défaut aura eu raison de celui que d'aucuns, parmi les esprits les plus fins et les plus avisés, voyaient déjà comme le plus grand monarque pontsalinois depuis Dracon le Balafré. L'histoire, cette garce, nous a joué un bien vilain tour.

Le roi Vénézilios est mort, également. Seuls les obscurs artifices de Dame Morville l'animent encore, mais il n'est plus qu'un pantin, quoique j'en sois encore à me demander de quel spectacle il constitue l'attraction. L'imprécatrice a eu beau s'en défendre tout à l'heure devant moi, j'ai entendu les mots par-delà ses silences. Les abstentions de cette femme sont explicites. Maintenir le roi dans ce qu'elle a le culot de nommer un « semblant de vie » n'a pas pour unique objectif de garantir la stabilité du pays. Au contraire : en évitant le retour immédiat du prince Belaïstès à Solmost, elle ouvrait un boulevard aux primojuciens, les poussait à agir.

Le duc Lirrifas et ses amis conspirateurs ont joliment mordu à l'hameçon. Je ne prétendrai certes pas éprouver la moindre compassion pour des hommes prêts à laisser leur pays natal tomber aux mains d'une puissance étrangère, qu'il s'agisse des Ténéstro-Stalois ou des Morinthiens. Je réalise toutefois que si on avait daigné laisser la nature suivre son cours naturel, Belaïstès serait toujours vivant, et il serait sur le trône à l'heure actuelle.

La coïncidence des faits, sombrement miraculeuse, ne laisse pas de m'interroger, au point de me souffler des idées dignes d'un mauvais roman d'espionnage. À tête reposée, je suis maintenant porté à soupçonner Dame Morville d'être à l'origine de l'attaque qui a manqué emporter le roi voici une huitaine. Le complot des primojuciens dissimule-t-il idéalement les rouages de celui ourdi par leurs adversaires ? Car si mon hypothèse devait se vérifier, je suis à peu près certain que la magicienne n'a pas agi sous le coup de son seul caprice. Le donneur d'ordre est ailleurs, quoique j'ignore jusqu'où il faille remonter pour le trouver. Le général Wolfdagger a-t-il tout orchestré lui-même, ou n'a-t-il fait qu'obéir aux instructions d'Alchynon de Torée ?

En réalité, peu importe qui tire réellement les ficelles. Le roi n'est pas le seul à avoir été réduit à l'état de marionnette. C'est ce que nous sommes tous. Peu importe notre origine sociale, notre rang, notre fonction ou notre fortune. Aristocrate ou homme du peuple, fonctionnaire civil ou militaire, puissant ou misérable, riche ou pauvre ; tous, nous ne sommes que des pions dans le grand jeu qui se joue à présent, non plus à deux, mais à trois, entre le lieutenant-général de la Ligue, le roi de Morinthe et l'empereur du Septentrion.

Très sincèrement, j'ignore lequel il nous faut redouter le plus.

***

Manedi 16 Sapième 1221

Ivannis Barca d'Ire est mort, lui aussi.

En tant que son successeur, c'est à moi qu'il incombe d'organiser ses funérailles. Une responsabilité écrasante à plus d'un titre. Mon prédécesseur n'avait pas de famille : son épouse, la comtesse Mélina de Cléo, est morte voilà bientôt trente-quatre ans, et il ne s'est jamais remarié en dépit des occasions, des propositions et de la pression sociale qui n'a que faire d'une fumisterie telle qu'un amour sincère. La guerre s'est chargée de lui prendre ses deux fils : le cadet, Nossis, entré chez les voltigeurs, a péri lors de l'assaut des troupes de Virdrad Radzek sur Solmost, au cours d'une charge aussi héroïque que malencontreuse ; il n'avait pas vingt ans, si j'ai bonne mémoire. Sothias, son aîné, officier dans l'armée régulière, est quant à lui tombé en Krelfe face aux Anscarides, à peine une demi-douzaine d'années plus tard. Ne reste à présent de la maison Barca d'Ire qu'un vague cousin morinthien qui, du fait de la situation politique et militaire, va avoir le plus grand mal à faire valoir ses droits sur l'héritage. Une fois n'est pas coutume : voilà un charognard que la guerre gardera à distance.

Je m'en félicite, d'autant plus que Barca d'Ire m'a affligé d'un honneur dont je me serais bien passé. J'ai reçu tantôt la visite de maître Teonas, son notaire personnel. Mon prédécesseur m'a légué une partie de sa fortune. Pas seulement du numéraire : me voilà maintenant l'heureux propriétaire, si je puis dire, de sa demeure solmostine. Une maison à peine moins vaste que le palais du roi, dans laquelle il ne mettait presque jamais les pieds, hantée qu'elle est des souvenirs de sa femme et de ses fils. Lui pourtant si rationnel prétendait même les apercevoir, à l'occasion, du coin de l'œil, au crépuscule.

Je me demande si j'aurai l'audace de m'y rendre. Y croiserai-je mes propres fantômes ? Le croiserai-je, lui ?

***

Rubredi 17 Sapième 1221

Ivannis Barca d'Ire est mort.

J'ai beau les coucher sur le papier, le sens de ces mots s'échine à me fuir. Je n'arrive pas à m'y faire.

Je mesure chaque jour l'étendue du vide qu'il a laissé derrière lui, le sentiment d'abandon qu'a suscité sa disparition. Les hommes et les femmes qui travaillent au Palais ne lui vouaient pas seulement du respect. Faut-il parler d'amour ? Puis-je utiliser ce mot sans le grever de ridicule ? C'est en tout cas ce que j'ai ressenti aujourd'hui. Lorsque je me suis rendu à la réunion du cabinet, le factionnaire s'est trompé : il m'a appelé « Monsieur le Conseiller » avant de se reprendre, l'air penaud. J'ai pourtant bien senti qu'il manquait s'étrangler sur les mots « Votre Excellence ». Ce midi, on m'a présenté des boulettes de viande au cumin : le plat préféré de mon prédécesseur, préparé chaque rubredi sans faute. On me l'a servi d'autorité, personne ne m'a demandé mon avis. Le valet, réalisant le manquement aux règles de fonctionnement du Palais, en est devenu pourpre de honte ; le cuisinier est venu en personne me présenter ses excuses et sa démission. J'ai accepté les premières, refusé la seconde.

J'aurais des difficultés à leur jeter la pierre. Les plus de quarante années de Barca d'Ire au vicariat ont imprimé des habitudes. Les plus jeunes parmi les serviteurs n'ont connu que lui à ce poste. C'est donc un repère, en apparence intangible de leur existence, qui vient de s'évanouir subitement. Les plus âgés paraissent encore plus affectés : ils sont si mortifiés qu'on pourrait croire qu'ils viennent de perdre un parent proche. Je ne m'en formalise pas. En vérité, ces témoignages confus d'affection pour mon prédécesseur me réconfortent et me rassurent. Ils me montrent que je ne suis pas le seul à me sentir perdu sans lui.

Un intendant du Palais est venu me trouver, tard dans la journée. Il m'apportait une enveloppe dont le contenu, s'il ne m'a pas surpris, m'a plongé dans d'intenses réflexions.

L'enveloppe contenait de l'argent. Les domestiques ont passé les derniers jours à se cotiser pour payer une couronne mortuaire monumentale en vue de l'enterrement d'Ivannis Barca d'Ire. Dans la mesure où j'en suis l'organisateur, ils ont néanmoins préféré me remettre la somme afin que je choisisse au mieux, qu'il n'y ait pas d'impair.

L'intendant m'a demandé si je comptais faire exposer le cadavre de mon prédécesseur, afin que tout un chacun puisse se recueillir une dernière fois sur sa dépouille. J'ai immédiatement exprimé un non catégorique : vivant, Ivannis Barca d'Ire était un symbole de force, de courage et d'espoir. L'annonce de sa mort n'a pas entamé la combativité qu'il a réussi à inspirer parmi notre peuple, mais la vue de son cadavre l'anéantirait à coup sûr. « Il nous faut conserver de lui une image vivante », ai-je expliqué à l'intendant. « Qu'il reste ainsi dans nos esprits, afin que le sien continue à nous inspirer. »

Je ne suis pas certain d'avoir réussi à berner mon interlocuteur. J'ai employé le pluriel pour éviter une vérité trop douloureuse à accorder au singulier. J'ai frauduleusement plaqué mes propres sentiments sur ceux de mes compatriotes afin de ne pas les admettre, ni devant l'intendant, ni encore moins à moi-même. Car c'est bel et bien moi que la vue du corps terrasserait.

Cependant, l'organisation de cette cérémonie ne me pose pas qu'un problème d'ordre strictement personnel. Ivannis Barca d'Ire mériterait une cérémonie à la hauteur de l'homme et du serviteur de l'État qu'il fut ; que pairs du royaume et gens de peu défilent une dernière fois devant lui dans un même élan d'humilité et de reconnaissance. Ce ne serait que justice. Les réalités politiques, toutefois, n'ont que faire de la justice, et elles s'imposent désormais à moi maintenant que j'ai revêtu la robe noire du vicariat. Mon ministère n'est peut-être que celui de la parole et de la présence, mais je peux encore priver Wolfdagger d'une occasion de parader. Hors de question qu'il postillonne une fois de plus ses mensonges, qui plus est par-dessus le cercueil de mon mentor.

La guerre en cours, la nouvelle donne politique et l'excitation des derniers jours, motivée par l'arrestation d'Ambroisie Galate, me fournissent toutefois un prétexte utile pour retarder l'échéance : mon emploi du temps est si chargé qu'il m'est matériellement impossible de me pencher sur un événement d'une telle ampleur. Courtisans et pétitionnaires se bousculent à ma porte, on me réclame faveurs et réformes. Il me faut pourvoir les postes ministériels vacants, tâche à la limite de l'orfèvrerie (et de la crise de nerfs) que va toutefois simplifier la purge opérée par Wolfdagger à la suite de l'arrestation et des « aveux » du duc Lirrifas : les partisans de Damyr croupissant à l'Alaqarak ou séchant au bout d'une corde, le nombre de candidats à départager s'en trouve drastiquement réduit. Le général m'a par conséquent laissé carte blanche, hormis pour le portefeuille des Finances, que je vais devoir attribuer à Ostri Scramasaxe.

Un banquier au Trésor : je suis à peu près certain que si le roi, ou ce qu'il subsiste de lui, l'apprenait, toute la nécromancie de Wilhelmina Morville ne suffirait pas à l'empêcher de se décomposer sur place.

***

Concordedi 18 Sapième 1221

Je crois que je me suis inquiété pour rien au sujet des funérailles d'Ivannis Barca d'Ire. Mes nouveaux « collègues » ne semblent guère se préoccuper de cette question. Scramasaxe s'en moque comme de son premier chèque encaissé. Dame Morville est tout entière absorbée par les recherches qu'elle supervise personnellement à Malethorarlod. L'absence de nouveaux phénomènes sismiques semble la déranger : je pense qu'elle tablait là-dessus pour orienter plus précisément l'œuvre des mineurs et des terrassiers. Son obsession pour cette arme est telle que sa frustration à peine rentrée l'enlaidit. Par moments, sous une lumière trop crue, son visage se pare de tous les attributs de la vieillesse. Quant à Wolfdagger, il passe la majeure partie de ses journées à l'Alaqarak : je ne l'ai croisé qu'en coup de vent, aujourd'hui. Je lui ai trouvé un petit air satisfait parfaitement exaspérant. Depuis l'arrestation de la cadette des sœurs Galate, ce sinistre parvenu enfle à vue d'œil, gavé de sa popularité et de l'aura du coup de filet sur le sanctuaire de Supplicate. Sa fatuité m'horripile, et pourtant c'est un trait de caractère qui se révèle à point nommé : il n'éprouvera sans doute aucune envie de se voir voler la vedette, fût-ce par un mort.

Voilà qui m'enlève une belle épine du pied. Une goutte d'eau face à la marée montante des problèmes qui m'encerclent, mais c'est toujours un de moins. Je vais pouvoir faire traîner les préparatifs des funérailles. Le corps du vicaire sera conservé dans un tiroir de morgue des Offices thaumaturgiques. Il y restera le temps nécessaire à lui faire perdre toute valeur politique.

J'ai honte de mes pensées.

***

Extrait de la rubrique « Faits divers » de *L'Apocrisiaire.*

MULTIPLES ARRESTATIONS À SAINTE-EFGENYA

Solmost, le 18 Sapième,

Les policiers de la Sûreté ont procédé tôt ce matin à l'interpellation de plusieurs membres du personnel de l'hospice municipal du quartier de Sainte-Efgenya. Trois thaumaturges et huit infirmières ont été arrêtés, ainsi que le directeur de l'hospice, le maître-thaumaturge Romugas Callium.

Cette opération de police, du jamais-vu dans un quartier réputé pour sa tranquillité, fait suite à une succession de décès suspects : ce ne sont pas moins de vingt-quatre personnes âgées, en bonne santé aux dires de leurs proches et toutes logées dans l'enceinte de l'hospice municipal, qui sont mortes brutalement en l'espace de quelques jours. Les corps devraient être prochainement exhumés, afin qu'il soit procédé à des nécropsies.

***

Les fouilles s'étaient révélées plus difficiles que prévu.

Les mines constituaient un réseau immense, un labyrinthe aux proportions inconcevables dont les puits les plus anciens plongeaient jusqu'aux fondations des montagnes. Certaines fendues couraient sur des kilomètres en ligne droite. D'autres ramifiaient en de folles arborescences de tunnels dont l'écheveau pouvait vite égarer l'œil inexpérimenté. Dans le noir, les madriers grinçaient une oraison angoissante, rappelant le volume phénoménal de roche qu'on avait au-dessus de la tête. De l'eau clapotait derrière les parois ; parfois, l'oreille percevait le chuchotis lointain d'une rivière souterraine ou le grondement trépidant d'un torrent.

Rameuter suffisamment de main d'œuvre pour couvrir une zone aussi étendue n'aurait pas dû poser de problème particulier : la masse des chômeurs qui vivotait à Citégrise y aurait largement suffi, et les primes offertes par les autorités aux volontaires correspondaient à trois mois du salaire moyen pour une semaine de travail, sans compter les dédommagements en cas de blessure éventuelle. De quoi attirer du monde aux bureaux de recrutement.

La cohue attendue s'était fait désirer. La faute en incombait essentiellement à la réputation effroyable des mines de Malethorarlod, considérées parmi les plus dangereuses des Basses-Terres en dépit des communiqués rassurants que les propriétaires, les Scramasaxe, faisaient régulièrement publier dans les colonnes de leurs journaux. Il était d'autant plus difficile de jeter la pierre aux Citégrisards que les travailleurs dvargars eux-mêmes, pourtant accoutumés aux conditions de travail infectes imposées par les contremaîtres des Scramasaxe, avaient déposé les pioches sous les ordres des Révérends du Fer. Averti immédiatement alors qu'il se trouvait au Malniki Saraï, Ostri Scramasaxe en avait presque fait une attaque : non seulement ses mineurs étaient en *grève*, mot qui n'avait d'équivalent dans aucun patois nain, mais les hiérophantes taciturnes du Dieu du Labeur les soutenaient et les encadraient.

Sans crier gare, le sacré, celui-là même dont se défiaient les plus hautes autorités ligueuses, s'invitait dans l'affaire. Le Culte des Forges tenait les mines pour un lieu saint, le travail pour un acte de dévotion. Dans cette perspective, les fouilles détournaient les mineurs tout à la fois de leur tâche et de leur dieu, et chaque excavation nouvelle ne serait rien d'autre qu'une abominable profanation. Lorsque les premières équipes finalement constituées à grands frais — on avait presque multiplié les primes par deux pour arriver à six mois de salaire pour dix jours de travail — s'étaient présentées à l'entrée des mines, un cordon de Révérends du Fer, entièrement parés de leur ferroderme et prêts à en découdre, barrait les accès aux chevalements.

Il avait fallu presque trente heures de négociations tendues à Ostri Scramasaxe pour dénouer la situation. Les prélats des Forges missionnés par les grévistes s'étaient montrés pour le moins pointilleux. Chaque équipe d'excavation devrait être chaperonnée par un religieux qui aurait la possibilité d'arrêter le travail pendant deux heures s'il estimait que les recherches mettaient en péril l'intégrité sacrale des mines, le temps de réunir une commission de trois prêtres de haut rang pour trancher la question, et le cas échéant proposer un chemin alternatif. Une commission de cinq prêtres, décidant à l'unanimité, serait nécessaire pour autoriser l'usage d'explosifs. Aucun puits précédemment condamné ne pourrait être rouvert sans que soit organisée une Cérémonie de Répurgation destinée à en abjurer les mauvais esprits des profondeurs et à apaiser les fantômes des mineurs décédés dans ses galeries.

Les ouvriers autres que les Dvargars devraient s'affairer dans le silence le plus complet : manifester leur présence serait un affront fait à Eldrugar. Pour adoucir, malgré tout, la colère qu'Il ne manquerait pas de ressentir — car rien de ce qui se déroulait sous la pierre n'échappait à son regard flamboyant —, les travaux allaient être uniquement rythmés par les Cantiques du Fer, entonnés par les voix rauques des chantres du temple de Malethorarlod.

Voilà des jours que Modi Svardstaf les entendait. Des jours et des nuits, car les chœurs étaient aussi infatigables que les autorités décidées à retrouver la Petite Sœur. Il ne s'en plaignait pas : la redondance des premiers l'aidait à oublier la terreur de la seconde. Enfant, il avait été bercé par les éructations monotones de ces chants, qu'il connaissait tous par cœur : l'Hymne au Fulminant, le Psaume de l'Apprenti, le Cantique aux Rois, et tant d'autres dont il retrouvait à présent toute la beauté brutale, inaccessible à l'oreille qui ne serait pas habituée aux sonorités raboteuses de la langue folmog.

Le jeune Nain ne s'inquiétait pas des ouvriers. Les rares échos qui lui parvenaient de leur travail, le carillon sec des pioches, la percussion mate des pelles, les brusques envolées de la dynamite, suffisaient à lui indiquer que les fouilles s'orientaient dans la mauvaise direction.

Mis à part lui et son père Canute, seule une poignée de très vieux Dvargars du coin avait connaissance de cette cachette. Guère plus qu'une modeste grotte dans laquelle les dévots qui s'égosillaient là-haut auraient eu du mal à reconnaître l'une des plus anciennes chapelles dédiées à Eldrugar par leurs ancêtres, elle disposait pour tout mobilier de quelques bancs de pierre, et en guise d'autel d'un banal rocher, au sommet vaguement plat et régulier. Son père, qui y venait de temps à autre pour des retraites, y conservait quelques victuailles : de la viande séchée et de l'eau. Mais pas d'alcool, naturellement, au grand dam de Modi. Lui avait bien espéré se pochetronner une dernière fois avant la fin.

S'il n'offrait pas un grand confort, le refuge garantissait au moins la tranquillité, niché qu'il était au cœur du lacis de travers-bancs enroulé autour du tout premier puits de Malethorarlod. Or, rouvrir un premier puits équivaudrait à profaner un cimetière tout entier : jamais les Révérends du Fer n'accepteraient de voir les lieux vandalisés. Personne ne viendrait le déranger.

Il avait quand même eu un peu peur. Quelques heures plus tôt, assis sur un banc, bercé par les Cantiques du Fer, il avait dodeliné de la tête, commencé à s'affaler doucement. Sa glissade vers le sommeil avait été interrompue par un genre de claquement, similaire à celui que produiraient les ailes d'un oiseau. Il avait même cru deviner le croassement d'un corbeau. Un simple cauchemar, bien évidemment : pourquoi un piaf viendrait-il se perdre dans un puits de mine ? Rassuré, il s'était étendu à même le banc. Il n'avait pas tardé à s'assoupir de nouveau, le dos contre la pierre, le refrain entêtant du Psaume XXVIII tournant en boucle dans sa tête.

Ce qui le réveilla, quelques heures plus tard, ne fut pas un bruit, mais une sensation de poids désagréable au niveau du ventre.

— Pu-tain, lâcha-t-il, la bouche pâteuse et les paupières encore closes. J'aurais pas dû bouffer cette viande séchée. Eldrugar seul sait d'puis combien d'années elle traînait ici.

Il se redressa sur ses coudes, se frotta les yeux d'une main hésitante.

— Pfff… Ouh… J'ai l'impression d'avoir un éléphant sur l'estomac, moi.

— Oh, ça va, je suis pas si gros…, se récria une voix nasillarde toute proche.

Le Dvargar ouvrit les yeux pour constater qu'un chat noir, effectivement pas si gros que ça, était tranquillement campé sur sa bedaine.

La présence du félin était dérangeante. Elle posait aussi tout un tas de questions. Cependant, à dire vrai, elle posait beaucoup moins de questions et n'était pas aussi dérangeante que le type en redingote noire, assis sur le banc d'en face, qui de la main gauche jouait à faire tourner le pommeau de sa canne tout en tenant nonchalamment un pistolet dans la droite.

— Monsieur Svardstaf, lança-t-il avec cordialité. Quel plaisir de vous revoir. Et à jeun, qui plus est.

Modi roula sur le côté, aussi vivement que le lui permit son embonpoint : autant dire qu'un continent aurait eu le temps de se former avant qu'il ne se réceptionne sur le sol poussiéreux. Le chat n'avait eu qu'à se laisser glisser sur le banc.

— Inutile de vous alarmer, assura l'homme en noir.

Modi réalisa seulement à ce moment-là qu'il s'agissait de celui, venu l'interroger sur Maddolus Spyridon une semaine plus tôt, qui s'était présenté comme policier de la Sûreté. Le dénommé Falkenn.

— Je ne vous veux aucun mal, ajouta ce dernier.

— Tu serais plus crédible si t'avais pas un flingue à la main, intervint le chat noir.

— Simple mesure de sécurité au cas où il prendrait à Monsieur Svardstaf l'envie de nous fausser compagnie avant la fin de notre conversation.

— J'ai rien à vous dire, avertit Modi en reculant vers le fond de la pièce.

— Dans ce cas, laissez-moi parler, répliqua Falkenn. Les Ligueurs sont aux abois : ils n'ont absolument aucun moyen de faire pièce à la puissance militaire anscaride. C'est du moins là ce dont ils étaient convaincus, jusqu'à ce qu'une voix d'outre-tombe vienne leur murmurer que, peut-être, ce moyen existait bel et bien. Une arme. Une arme ancienne, datant de l'époque de *Samara*. Une arme jamais utilisée, mais d'une puissance si phénoménale qu'elle pourrait non seulement rééquilibrer le rapport de force, mais faire basculer le conflit en leur faveur. Une arme enterrée ici même, à Solmost.

« Plusieurs meurtres ont été perpétrés ces dix derniers jours sur des figures haut placées du gouvernement pontsalinois. L'auteur en est officiellement un *doppelgänger*, un espion de l'empereur ; cependant, c'est le ministre de la Sûreté que l'on a exécuté pour haute trahison avant de le remplacer par un général ligueur notoirement proche d'Alchynon de Torée. Ce n'est pas une coïncidence, mais un coup d'État savamment orchestré.

« Un autre assassinat a été imputé au *doppelgänger* : celui de Maddolus Spyridon. Vous comme moi savons qu'il n'en est rien. Le vieil imprécateur a été éliminé pour mettre la main sur un ouvrage bien précis : les *Sententiae Deorum* de Vituperato de Scalari, qui indiquent où trouver la Petite Sœur — puisque tel est le nom de l'arme si ardemment convoitée par la Ligue, mais cela aussi, vous le savez déjà.

« Reste votre père. Pardonnez-moi d'exprimer la chose avec aussi peu d'entregent, mais il fait figure d'intrus parmi cette sélection de victimes haut de gamme. Quel rapport peut-il bien exister entre de hauts responsables politiques, un magicien détenteur d'un savoir interdit — sous la forme d'un livre qui, officiellement, n'a jamais été écrit — et un vieux mineur dvargar ?

— Vous croyez que j'vais vous répondre ? cracha Modi.

— Je crois que vous n'avez aucune raison de me faire confiance, convint Falkenn. Remarquez toutefois que, si j'étais membre de la Sûreté ou à la botte des Ligueurs, vous le sauriez déjà : ceux qui ont enlevé votre père n'ont pas pris autant de gants. Or, à l'heure qu'il est, je suis la seule personne dans cette ville qui ait à la fois un intérêt et la capacité à retrouver Canute Svardstaf. Je suis également la seule personne qui puisse vous aider à mettre en échec les Ligueurs. Le choix vous appartient, Monsieur Svardstaf : aidez-moi, et nous pourrons peut-être sauver votre père. Taisez-vous, et plus rien ne pourra empêcher les Ligueurs de mettre la main sur cette arme.

Modi ne s'attendait pas à la réaction qu'il eut alors. Le chasseur de primes semblait honnête. Peut-être n'était-ce là que l'espoir secret du jeune Nain : non seulement que son interlocuteur fût bien ce qu'il prétendait être, mais qu'il vît juste. Qu'il fût encore possible d'arracher son père à son triste sort, à la captivité, à la torture. Qu'il fût possible de stopper le cours des événements.

Oui, il avait envie d'y croire. Aussi ne comprit-il pas pourquoi il se mit à rire.

Il ne s'agissait pas du rire cynique, du petit rire de gorge forcé conçu pour railler ; mais d'un bon gros rire franc, lâché à gorge déployée, le fou rire nerveux, le vrai, celui qui vous soulève l'estomac, vous secoue les côtes et vous écartèle les mâchoires. Un rire incontrôlable. Le pauvre Nain en pleurait.

Boniface, toujours assis sur le banc de pierre, se pencha légèrement vers Falkenn.

— Je crois qu'il était pas si à jeun que ça, murmura-t-il du coin de la gueule, mais Modi se laissa alors lourdement tomber au sol.

Il ne riait plus du tout.

— Le choix m'appartient, hein ? soupira-t-il d'une voix cassée, comme pour lui-même. Le choix… Le choix, ouais… Celui de l'endroit où j'vais crever. C'est l'seul choix qui m'reste. Même chose pour vous. Même chose pour tous les autres couillons dehors. P't'être bien que vous êtes pas de la Sûreté. P't'être bien que vous en êtes.

Il haussa les épaules.

— Ça change rien. Et que je parle ou pas, ça change rien non plus. C'est trop tard. On va tous y passer. Moi, vous, les gens de cette ville, les crevards de la Ligue, les Anscarides… Tous. Parce que, voyez, la P'tite Sœur, c'est pas une arme.

Le jeune Dvargar releva le menton, défia son vis-à-vis droit dans les yeux.

— C'est une *déesse.*

10. Affaires de Famille

Quelle est donc la réalité de ce que nous autres Magneterriens persistons à nommer des dieux ? Des idées, rien de plus. Des idées, mais pas les nôtres. Ne commettons pas l'erreur de rejeter ces faux dieux pour consacrer l'apothéose grotesque de l'esprit humain, sa domination puérile sur ce monde. Choriloch n'a toujours eu qu'un seul dieu, un seul maître, un seul détenteur. Antramath, le Vagabond, le Voyageur, le Démiurge, Celui-qui-est-Tout ; peu importe le nom qu'on Lui donne. Il est le Dieu de Choriloch, celui qui l'a créé. Tous les autres ne sont que de pâles réminiscences de ce qu'Il désirait, espérait et redoutait pour Sa création, les pièces éparses d'un puzzle qu'Il a jugé indigne d'être terminé.

Et voilà que pointe la mince lueur de cette affreuse vérité que l'on vous cache depuis si longtemps, avec votre complicité. Car lequel d'entre vous ne s'est jamais posé la question suivante, sans avoir le courage d'y répondre :

Et si le Créateur de notre monde avait voulu le détruire ?

Vituperato de Scalari, extrait des *Sententiae Deorum.*

Pont-Salin saigne. Pont-Salin pleure. Pont-Salin brûle.

Le centre du pays est noir de fuyards. Leurs colonnes éreintées, parfois distendues sur des kilomètres, inondent un paysage supplicié, tavelé de ruines fumantes. À l'image de sombres rivières de larmes, elles s'écoulent inlassablement en direction des provinces méridionales, longent les cours d'eau qui descendent vers la Mer du Lion.

C'est une volonté irréfléchie de survivre qui les pousse toujours plus loin vers le sud. Leur périple est erratique. C'est un vagabondage aussi incertain dans son rythme qu'il est hésitant quant à sa destination finale. Leurs formations compactes finiront par se déliter : certains obliqueront vers l'ouest, vers la capitale, convaincus de ne pouvoir trouver que derrière ses murailles naturelles et à l'ombre de l'Alaqarak la protection qu'ils quêtent si désespérément. D'autres poursuivront leur chemin, dépasseront Solmost, suivront les pieds des Monts de la Lyre, gagneront finalement la frontière avec la Lourgonie pour y réclamer la protection de sa jeune reine, l'indomptable Ilzévétia.

La fourmilière en cavale elle-même est disparate. De solides paysannes au faciès bruni par le soleil coudoient de frêles bourgeoises apprêtées avec une telle distinction qu'on les croirait en partance pour leur résidence secondaire. Les charrettes remplies de marmaille des premières, à bras ou à bœufs, traînent piteusement dans le sillage des fringants cabriolets et landaulets à bord desquels les secondes ont pris place, flanquées de leurs propres moutards pâlichons ou d'un chien au pedigree impeccable. Mais qu'importe le véhicule : creusés d'ornières, défoncés par le passage des fourgons des armées alliées et de précédentes vagues de réfugiés, les routes et les chemins s'avèrent de moins en moins praticables. Et qu'importe l'origine : tout ce beau monde a tôt fait de pédaler dans la gadoue. Alors on décharge ce qu'on peut, on abandonne le superflu, on offre ses bras pour porter un malade ou un coude pour que s'y appuie un ancien. On marche aux côtés des chiens, des bœufs, des chèvres et des moutons dont les excréments, se mêlant à la terre meuble, agrémentent le voyage d'un fumet lourd de peur.

À cette clientèle habituelle des exodes se mêlent des soldats. Souvent blessés, le regard morne, leur uniforme doré roussi ou déchiqueté, traînant la grolle et leur honte, ce sont les épaves de l'armée du prince Belaïstès, les survivants de sa folle équipée sur Bilfimir. Quelques-uns, rares au demeurant, portent le dolman vert et le shako des voltigeurs, et seule une poignée d'entre eux, si peu en fait qu'on pourrait les dénombrer sur les doigts d'un lépreux, reviennent avec leur monture. Les grypes arborent souvent d'affreuses blessures : une aile cisaillée, un jarret brûlé, un poitrail lacéré suintant de sang et de pus. Les nobles bêtes, qui ne voleront plus, claudiquent bravement aux côtés de leurs maîtres vaincus.

Parmi ce brimbalement pitoyable, il est une couleur qui manque à l'appel. Nul Manteau Bleu n'accompagne les colonnes : obéissant aux directives fournies dès avant l'assaut sur Bilfimir par le général Wolfdagger, les IIIe et Ve Brigades se sont retirées les premières des provinces centrales. Méthodiquement, elles ont entrepris de détruire tout ce qui pourrait servir à l'avancée et au ravitaillement des troupes impériales : elles ont fait sauter les ponts, les voies ferrées et les usines, incendié les champs et les fermes. Des troupeaux ont été réquisitionnés et déplacés, parfois abattus jusqu'à la dernière tête lorsque le temps pressait. Les propriétaires qui ont cherché à s'interposer ont terminé de la même façon, une balle entre les deux yeux, pendus ou percés par les baïonnettes. Des familles, des communautés agricoles entières ont été massacrées.

L'horreur ajoute à la difficulté. Les coups dont les Ligueurs ont lardé le paysage détournent le flot humain, le contraignent à s'écarter de son chemin. Là où un pont fait à présent défaut, sur la Béliarcaï, la Méridva ou le Pholormon, il faut longer la rive des heures durant pour trouver un passage à gué ; on y barbote, incertain, de l'eau parfois jusqu'au cou. On boit la tasse. Il y a des noyés.

On passe au large des bourgades dévastées transformées en cimetières, vastes macules de sang et de cendres mêlés qui souillent la terre pontsalinoise. Mais lorsque malgré tout, on se trouve forcé de croiser d'un peu trop près une rangée de cadavres laissés à sécher sur le bord de la route ou un arbre garni de pendus, on baisse les yeux et on se prend d'une passion inédite pour le bout de ses pieds, saisi d'un effroi silencieux. La position est adaptée : on scrute le sol glissant, fangeux, inlassablement piétiné, l'échine plus dévotement courbée que face à la manifestation physique d'un dieu.

Des têtes se relèvent toutefois lorsqu'un cri traverse le ciel. Là-haut, une grype vient de surgir, ses rémiges fauve sifflant dans un air dont on perçoit le soudain refroidissement. Son cavalier, revêtu de drap vert, lui fait décrire des cercles approximatifs, cahoteux. Il lance des vociférations que le vent s'empresse de couvrir, agite son bras en direction de la route, derrière les colonnes. Puis il talonne sa monture et repart en sens inverse, avant de refaire son manège quelques centaines de mètres plus loin.

Les regards se tournent vers le nord, de là où est arrivé le voltigeur. Ils scrutent la route, les plaines à l'agonie, mais rien ne s'offre à la vue que des piliers de fumée qui grimpent à l'assaut du soleil, ou le rougeoiement encore vivace d'un incendie récent.

Des doigts pointent vers l'horizon. Loin, très loin en amont de la route, barrant la perspective d'un bout à l'autre, si basse qu'elle donne l'impression de s'élever depuis le sol, court une armada de nuages noirs, précédée par un vent âcre et glacé. Vorace et conquérante, elle gagne à une vitesse inquiétante sur le bleu jusque-là parfaitement lisse du ciel ; se précipite vers le sud, mais avec indolence, comme si elle glissait sur cette bise soudaine à l'image d'un relent d'hiver. Une nuit artificielle recouvre peu à peu la plaine. La température s'effondre.

Des voix s'élèvent lorsque le bouillonnement nuageux passe à toute vitesse au-dessus des têtes, mais leurs propos sont couverts par les grondements de l'orage qui, pour l'instant, ne fait que couver dans ses profondeurs enténébrées. Les accompagne une pulsation inaudible, mais dont les modulations singulières, inorganiques, trahissent la nature profonde, la font résonner jusque dans la poitrine de ceux qu'elle submerge avec un vibrato de dégoût. Ici et là, des personnes sont prises de violentes migraines ; d'autres se plient brusquement en deux pour vomir.

Les animaux réagissent furieusement. Les chevaux se cabrent, ruent, bavent. Les chiens hululent et tournent en rond, la queue basse, ou se mettent à grogner en montrant les crocs. Chèvres et moutons refusent d'avancer. Les bovidés de même, qui chient sur place, l'œil vitreux. Plus disciplinés, les grypes n'en poussent pas moins des piaillements d'alerte ; en dépit de leurs blessures, elles adoptent des postures de combat.

Leurs cavaliers sont les suivants à comprendre. Par-dessus le tumulte montant, ils s'époumonent : « Fuyez ! Fuyez ! » La curiosité, nourrie de malaise, fige toutefois les civils sur place.

Des formes se meuvent sous le couvert des cumulonimbus. Elles ont l'air de flotter avec placidité, sans élégance, répandant dans leur sillage une rumeur trémulante, instable, comme le battement arythmique d'un cœur minéral. De temps en temps, l'une d'elles crève brièvement l'orée des nuages ; la lumière résiduelle, celle du jour qui s'étiole comme celle des feux qui persistent, accroche alors ici une surface lisse, cristalline, là un angle de métal, ou darde de rapides reflets d'or sur la plaine en contrebas.

« Fuyez ! Fuyez ! Mais fuyez, bande de cons ! » insistent les voltigeurs, et la compréhension se fait, enfin, dans l'esprit des marcheurs. Qui paniquent, qui crient, qui abandonnent leur reste de bagage, qui prennent leurs jambes à leur cou, qui se bousculent et se piétinent les uns les autres dans une débandade aussi tardive qu'hystérique, qui s'égayent et s'éparpillent comme des moutons.

Tandis qu'au-dessus d'eux éclate enfin l'orage.

***

Extrait du journal de Somas Athossi.

Soledi 19 Sapième 1221

Il est tard et je suis épuisé. La journée a été longue.

Elles le sont toutes, ces derniers temps. Si ma fonction se trouve de facto réduite à me montrer et à tenir le crachoir, rien ne m'interdit de la remplir de manière efficace. Alors je me montre : je vais, je viens, j'inaugure, je visite, j'épingle médailles et décorations, j'embrasse des petites vieilles et des bambins. Alors je parle : aux religieux, aux soldats, aux civils, aux malades, aux ouvriers, aux Solmostins de la surface et aux Citégrisards. Je multiplie les audiences et les rencontres informelles, je cours les dîners mondains et les soupes populaires. Mon activisme me vaut déjà un surcroît de popularité, dont je mesure l'étendue aux projets matrimoniaux que certaines personnes bien placées fomentent pour moi. Dois-je en rire ou en pleurer ? Depuis la mort de Belaïstès, je suis devenu le meilleur parti du pays.

Pourtant, nulle vanité de ma part : je m'affiche, mais c'est l'État qu'on doit voir.

J'ai fait célébrer deux prières publiques pour le repos du prince Belaïstès : la première ce matin au Grand Temple des Cinq, près du Capistre ; la seconde à la basilique héliothéiste de

Sainte-Efgenya, en tout début d'après-midi. En tout, plus de six heures debout à écouter des chants en vieil-impérial : ma propre inclination pour l'orgue en a pris un coup.

J'avais pourtant une bonne raison de m'infliger cet exercice. Selon les rapports arrivés hier au palais, le corps du prince n'a pas été retrouvé. L'idée de le savoir en train de pourrir dans un trou d'obus ou qu'il puisse avoir été réduit en cendres par un tir de vouge incendiaire m'est déjà insupportable, mais l'alternative suggérée par notre espion sur place me fait frémir davantage : le cadavre aurait pu être récupéré par nos ennemis. Il me faut pourtant l'envisager, bien que je préfère ne pas imaginer ce que les Anscarides pourraient en faire. À tout le moins, j'aurai fait mon possible pour la tranquillité de son Mâne.

Au temple comme à la basilique, j'ai expressément demandé à l'officiant d'ajouter à la cérémonie habituelle le Refrain Thanaturgique. C'est une très vieille imprécation quintimienne que les héliothéistes ont conservée, destinée à empêcher Netras de s'approprier les âmes qui reviennent à Andraxès. Mes convictions religieuses n'ont jamais été à la hauteur de l'éducation que j'ai reçue, mais j'ose espérer que ce geste évitera à l'âme du roi, souillée par les rituels de Dame Morville, d'être précipitée dans l'enfer où croupissent le Faux Frère et ses démons.

Au retour de la basilique, j'ai présidé la réunion du cabinet. La première véritable réunion du Haut Conseil depuis la mort d'Ivannis Barca d'Ire, puisque le gouvernement est enfin au grand complet. Tous les portefeuilles sont à présent pourvus : sans grande surprise, le général Wolfdagger a validé mes choix.

Il faut dire que je lui ai offert des collègues à la mesure de ses attentes. Aucun des nouveaux ministres n'a moins de soixante-quinze ans, ce qui limite leurs ambitions pour l'avenir. Ils n'ont d'ailleurs accepté d'abandonner la tranquillité de leur retraite qu'en raison des circonstances exceptionnelles que vit le pays : de quoi rassurer Wolfdagger. Par ailleurs, tous sont réputés pour leur détestation viscérale des Morinthiens. Le général sait de ce fait pouvoir compter sur eux pour se rallier à tout projet visant à empêcher le roi Damyr de s'emparer du trône de Pont-Salin.

Le cas de notre nouveau ministre de la Guerre est si exemplaire qu'il confine à la caricature. Le maréchal Argorode affiche ses quatre-vingt-douze printemps et, s'il a gardé toute sa tête, il en va de même de ses dents. Il en a non seulement une contre les Morinthiens (je le cite : « des péteux dépourvus de couilles »), les Anscarides (« sans leurs dragonnefs, ces baiseurs de chevaux seraient toujours en train de se geler le cul dans leurs steppes merdiques ») et les Vardeners (« vous fiez jamais à un mec qui boit que du jus de fruits ») ; mais aussi les Confédérés (« tous des gonzesses ») et les Sainteusiens (« je préférerais me faire sucer par une vipère que de serrer la main de leur grand-duc »). Il n'apprécie pas particulièrement les Dvargars non plus : par le passé, il a publiquement suggéré de raser de force tous ceux qui vivent en ville, et de faire de même de leur quartier souterrain.

Argorode et Wolfdagger partagent en outre les mêmes origines modestes. Ils ne doivent leur carrière qu'à leurs qualités de soldat et de meneur d'hommes. Cependant, le vieux maréchal était un ami intime d'Ivannis Barca d'Ire. Un détail qui aura échappé à Wolfdagger, comme lui auront sans doute échappé les liens, privés, souvent oubliés mais solides, qui reliaient mes autres candidats à mon prédécesseur : à la Justice, j'ai placé le parrain de son fils cadet ; aux Affaires étrangères, l'ancien confesseur de feue son épouse.

Il en est toutefois un à qui la subtilité gériatrique de mes choix gouvernementaux n'a pas échappé : c'est notre estimé ministre des Finances, Ostri Scramasaxe.

« C'était très bien pensé, m'a-t-il félicité tandis que nous quittions côte à côte la salle du Haut Conseil après la réunion. Vous avez su endormir la méfiance de Wolfdagger tout en vous entourant de personnes qui ont toujours témoigné d'une fidélité sans faille à Vénézilios et Barca d'Ire. En apparence, des vieillards, de vieux réactionnaires bougons ; mais des hommes qui n'ont jamais baissé la tête devant Virdrad et ses soudards. Ils ont l'air tout à fait inoffensifs, mais s'ils se retrouvent un jour obligés de choisir entre vous, le successeur désigné de son vivant par leur ami Barca d'Ire, et un général étranger, ils n'hésiteront pas longtemps. Je n'aurais pas mieux choisi moi-même.

— Dois-je comprendre que, dans la mesure où vous validez mes choix, votre loyauté, si tant est que ce mot ait le moindre sens pour vous, reste acquise à Pont-Salin et à son roi, non à Wolfdagger ou au lieutenant-général de la Ligue de Skarland ? lui ai-je demandé sans ambages, mais il ne fallait pas s'attendre de sa part à une réponse aussi simple que oui ou non.

— Ma loyauté va à ce qui perdure, a-t-il philosophé. Ce pays perdurera. Son roi ? Il est déjà mort, et vu ce qu'il reste de la famille royale, vous ne m'en voudrez pas d'éviter les serments hâtifs : le suivant sur la liste, c'est Damyr de Morinthe, et nous savons tous deux qu'il se fiche de Pont-Salin. Je reconnais que la monarchie est un système bien commode. Elle évite les surprises. Mais ce n'est que cela : un système. Un moyen de perdurer. Peut-être qu'il est temps d'en trouver un autre.

« Wolfdagger aura peut-être son rôle à jouer par la suite, mais je doute qu'il perdure, lui, a-t-il poursuivi. Vous avez vu comme il est facile de le manipuler, une fois qu'on a compris

que son orgueil vaut son embonpoint. En dépit de ses qualités de militaire, il est moins bon politicien qu'il ne se l'imagine. La même réflexion vaut pour Torée, et à bien y réfléchir, la Ligue elle-même : leurs ambitions dépassent de beaucoup leurs moyens. Cela n'a aucune importance du moment qu'ils barrent la route aux Anscarides.

— La différence entre les Ligueurs et les Ténéstro-Stalois m'apparaît de moins en moins évidente, ai-je fait remarquer.

— Elle l'est, pourtant, m'a-t-il assuré. Quitte à être prisonnier, mieux vaut que les gardiens soient mal payés. Quitte à être esclave, je préfère avoir un crétin pour maître. La Ligue de Skarland existe depuis la moitié d'une vie d'homme, et elle craque déjà de partout ; l'Empire septentrional dure depuis huit-cents ans. Choisissons plutôt la cage dont les barreaux sont déjà branlants. »

Comme son cynisme ne m'inspirait qu'un mutisme poli, il a poursuivi par des propos dont la teneur me stupéfait encore, des heures plus tard.

« Vous y viendrez un jour. À ma façon de penser. C'est déjà en vous. Je vous ai vu faire, depuis votre intronisation comme vicaire. Vous avez notablement gagné en assurance, rien qu'au cours des deux derniers jours. Et vous avez fait ce qu'il fallait : on vous connaissait déjà dans le paysage politique, mais vous avez maintenant commencé à vous imposer dans l'esprit des gens. Les employés du palais ne s'y trompent pas, d'ailleurs. J'ai remarqué qu'aujourd'hui personne ne vous avait appelé «Monsieur le Conseiller» par erreur. Et je vous ai déjà dit tout le bien que je pensais de nos nouveaux ministres. Vous êtes taillé pour ce métier, Somas, sans quoi ce fin renard qu'était Ivannis Barca d'Ire n'aurait pas misé sur votre avenir. »

Je ne suis pas certain de pouvoir apprécier à leur juste valeur les compliments d'un grigou de cet acabit, non plus que je ne parviens à admettre que, sur quelque sujet que ce fût, Scramasaxe et Barca d'Ire eussent pu partager le même avis. Que l'un de ces sujets de concordance soit ma propre personnalité ne me facilite pas la tâche.

Si je suis loin d'admettre la validité de l'analyse politique de Scramasaxe, je me trouve néanmoins forcé d'en reconnaître la justesse des prémisses. Les ambitions d'Alchynon de Torée dépassent peut-être ses moyens, mais il a manifestement un plan pour Pont-Salin. En admettant que la Petite Sœur permette effectivement d'anéantir l'armée impériale, il lui faudra rapidement capitaliser sur ce succès militaire à l'ampleur inégalée pour faire avancer ses projets prétendument révolutionnaires. Que prévoit-il ? Exiger la destitution du roi Vénézilios, la régence pour Wolfdagger ou lui-même ? La proclamation dans la foulée de je-ne-sais quelle république ligueuse fantoche ?

Le comportement de Wolfdagger m'étonne, néanmoins. Hier encore, il paraissait sur les nerfs, du fait des fouilles qui n'avancent pas. La même remarque vaut pour Dame Morville : je jurerais lui avoir vu des cheveux blancs lorsque je suis passé à Malethorarlod hier, tard dans la soirée.

Or, ce matin, leurs inquiétudes semblent complètement envolées. Il n'est certes pas évident de décrypter les émotions sur le faciès broussailleux du général, non plus que sur le masque figé qu'est le visage de Wilhelmina Morville, mais je leur ai trouvé un air radieux. Auraient-ils trouvé le Berceau durant la nuit ? Se seraient-ils gardés de m'en faire part, et pour quelle raison ?

Lorsque j'ai évoqué ce brusque changement avec Ostri Scramasaxe, il a botté en touche, se fendant d'un « Peut-être ont-ils finalement trouvé l'amour dans les bras l'un de l'autre ». Une explication dont j'aurais pu goûter le caractère burlesque si j'avais eu l'estomac vide. Pour autant, son esquive constitue un aveu : il sait.

Ces trois-là préparent un nouveau coup. Je vais devoir découvrir de quoi il s'agit.

***

De jour, l'Elminnos sommeille dans la quiétude sereine des vieux quartiers historiques. Au lever du soleil, des pêcheurs viennent jeter leurs lignes dans la baie. Familles et promeneurs solitaires les rejoignent plus tard : ils arpentent ses quais pourrissants, s'arrêtent à l'occasion pour admirer les atours décrépis d'un brick ou d'une cogue du siècle dernier, poussent parfois jusque sous les fenêtres du Vieux Phare. La mort de son propriétaire ne lui a rien ôté de son aura, au contraire.

Les enfants ont leurs propres terrains de jeu : le *Courroux du Roi Barca VI*, le *Minaudeur* et la *Sainte-Ilodia*, deux galions et une caravelle désarmés, abandonnés à l'extrême-ouest du Vieux Port, non loin de la Porte de Pyrthe la plus septentrionale. Les gamins crapahutent sur leurs ponts vermoulus, s'improvisent flibustiers, qui pirate, qui corsaire du roi, et simulent des batailles navales, des abordages impétueux. Les plus aventureux varappent sur les mâts grinçants, s'éclipsent derrière les fantômes déchiquetés de la voilure moisie, poissée de merde de mouette. Avec une agilité simiesque, ils se hissent jusqu'à la vigie, proclament l'approche d'une terre ou d'un ennemi imaginaires.

À l'opposé des quais, c'est une population plus âgée qui se regroupe dans les bistrots. Matelots et ouvriers des chantiers navals fréquentent plutôt les bars de l'est et du sud de la ville ; à l'Elminnos, seuls les habitués de longue date, généralement marins et patrons pêcheurs retraités, viennent donc encore en journée. Ça maquille les brèmes ou ça sirote son rhum en ressassant le bon vieux temps, avant la vapeur, avant les grandes sociétés de pêche, avant les rachats. Avant la Ligue, avant les Anscarides, avant le Bâtard. Avant la guerre. On boit des coups à ceux qui ont largué les amarres.

La faune nocturne de l'Elminnos est moins fréquentable. Lorsque le soleil se vautre derrière le Pont Blanc, des tapineuses de seconde zone, âgées, malades ou enceintes, se postent dans l'attente d'une clientèle qui ne rechignera pas devant une poitrine trop ridée, des côtes trop saillantes ou un ventre trop rebondi. Les bistrotiers qui restent ouverts de nuit vérifient que le fusil caché sous leur comptoir est bien chargé.

Des silhouettes louches investissent les quais. Déserteurs ou repris de justice, tous ceux qui, de jour, squattent les entrepôts désaffectés, s'accordent durant les heures de la nuit un semblant de vie mondaine, jouant aux dés, buvant jusqu'à plus soif avant d'aller s'effondrer dans les bras de la première fille de joie qui croisera leur chemin. De temps en temps, quelqu'un monte de Citégrise pour leur proposer un petit boulot, guetteur, garde du corps, mule.

Mais pas ce soir. Tout ce petit monde a déguerpi ventre à terre lorsque les échos d'une fusillade et des cris terrifiés se sont élevés depuis le quartier des entrepôts, au nord. Une demi-heure plus tard, un gros fourgon noir de la Sûreté déboulait sur le Vieux Port, tiré par quatre chevaux et escorté par six agents montés, qui entreprirent de réunir les témoins potentiels. Soit une dizaine de taverniers un peu gênés aux entournures, trois prostituées que leur arthrite avait empêché de s'enfuir et une poignée de clochards.

— Veuillez décliner votre identité, demanda à l'un de ceux-ci un policier en inscrivant la date et l'heure sur un carnet à spirale.

Aucune réponse ne venant, il soupira longuement et reformula :

— Votre nom, Monsieur.

— Euh… Ramy, M'sieur l'agent, répondit le sans-abri.

— Ramy comment ?

— Euh… Juste Ramy, M'sieur.

Le flic de la Sûreté leva les yeux sur le bonhomme. Plus tout jeune et sec comme un coup de trique, tout de noir et de gris vêtu, il triturait nerveusement entre ses doigts tachés de nicotine un galurin en piteux état.

— Vous n'avez pas de nom de famille ?

— J'sais pas, M'sieur. Qu'esse j'en ferais donc ?

Il renifla bruyamment et se massa la nuque, l'air de cogiter dur.

— Des fois, on m'appelle Ramy Ramoneur. Vu que j'étais ramoneur, dans l'temps, voyez ? S'pour ça. Ramy Ramoneur. Rapport que j'ramonais, quoi.

— Va pour *Ramoneur*, dans ce cas. Si je comprends bien, Monsieur Ramoneur, vous prétendez avoir été témoin oculaire des faits ?

— Ah ça non, M'sieur l'agent ! Parole. J'ai ma dignité : j'ai jamais l'cul à l'air !

Le policier soupira une fois de plus et se frotta les yeux. La nuit s'annonçait longue.

— Vous avez *vu* ce qu'il s'est passé ? traduisit-il.

— Oh oui, M'sieur ! Pour sûr qu'j'ai tout vu ! J'étais du côté de l'ancienne tannerie, avec mon pote Tonis. C'est un bon coin pour pieuter. Pas trop d'passage, on évite les camés. C'est un sale quartier, ici, savez ça ? On peut y croiser des gens vachement bizarres ! lui confia-t-il d'une haleine empestant l'alcool bon marché et le tartre fossilisé.

— Je veux bien vous croire, croassa l'agent en reculant d'un pas. Racontez-moi plutôt ce qu'il s'est passé.

— Eh ben c'est c'que j'vous disais à l'instant : on s'était posés avec Tonis en face de la vieille tannerie, vu qu'on pensait y être peinards ; et là, on entend des mecs qui gueulent à l'intérieur ! Et pan, pan ! que ça commence à canarder ! Alors avec Tonis, on s'regarde, on s'dit : « faut s'tirer d'ici », mais on a pas l'temps d'se lever que cinq ou six types armés bondissent par la porte de la tannerie et s'mettent à cavaler vers les quais, qu'on aurait dit qu'ils avaient le Faux Frère aux trousses !

— *Cinq ou six hommes armés…*, nota l'agent de la Sûreté. Vous pouvez les décrire ?

— Pas vraiment eu l'temps d'les zieuter, M'sieur. J'suis ben désolé… Mais y portaient des grands manteaux bleus, savez ? Comme ceux des soldats étrangers, là…

— Les brigadiers ? s'étonna le flic.

— C'est ça ! exulta Ramy Ramoneur. C'étaient des brigadiers !

— Vous êtes bien sûr de vous ? Et vous dites qu'ils fuyaient ? Étaient-ils poursuivis ?

— Ouaip. Par des chats.

— Des *chats ?*

— Des greffiers, M'sieur, persista Ramy. Jamais vu autant d'ces sales bestioles de toute ma fichue vie. Y'en avait des centaines dans la rue, y'en avait aux f'nêtres, y'en avait sur les toits, à miauler, à cracher et à siffler. Des gros chats noirs. Même qu'y z'avaient les yeux violets !

— Permettez que je résume, grimaça le policier qui avait cessé d'écrire sur son carnet depuis quelque secondes. Vous dites avoir vu une horde de chats errants poursuivre une escouade de brigadiers à travers l'Elminnos ?

— J'sais pas jusqu'où y les ont coursés. Faudrait d'mander à Tonis, y saura p't'être, vu qu'y s'est tiré. Il a peur des chats, ce con. Moi, par contre, j'suis rentré dans la tannerie : la porte était restée ouverte, j'allais pas rater une occase de dormir avec un toit au-d'ssus du museau. C'est là que j'les ai vus.

— Que vous avez vu qui, encore ?

— Eh ben le Nain et l'type en grand manteau.

— Un autre brigadier ?

— Non, non, son manteau à lui, l'était noir, précisa Ramy. Y portait un grand chapeau, aussi, et il marchait avec une canne. Y'avait aussi ce Nain, un vieux qu'avait l'air bien cuité. Il était attaché sur une chaise. L'gars en noir l'a détaché, y l'a aidé à s'lever, mais l'rase-motte, y d'vait vraiment en t'nir une bonne, parce qu'y pouvait point rester d'bout. Et pis y z'ont disparu.

— *Ils sont sortis de la tannerie*, écrivit l'agent. Vous avez vu dans quelle direction ils sont partis ?

— Y sont pas sortis : z'ont *disparu*, j'vous dis, insista Ramy. Tout est devenu noir autour d'eux, et pouf ! Plus personne ! Voilà toute l'histoire. J'espère qu'ça vous aide, hein ? Z'auriez pas une p'tite pièce, au fait ?

Une heure plus tard, la Sûreté, bredouille, vida les lieux, que ne tardèrent pas à réinvestir quelques-uns des habitués nocturnes de l'Elminnos. Effarouché par cette irruption de son prédateur naturel sur son territoire, le gros du troupeau évita toutefois les quais au cours des jours qui suivirent. Tenanciers de bistrots, catins et revendeurs de drogues firent grise mine.

Ce ne fut pas le cas de Ramy Ramoneur. Interpellé pour ivresse sur la voie publique et obstruction à la justice, il passa toute la semaine qui suivit au fond d'une cellule du sous-sol de l'Hôtel de Police de Solmost, ce qui lui permit de dormir au chaud et de manger à sa faim.

Accessoirement, cela lui sauva la vie.

***

Dreng Scramasaxe trempa la plume dans l'encrier. Ses yeux fixèrent un instant la feuille de papier encore vierge, la main droite suspendue dans les airs, la gauche passant d'une natte de sa barbe à l'autre comme il fouillait sa mémoire. Puis, d'une écriture étroite, il inscrivit en folmog :

Très chère et estimée tante Griedr fille de Tolmi fils de Valur fils de Dolur fils de Trengi fils de Lusca fils d'Entyr fils de Slaupnir fils de Karu fils de Lenki fils de Meor fils de Syhl fils de Horma fils de Draupnir Scramasaxe, notre père à tous…

Des heures durant, sa danse rythmée par un crissement méthodique, la plume gratta fébrilement la surface rugueuse du papier.

Forcé de tirer un trait sur les documents volés par Ambroisie Galate et sur le témoignage de celle-ci, Dreng ne pouvait plus espérer pousser Elder à la démission. Faute de preuves tangibles, toute menace à l'endroit de son neveu serait vaine. Dénoncer ses manœuvres directement auprès du grand-duc Karely ne paraissait pas envisageable non plus, ni encore moins souhaitable en l'état. Le souverain sainteusien pourrait bien décider de profiter de l'aubaine pour casser les reins à la Banque Scramasaxe et réduire l'influence du clan au sein de la Fédération Bancaire. Dreng s'était par conséquent résolu à mettre en branle son plan alternatif : convoquer la parentèle pour lui présenter les éléments qu'il avait réunis au cours des derniers mois, exiger qu'Elder soit dépouillé de son titre de chef de famille pour manquement grave à ses obligations.

Ce serait plus facile à dire qu'à faire. Destituer un chef de clan était une procédure exceptionnelle que pouvaient motiver uniquement des faits d'une extraordinaire gravité, car le déshonneur de celui qui la subissait rejaillissait sur l'ensemble de la famille. Fut un temps, un chef contre lequel cette peine était demandée aurait préféré se donner la mort plutôt que de risquer la voir prononcer. Dreng n'espérait pas pareil sursaut d'orgueil d'un esprit aussi férocement moderne qu'Elder. Il allait devoir se montrer particulièrement convaincant.

Hélas, avant même que de pouvoir se pencher sur l'argumentaire qu'il présenterait lors de ce sympathique conciliabule qui promettait de tourner très vite au vinaigre, il lui fallait sacrifier au rituel des courriers protocolaires. Impensable, en effet, de les faire taper par sa secrétaire : chacun devait être rédigé de la main même du requérant, contenir toutes les interminables formules rituelles et les appellations traditionnelles et respecter les formes d'usage ; faute de quoi le destinataire aurait le droit — la coutume folmog originelle évoquait même l'obligation — d'ignorer son contenu. Sachant pertinemment que beaucoup de Scramasaxe, par lâcheté ou intérêt, rechigneraient à prendre parti contre Elder, Dreng jugeait inutile de leur fournir un prétexte valable pour se faire porter pâles.

Il s'appliqua particulièrement sur la missive destinée à sa tante Griedr, même s'il ne la supportait guère. Non qu'elle fût antipathique : c'était une charmante vieille naine, la doyenne du clan, cependant chaque fois qu'elle croisait Dreng elle ne pouvait s'empêcher de lui pincer les joues comme s'il était encore un garnement de cinquante ans. Dans la mesure où elle possédait soixante-quinze pour cent des actions de l'Agence Scramasaxe de Port-Lorque et où elle ne faisait pas mystère de son mépris pour Elder, Dreng était pourtant prêt à oublier ses pommettes sensibles.

Trois quarts d'heure plus tard, en ayant terminé, il s'attela au tout dernier courrier, dont le récipiendaire serait nul autre que le roi de Lurengal en personne. Un Scramasaxe, lui aussi, qui s'il ne possédait aucune part dans les activités bancaires du clan, jouissait naturellement d'un prestige et d'un poids considérables. La longueur de la lettre allait s'en ressentir : Dreng avait gardé le plus dur pour la fin.

Très cher et estimé cousin, Votre Majesté Ulmo, deuxième du nom, fils de Tolof fils de Balifa fils de Skolm fils de Taro fils de Garo fils d'Ulmo fils de Renuk fils de Stoth fils de Noth fils de Karu fils de Lenki fils de Meor fils de Syhl fils de Horma fils de Draupnir Scramasaxe, notre père à tous ; par la grâce d'Eldrugar, souverain du Royaume de la Lyre…, commença-t-il.

À midi, il fit une pause pour manger un morceau : trois tranches d'un beau rôti de bœuf avec des patates sautées qu'il aurait volontiers agrémentées d'un bon petit vin morinthien, s'il n'avait redouté l'effet débilitant de l'alcool et les conséquences désastreuses d'une coquille ou d'un mot manquant dans la lettre adressée à son royal et lointain cousin.

Comme toujours à l'heure du déjeuner, on lui avait apporté l'édition du jour, fraîchement sortie des rotatives, de *L'Apocrisiaire* — dont il était l'heureux propriétaire, bien qu'il en eût délégué la gestion courante à son fils aîné Ostri —, qu'il feuilleta tout en dégustant sa viande et ses pommes de terre.

DU NOUVEAU DANS L'AFFAIRE DES MEURTRES DE SAINTE-EFGENYA.

Solmost, le 20 Sapième,

Les premières nécropsies ont été pratiquées sur les corps de huit des victimes supposées de l'hospice municipal de Sainte-Efgenya. Le responsable des Offices thaumaturgiques a déclaré que les examens n'avaient à ce stade révélé aucun élément susceptible de contredire l'hypothèse d'une mort naturelle.

Il s'est toutefois refusé à tout commentaire sur l'affaire en elle-même. Rappelons que parmi les personnes interpellées concordedi dernier figurent quatre thaumaturges, dont le directeur de l'établissement.

D'autres nécropsies devraient suivre dans les jours à venir.

— Quelle histoire sordide, commenta Dreng entre deux bouchées. Tuer des vieux, comme ça, simplement parce qu'ils prennent trop de place… Enfin… Hmm… ?

ATTAQUE DE CHATS SAUVAGES À L'ELMINNOS ?

Solmost, le 20 Sapième,

Plusieurs personnes ont rapporté avoir vu, tard dans la nuit d'hier, une horde de chats enragés déferler depuis le quartier des entrepôts sur le Vieux Port.

Le seul témoin qui ait accepté de répondre à nos questions, un dénommé Tonis, un habitué des estaminets de l'Elminnos, affirme que les félins (il y en aurait eu « plusieurs milliers » selon lui) suivaient des hommes déguisés en soldats, qu'ils ont pourchassés sur toute la longueur du port avant de s'évaporer purement et simplement.

Mandatée sur place, la police n'a découvert aucune trace concrète de l'invasion.

— Ce pauvre Ostri laisse décidément passer n'importe quoi dans sa feuille de chou.

Dreng piqua une nouvelle pomme de terre sur sa fourchette, poursuivit sa lecture avec une dernière poignée de nouvelles sans intérêt avant de finalement tourner la page des faits divers.

Il survola rapidement celle consacrée à l'économie avant de passer aux nouvelles politiques. Il hésita. Revint en arrière.

Relut le titre que son regard n'avait fait qu'effleurer.

Avala sa patate de travers.

L'œsophage en feu, les yeux rougis, il entreprit de lire l'article incriminé, tout en se demandant si les cuisines de la banque ne lui auraient pas, par inadvertance, servi un alcool particulièrement fort à la place de l'eau plate. Il le relut, pour être sûr. Il en était à sa troisième lecture lorsqu'on frappa deux coups polis à sa porte.

— J'ai pourtant demandé qu'on ne me dérange sous aucun prétexte ! tonna-t-il sans lever les yeux.

— Veuillez me pardonner, Monsieur Scramasaxe, s'excusa platement sa secrétaire humaine. C'est votre fils Ostri, il tenait à…

— Ah bah il tombe bien, celui-là ! Faites-le entrer, et vite ! Qu'est-ce que tu as fichu, bougre d'âne à cinq pattes ? cracha Dreng lorsque son fils eut pénétré dans le bureau et que les portes eurent été refermées. (À son adresse, le vieux Nain agita *L'Apocrisiaire*, ouvert à la rubrique des nouvelles économiques.) Qu'est-ce que c'est que ça ?

— Il semblerait que ce soit le journal d'aujourd'hui, Père, répondit docilement Ostri en s'avançant sous le dôme central.

— Ne te moque pas de moi ! fulmina le vieux Dvargar, tapant plusieurs fois un titre du bout de l'index. Je veux parler de cet article !

PIRATERIE EN MER DU LION : ELDER SCRAMASAXE IMPLIQUÉ.

— *La police maritime a officiellement ouvert ce jour une enquête concernant de très probables liens entre Elder Scramasaxe, chef du clan Scramasaxe, et la tristement célèbre confrérie pirate du Requin Rouge*, lut-il. (La colère et la vitesse de son débit faisaient grelotter sa voix.) *Des sources concordantes et fiables font état de financements suspects et de livraisons d'armes et d'équipements en provenance du Grand-Duché de Sainte-Eusie, à destination des ports syams de Naugos, Nérocuse et Catragano, repaires réputés de criminels et autres trafiquants, et nœuds importants de la contrebande qui alimente les activités meurtrières des Tucks* ! Qu'est-ce qui t'a pris de laisser passer un texte pareil ? Et d'où ce journaliste tient-il ses informations ? Quelle est cette histoire d'enquête officielle ?

Dreng reconsidéra rapidement les trois questions qu'il venait de poser à son rejeton. Dans son emportement, il n'avait pas réalisé qu'elles n'en formaient en réalité qu'une seule, et que leur énoncé y apportait un début de réponse amplement suffisant.

— Attends une minute…, maugréa-t-il. La police maritime dépend du ministère des Finances, si je ne m'abuse. TON ministère ! Mais alors… Non… Je n'ose comprendre… Qu'as-tu fait, misérable fou ?

— Nulle folie là-dedans, Père, répondit Ostri en prenant place dans le fauteuil face à Dreng. (Il s'exprimait sur un ton parfaitement neutre, à croire que la conversation tournait autour de quelque banalité, comme le menu du prochain repas.) Je me suis contenté de prendre les devants. Ambroisie Galate est prisonnière à l'Alaqarak. *Vivante*, Père. Jusqu'à maintenant nous avons eu de la chance : Morville a été trop occupée pour se pencher sur son cas. Si l'envie lui prend cependant de l'interroger ou de lui faire subir une Communion, elle risque bien d'éventer nos petits secrets de famille.

— Parce que les étaler en pleine page économique, tu trouves que cela offre des garanties de confidentialité ?

— Des garanties de contrôle, Père, rétorqua Ostri. Des garanties de *contrôle*. Ne pas perdre la maîtrise des événements, voilà ce qui importe.

— Tu ne maîtriseras plus grand-chose avant longtemps, s'exaspéra Dreng en agitant encore le journal. Lorsque ceci arrivera aux oreilles du grand-duc, tu peux être certain qu'il va sauter sur l'occasion pour démembrer la Banque Scramasaxe. Et n'oublie pas que la fille de Karely, Ilzévétia, est reine de Lourgonie : nos intérêts là-bas vont en souffrir également.

— Mais pas en Pont-Salin, fit valoir Ostri avec flegme. Nous tenons la majeure partie de la presse nationale et locale, tous les gens qui comptent nous doivent de l'argent, et je suis à présent ministre des Finances. Considérez aussi que le général Wolfdagger ne peut pas se passer de nous s'il veut maintenir son emprise sur le pays. Le soutien de la Ligue nous est par conséquent acquis.

— Je t'ai connu plus réaliste, fiston. Dans ces circonstances, personne ne croira jamais qu'Elder a agi seul. Les gens seront prompts à tisser des conjectures, à lancer des accusations sans preuves. Le clan tout entier sera éclaboussé, y compris ici. Tu te berces d'illusions si tu t'imagines que nous nous en tirerons sans dégâts collatéraux. Je n'escompterais pas non plus le soutien indéfectible de ton grand ami Wolfdagger : ne serait-ce que pour sauver les apparences, préserver sa propre position alors qu'il a un Scramasaxe aux Finances, il aura besoin d'un coupable à exhiber.

Du couloir survint un brusque tumulte : vociférations rauques, martellement lourd de bottes, qui culminèrent sur un cri aigu. Dreng, ayant reconnu la voix de sa secrétaire, se leva d'un bond, son pistolet d'ordonnance à la main. Il l'arma à l'instant précis où les portes du bureau s'ouvrirent à la volée.

Ostri se fendit d'un grand sourire tandis qu'une dizaine de Manteaux Bleus investissaient l'endroit et braquaient leurs carabines sur son géniteur stupéfait.

— Un coupable, disiez-vous ? Sur ce point, Père, vous avez parfaitement raison.

***

Luther Falkenn releva le col de sa chemise, fit glisser sa lavallière contre sa nuque. Se scrutant longuement dans le miroir ébréché, il s'assura que les deux pans de tissu se trouvaient exactement à même hauteur. Puis, lentement, il plaça le pan gauche par-dessus le pan droit, fit passer le premier sous le croisement, puis dessus. Sans empressement aucun, ses doigts fins et experts formèrent une ébauche de nœud.

Il savait que Boniface jugeait ridicule la lenteur ritualiste avec laquelle il nouait ce simple bout de tissu. Une lenteur pourtant voulue, calculée, qui ne devait rien à l'hésitation, mais en dépit des apparences, pas tout à la précision ou à une quelconque obsession narcissique du chasseur de primes.

De fait, il aurait pu la nouer beaucoup plus rapidement, et tout aussi bien. Il s'acharnait pourtant à faire perdurer ce moment d'intimité avec lui-même, avec ses souvenirs, ses fantômes. Des instants solennels où la coquetterie apparente le cédait à l'hommage. Un hommage à celui qui lui avait appris ces mouvements. Une oraison silencieuse à l'homme que, les années s'écoulant, il croisait de plus en plus souvent dans son propre reflet.

Plier le pan gauche à l'horizontale…

Sur une petite table basse reposaient sa montre à gousset et l'exemplaire des *Sententiae Deorum.* Il les avait posés côte à côte, sans vraiment y réfléchir, cédant à un formalisme quasi-païen, comme s'ils étaient nécessaires au bon déroulé de la cérémonie à laquelle il se livrait.

Faire passer le pan de droite dans la boucle…

La montre ne l'avait jamais quitté au cours de toutes ces années. Il l'avait toujours eue sur lui, en chaque occasion. Pour son examen de passage dans la police. Pour le procès de Wilmora Radzek, auquel il avait assisté non comme policier, mais assis parmi les familles de victimes. Pour son mariage avec Lisbeth. Pour sa promotion au grade d'inspecteur. Pour son autre promotion, à la Section Une du commissariat central. Pour l'enterrement de Lisbeth.

… et ainsi former le deuxième nœud…

Plus de vingt ans après, Falkenn revoyait toujours avec la même netteté la librairie de son grand-père. Un endroit à la propreté si constante qu'elle en devenait douteuse, comme si personne ne vivait là ni n'y passait jamais que pour y traquer la poussière : on n'en aurait pas découvert le moindre grain, pas la plus petite particule, même en dépêchant sur place un contingent de belles-mères rompues à toutes les techniques d'escamotage des tâches ménagères.

Gonfler le nœud…

Les ouvrages y étaient classés suivant un caprice apparent : ni ordre alphabétique, que ce fût celui des titres ou des noms des auteurs, ni arrangement thématique, ni même la taille des ouvrages. La logique sous-jacente à ce rangement, car il y en avait une, n'était connue que du maître des lieux.

Croiser les pans.

Falkenn revoyait aussi les flammes. Non plus celles du bûcher sur lequel se tortillait vainement Wilmora Radzek sur la *Prinzepsplatzen* arrosée de soleil, mais celles de l'incendie que la mère du Bâtard avait laissé derrière elle après avoir récupéré les *Sententiae Deorum*. La montre du grand-père de Falkenn, un vieil héritage familial, était tout ce qu'on avait retrouvé dans les décombres fumants. Rien, pas même un ossement, n'avait subsisté de l'homme qui l'avait recueilli et élevé après la mort précoce de ses parents.

Le livre de Vituperato de Scalari constituait lui aussi un genre de legs de famille. Un obscur arrière-grand-oncle avait été de l'expédition vers Pashkamrat, et non content d'en être revenu vivant, il avait récupéré un exemplaire de l'ouvrage, passé ensuite de main en main avant d'atterrir sur les étagères impeccables du discret, courtois et bienveillant quoique sévère Maximilian Falkenn ; puis sur celles, nettement moins impeccables, des archives du commissariat central. Là même où Luther l'avait subtilisé juste avant de démissionner et de quitter Reisenvard. Après tout, le procès était terminé depuis longtemps. Le bouquin lui revenait de plein droit.

Deux décennies durant, il l'avait conservé dans sa malle de voyage. Jamais il n'aurait pensé qu'il pût avoir une quelconque utilité. Pas plus qu'il n'aurait imaginé revoir le visage de celle qui était responsable de la mort de son grand-père.

Ayant ajusté sa lavallière, replié son col et boutonné son gilet, le chasseur de primes récupéra la montre et le livre avant de quitter la petite chambre.

Il y avait toujours du bruit au *Nélombo*. Des étages inférieurs montaient les jappements nerveux des joueurs de roulette, les rires avinés des poivrots, les lamentations hallucinées des fumeurs de chandoo. De temps à autre s'élevaient d'une pièce voisine les jérémiades de quelque camé en proie au manque, tout à la fois de dope et d'argent, ou les gémissements d'une serveuse arrondissant ses fins de mois. En une occasion, un cri s'éleva, dont Falkenn n'aurait su dire si son auteur prenait du bon temps ou se faisait passer à tabac.

Par opposition, la chambre où reposait Canute Svardstaf était plongée dans un silence religieux. Le vieux Nain n'avait d'ailleurs ouvert ni les yeux ni la bouche depuis son sauvetage. Sec comme un antique pruneau, maigre à faire peur, tout son corps présentait les stigmates des mauvais traitements infligés au cours de sa captivité. Sa barbe grise, hirsute et souillée de sang, évoquait un roncier rouillé par l'anthracnose. Des bleus lui tatouaient le torse et des plaies couraient le long de ses bras noueux. Sur son visage aux traits tirés, à la fixité moribonde, on devinait plus qu'on ne les distinguait deux étranges séries de brûlures, semblables à celles qu'aurait pu laisser un cigare, mais parfaitement symétriques : une sur le menton, deux sur la ligne de la mâchoire, une sur la tempe et une dernière sur l'arcade sourcilière, le même schéma se retrouvant des deux côtés. Falkenn n'aurait pas su dire de quoi il s'agissait, mais Boniface, lui, les avait immédiatement identifiées comme les marques laissées par les doigts d'un magicien après une Communion.

Assis au chevet du vieillard alité, Modi murmurait une prière en folmog lorsque le chasseur de primes fit son entrée.

— Comment se porte votre père ? demanda doucement ce dernier.

— Y respire à peine.

— Ne vous inquiétez pas. Metisto l'a stabilisé et planche sur un de ces remèdes dont seuls les Drudes ont le secret.

— J'fais pas confiance à… à ces créatures, avoua Modi.

— Voilà qui me paraît sage, ironisa Falkenn. Dans la mesure où j'ai payé Metisto pour qu'il soigne votre père, vous pouvez toutefois mettre de côté vos appréhensions. La bioalchimie est capable de miracles, dit-on : régénérer la peau de grands brûlés ou même faire repousser un membre amputé. En attendant de la voir à l'œuvre, peut-être pourrions-nous terminer la conversation entamée à Malethorarlod ?

Il appuya son propos en tendant à Modi les *Sententiae Deorum*. Le jeune Dvargar en fut éberlué.

— Vous avez r'trouvé l'bouquin d'Maddolus Spyridon ?

— Non. L'exemplaire pris au Vieux Phare est toujours entre les mains du voleur… ou plutôt de la voleuse. Wilhelmina Morville.

Il lui en avait coûté de l'appeler ainsi. Modi, de son côté, mit quelques secondes à saisir toute la portée de la réponse négative de Falkenn.

— Mais alors…, balbutia-t-il, les mains tremblantes posées sur la couverture de mauvais cuir verdâtre. Ce livre-ci… Vous voulez dire que c'est…

— Je veux dire que c'est à vous, à présent, de répondre à mes questions, éluda Falkenn. Vous avez l'air d'en savoir très long sur le contenu de cet ouvrage. Je vous avais promis de vous ramener votre père : c'est chose faite. Je vous ai laissé un moment pour les retrouvailles, mais maintenant, je veux tout savoir.

— Tout savoir, hein ? railla Modi. Z'êtes bien sûr de vous, M'sieur ? Vituperato, lui, il a fini par tout savoir, et voyez où ça l'a m'né. La folie et l'bûcher. Et je… J'suis pas l'mieux placé pour vous expliquer. Tout ça… (Sa main tapota doucement la reliure.) C'est… dur à comprendre. Mon père, y f'rait ça beaucoup mieux qu'moi, j'crois bien. Mais j'peux vous lire le passage où Vituperato évoque la P'tite Sœur.

« *Elle est née en même temps que les Cinq, mais Elle n'a pas de nom*, lut-il en suivant le texte du doigt. *Elle n'en a nul besoin. À quoi bon nommer le Vide ? Arganas, Cémate, Suradrus et Capalata manifestent la fierté, la joie, la détermination et l'intelligence de notre Créateur. Andraxès lui-même n'incarne pas la mort comme une finalité : par le jugement qu'il porte sur nos âmes, par le refuge qu'il leur accorde, par la protection qu'il leur offre face à la prédation de Netras et de ses démons, il est un être de vie, un être de persistance, qui garde la frontière entre la vie et la mort, à la fois mur et point de passage ; Andraxès traduit un nécessaire équilibre, celui ardemment désiré par Antramath.*

« *Quant à Elle, Elle n'est que l'empreinte du désespoir et de la honte de notre Créateur face à un monde qu'Il jugeait imparfait, qu'Il considérait comme Son plus grand échec. Née du rejet, Elle n'aspire à rien d'autre qu'à effacer pour toujours jusqu'à la moindre trace de ce qui a motivé Son apparition. Son existence tout entière est tournée vers ce but unique, obsessionnel, aussi dévorant que la faim dont Elle est le réceptacle.*

« *Mais les Cinq Usurpateurs s'unirent, s'opposèrent à la volonté du Créateur manifestée, en Elle et par Elle. Elle fut défaite, mais point détruite : les Usurpateurs La plongèrent dans un sommeil éternel, La dissimulèrent en un lieu tenu secret qu'ils nommèrent le Berceau. Car dans leur audace, pour railler Celle qu'ils avaient vaincue, pour nier la primauté dont Elle jouissait sur eux, ils L'avaient appelée leur Petite Sœur.*

« *Comment La désigner, cependant, puisqu'il nous faut, en ces temps de vérité, La vénérer pour ce qu'Elle est ? Elle seule en effet mérite, avec Antramath, Celui-qui-est-Tout, le titre de divinité. Elle seule témoigne du dessein du Créateur et du destin qu'Il a tracé pour nous. Elle est le point final de notre parcours, non seulement dans le monde matériel, mais aussi dans celui des esprits, car Elle ne reconnaît nulle frontière à son appétit. Puisque c'est avec Elle que nous communierons tous, à la Fin des Fins, pour qu'Elle nous ouvre les portes du Néant ; puisqu'Elle est appelée à clore l'ultime chapitre d'une histoire déjà trop longue ; moi qui ai renié les faux dieux du Quinthéon, moi qui me tiens sur le sommet d'où fut initiée la Création ; je La nomme à présent et je La révère : Tanartham, Celle-qui-est-Rien, la Destructrice, la Déesse de l'Oubli…*

Modi referma le livre. Les deux derniers mots de la phrase furent prononcés dans un souffle ténu, presque inaudible, où s'entremêlaient le dégoût et une dévotion craintive.

— *Le Néant.*

***

— Ça pue, ton machin, fit remarquer Boniface.

Affalé au sommet d'une étagère dans l'atelier de Metisto, la queue et deux pattes pendant dans le vide, le mandragot observait avec attention le Drude tandis que ce dernier préparait le remède destiné à Canute Svardstaf.

Quoique du point de vue du mandragot, le terme de « remède » s'appliquait décidément mal à la mixture que touillait l'alchimiste à l'aide d'une cuillère en bois, dans un genre de saladier, en bois lui aussi. Si l'odeur, évoquant des ennuis de canalisation bouchée par jour de canicule, n'avait déjà rien de bien engageant, l'apparence en était quant à elle proprement dissuasive.

— Je me demande combien de fois ç'a été digéré et vomi, insista le félin.

— Si l'odeur incommode ton museau si fragile, rien ne t'empêche de changer d'air, le greffier, fit remarquer Metisto. De toute façon, ce n'est pas supposé sentir l'essence de rose. Crois-moi, c'est un truc connu des bioalchimistes : plus ça schlingue, plus c'est efficace.

— Ah bah alors le vieux Svardstaf va pouvoir nous piquer un petit sprint. Ne serait-ce que pour s'éloigner de ta soupe et de son parfum de rat crevé.

La tête penchée, il considéra avec plus d'attention le contenu du bol. De couleur brunâtre, c'était manifestement collant comme du caramel mou, et si sa consistance le rapprochait davantage du brouet que du ciment, ce n'était que de justesse : à chaque nouvelle rotation de sa cuillère, Metisto devait imprimer un rude mouvement, non seulement de l'épaule, mais de tout le tronc. À croire que l'affreux gruau lui résistait.

Boniface bâilla à s'en décrocher la mâchoire.

— Pourquoi un bol en bois, au fait ? voulut-il savoir.

— Les différents composants une fois mélangés font fondre le verre. La pierre, aussi. Oh, et le métal, également.

— On t'a demandé de nous le requinquer, le vioque, rappela méchamment le mandragot. Pas de l'achever.

— Tu es bien sûr de ne pas vouloir décarrer ? Tu pourrais respirer le bon air pur de Citégrise, et moi, j'aurais la paix et des chances de finir la préparation avant demain matin.

— Je me sens très bien là où je suis, déclara le félin, indifférent.

Il lâcha un nouveau bâillement sonore.

— Tu dors debout, ce matin, le greffier, releva Metisto sans quitter des yeux sa préparation.

Il avait cessé de la remuer, mais la surveillait comme s'il craignait qu'elle explose.

— C'est toujours comme ça après avoir utilisé le Dailurium, expliqua Boniface. Il est crevant, ce pouvoir.

— Tu sais qu'on cause de ta petite performance à la vieille tannerie de l'Elminnos jusque dans la presse ? (Le Drude tendit la main vers un journal maculé de taches suspectes qui traînait juste à côté du saladier.) Regarde-moi ça : *Une armada de félins attaque le Vieux Port, les services municipaux sont sur les dents, la population sort les griffes.* Parti comme c'est, ils vont en faire des gorges chaudes pendant des jours. Mais dis donc, tu m'avais caché ça : j'ignorais que tu pouvais te dédoubler à l'infini.

— Je me dédouble pas. C'est une simple illusion. Les mandragots sauvages dont je descends utilisaient ce sortilège pour faire fuir les gros prédateurs en leur faisant croire qu'ils allaient affronter des centaines des leurs.

— Comme un banc de sardines, en somme.

— Je rêve ou tu viens de me comparer à un poisson, là ?

— Ne te bile pas, chaton : c'est juste histoire de causer. Mais tu parles de tes ancêtres sauvages, et ça me rappelle qu'il y a une question que je voulais te poser depuis longtemps, lança alors le Drude.

Il se désintéressa du remède pour lever la tête vers l'étagère.

— Tu es bien de l'élevage de mandragots de l'Académie de Magie de Corvelieu ? Celui du Seigneur-Imprécateur Stradon Mélech ?

— Ouaip. C'est sans doute le plus connu, crut bon d'ajouter le félin sans feindre la modestie.

— C'est surtout le plus cher de tout le continent, compléta Metisto. Le moindre chaton vaut des dizaines de milliers de florins.

— Me dis pas que tu envisages de te reconvertir dans le trafic de mandragots ?

— Nan, nan. Trop de risques pour un bénéfice hasardeux. Non, ce qui me titille, c'est qu'en règle générale, les familiers d'élevage comme toi, on les destine aux gros bonnets, aux types vraiment importants : les diplomates, les imprécateurs de haut rang, voire les chefs d'État. Comment tu as terminé pendu aux basques d'un chasseur de primes ?

— Il y avait eu un vol à l'Académie, relata Boniface. Luther t'a jamais raconté ? Ça remonte à un peu plus de onze ans, maintenant. Le vieux Stradon s'était fait chourer un truc vachement important.

— Ah ? Quoi donc ? demanda Metisto.

Dans son saladier, la potion allait en s'épaississant. Un bruit de magma contrarié accompagnait le processus, quelque chose de l'ordre de *bloup bloup beurp*.

— Ma tante Lucinda. Pleine comme un œuf, une portée d'au moins huit chatons. Comme quoi, bénéf' hasardeux ou pas, quelqu'un était prêt à prendre les risques nécessaires pour se lancer dans le trafic. Et au bout de trois semaines, rien, que dalle : on avait toujours pas retrouvé ma chère tantine. En même temps, faut avouer que les nervis de l'Académie, c'est pas ce qu'on fait de mieux comme flics : leur boulot consiste surtout à tabasser les étudiants bourrés ou qui font le mur. En termes de fins limiers, tu repasseras. Du coup, Stradon a commencé à ruer dans les brancards. L'affaire a fini par faire un tel tapage qu'elle est remontée jusqu'à la régente de l'Académie elle-même, qui a offert une prime de quarante-mille florins à qui retrouverait la pauvre Lucinda. Euh… Dis donc, c'est normal qu'elle bouge toute seule, ta potion, là ?

— T'inquiète, t'inquiète, le rassura Metisto sans un regard pour ladite potion. Continue ton histoire.

— Bref, la régente a fait placarder des avis un peu partout, à Corvelieu, dans tout le Brubartois, et dans les provinces voisines de la Confédération. À partir de là, je te raconte pas la fine fleur des glandus qu'on s'est coltinée : tous les ramasse-merde de l'ouest des Basses-Terres se sont radinés à Corvelieu. Mais là encore, sans résultat. À croire que la Lucinda, elle s'était fait grailler.

« Mais voilà que se pointe ce type avec sa dégaine de pingouin et qui roule les « r » comme s'il allait te les cracher en pleine poire, poursuivit le mandragot en ricanant. Deux jours, merde ! Il lui a fallu que deux jours pour confondre les complices du voleur à l'intérieur de l'Académie, alpaguer le bonhomme et ramener ma tante à la maison, quelques heures à peine avant qu'elle mette bas. D'ailleurs, elle a appelé son premier-né Luther, ça s'invente pas.

— Le pauvre petit, commenta Metisto, amusé. Il démarrait mal dans la vie, celui-là. Mais je ne vois toujours pas le rapport avec toi.

— Ben, c'est tout con, en fait : le vieux Stradon était tellement content qu'il a décidé d'offrir un des mandragots les plus récemment sevrés en plus de la récompense promise par la régente. Et c'est tombé sur moi. Depuis je… On peut savoir pourquoi tu te bidonnes, comme ça ?

Le Drude s'était soudainement plié en deux, hilare.

— Quelle blague ! Non mais quelle blague ! s'écria celui-ci, les mains sur les côtes.

— Metisto…

— Toi ! Toi ! *Offert ?*

— Metisto…

— Alors qu'on sait très bien que *tu n'es pas un cadeau !* plastronna encore le Drude, ravi de son jeu de mots. Quelle barre ! Bordel ! Si j'avais des glandes lacrymales, j'en pleurerais, tiens !

— Metisto !

— Quoi ?

— Ta mixture…

— Oui ?

— Elle se fait la malle.

***

Assis en face de Modi, sur une chaise de l'autre côté du lit, Falkenn avait encaissé sans broncher tout ce qu'il venait d'entendre. Les mains en clocher, ses index joints lui barrant les lèvres, il ne se départait pas de son stoïcisme.

Un héliothéiste fanatique en aurait fait une syncope, mais pour un homme élevé dans la foi quintimienne, l'existence révélée de cette déesse surgie de nulle part n'avait rien, en soi, de profondément perturbant. Aux yeux de l'immense majorité des Magneterriens, la multiplicité des divinités relevait d'une évidence : en dessous des Cinq, de Meterkaph, d'Eldrugar et des divinités majeures anuirloënnes proliférait un effectif pléthorique d'entités et d'esprits, de génies protecteurs et de larves, de héros et d'ancêtres mythifiés auxquels se rattachaient des croyances hétéroclites et des rites singuliers. Certains, à l'instar des Cinq, existaient depuis l'aube de l'histoire. D'autres avaient surgi du néant du simple fait de la vénération dont ils faisaient l'objet. Falkenn lui-même, tout quintimien qu'il était, avait été élevé dans l'adoration de la *Vardenvraü*, la Dame du Vard, figure autant historique que mythique, une antique reine de Reisenvard incarnant l'esprit de sacrifice et de résistance de son peuple face aux innombrables avanies qu'une position géographique par trop stratégique, en plein centre du continent, lui avait réservées.

— Vous parlez la Langue Première ? s'étonna Falkenn une fois que Modi Svardstaf eut terminé.

Que ce dernier maîtrisât la plus morte des langues mortes était infiniment plus surprenant que la teneur même de son histoire.

— Ah, ça vous en bouche un coin, hein ? jubila le Nain. Vous vous d'mandez comment un minable prolo comme mézigue en sait autant sur l'origine véritable du monde ?

— Quoique pas nécessairement en ces termes, la question m'a effleuré l'esprit.

Le jeune Dvargar se pencha en avant, les coudes appuyés sur les cuisses, mains jointes, l'air pensif. Lorsqu'il reprit la parole, il regardait son père, toujours aussi vif qu'un gisant.

— L'histoire d'la P'tite Sœur n'était connue que des Dragons et de quelques grandes maisonnées aristocratiques elfiques, expliqua-t-il. Les premiers sont tous morts, à part Meterkaph, si on écoute les tétrarètes, mais faut croire qu'il a pas eu envie d'partager ce savoir avec ses prêtres. Les Elfes ont disparu aussi, mais l'secret est longtemps resté dans certaines lignées dvargares qui descendent de ces familles nobles.

— Et les Svardstaf étaient du lot ?

Modi hocha la tête en signe d'acquiescement. Sans crier gare, il déplia un bras, tendit la main vers Falkenn. Le chasseur de primes s'avança sur sa chaise, baissa les yeux, mais ne remarqua rien de spécial, hormis des ongles noirs de crasse.

Il réalisa bien vite la double erreur qu'il venait de commettre. Plutôt que noire, l'extrémité des ongles était d'un anthracite uniforme et froid. Et il ne s'agissait nullement de crasse : c'était la kératine elle-même qui avait entrepris de changer non seulement de couleur, mais aussi d'aspect et, réalisa Falkenn avec stupeur, de consistance : depuis le bord des ongles jusqu'à la lunule, elle venait d'être remplacée par une matière dure et luisante.

Modi tourna la main : le même phénomène se produisait sur le bout de ses doigts. Une autre tache grise s'étendait depuis le centre de sa paume, gagnant les phalanges ; elle rejoignait l'autre décoloration, celle qui s'écoulait depuis les cuticules. Sur leur passage s'effaçaient les lignes de la main : elles masquaient les rides, recouvraient les cals et autres témoignages d'une vie vouée à manier la pelle et la pioche. Tout en conservant toute sa souplesse, l'épiderme acquérait la dureté du métal.

— Du ferroderme, lâcha Falkenn. Vous êtes donc un Révérend du Fer ?

— Mes ancêtres, oui. Jusqu'à *Samara.* Depuis, le sang d'Eldrugar s'est tari dans nos veines. Mon grand-père pouvait encore pleinement utiliser son ferroderme. Mon père, seulement un bras et une partie du torse. Moi, là, c'est l'maximum que j'peux faire, précisa-t-il comme le processus s'interrompait à mi-hauteur de son avant-bras.

— Voilà qui explique comment votre père a pu tenir tête à une Communion et survivre aux mauvais traitements qui lui ont été infligés, comprit Falkenn. (Il se renfonça dans son siège, joignit à nouveau les mains en clocher.) Vous avez mentionné *Samara.* Que s'est-il passé à l'époque ?

Modi parut hésitant. L'espace de quelques secondes, il resta là, les yeux fixés sur la silhouette vautrée de son paternel, à triturer son épaisse barbe noire ; à croire qu'il n'avait pas entendu la question de Falkenn, voire qu'il avait purement et simplement oublié la présence de ce dernier.

— Eldrugar avait décidé de soutenir le Faux Frère, commença Modi. Par haine des Cinq ou par intérêt. P't'être bien les deux, j'en sais foutre rien. Les miens ont la réputation d'être cons et disciplinés, et dans cette affaire, on l'a été, longtemps. Sauf qu'au bout d'un moment, y'en a tout d'même eu quèques-uns pour comprendre que cette alliance, elle irait pas très loin. Qu'une fois les Cinq vaincus et c'qui restait d'leurs armées écrasées, Netras se r'tournerait contre Eldrugar pour rester l'seul dieu sur Choriloch.

« Mon arrière-arrière-arrière-arrière-grand-père f'sait partie d'ceux qui pensaient que les Dvargars devaient tourner l'dos à Netras. Tridi, qu'y s'appelait. Comme c'était un gros ponte du Culte des Forges de Lurengal, il a essayé d'convaincre le roi. Et il était pas seul : d'autres Révérends du Fer, des gonzes haut placés, partageaient son point d'vue. Mais le roi, c'était un Scramasaxe : pas la peine d'attendre quoi qu'ce soit d'ces pourritures-là, hier comme aujourd'hui ! Il a envoyé chier Tridi et ses potes, mais y z'étaient pas décidés à lâcher l'affaire. Y z'avaient un plan pour vaincre Netras. Y savaient où s'trouvait le Berceau… Alors y z'ont eu une idée à la con comme personne en avait jamais eue avant, ni en a eue par la suite : réveiller la P'tite Sœur…

— … pour qu'elle affronte le Faux Frère ? termina Falkenn avec un souffle de mépris incrédule.

— Franchement, j'sais pas trop ce qu'y z'espéraient, tempéra Modi qui se grattait le front. Qu'elle et Netras se battent pour l'éternité ? Qu'y s'affaiblissent assez pour qu'les Cinq puissent reprendre le d'ssus et vaincre les deux ? En tout cas, c'était un putain de pile ou face ! (Il eut un sourire railleur.) Les prêtres ont eu un peu d'mal, cela dit : y z'ont eu b'soin de l'aide de toute une clique de mages morinthiens, plusieurs dizaines, d'après les histoires qui circulent dans la famille.

— Néanmoins ils ont réussi à la tirer de son sommeil, supposa Falkenn.

Une conclusion qui s'imposait : cette conjuration de prêtres et de magiciens constituait le seul véritable point commun entre ce qu'il avait appris lors du procès de Radzek et les révélations de Modi.

— Ouais, confirma celui-ci. Y z'y sont arrivés, ces crevards. Y l'ont réveillée.

Le Dvargar se laissa glisser de sa chaise, s'étira longuement, les mains sur le creux des reins. Les ayant ensuite fourrées dans ses poches, il traversa la petite chambre jusqu'à la fenêtre souillée. Personne ne se donnait la peine de briquer les carreaux à Citégrise, tant la crasse représentait une alternative séduisante à son panorama miteux.

— La ville existait pas y'a douze siècles. Solmost, j'veux dire. Mais y'avait plein d'villages et d'bourgades. Pas seulement sur le pourtour de la baie, hein, mais dans les montagnes, dans les grandes plaines à l'est. Et au nord, dans la vallée qu'on appelait pas encore Supplicate. C'était même là qu'y avait l'plus de gens qui vivaient, v'savez ça ? D'l'humour divin, j'imagine. J'saurais pas vous dire combien y'a eu d'morts chez les Humains, à cause des tremblements d'terre et des glissements d'terrain qui ont accompagné l'réveil de la déesse. Vos constructions, à l'époque… C'tait pas terrible, niveau solidité, faut avouer.

« Les survivants se sont pointés aux portes de Malethorarlod. Y z'ont d'mandé asile, mais on les a pas laissés rentrer. Mais allez pas croire qu'c'était d'la mauvaise volonté, hein ? Bon, j'dis pas que les Dvargars de l'époque en avaient quoi qu'ce soit à foutre : y pouvaient pas vous blairer, même. Mais y z'avaient d'aut' chats à fouetter. On avait des morts, nous aussi. Pas à cause des séismes, hein : nos bâtiments, ç'a toujours été du solide. Y z'ont tenu l'coup, pour sûr. Mais la pierre, ça protège pas d'tout.

« C'étaient surtout les vieux qui mouraient, chez nous, révéla-t-il. Comme ça, d'un coup : y z'allaient parfait'ment bien, puis l'instant d'après, paf ! vous les r'trouviez par terre, blancs comme des culs, les yeux vitreux et la bave aux lèvres. Plus tard, on a appelé ça la peste grise, mais ç'a jamais été une maladie.

— La Petite Sœur ? devina Falkenn.

— Elle se *nourrit*, expliqua Modi en tournant le dos à la fenêtre.

Il s'appuya contre le mur. Il gardait les yeux au sol, comme pour y dénombrer les échardes.

— Les âmes, elle les digère, et ça la renforce. Et ç'a r'commencé, Maddolus Spyridon l'avait compris : des vieux qui meurent, sans raison, un peu partout en ville. Elle se réveille et elle se nourrit des âmes des plus faibles, les âmes… (Il eut un reniflement hésitant.) Mon père vous dirait les âmes *mal attachées* ou *déjà un peu détachées*. Les vieux et les malades, quoi. Les prématurés, aussi, parfois. C'est comme ça qu'elle reconstitue ses forces avant d'pouvoir s'libérer d'sa cage.

Falkenn ne pipa mot. Une partie non négligeable de ses neurones était focalisée sur l'incompatibilité de ce qu'il venait d'entendre avec les projets supposés de Wilmora Radzek. Se pouvait-il que la maîtrise de la Langue Première de la magicienne fût hasardeuse au point de ne pas pouvoir traduire tout un pan des écrits de Vituperato, ou de les traduire de travers ?

Il existait bien une solution alternative. Une explication intellectuellement satisfaisante. Elle s'avérait cependant si démente que Falkenn préféra la mettre de côté, sans pour autant l'exclure totalement.

— Les séismes, la peste…, poursuivit Modi, à présent penché sur son père. Quand il a vu ce qu'il avait provoqué, Tridi a r'tourné sa veste. Il a imploré les Cinq de rendormir la P'tite Sœur, et heureusement, ils s'y sont pris à temps. Après ça, Andraxès a tué tous les magiciens et tous les Révérends du Fer. (À nouveau, un sourire tristement goguenard barra sa face mafflue.) Sauf Tridi. Pour lui, l'dieu des Morts avait prévu un truc spécial. Il l'a maudit.

Ses lèvres remuèrent tandis qu'il répétait en silence, avant d'énoncer à voix haute :

— *« Puisque c'est toi qui as ouvert le Berceau, dorénavant c'est à toi qu'il reviendra de le garder clos ; à jamais, pour prix de ton forfait, toi et ta descendance en serez la Clé. »* L'humour divin, j'vous dis, c'est quèque chose. Et voilà l'fardeau d'chaque aîné Svardstaf depuis mille-trois-cents ans : veiller à c'que l'Néant se réveille pas.

— De quelle façon ? voulut savoir Falkenn, mais un grand coup fut alors donné dans la porte de la chambre.

Il l'ignora, s'imaginant de prime abord qu'un client ivre venait de s'y cogner. Il n'eut cependant pas le temps de répéter sa question qu'un deuxième choc se faisait entendre, faisant trembler le battant sur ses gonds.

— Merci bien, grimaça Metisto après que le chasseur de primes la lui eut ouverte.

Le Drude avait les bras chargés d'un plateau où reposaient un embuc ainsi qu'un large saladier de bois rempli d'une substance que Falkenn renonça immédiatement à identifier, de peur d'y arriver.

— J'avais les mains prises, et le greffier a beau savoir parler, s'Éclipser, se changer en panthère et créer des répliques de lui-même, il n'est pas foutu d'ouvrir une lourde.

— Les poignées rondes, c'est loin d'être pratique, fit valoir Boniface. Mais sous Unciamorphose, je peux la défoncer, la porte.

— Tu en as mis du temps, intervint alors Falkenn en faisant un signe à Metisto.

— J'ai dû chercher le remède, se justifia le Drude en se dirigeant vers le lit.

— Tu avais oublié la formule ?

— Non, j'ai dû *chercher le remède*, répéta Metisto en insistant lourdement sur la fin de la phrase.

— Il s'était planqué sous le bureau, expliqua Boniface. (Falkenn le regarda en haussant un sourcil. Le félin soupira, l'air faraud.) Laisse tomber, Luther. Je t'expliquerai plus tard.

— Je crois que je pourrai vivre sans, répliqua le chasseur de primes.

— Notre ami ici présent ne peut pas en dire autant, lâcha Metisto en déposant le plateau sur la table de nuit. Bien… Est-ce que le fiston veut bien me donner un coup de main ? Bon, alors, vous allez l'asseoir et vous tenir derrière lui. Voilà. Maintenant vous lui mettez une main sous le menton, et vous lui gardez le gosier bien haut, d'accord ? Il ne faut surtout pas que ça ressorte.

— Qu'y recrache, vous voulez dire ?

— Non, non : que ça *ressorte*, persista Metisto en se retournant vers la table de nuit.

Il se saisit de l'embuc, dont il enfourna l'extrémité la plus mince entre les lèvres desséchées de Canute Svardstaf, tandis que Modi lui maintenait la tête et le cou bien droits, la bouche solidement refermée sur l'instrument qui servait en principe au gavage des volatiles. Le Drude s'empara ensuite à deux mains du saladier et, avec autant de précautions que s'il manipulait une bassine d'acide, l'amena juste au-dessus de la partie évasée de l'embuc. Lentement, il commença à y déverser l'atroce préparation couleur de rouille.

Quelques secondes plus tard, il déposa le récipient vide sur le plateau et retira l'embuc. Modi rallongea doucement son père.

— Voilà, plus qu'à attendre que…, commença Metisto, mais Canute Svardstaf se redressa brusquement, les yeux et la bouche grands ouverts.

— *AAAAAAAAAAAAAAAAAAAAAAAAAAAAAHHHHHHHHHH !!*

— La vache, ça lui fait de l'effet ! nota Boniface en reculant.

— *OOOOOOOOOUUUUUUUUUUHHHHHHHHHHH !!*

— Est-ce bien normal qu'il réagisse ainsi ? voulut savoir Falkenn qui avait lui aussi mis un peu de distance entre lui et le malade.

— *EEEEEEEEEEEEEEEEEEEEEHHHHHHHHHHHHH !!*

— J'en sais trop rien, à vrai dire, avoua Metisto alors que Modi, effaré, entourait de ses bras les épaules secouées de spasmes de son géniteur. C'est la première fois que j'en fais boire à un Dvargar.

— Pardon ? grimaça Falkenn.

— Grandiose, persifla Boniface qui s'était réfugié sous une commode. Il ne nous manquait plus que ça : le bon docteur Strabyzem et ses extravagances alchimiques.

— Eh, mollo, les gars, hein ! s'énerva le Diablotin. Vous vouliez que je sauve le vieux ? Eh bien, vous pouvez me remercier : c'est précisément ce que je viens de faire !

— Moi j'ai plutôt l'impression qu'il est sur le point d'exploser, fit remarquer Boniface d'un peu plus loin sous la chiffonnière.

L'assertion du mandragot semblait plus crédible que celle de Metisto. Chaque fibre de son corps tendue comme un arc, le visage soudain plus rouge qu'un champ de coquelicots, le pauvre vieux mineur hurlait à s'en rompre les cordes vocales. Les veines de son cou et le long de ses avant-bras enflaient sous un afflux de sang massif, constant. Des taches gris sombre lui apparaissaient un peu partout sur le corps et le visage : des plaques de ferroderme s'étalaient comme des hématomes sur plusieurs centimètres de diamètre avant de se rétracter brutalement, donnant à penser que la potion bioalchimique avait réveillé les pouvoirs latents du vieillard tout en les soumettant à une instabilité hasardeuse. Plus inquiétante encore était la lueur rouge, un flamboiement dur et vivant, qui s'était allumée au fond de ses prunelles et qui allait en s'amplifiant ; car les Révérends du Fer étaient également capables de combustion spontanée.

Fort heureusement pour Metisto Strabyzem, qui n'avait pas songé à souscrire la moindre assurance incendie au profit de son établissement pourtant si cossu, le phénomène finit par s'estomper. Les squames ferreuses s'évanouirent, l'éclat ardent se retira des tréfonds du regard de Canute. Sa peau avait retrouvé une teinte plus naturelle. Il aspira une goulée d'air avide, comme un plongeur après une trop longue apnée. Ses yeux papillotaient follement.

— Où… où suis-je ? demanda-t-il, la respiration sifflante.

— Père ! exulta Modi, qui serra longuement le vieux Nain contre lui.

— C'est bon ? C'est fini ? lança la voix de Boniface de quelque part sous la commode. (Sa tête se glissa entre un pied du meuble et la plinthe du mur.) Plus aucun risque de se prendre des bouts de Nain éclaté sur le coin de la truffe ?

Lui répondit une détonation atone, que prolongea un vrombissement qui avait l'air de résonner dans la structure même du pilier sur lequel s'appuyait l'architecture biscornue du *Nélombo*. Les murs en furent brièvement convulsionnés. Un cadre, décroché de son clou, se fracassa sur le parquet.

— Qu'est-ce que c'est que ça, encore ? ronchonna le mandragot, les oreilles baissées, comme un deuxième choc ébranlait la chambre. Un nouveau tremblement de terre ?

***

Je suis vivante.

Les images que je garde du moment où on m'a agrafée sont confuses. C'est un kaléidoscope d'instantanés flous. Les éclats brisés d'un miroir dont je peine à reconstituer le puzzle.

Du sanctuaire, je n'ai fait qu'entrevoir une immensité voussée, ruisselante de sang, jonchée de cadavres. Je me revois les enjamber en catastrophe, la tête farcie d'angoisses. Une partie de moi sait que l'ergot-feu cessera bientôt de faire effet, que je vais me prendre un méchant retour de bâton qui va me couper les guibolles ; je lui ordonne de la boucler, je la repousse. Et j'accélère, je brûle mes dernières forces, je m'abandonne à une course ivre, irréfléchie, absurde.

Les balles sifflent autour de moi. Les cris fusent, de douleur lorsque ma cavalcade suicidaire piétine un des types à moitié crevés étendus là, Passeur ou soldat ; de colère et de stupeur chez ceux qui tiennent encore debout et qui avisent soudain cette folle aux pieds nus qui caracole stupidement parmi les corps.

« C'est la fille, elle se tire ! » crachent les types en manteaux gris. « C'est l'espionne, chopez-la ! » vagissent en contrepoint les gars en manteaux bleus. Ou est-ce l'inverse ?

« M'en fous. » Voilà le peu qui m'a traversé l'esprit. « Continuez à vous entre-tuer. Faites pas attention à moi. Je fais que passer. »

Mon dernier souvenir à peu près net, c'est une sensation de… de rien, en fait. Difficile de la décrire. Ça m'a rappelé cet instant, dans la ruelle, quand Letto Larpal m'a immobilisée. En plus subtil. En plus violent. Plus radical. Mon cœur a manqué un battement, mais cet instant d'absence s'est éternisé dans ma poitrine, il s'est comme… déployé. Il a répandu un froid dans tous mes membres, comme si le sang propulsé dans mes veines se résumait à du givre liquide. Il a gagné mes yeux et les a voilés de noir. Mes oreilles se sont mises à bourdonner follement. Sourde et aveugle, au bord de l'étouffement, je me suis figée entre deux cabrioles, aussi raide que les morts qui m'entouraient, tanguant comme un navire embossé par gros temps.

J'ai ressenti l'étreinte de la mort. Elle a glissé un bras contre mes côtes, un autre a serpenté autour de mes épaules. Sa main, aussi froide que la peau d'une vipère, s'est glissée dans mon cou — m'aurait arraché un cri si j'avais eu l'usage de ma langue. Elle m'a attirée vers elle, m'a serrée contre son corps, son corps glacé. Le néant m'a envahi ; toute sensation m'a abandonnée.

Mais je suis vivante.

Je suis vivante et je me demande pourquoi.

Voilà six jours qu'on m'a enchtibée. Et ce coup-ci, je ne me suis pas réveillée dans un caveau, fût-il celui d'un aristo. C'est un sale franc-carreau sans même une paillasse garnie de poux pour faire bonne mesure, mais il ne se trouve pas dans n'importe quel bignouf. Je suis enfermée à l'Alaqarak. L'Alaqarak, imaginez donc ! La limonade la plus prestigieuse de tout le pays, l'écrin des plus belles perles du crime pontsalinois ! Même au plus fort de ma carrière de sale teigne, je n'aurais jamais osé me rêver un jour Blanchie !

Pour une piqueuse tout juste repentie, c'est à coup sûr une sacrée promotion. En revanche, c'est la juste rançon de la gloire pour l'espion anscaride, l'assassin impérial, le doublemichmuche, *là, ou les dieux savent de quel autre surnoble exotique on m'affuble à présent. J'ignore également combien de personnes je suis supposée avoir amorties. Qu'importe, cela dit : une seule des victimes qu'on m'attribue, à commencer par Ivannis Barca d'Ire, suffit à justifier de m'expédier à la sourdolle.*

Au lieu de quoi je poireaute depuis six jours au fond de ma calijatte.

Mes journées sont chiantes au possible : mis à part le barbaudier qui se ramène midi et soir pour me filer ma gameluche, on ne recherche pas ma compagnie. La forteresse grouille pourtant de soldats ligueurs à la réputation bien établie de violeurs, mais je n'ai pas reçu la visite de ces messieurs, pas même pour me passer à tabac ou me cuisiner comme il se doit. On ne daigne pas non plus me sortir de mon trou pour me traîner à travers la ville comme une vache primée, histoire que les gens puissent me jeter à la figure des tomates et des troncs de laitue. Ça me ferait pourtant prendre l'air et agrémenterait de quelques vitamines bienvenues mon régime de flotte et de brignole. Comme quoi, ce sont nos vieux qui ont raison : les traditions se perdent.

Pour étroite qu'elle soit, la minable lucarne barrée de la cellule m'offre un panorama sensationnel. Je vois le Vieux Phare depuis mon perchoir, mais on dirait une vulgaire quille, un jouet insignifiant en comparaison du Pont Blanc. Un élément de décor qui m'est encore moins familier que ce que je m'imaginais : comme Citégrisarde, il m'arrivait rarement de l'apercevoir, mais à présent, il est là, à portée de glaviot, à peine vingt mètres sous ma fenêtre. Et je découvre à quel point il porte bien son nom.

Invisible même depuis la ville haute, le chemin de ronde qui surplombe les Portes de Pyrthe déroule une langue crayeuse plus large qu'une avenue. À deux kilomètres au nord, elle épouse le grès des falaises qui surplombent l'Elminnos, s'y rétrécit en un chemin qui sinue jusqu'au Nouveau Phare. Des troufions y circulent, font l'aller-retour, morts d'ennui : je les vois accomplir leur tour de garde en traînant la botte. À l'occasion, ils s'arrêtent pour tirer une taffe, appuyés contre un des canons qui pointent vers le large, ou pisser d'entre deux créneaux.

Entre la muraille et les docks, la baie grouille de bateaux. Le verrouillage des Portes, bizarrement maintenu en dépit de mon arrestation, n'a pas stoppé l'activité des pêcheurs, mais contraint chalutiers, bolincheurs et morutiers à une promiscuité comique. Avant midi, c'est l'embouteillage assuré. Les esprits s'échauffent au moindre frottement des coques et on s'insulte généreusement entre professionnels de la mer. Je ne peux qu'imaginer la teneur des mots doux échangés : seul le vent vient me faire la causette en haut de ma tour de solitude.

Ce silence me tue plus sûrement que les mauvais traitements les plus sadiques. Toute ma vie, j'ai vécu cernée par le bruit. À Citégrise, le jour est rythmé par le tapage des industries, la nuit par celui des ivrognes et des putes. Arrivée à Sainte-Eusie-Ville, j'avais loué une simple chambre dans une auberge sur le port, pile entre les docks et la taverne la plus fréquentée du secteur. À dessein : je ne peux fermer l'œil si mes oreilles n'ont rien à se mettre sous la dent.

Durant mon bref séjour au sanctuaire du Fossoyeur, entre mes sympathiques entretiens avec Larpal et la cohabitation impromptue avec mon ancien nabot de patron, le silence n'avait pas eu le temps de m'oppresser. L'ennui non plus, tout affairée que j'étais à monter une cavale. Il m'a cependant fallu moins d'une journée à l'Alaqarak pour capter que refaire le coup de la chtoumpe ne me mènerait pas bien loin : mon gardien ne me desserre pas les dents, et même si j'arrivais, par miracle, à ouvrir la porte de ma cellule, je n'en resterais pas moins prisonnière. La forteresse est peut-être un labyrinthe moins costaud que les catacombes, je crains toutefois que sa population se montre moins accommodante à l'égard d'une tentative d'évasion.

C'est lorsque l'obscurité s'épaissit, que la fatigue vient finalement à bout de mon ennui, que je reçois de la visite. À la clientèle habituelle de mes nuits de hantise, s'est invitée toute une troupe de trublions. Le sous-bois qu'affectionne le fantôme de ma mère est devenu le squat à la mode. J'y croise maintenant le Riffaudeur, les Scramasaxe, leur type en noir, ce Falkenn. Tous les quatre sont persuadés que j'ai mangé leurs précieux documents et débattent de la meilleure façon de les récupérer. Dreng et Elder veulent négocier avec moi, mais leurs approches diffèrent quant à l'objet du contrat : le premier entend m'acheter, le second menace de me vendre à ses potes pirates. Letto Larpal prétend qu'il peut aller chercher la paperasse en m'enfonçant le bras directement dans le gosier, tandis que le chasseur de primes juge plus facile et plus rapide de m'ouvrir le bide avec son épée.

Ils ne sont pas seuls à s'être invités dans ma forêt noire. Brigadiers et Passeurs la parcourent, en armes ; ils la ratissent sans relâche, me cherchent derrière le moindre tronc, sous le plus petit caillou.

Moi, je cours.

Je cours pour leur échapper, à tous : aux nouvelles têtes comme aux locataires habituels de mes songes, qui ne sont pas en reste. Je cours pour m'écarter de la silhouette funèbre de ma mère qui vagit mon nom ; au passage, j'attrape cette nigaude de gamine — moi — et me la colle sous le bras. Alors je trace, je cavale, je m'enfonce dans la forêt. Pour ne plus voir le visage aux yeux fixes de Maddolus ni celui, pincé, d'Ichoria. Pour ne plus entendre le rire de Chehanna. Pour distancer les appels de ma mère. Mes propres appels.

Mais je n'y arrive pas.

Ce sont des meuglements qui me réveillent, ce matin. La nuque aussi raide qu'un manche de pioche, le corps lardé de courbatures, je suis d'abord bien décidée à ne pas bouger d'un pouce, mais la curiosité finit par l'emporter. Rouspétant comme une vieille bique contre mes articulations endolories, je me redresse tant bien que mal et trébuche piteusement jusqu'à la fenêtre.

Une drôle de kermesse a investi le Pont Blanc. Une quarantaine d'attelages, à vue de nez, s'étire sur une bonne partie de sa longueur en une procession remuante, à l'ambiance olfactive et sonore digne d'une foire agricole. Les bœufs sont bouffis, monstrueux ; pourtant, c'est par six qu'ils sont attachés, et encore peinent-ils à tracter les gigantesques affûts d'acier, fermement bâchés, auxquels ils sont assujettis.

En plus des bêtes et des types qui les mènent, une foule bariolée squatte la chaussée. À la couleur de leurs uniformes, je reconnais des voltigeurs et des brigadiers, quelques rares soldats de notre armée régulière. Il y a aussi des gus en civil. Des ingénieurs, peut-être ? J'aperçois parmi les groupes épars qu'ils forment des hommes et des femmes portant la robe rouge, frangée de noir, des actifs de la Compagnie du Silence. Ceux qui accompagnent les armées au combat et qu'on appelle les Corps-Freux parce que leurs officiers portent des plumes de corbeau en guise de galons.

Tout ce petit monde agite les bras, gueule sur les conducteurs des attelages. J'ignore ce qu'ils traînent, mais l'objet des débats semble être le positionnement des affûts, leur répartition le long du rempart oriental du Pont. Ceux-ci une fois en place, au terme d'une bonne heure de travail, on dételle les bœufs et on retire les lourdes bâches.

Il me faut un moment pour comprendre ce que je suis en train de regarder. Sur les affûts blindés sont montés des sortes de grosses orgues : des assemblages d'une dizaine de tubes de même longueur, dans les quatre mètres, arrimés à une machinerie complexe dont je ne distingue pas grand-chose de là où je me trouve. J'entrevois des leviers, des tuyaux, des manivelles, des réservoirs, des soupapes, des réseaux de roues dentées que le soleil fait reluire sur l'acier noirci. Ce n'est que lorsque les Manteaux Bleus actionnent les manetons et que les tubes, jusque-là pointés à la verticale, s'inclinent légèrement vers l'est ou le nord tout en demeurant braqués vers le ciel, que je percute et réalise qu'il s'agit d'énormes mitrailleuses.

Je pouffe bêtement de rire, toute seule dans ma cellule. Je me dis que le type qui a inventé ces engins doit se trimballer un sacré complexe.

Durant l'heure qui suit, ingénieurs et soldats s'activent autour des orgues d'acier. Les uns procèdent à des réglages, les autres arriment les affûts à la chaussée et au rempart du pont à l'aide de chaînes et de crochets, pour éviter le recul, je suppose. J'ignore à quoi servent les imprécateurs présents, mais ils suivent les opérations de près.

Je me lasse cependant très vite de leur manège. Je retourne à l'ombre, m'assieds dans un coin, les genoux remontés contre la poitrine, le menton calé sur les avant-bras.

Je ne dispose ni d'horloge ni de montre : aucun moyen de savoir l'heure qu'il est. Je pourrais sûrement la déterminer d'après les ombres que les barreaux dessinent sur le sol de ma cellule, mais c'est le type d'exercice dans lequel la Citégrisarde que je reste n'excelle pas vraiment.

Pourtant, bien que j'aie perdu la notion du temps, lorsqu'un claquement résonne à ma porte, je devine qu'il n'est pas midi. Le service d'étage aurait-il de l'avance, aujourd'hui ?

Deux brigadiers font leur entrée. Du moins le crois-je : la lumière du couloir souligne le bleu sombre de leurs vêtements. Je réalise mon erreur lorsque le plus proche, passant dans le carré de lumière strié que projette la lucarne, me révèle un haut qui descend à peine sous la ceinture.

C'est un palicare.

— Suivez-nous, *ordonne-t-il.*

Je me redresse, le dos contre le mur. Un bref instant, mon imagination s'enflamme, folâtre parmi des fantasmes d'évasion : un exploit qui ferait de moi une légende, mais certainement pas vivante. De toute façon, je ne suis pas en état de me colleter deux membres de la Garde royale. J'obtempère.

Le temps du trajet, c'est la trouille qui s'empare de moi. Comment exécute-t-on les espions, déjà ? Un peloton de soldats, non ? Ou bien la stature politique éminente de mes victimes supposées me vaudra-t-elle des attentions particulières ? Ma langue ayant toujours été plus rapide que mon cerveau, je ne peux empêcher ma curiosité de s'exprimer.

— On vous transfère dans une autre cellule, *me répond l'un de mes gardes-chiourmes.* Ordre du vicaire.

Mon esprit fait une brusque embardée. J'ignore totalement qui a succédé à Barca d'Ire, mais j'ai dans l'idée que s'il me fait changer de bocal, ce n'est pas dans un souci d'améliorer mon quotidien. Cependant, mon précédent logis n'ayant eu ni lit, ni meuble, le seul confort dont on puisse me priver, c'est une ouverture sur l'extérieur. Pour la première fois de ma vie, les mots « oubliettes » et « emmurée vivante » me traversent l'esprit, et je leur trouve un goût un peu rance. Un goût qui ne s'améliore pas lorsque je réalise que mes deux nouveaux copains me guident vers les hauteurs du donjon de l'Alaqarak.

Mes nouveaux appartements s'avèrent finalement moins miteux que prévu. Il y a bien une fenêtre, et si elle est munie de barreaux, elle est beaucoup plus large et dispose également d'une vitre : le grand luxe !

Ce n'est pas la seule différence. La cellule, deux fois plus vaste que la précédente, dispose d'un mobilier spartiate : une commode et un bureau, une chaise…

Et deux lits.

Dans l'affaire, je gagne en effet une camarade de chambrée : lorsque les palicares me font entrer, je la trouve assise sur un des lits, les épaules rentrées, la tête dans les mains. Comme moi, elle porte l'ample robe grise toute simple et les sandales qui constituent l'uniforme des prisonnières.

Elle redresse la tête, me regarde, et je trouve un petit air familier à cette pauvre fille échevelée. Une ancienne fréquentation de l'Ambroisie des bas-fonds ? Ma mémoire se met à turbiner pour trouver un nom lorsqu'elle se lève, se jette sur moi et me prend dans ses bras.

— Ambre, c'est toi !

J'en reste conne pendant deux secondes, sans rendre son étreinte à mon interlocutrice. Une seule personne m'appelle Ambre. Une personne qui n'a jamais pu se résoudre à utiliser mon prénom complet, tant il lui rappelle quelqu'un d'autre.

— Ichoria ?

Ma bien chère sœur me regarde avec une aménité qui ne lui est pas coutumière.

— Te voilà enfin ! Mes dieux, qu'est-il arrivé à ton visage ? J'étais tellement inquiète !

J'ai envie de lui demander quelles drogues les matons lui ont refilées. Je me retiens, ou du moins, j'essaie : les mots restent sagement à leur place, mais le bruit censé les accompagner s'échappe de ma gorge sans me demander de permission de sortie. Je ricane.

Ma réaction la blesse. Elle me libère, recule d'un pas, me foudroie de ses yeux couleur de lagune crépusculaire. L'espace d'un instant, je sens venir la baffe, mais Ichoria reste fidèle à elle-même en dépit des circonstances : elle se contrôle, retient le geste qui la démange. Me tournant le dos, elle se rend à la fenêtre où elle s'accoude.

Un peu gênée, légèrement honteuse peut-être, je l'y rejoins. Comme elle ne fait pas mine de vouloir s'éloigner, je m'appuie à mon tour au rebord intérieur. Nous restons côte à côte, sans échanger un mot, le front contre la vitre, à observer le ciel au-dessus de la baie qui vire rapidement au noir. L'après-midi est pourtant à peine entamée : venus du nord-est, des nuages s'y agglutinent, recouvrent la mer secouée par un vent acerbe.

Lorsqu'un éclair tombe sur le Vieux Port, lacérant l'horizon enténébré, nous sursautons de conserve. Le craquement qui suit fait trembler la vitre, s'attarde en un grondement de mauvais augure.

— Ça va être un sacré orage de printemps, *prédis-je, et ma sœur acquiesce sans un mot.*

***

Les deux sœurs Galate demeurèrent ainsi, coude contre coude, à observer en silence la pluie qui commençait à tomber, qui crépitait à la surface de la baie. Elles ne se doutaient pas qu'en fait d'orage, c'était une tempête qui se précipitait dans leur direction. Une tempête de feu et d'acier.

Elles ne se doutaient pas que, du haut du donjon de la Forteresse Blanche, les yeux rivés sur le ciel, elles allaient être les premières habitantes de Solmost à voir les dragonnefs fondre sur la capitale.

11. De la tombe au berceau

Six épées forgées
par Notre Père bien-aimé
Une pour chaque bras
destiné à être tranché
Une pour chaque roi
pour une alliance à sceller.

Énoncés du Fer, l'Héroïde de Reginfrid, verset 311

SUPPLICATE CHANTAIT.

Habituellement vouée au silence figé de son immense nécropole, la vallée s'animait à présent sous les assauts des éléments qui se déchaînaient. Depuis les hauteurs voilées de noir, la clameur de l'orage rebondissait en réduplications tonitruantes, si puissantes et si proches qu'on aurait pu les croire surgies des entrailles mêmes des montagnes, prélude à un cataclysme d'ampleur apothéotique. Le vent en dévalait les pentes boisées en héraut funeste, chassant devant lui des armées de spectres oubliés et des troupeaux d'âmes égarées qui, revêtus de feuilles et de branches, reprenaient vie et répandaient leur mélopée morose dans les bosquets et les halliers.

La pluie s'était jointe au chœur endeuillé qui balayait Supplicate, y jouait sa propre partition clapoteuse et tintinnabulante sur les toits d'ardoise des caveaux, les gouttières des chapelles et les grilles de fer des mausolées cossus. Elle se déversait en rideaux épais que la tempête tordait, leur donnant des formes singulières sur l'horizon lézardé de foudre, parmi lesquelles l'œil devinait parfois, l'espace d'un battement de cœur, des mouvements, comme si des êtres immenses ou des hordes célestes se déplaçaient sous le couvert de l'averse torrentielle.

La vallée et ses morts chantaient par la voix du tonnerre, du vent et de la pluie. Fait totalement nouveau, ils se plaignaient également, ayant déniché pour cela le parfait porte-parole en la personne de Boniface.

— Et allez… La pluie, maintenant ! geignit-il tandis que l'eau glacée lui bombardait l'échine par baquets entiers. C'est quoi ce pays de chiasse ? On est au printemps, merde ! Il est censé faire beau, non ?

Les rognonnades du félin arrachèrent un rire asthmatique à Canute Svardstaf. Protégé par une pèlerine et une capuche de vieux cuir, celui-ci marchait en tête, soutenu plutôt que simplement flanqué de son fils : les rafales qui traversaient les allées de la nécropole étaient si impérieuses que le pauvre vieux Dvargar, vidé de ses forces par sa captivité prolongée, aurait été emporté si le bras ferme de Modi ne l'avait retenu.

— Ah ! toussa-t-il, et il devait hausser le ton pour que sa voix brisée se fît entendre par-dessus les grondements de l'orage. Pas par chez nous ! Le printemps sur la côte de la Léonine orientale, c'est un vrai champ de bataille, pas un temps pour les poètes amateurs de pastels ! C'est une guerre qui se livre sous ces latitudes. On croit que l'hiver a abandonné la partie, mais il reste tapi en embuscade, et à l'occasion, il tente une dernière percée. Il en a toujours été ainsi !

Fermant la marche du petit quarteron de promeneurs, Luther Falkenn crut bon de ne pas se mêler à cette conversation sur la pluie et le mauvais temps. Il n'était pas sûr de son coup, mais son intuition lui murmurait qu'en dépit de sa profonde connaissance du climat local, le vieux Svardstaf faisait fausse route. Que cette tempête, cette tempête en particulier, ne se réduisait pas au traditionnel baroud d'honneur de la saison froide. Parce que la vitesse à laquelle le vent avait tourné, la chute brutale de la température ambiante, la noirceur soudaine d'un ciel jusque-là parfaitement limpide…

J'ai déjà vu ça.

— M'a tout de même l'air franchement costaud, çui-là, fit valoir Modi, comme en écho aux pensées de Falkenn. Me rappelle pas en avoir vu de comme ça d'puis un sacré bail !

— Et à quoi tu penses, fiston ?

— Aux Anscarides. Leurs Arcanotrucs, là. Tout l'monde sait qu'ces trous d'balle ont découvert comment modifier l'climat. Z'ont des bidules… Comment qu'ça s'appelle, déjà ? Ah ouais : les machines tempestaires !

Une expression railleuse fronça le visage de Falkenn. *Machines tempestaires.* Il s'amusait toujours de cette dénomination grotesque. Utilisée exclusivement par les Bas-Terriens, elle devait moins au traditionnel manque d'imagination et d'à-propos des services de propagande de la Ligue de Skarland qu'à la nullité, au surplus tout aussi traditionnelle, de ses traducteurs de langues septentrionales. Ce qu'en ténéstro-stalois on désignait classiquement sous le vocable de *djehas kresnitché* — littéralement « appareil du climat » — n'avait initialement aucune vocation belliqueuse.

« Ce ne sont pas des armes à proprement parler, avait-il un jour expliqué à Boniface. *Les Anscarides s'en servent pour maximiser le rendement des exploitations agricoles, mettre les paysans à l'abri des aléas du climat. Ils peuvent dissiper un orage encore en formation, ou à l'inverse accroître le niveau des précipitations si les cultures ont manqué d'eau. »*

Les utilisations militaires étaient venues plus tard, lorsque l'empereur Hagen avait lâché Tyruman Khan et ses *askari* sur la Krelfe. En plein été, un véritable déluge avait, en quelques jours seulement, noyé sous l'équivalent de plusieurs mois de pluie les régions frontalières avec les autres États de la Ligue, rendant les routes impraticables pour leurs troupes et isolant le centre du pays. Des colonnes de fantassins avaient été lapidées par des averses de grêle aussi soudaines que meurtrières, des trains d'artillerie entiers embourbés. À la faveur de l'humidité et de la chaleur, épidémies et nuisibles s'étaient propagés parmi les garnisons des défenseurs.

Falkenn ignorait comment s'y prenaient les arcano-technologues. L'Empire gardait ses secrets avec jalousie et efficacité — le vol de matériel tombant directement sous le coup d'une justice militaire aussi intraitable qu'expéditive —, mais la quantité d'énergie requise pour augmenter ou diminuer la température d'un seul petit degré, sur une zone géographique même réduite, était tout simplement phénoménale. L'unique engin climatique qu'avait eu l'occasion d'apercevoir le chasseur de primes dans le nord de la vallée du Cheiron était abrité dans un bâtiment aussi haut que le Vieux Phare de Solmost, et il avait ensuite appris qu'il était minuscule en comparaison de ceux chargés de tenir en bride le rude hiver septentrional.

L'on ne pouvait pas déplacer ces prodigieuses machines. Il fallait les construire sur place. Or, Solmost était située beaucoup trop loin dans le sud pour que les dispositifs installés en Reisenvard ou même en Krelfe pussent être à portée.

Et pourtant…

Les eaux du Cheiron qui se colorent de fer. Les éclairs qui écorchent le ciel. La pluie qui martèle les pavés blancs devant la maison des parents de Lisbeth, si drue qu'elle rebondit sur plusieurs centimètres de haut en myriades d'éclats blancs, scintillants et froids comme du shrapnel. Le rugissement de l'orage qui annonce la cavalcade de dragons d'acier parmi les nuages.

Aux oreilles de Falkenn, c'était le passé qui hurlait dans les trombes d'eau. Un passé guère lointain, mais si soigneusement gardé sous clé deux décennies durant qu'il aurait tout aussi bien pu n'être que la réminiscence d'une existence antérieure qui remontait à présent à la surface en bouillonnant. Une moitié de vie occultée qui revenait dans le fracas du tonnerre et les échos familiers de la guerre.

Bien sûr, il existait des différences majeures. Les Concordians avaient accueilli les troupes impériales en libérateurs. À n'en point douter, ce ne serait pas le cas de la population solmostine. Falkenn lui-même n'avait aucune implication personnelle dans les événements en cours, non plus que d'allégeance qui le lierait encore à tel ou tel belligérant. L'antipathie viscérale qu'en tant que Vardener il éprouvait pour les Ligueurs ne compensait pas la méfiance dont il n'avait jamais réussi à se départir à l'endroit des Ténéstro-Stalois. À ses yeux, l'identité du vainqueur de cette guerre importait peu. Une seule certitude l'animait, ici et maintenant : celle qu'aucun camp ne devait jamais avoir entre les mains la puissance de la Petite Sœur — si tant était qu'on pût effectivement la contrôler, comme semblait le croire Wilmora Radzek. Et quant à expédier cette dernière là où elle aurait déjà dû pourrir depuis vingt ans…

Le vent faisait claquer et gonfler le manteau de cocher de rechange du chasseur de primes, en faisait voleter la pèlerine de cuir qui lui entourait les épaules. De temps à autre, à la faveur d'une bourrasque plus virulente, un pan écarté révélait un nouveau holster pendu à la ceinture.

Exception faite de sa crosse d'ivoire, l'Ami des Grands Jours était méconnaissable. Les doigts ingénieux de Metisto Strabyzem l'avaient dépouillé de son antique structure en argent pour lui substituer un alliage plus léger. Un impératif pratique, l'arme ayant doublé de taille, entre le canon désormais plus long et plus gros, sa platine plus moderne et plus fiable — *« Il est bon pour la brocante, ce calibre ! »* avait raillé le Diable Bleu — et son barillet frappé d'obésité. La forme de celui-ci expliquait d'ailleurs pourquoi Falkenn avait dû troquer son vieux holster de service, harnaché autour de la poitrine, contre un nouveau flambant neuf porté à la ceinture : à la place de l'habituel cylindre à six chambres, on trouvait désormais un imposant magasin en forme de nœud borroméen. Il fallait y regarder de plus près pour constater qu'il s'agissait de trois chargeurs distincts, assemblés autour d'un axe unique, conçus de façon à ce qu'un seul à la fois puisse faire face à la chambre de tir, un peu à la façon d'une mitrailleuse. Un simple geste du pouce sur le tout petit levier situé à côté du percuteur permettait d'actionner le mécanisme de l'axe commandant la permutation des cylindres.

— C'est un objet remarquable que vous avez là, releva le vieux Canute.

Au bout d'une heure de marche à travers la vallée, ils avaient décidé de faire une halte afin de permettre à leur guide de souffler un peu. Vaguement protégé de la pluie par l'avant-toit d'une chapelle héliothéiste aux murs envahis de lierre et aux fenêtres crevées, le Nain était inconfortablement assis à même le sol. Vu l'état de délabrement des lieux, personne n'avait suggéré d'y entrer.

— Guère plus qu'un gadget, en réalité, tempéra Falkenn, de l'eau gouttant des bords de son chapeau. C'est ce que les spécialistes, dirons-nous, se plaisent à nommer un hybride, mais il ne faut pas s'y tromper. Ce n'est qu'une arme modifiée à la va-comme-je-te-pousse pour accueillir quelques améliorations issues de l'arcano-technologie, mais la part de celle-ci est toujours mineure. J'ose espérer que cela suffira néanmoins pour ce que je prévois d'en faire.

— Pardonnez-moi. Je ne faisais pas allusion à cet étrange pistolet que vous portez à la ceinture. (Il inspira un grand coup, un sourire contenté aux lèvres comme s'il humait un parfum particulièrement plaisant.) Savez-vous que les Révérends du Fer peuvent flairer les métaux aussi facilement qu'un chien de chasse repère la piste du gibier ? questionna-t-il, les yeux clos. C'est l'un des dons que confère le sang d'Eldrugar. Celui qui coule dans mes veines est peut-être du jus de raisin en comparaison de celui de mes ancêtres, mais mon nez ne m'a jamais trompé. Depuis mon réveil, je la sens. Cette odeur qui flotte autour de vous. Elle est entièrement nouvelle pour moi. Ce n'est ni de l'argent ni de l'acier — quoique j'en sente sur vous —, ni de l'or, ni rien que je connaisse…

Il s'interrompit, rouvrit les yeux. Ses narines s'évasèrent imperceptiblement comme il reniflait, puis il s'enquit brusquement :

— Puis-je voir votre canne ?

Intrigué, Falkenn obtempéra. Svardstaf étudia un court instant le pommeau en forme de rose, qu'il fit tourner entre ses doigts larges et un peu hésitants. Un cliquetis sec se fit entendre lorsqu'il le déverrouilla finalement.

— Mate-moi ça, fiston, lança-t-il en faisant lentement glisser la lame à l'air libre.

— C'est… c'est une… ? bredouilla Modi, les yeux ronds.

— Une épée en fer-diamant. Forgée par Eldrugar Lui-même. Pas moyen de s'y tromper, mon gars. Tu sens ça ? Comme un reste de… Je ne sais pas. Comme du feu vivant, tiens. Aucun autre métal n'a cette odeur. Pas de doute, elle est authentique.

— Mais où c'est que vous l'avez dénichée ? demanda Modi en s'adressant à Falkenn.

— Sur le cadavre d'un criminel de bas étage, répondit Falkenn en se réfugiant à son tour sous l'étroite avancée du toit. Rien de très héroïque, j'en ai peur. Et j'ignore totalement d'où lui-même la tenait.

— Faut dire qu'il était pas vraiment en état de raconter sa vie, se rappela Boniface, trempé comme une soupe.

Tassé contre le mur, le mandragot jetait des regards mauvais au ciel noir.

— Une bien piètre destinée pour une arme aux origines si glorieuses, fit valoir Canute sans quitter la lame des yeux. (Une mince traînée bleutée tremblotait sur son fil.) Dire qu'elles ont presque toutes été perdues ! Jamais je n'aurais cru avoir l'une d'elles sous les yeux, encore moins entre les mains !

— Une arme divine qu'vous avez là, M'sieur, résuma Modi. Ah ! Avec ça, qui a b'soin d'une pétoire hybridée ou j'sais pas quoi ?

— J'étais policier, Monsieur Svardstaf, répondit placidement Falkenn. J'en ai gardé certaines manies. Survivre en évitant de présumer stupidement de ma propre qualité ou de celle de mon équipement est l'une d'elles. Je ne doute ni de mon bras ni des propriétés extraordinaires du fer-diamant, mais comme se plaisait à me le seriner mon vieux commissaire : « Face à un suspect dangereux, un bon flic doit penser comme un comptable. Remplacer une balle qui se perd entre les deux yeux d'un salopard coûte moins cher que de verser une pension de veuvage ». Je ne peux écarter la possibilité que nous aurons affaire aux Ligueurs, et si cela arrive, la spadamantine ne suffira pas.

— Elle le pourrait si vous connaissiez les mots-clés, le détrompa Canute.

— Les mots-clés ?

— Les mots d'activation. Les mots de pouvoir. Les Énoncés du Fer nous enseignent que celui qui connaît les mots prononcés par Eldrugar au moment où il a forgé l'une de ces épées est capable d'en libérer toute la puissance.

— Et les Énoncés du Fer auraient pas eu la bonne idée de vous enseigner les mots-clés pour celle-ci, à tout hasard ? demanda Boniface.

— Je ne saurais même pas vous dire quelle langue utiliser. Pas plus que je ne serais capable de vous décrire les effets de ces mots sur une spadamantine. Ils ne furent transmis qu'au destinataire de chaque épée, puis oubliés en même temps que les armes étaient vendues, volées ou perdues.

— Mouais… J'imagine qu'il faut y voir un coup de bol, en fait, estima le mandragot qui se grattait une oreille d'un air pensif. Personne a envie que le premier guignol venu puisse déchaîner une puissance divine.

— Mais je devrais être capable de vous dire son nom, compléta Canute.

Ayant posé l'arme en travers de ses genoux, il fit doucement courir les doigts de sa main libre sur le plat de la lame. Celle-ci réagit d'une manière dont Falkenn n'avait encore jamais été le témoin : là où le vieux Dvargar appuyait, une infime lueur bleue s'étalait, liquide, par en-dessous, suivant brièvement le sillage des mouvements digitaux avant de s'étioler. Aux légers tintements que suscitaient ceux-ci, produisant une mélodie de carillon lointain, Falkenn comprit que la pulpe des doigts devait être couverte de ferroderme.

— Eldrugar a laissé sa signature sur les lames, expliqua le Nain. Seul un Révérend du Fer ou un prince de pur sang royal folmog peut la sentir et la déchiffrer.

Les yeux clos, la tête penchée comme si le fer-diamant lui murmurait ses secrets, il faisait penser à un aveugle décodant un texte en écriture tactile.

— Ah… Voilà… Le nom est écrit ici…, ajouta-t-il comme ses doigts parcouraient les derniers centimètres de la lame. Vous êtes l'heureux propriétaire de… *Santana.*

— Ce qui veut dire ? demanda Falkenn tandis que Canute remisait la lame dans le fût de bois noir.

Il rendit l'arme au chasseur de primes avant de répondre :

— Justice.

***

Devant eux, la nécropole se déployait suivant une logique que les plans successifs d'occupation des sols, sans même parler de ce qu'il y avait en dessous, rendaient indéchiffrable. Cependant, l'œil exercé de Luther Falkenn, un œil qu'on avait jadis formé à repérer même les détails les plus insignifiants parce que c'était précisément là que se nichait le diable pour y dissimuler la vérité ; cet œil-là ne put s'empêcher d'en débusquer mécaniquement les empreintes.

Les sépultures étaient différentes, à cet endroit. Des inscriptions illisibles, guère plus que des griffures ineptes, zébraient des stèles abîmées ou fendues. Des grilles de caveaux grimaçaient, tordues et vertes d'oxydation, béant sur des espaces empoussiérés d'où suintait une puanteur vénérable.

— Faites très attention à partir d'ici, les prévint Canute Svardstaf. Cette partie de Supplicate a été abandonnée depuis très, très longtemps. Personne n'y vient… à part moi. Elle n'est pas sûre. Elle est… marquée. Les vivants ne sont plus franchement les bienvenus par ici. Contentez-vous de rester dans mes pas. Et si jamais vous croyez voir ou entendre quelqu'un, ne le regardez ni ne lui adressez la parole sous aucun prétexte.

Tout autour, la nature et la vie reprenaient leurs droits. De petits ruisseaux, autrefois canalisés pour servir au nettoyage des lieux, avaient débordé des lits artificiels qu'on n'entretenait plus, enflé en rivières qui avaient finalement englouti des portions entières de la nécropole, transformant des allées ouvragées en marais fétides.

La végétation débordait, elle aussi. Insensiblement, d'année en année, elle gagnait du terrain. Des forêts longtemps tenues en respect par les fossoyeurs de Supplicate s'étaient avancées depuis les flancs des montagnes pour en coloniser les abords. Le lierre avançait en éclaireur, se glissait sous les dalles qu'il faisait éclater, escaladait les murs de mausolées grands comme des maisons qu'il enserrait, momifiait. L'humidité régnante avait changé de vastes mémoriaux en cairns moussus.

L'endroit bruissait d'une vie trépidante. On entendait des ragondins se déplacer sous le couvert des fourrés. Un corbeau survola le quatuor, et Boniface vit une perdrix prendre son essor de derrière un cippe, ce qui lui rappela qu'il avait un peu faim.

Ce n'était pas seulement le manque d'entretien, réalisa Falkenn tandis qu'ils cheminaient en silence parmi les tombeaux anciens. Plus bas dans la vallée cohabitaient sans heurt les symboles des fois héliothéiste et quintimienne : simples cercles frangés d'ondulations ou têtes de lion auréolées de feu pour la première, la seconde laissait libre cours aux préférences des défunts. Paysans et fermiers avaient souvent dédié leur dernier séjour au dieu du Soleil ou à la déesse de la Terre en remerciement de leurs bienfaits, tandis que les marins, en faisant graver un trident, une conque ou un poulpe sur leur plaque mortuaire, s'étaient une dernière fois tournés vers Capalata pour garantir la tranquillité de leur traversée. On reconnaissait facilement les sépultures des soldats de métier : dans les carrés des tombés au combat, la statue de Suradrus montait une garde vigilante. Un genou à terre, le chef courbé comme si un poids invisible pesait sur sa nuque, les poings fermés sur le manche de son épée à deux mains, ou parfois même assis en tailleur, son arme serrée contre lui : le dieu de la Guerre adoptait toujours une pose navrée ou contemplative. Peut-être se tourmentait-il de n'avoir pu épargner à ces jeunes hommes une fin trop précoce.

Autour de Falkenn ne subsistait désormais plus rien de cette fantaisie mortuaire. Chemin faisant, ils avaient remonté le temps, marché jusqu'à croiser ce moment de l'histoire en-deçà duquel on ne se risquait pas encore à plaisanter avec la mort, encore moins avec celui qui l'incarnait. Une époque où l'on redoutait de voir son âme, souillée par les aléas d'une existence pas assez rectiligne, sombrer jusqu'au Sépulcre, cette prison infernale où les Cinq avaient enfermé Netras après *Samara*.

Une époque où même les plus fanatiques des héliothéistes prenaient grand soin de faire figurer une discrète petite rose fanée sur leur tombe, et ne manquaient jamais de déposer sur celles de leurs proches un bouquet de roses qu'ils laissaient ensuite pourrir. Autant de survivances tolérées d'une foi prétendument abjurée, destinées à se ménager la bienveillance de ce dieu des Morts auquel ils n'étaient pas supposés croire.

Andraxès était partout. Pas seulement son visage à moitié mutilé ou les pétales froissés de sa fleur-totem, motifs désormais récurrents dans la nécropole ; mais sa divine personne, en majesté, répliquée encore et encore, depuis des statues plus hautes qu'un homme gardant l'entrée de mausolées cossus, jusqu'à de minuscules figurines scellées à même les stèles les plus modestes. Sa silhouette lugubre, légèrement voûtée dans une pose presque prédatrice, paraissait épier les alentours depuis les profondeurs enténébrées de son capuchon, en quête d'éventuels profanateurs à châtier. Le Fossoyeur était partout.

Puis il disparut.

L'allée que suivaient les quatre marcheurs s'élargissait progressivement, prenant les proportions d'un véritable boulevard où auraient pu se croiser sans peine les files de voitures, de charrues et de piétons qui obstruaient quotidiennement les entrées de Citégrise. La flanquaient de chaque côté de hautes constructions rectangulaires dont les murs s'inclinaient progressivement avant de brusquement s'interrompre sur un toit plat, comme autant de pyramides tronquées. Sur leurs façades, parfois longues de plus de trente mètres et creusées de redents s'ouvrant sur des portiques aveugles, on distinguait encore les vestiges de bas-reliefs majestueux que les vents avaient poncés : scènes de repas, de chasse ou de combat. Mais pas le moindre symbole funéraire, bizarrement.

— Stauriaditès, psalmodia Falkenn au bout d'un moment.

— Quoi ? lança Boniface.

Le chasseur de primes pointa avec sa canne les monuments à l'architecture ramassée.

— Ce sont les mastabas des Stauriaditès, explicita-t-il. Les tombeaux de la dynastie qui a fondé le royaume de Morinthe voilà plus de trois-mille ans, et les premiers à avoir régné sur Pont-Salin après son indépendance. Il existe une nécropole royale similaire près d'Arclonum, de l'autre côté des montagnes, mais celle de Solmost est plus réputée à cause de ses fameuses tombes chantantes.

— Des tombent qui chantent…, grommela le mandragot en levant les yeux au ciel. Allons bon, voilà autre chose !

— J'ai lu autrefois que les plus anciens mastabas intégraient un mécanisme de défense ingénieux destiné à effrayer les pilleurs, poursuivit Falkenn sans réaliser que les Svardstaf père et fils échangeaient un regard complice, pour ne pas dire amusé. Des réseaux de tuyaux spécialement aménagés pour que le vent, en s'y glissant, produise des sons similaires à des voix humaines. Il me semble que…

Il s'interrompit lorsqu'une longue complainte s'éleva de plus loin au nord, dans la vallée. Déchirante, affreuse, brisée de désespoir, elle couvrit même les échos de l'orage et évoquait vaguement le cri d'un bricoleur qui viendrait de s'expédier un bon coup de marteau sur le pouce. Un *très gros* marteau.

— Très… réaliste. Mais j'ai pas reconnu la chanson, commenta Boniface qui s'était immobilisé un instant, une patte toujours en l'air.

Ils poursuivirent néanmoins leur route, toujours guidés par Canute qui s'appuyait sur son fils. À mesure qu'ils s'enfonçaient entre les mastabas, le vent jouait à leurs oreilles des tours de plus en plus discutables. Aux huchements hargneux qui ricochaient à intervalles irréguliers sur les murs décolorés par le temps et les intempéries, se joignaient d'autres sons dont on peinait à croire qu'ils fussent le produit de mécanismes conçus pour éloigner les visiteurs importuns, aussi astucieux fussent-ils. On entendait confusément comme des pleurs, des jérémiades aux accents coupables ; ou encore des lamentations et des murmures sifflants, comme les messes basses d'un pénitent reclus.

La végétation environnante s'était montrée plus agressive dans cette portion de la vallée. Elle donnait l'impression de s'être abattue comme un raz-de-marée de verdure vengeresse sur la nécropole royale des Stauriaditès, et certaines des plus antiques sépultures avaient succombé sous ses assauts patients. Les racines vigoureuses d'une forêt nouvelle avaient sapé jusque sous leurs fondations. Des chênes, puissants et noueux, avaient poussé en écartant des murs qui avaient fini par capituler : ils s'étaient répandus en travers de l'avenue, la jonchant de débris et de gravats qu'avait ensuite submergés une arrière-garde de jasmin, de chèvrefeuille et de bougainvillier. Un cimetière dans le cimetière sous les frondaisons touffues.

Canute les guida jusqu'à ce que Falkenn prit d'abord pour un talus couvert de fleurs. En s'approchant, il réalisa toutefois que çà et là surgissaient de la pente herbeuse les moulures érodées d'un faux-portique, les doigts brisés d'une statue ou la surface vérolée de champignons d'une colonne tronçonnée. Le petit groupe longea la façade parée de pâquerettes et de pissenlits jusqu'à une trouée tout juste visible sous sa couverture de ronces.

— C'est ça le Berceau ? demanda un Boniface étonné comme les deux Dvargars entreprenaient de se frayer un passage à travers les sarments alourdis de mûres.

— Non. Il s'agit de la tombe du roi morinthien Agadore, l'informa le vieux Svardstaf. Le premier à s'être fait inhumer de ce côté-ci des Cinq Divins. Il y a plus de quinze siècles.

Modi était à présent passé devant et ouvrait la marche afin d'éviter à son père de trébucher sur les racines qui affleuraient sur le dallage au-delà de l'entrée. Celle-ci donnait sur une chapelle qu'éclairaient péniblement les fantômes d'une lumière hâve pénétrant par le toit rudoyé. L'endroit avait dû être grandiose par le passé, mais les siècles, l'humidité et la pression constante de la nature s'étaient chargés de lui ôter jusqu'à son dernier atome de pompe en effaçant ou en recouvrant le décorum. N'en restaient que les dimensions dignes d'une salle de bal, et tout au fond la statue décapitée du souverain. Réellement décapitée, nota Falkenn : le corps, drapé dans un pallium, était quasiment intact. La tête reposait au bas du socle, bien droite, comme si on l'avait déposée là à dessein. Des sarments l'encerclaient comme un nid de serpents mécontents, à l'affût.

Une arche avait été pratiquée dans le mur, juste derrière le socle.

— Avant *Samara*, on vouait un culte aux Stauriadités, révéla Canute qui avait repris la tête et passait sous la voûte d'où pendouillaient des tiges épineuses. (Derrière lui, Falkenn avait sorti puis brisé un *helioquartz*.) Ils ne régnaient pas par droit divin : ils étaient le divin, et souscrivaient pleinement à cette idée folle. L'immortalité les attendait une fois cette vie terrestre terminée, pensaient-ils, c'est pourquoi lorsque l'un d'eux mourait, il était de coutume que toute sa maisonnée l'accompagne pour continuer à le servir dans l'autre monde. Les officiers et les soldats de la garde personnelle du roi se suicidaient ou étaient exécutés suivant des rites particuliers. Ses compagnes avaient généralement recours au poison. Puis on tuait tous ses animaux : ses chevaux, ses singes, ses faucons, ses chiens, ses chats…

— Des barbares, quoi, cracha Boniface qui jusque-là n'avait pas trouvé à redire.

Au-delà du passage, la lumière du cristal jaune révéla en s'écoulant un puits qui s'enfonçait sur plusieurs dizaines de mètres dans le sol. Un escalier de pierre en colimaçon spiralait vers ses profondeurs, longeant un mur cylindrique que perçaient sur toute sa surface de petites niches d'une trentaine de centimètres de haut pour une vingtaine de large.

— … et ses esclaves, termina le vieux Nain comme l'*helioquartz* dévoilait les premiers crânes.

La lumière se refléta sur une mer d'os patinés par les siècles tandis qu'ils descendaient les marches. Il y avait un crâne dans chacune des alvéoles, mais Falkenn aurait été bien en peine de les dénombrer avec exactitude. Combien le roi Agadore avait-il possédé d'esclaves de son vivant ? Des centaines ? Un millier ? Plus encore ? L'obscurité qui régnait dans le puits, s'ouvrant sous eux et se refermant au-dessus de leurs têtes à chaque tour effectué, la lumière qui jouait sur la paroi évidée en donnant l'impression que les crânes flottaient dans le vide, altéraient ses perceptions. Le chasseur de primes ne put toutefois s'empêcher de remarquer que certains crânes étaient étonnamment petits.

De temps à autre, les misérables cavités réservées aux têtes tranchées des esclaves en délimitaient une plus vaste, assez haute pour qu'un homme ou une femme adulte s'y tînt. Ou son squelette, en tout cas, et l'on pouvait deviner le sexe de son propriétaire à ce que l'usure des siècles avait bien voulu laisser de ses habits. Des lambeaux de robes filées d'or vêtaient épouses et concubines, de longues toges les fonctionnaires civils de la maison du roi. Dans leurs armures de bronze maculées de vert-de-gris, des soldats dévoués jusque dans la mort montaient une garde attentive et bornée sur le repos de leur maître.

Des lamentations gutturales montaient des profondeurs, de plus en plus nettes à mesure que le groupe se rapprochait du bas de l'escalier. Malgré tout, elles semblaient dépourvues de sens : on y reconnaissait des chapelets de syllabes, une trame hachurée de sons décousus où subsistait peut-être ici ou là l'esquisse brouillonne d'un mot, d'un nom. Dans l'ensemble, cependant, cela se résumait à un ânonnement désemparé et autistique qui éclatait de temps à autre en un sanglot vengeur.

— Bon, d'accord. On arrête de déconner, là. Si ça, c'est le bruit du zef, moi, je suis la reine des Syncouronnes, décréta Boniface, les poils du dos hérissés et les oreilles aplaties. C'est la Petite Sœur, hein ?

— Non, le détrompa Canute. Ça, c'est Agadore.

Le mandragot ouvrit de grands yeux effarés.

— C'est vraiment gentil de vouloir me rassurer, ironisa-t-il.

Parvenu au fond du puits, l'escalier faisait face à une haute arche au-delà de laquelle se trouvait la chambre mortuaire principale. Dûment scellée à l'époque par des ouvriers dont ils avaient probablement croisé les crânes au cours de leur descente, la dalle de marbre en était inviolée. Nul pilleur de tombes ne s'était risqué aussi loin dans Supplicate, nul être vivant n'avait franchi le faux-portique destiné au passage de l'âme du roi défunt.

Pourtant, en prêtant l'oreille, et en faisant abstraction du bredouillis sibyllin qui n'avait pas cessé, Falkenn et Boniface décelèrent un autre son par-delà la porte condamnée. Un petit son ténu, quoique insistant, pénible, qui évoquait un bout de bois inlassablement frotté contre la surface rugueuse d'une pierre plate.

À l'intérieur de la tombe royale, quelque chose — ou quelqu'un — *grattait.*

— On n'échappe pas au jugement d'Andraxès, déclama simplement Canute en guise d'explication, mais à dire vrai, il n'avait pas besoin d'ajouter quoi que ce fût.

— C'était sûrement pas le genre d'immortalité auquel il s'attendait, marmonna Boniface qui passa rapidement au large du faux-portique.

— Humour divin, commenta Modi.

— Sûr, c'est à se taper le cul par terre, confirma le félin.

À l'opposé de la chambre funéraire, un nouveau passage s'ouvrait dans la paroi. Un accès que l'architecte à l'origine des plans du mastaba n'avait de toute évidence pas prévu : c'était un simple trou, mais largement assez haut pour le passage d'un homme. Frangé de racines qui s'accrochaient à la roche tout autour, il semblait avoir été percé directement par l'avancée de ces dernières.

— Les premiers Stauriadités ont commis des crimes abominables, mais ils ont ajouté la bêtise et l'injure à la longue liste de leurs péchés, ajouta Canute en le franchissant. Ces montagnes ont toujours été sacrées : elles l'étaient déjà du temps où les Elfes marchaient sous le soleil, imaginez-vous ça ! Naturellement, c'est dans l'ombre de ces pics que les rois de Morinthe, se prenant pour des dieux, ont fait bâtir leurs tombeaux. Ce faisant, ils ont souillé cette terre, et Agadore s'est montré le plus présomptueux du lot en venant narguer le Fossoyeur jusque chez lui.

Jusque chez lui ? se répéta mentalement Falkenn sans comprendre.

Le tunnel au fond du puits funéraire ne constituait apparemment pas un accès direct au Berceau. Il se prolongeait sur une galerie naturelle, étroite et basse de plafond, aux parois nervurées de racines velues comme autant de vaisseaux sanguins. Elles giflaient Falkenn à mesure qu'il avançait, proliféraient jusqu'au sol, s'ingéniaient à se tendre en travers de sa route et à lui crocher les pieds. À croire qu'elles l'avaient identifié comme un intrus et entendaient lui faire rebrousser chemin.

D'un pas laborieux mais résolu, Canute Svardstaf les mena à travers une véritable fourmilière, un réseau interminable de boyaux, parfois tout juste assez hauts pour permettre au chasseur de primes de s'y faufiler sans se mettre à quatre pattes. Falkenn égara bien vite la notion du temps, et n'aurait pas su dire s'ils montaient ou descendaient. L'atmosphère inerte, sèche, qui régnait à l'intérieur du mastaba, avait cédé la place à une fraîcheur insolite, musquée, portée par un souffle tout juste perceptible, mais chargé des arômes ambrés et revigorants de la résine, de l'humus et du lichen. Des parfums qui semblaient gagner en puissance à chaque pas, de plus en plus attirants et enjôleurs. S'y ajoutait le ronflement, de plus en plus proche, d'une cataracte.

Quelques mètres devant Falkenn, Canute venait de traverser une fissure vaguement triangulaire, Boniface sur les talons. Le chasseur de primes vit son mandragot se figer, puis lever la tête.

— Putain de bordel de… Qu'est-ce que c'est que ça ? s'écria-t-il.

***

L'ambiance dans la cellule des sœurs Galate n'était, fondamentalement, pas moins sombre ni moins électrique qu'au-dehors. Ichoria ne desserrait pas les dents, et Ambroisie, qui avait toujours été plus habile avec les chiffres qu'avec les mots, peinait à trouver quoi dire pour renouer un semblant de dialogue. Pour se faire pardonner, aussi : elle savait avoir vexé son aînée et se sentait légèrement merdeuse pour ça. Après tout, si Ichoria se retrouvait Blanchie, c'était par sa faute.

— Je suis désolée, finit-elle par lancer.

Une phrase qui ne valait pas grand-chose comme entrée en matière, mais présentait au moins le mérite d'exprimer à peu près nettement ce que la jeune femme avait sur le cœur à cet instant.

Sa sœur ne répondit rien dans un premier temps. Elle se contenta de soupirer par le nez, suscitant un nuage de buée sur la vitre tandis que les gouttes de pluie crépitaient inlassablement de l'autre côté du carreau. Pour autant, Ambroisie était à peu près certaine qu'Ichoria n'était pas en train de la snober. Elle la sentait qui cogitait.

— Tu le penses vraiment ? finit par demander l'aînée sans détacher les yeux du ciel convulsé. Tu penses que ton sort m'indiffère ?

— Ben…, hésita Ambroisie qui se demandait si le lieu et le moment étaient bien indiqués pour entamer une thérapie familiale.

Il n'y en aura peut-être jamais de plus indiqués, lui fit remarquer sa comptable intérieure après s'être livrée à une rapide estimation de l'épaisseur des murs, de la hauteur du donjon et de sa probabilité d'avoir un jour des cheveux blancs.

À son tour, elle renifla bruyamment.

— Faut dire ce qui est, on a jamais été très proches, toutes les deux, rappela-t-elle. Tu m'as pas écrit une seule fois depuis que je suis partie à Sainte-Eusie-Ville. Pas une lettre en deux ans…

— Tu ne m'as pas écrit non plus, fit valoir Ichoria.

— Je pensais pas que ça t'intéresserait d'avoir de mes nouvelles. Je pensais que tu étais ravie d'être débarrassée de moi.

— C'est vrai, reconnut Ichoria.

Un aveu exprimé d'une voix neutre, comme un simple constat.

À nouveau, Ambroisie vit son aînée s'absorber dans une réflexion intense, presque une méditation. Lorsque Ichoria reprit la parole au bout de plusieurs minutes d'un silence pénible, ce fut très lentement, comme si chaque mot faisait l'objet d'un examen serré.

— Tu te souviens quand j'ai décroché ce boulot de femme de chambre au Malniki Saraï ?

— Euh… oui, fit Ambroisie après un court instant d'hésitation. C'était grâce à ta précédente patronne, non ? Une grosse baronne, ou je sais plus quoi ?

— C'est ça. J'étais toute fière de moi. Ils ne sont déjà pas nombreux, les natifs de Citégrise qui arrivent à remonter à la surface, mais ils le sont encore moins à travailler dans la ville haute. Alors entrer au palais royal, tu imagines ? Bien sûr, je me trouvais tout en bas de l'échelle : je passais ma vie entre les salles d'eau, les sanitaires, la buanderie… Les petites nouvelles ne montent jamais dans les étages. On m'a très vite fait comprendre que je n'étais pas là pour croiser des gens importants.

« Sauf que moins d'un mois après avoir été embauchée au palais, j'ai été convoquée dans le bureau de Barca d'Ire, enchaîna-t-elle, et Ambroisie en resta interdite. Un privilège dont je me serais bien passée. J'étais terrorisée. Tu te rends compte : le vicaire du roi en personne ? Qu'avais-je donc fait pour attirer l'attention du second homme le plus puissant du pays ? Moi, une simple servante ?

— Qu'est-ce qu'il te voulait ?

— Il m'a posé deux questions. La première, au fond, ne m'a pas surprise : je savais que je n'avais rien à me reprocher. Mais les domestiques du Malniki Saraï sont également recrutés en fonction de critères moraux, et leur moralité personnelle n'est pas seule en cause. On s'intéresse aussi à leur famille.

— Oh…, ne put que lâcher Ambroisie qui venait de comprendre.

— Il voulait savoir si nous étions apparentées, confirma Ichoria. J'ai répondu que oui, évidemment : je pouvais difficilement soutenir le contraire alors que tout ce qu'il attendait, c'était une confirmation de ce qu'il savait déjà. J'ai tout de même trouvé étrange que ce soit lui qui m'en parle. Je veux dire, est-ce vraiment la tâche d'un vicaire que d'étudier les antécédents familiaux d'une domestique ?

« Mais je faisais fausse route. Il m'a ensuite demandé si, en toute sincérité, je te considérais comme quelqu'un de fiable. (Elle eut un rire blanc.) Mon insupportable sœur qui m'a fait passer des nuits blanches pendant qu'elle volait, escroquait, arnaquait, risquait de se faire arrêter ou tuer, qui allait courir les garçons en me laissant seule avec un grand-père alcoolique et si malade qu'à la fin de sa vie, je devais le nettoyer comme un nouveau-né, cette personne-là était-elle fiable ?

Ambroisie était bouche bée. Plus un son ne franchissait ses lèvres : son souffle même restait bloqué très en amont, paralysé par l'appréhension glacée de ce qu'elle subodorait.

— Le poste à la BNC…, réussit-elle finalement à coasser, et Ichoria hocha mollement la tête. Mais le vieux Maddolus avait…

— On ne fait pas disparaître un casier criminel d'un claquement de doigts, même si on a été membre du cabinet pendant quatre décennies, soupira l'aînée. Surtout avec un sale type comme le duc Lirrifas à la Sûreté. Ton magicien a dû s'adresser directement à Barca d'Ire, mais le vicaire n'allait pas se mettre à dos la plus puissante famille dvargare de Solmost pour une obscure gamine sortie du fin fond de Citégrise. Mais quand il a vu ton nom, qu'il a appris que tu avais une sœur qui travaillait au palais…

— Et… Qu'est-ce que tu lui as répondu ?

Pour la première fois depuis près d'une heure, son aînée lui adressa à nouveau un regard. Un regard où se lisait une profonde déception.

— Tu as eu le poste, non ?

— Mais tu me l'avais jamais dit ! chevrota la cadette. Pourquoi ?

— Je ne voulais pas qu'il y ait de dette entre nous, répondit Ichoria avec lassitude. Si tu t'étais sentie redevable… Tu aurais pu te croire obligée de… te rapprocher de moi. Mais nos rapports me convenaient. Toutes ces années, j'avais redouté la visite d'un policier qui serait venu m'annoncer qu'on t'avait retrouvée poignardée, tuée d'une balle ou simplement inerte après une prise trop massive de ces saletés avec lesquelles tu te droguais. Je savais quelle vie tu menais et… J'avoue que ne pas avoir de tes nouvelles me rassurait. Tant que je n'entendais pas parler de toi, c'est que tu étais en vie. Alors au fond de moi, quand je me suis retrouvée face au vicaire, j'ai croisé les doigts : j'espérais que tu te tiendrais à carreau, que tu ferais une belle carrière… ce qui me dispenserait de te revoir à nouveau.

Ichoria laissa retomber ses épaules. Son port s'était fait flasque, son regard désemparé comme si elle venait d'entendre une très mauvaise blague.

— Parce que je t'aime, Ambre, mais… Bon sang, je le jure par les Cinq et Leur fils : tu me fais chier autant que je t'aime…

Ambroisie encaissa mal cette dernière saillie. Elle aurait préféré une gifle. Elle aurait préféré retrouver cette impression de vide glacial qui s'était emparée d'elle au sanctuaire. La violence de tout ce qu'elle venait d'entendre l'avait prise au dépourvu, lui infligeait une douleur supérieure à toutes celles qu'elle avait connues. Ni la balle qui lui avait traversé l'épaule, ni la morsure de l'acier, ni la chute depuis la vigie du Vieux Phare, pas même la déculottée administrée par Letto Larpal ; rien de tout cela n'atteignait la dureté de ce « je t'aime, Ambre » balancé avec le doigté d'un direct au plexus.

— Je… Je…, bafouilla-t-elle.

— Tu quoi ? soupira Ichoria.

— Je suis désolée…, dit-elle à nouveau.

Ambroisie ne put retenir ses larmes. Une semaine avait suffi à tout lui prendre, jusqu'à la dépouiller de ses illusions les plus ancrées et de ses convictions les plus solides. Elle avait perdu sa famille de substitution : Maddolus avait fini par rencontrer plus fort que lui, et celle qu'elle avait toujours tenue pour sa vraie sœur, à la vie à la mort, Chehanna, n'avait pas hésité à la vendre — et à deux reprises !

Et Ichoria. Cette frangine par le sang vilipendée, cette mégère glacée qui l'avait toujours prise de haut. *Je t'aime, Ambre.* Cette aînée trop lointaine, vieille avant l'heure, qui avait tout assumé, tout supporté, tout encaissé. Cette insupportable radoteuse qui voulait toujours savoir à quelle heure Ambroisie rentrerait, qui elle verrait, où elle irait, pour quoi faire. *Je t'aime, Ambre.* Cette régente domestique, ce tyran impassible au nez froncé qui détectait la moindre odeur de fumée froide ou d'alcool régurgité, qui ne supportait ni la vue d'une mèche rebelle ni un ongle porté à la bouche. Cette pauvre fille dont Ambroisie évaluait enfin l'ampleur des souffrances, dont une partie était directement imputable à une cadette un peu trop remuante, mais beaucoup trop égoïste pour simplement les voir.

Je t'aime, Ambre.

Les sanglots d'Ambroisie, attisés par une culpabilité dont elle n'avait jamais soupçonné l'existence, redoublèrent d'intensité lorsqu'elle sentit les bras d'Ichoria l'enlacer.

Cette fois, instinctivement, la cadette rendit son étreinte à l'aînée, mais quelque chose rompit le charme. Un détail qu'Ambroisie n'avait pas eu le temps de noter lorsqu'elle était entrée dans la cellule. Qu'elle n'avait pas non plus remarqué au cours de leur brève entrevue, une neuvaine plus tôt, du fait de l'habitude de sa sœur de toujours se vêtir de couleurs sombres. Mais qu'elle sentait, là, tout contre elle.

Ichoria avait toujours été aussi plate qu'une limande piétinée par un char à bœufs. Mais pas aujourd'hui.

— La vache, c'est quoi ces ballons ? s'ébaubit la cadette. Et dis donc, c'est la nourriture qu'on t'a filée ici qui te fait gonfler comme ça ? Matez-moi ce bidon !

Ambroisie posa une main à plat sur le ventre singulièrement rebondi de sa sœur. À sa grande stupeur, de l'autre côté de la paroi abdominale, quelqu'un lui rendit son geste.

— Merde ! T'es enceinte ! Et pas qu'un peu ! T'es à combien, là ?

— Huit mois et pas loin de trois semaines. D'après le thaumaturge, je devrais accoucher avant la fin du mois.

— Mais c'est arrivé comment ?

Ichoria ne put retenir un gloussement.

— Parce que tu connais plusieurs méthodes, toi ?

— Rah, c'est pas ce que je voulais dire ! Mais j'avais pas fait gaffe l'autre jour ! Tu m'as même jamais dit que tu t'étais mariée, putain ! Et d'ailleurs, c'est qui, le daron ? voulut savoir Ambroisie, mais Ichoria se rembrunit soudain. Quoi ? Je le connais ?

— Hum… Il s'appelle… Euh… Enzios.

— Enzios… Attends, pas Enzios *Tolac*, quand même ? Pas mon vieux pote Zios le Beffeur ? Zios les Belles-Mimines ? Zios l'Écluse ? (Ichoria opina, en prenant grand soin de ne pas croiser le regard de sa sœur.) C'était le seul gonze que j'arrivais pas à battre dans les concours de beuverie ! Il avait déjà un casier judiciaire plus long que le mien alors qu'il avait deux ans de moins ! Et tu pouvais pas le piffrer ! Tu disais qu'il avait une sale influence sur moi !

— Il s'est rangé, depuis, fit valoir Ichoria, mais la pauvreté de l'argument arracha un éclat de rire à Ambroisie.

— Ouais, il s'est rangé… Et il t'a arrangée, au passage !

— S'il te plaît, Ambre, épargne-moi tes vulgarités !

— Eh, ça va, fais pas ta mijaurée, hein ? Même moi, je serais jamais sortie avec lui, et les dieux savent que j'étais pas exigeante en ce temps-là. Alors la ramène pas, hein, parce que… Attends une seconde… Tu as *épousé* l'Écluse ? demanda-t-elle avec un accent de suspicion dans la voix.

À ces mots, le fard qui mangeait déjà les joues de son aînée lui grimpa jusqu'à la racine des cheveux.

— Nan ? lâcha une Ambroisie définitivement hilare. Tu déconnes ? Toi, la sainte-nitouche de service ? Ichoria-je-me-couche-pas-comme-ça ? Ichoria-les-grands-principes ? Si je m'attendais à ça : ma coincée de sœur qui s'envoie en l'air en dehors des liens sacrés du mariage avec l'escroc le plus précoce de Citégrise, de six ans son cadet, et qui porte son gamin ! J'espère que le palais met pas à jour ses enquêtes de moralité !

— Je suppose que tu vas te payer ma tête jusqu'à la fin des temps ?

— Pas impossible, reconnut Ambroisie en essuyant ses yeux humides de larmes — à présent essentiellement de rire — d'un revers de la main. Encore que j'ignore si on a autant de temps devant nous. Les gardes m'ont dit que j'étais transférée par ordre du vicaire. Tu sais ce qu'on fout ici ?

— Je n'en sais pas plus que toi. J'ai été amenée ici avant-hier, également sur ordre de Somas Athossi.

— C'est lui le nouveau vicaire ? Tu le connais ?

— Un peu. C'était le conseiller aux Affaires internes de Barca d'Ire. Son bras droit, si tu préfères, mais il le traitait comme son fils. Un homme bien, en tout cas, pour ce que j'en sais. Un peu collet monté, peut-être.

— Il y a cinq minutes à peine, je me serais encore étonnée que tu puisses traiter qui que ce soit de collet monté, mais maintenant que je sais de quel genre d'exploits tu es capable… Oh, ça va, j'arrête de me moquer, promis, lâcha-t-elle comme Ichoria lui jetait un regard en coin. Pour l'heure à venir. Au-delà, je garantis rien.

La brusque et vive nitescence blanche d'un éclair inonda la fenêtre, captant l'attention des deux jeunes femmes.

— La vache, il était costaud celui-l…, commença Ambroisie en se tournant.

De l'autre côté de la Baie de Sel, un imposant bâtiment éclata en une floraison soudaine de verre, de béton et d'acier. Sa structure se rompit dans un fracas de briques, et la chrysalide déchiquetée béa un instant sur une charpente dévastée par une colonne de flammes semblable à une rose grimpant à l'assaut du ciel. Celle-ci creva le sommet de la bâtisse, et le dôme qui la coiffait l'instant d'avant s'épanouit en une corolle de feu et de tôle déchiquetée, des milliers de tessons de vitre s'égayant sous son ombre en brillant d'un bref éclat doré, comme une fine bruine par un beau matin de printemps.

Ambroisie ouvrit et ferma la bouche plusieurs fois. Ses yeux, en revanche, ne cillèrent pas un instant.

— Put… C'est… C'était la BNC, ça, merde !

— Regarde ! jeta Ichoria, un doigt tendu au-dessus des ruines encore en suspension, et la cadette leva légèrement les yeux.

***

Luther Falkenn n'en revenait pas de ce qu'il voyait.

Après la tombe du roi Agadore et son occupant coincé pour l'éternité, il s'était attendu à tout. Si l'imagination constituait la vertu première du bon policier, nul doute qu'Andraxès en aurait fait un excellent. Qu'avait-il pu inventer pour piéger la Petite Sœur ? L'avait-il ensevelie sous des litres de lave ? Séquestrée dans un sarcophage du plus pur des diamants ? Entravée par des chaînes forgées à même son propre sang ? Falkenn s'était attendu à tout.

Mais pas à des fleurs.

Au-delà de la fissure ouverte dans le tunnel s'étendait une interminable prairie. Coquelicots, tulipes, gentianes, colchiques et chélidoines y composaient une mosaïque de rouges éclatants, de bleus profonds, de mauves pâles et de jaunes intenses, semée des corolles blanches de marguerites et de narcisses, piquée des étoiles couleur saphir de bourraches sauvages.

L'on aurait pu dire que l'endroit était d'une beauté indescriptible, mais outre la facilité narrative d'une telle assertion, elle péchait par inexactitude. La description était à la portée du premier venu pour peu qu'il fût un expert reconnu — et sans doute un brin obsessionnel — en botanique, ou qu'à défaut il eût sous la main les trente-cinq volumes de *L'Encyclopédie florale universelle, un bref aperçu de la diversité végétale de la Magneterre, du Syamée et d'Ettermor*, de Charles de Vlincourt. Des beautés tropicales aux appellations aussi exotiques que leurs origines géographiques, telles que l'anthurium, au pistil comme un dard de feu ; la rose de porcelaine d'apparence si fragile ; ou encore la strelitzia, avec sa crête de pétales bleus, jaunes et orange, qui ne poussait que dans le nord du Syamée ; voisinaient avec des dures à cuire habituées aux régions les plus froides de Choriloch — des splendeurs au charme glacé : hellébores, gnaphales, queues-de-renard, cloches-de-la-dame. Des plantes médicinales aux vertus supposées prodigieuses, qui ne poussaient que tous les dix à vingt ans sur les plus hauts sommets des Carcères ou dans l'inaccessible Désert de Jor, proliféraient ici, à plusieurs centaines de mètres sous les montagnes pontsalinoises. Des grappes serrées de *lumenbaci*, fleurs marines des grandes profondeurs de la Mer du Lion, aux bulbes similaires à de grosses perles, diffusaient autour d'elles une lactescence blême, marécageuse.

Des chênes, des cyprès, des eucalyptus et des séquoias haussaient des troncs massifs tapissés de mousses et de champignons, à peine moins hauts que les piliers de soutènement de Citégrise. Leurs branches, entrelacées au terme de millénaires d'un bras de fer stérile, tressaient loin au-dessus des têtes un canevas de nodosités complexes, une voûte organique d'où pendaient d'interminables guirlandes feuillues de lierre, de bugle et de fumeterre.

— Le Berceau, devina Falkenn qui, sous le coup d'une compréhension soudaine, se reprit immédiatement : Mais pas celui de la Petite Sœur, n'est-ce pas ? fit-il à l'adresse de Canute Svardstaf qui menait le groupe sous l'arcade végétale. C'est le Berceau d'Andraxès lui-même.

— Hein ? réagit Boniface.

— C'est écrit dans le Livre Premier des Axiomes, insista Falkenn en se grattant la tempe. Verset 3. (Ses lèvres remuèrent en silence comme il cherchait la citation exacte.) « Des arbres et des fleurs destinés à la décomposition naquit Andraxès, gardien de la frontière de la vie et de la mort. »

Le vieux Dvargar approuva d'un signe de la tête.

À sa suite, ils s'enfoncèrent profondément sous les arbres dont l'écorce vénérable pâlissait à la lueur abyssale des *lumenbaci*. Hormis le faible souffle des courants d'air souterrains dans les feuillages, aucun bruit n'agitait l'immensité forestière du Berceau. Pas une bête pour folâtrer dans les fourrés ou crapahuter parmi les branches désertes, pas un insecte pour taquiner les pistils esseulés. Seul montait le ronflement de plus en plus proche d'une chute d'eau, plus loin devant les quatre marcheurs.

Eux-mêmes progressaient dans un silence complet, religieux. La végétation n'envahissait pas simplement la vue, occultant la pierre aussi loin que portait le regard : l'odeur en était si puissante qu'elle imprégnait jusqu'aux bronches, qu'elle remontait par les muqueuses nasales pour brûler l'arrière des yeux. Falkenn avait sorti un mouchoir pour le plaquer sur son visage. L'air était si épais qu'il fallait presque le mâcher.

— Jamais senti autant de magie pure concentrée en un seul endroit, grommela finalement Boniface entre deux éternuements.

Les parfums musqués du Berceau mettaient la truffe du mandragot à rude épreuve, mais son maître lui-même sentait qu'il flottait davantage autour d'eux que du pollen. Lorsqu'il dégaina une dizaine de centimètres de *Santana*, il découvrit la lame comme il ne l'avait jamais vue par le passé, bordée d'un bleu si sombre qu'il en virait presque à l'indigo.

— On s'transmet des légendes sur c't'endroit, intervint Modi avec une révérence craintive éraillant sa grosse voix, les yeux levés vers les hauteurs de la nef végétale. Des choses qu'mon ancêtre Tridi aurait vues lorsque l'dieu d'la Mort l'a frappé avec sa malédiction. C'tait une sorte de… d'laboratoire, ouais. L'Vagabond y aurait inventé toutes les espèces d'arbres et de fleurs.

— Le premier lieu à accueillir la vie, renchérit son père. Et de ce fait, le premier à voir surgir la mort. Sympathique paradoxe, n'est-ce pas ? Andraxès, toujours cité en dernier dans vos textes, alors même qu'il est l'aîné des Cinq. C'est également par le Berceau que la Destructrice voulut débuter son œuvre : plus encore que Pashkamrat, il incarne les espoirs déçus du Créateur. Ces mêmes espoirs déçus dont elle devait faire disparaître jusqu'à la dernière trace de la surface de Choriloch. C'est ici que les Cinq l'affrontèrent et la défirent.

La physionomie des lieux se modifia abruptement. Des banians étendaient leurs innombrables troncs sur des centaines de mètres de long en travers de la forêt, improvisant un simulacre de muraille à l'apparence osseuse, fendue de maigres ouvertures, comme des lacérations. Au-delà, la couverture florale se poursuivait encore sur quelques dizaines de mètres avant de dégringoler dans un gouffre qui béait, gueule ouverte sur un néant qu'une prodigieuse chute d'eau, en s'y déversant depuis les hauteurs invisibles de la montagne, peuplait de spectres vaporeux.

— Et c'est ici qu'ils l'enfermèrent, ajouta Canute.

Se penchant légèrement depuis le bord, Falkenn constata que la cataracte alimentait un lac, cent-cinquante à deux-cents mètres plus bas.

Du moins fut-ce là ce qu'il s'imagina au premier coup d'œil. Un second, plus insistant, lui révéla qu'en fait d'eau, il s'agissait de brume : une vaste étendue de brouillard dissimulait les tréfonds du Berceau. S'en élevaient de loin en loin des fumerolles qui retombaient ensuite paisiblement parmi la grisaille ondulante, parcourue de reflets noirs comme les ombres de poissons passant juste sous sa surface.

Quelques lambeaux éthérés plus entreprenants serpentèrent dans les airs jusqu'au bord du puits. Ils s'aventurèrent parmi les fleurs, longèrent les banians, flottèrent indolemment autour des nouveaux venus dont ils se rapprochaient insensiblement à chacune de leurs circonvolutions timorées ; des nouveaux venus qu'ils dévisageaient avec des yeux noirs.

Mue par l'instinct, la main de Falkenn se déplaça vers le pommeau de sa canne-épée, mais Modi l'arrêta.

— Pas la peine d'vous alarmer, M'sieur. Y vous f'ront rien.

— Des amis à vous ? demanda Boniface.

Son propre instinct lui avait commandé de passer sous Unciamorphose.

Une demi-douzaine de silhouettes grises entourait à présent le groupe. On y reconnaissait des hommes et des femmes, aussi distincts et singuliers dans la mort qu'ils avaient pu l'être à l'époque où ils arpentaient encore le monde des vivants, ainsi que des Dvargars, mais seulement des mâles dont les longues barbes spectrales flottaient au gré de leurs mouvements indolents. Mais quels que fût leur sexe ou leur race, tous affichaient la même expression accablée sur leurs visages translucides, le même désespoir se lisait dans leurs orbites vides. Bien que muets, on devinait la complainte tacite que formulaient leurs bouches grandes ouvertes.

— Les complices de mon ancêtre Tridi, les présenta Canute. Les prêtres et les sorciers qui tirèrent jadis la Destructrice de son sommeil plurimillénaire, et que le Fossoyeur condamna à veiller ici pour l'éternité. Si nous autres, Svardstaf, sommes la clé du Berceau, ces pauvres âmes en peine en sont aujourd'hui le verrou. Ou les barreaux : que les miens viennent à faillir, elles empêcheraient la déesse de quitter l'endroit.

— Votre fils m'a pourtant dit que la Petite Sœur se nourrissait d'âmes, fit remarquer Falkenn.

— D'âmes fraîchement extirpées de leurs oripeaux mortels, oui, concéda Canute. Des énergies vitales résiduelles, des échos dépourvus de force que la déesse consomme avant qu'Andraxès ait pu porter un jugement sur l'être qui a cessé de vivre, l'élevant ainsi à une nouvelle condition. (Du bout de sa canne de marche, il désigna successivement plusieurs des spectres qui avaient repris leur évolution flottante autour de la colonne d'eau.) Ceux-là n'ont pas pu se soustraire à sa sentence. Ce sont des Mânes, Monsieur Falkenn. Des êtres purement spirituels, infiniment supérieurs aux créatures encore entravées de chair que nous sommes. Et bien que le dieu de la Mort les ait interdits de séjour dans son royaume, ils n'en demeurent pas moins puissants.

— Assez pour arrêter une déesse fumasse après presque treize siècles à roupiller ? questionna Boniface, dubitatif.

— Un temps durant seulement, admit le vieux Nain. Jusqu'à ce qu'elle ait consommé assez d'âmes et suffisamment gagné en puissance pour pouvoir briser leurs défenses. Entre-temps, bien sûr, la peste grise aurait ravagé Solmost et Malethorarlod, et la Baie de Sel aurait été changée en un désert invivable. Fort heureusement, nous n'en arriverons pas jusque-là.

Sur la gauche, le chemin fleuri grimpait légèrement, formant un court promontoire ourlé de chèvrefeuille. Des racines s'étaient aventurées là, jusqu'au cœur du Berceau abandonné. Patiemment, elles s'étaient glissées sous la roche friable. Un unique figuier maudit, rachitique en comparaison de ses cousins colossaux, avait fini par pousser en travers du puits, presque à l'horizontale : il étalait au-dessus de l'abîme fumant un réseau dense de branches dont les feuilles pendouillaient, gorgées de l'humidité qui remontait des profondeurs. Un sacré plongeoir pour un sacré plongeon.

Les deux Svardstaf s'y aventurèrent toutefois, le pied sûr. Parvenus à son extrémité, le fils récupéra la canne des mains du père avant de l'aider à s'asseoir en tailleur. Canute demeura un instant immobile, cherchant sa respiration. Falkenn le vit ouvrir la bouche puis se figer, hésitant. Le vieux Nain tourna la tête dans sa direction, lui adressa un sourire un peu désabusé.

— Pardonnez-moi, je n'avais jamais eu de public jusqu'à aujourd'hui, lança-t-il. C'est une sensation étrange de vous savoir là : je crois que je ressens ce que les artistes nomment le trac ! (Un rire de gorge sincère dégénéra en violente quinte de toux grasse.) Écoutez la malédiction des Svardstaf, Monsieur Falkenn ! Écoutez la voix du Seigneur de l'Autre-côté ! Entendez le Chant d'Andraxès !

Et Falkenn écouta. Il écouta, mais ce qu'il entendit, quoique sortant bel et bien de la bouche de Canute Svardstaf, n'était plus du tout le timbre enroué et troué de sifflements du vieux Nain. S'y était substitué non pas une, mais un ensemble de voix — le chasseur de primes aurait été bien en peine de les dénombrer — assez puissantes pour couvrir sans peine jusqu'au cri des eaux rugissantes. Elles entonnèrent une mélopée étonnante, plaintive, moins berceuse qu'élégie, chargée de regrets beaucoup plus que d'injonctions ou de menaces. Ses échos amers se répandirent dans la forêt souterraine où elle fut reprise par le chœur invisible des branches et des feuillages, se répercutant encore et encore, enflant sous la canopée millénaire comme une cantate remplit jusqu'à la faire résonner la voûte d'un temple aux proportions inimaginables. Elle retomba alors en une cavatine vibrante de tristesse, qui balaya le sous-bois comme un ouragan serein, dévala la pierre humide jusqu'aux tréfonds insondables du Berceau ; là où l'attendait l'oreille à laquelle elle était destinée.

Celle de Falkenn n'aurait su comprendre le contenu du Chant. Elle peinait à simplement en identifier les sons, à y découper des syllabes intelligibles. Non seulement il s'agissait de Langue Première, mais, réalisa avec stupeur le chasseur de primes, elle était ici parlée par quelqu'un dont elle était le langage maternel, si ce mot avait un sens quelconque pour une divinité. Un être qui en avait un usage instinctif, naturel, là où même les meilleurs linguistes n'en avaient qu'une connaissance strictement écrite et académique.

L'oreille de Falkenn eut cependant rapidement d'autres chats à fouetter. Des profondeurs de la forêt lui parvenaient à présent des clabaudages atones de carabines et le haro de voix menaçantes.

— Y'a du monde qui se radine par ici, l'alerta Boniface qui s'était quelques instants glissé entre les banians. Des Manteaux Bleus et des soldats pontsalinois.

— Combien ?

— Une centaine, à vue de pif.

— Un contre cinquante, résuma le chasseur de primes en s'armant, l'Ami des Grands Jours dans la main droite, la spadamantine dans la gauche. Voilà qui me semble une cote tout à fait honnête. Quoi qu'il en soit, il est hors de question qu'ils interrompent le vieux Svardstaf avant que… (De nouveaux coups de feu tonnèrent, assez loin dans les sous-bois.) Par les Cinq, mais sur quoi est-ce qu'ils tirent avec autant d'acharnement ? Les troncs d'arbres ?

— Ben, c'est ça que je comprends pas, répondit Boniface qui s'était assis sur son derrière et se grattait maintenant tranquillement une oreille. Ces cons-là se battent entre eux.

***

La bataille faisait rage sous la voûte du Berceau.

Celui-ci offrait pléthore de couverts et autant de possibilités de disparaître rapidement à la vue de l'ennemi. Les belligérants les mettaient intelligemment à profit. Les embuscades se multipliaient.

Manteaux Bleus comme vétérans pontsalinois ne devaient pas se sentir dépaysés. Des années durant, ils s'étaient frottés aux cruels théâtres d'opération forestiers de Krelfe, dans les collines boisées des Tournegrises ou sous les frondaisons impénétrables des *Kwarzehoden*, les Bois Noirs, à la frontière de Pont-Salin, et renouaient avec les tactiques qui leur avaient permis d'y rester en un seul morceau. Ils éclataient leurs formations, évoluaient en petites unités furtives de quatre ou cinq hommes ; jaillissaient à l'improviste, prenant pour cible un groupe d'ennemis qui s'était risqué une seconde de trop à découvert, en abattaient un ou deux dont les comparses ne répliquaient qu'un battement de cils trop tard, une fois leurs adversaires disparus dans les herbes hautes. Des blessés se traînaient péniblement sur un lit de fleurs un peu à l'écart pour s'y dissimuler et reprendre des forces ou y mourir en paix en laissant l'hémorragie accomplir son office. C'était un combat de rue sans rue où chaque bosquet devenait un point d'importance stratégique ; une guérilla éperdue où la Camarde ne prélevait son tribut qu'au compte-goutte. Elle rôdait dans le Berceau en spectatrice ravie.

Spectatrice, Wilhelmina Morville l'était aussi. Son ravissement, en revanche, laissait à désirer : debout à l'orée de la forêt, elle considérait d'un regard dur les cadavres qui jonchaient le pré fleuri.

Le général Wolfdagger lui avait fourni deux pelotons pour l'accompagner. Bien qu'elle n'éprouvât guère le besoin d'une escorte, elle s'était ravisée. Les *Sententiae Deorum* se révélaient peu diserts sur les protections du Berceau : elle avait de ce fait préféré envoyer des soldats en éclaireurs, ne fût-ce que pour déclencher d'éventuels pièges.

Initialement, seule une cinquantaine de Manteaux Bleus devait investir l'endroit, mais Somas Athossi avait insisté pour qu'une unité équivalente de soldats pontsalinois soit également de la partie — pour ne pas rééditer l'impair de l'assaut sur le sanctuaire d'où l'armée royale avait été tenue à l'écart, avait-il prétexté. Wolfdagger y avait consenti : une erreur qui compliquait encore un peu plus la tâche de la magicienne. Elle avait d'abord cru à un quelconque mécanisme d'auto-défense du Berceau qui aurait monté les soldats les uns contre les autres, mais à les voir se battre avec toute la discipline qu'on leur avait inculquée ou l'instinct acquis au fil des campagnes, la magie qui imprégnait l'endroit n'y était pour rien. Le vicaire avait voulu les doubler.

Une esquisse de sourire plissa tout de même la bouche de la magicienne. La situation ne manquait pas d'ironie : on ne pouvait décidément se fier à personne, de nos jours. Pas même aux politiciens.

Elle s'avança tout en dégageant un couteau du fourreau de cuir orné d'or pendu à sa ceinture. Une arme étrange : la courbure de la lame en était si prononcée qu'elle ressemblait à l'ergot aiguisé comme un rasoir d'un reptile ou d'un fauve géant. L'imprécatrice s'en taillada profondément l'intérieur de la main, en diagonale, sur presque toute la largeur de la paume.

Mettant un genou à terre, les yeux clos, elle passa sa main scarifiée sur le sol en un lent mouvement de va-et-vient, presque une caresse, peignant un motif en arc de cercle à l'aide de son propre sang. Ce dernier s'écoulait bizarrement de la blessure, s'évaporant presque immédiatement en de longues ondulations charbonneuses qui suivaient les mouvements de la main, mais avec un léger temps de retard, entraînant avec elles des fleurs et de petites mottes de terre qu'arrachait une force invisible. Sang, pétales, tiges, racines et humus se coagulèrent en une nouvelle matière cotonneuse, d'un gris terne. Une hémurgie.

L'imprécatrice leva la main. La fumée suintait à présent en abondance de la paume mutilée, formait une colonne de brume épaisse animée de trépidations.

D'un geste vif, son poing soudain serré heurta le sol.

Le Fumecendre se libéra. Sa substance, brûlante et tranchante, jusque-là concentrée sous une forme à dessein instable, se distendit violemment dans un souffle pituitaire. Renforcée par les énergies brutes que recelait le Berceau, elle forma un nuage de fumée noirâtre, se répandit à travers les bois sacrés avec la fougue et la fureur d'une cavalcade de chevaux sauvages harcelés par des guêpes, soulevant devant elle des vagues de fleurs arrachées sous l'effet de la vitesse et de la puissance déployée. Elle ensevelit indistinctement les soldats qu'elle renversait sur son passage, qu'elle emportait comme une marée de poussière. Elle arracha même quelques arbustes.

Malgré cela, malgré ce déferlement, une fois le Fumecendre dissipé, par-dessus les quintes de toux glaireuses et les appels à l'aide rauques des quelques rares survivants, s'élevait toujours la complainte sinistre, mais où la magicienne crut percevoir de soudains accents de raillerie, du Chant d'Andraxès.

De la pointe de sa bague, elle se piqua la langue à plusieurs reprises. Laissant le sang se répandre dans sa bouche, elle l'étala à l'aide de sa langue, méthodiquement, sans négliger ni l'intérieur des joues ni le palais, ni les gencives ni les dents. Elle repassa plusieurs fois au même endroit, goûtant la saveur métallique du fluide vital qui s'imprégnait peu à peu de la magie ambiante.

— Faux Frère Seigneur du Sépulcre Architecte des Mensonges…

Les mots étaient soufflés à toute vitesse, comme un seul terme aux innombrables syllabes, à peine dans un murmure. Ils véhiculaient pourtant davantage de pouvoirs que bien des sortilèges imprécatoriaux, et pour cause : ils en violaient la règle la plus fondamentale, la plus ancestrale des traditions, en ajoutant le Verbe au Pouvoir, usurpant un privilège divin. Pire encore, ce *Carmen Buccae*, rarissime, adjurait une puissance honnie, une force que les Cinq eux-mêmes avaient redoutée et face à laquelle ils étaient passés tout près de plier. Car c'était la Prière Noire, la sextuple invocation des six noms de Netras.

Quelque chose se mit à se tortiller au fond de la gorge de Dame Morville. Une chose vivante, éphémère, tissée de sang et d'arcane par les prodiges du rituel buccal, qui rampa laborieusement le long de son œsophage pour venir lui titiller les amygdales avant de se glisser sur sa langue, aussi visqueuse qu'un gros lombric aveugle : l'offrande qu'elle avait sollicitée.

Un goût de chair putréfiée envahit sa bouche. Elle rejeta le dégoût qu'elle éprouvait, entama le dernier cycle de noms.

La chose sur sa langue se décomposa.

Des filaments verts, semblables à de fins lambeaux de pâle brouillard, se glissèrent d'entre ses lèvres entrouvertes et tachées de sang, coulèrent jusqu'au sol. Ils se répandirent alors à travers la forêt, parmi les fleurs et entre les troncs, toujours plus nombreux à mesure qu'ils progressaient car chacun se dévidait rapidement en une arborescence de nouvelles vrilles brumeuses qui s'étiraient à leur tour, fouinant à tâtons sous les arbres. Elles avaient l'air de serpenter sans but jusqu'au moment où l'une d'elles entrait en contact avec le cadavre d'un soldat ; alors elle se tortillait, cherchait un point d'entrée, que ce fût une narine, une oreille, une blessure par balle ou le trou laissé par le passage d'une baïonnette. De là, elle se frayait un chemin jusqu'au cerveau où elle rallumait quelques lumières sur son passage, ranimait les fonctions motrices et certains sens — la vue, l'ouïe.

À travers les bois, près de quatre-vingts paires de paupières se relevèrent sur des yeux vitreux qu'illuminait pourtant un éclat d'émeraude, fenêtres ouvertes sur une conscience unique, invasive, dominatrice ; qui soumit les corps à sa volonté, les fit se remettre sur des jambes désormais à peine plus solides que celles d'un vieillard, mais infatigables. Dévouées et imbéciles.

Wilhelmina Morville poussa ses dizaines de pantins en avant, les aiguillonnant d'une pensée simple, radicale, formulant un objectif à leur portée.

Trouvez Celui-qui-chante. Trouvez Canute Svardstaf.

***

La chose s'extirpa des nuages lentement, presque à contrecœur, avec la grâce paresseuse d'un vaisseau fantôme surgissant d'une épaisse mer de brume. Tanguant mollement dans les airs, elle se redressa, puis décrivit une courbe indolente au-dessus du Capistre en proie aux flammes. Emportées par la masse de l'engin volant, celles-ci se cabrèrent dans sa direction en un semblant de prière, se reflétèrent à sa surface, semblèrent l'embraser à son tour, le firent rutiler d'or.

Ambroisie n'avait jamais vu de dragonnef. Comme beaucoup de Bas-Terriens, l'idée qu'elle s'en faisait était farfelue, parasitée par les légendes persistantes de son enfance sur des reptiles volants bien vivants, cornaqués et harnachés de palanquins farcis de soldats armés jusqu'aux dents. Une seule fois, au cours d'une soirée particulièrement arrosée à Citégrise quelques années auparavant, on lui avait présenté un soi-disant vétéran qui s'était lancé dans la description d'un monstre métallique immense, brassant pesamment les airs de ses ailes d'acier dans un rugissement de pistons et le souffle tuberculeux de la vapeur. Un exposé auquel elle n'avait prêté qu'une oreille distraite : outre qu'elle était déjà totalement soûle à ce moment-là, elle avait trouvé sujette à caution l'extrême précision des images régurgitées par un poivrot encore plus pinté qu'elle. Le peu de bon sens qui restait à Ambroisie après une nuit entière à écluser lui avait murmuré qu'un gus qui voyait une dragonnef d'assez près pour en produire un croquis détaillé avait peu de chances de survivre assez longtemps pour partager son expertise.

Elle se figurait habituellement une sorte de bateau volant, affublé d'une figure de proue en forme de tête de dragon.

Or, si tête de dragon il y avait, elle n'était pas venue seule. Dans la mythologie magneterrienne, on reconnaissait Meterkaph à sa morphologie ophidienne, sinueuse, aux trois paires d'ailes comme celles d'un titanesque oiseau de proie. La version métallique qui passait tranquillement au-dessus des décombres de la BNC en était une réplique parfaite, quoiqu'à une échelle bien moindre en dépit de sa taille similaire à celle d'un grand galion : recourbant son corps cuivré, elle s'enroulait sur elle-même pour former un anneau d'une soixantaine de mètres de diamètre. Ses ailes repliées lui faisaient comme un drapé d'or, tandis que sur les flancs et à l'arrière se hérissaient de vastes rémiges, en des semblants d'ailerons et de gouvernail. Sa longue tête aux allures équines, couronnée d'entrelacs de cornes et parée de plumes, pointait vers l'avant, gueule grande ouverte.

Ambroisie était perplexe. Elle s'était attendue à des… des *trucs*, disons. À un assemblage alambiqué, vilain, crasseux. À une machinerie tarabiscotée, bruyante, puante, plus invasive encore que celle qui occupait la majeure partie du pont des cuirassés de guerre qu'elle avait pu observer sur les quais de Solmost ou de Sainte-Eusie-Ville. Au lieu de quoi, la structure de l'anneau d'or, impeccable et brillante, n'abritait ni cheminée ni moteur, pas la moindre turbine, aucune tuyauterie torturée ; rien qui pût expliquer la façon dont la dragonnef lévitait et se déplaçait.

Quoique. En plein centre de l'iris d'acier mordoré, un énorme cristal flottait dans le vide. Une sphère d'un bleu lagunaire d'une vingtaine de mètres de circonférence, aux multiples facettes comme l'intérieur d'une géode, qui pulsait tranquillement d'une lueur nébuleuse blanchâtre. Bizarrerie dans la bizarrerie : rien de visible ne la rattachait à la coque de l'engin qui ne laissait ni fumée ni vapeur dans son sillage, rien qu'une timide traînée poudreuse qui s'évanouissait le temps d'un battement de cils.

Une quinzaine de vaisseaux identiques survolait à présent Solmost — autant d'assemblages de plusieurs centaines de tonnes de métal défiant la gravité par le truchement d'une magie que d'aucuns tenaient pour diabolique. Ils se mouvaient d'une manière singulière, planant avec lenteur comme des mouettes portées par les courants ascendants, empreints d'une sérénité inadaptée à l'ombre menaçante qu'ils projetaient sur l'imaginaire collectif de nations entières, presque pataudes.

Leurs canons de gueule crachaient de longs traits actiniques. Des fulgurations plasmatiques de pure arcane concentrée, à l'intensité d'étoiles filantes, si éclatantes de lumière que par comparaison la foudre, réduite à guère plus qu'une étincelle, pâlissait de honte. La température en était supérieure à celle d'une coulée pyroclastique, suffisante pour faire instantanément fondre l'alliage le plus résistant ou percer le plus épais des blindages comme une lame chauffée à blanc traverserait une pauvre motte de beurre.

Elles fendaient le ciel, telles des framées vengeresses. Elles s'abattirent sur la rade, juste au nord de la presqu'île du Capistre, où mouillaient l'essentiel de la flotte pontsalinoise et une poignée de navires alliés. Un rayon traversa de part en part le VSM *Sans-Terreur*, un cuirassé lourdement blindé et fleuron de technologie bas-terrienne, qui fut vaporisé dans une explosion éblouissante. Le *Tigre de Manaphée* et le *Drevnos*, deux canonnières dodues battant pavillon kurgennois, éclatèrent dans un jaillissement de cadavres et de cordite. Croiseurs, frégates, corvettes, avisos et torpilleurs, près de trente navires furent balayés comme des fétus de paille et envoyés par le fond, les cheminées et les tourelles encore intactes s'enfonçant lentement, léchées par les langues de feu qui se trémoussaient à la surface des eaux bouillonnantes.

Les explosions projetèrent des échardes d'acier et des débris de coque sur plusieurs dizaines de mètres, qui retombèrent en une grêle mordante sur les bâtiments amarrés à proximité et les quais voisins, tuant matelots, dockers et passants que le brusque déluge avait pris par surprise. Un instant hébétés par la chevauchée silencieuse des dragonnefs, qui glissaient dans les airs sans émettre d'autre bruit qu'une étrange pulsation arythmique en suscitant ici et là maux de tête et nausées, les survivants tâchèrent de s'éloigner des installations portuaires.

Cependant la foudre arcano-technologique tombait à présent partout sur Solmost, avec l'arbitraire impassible des catastrophes naturelles. Dans les hauteurs de la capitale, elle traça des sillons noirs et fumants en travers des avenues, éventra des hôtels particuliers et des manoirs cossus. Elle jeta à bas deux tours du Malniki Saraï dont elle incendia les jardins si amoureusement entretenus au fil des générations. Les rares usines bâties en surface furent réduites à des flaques de métal et de pierre fondus, de même qu'une grande partie des entrepôts éparpillés entre le Nouveau Port et l'Elminnos, avant même que les défenses anti-aériennes positionnées au sommet des tours de l'Alaqarak et sur le Pont Blanc n'entrassent en action.

Les canons et les mitrailleuses, l'arsenal habituel bas-terrien hérité du siècle passé, n'étaient d'aucune utilité face aux dragonnefs. Les boulets des premiers retombaient bien avant d'avoir eu la moindre chance d'effleurer leur blindage, contre lequel les balles tirées par les secondes rebondissaient dans des tintements pitoyables. La magie offensive déployée par les Corps-Freux s'avérait tout aussi inefficace, dispersée par des défenses dont la nature échappait totalement même aux plus éminents imprécateurs de la Compagnie du Silence : accrochés à une grille de lecture encroûtée de traditions, ils s'obstinaient à n'y voir que des rituels. Ils ignoraient tout des procédés révolutionnaires utilisés par la Ganartec, de la condensation des flux de magie à hauts volumes, de l'arcanite, de l'extraction systémique, des angiocristaux conducteurs et des moteurs hématofères alimentés par le sang de criminels condamnés à mort.

Au rang des contre-mesures dont la Ligue de Skarland s'était dotée au fil des années, on devait les mitrailleuses géantes de classe Stymphale à un certain colonel d'artillerie Ladislas Stymphale, à la postérité d'ores et déjà rien moins qu'incertaine. La laideur de son invention lui avait valu tant de sobriquets péjoratifs que quasiment personne dans les Basses-Terres ne s'embarrassait plus à retenir le nom de son créateur. « Culs-fumants » pour les brigadiers, en raison du moteur à charbon rebondi situé à l'arrière et qu'un servant devait alimenter en permanence, elles étaient aussi très souvent appelées « sirènes » ou « tintouins » à cause du bruit caractéristique, aussi strident qu'insupportable, que générait chaque salve. Par un curieux hasard, c'était le surnom donné par les Anscarides eux-mêmes qu'on utilisait le plus souvent pour les désigner, jusque dans le Sud : les crécelles de Torée.

Sur les remparts de la citadelle, le long du ruban taché de sel du Pont Blanc, des ordres furent beuglés, des doigts pointés, des directions indiquées, des arrière-trains bottés ; pestant dans des jets de fumée, bourdonnant et grinçant sur leurs affûts, les mitrailleuses colossales furent alignées, leurs tubes prêts à faire feu. Un ensemble de manœuvres inutiles, le bon colonel Stymphale n'ayant pas recherché la précision. On n'exigeait d'ailleurs pas de l'artilleur d'une crécelle qu'il fût un tireur d'élite. Plutôt un croyant : il tournait la manivelle et priait pour tuer davantage d'ennemis dans les airs que d'alliés au sol.

Dans une envolée tapageuse, des milliers et des milliers de projectiles perforants, gavés de charges explosives, strièrent le ciel noir que les incendies marbraient déjà de cinabre et d'orange. Leur vitesse hallucinante, la friction subséquente extraordinaire de l'air, convertissaient une partie de leur énergie en chaleur. Ils s'enflammaient alors, et certains détonaient en pleine course avec des sons de vieilles chevrotines quand leur amorce éclatait. Les autres filaient en sifflant, lucioles belliqueuses dont les essaims agglutinés laissaient des traînées fumantes, couturant l'espace au-dessus de la ville.

Les dragonnefs accusèrent à peine le coup. La majeure partie des balles ricocha ou péta sans effet sur les écailles et les plumes de leur blindage. Quelques-unes trouvèrent tout de même le chemin d'un gros cristal en lévitation — l'unique point faible connu des vaisseaux de la Ganartec —, mais pas en nombre suffisant pour lui infliger des dégâts sérieux : sa lumière vacilla un court instant, l'engin volant perdit un peu d'altitude, mais se redressa presque immédiatement.

Le reste de la mitraille retomba sur Solmost en une pluie vicieuse. Elle faucha des civils au hasard, larda les rues en forant de petits trous noirs qui transformaient les pavés blancs en dominos.

Aux grondements de l'orage, aux hurlements des canons de proue des dragonnefs et aux stridulations pénibles de l'arsenal anti-aérien ligueur s'ajoutaient, désormais à peine audibles, les messages d'alerte vociférés par les puissants haut-parleurs du Nouveau Phare qui enjoignaient à la population de gagner l'accès le plus proche à Citégrise. Cédant à la panique bien plus qu'à ces injonctions étouffées — et, aurait relevé un esprit malavisé, un brin tardives — , des colonnes de civils sillonnaient la capitale en feu, se précipitaient vers les ténèbres rassurantes de la Ville sans Jour et sa voûte de roche plurimillénaire.

Six dragonnefs rompirent la formation. Elles obliquèrent au-dessus de la cité dévastée, reprirent un peu d'altitude. Franchirent la baie de leur vol indolent, en propriétaire. Crachèrent à nouveau.

Ambroisie sentit qu'Ichoria lui tirait sur la manche pour la faire reculer, mais la curiosité — une curiosité horrifiée, extatique dans sa mante de terreur — de la jeune femme lui verrouillait les jambes, abolissait son bon sens, l'obligeait à ne pas perdre une miette de ce qui se jouait sous ses yeux.

Pourtant, elle aurait eu du mal à décrire la scène si quelqu'un le lui avait demandé. Elle n'aurait pas su par où débuter, entre la clarté aurorale du plasma arcanique, l'impassibilité des Manteaux Bleus, le rugissement aigu et lancinant des crécelles de Torée qui continuaient à faire feu.

Ambroisie avait raté le plus important. Des minutes auparavant, elle n'avait pas prêté attention aux Corps-Freux qui s'activaient sur le pont. Elle n'avait pas vu les symboles complexes, couleur de vinaigre, qu'ils avaient un peu plus tôt dans la journée consciencieusement tracés un peu partout sur la face intérieure du rempart. Et à présent, elle se trouvait située beaucoup trop en hauteur pour les voir s'agenouiller, s'entailler la paume, qui à l'aide d'une bague, qui à l'aide d'un couteau, et poser une main ensanglantée sur les pictogrammes.

Qui s'animèrent.

Il y eut une explosion. Non pas la détonation assourdissante de la pierre qui rompt, mais une espèce de souffle, très court et assourdi, comme l'expiration d'un vieillard entendue à travers trois couches d'ouate.

Pfouh !

Les tirs des dragonnefs se brisèrent contre un obstacle invisible. Une dizaine de mètres avant de frapper le Pont Blanc, ils s'évasèrent, verdoyèrent en gerbes dépitées qui s'étiolèrent lentement, fantômes colorés, à l'image des fusées tardives d'un feu d'artifice un peu raté.

Des rituels-boucliers, avait déjà réalisé Ambroisie au moment où les pépiements des mitrailleuses redoublaient d'intensité. Des rafales tombaient à présent d'au-dessus de la fenêtre, venant du sommet du donjon. Les dragonnefs virèrent de bord.

Un moment, la jeune femme crut que l'un des vaisseaux avait été amoché. Un ourlet de feu et de fumée noire jaillit de son flanc gauche, qu'il présentait aux Ligueurs, accompagné du son crépitant d'une pétarade. Ce ne fut qu'au tout dernier moment, et du coin de l'œil, qu'elle entrevit vaguement les formes rondes de boulets de canons, juste avant qu'ils ne percutent les remparts. Des corps volèrent dans les airs, dégringolèrent en hurlant dans la baie, trois-cents mètres plus bas.

Une autre dragonnef effectua un virage serré, se glissa habilement entre une tour et le donjon. Ambroisie plongea brièvement le regard dans l'obscurité de cette gueule blindée à la profondeur caverneuse, crut y discerner le reflet de pétrole d'un cristal coincé au fond du gosier. La masse ambrée défila derrière le carreau à un rythme trompeur : suffisamment lent pour permettre à la jeune femme d'embrasser l'effarante complexité de la vaste carlingue cylindrique, il se révéla pourtant trop rapide pour qu'elle pût en appréhender tous les détails.

Elle eut tout de même le temps de distinguer les passerelles nichées à l'abri des pattes et des serres recourbées du dragon, le long desquelles s'activaient des silhouettes vêtues de noir. Les rangées de hublots qui s'alignaient sous le couvert de pennes amovibles. Les larges écailles de métal bruni qui se relevaient à la façon de sabords… et d'où pointaient maintenant des canons.

L'instinct de conservation revint à Ambroisie comme un coup de trique. Elle se jeta à terre.

La seconde d'après, la fenêtre explosa.

***

Affalé sur une épaisse branche en haut d'un acacia faux-gommier, Boniface observait les morts.

Naturellement, il n'avait jamais vu de zombies. La nécromancie était bannie depuis des siècles en Magneterre et, dans le temps, l'Ordre des Imprécateurs avait fait respecter cet interdit avec toute la finesse d'un gros gourdin hérissé de pointes. Aujourd'hui encore, le premier qui se serait hasardé ne fût-ce qu'à ranimer Tata Micheline pour continuer à toucher sa pension de retraite aurait goûté aux joies de la justice dispensée par les Académies de Magie. Une justice qu'on n'aurait pas pu qualifier d'expéditive, parce qu'elle était plus rapide encore. C'était une justice qu'on n'avait pas le temps de voir passer et qui ne laissait rien à voir derrière elle.

Boniface était déçu. Ils n'étaient pas bien effrayants, ces zombies. Évidemment : les cadavres étaient encore frais. En matière de chair putréfiée et de boyaux à ciel ouvert, ils ne valaient pas tripette. Leur démarche incertaine, lente et saccadée, rappelait surtout la traditionnelle sortie des bars du flamedi soir.

Deux d'entre eux passèrent en claudiquant, pile sous la branche qu'il occupait.

Deux têtes arrachées et une régurgitation plus tard, le mandragot retrouvait sa forme initiale. Sous cette dernière, il n'avait pas besoin de s'Éclipser pour disparaître à la vue des morts-vivants. Il avait des fleurs jusqu'aux oreilles.

Le félin traversa une bonne partie du Berceau dans le sens de la largeur, une centaine de mètres en amont de la barrière que dressaient les figuiers maudits, pointant de temps à autre sa tête ronde pour jeter un regard alentour. À sa grande consternation, l'acoustique des lieux, qui démultipliait le Chant au point qu'il devenait difficile d'en repérer l'origine, ne semblait pas induire en erreur le gros des cadavres animés : une douzaine d'entre eux convergeait déjà, lentement mais résolument, vers l'une des fissures ouvertes entre les troncs blancs.

De nouveau sous Unciamorphose, Boniface les talonna, mais pas de trop près. Une fois transformé, il était plus sensible à sa propre animalité refoulée, aux instincts enfouis mais toujours à disposition légués par ses ancêtres sauvages. Il retrouvait sans y réfléchir le rythme adéquat, la bonne position, la distance idéale à laisser entre lui et sa proie. Il contrôlait sa respiration, marchant non pas derrière eux, mais légèrement décalé, toujours prêt à se figer dans l'ombre d'un platane ou d'un baobab. Le mandragot les laissa volontairement progresser jusqu'à arriver en vue du mur de banians ; se tapit, prêt à bondir. Lorsque Falkenn commencerait à ouvrir le feu, il n'aurait plus qu'à…

Boum !

L'explosion fit valdinguer les soldats morts-vivants dans une grande envolée de fleurs et de morceaux d'écorce. Immobile, les oreilles basses, Boniface guetta un moment une nouvelle détonation puis, reprenant forme domestique, il se glissa souplement entre les troncs des figuiers maudits.

— C'était quoi, ça, merde ? demanda-t-il à Falkenn adossé de l'autre côté. Tu planquais des grenades dans ton futal ?

Le chasseur de primes agita l'Ami des Grands Jours.

— Balles à l'arcanite explosive, lâcha-t-il en guise d'unique explication.

D'un geste du pouce, il enclencha le permutateur rotatif et les barillets tournèrent sur leur axe en grinçant légèrement. Se penchant par-delà l'ouverture, il mit une balle dans la tête de deux zombies qui s'obstinaient à vouloir se relever.

— Un flingue qui tire des balles explosives, répéta le félin, interdit. Toi qui n'aimes pas le bruit !

— J'agis en fonction des nécessités plus que de mes envies, Boniface, rétorqua Falkenn qui connaissait l'aversion de son mandragot pour tout ce qui touchait à l'arcano-technologie, fût-elle hybridée.

— Les nécessités, hein ? grimaça ce dernier. Par curiosité, y'a quoi dans le dernier chargeur ?

Pour toute réponse, Falkenn appuya de nouveau sur le permutateur pour aligner le dernier barillet susmentionné avec le système de tir. Visa, pressa la détente. À une vingtaine de mètres de là, un zombie se mua en torche humaine sans que cela n'émeuve ses comparses qui boitillaient derrière.

— Faut reconnaître que Metisto a fait du bon boulot ! admit Boniface en haussant la voix pour couvrir le bruit d'une nouvelle explosion.

— Tu ne crois pas si bien dire, lança Falkenn avec aigreur tout en sondant les arbres de l'autre côté des banians.

Ayant repéré une poignée de morts-vivants, il ouvrit le feu à deux reprises. Boniface attendit que l'écho des détonations fût retombé pour manifester son incompréhension.

— Je pige pas.

— Allons, Boniface, lâcha le chasseur de primes sans cesser de canarder, car d'autres zombies approchaient. Tu ne vas pas me faire croire que tu n'as pas deviné comment ces soldats ont trouvé le chemin du Berceau ?

Les yeux du mandragot se posèrent sur l'Ami des Grands Jours comme s'ils le contemplaient pour la première fois depuis qu'il était sorti, riche de sa nouvelle ligne et de ses nouvelles fonctionnalités, de l'atelier de Metisto Strabyzem.

Outre des balles normales, il pouvait à présent tirer des munitions utilisant une parcelle de la technologie anscaride : des projectiles complexes, faits d'un alliage mou qui, au lieu de perforer la cible, s'écrasaient contre elle en broyant les minuscules cristaux de magie condensée qu'ils contenaient. Une hémurgie à l'état solide, inerte, que libérait la destruction brutale de sa gangue minérale.

Les Anscarides appelaient cette matière « l'arcanite ». Cette même substance dont le pistolet de Falkenn était à présent bourré et dont l'odeur était si envahissante que n'importe quel magicien un peu talentueux pourrait en suivre la trace sur des centaines de mètres, les yeux fermés.

Boniface émit un méchant bruit de gorge, son pelage frisottant de flammèches noires courroucées. Elles lui donnaient l'air d'un petit démon félin, le genre qu'on imagine affecté au vol des chaussettes et des napperons.

— Le sale petit con bleu ! Attends un peu que je l'aie entre les pattes !

— Encore faudrait-il sortir d'ici en un seul morceau, fit remarquer le chasseur de primes.

— T'es déjà à court de pruneaux explosifs ?

— Leur utilité me paraît sujette à caution, dans le cas présent, tempéra Falkenn.

Il avait raison. Mis à part la cible initiale que la déflagration réduisait efficacement à l'état d'amas dispersés de pulpe de sang, de chair et d'os, les zombies pris dans le souffle avaient tôt fait de se redresser et de reprendre leur déambulation résolue. Ceux auxquels manquait un bras ou une jambe n'avaient pas l'air de s'en formaliser outre mesure. Ils étaient une bonne vingtaine maintenant à combler lentement la distance qui les séparait du cœur du Berceau.

Remisant le pistolet dans son holster, le chasseur de primes raffermit son emprise sur le manche de son épée. De son côté, le félin reprit sa forme de panthère géante.

— Je te raconte pas la manucure qu'il va me falloir après ça, grommela-t-il, prêt à accueillir l'assaut des morts.

***

Lorsqu'elle entendit cliqueter la clé dans la serrure, Ichoria leva un visage inondé de larmes. À genoux à côté de la table, elle était penchée au-dessus du corps inerte d'Ambroisie.

— Voilà dix bonnes minutes que je m'époumone ! s'écria-t-elle, tant sous le coup de la peur que de la colère. Pour quoi êtes-vous donc payé ?

Le gardien, pas franchement habitué à se faire réprimander par les détenus, resta sans réponse. La jeune femme n'en imposait certes pas dans ses nippes, mais elle avait cette facilité naturelle à houspiller la piétaille qui figurait parmi les prérequis du métier d'intendante — et de celui de sergent instructeur, accessoirement.

— Euh… C'est un peu la guerre, dehors, je sais pas si vous êtes au courant, réussit-il tout de même à répliquer une fois la surprise passée.

Son regard passa d'Ichoria au trou que le tir de dragonnef avait laissé dans le mur du donjon, là où s'était trouvée la fenêtre. Un bon plan pour une évasion, à condition de pouvoir survivre à une chute de trois-cents mètres.

— Je vais vous déplacer dans les sous-sols, vous serez en sécurité, ajouta-t-il.

— Ma sœur est blessée !

Le gardien s'agenouilla à son tour près d'Ambroisie. La cadette reposait sur le ventre, immobile. Il lui glissa deux doigts sous le cou.

— Ça va, annonça-t-il. Le pouls est bon. Elle est juste inconsciente, votre frangine. Je vais la porter.

Il se pencha un peu plus, souleva la jeune femme en la prenant sous les aisselles, la mit à genoux.

Le coude de cette dernière s'enfonça dans l'entrejambe idéalement placé. Le gardien se plia, et son nez descendit à la rencontre du crâne d'Ambroisie qui avait balancé la tête en arrière : le geste précis, tout à la fois instinctif et fruit d'une longue expérience de qui a passé la majeure partie de sa vie dans un quartier où l'on préfère dormir d'une seule oreille, de peur de se réveiller ligoté à la chaise d'un receleur de dents dont les stocks font grise mine.

Elle se redressa d'un bond, pivota, attrapa la cruche d'eau posée sur la table et la fracassa sur le crâne du gardien qui titubait en arrière en s'étreignant le visage. Ichoria, toujours à genoux, le regarda s'effondrer sans un mot avant de relever les yeux vers sa cadette.

— Ambre ? grommela-t-elle.

— Ouais ?

— Tu n'aurais pas osé faire semblant d'être inconsciente alors que je m'inquiétais ?

— Oh, non, lui assura Ambroisie en l'aidant à se relever. J'étais vraiment dans le cirage après ma chute. Pendant… oui, une bonne quinzaine de secondes.

Elle dédia un sourire radieux à son aînée outrée, puis s'intéressa de nouveau au gardien groggy, les bras en croix et le nez ensanglanté. Elle récupéra le trousseau de clés accroché à sa ceinture.

— Bon, on y va ou on prend racine ?

— Tu veux que je m'enfuie du donjon de l'Alaqarak ? *Dans mon état ?*

L'idée était si folle qu'elle en riait presque, mais sa cadette lui lança un regard vide de la moindre once d'humour.

— Tu préfères rester ici ? *Dans ton état ?* On aura pas de meilleure chance de se tirer : avec les Anscarides qui sont passés à l'attaque, tout le monde aura autre chose à foutre que de se soucier de deux nanas qui courent dans les couloirs.

— Si je viens avec toi, tu te feras rattraper à coup sûr, et les Cinq savent ce qu'ils te feront subir. Moi… Enfin, nous sommes en Pont-Salin : ils n'oseront jamais faire de mal à une femme enceinte, surtout avec Athossi au vicariat.

— Je m'en branle, d'Athossi, répliqua durement Ambroisie. Pas question que mon neveu ou ma nièce naisse Blanchi.

Elle prit doucement la main d'Ichoria.

— Fais-moi confiance, pour une fois, tu veux ? Et cassons-nous d'ici.

***

Modi Svardstaf frappa le zombie au genou.

La canne de marche de son père faisait une bien piètre arme, mais elle était taillée dans un bois solide, et une vie entière passée dans les mines de Malethorarlod à jouer de la pioche avait doté le jeune Nain de muscles puissants et d'un geste assuré. L'articulation se brisa sous la force de l'impact, le soldat mort bascula, mettant sa tête à portée d'un second coup qui le mit au sol. Modi cogna derechef, jusqu'à entendre le crâne se briser, jusqu'à voir s'éteindre la lumière verte au fond des prunelles du cadavre animé. Ce dernier s'immobilisa dans un spasme d'agonie — définitif, celui-là.

Modi jeta un regard autour de lui. Il était descendu du perchoir sur lequel son père, en transe, continuait à chanter, afin d'aider le chasseur de primes et son familier à tenir les entrées du cœur du Berceau, mais sa participation restait symbolique.

Car les deux comparses savaient y faire. Une fois qu'ils cessaient de s'envoyer des vannes, on découvrait quel duo détonant ils formaient. Luther Falkenn se battait avec la grâce d'un danseur, tournoyait pour éviter les mains qui cherchaient à l'agripper — son manteau claquait moqueusement aux visages tordus qui grognaient de dépit sur son passage. Au bout de son bras armé, *Santana* chantait sa propre partition, produisait de petites notes cristallines en découpant l'espace avec un sifflement doux. Frangée d'une lueur outremer par la magie ambiante, elle laissait derrière elle un voile nocturne sur le champ duquel scintillaient brièvement de petits rubis de sang coagulé. Dans son sillage, les cadavres s'effondraient piteusement. C'est à peine si Modi pouvait voir porter les coups : la lame fendait l'air, presque en flânant, et l'adamantine tranchait les fils noués par la nécromancie, opposait le pouvoir divin d'Eldrugar à celui, impie, de Netras.

Le mandragot n'était pas en reste. Au raffinement de son maître, il opposait une brutalité tout animale, chargeant, mordant, lacérant. Il ne faisait pas dans la dentelle : ses victimes une fois achevées se réduisaient à de confuses dispersions rougeâtres, une bouillie de membres difficiles à identifier. Il semblait avoir des yeux partout, et surtout dans le dos du chasseur de primes : qu'un mort-vivant vînt à déborder ce dernier, le félin bondissait sur ses postérieurs puissants, renversait l'importun dont il sectionnait prestement la nuque — non sans émettre force crachats et jurons sur la qualité plus que médiocre de la nourriture pontsalinoise.

Sans compter que, si la mort avait privé les soldats de toute forme d'intelligence, la non-vie s'était bien gardée de la leur restituer : ils étaient encore plusieurs dizaines de l'autre côté de la barrière des banians, mais ils se bousculaient tant dans leur hâte à investir l'endroit qu'ils ne parvenaient qu'à s'entasser dans les minces fissures qui faisaient office d'entrées. Des tas de cadavres obstruaient ces dernières, d'où surgissaient têtes et mains tendues, mordant et griffant stupidement le vide.

— Dites, il en a encore pour longtemps, le papounet ? gronda Boniface en achevant l'un des derniers zombies encore debout.

Le félin avait un souffle digne d'une forge naine. Sa cage thoracique enflait et dégonflait rapidement sous l'effet des efforts qu'il venait de déployer.

— Il dure des plombes, ce Chant, insista-t-il. C'est plus une berceuse, c'est un putain d'opéra !

— Il aura… bientôt… terminé…, assura le Nain qui frappait vigoureusement la caboche d'un soldat ligueur unijambiste qui s'accrochait obstinément à son mollet.

— Tant mieux, se félicita le félin. (D'un coup de dent distrait, il broya la nuque du mort-vivant.) Pfouah ! Pfouah ! Quelle merde ! Bon, dès qu'il a fini, je nous offre une Éclipse collective pour un coin sans zombards. Trois passagers, ça commence à faire un peu beaucoup, mais je suis motivé, là. Et puis…

Il s'interrompit, leva le museau comme pour humer l'air ambiant.

— Un problème ?

— Je suis pas sûr… J'ai senti une grosse fluctuation dans l'arcane, pas très loin d'ici… Pendant un instant j'ai même cru… à une… (La tête de l'animal pivotait de tout côté, comme s'il cherchait quelque chose. Son regard se fixa en dernier lieu sur le figuier suspendu dans le vide.) Une Éclipse…

Il ouvrit la gueule à l'instant précis où, dans une éruption de feux follets écarlates, une femme à la longue chevelure sombre surgissait du néant, juste dans le dos de Canute Svardstaf.

— Luther !

Le chasseur de primes se retourna. Modi leva les yeux vers son père.

Tout alla très vite. La femme, pas très ferme sur ses jambes, s'appuya davantage qu'elle ne se pencha sur le vieux Nain, lui tira les cheveux vers l'arrière, avança son autre main vers son cou — et Modi réalisa seulement à cet instant qu'elle tenait un couteau.

— Père ! hurla-t-il, futilement : plongé dans une méditation qui confinait au coma, le gardien du Berceau n'offrit aucune résistance. La femme écarta la lame ensanglantée, repoussa le petit cadavre qui bascula dans le gouffre.

Modi tomba à genoux, terrassé par une douleur aussi soudaine qu'insoutenable. Ses doigts laissèrent échapper la canne qu'ils étreignaient encore furieusement l'instant d'avant, vinrent se saisir de son crâne qui lui faisait brusquement l'effet d'une cocotte-minute. Il voulut hurler, mais la souffrance était si forte qu'elle le privait même des moyens de l'exprimer. Il avait l'impression que de la lave en fusion s'écoulait dans ses veines.

Un ouragan d'émotions mettait son âme au supplice. La colère, la tristesse, la lassitude, le doute et la méfiance y formèrent un tourbillon noir dans lequel étaient emportés les lambeaux d'une espérance en perdition. Ballotté par les courants sévères de l'affliction, il s'accrochait vaille que vaille à ces points d'ancrage ; expérimenta de brutales flambées d'honneur, de brefs élans de courage et de futiles bouffées d'orgueil, avant de sombrer dans les ténèbres de la honte.

Le petit coin de la cervelle de Modi encore capable de produire une pensée rationnelle comprenait ce qui lui arrivait. Il réalisa qu'aucune des sensations qui l'assaillaient ne lui appartenait. Dans sa chair, il connaissait les tourments infligés treize siècles auparavant à ceux qui avaient réveillé la Destructrice, juste avant leur trépas ; se faisait le témoin de leurs aspirations et de leurs angoisses en un même mouvement qui annihilait toute volonté en lui, même celle de pleurer son père. Le déshonneur cumulé des générations de ses ancêtres qui avaient porté le fardeau du crime de Tridi pesait directement sur sa conscience.

La malédiction d'Andraxès entrait en possession de son nouveau réceptacle.

Ce fut au milieu de son maelström implacable, en spectateur apathique, abruti d'émotions, que Modi Svardstaf assista à la suite des événements. Le corps de son père n'avait pas encore été englouti par les brumes des Mânes que Luther Falkenn, son pistolet dégainé, visait la meurtrière. Une balle aboya — dans le vide : trois zombies avaient surgi au dernier moment dans le dos du chasseur de primes pour l'empoigner.

Les créatures l'entraînèrent avec elles jusqu'au bord de l'abîme, puis au-delà.

Là-dessus, un cri — « Luther ! » —, puis l'énorme silhouette noire du mandragot s'élança à son tour dans le vide à la suite de son maître.

La dernière chose que sentit Modi Svardstaf fut le contact glacé de mains qui l'agrippaient aux épaules. La dernière chose qu'il vit, les visages des morts penchés au-dessus de lui.

12. Face-à-Face

Klitché, talem ve dahr, ve kali i dhamr. (« Plus durs que mon épée, mon cœur et ma foi. »)

Devise personnelle de Tyruman Khan Saragaï

LE GÉNÉRAL WOLFDAGGER ÉPOUSSETA les pellicules de mortier qui s'étaient déposées sur son uniforme, puis leva le regard vers le plafond. Un bourdonnement sourd emplissait l'air. Une impression de tremblement se répandit le long des murs et vint lui chatouiller les semelles, si ténue qu'il doutait l'avoir réellement ressentie. Le centre de commandement opérationnel installé à l'Alaqarak avait beau se trouver au dernier sous-sol du donjon, les rumeurs de la bataille qui se livrait loin au-dessus trouvaient leur chemin jusque dans les racines de la citadelle. La dernière détonation avait réussi à momentanément couvrir le brouhaha des ordres lancés et des piétinements des officiers et de leurs ordonnances qui s'activaient sous le plafond voûté.

— Où en est l'évacuafion du gouvernement ? demanda-t-il à son aide de camp tandis qu'ils traversaient la salle bondée où étaient centralisées l'ensemble des opérations de défense de la forteresse et de la ville.

— Il a été fait selon vos ordres, Mon Général, répondit ce dernier, un jeune capitaine des Manteaux Bleus. Les membres du cabinet ont été pris en charge par nos hommes et menés en lieu sûr.

— Dans les fouterrains de Fitégrive, avec les fivils ?

— Comme vous l'aviez demandé, Monsieur.

— Bien. Côtoyer un peu leurs confitoyens leur fera profitable. Et ainfi ve ne les vaurai pas entre les vambes.

— À ce propos, il me faut toutefois préciser que le ministre de la Guerre a refusé de se plier à vos directives.

— Le maréfal Argorode ?

— Oui, Mon Général. Il a dit que sa place était ici, au plus près des combats.

— Vous vauriez dû infifter, Capitaine, grommela Wolfdagger sans rien cacher de son agacement.

— Je l'ai fait, Mon Général. Trois fois, Mon Général. Le ministre m'a alors signifié que si je continuais, je cite, « à lui piétiner les roubignoles », il m'enfoncerait son bâton de maréchal « dans le fi… »

— Merfi, Capitaine. Ve n'ai pas bevoin des détails techniques. Confentrons-nous fur l'effenfiel. Ah, Meffieurs…, lâcha-t-il en arrivant à hauteur d'une longue table.

L'y attendait un certain nombre d'officiers de très haut rang des armées ligueuse et pontsalinoise. Il y avait là le commandant des palicares, le major-général des voltigeurs, des ingénieurs du Génie et des officiers du corps d'artillerie de la Ligue, quelques amiraux — pour l'heure techniquement au chômage puisque toute la flotte pontsalinoise finissait encore de brûler à l'autre bout de la Baie de Sel. À cette galonnaille s'ajoutait une poignée d'imprécateurs de haut rang, en robe ou tunique rouge décorée de plumes de corbeau.

Et, bien sûr, le maréchal Philosias Argorode. Sec comme un coup de trique, l'air pas franchement plus agréable, il remplissait bien son uniforme doré en dépit de ses quatre-vingt-douze ans. Uniforme lui-même bien garni, du reste : si le vieux militaire avait décroché une médaille de plus, il aurait fallu la lui épingler dans le dos.

Tout ce petit monde se fendit d'un salut lorsque Wolfdagger prit place, y compris les généraux et Argorode : en sa qualité de représentant du lieutenant-général Alchynon de Torée, il avait rang avant tous les autres.

— La bataille entre dans vune phave défivive, déclara-t-il à la cantonade. Nos boucliers tiennent-ils le coup ?

— Ils sont stables, Général, confirma un des magiciens. Aucune variation de puissance, aussi infime soit-elle, n'a été constatée jusqu'à maintenant.

— Dommage qu'ils n'arrêtent ni les boulets ni les balles, regretta un ingénieur. Ce serait drôlement utile.

— Ils font utiles : en tenant en éfec les rayons de gueule de dragonnefs, ils vont oblivé l'ennemi à recourir à fon armement convenfionnel. Nous voifi donc à armes végales.

— Tant que la forteresse tient le coup, relativisa un officier ligueur.

— L'Alaqarak a deux-mille ans, rappela sèchement le maréchal Argorode. Elle en tiendra deux-mille de plus avant que les baiseurs de chevaux aient simplement réussi à entailler sa pierre séculaire. Qu'ils s'acharnent autant qu'ils le veulent : la citadelle du Pont Blanc n'a jamais été prise en défaut.

— On n'en dira pas autant des crécelles de Torée, lâcha le major-général des voltigeurs. En dépit de leur puissance de feu, elles n'ont pas encore abattu un seul vaisseau ennemi. Cet échange de tir stérile ne rime à rien.

— J'avoue que les crécelles ont rarement été si peu efficaces, reconnut un général d'artillerie. Les arcano-technologues ont peut-être renforcé leurs propres boucliers. Et si les nôtres viennent à faiblir…

— Ils ne faibliront pas, assura l'officier corps-freux sur un ton rien moins qu'agréable. Nous les surveillons comme le lait sur le feu.

— Il n'en demeure pas moins que le major-général a raison, intervint le commandant de la garde royale. Nous ne pouvons pas nous lancer dans une guerre d'usure contre toute une escadrille de dragonnefs. À ce petit jeu, nous savons qui finira par l'emporter, et ce ne sera pas nous. Peut-être devrions-nous envisager une tactique plus offensive.

— Telle que ? lança le magicien, interdit.

— Une sortie, suggéra tout de go l'officier voltigeur.

— Une sortie ? répéta le Corps-Freux en affichant son mépris. Votre grype vous a désarçonné une fois de trop, mon ami, et votre tête en a gardé des séquelles : nous ne sommes plus au Xe siècle ! Qu'allez-vous faire ? Prendre votre envol et charger les dragonnefs ? Les larder de coups de baïonnettes ?

— Restez planqué là si ça vous chante. Les voltigeurs n'ont jamais tourné le dos à un combat et ce n'est pas aujourd'hui, alors que Solmost est menacée comme elle ne l'a jamais été au cours de son histoire, qu'ils vont commencer. Les boucliers et les crécelles ont freiné l'assaut des Anscarides. Mais ils ont l'habitude de nos stratégies défensives. À ce stade, ils ne s'attendent sûrement pas à nous voir contre-attaquer en force.

— Qu'est-fe que vous propovez ? voulut savoir Wolfdagger.

— Une grype est plus rapide et plus agile qu'une dragonnef. Si des cavaliers parviennent à mettre à profit le couvert des tours pour se placer juste au-dessus du cristal géant qui maintient un vaisseau dans les airs et qu'ils laissent tomber dessus assez d'explosifs, ils rappelleront instantanément des tonnes d'acier aux dures lois de la gravité.

— Cela pourrait marcher, reconnut l'imprécateur en se frottant le menton. Du peu que nous savons, le cristal de lévitation est fragile. Certes, des boucliers l'entourent, mais il existe certaines règles en matière de magie dont même la Ganartec ne peut s'affranchir. Un bouclier d'une telle taille, déployé autour d'un corps mouvant, ne peut qu'être instable. Peut-être bien que si, de notre côté, nous les prenions pour cible avec nos hémurgies, ils pourraient surcharger. Général Wolfdagger ? Qu'en dites-vous ?

— F'est une tactique intéreffante, concéda celui-ci avant de se tourner discrètement vers son aide de camp. Touvours aucun meffave de Dame Morville ?

— Aucun, Général.

Wolfdagger considéra rapidement ses options. L'idée de sacrifier inutilement davantage de soldats lui était intolérable. La bataille de Solmost devait mettre un terme à la guerre, non représenter un épisode de plus dans une boucherie vieille de deux décennies. En l'absence de nouvelles de Wilhelmina Morville et de la Petite Sœur, cependant, il devait agir en fonction des réalités et non de ses espoirs. À cet égard, le commandant palicare et l'officier voltigeur voyaient juste : les armements conventionnels des Anscarides restant supérieurs à ceux des Ligueurs, jouer la montre relevait du suicide.

Non sans remords, il donna son accord pour une contre-offensive.

— C'est tout de même étrange, souleva le général d'artillerie ligueur une fois l'imprécateur et le voltigeur partis donner leurs ordres.

— Quoi donc ? gronda Argorode.

— Ce bombardement massif ne ressemble pas à la stratégie habituelle des Anscarides, expliqua le Ligueur en désignant des points entourés à l'encre rouge sur la carte de la ville déployée sur la table. Je veux dire, regardez les cibles. Des entrepôts, des usines… et le port ! Ils ont pulvérisé les chantiers navals ! Ça, c'est tout bonnement incohérent. Solmost a toujours été un objectif de Hagen : c'est le plus grand port de la Léonine orientale après Sainte-Eusie-Ville. Pourquoi détruire ces installations sur lesquelles ses prédécesseurs lorgnaient déjà voilà deux siècles ?

— F'est fans doute politique, avança Wolfdagger en s'efforçant de ne pas montrer que la question le taraudait lui aussi. La bataille des Tournegrives n'a pas vété une déroute que pour Alchynon de Torée. Fe font les troupes vardeners, commandées par un vénéral d'à peine trente ans qui n'est même pas anfcaride lui-même, qui ont écravé les Brigades à la frontière morinthienne. De quoi faire de l'ombre à Tyruman Khan. Il veut fûrement en finir au plus vite avec Pont-Falin pour ramener fur lui le feu des provecteurs, et rappeler à touf que f'est lui, le Tigre de Hagen.

— Gardez-vous d'attribuer vos défauts à notre ennemi, Général.

Des têtes se tournèrent vers l'entrée de la salle de commandement. Escorté par une escouade de palicares, Somas Athossi s'approchait de la table à grandes enjambées.

— Ravi de vous voir parmi nous, Ecfellenfe, mentit Wolfdagger. Mais pouvez-vous préfiver votre penfée ?

— C'est une phrase que se plaisait à me répéter mon prédécesseur. « On reconnaît les gens les plus médiocres, Somas, à leur manie de toujours plaquer sur autrui leurs propres turpitudes, afin d'oublier qu'ils en sont affligés », cita-t-il.

Je pense que vous êtes dans ce cas-là, que vous cherchez à vous convaincre que Tyruman Khan n'est lui aussi qu'un imbécile vaniteux.

— Vous vous voubliez !

— Je ne pense pas, non. Et je ne pense pas non plus que vous soyez stupide au point de croire à vos fariboles : si Tyruman Khan était la moitié du crétin impulsif que vous venez de décrire, voilà bien longtemps que nous l'aurions renvoyé avec ses troupes de l'autre côté du Rempart de Fer, dragonnefs ou non. Il n'a jamais compté sur les seuls engins volants de la Ganartec pour lui faire remporter ses batailles, pour une raison simple qu'en tant que vétéran de ce conflit vous connaissez fort bien : les Ténéstro-Stalois ont toujours évité les destructions gratuites, de peur de nourrir de futures révoltes. Et pour s'épargner les coûts d'une reconstruction, cela va de soi. Parce que si vous voulez vous emparer d'une ville avec ses infrastructures intactes, vous devez la prendre rue par rue. C'est ce que Saragaï a toujours fait jusqu'à maintenant, or les dragonnefs ne sont pas des transports de troupes. Au mieux, le gros des *askari* doit se trouver à plusieurs jours de marche forcée de Solmost. Pourquoi faire donner les dragonnefs avec autant d'avance ?

— Ve l'ignore, s'entêta Wolfdagger.

— Vous le savez très bien, au contraire, insista Somas, les phalanges appuyées sur la table, les yeux plantés dans ceux de son interlocuteur. Et vous savez aussi ce que cela implique. Durant près de deux semaines, vous avez joué avec la peur des habitants de cette ville, leur farcissant la tête de fables à propos d'un *doppelgänger* avec la complicité de la presse. Vous avez monopolisé les forces de police et les troupes stationnées à Solmost pour courir après des courants d'air, puis pour donner la chasse à une femme que vous saviez innocente, tout cela à seule fin de servir des intérêts de basse politique. Et pendant ce temps-là, le *vrai* espion anscaride vous est passé sous le nez !

Une mare de silence, d'abord surpris puis de plus en plus consterné au fur et à mesure qu'il s'éternisait, s'étala à travers toute la pièce. Les regards s'égaraient entre le jeune vicaire et l'immense général ligueur tandis que leurs propriétaires cherchaient à comprendre de quoi le premier voulait parler et pourquoi le second paraissait dans ses petits souliers. Un comble lorsqu'on chausse du 60.

Se maîtrisant alors même que le mutisme embarrassé de Wolfdagger le mettait manifestement de plus en plus hors de lui, Athossi se pencha par-dessus la table et baissa d'un ton :

— Vous obstinerez-vous à faire semblant de ne pas comprendre ? Les Anscarides sont au courant pour votre fichue arme, Général ! Et pour la détruire, ils vont raser la ville !

— Raivon de pluf pour nous dépêffer de mettre la main deffus ! rétorqua Wolfdagger en se ressaisissant soudain.

— Cela n'arrivera pas. Vous pensiez sans doute que c'était par vanité ou calcul politique que j'avais exigé la présence d'un peloton auprès de Dame Morville, mais j'ai donné l'ordre aux officiers qui le commandent de tout faire pour l'empêcher d'activer l'arme.

— Vous vêtes finglé !

— Je fais ce que j'ai à faire. Personne n'aura cette arme. Nous nous en passerons, et nous nous passerons de vous. Votre coup d'État est terminé. J'ai laissé faire tant que je pensais pouvoir minimiser la casse, mais je ne laisserai pas détruire Solmost pour les beaux yeux de Torée. C'est fini, Wolfdagger. Remettez le commandement au maréchal Argorode… ou je vous fais arrêter.

— Vous bluffez, railla le général, quoiqu'un léger doute se fût insinué en lui — Athossi était-il capable de le défier aussi ouvertement ?

Il ne devait jamais obtenir la réponse à cette question. Du coin de l'œil, il aperçut un objet lumineux percuter la joue droite du commandant des palicares, puis l'homme s'effondra sans un bruit.

— *Askari !* cria quelqu'un et, l'espace d'un très, très court instant, alors même qu'il contemplait le visage brûlé jusqu'à l'os du défunt commandant des Gardes royaux, Oscar-Baruk Wolfdagger se demanda qui était ce petit plaisantin : des *askari* à l'intérieur de l'Alaqarak ? C'était impossible.

Et pourtant. Un groupe d'hommes masqués était en train d'investir la salle de commandement opérationnel. Vêtus de noir — amples caftans et toques de fourrure —, ils brandissaient d'étranges fusils de bronze, tout en longueur, dont le canon parcouru de fines veines de cristal se terminait sur une gueule de dragon grande ouverte, crachant de mortelles expectorations de foudre arcanique.

Le général distinguait mal les assaillants. Pas seulement parce qu'ils se déplaçaient le long des murs ou sous le couvert des piliers, mais parce que là où ils passaient, l'obscurité paraissait soudainement plus… dense. Presque matérielle, elle suintait des recoins où l'architecture de l'endroit et le jeu des lampes à gaz la cantonnaient jusque-là, pour s'accrocher à leurs manteaux qu'elle doublait d'une mante vivante de ténèbres.

Umbraquartz, songea Wolfdagger.

Revenu de sa stupeur, il attrapa Athossi par le col et d'une seule main le souleva par-dessus la table, qu'il renversa pour l'interposer entre eux et les soldats anscarides. En dépit de sa force peu commune, cela lui demanda un certain effort : le meuble faisait cinq mètres de long pour deux de large, et était en authentique bois noir krelfien massif. Une chance : aucun autre matériau n'aurait arrêté les projectiles jaune-blanc, qui s'écrasèrent contre le plateau dans une série de grésillements en y laissant des motifs de rosace fumants.

— Des *askari*, grimaça un Somas à la mine ahurie tandis que carabines, pistolets et poivrières de poing claquaient en réponse autour d'eux. Mais comment…

— On fe povera des queftions fi on furvit, le coupa Wolfdagger.

Il sentait la table chauffer sous l'effet des tirs adverses, et une odeur de phosphore lui agaçait les narines.

— Putain de chiasse, cracha le maréchal Argorode en contournant la table pour se mettre lui aussi à l'abri.

Le vieux maréchal dégrafa son uniforme dans un cliquettement de médailles, révélant quatre holsters et autant de pistolets d'ordonnance, ainsi que deux cartouchières en bandoulière. Il tendit une arme à Wolfdagger et une autre à Athossi, puis dégaina les deux dernières.

— C'est reparti comme en 80, les enfants ! brailla-t-il joyeusement en se redressant d'un bond. Flinguez-moi ces foutus enculeurs de rosses !

Sons et lumières emplirent la salle. Les échos des tirs ligueurs produisaient une cacophonie caverneuse qui vous crevait les tympans, tandis que les décharges des fusils *askari*, bien qu'aussi silencieuses que les soldats en noir eux-mêmes, étaient si éclatantes qu'entre chacune d'elles les lieux retombaient dans une quasi-obscurité — et la scène sembla se jouer au ralenti, comme si elle se déroulait sous un stroboscope, réduisant les protagonistes à des silhouettes incertaines qui avaient l'air de se déplacer sans but, floues, comme des fantômes réduits à l'errance.

Les yeux larmoyants et douloureux, Wolfdagger n'était jamais sûr de savoir sur qui il tirait, ni même sur quoi : était-ce un homme ou une ombre qui se faufilait sous les arcades ?

Les *askari* ne semblaient pas avoir ce problème. Les fulgurations de leurs fusils-dragons jetaient des éclairs blancs sur les murs, y dessinaient brièvement les silhouettes torturées de leurs victimes, juste avant que ces dernières ne s'effondrent, la tête ou la poitrine calcinée. Ils ignoraient totalement leurs propres pertes, de plus en plus nombreuses, comme les rares soldats du rang ou sous-officiers ennemis présents, et ciblaient inlassablement les individus les plus gradés.

— Une opérafion d'éliminafion, cracha Wolfdagger en se tournant brièvement vers Athossi. Vous vaviez raivon : il y a bien un efpion impérial à Folmoft ! Quel idiot v'ai été !

— Je ne vous le fais pas dire.

L'échange de tirs finit par attirer du monde des étages supérieurs. Deux escouades de Manteaux Bleus, accompagnées d'une dizaine d'imprécateurs des Corps-Freux, firent irruption dans la salle, prenant les Anscarides à revers.

Un renfort à peine suffisant pour venir à bout des derniers soldats impériaux : acculés, ils laissaient tomber leurs fusils et dégainaient les deux sabres courbes accrochés dans leur dos. Ils chargeaient alors, toujours sans émettre le moindre son, et se lançaient dans des cabrioles ivres. Ils caracolaient, pivotaient, tournoyaient, esquivaient les hémurgies, frappaient apparemment au hasard ; et pourtant, les sabres tranchaient, perforaient, ne rataient jamais leur coup. Lorsque le dernier *askari* tomba finalement sous les baïonnettes des brigadiers, ne gisaient sur le sol détrempé par le sang que douze hommes en noir, parmi les corps étendus de près de trente officiers et soldats de la Ligue de Skarland et de l'Armée royale pontsalinoise.

Wolfdagger se pencha sur un des cadavres anscarides. L'uniforme qu'il portait n'avait rien de celui d'un simple troufion. Le caftan était passepoilé d'argent, muni d'épaulettes dépourvues de galons mais arborant les armes de la

Maison d'Anscar : un dragon à la gueule pleine d'éclairs, un objet dans chaque serre — un sabre, un marteau, une balance et une serpe. Le masque ouvragé dessinait des traits fins et nobles, marqués d'une austérité régalienne. Un visage d'argent aux moustaches et à la barbe d'or fleurie.

— Fe ne font pas des *vafkari* ordinaires, déclara le général avec gravité. Fes vhommes appartiennent au Premier réviment de la Garde impériale.

— Le Premier régiment ? répéta Somas Athossi sans comprendre l'effroi perceptible dans la voix de Wolfdagger.

— Les commandos de la Garde, traduisit Argorode. Les *tudaïtchin*.

Quelques autres officiers parmi les plus âgés hoquetèrent ou blêmirent, à croire que le vieux maréchal venait de proférer une sombre malédiction. Dans la foulée, il formula la question que tout le monde se posait.

— Mais d'où est-ce qu'ils sortent, merde ?

***

Boniface ouvrit les yeux et fut très contrarié de voir… Non, il fut très contrarié de *constater* que, justement, il ne voyait *rien*. Il se demanda brièvement où il se trouvait avant de réaliser que ce n'était pas tout à fait la bonne question.

La bonne question était : « Où vont les mandragots après leur mort ? »

Tandis qu'il sautait dans le gouffre à la suite de Falkenn, certaines leçons dont le vieux Seigneur Mélech lui farcissait le crâne du temps où il vivait encore à l'Académie de Corvelieu lui avaient traversé l'esprit. *« Garde-toi d'enchaîner deux Éclipses si au moins l'une d'elles implique une distance de plus de dix mètres : la marge d'erreur augmente à chaque déplacement successif, il faut donc la réduire d'autant en limitant la distance parcourue. Abstiens-toi également de déplacer par Éclipse un corps en mouvement. Sinon, gare à la sortie de route. Et bien sûr, tu ne dois jamais déclencher une Éclipse si un autre pouvoir, notamment l'Unciamorphose, est encore actif, puisqu'il en résulterait une lourde déperdition d'énergie et un risque accru d'instabilité morphique définitive. »*

La mémoire de Boniface, sans même évoquer ses facultés de concentration, n'allant pas plus loin, le reste du cours magistral était confus. Pour autant, nonobstant sa défiance à l'égard du galimatias imprécatorial dans lequel son esprit, par trop prosaïque, voyait avant tout un tissu d'absurdités pompeuses, il s'était toujours strictement conformé aux règles de l'Éclipse.

Jusqu'à aujourd'hui où il les avait toutes gracieusement envoyées valser, y compris celles si évidentes que personne ne s'était jamais donné la peine de les lui inculquer. Sous sa forme de combat, l'esprit bouillonnant d'urgence, il s'était Éclipsé une première fois pour atteindre Falkenn dans sa chute libre. Ses griffes à peine rematérialisées s'accrochant au manteau de ce dernier, le mandragot avait immédiatement déclenché un second sortilège pour les déplacer tous deux hors du gouffre… mais sans prendre la peine de songer à une destination précise. Une erreur stupide et suicidaire qu'il avait cru bon d'ajouter à un enchaînement de conneries à la portée déjà potentiellement catastrophique.

À présent, enfin à tête reposée, et même s'il ignorait où se trouvait à cet instant sa tête par rapport au reste de son corps, il se demandait, entre autres interrogations existentielles fascinantes, s'il existait un lien quelconque entre la notion d'*instabilité morphique définitive* et le fait qu'il ne sentait plus ses pattes.

Où vont les mandragots après leur mort, hein ? Oh, putain de bordel de chiasse…

— Boniface ? appela une voix non loin de lui.

— Luther ? T'es là ?

Ce qui n'était pas forcément une bonne nouvelle. Les dieux avaient de l'humour, aurait dit Modi Svardstaf, et s'ils étaient morts tous les deux suite à une Éclipse ratée, se retrouver coincé dans l'Au-delà avec l'esprit du chasseur de primes ne serait pas une sinécure : il aurait toute l'éternité pour se plaindre de l'ultime bévue du mandragot. Connaissant Falkenn, il ne s'en priverait certainement pas.

Des taches lumineuses emplissaient toutefois peu à peu le champ de vision de Boniface. Elles gonflaient et se rétractaient à un rythme irrégulier, mais progressivement, le félin perçut par-delà ces formes absconses une certaine cohérence. Des formes se dessinaient devant ses yeux. Dans le même temps, des fourmillements lui parcoururent les membres, preuve qu'à défaut de pouvoir les bouger, il les possédait encore tous. Ce qui constituait sûrement un mieux, à quelques exceptions près.

Il y eut un bruit organique plutôt désagréable.

— C'était quoi, ça ? demanda Falkenn que Boniface entendait bouger dans le noir.

— Mon déjeuner.

— Très intéressant.

— Fallait pas poser la question, rognonna le mandragot qui plissa les yeux lorsque se leva l'aube jaune miniature d'un *helioquartz*.

Des sarcophages s'alignaient autour d'eux dans l'ambiance sèche et poussiéreuse propre aux caveaux que plus personne n'entretient. Un léger courant d'air faisait bruire les tentures de toiles d'araignées qui pendaient depuis le plafond. Loin au-dessus d'eux, ils entendaient l'orage gronder.

— On est où ? voulut savoir Boniface.

— Je l'ignore, répondit Falkenn en récupérant la spadamantine. Mais à tout le moins, nous sommes en vie.

— Ça reste à prouver, ronchonna le mandragot.

Le chasseur de primes jeta un coup d'œil à son acolyte quadrupède. Le moins qu'on pût dire, c'était qu'il n'avait pas fière allure. Affalé sur le flanc, le pauvre mandragot donnait l'impression d'être passé entre les mains d'une équipe de lavandières particulièrement dévouées à leur travail. Il n'avait pas l'air franchement dans son assiette — quoique si on la lui avait présentée, son assiette, il aurait probablement mis les deux pattes dedans.

— J'imagine que tu ne peux pas nous Éclipser jusqu'au Berceau ?

— Là, tout de suite ? J'arriverais même pas à courser une souris à trois pattes. Par curiosité, j'ai l'air de quoi ?

Falkenn se pencha sur lui, l'attrapa sous le ventre pour le soulever. L'animal était étonnamment léger, et si mou qu'il avait l'air de couler comme un fromage trop fait.

— D'un vieux tapis de bain détrempé. Je te rassure, néanmoins : la différence avec ton état habituel est parfaitement anecdotique.

— Je suppose que c'est ta façon de me remercier pour t'avoir sauvé d'une chute mortelle ? demanda-t-il tandis que son maître se mettait en route en suivant les courants d'air.

— Ma foi, il est statistiquement inévitable que, de temps à autre, tu parviennes à te montrer utile.

Sous son bras, le félin, ballotté par le mouvement, retint un hoquet.

— Je te répondrais bien, mais y'a encore des trucs dans mon estomac, et j'aimerais autant qu'ils y restent, gémit-il, les pattes ballantes.

***

Une pluie d'étoiles se répand au-dessus de Solmost.

Elles passent sous le couvert des nuages avec la grâce molle de flocons de neige dont elles partagent le blanc hivernal. Mais à mesure qu'elles se rapprochent de l'Alaqarak, on réalise qu'elles s'apparentent davantage à de gros grêlons. D'environ deux mètres de diamètre, taillées dans un cristal laiteux, une armature de bronze imitant une forme ophidienne s'enroule autour de chacune d'elles, si bien que l'ensemble évoque une toute petite réplique de dragonnef. Elles descendent en cercles apathiques, comme des feuilles glissant sur le vent.

Des hommes en armes s'accrochent à ces modules d'assaut, par groupes de quatre, les pieds dans le vide. Des *askari*. Il y en a des milliers.

Des cris crèvent la clameur de la bataille sur toute la longueur de la citadelle. Carabines et poivrières se dressent, ouvrent le feu sur cette nouvelle menace venue du ciel. Des ordres sont aboyés, et des batteries de crécelles de Torée pivotent dans un ferraillement et la puanteur du charbon brûlé. Leurs pépiements ont des accents joyeux.

Les tirs croisés criblent les modules d'atterrissage, fauchent leurs passagers exposés. Les cristaux éclatent en fleurs de poussière brillante, les armatures décrochent. Les cadavres pleuvent par dizaines sur les toits, les chemins de ronde, ils s'écrasent dans les cours pavées de blanc ou piquent jusque dans la baie qui les engloutit. Certains soldats impériaux se laissent tomber, se réceptionnent comme ils le peuvent, avec plus ou moins de fortune. Ils se vautrent et roulent au sol, parfois directement sous le nez d'une escouade de brigadiers qui se jette sur eux pour les trucider à grands renforts de sabres et de baïonnettes.

Aucun cri de douleur ne s'échappe des lèvres scellées des physionomies d'argent à la pilosité d'or. Jamais. Cette froide discipline des guerriers septentrionaux, astreints au silence quelles que soient les circonstances, a le don d'épouvanter les Bas-Terriens, nourrit tout un folklore où les masques dissimulent des bêtes, des machines, des spectres. Mais lorsqu'un officier ligueur, désireux de s'attribuer un trophée, ôte celui qui recouvre le visage de l'*askari* qu'il vient d'achever d'un tir en pleine poitrine, ce qu'il découvre en dessous s'avère, en un sens, bien pire.

De la paille. Un mannequin. Un leurre.

Par ce stratagème, une part importante des troupes d'invasion parvient à se soustraire aux tirs des défenseurs. Leur descente est de plus couverte par les dragonnefs dont les canons vomissent à présent des obus à balles sur les remparts nouvellement garnis de Manteaux Bleus, qui doivent se jeter au sol pour échapper aux plombs assassins qui crépitent autour d'eux. L'architecture même de la forteresse offre de nombreux couverts aux modules d'assaut, qui finissent par passer sous les rituels-boucliers qui entourent la citadelle.

C'est dans un silence complet que les commandos de la Garde impériale qui ont survécu à leur périple céleste passent à l'attaque. Les rayons brûlants des longues vouges incendiaires — les *Mizrak* — forent des trous fumants dans les corps des brigadiers tandis que les arbalètes automatiques *Strilkaï* arrosent leurs positions de longues échardes de glace arcanique acérée. Déjà les défenseurs reculent face à la puissance de feu de la Maison Militaire : plusieurs points stratégiques, hauteurs et points d'accès, tombent rapidement sous le contrôle de ses soldats d'élite.

À partir de ces têtes de pont, le débarquement commence. De nouveaux transports tombent du ciel, chargés de soldats du rang aux masques dépourvus de barbes d'or. Des modules d'assaut lourds acheminent des pièces d'artillerie destinées à éliminer la piétaille ligueuse. Il y a les balistes géantes *Strilkaï* qui projettent de véritables lances de glace effilées, qui embrochent leurs cibles ; les lance-chakrams *Sardirak* dont les projectiles ressemblent à d'immenses croissants de lune tournoyants, capables de couper en deux toute une rangée d'hommes avant de s'évanouir comme s'ils n'avaient été qu'un bref cauchemar tranchant. Aussi redoutables que cruelles, aussi précises que mortelles, ces armes sèment la mort parmi les défenseurs.

Néanmoins, dans l'imaginaire forgé dans le feu des combats d'un vétéran de la Ligue de Skarland, aucune invention arcano-technologique ne saurait égaler en horreur le mortier *Shudaryang*. On dirait une version obèse de la vouge incendiaire des commandos impériaux, au canon court mais large, à la gueule pointée vers le ciel. Elle crache des boules d'un feu noirâtre qui décrivent une courbe lente au-dessus des positions sudistes, qui retentissent soudain de nouveaux cris d'alarme.

— Biocide !

— À couvert, vite !

Au sommet de sa trajectoire, la boule se déforme, se délite. Le feu sombre pleut alors en un crachin à la texture de goudron qui gicle sur les murs et les avant-toits, s'écoule bizarrement sur les pavés. Il paraît vivant, à l'affût.

Les blessures qu'il provoque sont atroces. Il ne marque pas la pierre, ignore le métal, mais dissout les tissus et la peau avec l'avidité du plus virulent des acides. Les os ne lui résistent pas davantage, grésillent et fument à son contact. La moindre goutte fait l'effet d'un millier d'aiguilles portées au rouge, mais les blessés à la tête ont la chance de trépasser assez vite lorsque le liquide leur perce la boîte crânienne. Les autres agonisent en hurlant tandis que la nécrose arcanique, que les Anscarides nomment « feu de la justice », leur ronge chairs, muscles et os. Pour les plus malchanceux, le processus s'arrêtera — mais non la douleur — avant d'avoir touché un organe vital. Sauf à ce qu'un tir perdu ne vienne les achever, ils mettront des dizaines de minutes, des heures parfois, à mourir.

Là où sont présents les Corps-Freux, les forces ligueuses encaissent mieux le choc. Tandis que certains imprécateurs joignent leurs mains ensanglantées pour générer de nouveaux boucliers — plus précaires et moins stables que ceux, peints à même les murs avec du sang animal, qui protègent l'Alaqarak des décharges des dragonnefs, ils n'en arrêtent pas moins les tirs des vouges, des arbalistes et des *Shudaryang* — , d'autres s'avancent et engagent la riposte.

Les pyromants produisent un tir de barrage de glaires de feu pour stopper l'avancée des *askari*. Viennent ensuite les héliomants qui, armés d'épieux de lumière aussi durs que de l'acier, mènent la contre-charge des Manteaux Bleus.

Certains magiciens ôtent leurs tuniques rouges, se scarifient le torse et les bras : ce sont des thériamorphes, qui usent d'antiques rituels de sang pour modifier leur anatomie. Leurs corps se couvrent d'écailles ou de poils épais et drus, leurs muscles enflent, leurs membres s'allongent, des griffes et des protubérances osseuses jaillissent de leurs doigts ou de leurs avant-bras. Leur esprit même acquiert des traits bestiaux : ne ressentant plus ni peur ni douleur, ils chargent au cœur de la mêlée, ignorant des blessures mortelles. Depuis l'arrière des lignes ligueuses, des caligurges manipulent les ombres : ils tissent des voiles opaques qui bloquent les lignes de tir de l'artillerie ennemie ou animent des tentacules d'obscurité vivante qui se saisissent des soldats impériaux, leur entravant jambes et bras, les étranglant ou les projetant d'un geste négligent par-dessus les parapets.

Unies, les forces sudistes reprennent un peu du terrain lâché sous le coup de la surprise. En première ligne, les voltigeurs harcèlent la troupe et l'artillerie ennemies. La forêt des tours de grès et des arcs-boutants de l'Alaqarak permet à ces cavaliers émérites de donner la pleine mesure de leur virtuosité aérienne. Les grypes tournoient avec élégance, surgissent dans un cri perçant, décrochent avant que vienne la réplique. Cavaliers et montures attaquent avec une égale férocité, la kératine ne fait pas moins de victimes que l'acier : ça sabre à tour de bras, ça mord et ça déchiquette.

Cependant, la Compagnie du Silence n'est pas seule à disposer d'unités combattantes. Des arcano-technologues, vêtus et coiffés de mauve, le visage et la poitrine parés de bronze, se sont joints aux formations d'*askari*. Ils lèvent les bras, et les amples manches de leurs caftans filés d'or révèlent d'étranges gantelets de métal, constellés de cristaux, qui épousent si parfaitement leur morphologie qu'on pourrait les croire martelés à même leurs mains, à moins qu'il s'agisse de prothèses ; et des greffons à l'apparence dérangeante, de larges veines siliceuses brillantes, gavées d'arcane, qui se glissent sous leur peau hâve comme de gros vers voraces. Sans recourir à la moindre hémurgie, ils génèrent leurs propres boucliers ou projettent des chaînes d'éclairs qui repoussent les voltigeurs.

Les mages du Silence ripostent. Les sortilèges des uns se heurtent aux défenses des autres, et vice-versa, produisant des violentes ondes de choc qui renversent les soldats des deux bords.

Imprécateurs contre *ganarteki*, Manteaux Bleus contre toques noires ; magie traditionnelle contre science magique, poudre noire contre foudre arcanique. C'est la rencontre terrible de deux mondes que tout oppose, mais que l'acier unit pourtant dans un langage commun, à la simplicité lapidaire. *On tue et on avance.*

Partout, des corps-à-corps brutaux se sont engagés. Ce sont eux qui décideront de l'issue de la bataille.

***

La guerre était un orage. C'était un bouquet de lumières et d'obscurités, un fleurissement d'odeurs et de bruits qui mettaient les sens en émoi.

Pris en étau entre deux déchaînements, celui du ciel plombé qui les écrasait de sa noirceur et celui des combats dont ils étaient les acteurs, soldats impériaux et ligueurs s'affrontaient tandis que s'élevaient partout autour d'eux les parfums de l'ozone et de la poudre, du sang et de la mort.

Ils avaient la foudre et la pluie pour témoins. Les craquements des éclairs et le chœur tonitruant de l'artillerie et de ses victimes rythmaient leurs charges, contre-attaques et retraites. Leurs rangs étaient à l'image de hautes marées contraires, poussant puis refluant, laissant derrière elles un varech composite de métal, de tissu et de chair humaine malmenée, déchirée ou noircie.

Il en était pourtant qui échappaient au chaos et aux trépidations de l'affrontement. La démarche étrangement lente, pour ne pas dire cérémonieuse, fantomatiques dans leur robe de lin gris nouée à la taille par un simple cordon, allaient et venaient les thaumaturges. Hommes et femmes, septentrionaux et sudistes, ils arpentaient librement les barbacanes, les chemins de ronde et les cours intérieures de la citadelle, évoluaient parmi les blessés sans prêter la moindre attention aux tirs et aux sortilèges qui fusaient tout autour d'eux — sans jamais les cibler, cependant.

Car l'École des Soigneurs avait toujours revendiqué sa neutralité de principe et, si nul camp n'attaquait jamais ses membres, eux non plus ne se préoccupaient pas de la couleur de l'uniforme de leurs patients. Le hasard des tueries seul guidait leurs pas et leurs actes, et personne, qu'il fût soldat ou officier, n'aurait songé à les arrêter. Le résultat d'une tradition plus que millénaire qu'aucune modernité n'avait encore réussi à déraciner.

Ici, on voyait un imprécateur de la Compagnie du Silence usant de sorts antalgiques sur un *askari* tremblant silencieusement de souffrance sous son masque d'argent. Là, c'était un *ganarteki* en caftan gris clair qui, penché sur un soldat pontsalinois, tentait de stopper l'hémorragie provoquée par un tir de *Sardirak*.

Aussi, lorsqu'un Manteau Bleu, qui traînait depuis plusieurs minutes un camarade à la face sérieusement amochée, aperçut deux magiciennes vêtues de gris qui observaient la bataille depuis une arche percée dans le mur ouest du donjon, à l'autre bout de la place d'armes sur le côté de laquelle il s'échinait en grinçant des dents, il se dépêcha de les héler.

— Eh ! gueula-t-il pour couvrir les bruits des combats qui faisaient rage dans son dos. Vous deux, là ! Ramenez-vous, j'ai un blessé !

Les deux interpellées ne bougèrent pas d'un centimètre. L'homme les vit échanger un regard interrogatif, à croire qu'elles n'avaient pas compris la teneur de ses propos.

— Oh ! Vous vous bougez le cul, oui ? Faut vous causer en quelle langue ? Putain… Des Anscarides ? Oh, c'est bien ma veine… Euh, merde, comment on dit « blessé » dans leur langue de sauvage, déjà ? Euh… *Taralu ?* risqua-t-il en élevant à nouveau la voix. *Daralu ?*

Les deux femmes s'entre-regardèrent à nouveau.

— Il nous prend pour des thaumaturges ? demanda Ichoria.

— Faut croire…, opina Ambroisie en baissant les yeux sur sa défroque de détenue, effectivement de la même couleur que l'habit des Soigneurs.

Dans un premier temps, l'assaut surprise des *askari* avait considérablement facilité la fuite des deux sœurs, en drainant des étages supérieurs du donjon les soldats et les surveillants. Elles n'avaient pas croisé âme qui vive, encore qu'elles eussent entendu les cris terrifiés et les appels à l'aide d'autres prisonniers qu'on n'avait pas jugé utile de déplacer : c'étaient tous des condamnés à mort et, le cas échéant, une tonne de pierres sur le sommet du crâne vaudrait bien la corde qu'on leur destinait — sans compter l'économie ainsi réalisée sur les heures de travail du bourreau.

Les choses s'étaient toutefois rapidement gâtées. Ichoria n'ayant, pas plus que sa cadette, jamais mis les pieds à l'Alaqarak par le passé, elles ignoraient quel chemin prendre pour quitter le donjon. Un détail dont Ambroisie, pragmatique, se serait accommodée si toutes les issues qu'elles avaient croisées jusque-là n'avaient mené directement sur des échanges un peu trop virils à son goût.

À une dizaine de mètres de là, le soldat les invectivait de plus belle, cette fois dans une langue qu'Ambroisie ne comprenait pas. À en juger d'après les gestes obscènes dont il agrémentait ses cris, ç'avait tout l'air d'une invitation à subir quelque acte sexuel original nécessitant l'usage d'ustensiles spécialisés.

— Viens, ordonna-t-elle soudain à son aînée en quittant leur abri.

— Tu es folle ? la tança Ichoria qui la retint par la manche de sa robe. Tu veux qu'on se jette dans cette mêlée ?

— Si les deux camps nous prennent pour des thaumaturges, nous pourrons passer, insista la cadette. C'est notre premier coup de bol depuis longtemps, profitons-en. Sauf si tu préfères tourner en rond dans ce donjon jusqu'à la fin des temps ! Allez, suis-moi ! Et prends ton air pincé.

— Mon air pincé ?

— Ton air naturel, quoi.

***

— On est perdus, non ? avança Boniface.

— Il semblerait, convint Falkenn sur un soupir.

Une heure plus tôt, ils avaient émergé du mausolée où le mandragot les avait involontairement Éclipsés, pour très vite réaliser qu'ils se trouvaient dans une partie de Supplicate qu'ils ne connaissaient pas. Des rangées de sépultures modestes y tapissaient un petit vallon encaissé où ne poussaient que quelques bouleaux chétifs. Les deux compères ne reconnaissaient pas non plus la topographie des lieux : la disposition des pics montagneux tout autour d'eux n'avait rien à voir avec celle qu'ils avaient pu observer à l'aller.

Non que cela leur eût été d'une quelconque utilité : Falkenn comme Boniface étaient d'indécrottables citadins. Quoique l'un fût né dans un pays qui se résumait à une immense vallée et l'autre le descendant d'une longue lignée de félins des montagnes, ils n'étaient guère à leur aise hors de l'enceinte d'une ville. Le chasseur de primes espérait tout de même que son mandragot pourrait retrouver la trace du Berceau en se fiant à la piste de l'Ami des Grands Jours, resté sur place. L'odeur de l'arcanite aurait dû être forte, n'importe où dans la vallée.

De fait, c'était le cas.

— Les dragonnefs, grommela Boniface à l'oreille de son maître. (Lassé de se faire trimballer comme un sac de pommes de terre, il s'enroulait présentement autour des épaules de Falkenn à la manière de la plus improbable des écharpes.) Je sens les résidus de leurs tirs jusqu'ici, partout autour de nous. Pas moyen que je repère ton flingue au milieu de toute cette merde.

— Nous voilà bien avancés.

— Ouais. Comment on va… ?

Tchac !

— T'as entendu ?

Ils suivirent le bruit, tout proche, jusqu'au sommet d'un talus terreux qui descendait en pente douce jusqu'au fond d'une combe profonde, passant à travers une dizaine de terrasses imparfaitement aménagées que garnissaient des tombes, comme autant de chicots plantés dans une gencive noircie. Des escaliers dont les marches se résumaient à de gros rondins de bois enfoncés dans la terre permettaient de passer du chemin pierreux à la première terrasse, traversant ensuite tout le talus selon un itinéraire au tracé versatile.

Tchac !

Tout vêtu de noir et largement couvert de terre, un homme se tenait au milieu de la deuxième terrasse. Il maniait la pelle avec une rare régularité, l'enfonçant dans le sol d'un coup sec, puis rejetant terre et gravats pour les envoyer sur le monticule qui s'amoncelait derrière lui. Une fosse prenait naissance sous ses coups experts. Une stèle neuve, anonyme, était plantée dans le sol à l'aplomb du trou. Un cercueil gisait non loin.

Tchac !

Comme s'il sentait qu'on l'observait, le fossoyeur s'interrompit dans son labeur, se retourna et fixa un instant le chasseur de primes.

Puis il leva une main.

— Bien l'bonjour, M'sieur ! héla-t-il.

Falkenn lui rendit son salut, non sans avoir dissimulé son épée derrière son dos. Il jeta ensuite un regard dubitatif à l'escalier de rondins. Il en éprouva la solidité du bout de la botte.

— Vous inquiétez pas ! lança le fossoyeur. Cette terre est aussi vieille et sèche que moi ! Vous risquez pas l'gadin !

Il ne mentait pas. Falkenn constata que le sol était extrêmement dur autour des marches, profondément arrimées à la terre de Supplicate, offrant une prise solide. Il s'y engagea tout de même avec précaution.

S'approchant du fossoyeur, le chasseur de primes s'aperçut que l'homme n'avait pas non plus exagéré son propre état de délabrement physique. D'une maigreur cadavérique et d'une pâleur à l'avenant, le vieillard flottait dans ses vêtements noirs maculés de boue de la tête aux pieds. Il cultivait en effet une certaine ressemblance avec le vallon : son visage raviné et son crâne chauve étaient couverts de taches brunâtres, sépultures de ses années de jeunesse à jamais envolées. Un semblant de barbe, composé de poils blancs épars, recouvrait inégalement son menton proéminent, ses joues et l'espace sous le nez, herbe sèche survivant péniblement dans ce milieu aride et craquelé.

— Vous v'z'êtes égaré ? voulut savoir le vieil homme.

Avenant, il souriait de toutes les dents qu'il possédait encore. Et ça ne faisait pas beaucoup.

— On ne peut rien vous cacher, répondit Falkenn.

— M'étonne pas vraiment, lâcha le fossoyeur en remettant un coup de pelle dans le sol. C'est facile de s'perdre à Supplicate, quand on connaît pas. La nécropole est si vaste — *tchac !* — que peu d'gens peuvent s'y retrouver dans ses méandres. C'est fou, toute la place que les gens continuent à prendre une fois morts.

Il cessa de creuser, leva un bras décharné et engloba d'un geste semi-circulaire l'horizon de tombes et de mausolées.

— C'est toute l'histoire solmostine qu'est allongée ici, exposa-t-il, presque solennel. Et y'a guère plus que l'vieux Gavrilès Tanit — vot' serviteur — qui s'y r'trouve parmi tous ces boulevards d'ossements et d'siècles écoulés. C'est que j'suis fossoyeur depuis…

Il se tut et baissa longuement les yeux sur la fosse qu'il était en train de creuser. Il finit par lâcher un petit rire, celui de qui vient d'entendre une bonne vieille blague, d'autant plus marrante que lui seul peut la comprendre.

— … depuis plus longtemps qu'on n'saurait dire, acheva-t-il en revenant à sa pelle et à son trou. Bon, vous cherchez la tombe de qui ?

— Du roi Agadore.

Tchac !

Gavrilès Tanit se détourna à nouveau de la fosse, le regard soudain suspicieux. D'une main, il frotta son menton parsemé de rudes poils blancs en produisant un bruit de papier de verre. Puis il sortit une pomme passablement gâtée de la poche de son manteau répugnant avant d'y planter les débris de son infâme dentition.

— Vous jêtes pas un pjilleur de tjombes, hein ? voulut-il savoir, la bouche pleine.

— Bien sûr que non. Je souhaitais contempler les fameuses tombes chantantes dont on m'a tant vanté les prodiges.

— Oh, ouais… Les tjombes chantjantes, hein ? Chûr qu'ils jont de belles voix, ches Chtauriaditèj, pas vrai ? Hmm… (Il déglutit et rejeta le trognon de sa pomme.) Leur allée est pas très compliquée à trouver, à partir d'ici, j'vais vous expliquer ça en moins d'deux.

Ayant indiqué le chemin à suivre au chasseur de primes, il lui adressa un franc sourire édenté et désigna du pouce le cercueil derrière lui.

— Bon, ben, s'pas tout ça, hein ? M'excuserez, mais j'ai déjà trop fait attendre mon client. Les morts sont vraiment d'gros branleurs : dans toute ma carrière, j'en ai jamais vu un aller tout seul dans son trou !

— Il devrait essayer de le leur demander poliment, marmonna Boniface à l'oreille de Falkenn tandis que ce dernier s'éloignait en vitesse de Gavrilès Tanit. Qu'est-ce qu'il puait, le vioque ! T'as senti ça ? On aurait dit une odeur de…

— De roses fanées, le coupa Falkenn qui se garda de rien ajouter.

Il préféra notamment ne pas faire remarquer qu'il était tout de même surprenant de croiser un fossoyeur dans un cimetière où l'on n'avait enterré personne depuis des décennies. Le mandragot sur l'épaule, il quitta bientôt le vallon, laissant derrière lui les coups rythmés de la pelle qui se poursuivirent pendant un temps avant de s'étioler et disparaître. À aucun moment, il ne se retourna.

Mais si d'aventure il l'avait fait, et s'il était revenu sur ses pas pour se tenir au sommet de la combe, il n'aurait trouvé trace ni du vieillard ni du cercueil. Il aurait découvert la fosse comblée, et constaté que le sol à cet endroit n'avait pas été remué récemment. Il aurait remarqué que la stèle, blanche et immaculée quelques minutes auparavant, était à présent grise, sa surface élimée par l'érosion. À telle enseigne qu'il aurait vraisemblablement eu du mal à déchiffrer le nom qui était gravé dessus — quoiqu'il aurait pu le deviner.

Gavrilès Tanit.

***

Dame Wilhelmina Morville — appelons-la ainsi une dernière fois — tendit le bras droit, plia l'auriculaire, se perça le milieu de la paume de la pointe de sa bague, ouvrit une main rougie et hésita.

Une fleur venait d'attirer son attention. Seule au milieu d'un amas de pâquerettes, elle haussait un profil singulier, aviaire : d'un étui foliacé similaire au bec d'un pélican, elle dressait fièrement une crête d'inflorescences effilées dont les couleurs vives, sang et or, brûlaient comme un fanal parmi la pâleur immaculée des petites consyres.

C'était une *karolaptitzis*. Une reine-aux-oiseaux. Une variante majestueuse de la *strelitza communa* du Syamée, qui poussait exclusivement sur les bords de l'Amalgabir. On la disait fort rare, mais Wilhelmina savait qu'il existait un secteur, sur la rive orientale du fleuve, où elles pullulaient. Une retraite, une cachette secrète, dissimulée aux yeux de ceux qui utilisaient quotidiennement l'Amalgabir pour le commerce par des formations de pins-parasols géants qu'aucune main d'homme n'était venue troubler depuis des siècles.

Un court instant, elle se souvint. De son enfance passée à Naugos, de son frère qu'elle suivait dans ses fugues, de la découverte du sanctuaire des reines-aux-oiseaux. Elle avait pris l'habitude, après coup, de s'y rendre une fois par semaine, et immanquablement elle en cueillait une, avec douceur, presque la gratitude dévote que d'autres auraient réservé à l'or ou aux pierres précieuses, qu'elle ramenait ensuite en courant à la maison pour l'offrir à sa…

Une voix interrompit sèchement le cours de ses pensées. Une voix qu'elle seule entendit.

« Épargne-moi tes crises de nostalgie, Mina ! »

La magicienne exhala un court soupir, lourd d'irritation, mais se garda de tout commentaire. Se concentrant brièvement sur le sortilège qu'elle s'apprêtait à lancer quelques instants plus tôt, elle arrosa de flammes le sol du Berceau.

Sur les quelques mètres carrés de terre ainsi mise à nu, elle entreprit de tracer un pictogramme compliqué, d'abord avec son propre sang, puis avec celui des cadavres mutilés des soldats qui jonchaient le sol tout autour d'elle. Au moins, elle ne manquerait pas de matière première pour la première partie du rituel.

Il ne s'agissait pas d'un rituel complexe, en soi. De fait, c'était l'un des plus basiques du répertoire des nécromanciens d'autrefois, tel que l'Art des Ossements se pratiquait à ses origines en Magneterre. Paradoxalement, il était si basique qu'il en paraissait infiniment grossier aux yeux de Wilhelmina, qu'on avait initiée à des formes bien plus abouties et subtiles de cette magie réputée maudite. Si bien qu'elle n'avait encore jamais dessiné de Magnarthex. Heureusement, quelqu'un d'autre connaissait le rituel.

« Un peu plus à gauche, là. Voilà. Remets un peu de sang ici, j'ai peur qu'une fois le sortilège lancé, la consommation d'arcane n'altère trop vite la structure physique du rituel. Bien. Bien. Maintenant, il faut que tu… Eh là ! Que fais-tu, malheureuse ? Non non non,

pas comme ça ! C'est une courbe, pas une ligne droite, bougre d'ânesse ! Sois un peu à ce que tu fais, espèce de gourde ! »

Suivant les instructions que lui fournissait la voix, Wilhelmina s'échina une heure durant et ne tarda pas à avoir les genoux en feu à force de les frotter par terre. Au fur et à mesure que progressait son ouvrage, elle marmonnait les mots de pouvoir adéquats, en s'efforçant d'ignorer le parfum, de plus en plus entêtant et perturbateur, des fleurs qui l'encerclaient. À croire que le Berceau, conscient de son intrusion et de ce qu'elle entendait mettre en œuvre, cherchait à détricoter le fil de ses pensées. Les dents serrées, son front battant comme un premier-tambour un jour de défilé militaire, elle poursuivit néanmoins, en dépit des hurlements de la voix qui n'arrangeaient rien. Son dessin terminé, la douleur avait atteint un niveau tel qu'elle avait l'impression que quelqu'un cherchait à lui faire jaillir les globes oculaires en appuyant dessus depuis l'intérieur de sa boîte crânienne.

Elle se relevait à peine sur des jambes rendues flasques par l'effort et l'énergie fournis lorsqu'elle perçut d'autres voix, bien vivantes celles-là, venant de derrière la muraille osseuse de banians. Wilhelmina s'en serait certainement alertée si l'une d'elles, la plus forte, n'avait pas été reconnaissable entre mille. Son propriétaire s'exprimait comme s'il mâchait une pleine brassée de foin.

« Il tombe à pic, celui-là, ricana la voix sous le crâne de Wilhelmina. *À condition qu'il arrive à entrer, bien sûr. »*

Le général Wolfdagger éprouva en effet quelques difficultés à se glisser entre les troncs serrés des figuiers maudits : le concepteur du Berceau, si tant était qu'il eût un jour imaginé que l'endroit subirait les affres d'une affluence touristique, n'avait pas prévu le passage d'un solide gaillard de plus de deux mètres de haut et tout juste moins en tour de taille.

— Pouffez un peu ! ordonna-t-il, et Wilhelmina entendit des grognements de l'autre côté de la paroi végétale.

Trois brigadiers s'affalèrent lourdement parmi les fleurs lorsque l'encombrant général fût enfin dégagé du chemin.

Une demi-douzaine d'autres Manteaux Bleus firent leur entrée dans la foulée. La magicienne réprima un sourire en constatant que deux d'entre eux collaient de près un Somas Athossi à la mine défaite. Mine qui ne s'améliora guère lorsque les yeux du vicaire se posèrent sur les corps meurtris des soldats tombés — pour la seconde fois — dans le saint des saints du Berceau. La culpabilité du jeune homme lui déformait les traits, lui donnait le double de son âge.

Depuis qu'elle l'avait rencontré, Wilhelmina éprouvait une espèce d'affection mâtinée de pitié à l'endroit de Somas. Foncièrement, il restait un idéaliste dans un monde gouverné par des réalités irréductibles, des réalités gravées à la pointe de l'épée dans les tables de la Loi de l'Histoire elle-même. Des tables qui lui étaient toutes tombées sur le coin de la figure, une par une, au cours des derniers jours. La magicienne ne se sentait pas le cœur de l'enfoncer.

Pourtant, sans qu'elle le veuille, elle ouvrit la bouche. Toute personne qui y aurait prêté attention aurait vu des reflets verts briller dans ses yeux lorsqu'elle s'entendit grincer :

— Vous êtes venu contempler votre œuvre, Excellence ?

Somas pâlit un peu plus, porta une main tremblante à ses lèvres. Il se retenait manifestement de pleurer autant que de vomir. Wilhelmina nota le petit air suffisant qu'afficha le général ligueur devant la déconfiture du vicaire.

Vous n'étiez pas obligée de dire ça, pensa-t-elle. La voix ne lui répondit pas.

La magicienne tourna ensuite son attention vers Wolfdagger.

— Je ne vous attendais pas, Général.

— La fituafion nous véfappe, v'en ai peur, répondit-il. Il femblerait qu'un ou pluvieurs vefpions fe foient bel et bien gliffés à Folmoft, et qu'ils vaient informé le commandement ennemi de l'ecviftenfe de la Petite Fœur. Les Vanfcarides ont lanfé un affaut maffif, mais fort heureuvement, ils vignorent où elle fe trouve. Il est primordial que nous l'activions dès và prévent et… D'où fort fe Nain ?

Il venait de s'aviser de la présence de Modi Svardstaf, non loin de l'accès à la corniche d'où jaillissait le banian surplombant l'abîme. Encore sous le choc du transfert de la malédiction d'Andraxès, le pauvre Dvargar se recroquevillait par terre, le regard perdu. Il tremblait comme une feuille apeurée par le plus petit coup de vent.

— C'est le fils de Canute Svardstaf, expliqua Wilhelmina. J'ai été obligée d'éliminer le vieux gardien, hélas : il s'apprêtait à rendormir la Petite Sœur.

— F'est embêtant, estima Wolfdagger.

— Un mal pour un bien, répliqua l'imprécatrice qui haussa les épaules. Le père avait montré qu'il pouvait me résister, alors que celui-là… (Elle agita une main condescendante en direction du Nain qui frissonnait au sol.) Il est faible et inexpérimenté. Je n'aurai aucun mal à le soumettre. Sa voix, le Chant, sont les clés qui nous assureront le contrôle de la Petite Sœur.

S'approchant avec précaution du bord du trou, Wolfdagger jeta un œil vers ses profondeurs. Il sursauta lorsqu'un Mâne se glissa hors des volutes de vapeur recrachées par la cataracte, voleta jusqu'à lui, le contempla un instant d'un regard aussi inexpressif que peuvent l'être deux orbites vides, puis s'en fut à toute vitesse comme un poisson qui aurait vu d'un peu trop près un hameçon et compris ce qui l'attendait.

— Qu'est-fe ? voulut savoir le général en le regardant rejoindre les autres silhouettes fantomatiques qui peuplaient le fond du gouffre.

— Des Mânes. Des Âmes Blanches, expliqua Wilhelmina. Les restes immortels de ceux qui cherchèrent à libérer la Petite Sœur à l'époque de *Samara*, aujourd'hui le dernier verrou de la cage.

— Vous pouvez les détruire ? demanda-t-il en revenant vers la magicienne.

— Non. Comme je viens de le dire, ils sont immortels. Éternels, au sens strict, et il en va de même de la barrière qu'ils forment. Toutefois, il ne faut pas oublier que ces Mânes se trouvent ici en violation de toutes les lois de la nature, lois qui préexistent sur les Cinq eux-mêmes. C'est sur ce dernier point qu'il est possible de louvoyer.

Wilhelmina désigna le dessin qui s'étendait entre elle et Wolfdagger. Il occupait un espace d'environ deux mètres sur trois. Les bords en étaient délimités par deux grands traits, similaires à des piliers stylisés, soutenant un genre de fronton triangulaire. Entre les piliers pullulaient des dizaines de symboles biscornus, apparemment organisés au hasard, mais que la magicienne avait tracés dans un ordre chronologique précis. Quiconque se serait amusé à les relier en suivant ce même ordre aurait eu une drôle de surprise.

— Grâce à ce rituel, nous allons pouvoir libérer la Petite Sœur de ses entraves, dit-elle en levant une main toujours imbibée de sang.

— Général, intervint Somas, il n'est pas encore trop tard pour renoncer à cette folie ! Vous ne…

— TAIVEZ-VOUS ! beugla Wolfdagger. Faites fe que vous vavez à faire, Madame. Il est pluf que temps.

— En effet, convint la magicienne qui s'était un instant détournée pour fixer Somas. (Des lueurs vertes dansaient dans ses yeux lorsqu'elle lui adressa un sourire.) Il est plus que temps.

Quelques secondes plus tard, un hurlement hideux déchira le silence du Berceau.

***

Ambroisie et Ichoria progressaient lentement à travers la place d'armes.

La cadette était ennuyée. Elles auraient dû courir, mais les thaumaturges qui circulaient ici et là ne manifestaient aucune précipitation, si bien qu'à rebours de ce que lui hurlaient toutes les fibres de son être, elle se forçait à les imiter, son aînée sur les talons.

Elle piétinait au milieu des cadavres, cernée de toutes parts par les murs mobiles hérissés d'acier des combats, des projectiles de toutes sortes — balles des carabines ou carreaux de glace des étranges arbalètes des Septentrionaux — lui sifflant au ras de l'oreille. Une situation dérangeante, mais qui, fondamentalement, constituait une amélioration pour la jeune femme : contrairement à ce qui avait prévalu au cours de la dernière quinzaine, on n'en avait pas directement après elle. Les types qui lui agitaient leurs armes à portée de narines ne cherchaient pas activement à la tuer, elle. Certes, si elle se mangeait un coup d'épée en travers de la tronche ou finissait criblée de balles, l'expérience n'en serait pas moins regrettable, mais en un sens, c'était un soulagement de savoir que là, tout de suite, personne n'en voulait à sa peau.

Mais ce n'était vraiment pas à cela que devait ressembler une fuite, se disait Ambroisie. Elles auraient dû cavaler à fond de train, parce que la fuite… Oui, la fuite, ça se prend, exactement comme on prend un train en marche : peu importe où va la locomotive ou si on doit faire le trajet en compagnie de moutons ou d'autres bestioles puantes, il faut juste courir, tenir le rythme le temps d'accrocher un wagon, et espérer y arriver avant de se fracasser la ganache en bout de quai.

Mais cela fonctionnait. Une surprise, tant pour l'Ambroisie des bas-fonds que pour sa consœur bien sous tous rapports aux lunettes cerclées d'acier, la première ne croyant qu'aux vertus d'une bonne foulée et la seconde s'en tenant strictement aux chiffres. Chiffres qui à cet instant proclamaient sans détour la très forte probabilité de finir en petits morceaux.

Et pourtant. Que ce fussent les Ligueurs ou les Anscarides, on les ignorait gentiment, car les thaumaturges étaient libres de leurs mouvements au milieu des combats, qui ne laissaient pas aux hommes aux prises le loisir de détailler les deux jeunes femmes. Affublées de leurs nippes, elles se fondaient dans le paysage, suivant une logique aussi stupide qu'ineffable.

Les thaumaturges portent tous du gris. Tous ceux qui portent du gris sont par conséquent des thaumaturges. C'est des maths, en fait, s'aperçut Ambroisie. *Et ça fonctionne. Merde ! Je nous ai lancées là-dedans sans y croire une minute, mais putain de bordel de merde, ça fonctionne !*

Au-dessus de leurs têtes, l'Alaqarak dressait son panorama carcéral de tours pointues et de murailles titanesques. Elles montaient comme de colossales vagues de grès dont le grondement du ciel pouvait faire croire qu'elles étaient tout près de s'abattre sur les fourmis qui grouillaient en contrebas. La citadelle tremblait.

Elle n'était pas la seule. Ambroisie aussi tremblait de tous ses membres, et ce n'était qu'au prix d'efforts colossaux qu'elle réfrénait ses instincts, l'esprit fixé sur un objectif, un seul.

Je dois sortir Ichoria de ce trou à rats. Les sortir de là, elle et son bébé.

Des choses tombaient dans la cour depuis l'entrelacs de ponts et de passages suspendus. Ambroisie détournait le regard, s'efforçait de les ignorer, d'oublier qu'il s'agissait de formes humaines. Quoique ce ne fût pas toujours le cas : de violentes giclées de sang chaud lui cinglèrent le visage lorsqu'une grype atterrit à quelques mètres dans une explosion de plumes et de matières organiques diverses. L'animal avait été coupé en deux, propre et net.

Enfin, net, en tout cas.

Ambroisie s'essuya le visage d'un revers de manche et poursuivit sa route. D'autres morceaux de grands volatiles, mais aussi de voltigeurs, tous tranchés avec une précision épouvantable, atterrissaient sur la place d'armes, les arrosant elle et sa sœur d'une bruine vermeille.

Un bruit monta dans son sillage, qui se répandit tout autour d'elles. Les tirs et les cris en masquaient la nature et l'origine, mais on aurait dit un bruit de gorge, comme les prémices d'un mollard ou d'une petite toux, démultipliées à l'infini.

« Gh… Gh… Gh… »

Ce bruit de fond étrange accrut encore le malaise d'Ambroisie. À se traîner comme un escargot moribond, la place d'armes lui paraissait faire des kilomètres de long. Malgré l'agitation, le monde autour d'elle semblait figé dans une fresque horrible, machinale et sanglante. *Frappe, recule, tire. Avance, frappe, meurt.* Elle se sentit projetée dans un de ces spectacles de marionnettes de mauvais goût, qui voyaient la répétition interminable des mêmes mouvements et des mêmes sons. Tout était saccadé, irréel. On n'en voyait pas la fin.

Et puis, d'un coup, l'espace devant les deux sœurs se dégagea. Noir et bleu horizon des uniformes, ocre du sang et gris des cadavres refluèrent, laissant apparaître la paroi d'un nouveau bâtiment. Elles longèrent le mur, franchirent la première porte qu'elles trouvèrent.

Il n'y avait personne de l'autre côté. Aussi sec, Ambroisie céda aux appels du pied de plus en plus insistants de la mauvaise fille de Citégrise : elle attrapa sa sœur par la manche de sa robe poisseuse de sang et s'élança dans les méandres du géant de pierre.

Mais la bataille leur filait le train, collante comme le plus zélé des argousins. Elles n'avaient pas fait dix mètres que les corridors se peuplèrent à nouveau de soldats, et l'exiguïté des lieux comme les rangs serrés des combattants leur interdisaient de retenter la folle entreprise de la place d'armes. Cette fois, robes grises ou non, les tirs et les coups perdus ne le seraient pas pour tout le monde.

Le périple des deux sœurs, déjà erratique, en devint nauséeux, brassées qu'elles étaient au gré des mêlées qu'elles rencontraient. Elles montaient. Elles descendaient. Un coup elles dérapaient à droite, le suivant elles serraient à gauche. Elles zigzaguaient au hasard, avec autant de bonheur que des boules de billard sous les coups d'un joueur ivre.

Et Ichoria commençait à fatiguer. Elle traînait la sandale, les traits tirés, son teint un peu trop crayeux au goût de sa cadette, qui n'aimait décidément pas non plus la façon dont l'aînée se tenait le bas-ventre.

J'espère qu'elle ne va pas nous lâcher son chiard au beau milieu de cette merde, grogna intérieurement Ambroisie. *Ce serait véritablement le pompon !*

— T'as mal ? s'enquit-elle.

— T'occupe : ça tire un peu, c'est tout.

Un peu, c'est ça. Prends-moi pour une conne !

Ichoria lui adressa un sourire pâlichon que l'épuisement tordit bien vite en grimace de douleur. En dépit des efforts manifestes que l'aînée déployait pour caler son pas sur celui d'Ambroisie, cette dernière devait presque la tirer derrière elle, à présent.

Si seulement les abrutis qui gèrent cet endroit avaient songé à coller des panneaux ! Sérieux, c'était trop demander, une putain de flèche pour indiquer la bonne direction ?

— Comment font les caves qui crèchent ici pour se repérer, bordel ? tempêta-t-elle comme elles enfilaient un énième couloir rigoureusement identique à tous ceux par lesquels elles étaient passées jusque-là. Même Citégrise est mieux organi…

— Ambre !

Ambroisie pila. Un éclair jaune-blanc lui crama quelques sourcils avant d'aller noircir un pan du mur à sa droite. Reculant dare-dare, des étoiles littéralement plein les mirettes et la nuque trempée de sueur, la cadette cligna des paupières avant de jeter un œil larmoyant depuis l'angle pour voir plusieurs escouades de Manteaux Bleus reculer de manière désordonnée dans sa direction, sous la poussée d'une myriade d'uniformes noirs.

À nouveau, le bruit qu'elle avait entendu sur la place d'armes résonna, mais plus proche, cette fois, et elle réalisa qu'il s'agissait effectivement de voix humaines. Et pas n'importe lesquelles : celles des *askari !*

Ils ne criaient pas, pourtant. Ils ne chantaient pas non plus. C'est à peine s'ils haussaient le ton, si bien qu'elle n'en percevait rien de plus qu'une vague onomatopée. Ils se contentaient de prononcer une syllabe unique, réitérée lentement, à intervalles de peut-être deux secondes. Ne parlant pas un broc de ténéstro-stalois, Ambroisie ignorait ce qu'elle voulait dire, ou même si elle avait un sens.

« Gha… Gha… Gha… »

Elles battirent en retraite de l'autre côté du corridor que délimitaient de nombreuses portes, mais la chance se défilait : ces dernières ne donnaient que sur des dortoirs ou de minuscules chambres à coucher, à l'ameublement limité et rustique. Les quartiers des soldats.

Ambroisie envisagea la possibilité de se cacher là, au moins le temps qu'Ichoria retrouvât son souffle. Mais c'était méconnaître les règles de la fuite. L'immobilité, pour une proie, c'était la mort.

Si tu te terres, tu t'enterres.

Ça piétinait dans leur dos. De plus en plus vite, de plus en plus fort. « Gha… Gha… » : la mélopée morose et sans vie des Anscarides leur collait aux basques, elle aussi, rythmant leur fuite.

Ambroisie accéléra, traîna sans ménagement sa sœur vers l'extrémité du passage. Au-delà, un escalier en colimaçon se lovait autour d'une épaisse colonne. Sans réfléchir, la cadette opta pour la descente : plus que jamais, la surface lui était une source d'angoisse. Elle avait eu son compte d'air pur.

Hélas, c'est bien à l'air libre qu'elles finirent par déboucher. Enfin, à l'air, oui. Libre, ça, c'était une autre histoire.

— Chiotte…

— Oh là là…, renchérit l'aînée, suscitant un bref éclat de rire jaune chez Ambroisie en se rappelant qu'Ichoria avait toujours eu du mal avec les jurons.

Les dieux savaient pourtant que ce qui se déployait devant elles en aurait mérité toute une bordée, parmi les plus orduriers du répertoire personnel de l'ex-comptable de la Banque Scramasaxe.

Elles se trouvaient à l'entrée sud du Pont Blanc. À l'autre bout, le Nouveau Phare pointait à peine le museau par-dessus les pics déchiquetés des Monts des Cinq Divins. Entre les deux, des dizaines et des dizaines de brigadiers, d'imprécateurs et d'ingénieurs s'affairaient autour des énormes mitrailleuses que survolait de temps à autre une dragonnef dans une clameur de tonnerre maîtrisé et une pétarade de canons.

Elles s'apprêtaient à leur tourner le dos pour reprendre l'escalier qui continuait à descendre lorsqu'un souvenir se hissa brutalement à la surface de la tourbe de la mémoire d'Ambroisie.

— Qu'est-ce que tu as ? demanda Ichoria comme sa cadette se pétrifiait.

— Le phare…, marmonna cette dernière en réponse. Le nouveau. Quand j'habitais chez Maddolus, je voyais passer les employés sous la fenêtre de ma chambre. Ils ne se rendaient pas au turbin par le pont. Ils traversaient l'Elminnos pour emprunter un sentier dans la montagne. Si on pouvait…

L'espace d'un instant, Ambroisie retrouva la vraie Ichoria, ou celle qu'elle avait toujours tenue pour la vraie : toute fatigue envolée, son visage et son regard se durcirent.

— Tu veux nous faire franchir ça ? demanda-t-elle en pointant un doigt tremblant sur les deux kilomètres surpeuplés et noircis de suie et de poudre.

— C'est pas pire que tout à l'heure sur la place d'armes.

— Je n'y arriverai jamais, Ambre ! C'est trop loin, je…

— On ne peut pas s'obstiner à crapahuter au hasard, la coupa Ambroisie. On attendait que la chance nous fasse un signe, eh bien le voilà. (Du pouce, la cadette désigna les montagnes.) Par là, on sait qu'il y a une sortie. Un dernier petit effort, et…

Elle fut interrompue à son tour. Des percussions de bottes montaient depuis les marches inférieures du colimaçon. Des tirs et des cris d'alarme ne tardèrent pas à se joindre à elles. Et par-dessus, comme un chorus arythmique, plus proche que jamais, roulait la fade scansion des guerriers impériaux.

« Kha… Kha… Kha… »

Au même moment, un raffut se fit entendre venant d'en haut. Des formes bizarres dégringolèrent les marches pour venir s'immobiliser à quelques pas des deux jeunes femmes. Il leur fallut pourtant quelques secondes pour comprendre ce qu'elles avaient sous les yeux.

Ichoria blêmit puis vomit. Ambroisie aurait bien aimé en faire autant, mais elle n'avait plus rien à vidanger.

Il s'agissait de deux Manteaux Bleus. Ou de ce qu'il en restait, plutôt : l'un avait été décapité, l'autre tout bonnement fendu de bas en haut. Les coupures étaient aussi nettes et précises que celles que laisserait la faux d'un moissonneur dans un champ de luzerne.

Ce petit cours d'anatomie impromptu emporta le morceau. Ambroisie n'éprouvait guère d'envie de savoir ce qui avait infligé ça à ces deux pauvres types, et son aînée ne paraissait pas plus curieuse.

Comme une seule femme, elles franchirent la porte.

***

Oscar-Baruk Wolfdagger baissa les yeux sur la main de la magicienne.

Plus exactement, il les baissa sur l'avant-bras de cette dernière. La main proprement dite disparaissait dans les replis de l'uniforme du général. Et, s'il se fiait à la douleur qui lui ravageait le ventre à ce moment-là, dans les replis de sa bedaine et accessoirement aussi dans ceux de ses boyaux.

Pourtant, la souffrance peinait à rivaliser avec la surprise. Les considérations d'ordre pratique liées à la première — il n'avait guère l'habitude qu'on lui explore manuellement les intestins — cédaient le pas devant les multiples questions que soulevait la seconde, si nombreuses que le général, incapable d'en faire le tri, posa la plus stupide du lot. En bégayant, de surcroît.

— Qu-qu-qu'est-fe qu-que fa v-veut d-dire ?

— Il faut énormément de sang pour ouvrir un Magnarthex, susurra Wilhelmina, son visage à quelques centimètres de celui de Wolfdagger (et qui, de ce fait, venait de prendre une bonne douche). Du sang *frais*. C'est très urbain de votre part de vous porter volontaire, Général. Quoique je n'en attendais pas moins d'un homme qui n'a que le sacrifice à la bouche. Et comme vous vous plaisez à le répéter, on commande comme on gouverne : par l'exemple.

— *Efpèfe… de… falope…* fut tout ce qu'il trouva à rétorquer, manifestant là encore un manque regrettable d'à-propos.

Sa saillie verbale arracha tout de même un rire aigre à l'imprécatrice.

— Oh non, Général, vous faites erreur, siffla-t-elle en affichant un petit air ravi. Je ne suis pas une salope. Je suis bien plus que cela. Je suis…

Elle retira brutalement sa main de l'abdomen de Wolfdagger en un large mouvement latéral, l'éviscérant sur une cinquantaine de centimètres et emportant avec elle un certain nombre d'organes que la nature n'avait pas conçus pour voir la lumière du jour. Au bout de ses doigts, le sang s'était matérialisé en serres crochues longues comme des poignards, bien plus tranchantes que n'importe quel métal commun.

— … une *Bâtarde !* acheva-t-elle au moment où Wolfdagger tombait à genoux au bord du grand pictogramme rectangulaire, semblable à un portique.

Suivirent des cris lorsque les brigadiers présents réalisèrent qu'ils venaient bien de voir ce qu'ils croyaient avoir vu, mais ils en étaient encore à lever leurs carabines lorsque Wilhelmina fit volte-face, un nouveau Fumecendre fleurissant déjà dans le sillage de sa main ensanglantée.

Le général Wolfdagger ne quittait pas des yeux la magicienne. Ses intestins se dévidaient depuis la blessure béante qu'elle lui avait infligée, son sang se répandait sur la terre brûlée, maculant les lignes soigneusement tracées du temple stylisé et son nuage de runes, et ses soldats avaient beau mourir à petit feu, aveuglés et étouffés, autour de lui, la petite, toute petite partie de son cerveau encore à même de développer une pensée cohérente martelait une seule, une unique question. Il la formula d'une voix à peine audible.

— Qui… êtes… vous… ?

— Ne l'avez-vous pas compris ? railla Wilhelmina, son front barré de plis gentiment peinés. (Sur un soupir théâtral, elle haussa les épaules.) Il est vrai, toutefois, que je ne ressemble guère à mon frère. Étonnant pour des jumeaux, non ? Virdrad tenait de notre impérial géniteur : même ses opposants les plus farouches ont toujours reconnu qu'il avait tous les traits d'un pur Comminiani. Moi, en revanche, je suis le portrait craché de notre mère.

Elle recula pour garder ses bottes hors de la flaque de sang qui continuait de s'étendre. Et elle s'étendait rapidement. Pour tout dire, elle s'étendait bien plus vite qu'elle ne l'aurait dû sur une surface de terre sèche presque parfaitement plate. Le liquide vital de Wolfdagger avait l'air de couler le long de pentes invisibles pour s'insinuer précisément là où celui, coagulé et déjà noir, utilisé plus tôt par la magicienne, formait le support physique du rituel connu sous le nom de Magnarthex.

Le sang commença à briller. Les runes s'animèrent, une à une : elles projetèrent de courts éclairs rouges qui se trémoussèrent un instant comme des lombrics, aveugles et stupides, avant de plonger vers le sol où ils s'unirent en crépitant. Ils entreprirent de relier les petits pictogrammes les uns aux autres, dessinant peu à peu un visage, celui d'un homme dont toute la portion gauche n'était qu'os mis à nu. Les derniers à se rejoindre formèrent un cercle parfait dans l'orbite cave avant de se distendre en une petite sphère brillante et rougeoyante qui illumina par en dessous le visage horrifié de Wolfdagger, comme si elle le fixait. De fait, jamais aucun être vivant avant lui n'avait aussi littéralement contemplé la mort en face.

— L'on ne peut détruire une Âme Blanche, réitéra Wilhelmina. Mais celles qui gardent la Petite Sœur n'ont rien à faire dans le monde des vivants, et elles le savent. En conséquence de quoi elles n'aspirent qu'à une chose : gagner le Séjour des Morts. Andraxès leur en avait jadis fermé la porte. Elle est à présent ouverte…

De nouveaux arcs électriques s'élevèrent depuis les piliers. À l'instar de leurs répliques plus petites, ils parurent d'abord chercher quelque chose, puis se déployèrent abruptement en longs rubans kérauniques. Ils se dressaient sur tout le pourtour du portique, formaient comme les barreaux crépitant d'une cage tout autour de Wolfdagger.

— … et vous vous tenez sur son seuil, conclut-elle.

Tout vira soudainement au blanc. La terre parut s'évanouir sous le faciès grimaçant du dieu des Morts, et un rectangle de lumière crue et immaculée s'éleva lentement de l'ouverture du portique.

La silhouette vaporeuse d'un Mâne se glissa hors du gouffre. Elle se mit à flotter au ras du sol, très lentement, si bien qu'elle donnait l'impression fallacieuse de se traîner avec difficulté au milieu des tulipes et des marguerites. Ses yeux avaient beau se limiter à deux trous noirs, on devinait, à la manière qu'elle avait de tourner autour du portail illuminé comme un renard qui aurait déniché l'entrée du poulailler mais ne parviendrait pas à croire en sa chance, on devinait, donc, une certaine circonspection.

Le spectre s'approcha du portail, sembla hésiter à nouveau. Puis il fila comme une comète, ne forma d'ailleurs plus, l'espace d'un bref instant, qu'une vague traînée blafarde, passa à travers Wolfdagger dont tout le corps fut soulevé par un spasme si violent qu'on se serait attendu à percevoir le craquement de ses os ; et s'évanouit finalement dans le puits de lumière.

Comme s'il avait servi d'éclaireur, les autres gardiens du Berceau se précipitèrent à sa suite. Ils s'élevèrent en silence depuis l'abîme en une immense spirale brumeuse qui s'abattit sur le Magnarthex et sur Wolfdagger, réduit l'espace de quelques minutes à une silhouette indistincte parmi la tornade torturée des âmes errantes qui le transperçaient comme autant de lances, immatérielles et pourtant mortelles. Le général hurlait comme une porcherie entière qu'on égorgerait.

Lorsque le dernier Mâne eut franchi le portique, la lumière blanche vacilla, cédant de nouveau la place à celle, plus douce et miroitant de reflets aqueux, des *lumenbaci*. Cette dernière révéla alors tout ce qu'il restait du général ligueur : un cadavre à peine plus épais qu'un pruneau trop mûr, à la peau tannée et craquelée semblable à du vieux cuir, qui flottait dans les restes méconnaissables d'un uniforme rongé et décoloré, comme une momie qui aurait écopé de bandelettes beaucoup trop larges. Sa pilosité autrefois si fournie se réduisait désormais à quelques mèches blanches filasses, lamentablement échouées sur le sommet de son crâne ou à la pointe de son menton osseux.

Wilhelmina baissa les yeux sur le corps étendu, autour duquel on devinait tout juste les contours du Magnarthex, désormais épuisé. Il n'était pas le seul : la magicienne elle-même se sentait vidée. Ses épaules s'affaissèrent, mais quoique pâle, son visage affichait quant à lui un air ravi.

Lequel se figea lorsqu'elle l'entendit. Dans l'ambiance de tombeau qui s'était abattue autour d'elle, le petit bruit produisit autant d'écho qu'un objet en plomb heurtant violemment un carrelage de marbre. Il ne s'agissait pourtant que d'un cliquetis. Le cliquetis, en l'espèce, du percuteur d'une arme à feu qu'on ramenait en position de tir.

Wilhelmina pivota lentement pour découvrir Somas Athossi qui braquait sur elle une carabine. Le bougre avait dû survivre au Fumecendre en se jetant à terre.

— Vous devriez poser cette arme, Excellence, conseilla-t-elle aimablement. Vous risqueriez de blesser quelqu…

Elle sentit le déplacement d'air lorsque la balle lui effleura le lobe de l'oreille. Un peu plus qu'effleurer, en fait : au bout de quelques secondes, un liquide chaud lui dévala mollement la courbure du cou.

— Barca d'Ire tenait absolument à ce que je suive une courte formation militaire, expliqua le jeune homme face à la mine étonnée de Wilhelmina. Afin que je touche à la condition de soldat, ne serait-ce que du bout des doigts. Le sergent a été très peiné de me voir partir : il disait que j'avais l'œil et la main d'un tireur d'élite.

Il épaula la carabine dont le canon pointait maintenant directement sur la tête de son interlocutrice.

— Je viserai un peu plus à droite le prochain coup, prévint-il. Qui partira au moindre mouvement suspect, alors tenez-vous tranquille. Je connais la puissance des imprécateurs, mais je sais aussi que j'aurais plus vite fait d'appuyer sur la détente que vous de lancer une de vos hémurgies, surtout dans votre état de fatigue. Et, pardon pour la tautologie : une balle entre les deux yeux, c'est une balle entre les deux yeux.

— Vous êtes véritablement plein de surprises, Somas, badina Wilhelmina.

— C'est là un domaine où j'ai peu de chances de vous battre, Madame… Comment dois-je vous appeler, d'ailleurs ? Morville ? Radzek ? Comminiani ? À moins qu'il me faille vous donner du « Votre Majesté » ?

— Je n'ai pas les prétentions de mon frère, répliqua-t-elle d'une voix plus rude. Et croyez-moi ou non, Virdrad lui-même n'en avait guère, en réalité. (La magicienne eut un petit rire nasal, moqueur.) C'était un imbécile, vous savez ? poursuivit-elle sur un ton d'où filtrait une certaine nostalgie. Mais heureux, comme souvent les imbéciles. Il ne voyait jamais plus loin que la prochaine bagarre, le prochain festin, la prochaine femme. Et pourtant… Connaissez-vous cette formule qu'utilisent les Anscarides : « Il n'est d'homme plus vertueux que celui qui connaît ses limites » ? Mon frère était de ceux-là. Il n'était pas affligé de l'ego éléphantesque d'un Wolfdagger. Virdrad a toujours su ce qu'il était, ce à quoi il était destiné. Pourquoi il était venu au monde. Il a toujours eu conscience de n'être qu'une arme. Il en va de même pour moi, Somas. Je ne suis qu'un vaisseau.

— Un vaisseau pour quoi ? demanda le vicaire dont les yeux s'arrondirent.

Pris de tremblements, ses doigts se crispèrent, y compris l'index qui jusque-là frôlait la gâchette. Cependant la main qui empoignait le canon s'était baissée d'un coup sec, si bien que la balle se contenta de pulvériser un pissenlit innocent dont les aigrettes se dispersèrent comme un vol d'étourneaux à l'ouverture de la chasse.

Le fusil tomba à terre, bientôt suivi de Somas. Une morsure glacée s'était emparée de ses membres. Ses jambes ne le soutenaient plus : c'est tout juste s'il pouvait encore les sentir. À genoux, les bras le long du corps, l'esprit à peine moins flasque que ce dernier, il garda les yeux fixés sur l'imprécatrice tandis qu'elle marchait vers lui à pas mesurés. Non par peur : c'était la démarche, assurée et triomphante, du prédateur qui sait la mise à mort imminente et s'en délecte par avance.

Et à mesure qu'elle approchait, Somas réalisa que la magicienne n'était plus tout à fait la même. Quelques cheveux gris couronnaient un visage à présent plus marqué. Des rides, absentes l'instant d'avant, tailladaient une peau hâve, et l'ossature qui saillait par-dessous soulignait la dureté des traits autant que celle du regard. Un regard d'où avait disparu toute trace de mauve : deux anneaux de feu vert pâle brûlaient en guise d'iris dans les yeux de Wilhelmina. Et lorsqu'elle s'exprima, ce fut de la voix sèche et grinçante d'une très vieille femme.

— *Pour moi*, répondit Wilmora Radzek.

13. La mort dans l'âme

L'on sait peu de choses, encore aujourd'hui, sur l'origine exacte des spadamantines. Qui les forgea jadis ? Eldrugar lui-même, comme le proclament les Énoncés du Fer, le texte le plus sacré des Nains ? Et si tel est le cas, d'où venait le prodigieux métal ? Des profondeurs des Monts Fumants ? De Pashkamrat ? D'une autre planète, comme se plaisent à le croire certains ? En tout cas, aucun filon de fer-diamant n'a été découvert depuis mille-deux-cents ans.

Que sait-on, alors ? Qu'en Langue Première, elles avaient pour noms Anurakti, Santana, Azasi, Nirdeza, Aramati, Rakshana ; que chacune fut offerte à l'un des souverains restés fidèles aux Cinq en gage de bonne foi des États dvargars désormais en guerre contre les Nétrasques ; qu'au fil des siècles, cinq furent perdues. Seule Aramati (« Devoir ») reste aujourd'hui entre les mains des descendants de son destinataire initial.

Charles de Vlincourt, *Samara, l'Histoire ou la Foi, Réflexions croisées sur le profane et le sacré*, 1183, page 991

ELLE EST LIBRE.

Les Mânes s'en sont allés, libres, eux aussi : l'appel du royaume des morts a retenti jusqu'au plus profond du Berceau, un lieu qu'aucune lumière n'a jamais caressé, et les a délivrés de leur antique asservissement, brisant leur encerclement. Ils ont cessé d'entraver Sa volonté et de brider Son corps, quoique cette distinction soit inopérante : pour Elle, rien ne sépare l'esprit de la matière.

Car Elle n'est pas un énième rejeton du Démiurge. Les misérables entités qui s'aheurtent à se faire passer pour des dieux ne sont que les résonances parcellaires, incomplètes, de quelques idées-forces qu'Il avait accidentellement infusées au sein de Sa Création ; les ultimes exhalaisons d'un souffle depuis longtemps tari, comme la douceur de l'été s'attarde en automne et empiète sur la saison froide. Telle est la triste réalité des Cinq. Les relents persistants d'une voix éteinte. Les résidus conscients d'un rêve déjà terminé.

Elle-même ne Se considère pas comme une divinité. Son esprit est trop univoque, trop investi de Sa mission et de Sa nature — là encore, une seule et même réalité — pour laisser place à un quelconque ego. Or Elle n'a ni nom, ni identité, car ce sont là des attributs qui n'ont d'utilité que pour les êtres pensants. Le vide, le néant, n'ont pas besoin qu'on les appelle : ils viennent de leur propre chef.

Elle n'est pas une déesse. Elle est plus et moins que cela, tout à la fois supérieure et inférieure, identique et autre. Les dichotomies que les habitants de Choriloch tiennent pour structurantes sont dépourvues de sens ici. Elle est un miroir, le miroir des échecs du Créateur, la traduction vivante de Ses désillusions. La manifestation incarnée de Son dessein d'anéantir tout ce qu'Il avait pourtant si amoureusement et patiemment façonné.

Soulagée des fers du Chant, délivrée du joug des serviteurs d'Andraxès, Elle déploie enfin Ses perceptions, qui sont sans commune mesure avec celles des mortels. La manière dont Elle appréhende le monde extérieur est beaucoup plus simple — et, bien sûr, infiniment plus complexe — que les sensations vulgaires, basiques, à travers lesquelles les êtres vivants se figurent interagir avec ce qui les entoure. C'est un sens unique qui La relie à tout ce qui existe, ici et maintenant. Aucune barrière, nulle frontière ne le limite. À tout moment Elle ressent les énergies qui traversent la planète, depuis les plus vastes concentrations d'arcane jusqu'aux battements de cœur du plus minuscule mammifère ; depuis les veines d'eau glacée qui parcourent les profondeurs insondables jusqu'aux volcans infernaux du Rempart de Fer.

Car Elle est inséparable de la Création, aussi sûrement et définitivement que les racines d'un arbre le sont du tronc et des branches. Ou, peut-être plus adéquatement, de la même manière que l'enveloppe de métal d'une bombe perd toute utilité sans le dispositif destiné à la faire exploser.

Car telle est Sa nature, la raison de Son existence. Elle est la face obscure de la Création, son soutènement le plus profond, le plus occulte. Elle est le penchant qui mène ineffablement tout ce qui existe à disparaître, car ce qui est créé doit nécessairement receler les germes de sa destruction.

Antramath était Dieu, le Démiurge fondateur et souverain légitime de Choriloch. Elle en est la contrepartie, chargée de faire disparaître Son royaume abandonné et voué à l'oubli. L'Antidéesse. La Défaiseuse.

Et Elle est enfin libre.

***

Pour la seconde fois de la journée, Ambroisie dut se faire violence et mettre de côté les enseignements de sa jeunesse débauchée. Brider le mauvais canasson en elle qui ne demandait qu'à galoper.

Elle se trompait en affirmant que traverser le Pont Blanc ne serait pas plus compliqué que franchir la place d'armes. La ligne droite de deux-mille mètres donnait l'impression de s'étendre jusqu'au bout du monde, mais il y avait plus problématique. Dans la cour, les échauffourées entre Ligueurs et Impériaux monopolisaient l'attention des uns et des autres. Ici, rien de tel : certes, les servants s'activaient autour de leurs pièces, les magiciens étaient concentrés pour maintenir la stabilité de leurs rituels-boucliers, des ingénieurs et des techniciens allaient et venaient, des outils à la main, mais des regards s'égaraient dans la direction des deux femmes.

Et ils s'y attardaient parfois un peu trop longtemps.

Malgré tout, la magie opérait encore. La robe grise remplissait son office. Les yeux se fixaient sur Ambroisie et Ichoria, mais les esprits restaient ailleurs. Certains se demandaient peut-être ce que trafiquaient ici ces deux thaumaturges à l'air paumé, mais leur cerveau, trop occupé à traiter des informations autrement plus importantes, évacuait la question, la classait dans le tiroir des détails qui pouvaient attendre.

La magie opérait, même si ce n'en était pas. Il ne s'agissait que d'un tour de passe-passe grossier, de music-hall de bas étage, une illusion produite par le cerveau-même de ceux qu'elle abusait, mais au grand soulagement d'Ambroisie, personne ne vint leur chercher de noises sur les vingt premiers mètres.

Plus que mille-neuf-cent-quatre-vingts à parcourir sous les regards et les bombes, ne put s'empêcher de calculer sa comptable intérieure, *et à nous la libert…*

— Eh, vous ! Qu'esse vous fichez ici ?

— Et merde…, jura-t-elle tout bas.

Deux Manteaux Bleus se dirigeaient vers elles. Ambroisie s'efforça de conserver sur le visage une expression neutre, mais son détecteur de sales petits caïds, toujours opérationnel en dépit des années passées derrière un bureau, se mit en alerte. Ces gars-là étaient des mauvaises graines dont même le feu de la bataille ne parvenait pas à doucher les mauvaises habitudes.

— J'ai posé une question, grogna le premier en se plantant face à Ambroisie.

— Nous avons été appelées pour évacuer un blessé grave, répondit Ichoria. Écartez-vous, je vous prie.

Ambroisie dut chasser le sourire qui essayait de lui étirer les lèvres. Elle se découvrait un nouveau point commun avec son aînée : c'était un genre d'actrice, elle aussi, quoiqu'elle eût davantage de bouteille, surtout s'il s'agissait de rembarrer le petit personnel. Le ton, ferme et plein d'assurance, ne manifestait aucune hostilité car il n'en avait pas besoin. Il ne sous-entendait pas : il garantissait à l'interlocuteur qu'il était en train de faire une bêtise, mais qu'avec un peu de chance, il pourrait s'épargner de gros ennuis, de type disciplinaire, sous réserve qu'il parvienne à se faire totalement oublier dans la microseconde qui allait suivre.

L'espoir chatouilla brièvement Ambroisie lorsqu'elle devina un nuage d'hésitation se glisser dans le regard du second brigadier. Malheureusement, son camarade était moins impressionnable. Plus observateur, aussi.

— Vous nous prenez pour des noix ? cracha-t-il en la saisissant par le col de sa robe avant de l'attirer contre lui d'une saccade. Vous êtes pas thaumaturges : vous avez même pas les yeux violets ! D'où vous sortez ?

La jeune femme ne perdit pas son temps à chercher une réponse plausible. La représentation était terminée. Rideau. L'abruti se tenait face à elle, campé les jambes bien écartées, idéalement placé pour recevoir un bon coup de genou dans les…

Mais avant qu'elle pût frapper, le soldat fut comme pris d'une crise de tétanie. Il se redressa, regarda par-dessus l'épaule d'Ambroisie qui sentit l'étreinte de ses doigts sur sa robe se desserrer et vit l'autre brigadier reculer d'un pas. Derrière elle, Ichoria lâcha un hoquet.

Elle se retourna.

Une vingtaine d'*askari* avait pris pied sur le Pont Blanc. Leurs masques arboraient des barbes d'or, leurs sabres à lame légèrement courbe dégoulinaient de sang. Ils avançaient, lentement, tout en continuant à murmurer la syllabe qui les obsédait, comme une invocation, une prière. Mais à présent Ambroisie était assez proche pour réaliser qu'il s'agissait bien d'un mot. Et pas n'importe lequel. Un mot que tout le monde dans les Basses-Terres connaissait et comprenait. Redoutait.

— *Khan… Khan… Khan…*

***

Affalé sur le côté, immobile parmi les fleurs du Berceau, Modi Svardstaf ne ressentait plus rien.

Les Mânes avaient vidé les lieux. Leurs lamentations s'étaient tues, et avec elles les souffrances de la malédiction. La marée tempétueuse s'était retirée, le laissant seul sur la grève saccagée de sa propre psyché, coupée de tout contact avec son corps. Il flottait, enfin seul dans sa tête, dans une mare bienheureuse de vacuité. Un état de mort consciente, purgée de toute peur, douleur, honte ou envie. Son esprit se réduisait à un amas de cendres froides de sentiments consumés.

Je suis… bien.

Ses yeux avaient assisté aux derniers événements sans rien en comprendre. Des gens étaient morts. La barrière d'Âmes Blanches avait été brisée. La déesse de l'Oubli était libre de ses entraves séculaires. Des idées abominables cheminaient parmi les cendres en quête d'un neurone à bousculer, pèlerins voués à une fin tragique au milieu d'un désert gris et glacé.

Je suis bien.

Le fil entortillé de sa mémoire formait des nœuds, égarait le présent parmi le passé, cherchait un futur là où il n'y avait — n'y aurait — plus rien. Les souvenirs se bousculaient, ivres, comme des fêtards à la sortie d'un bar, prêts à s'abandonner au néant. Mais l'un d'eux persistait à lancer des imprécations, vitupérait rageusement, donnait de la voix sous la voûte abandonnée du crâne de Modi comme un prophète de malheur.

Mon père est mort.

Ce souvenir tisonna brutalement les cendres, fit remonter à la surface de sa conscience une poignée d'émotions qui s'y tortillèrent follement, comme autant de poissons hors de l'eau, agités de spasmes d'agonie. Il y avait de la tristesse. Il y avait de la colère. Il y avait de la haine. S'agissait-il des échos mourants des obsessions des malheureuses âmes retenues captives durant treize siècles ?

Non…

Non. C'était *sa* tristesse.

Sa colère.

Sa haine.

Mon père est mort.

Elles se regroupèrent, se frayèrent un chemin laborieux à travers le système nerveux encore traumatisé. Elles contraignirent les yeux à glisser sur les fleurs jusqu'au bord du précipice pour y fixer un étrange objet, long et métallique, qu'ils ne reconnurent pas. Elles hurlèrent pour leur faire comprendre de quoi il s'agissait puis, décidées à agir envers et contre la torpeur dans laquelle la majeure partie de Modi Svardstaf aspirait encore à se goberger, descendirent le long de son bras, lui fourmillèrent dans les doigts.

Avec beaucoup d'efforts, le Nain tendit la main.

***

Somas Athossi ne pouvait plus bouger. Un engourdissement total l'étreignait, et s'il parvenait à tenir en équilibre sur ses genoux, comme en prière ou en extase, c'était seulement par le truchement de la tension qu'y instillait Wilhelmina — ou plutôt Wilmora Radzek, devinait-il confusément. Il était un vulgaire pantin dont les fils invisibles l'assujettissaient à une volonté si inflexible qu'après avoir brisé toutes les lois des Hommes, elle avait finalement réussi à s'asseoir sur celles de la Nature, jusqu'à triompher de la mort elle-même.

Sa mort à lui, la mort de Somas Athossi, se rapprochait dangereusement sous la forme du couteau qu'étreignaient les doigts de la nécromancienne. La lame en était si démesurément incurvée qu'en fait de couteau, il s'agissait davantage d'une griffe de métal : un objet que son concepteur n'avait pas fabriqué pour couper, mais pour *dé*couper.

Il se demanda s'il sentirait lorsque la lame acérée lui ouvrirait la gorge d'une oreille à l'autre. Dans son état, avec les nerfs totalement amorphes, le jeune homme n'aurait pas sourcillé même si un boulet de canon lui avait emporté la tête.

Au moins, ce sera sans douleur, se rassura-t-il. Son esprit sinon son corps frissonnait en se remémorant les vagissements désespérés de Wolfdagger, transpercé et vidé de ses forces vitales par les spectres blancs. *Sans douleur et rapide,* compléta-t-il mentalement, mais il crut surprendre une hésitation sur la mine pourtant impassible de son bourreau.

Cela se passait dans les yeux. Quelques secondes plus tôt, les iris de la femme avaient été uniformément verts, mais à présent le violet regagnait du terrain, signe de ce qui relevait moins de la tergiversation que d'un authentique conflit intérieur. Un conflit mère-fille, pour être précis.

Somas partit brutalement en avant. Il eut tout juste le temps de lancer les mains devant lui pour éviter de s'écraser face contre terre, mais si peu de force habitait encore ses bras que son front heurta tout de même le sol.

— *Jeune homme, vous n'êtes véritablement qu'un misérable petit veinard*, entendit-il se gausser Wilmora.

Il tressaillit lorsque le couteau passa de nouveau dans son champ de vision, mais la sorcière se contenta de lui tapoter la joue du plat de sa lame.

— *Sans le savoir, le général Wolfdagger vous a sauvé la vie en vous amenant ici : le Berceau est en ce moment le seul endroit sûr à des kilomètres à la ronde. Vous avez survécu à un Fumecendre, ce que vous envieraient bien des victimes des conflits du siècle passé. Et à présent, ma fille Mina insiste pour que je vous épargne : elle est convaincue que vous pourriez vous montrer utile à l'avenir.*

— Vous… pensez… que je vais vous… obéir ? parvint à croasser le vicaire, la bouche plus aride que simplement sèche : la texture de sa langue lui rappelait du gravier.

— *Vous pensez que vous aurez le choix ?* répliqua Wilmora. (Elle lui redressa le menton de sa main désarmée.) *Rappelez-vous Vénézilios. Vivant ou mort, la nuance est anecdotique à mes yeux. J'imagine cependant qu'elle revêt une certaine importance aux vôtres, alors pesez bien vos mots et épargnez-moi les proclamations d'honneur outragé. J'en ai eu plus que mon compte avec cette vermine de Wolfdagger.*

« *Quel sinistre abruti,* ajouta-t-elle en lançant au cadavre desséché du général un regard lourd de dédain. *Il s'imaginait déjà en successeur de Torée, le croirez-vous ? Le paysan devenu général, qui aspirait à gouverner toutes les Basses-Terres ! Le crapaud qui se prenait déjà pour un bœuf, mais voulait se faire encore plus gros que l'éléphant ! Il était fatal qu'il finisse par éclater, le pauvre nigaud. Voilà une leçon aussi tardive que durement apprise : on ne gagne rien à trop s'élever au-delà de sa condition naturelle, sinon des illusions qui finissent par vous sauter à la figure.*

Lorsqu'elle tourna la tête, ses yeux avaient recouvré leur habituelle teinte parme. Pas totalement, cela dit : y subsistaient quelques taches de vert pâle, longilignes, comme des crevasses ouvertes sur un enfer couleur de jade.

— Le général pensait vraiment que l'on pouvait contrôler la Petite Sœur. (C'était à nouveau Wilhelmina qui s'exprimait.) S'en servir comme d'une arme. Mais c'est une déesse, Somas. Une *déesse*, comprenez-vous ? Nul ne peut la commander ni la contraindre, car elle n'obéit qu'à sa propre nature et à l'obsession qui a présidé à son apparition : effacer à jamais le gâchis d'une Création imparfaite. Rien ne peut l'arrêter, hormis le Chant du gardien du Berceau : une trame tissée des pouvoirs d'Andraxès en personne pour brider la faim qui anime la Petite Sœur.

— Mais alors, que…, commença Somas dont la voix s'étiola en même temps que le souvenir de paroles prononcées un peu plus tôt par Wilmora Radzek passait sa mémoire à tabac.

Des paroles auxquelles il n'avait pas prêté attention sur le coup, mais dont il croyait maintenant entrevoir le sens autant que les funestes implications.

— Le Berceau est en ce moment le seul endroit sûr à des kilomètres à la ronde, récita-t-il dans un souffle consterné.

Ses sens malmenés par la magie de Radzek renouant peu à peu avec son intellect, il devinait par-dessus le ronflement de la cascade un autre bruit. Une rumeur continue, un genre de grondement… minéral, oui. Le sol sous ses doigts vibrait.

Face à lui, la magicienne hocha la tête.

— Là où se concentre la vie, c'est là que son insatiable appétit guide la Petite Sœur, expliqua-t-elle. Et avant que retentisse à nouveau le Chant, avant que la déesse de l'Oubli ne s'endorme une fois de plus, Solmost aura été rayée de la carte avec tous ceux qui s'y trouvent.

Elle avait énoncé ces mots en forme de sentence avec ce phrasé d'une placidité inoxydable qui constituait sa marque distinctive, comme s'il s'agissait d'une banalité. Pourtant, à mesure qu'elle avait prononcé la dernière phrase, la voix de sa mère s'était peu à peu entremêlée à la sienne ; sans la remplacer, cette fois. La vieille Dame Radzek y avait juste instillé ses propres accents triomphateurs et haineux, comme on glisse du poison dans un verre de vin ordinaire. Somas aurait même juré avoir perçu des rires lointains : les échos d'une vengeance mûrie par-delà la tombe.

Une partie de lui-même aurait également pu rire afin de railler sa propre fatuité. Lui qui avait vertement fustigé l'aveuglement de Wolfdagger, ses certitudes trop ancrées, sa confiance plus qu'excessive et non moins mal placée dans les services secrets de la Ligue, réalisait qu'il s'était fourvoyé du tout au tout. Il n'y avait jamais eu d'espion impérial. Jamais.

— C'est vous qui avez prévenu les Anscarides.

Son interlocutrice lui adressa un grand sourire, toutes dents dehors. Un geste si peu dans les habitudes de « Dame Morville » qu'il en déduisit avoir de nouveau affaire à Wilmora Radzek.

Dans ses yeux, le vert s'embrasa.

— *Dès l'instant où nous avons localisé le Berceau,* confirma-t-elle. *Je savais que Tyruman Khan ne prendrait aucun risque et dépêcherait le gros de ses forces pour contrecarrer les plans de la Ligue. Et voyez avec quelle dévotion le vieux borgne s'est jeté dans la gueule du loup ! Les gens affublés du sens du devoir sont si stupidement…*

— Prévisibles, compléta Somas.

Il avait soudain l'impression d'entretenir l'un de ses habituels échanges à fleurets mouchetés avec Ostri Scramasaxe.

La sorcière réglait ses comptes avec l'histoire, rien de moins. Grâce à la Petite Sœur, elle tiendrait sa revanche. Contre les Ligueurs qui les avaient combattus, elle et Virdrad, durant tant d'années. Contre le peuple de Solmost qui avait été le premier à se soulever contre leur règne de terreur. Contre Tyruman Khan qui y avait finalement mis un terme.

Mais cela ne collait pas, s'aperçut Somas. C'était trop facile. L'ancienne magicienne de cour de l'empereur Arkad, la femme qui aspirait jadis à prendre la tête du puissant Ordre des Imprécateurs, n'avait pas pu se donner tant de mal pour la seule satisfaction de la vengeance.

Les criminels aussi étaient prévisibles. Ils manquaient d'imagination, revenaient inlassablement traîner les pieds sur le lieu de leurs exploits, espérant les réitérer sans qu'un esprit mal à propos et doté d'une poignée de neurones en état de marche ne voie les similitudes. Et s'il existait une constante manifeste dans les actes de Wilmora Radzek, c'était bien sa soif de pouvoir. Somas commençait à entrevoir le rôle qu'elle entendait lui assigner.

— La Petite Sœur va anéantir les troupes anscarides, dit-il. Ce sera une victoire pour la Ligue de Skarland, mais pas pour son lieutenant-général. La destruction de Solmost coûtera son poste à Alchynon de Torée, si ce n'est sa tête. Wolfdagger étant mort, c'est vous qui allez recueillir les lauriers pour avoir arrêté la Petite Sœur avant qu'elle ne ravage tout Pont-Salin. Et vous comptez sur moi pour corroborer votre version des faits. Un pas de géant dans votre plan de carrière pour prendre la tête de la Compagnie du Silence, je suppose.

— Vous sous-estimez ma mère, rétorqua Wilhelmina. Elle voit beaucoup plus loin. Et vous le devriez aussi. Vous avez raison : la carrière de Torée ne résistera pas à ce qui va se passer aujourd'hui. Lui hors-course et Hagen privé d'une bonne partie de son armée, c'est un boulevard qui va s'ouvrir pour Damyr de Morinthe : il revendiquera le trône pontsalinois, dont il se servira comme d'un marchepied pour atteindre la dignité impériale. Ni ma mère ni moi n'avons l'intention de le laisser faire. La question est : lorsque viendra l'heure de faire un choix, de quel côté vous rangerez-vous ? Qui soutiendra le jeune et populaire Somas Athossi : le tyran morinthien ou la courageuse imprécatrice qui aura sauvé Pont-Salin et le reste du monde d'une destruction certaine, de surcroît la seule héritière de la grande Maison Comminiani ?

L'Histoire ne se répète pas, dit-on. Mais Somas l'entendait déjà qui bégayait. Bientôt, le monde entier l'entendrait aussi, sur fond de la symphonie des canons et accompagnée du chœur des râles d'agonie de centaines de milliers de victimes.

Il se sentait dans la peau d'un devin : devant lui, l'avenir se réduisit brusquement à un fil, unique, qui se détachait de l'écheveau des éventualités avec la netteté d'un rayon de soleil se reflétant à la surface d'un couperet de guillotine. Un avenir sombre, qui ferait regretter aux deux générations de Bas-Terriens qui avaient consenti aux pires sacrifices pour repousser la Maison Militaire de n'avoir pas simplement jeté les armes puis, dans la foulée, des pétales de roses sous les bottes des envahisseurs septentrionaux.

La défaite de ces derniers ne signifierait nullement la paix. Dans cinq ans, dans dix ans, dans vingt ans, Hagen ou l'un de ses successeurs reviendrait à la charge. Une pression en faveur de la restauration de l'empire bas-terrien. Le roi Damyr disposait à cette fin d'appuis politiques puissants, mais la popularité lui faisait défaut, sans compter la méfiance, pour ne pas dire la défiance, qu'il suscitait jusque dans la haute aristocratie. Somas connaissait assez les politiciens, qu'ils fussent ligueurs ou confédérés, pour savoir qu'une partie d'entre eux profiterait de n'importe quelle alternative pour écarter du trône impérial le bouillant souverain morinthien. Nul doute que la valeureuse Dame Morville, auréolée de son rôle éminent dans le tragique *Printemps pontsalinois* — car Somas ne doutait pas non plus qu'il se trouverait bien un pisse-copie en manque d'inspiration comme de dignité pour désigner ainsi le massacre de près d'un million de Solmostins —, saurait les séduire. Et un bâtard pouvait être légitimé par un acte législatif : une fois sa véritable identité révélée, ils se dépêcheraient même d'oublier qu'elle était une Radzek pour faire d'elle une Comminiani. L'histoire pouvait aussi se révéler volage.

— *J'ai voulu imposer Virdrad par la force, mais cette fois, c'est une héroïne que je vais offrir aux Basses-Terres,* résuma Wilmora en se redressant enfin. *Avec ou sans votre appui, Wilhelmina montera sur le Trône des Lions.*

Et ce serait à nouveau la guerre. Elle pointait à l'horizon, aussi sûr que tombe le crépuscule. Un crépuscule rougi du sang des innocents qu'on allait immoler sur l'autel des assoiffés de pouvoir, avant que les Basses-Terres ne replongent dans les ténèbres.

Pourtant, lorsque la magicienne s'écarta de devant lui, un autre avenir apparut brièvement aux yeux de Somas. Un avenir qui, à défaut de lumineux, s'avérait brillant.

Il brillait, plus exactement, de la lumière froide des *lumenbaci*, qui se reflétait le long du canon du pistolet que Modi Svardstaf pointait sur le dos de Wilhelmina Radzek.

***

Ce fut au pas de course que Luther Falkenn émergea de nouveau sous la voûte constellée de fleurs multicolores du Berceau.

Retrouver son chemin dans le dédale naturel qui rayonnait sous le mastaba du roi Agadore — toujours aussi obstinément occupé à gratter, pour le peu d'attention que le chasseur de primes y avait accordé en passant en coup de vent à côté de la chambre funéraire principale — s'était révélé plus facile que prévu. Il n'avait quasiment pas hésité durant son trajet : une étrangeté qu'il était tenté de mettre sur le compte de l'adrénaline qui aiguisait son esprit, sa mémoire et ses muscles, mais l'image du vieux fossoyeur de Supplicate lui traversa fugitivement l'esprit. Elle ramenait dans son sillage une vieille légende du Vard, de celles que son grand-père aimait à lui raconter lorsqu'il était enfant.

Le vieillard empestait les fleurs fanées, se remémora-t-il. *Il ne pouvait tout de même pas s'agir de…*

Un bruit désagréable lui fit grincer des dents.

— Tu as fini de faire tes griffes sur moi ? grogna-t-il, hors d'haleine.

— J'essaye de pas me casser la figure, répondit Boniface à l'oreille de son maître tandis que les troncs vénérables défilaient autour d'eux.

Accroché au col et toujours aussi utile qu'un vieux manchon, il devait planter ses griffes dans le cuir pour ne pas tomber, y traçant de courts sillons blancs.

— Ton manteau sera foutu, après ça, admit le félin.

— Tu pourras en dire autant de cette planète tout entière si nous n'arrivons pas à temps, éructa le chasseur de primes.

Il aurait volontiers ajouté « à condition qu'il y ait un après pour que tu puisses encore ouvrir ta petite gueule pointue », mais, presque à bout de souffle après plus d'une heure à cravacher sans s'arrêter à travers la nécropole dont l'architecture n'était pas moins accidentée que la vallée qu'elle occupait, il préférait économiser le peu qui lui restait.

Sa poitrine brûlant avec autant d'entrain qu'un haut-fourneau, le bas des côtes le tiraillant sévèrement du côté gauche et chaque nouvelle foulée lui coûtant un peu plus que la précédente, Falkenn découvrait avec douleur et déception qu'à presque quarante-quatre ans, il n'avait déjà plus l'âge pour ce genre d'exercices. Quoique de son point de vue très particulier, marqué du sceau un brin poussiéreux mais inoxydable de la vieille école, il ne l'avait jamais eu : le bon chasseur ne court pas, il sait où se poster dans l'attente de son gibier. Se fouler la cheville n'était que le premier de la longue liste d'ennuis qui guettaient le mauvais flic, en bas de laquelle patientaient un cureton crevant d'ennui et une fosse prête à être comblée.

Car il devait l'admettre : il avait été mauvais et, pour le coup, il ne pouvait mettre cela sur le compte de l'âge. Toute cette affaire avec les Scramasaxe, déjà bancale, avait emprunté un virage périlleux depuis qu'il avait aperçu la prétendue Dame Morville au sanctuaire d'Andraxès. Il avait commis la même erreur qu'à son départ de Reisenvard, une douzaine d'années plus tôt. Il avait cessé de réfléchir. Obsédé par l'idée de contrer les plans de Radzek, il n'avait pas anticipé la trahison de Metisto — autant dire qu'il avait raté le nez au milieu de la figure. Et maintenant...

Falkenn pouvait planter sa lame en travers de la gorge du premier venu sans ciller, dès l'instant que la chose s'avérait nécessaire. En revanche, l'idée de causer la mort d'autrui par sa légèreté et son incurie lui était insupportable. En conséquence de quoi, la fin tragique de Canute Svardstaf lui pesait, et il priait ardemment pour que le fils respirât encore. Sans quoi ce serait la disparition de toute la Création qu'il aurait, quoique certes brièvement, sur la conscience.

Les semelles de ses bottes lui transmettaient les vibrations qui parcouraient le sol. Il n'avait pas besoin qu'on lui dise de quoi il s'agissait. Il accéléra, ignorant ses poumons, muscles et os grincheux : la perspective de la fin du monde valait son pesant d'antalgiques.

Au loin, un coup de feu retentit.

— Ça, c'était l'Ami des Grands Jours, commenta Boniface dont l'oreille s'était toujours montrée beaucoup plus fine que l'humour.

Suivit une détonation retentissante, une explosion impensable dont le souffle traversa toute une partie du Berceau jusqu'à venir fouetter le visage de Falkenn avec une bouffée écœurante de soufre, de charbon et de salpêtre.

Le mandragot imprima quelques nouvelles marques de griffes comme des traits à la craie sur le cuir noir.

— Et ça, c'était quoi ? demanda-t-il.

***

Sur le Pont Blanc, le temps s'était brusquement figé.

Une mare de silence s'étalait au-devant des *askari*, pétrifiant Manteaux Bleus et Corps-Freux dans un même élan de stupéfaction interdite, mâtinée d'un effroi quasi religieux.

Ambroisie et Ichoria étaient figées, elles aussi. Saisies, transies, bouche bée. Leurs mains tremblantes se rejoignirent presque d'elles-mêmes, comme celles de deux petites filles soudainement confrontées à la source de leurs plus froides épouvantes.

Leur génération, née dans la guerre, avait été élevée dans la terreur. La terreur d'un nom, un nom si lourd de menaces, auréolé de tant de sombres faits, de sang et de mort, que dans bien des recoins des Basses-Terres, on ne se hasardait même pas à le prononcer. La terreur d'un homme. L'homme, précisément, qui se tenait au premier rang des *askari*, à peine dix mètres devant les deux sœurs.

Contrairement à ce que prétendait la propagande ligueuse, il ne s'agissait pas d'un Ogre ou d'une quelconque espèce de monstre. Il ne mesurait pas trois mètres de haut, quoiqu'il tutoyât les deux. La soixantaine plutôt marquée, carré, il n'avait pas besoin d'artifice d'or et d'argent pour se parer des traits d'une noble ascendance. Ni pour faire peur : son visage couturé de cicatrices, barré de longues moustaches blanches, était un masque de sévérité implacable que n'avaient altéré ni le passage des ans ni les stigmates d'innombrables batailles, le moins voyant n'étant pas le cache de cuir noir qui lui dissimulait l'œil gauche. Le droit, bridé et d'un bleu assassin, clouait littéralement sur place tous ceux sur lesquels il se posait. Et les victimes subjuguées d'entonner à leur tour le chant des Gardes impériaux, leur souffle moribond répandant comme une malédiction sur son passage.

— Tyruman Khan…, entendait murmurer Ambroisie tout autour d'elle.

La lumière des éclairs et des explosions illuminait d'or les boutons et le liseré écailleux du long caftan noir du Premier maréchal de l'Empire anscaride, semblait donner vie à ses épaulettes, des dragons dont les pattes s'accrochaient à sa poitrine, dont les ailes lui retombaient le long des bras. Elle se reflétait également sur l'impressionnant sabre courbe qu'il tenait dans la main droite. Impressionnant par sa taille — l'arme, estimait Ambroisie à vue de nez, était aussi grande qu'elle-même — comme par le travail d'orfèvre effectué sur son manche, tout en ivoire sculpté représentant un tigre bondissant, aux yeux incrustés de rubis.

Ce fut toutefois sa lame qui retint toute l'attention de la jeune femme. Elle en avait déjà vu une de ce type, mais en une seule occasion, à peine quelques jours plus tôt, alors qu'elle tentait de s'échapper du temple d'Andraxès pris d'assaut. Une lame blanche.

Blanche comme du diamant.

***

Au-delà des figuiers maudits, le Berceau rappelait une zone de guerre.

Une multitude de cadavres jonchaient un sol que l'explosion avait effeuillé d'une bonne partie de ses atours végétaux chamarrés pour n'y laisser que la terre nue et noircie. Des départs de feu avaient pris ici et là ; leur lumière, rouge et brutale, livrait à celle des *lumenbaci* accrochées aux plus hautes parois de la caverne une lutte feutrée et pourtant féroce. Les lieux s'en trouvaient éclairés sous un jour nouveau, cru et malsain, comme pour souligner, à dessein, l'anomalie de la violence qui venait de se déchaîner jusque dans le foyer secret de la vie.

L'essentiel des corps avaient appartenu à des soldats, ligueurs ou pontsalinois, mais deux d'entre eux attirèrent tout de même l'attention de Luther Falkenn. Le premier, qu'il n'avait pas remarqué lors de sa première venue, aurait pourtant pu se trouver là depuis des années : la peau tendue sur une ossature épaisse et imposante se résumait à une fine couche de parchemin bruni à laquelle s'accrochait vaille que vaille une pilosité aussi pâle qu'éparse. Les vêtements semblaient hors d'âge, eux aussi, mais l'œil exercé du flic, qui contrairement à son propriétaire n'avait jamais démissionné, crut y reconnaître les formes d'une coupe militaire et les vestiges de quelques ornements d'apparat. Ledit œil n'aurait toutefois su déterminer ce qui avait causé la mort.

À cet égard, l'autre dépouille, bien que pas franchement en meilleur état, fournissait néanmoins quelques éléments de réponse. De sévères brûlures, visibles sous la robe noire déchirée — mais, nota Falkenn, semblable à celle que portaient traditionnellement les hauts fonctionnaires pontsalinois — , indiquaient que la victime s'était tenue tout près de l'explosion.

Sans le savoir, Falkenn venait de s'attarder un instant sur les cadavres du général Wolfdagger et de Somas Athossi. Il ne décela en revanche aucune trace de Wilhelmina Morville, mais un thaumaturge-légiste compétent avec les bons outils et une semaine devant lui aurait trouvé quelques indices de ce qui lui était arrivé en farfouillant parmi le puzzle organique peu ragoûtant éparpillé à travers le saint des saints. Des lambeaux de tissu rouge et des plumes de corbeau tourbillonnaient encore dans l'air autour de l'étoile noirâtre qui marquait le centre de l'explosion. Une espèce de brume vert pâle, à la texture de soie déchirée, stagnait au ras du sol.

À l'opposé, Modi Svardstaf, la figure et les vêtements plus noirs que s'il venait de rentrer d'une journée à la mine, était adossé à la paroi de pierre, les jambes écartées devant lui. Il avait l'air sonné, mais tenait encore l'Ami des Grands Jours.

— Il a balancé un pruneau explosif bourré d'arcanite sur une Dame-Imprécatrice, pouffa presque Boniface en comprenant ce qu'il venait de se passer. (Le félin se laissa glisser à terre en abandonnant au passage une poignée de nouvelles signatures sur le manteau de son maître.) Autant fumer une clope en prenant son bain dans une cuve de pétrole ! Il a du bol d'être encore en vie ! (S'étant approché du Nain, il renifla et fronça le museau.) Et il pue l'arcanite, maintenant. Pouah ! Je pourrais le suivre à la trace sur des kilomètres.

— Vous allez bien ? demanda Falkenn, à présent penché sur Modi.

La première réaction de ce dernier fut de ne pas réagir. Son regard demeurait baissé sur le pistolet hybride comme s'il se demandait par quel sombre procédé il lui était arrivé dans les mains.

Puis il leva la tête vers Falkenn. Qui s'immobilisa net.

Il avait déjà vu des regards du même genre. Un mari battait sa femme une fois de trop et une lueur s'allumait soudain dans les yeux du jeune fils, témoin d'une énième tentative d'encastrer la tête de maman dans la chatière. Alors il se rendait sans un mot au salon, décrochait le fusil de chasse d'au-dessus de la cheminée, farfouillait calmement dans les tiroirs en quête des munitions, revenait sans se presser à la cuisine et ne réalisait son erreur qu'une fois la maison envahie de policiers.

— Qu… Qu'est-ce… que j'ai fait… ? ânonna Modi.

Il affichait cette expression fébrile que Falkenn connaissait pour l'avoir si souvent croisée. Celle d'un type qui avait cédé à l'appel du sang de la vengeance et qui réalisait avec effroi qu'appuyer sur la détente ne laissait pas que des traces de poudre sur les mains. La violence souillait l'âme, y gravait en lettres rouges accusatrices les mots : « Voilà de quoi tu es capable ».

Et peu importaient les raisons. Falkenn avait autrefois réfléchi à l'expression « la vengeance est un plat qui se mange froid » et conclu que les gens se fourvoyaient sur son sens profond. Lui y voyait un appel à la civilité, à la patience, le temps que la justice s'exerce. Parce que c'était précisément la raison d'être de toute justice : endosser la violence nécessaire pour que les gens normaux n'aient pas à se brûler en la rendant eux-mêmes. Pour qu'ils n'aient pas à contempler leur propre obscurité dans le miroir d'une conscience qui n'en sortirait pas indemne. « Justice » n'était que le nom du plat « Vengeance », servi froid par des mains expertes à ôter la vie.

Des mains comme les miennes.

— Ce qu'il y avait à faire, répondit Falkenn d'une voix si douce que Boniface en sursauta.

Modi Svardstaf donna l'impression de découvrir la présence du chasseur de primes alors qu'il le fixait depuis quelques secondes.

— J'avais jamais…, commença-t-il.

— Non, l'interrompit Falkenn en récupérant son pistolet qu'il remisa dans le holster à sa ceinture. Et vous n'auriez pas dû avoir à le faire. Ce sang aurait dû être sur mes mains, Monsieur Svardstaf, non sur les vôtres. Et peut-être que si j'avais été moins prompt à écouter mon cœur plutôt que ma tête, il en aurait été versé moins aujourd'hui. Mais ce qui est fait est fait. Vous allez devoir vivre avec ça, et moi aussi. Cependant Wilmora Radzek, elle, est morte, et pour de bon cette fois. Voilà au moins un bienfait dont nous devrions tous nous féliciter.

La mention de la nécromancienne parut ramener Modi au présent. Un présent qui risquait fort de ne pas pouvoir se conjuguer au futur.

— Elle a réussi ! brailla-t-il en se redressant avec l'aide du chasseur de primes. Elle a libéré les Mânes et brisé la barrière qui ret'nait la P'tite Sœur !

— C'est ça le tremblement qu'on entend ? supposa Boniface.

Il jeta un coup d'œil inquiet vers le précipice. Ce faisant, il rata les filaments vaporeux verdâtres qui dérivaient derrière lui. Ils s'enroulèrent autour des chevilles de Falkenn.

— Je me serais attendu à ce qu'elle remonte par ici.

— Non, le détrompa Modi. Y'a qu'des arbres et des fleurs au Berceau. C'qui l'attire, c'est la vie plus… consciente, quoi. En grandes quantités. Et avec la bataille, les autorités ont dû appeler toute la population à s'réfugier à…

— Citégrise, devina Falkenn. Pas de temps à perdre, alors. Boniface, j'espère que tu te sens d'attaque pour une Éclipse, parce qu'il va falloir que tu… emmènes… Mons… Svardst… Citég…

Sa voix s'étiola jusqu'à ce qu'il ne parvînt plus à esquisser une syllabe. Ses genoux connurent un instant de faiblesse, à tel point qu'il dut appuyer sa main armée contre la paroi de pierre. Il porta l'autre à son front, comme s'il subissait les assauts d'une migraine aussi soudaine que violente.

— Oh, Luther ? Tu te sens bien ? voulut savoir Boniface.

— Oui…, gémit l'intéressé en clignant plusieurs fois des paupières, l'air complètement hagard. La… la fatigue accumulée des derniers jours, sans doute. Emm… Emmène le Dvargar. Je… vais rester… ici… un moment…

Il s'affaissa encore un peu plus, ferma les yeux.

— Mon pauvre vieux, va vraiment falloir envisager la retrai…, commença le félin qui bondit en arrière comme un ressort lorsque la spadamantine lui faucha l'air au ras de la truffe. Eh, mais ça va pas la tête ? T'es malade ou quoi ?

Le chasseur de primes ne répondit pas. Il paraissait ivre, faisait un pas à droite avant de pivoter dans l'autre sens. Ses bras et ses jambes n'avaient pas l'air d'être d'accord sur la marche à suivre, mais il s'échinait à frapper. La lame blanche traçait des arabesques indécises dans l'air, d'un bleu profond tirant sur le mauve, avant de s'abattre au hasard.

Boniface esquiva un nouveau coup porté avec maladresse par un Falkenn titubant. Ce dernier se tourna alors vers Modi Svardstaf qui essayait de prendre du champ et le saisit par le col.

— *Vous. N'irez. Nulle. Part !* énonça le chasseur de primes.

Tout du moins, les mots jaillirent de sa bouche, mais un à un, par à-coups, portés par une voix féminine et terriblement vieille. Si vieille, en fait, que Boniface crut l'entendre à travers plusieurs épaisseurs de linceul, de bois et de pierre.

Les yeux de Falkenn flamboyaient d'un éclat émeraude.

— Radzek…, gronda Boniface en passant sous Unciamorphose.

Il se ramassa. Un long roulement organique monta de sa gorge. La nécromancienne lui jeta un regard torve à travers les yeux de Falkenn, en réussissant le tour de force d'y mettre encore davantage de mépris que celui qui habitait constamment le regard du chasseur de primes.

— *Il faudra. Tuer ton. Maître. Si tu veux. M'arrêter.*

Elle n'avait pas l'air de bien contrôler les lèvres de son nouvel hôte. En fait, elle n'avait pas l'air de contrôler plus de la moitié de son corps. Une partie des muscles du bras gauche semblait vouloir retenir Modi alors même que l'autre cherchait apparemment à le repousser. Le Nain se tortilla de plus belle, parvint à s'arracher à la poigne de Radzek.

Boniface n'hésita pas un instant. Il savait pertinemment ce qu'il lui restait à faire. On élevait les mandragots pour leur intelligence et leur vivacité d'esprit, non pour leur fidélité à toute épreuve confinant à la stupidité crasse — sans quoi, se disait-il souvent, on aurait pris des chiens pour faire le boulot. Un brave renifleur de trous de balle à la langue pendante y aurait réfléchi à deux fois avant d'attaquer son maître, aurait tergiversé. Mais les chats étaient déjà naturellement des salauds tournant à la logique, et la part humaine des mandragots achevait d'en faire de parfaites petites ordures.

Boniface s'élança, droit sur Falkenn. Lequel frappa de haut en bas.

Le félin n'aurait su dire si son maître, visiblement encore aux manettes de certains réflexes, avait essayé de dévier le coup de sa trajectoire initiale. Mais cela importait peu. La lame ne souleva que des mottes de terre tandis que le mandragot, ayant retrouvé sa forme normale, filait entre les jambes du chasseur de primes, passait dans son dos, se précipitait sur Modi Svardstaf et lui bondissait dans les bras, si vite que le Nain, sous le coup de la surprise et pas encore très assuré sur ses jambes, en perdit l'équilibre.

— Désolé, mon gars, prévint Boniface qui n'était déjà plus qu'une masse indistincte de feu noir liquide en expansion rapide tandis qu'ils basculaient tous deux au sol. On va devoir faire l'impasse sur les préliminaires.

Ils disparurent. La seconde d'après, la spadamantine fendait l'espace, pile là où ils s'étaient tenus.

***

En temps normal, seuls les courants d'air fréquentaient la Gare Centrale de Solmost.

De toutes les gares magneterriennes, c'était pourtant une curiosité, à l'instar de la portion ferroviaire qui reliait Bilfimir à Solmost, la seule ligne souterraine du continent. La gare avait été bâtie au siècle précédent, en pleine période d'essor des transports à vapeur, et un obscur gratte-papier — l'histoire s'était dépêchée d'oublier son identité exacte pour la noyer dans un bienheureux anonymat administratif — avait réussi à convaincre les plus hautes autorités qu'en installant une infrastructure de ce type à Citégrise, on y redynamiserait les activités commerciales légales et en chasserait les bandes et les trafiquants. Au lieu de quoi, les aimables voyageurs qui débarquaient à Solmost pour découvrir la champignonnière urbaine malade et faisandée de la Ville sans Jour s'étaient très vite rabattus sur des moyens de transport plus traditionnels, livrant les quais de la Gare Centrale à ces mêmes hurluberlus qu'on avait cru pouvoir expulser.

L'invasion du nord du pays par les Anscarides n'avait rien arrangé. Afin de prévenir toute utilisation par ces derniers des installations ferroviaires pontsalinoises, le roi Vénézilios II avait non seulement ordonné la destruction de toutes les voies ferrées de la surface, mais aussi que fussent dynamités les tunnels souterrains menant à la Gare Centrale. Définitivement amputée de ses voies d'accès vers l'extérieur, cette dernière avait périclité pour finalement se fondre dans le paysage morose et devenir un élément de décor parmi d'autres de la vie quotidienne des Citégrisards. Elle était si mal placée, puante et sinistre, qu'aujourd'hui même les gangs et les repris de justice les moins montrables la snobaient. Seuls la rouille, les rats et les cafards s'en disputaient le contrôle.

Mais ce jour-là, pour la première fois depuis des décennies, il y avait un monde fou à la Gare Centrale. Suite à l'attaque des dragonnefs, les autorités solmostines avaient déclenché le plan de déplacement de l'ensemble de la population de la surface à Citégrise ; rendant, sinon une seconde jeunesse, car il y aurait fallu des hectolitres de décapant et une légion de dératiseurs, à tout le moins une utilité aux installations jadis prévues pour accueillir hommes d'affaires distingués et touristes aux poches pleines. Hôtels et boutiques jusque-là squattés uniquement par les nuisibles connaissaient un taux inattendu de fréquentation, et l'on se bousculait tellement sur les quais bondés qu'il avait fallu dépêcher la Sûreté pour maintenir un semblant d'ordre. Sans compter que ce soudain afflux de portefeuilles bien garnis, de sacs à main et de montres à gousset hors de prix n'avait pas manqué d'attirer voleurs à la tire, piqueurs et autres blavinistes. La guerre faisait tout de même quelques heureux.

La cohue était telle qu'on avait trouvé à réemployer des rames entières laissées à l'abandon. Des familles nombreuses se massaient dans d'antiques wagons à bestiaux. Des voitures-lits avaient été reconverties en hospices de fortune pour les plus âgés et les malades, tandis que des files d'attente faisaient le pied de grue à l'entrée de wagons-restaurants où des religieuses distribuaient nourriture et boissons.

Les premières vibrations ne suscitèrent pas davantage que des œillades inquiètes adressées à la voûte drapée de ténèbres à la puanteur chimique, pourtant si rassurantes après que les dragonnefs eurent déchiré le ciel de leur feu d'or pâle. Mais à mesure que les secousses gagnaient en intensité, il se trouva de plus en plus de badauds pour regarder dans la bonne direction. Elles remontèrent le temps et la voie ferrée pour suivre le trajet autrefois emprunté par les trains qui s'en venaient du nord du pays, de Krelfe, de Reisenvard et de Morinthe ; et s'arrêter abruptement sur un obstacle infranchissable.

Un mur. Un gros. Un solide. Il occupait toute la hauteur de l'ancien tunnel d'accès principal à la Gare Centrale, sur la largeur de huit voies. On le disait épais de plusieurs dizaines de mètres et renforcé par les mêmes antiques rituels d'immutabilité qui garantissaient la longévité des bâtiments millénaires de certaines Académies de Magie. Au-delà, rien d'autre que des milliers de tonnes de gravats et de décombres sur des centaines de kilomètres. Autant de défenses supposées prémunir Solmost de l'assaut des trains-tunneliers de la Ganartec… si tant était qu'ils fussent autre chose qu'un délire journalistique. La propagande de la Ligue avait atteint un tel degré de stupidité que même ses plus hauts responsables peinaient parfois à faire le tri entre les rumeurs lancées par leurs propres services et celles inventées par la presse. Sans parler des légendes que les Anscarides eux-mêmes s'amusaient à colporter.

Les trépidations qui agitaient à présent le mur ne devaient pourtant rien à l'imaginaire. Un bruit les accompagnait, un lointain ronflement étrangement organique qui montait en puissance de minute en minute. Et avec lui, l'inquiétude. La terre tremblait.

Un soubresaut fit se lézarder la façade qui condamnait le tunnel. Des fragments de moellons s'envolèrent brièvement avant de pleuvoir en giboulée grisâtre. Il y eut des cris, un mouvement de foule que les flics citégrisards, oubliant qu'ils n'avaient pas affaire à leur clientèle habituelle, entreprirent de gérer à grands coups de matraque.

La panique devint totale lorsqu'à leurs uniformes noirs vinrent se mêler ceux, tout juste moins sombres à la lumière crasseuse des projecteurs à gaz alignés tout le long des quais, des brigadiers. Une compagnie entière de Manteaux Bleus investit bruyamment la Gare Centrale en traînant jusqu'aux voies tout un attirail brinquebalant et guerrier : mitrailleuses, canons et mortiers. Les bouches à feu furent mises en batterie en travers des voies qu'évacuaient des centaines de civils apeurés. Leurs cris, ceux des soldats, la cacophonie cahotante des affûts, couvraient à peine le grondement rauque de ce qui était maintenant clairement identifiable comme une excavation d'envergure. Les fissures sur le mur se firent crevasses et…

— À mon commandement ! entonnèrent les officiers, un bras levé.

… dans ce qui s'apparentait moins à une explosion qu'à un spasme, le mur se gondola vivement, vola en éclats…

— Feu !

… qui semblèrent rester en suspension tandis que des milliers de projectiles de divers calibres, boulets, grenaille et balles, s'abattaient sur eux et ce qui venait par-derrière, soulevant un nuage de détritus et de poudre qu'embrasaient ici et là les détonations de munitions explosives.

Lorsque les tirs eurent cessé, que le rideau de poussière fut retombé, le mur était toujours là.

Du moins, certaines portions du mur. Les plus petites se résumaient à une poignée de briques, mais les plus imposantes mesuraient plusieurs mètres, les unes comme les autres figées dans une gangue de matières mouvantes.

Car il y en avait plusieurs. Chair. Roche. Os. Métal. Elles s'étageaient les unes les autres dans le plus grand désordre sur toute la hauteur de la percée, luttaient pour gagner un pauvre centimètre sur leurs voisines avant de refluer, de leur propre chef, et de céder la place à un autre matériau qu'on eût dit surgi du néant. Du bois. De la graisse. Du cristal.

La chose qui émergeait du tunnel en emportant avec elle ses débris était un amas gigantesque de matières juxtaposées en perpétuel changement. On devinait à sa surface les reliefs du bombardement : les balles des mitrailleuses y formaient des constellations de points noirs autour des obus qui n'avaient pas explosé, eux aussi pris dans la paroi ondoyante. Brique, mortier et acier : autant de nouveaux participants à la ronde versatile qui agitait le corps de la Petite Sœur.

Elle n'avait pas de forme. Elle n'en avait aucun besoin, de même que le vide se passait nécessairement de contenu. Elle était la somme de tout ce qui avait jamais traversé l'esprit du Vagabond, un être qui avait engendré des mondes pour le plaisir ou par ennui. Elle était le miroir de tout ce que cet esprit aux proportions cosmiques avait imaginé, créé, désiré, rejeté ou regretté, mais qui ne reflétait aucune cohérence, aucune pensée directrice, aucun but. Aucun sens. Elle se déversa depuis le tunnel en une marée capricieuse d'éléments qui se chevauchaient, s'amalgamaient, se digéraient les uns les autres en un mouvement permanent, dérangeant.

Les tirs reprirent de plus belle, couvrant le bêlement terrorisé des civils face à ce qu'ils pensaient être la dernière atrocité des arcano-technologues. Ils recouvraient les quais, jaillissaient des bouis-bouis où on les avait entassés, s'esbignaient frénétiquement vers Citégrise pendant que la Petite Sœur s'écoulait à leur suite avec cette lenteur trompeuse propre à la lave. Certains parmi les plus âgés ou les plus faibles s'effondraient d'un coup au milieu de la cohue qui les piétinait sans retenue dans sa fuite. Parmi les occupants des cliniques de fortune que l'on s'efforçait d'exfiltrer, la proximité de la déesse de l'Oubli provoqua une hécatombe. Des thaumaturges épouvantés abandonnaient des wagons entiers changés en morgues.

Le pilonnage s'avéra sans effet : la Chose se répandait sur les voies, insensible aux projectiles comme à la caresse des hémurgies pyrotiques des Corps-Freux appelés en renfort. Elle se mouvait en un déferlement sans cesse renouvelé où l'organique se mêlait au minéral, l'animal au végétal, le vivant à l'inerte. Devant sa poussée inexorable, les Manteaux Bleus abandonnèrent leurs pièces, et celles-ci ne tardèrent pas à être recouvertes et absorbées, leur métal s'ajoutant à ceux, précieux ou non, qui couraient déjà sur son derme fantasque, certains inconnus des habitants de Choriloch. Peut-être attendaient-ils encore d'être découverts, loin sous sa surface, ou existaient-ils sur d'autres planètes façonnées de la main génitrice d'Antramath — à moins que ce dernier n'ait fait qu'y songer, l'espace d'un battement de cils qui s'était éternisé sur des millénaires ?

Des êtres semblaient aussi vivre en elle, mais il ne s'agissait que des réminiscences de projets sans lendemain, de mauvais jets et de pensées folles ; de cauchemars, aussi. Les cauchemars d'un dieu, les échos de choses qui n'avaient jamais vu le jour. Des abominations dont même les locataires du laboratoire bioalchimique d'un Drude fou n'auraient pas voulu pour voisins. Leurs silhouettes dégénérées et tordues serpentaient parmi la masse indistincte en perpétuel changement de la déesse, jaillissaient des replis chaotiques de sa chair pour s'en prendre aux infortunés, soldats ou civils, qui passaient à leur portée ; faisaient claquer leurs becs, leurs crocs ou d'autres appendices pour lesquels il n'existait pas de mots sur Choriloch. Tentacules, bras sertis de griffes barbelées et tiges vivantes secrétant un poison mortel furetaient, en quête de proies. Des gueules immenses, comme des plaies longues de dizaines de mètres et frangées de crocs de la taille d'un homme, déchiraient ses flancs convulsés, engloutissaient des rames entières avec leurs occupants pris au piège. Ceux qui tentaient de s'échapper en brisant les fenêtres se voyaient agrippés par des mains humanoïdes surgies du remous trouble de la déesse.

Son contact impliquait bien pire que la mort. Les victimes s'unissaient à elle dans un processus aussi rapide qu'il se révélait hideux, même pour le peu qu'il offrait à contempler. Un effeuillage morbide où les différents tissus se détachaient les uns des autres avant de se dissoudre dans l'agglomérat informe du Grand Rien qu'elle constituait. Locomotives, wagons et bâtiments hors d'usage étaient absorbés puis décomposés de la même manière, avec une facilité identique.

L'Antidéesse ne détruisait pas. Elle faisait bien pire. La destruction laissait entrevoir une création ultérieure, un renouveau ; alors que la Petite Sœur se contentait de désassembler, de déconstruire. Passivement. Elle n'avait pas de projet, fût-il maléfique.

L'unité dans le Néant. Telle était sa seule bénédiction.

***

L'endroit présentait une netteté que certains eussent qualifiée de suspecte. Le bureau, en acajou massif et de bonne facture, placé pile au centre de la pièce, avait fait l'objet d'un entretien soigneux au cours des ans, des décennies et même des siècles : les formes dataient un peu, le style était clairement ancien.

Les rayonnages se révélaient à l'avenant, impeccables, alourdis de livres disposés selon un code connu du seul maître des lieux. Mettre un pied dans cette bibliothèque revenait à s'aventurer dans un royaume étrange et mystérieux, un pays fleurant bon le papier et l'odeur entêtante du vieux cuir, un refuge où les livres pouvaient échapper à la poussière et aux doigts malencontreux des lecteurs dépourvus d'éducation. Si vous preniez un bouquin ici, il ne fallait pas oublier de le remercier.

Falkenn connaissait bien cet endroit. Il connaissait son odeur, son ambiance étrangement figée, son mépris affiché du temps qui passe parce que le temps n'est qu'une affaire de vulgaires chiffres et que les mots sont imperméables à leur jargon comptable. Il en connaissait les recoins, les mystères, les secrets. Il y avait deux décennies de souvenirs.

Mais celui-là n'était pas du lot.

Des hommes en armes s'activaient tout autour de lui. Ils renversaient les rayonnages de chêne massif, éparpillaient leur contenu savamment classé et entretenu, brisaient à grands coups de crosse de fusil les vitrines des ouvrages les plus rares. Le chasseur de primes en vit même qui soulevaient les lattes du parquet au pied-de-biche.

Sur le bureau près de l'entrée, où reposait une tasse de thé déroulant encore un ruban fumant au parfum de cannelle, l'éphéméride indiquait la date du jour. Le 28 Piovâtre 1198.

Falkenn n'avait pas mis les pieds à la bibliothèque ce jour-là. Le jour où Wilmora Radzek s'était emparée des Sententiae Deorum. *Le jour où son grand-père était mort. La conclusion s'imposait d'elle-même : ce qu'il voyait là, c'étaient les souvenirs de la nécromancienne.*

Le chasseur de primes avait très vite cessé de gaspiller son énergie pour reprendre le contrôle de son corps. Un esprit infiniment plus puissant que le sien avait fait refluer ce dernier aux confins de son être, où ce qu'il restait de l'individu nommé Luther Mortimer Falkenn, réduit à un ensemble conditionné de réflexes quasi animaux, s'était tapi dans l'ombre tandis que la sorcière s'emparait des couches supérieures de sa psyché, prenait le contrôle de sa mémoire.

Toutefois, cet agrégat d'instincts ne s'était pas réfugié seul. Au creux de son repaire obscur, il avait emporté avec lui certaines caractéristiques, certains traits essentiels — à moins qu'ils se fussent accrochés d'eux-mêmes. Des idées. Des idées de policier, pour l'essentiel.

Et un souvenir. Un souvenir très particulier, qu'il couvait à présent comme un trésor.

Il avait risqué un coup d'œil hors de sa tanière, erré parmi les images de son propre passé… Puis, celles du 28 Piovâtre 1198 étaient tombées devant son esprit fouineur, aussi aguichantes qu'un beau morceau de viande crue pour un chien errant.

Il aurait pu enfin tout savoir. Rester là et apprendre comment était passé de vie à trépas l'homme qui l'avait élevé. L'homme à qui il devait tout.

Le policier en lui s'était rebiffé à cette idée. N'était-ce pas là une attitude typique des proches de victimes de meurtre, ce besoin malsain, impérieux, de tout savoir, de connaître les moindres détails ? De s'imaginer que leur deuil s'en trouverait simplifié et leur sommeil apaisé ? Falkenn était bien placé pour savoir qu'il n'en était rien. Il avait eu accès au dossier, pour Lisbeth. Il avait même vu le corps, en dépit des avertissements et conseils contraires de ses collègues et supérieurs. Son deuil n'en avait été que plus pénible. En fait de trouver le sommeil, ses nuits s'étaient peuplées de cauchemars.

Il ne pouvait pas agir en proche de victime. Pas à nouveau. Il ne pouvait pas écouter son cœur. Pas cette fois. Il devait agir en flic. Il devait écouter son cerveau. Or, son cerveau lui faisait remarquer avec insistance qu'il se trouvait là où aucun policier n'avait jamais pu mettre les pieds : dans la tête d'un criminel.

Non sans un effort de volonté coûteux, Falkenn quitta donc la bibliothèque et plongea dans le torrent confus d'images et de sons où s'entremêlaient sa vie et celle de Wilmora Radzek.

Et pendant tout le temps où il en explora les méandres labyrinthiques, il n'eut de cesse de s'accrocher à cet épisode de sa propre vie qu'il voulait à tout prix dissimuler à la nécromancienne.

Le souvenir d'une belle matinée d'automne.

***

Des milliers de personnes fuyaient à travers Citégrise.

Derrière elles, la Petite Sœur déferlait comme un tsunami incertain mais résolu. Elle emplissait des rues entières, s'accrochait à des piliers dont elle dissociait méthodiquement les constituants — pierres, bois, corps — avant de les dissoudre en elle.

Depuis le toit planté de cheminées noires et silencieuses d'une fonderie désaffectée, à deux-cents mètres de là, deux silhouettes sombres, l'une petite et ramassée, l'autre très petite et féline, observaient.

— Finalement, ç'a pas été si difficile de la trouver, fit remarquer Boniface. Suffisait de suivre les cris.

Il se tordit le cou comme s'il cherchait à trouver une logique à l'apparence de la déesse de l'Oubli. Il renonça avant d'attraper un torticolis.

— Alors c'est ça, la Petite Sœur des Cinq, hein ? Tu m'étonnes qu'ils l'aient enterrée dans un recoin sombre. Caser un engin pareil, faut plus qu'un miracle.

— Elle est… Elle est…, hésita un Modi aussi raide qu'une souche. (Trouver un mot à même de résumer ce qu'était la déesse de l'Oubli revenait à vouloir éplucher une montagne, aussi le Nain finit-il par se rabattre sur l'adjectif le plus évident.) … énorme !

— Vous êtes plutôt mal placé pour faire des remarques sur les problèmes de poids des autres, non ?

Le Nain pivota pour décocher un regard chargé d'hostilité au mandragot, mais ce fut la stupeur que ses yeux manifestèrent lorsqu'il vit que ce dernier tournait les talons et s'en allait en trottinant.

— Où c'est qu'tu vas, comme ça ?

— Quoi ? lâcha Boniface en s'arrêtant pour tourner la tête vers le Dvargar. Vous avez peur d'oublier les paroles ? Vous voulez qu'on fasse un duo ? Allez : chantez, qu'on en finisse. On a tous un boulot à faire, aujourd'hui. Le vôtre, c'est d'être le héros du jour en sauvant le monde de… (Il agita vaguement une patte en direction de la Petite Sœur.) … ce truc.

— Mais… Je… Faut que…, balbutia piteusement Modi.

Boniface soupira. Au nombre des sentiments qui ne lui venaient pas spontanément, la compassion figurait en bonne place. En temps normal, il aurait simplement étrillé le Nain, sans omettre d'agrémenter son propos de termes désobligeants du type « gros tas » ou « rase-motte », mais la situation présente était si peu ordinaire qu'il se sentit pris d'un élan de sympathie pour lui.

— Écoutez, je sais ce que vous voulez dire, déclara le mandragot aussi calmement qu'il le put en rebroussant chemin. Que vous étiez pas préparé, que cette histoire vous tombe dessus comme un tonneau de merde balancé du troisième étage, que vous auriez besoin d'un coup à boire et que vous voudriez que votre père soit là. Je connais ça : mon vieux était absent quand j'ai tenté ma première Éclipse, et niveau encouragements, ma mère vaut pas un clou rouillé. Alors j'ai foiré, bien sûr : je me suis rematérialisé au milieu du service à thé en porcelaine de Kosuagne de la régente de l'Académie de Corvelieu. Même le sucrier y est passé. Je suis resté une semaine entière planqué sous une commode, de peur que la sale vieille exige ma fourrure pour se tricoter des moufles.

« Vous, vous avez pas le droit de foirer, embraya-t-il en fixant Modi dans les yeux avec une intensité peu commune, même pour un chat. Je peux pas faire grand-chose pour vous aider : c'est pas ma famille que le dieu des Morts a maudite. Les mandragots sont pas très portés sur ces trucs-là. Mais les Dvargars croient aux esprits et aux ancêtres, pas vrai ? Et ici, c'est chez vous. Les Humains vous l'ont peut-être volé, l'ont peut-être transformé en cloaque dégueu, ils appellent peut-être ça Citégrise, mais c'est toujours Malethorarlod. Ce sont vos ancêtres qui l'ont construite. Je suis sûr qu'ils sont là, et qu'ils vous regardent. Je suis sûr que votre père est du lot. Alors le décevez pas.

Le félin amorça un nouveau demi-tour. Parce qu'il était pressé, mais aussi pour ne pas montrer sa gêne. Il n'était pas familier de ce genre de discours. En vérité, il se serait cru totalement incapable d'aligner autant d'idées à peu près intelligentes selon une concaténation presque logique si on lui avait posé la question, mettons, deux minutes plus tôt. Le son de sa voix lui en avait brièvement rappelé une autre. Une voix dont il avait jusqu'à aujourd'hui négligé l'influence. Une voix dont il avait sous-estimé l'importance.

Il s'apprêtait à s'Éclipser lorsqu'il entendit celle de Modi souffler :

— Merci…

— Remerciez-moi en renvoyant cette saloperie dans son trou, répliqua Boniface qui voulut à nouveau lancer son sortilège, mais le Nain le héla une fois de plus. Quoi encore ?

— J'peux t'poser une question ? T'as dit qu'on avait tous un boulot à faire. C'est quoi, l'tien ?

Les yeux du mandragot s'étrécirent jusqu'à se réduire à deux fentes luisantes de lumière mauve. De petites flammes noires bruissaient sur sa nuque et son dos.

— Moi, j'ai quelqu'un à tuer.

***

C'était une vraie boucherie.

Tyruman Khan était lancé dans un assaut silencieux, ses longs cheveux blancs nattés flottant derrière lui. Il éperonna furieusement la masse des soldats ligueurs qui tentaient en vain de se regrouper, car chaque coup qu'il portait fauchait leurs rangs, prélevait son tribut de chair et de sang.

La lame géante s'abattait, se dressait et s'abattait de nouveau si rapidement qu'elle en devenait indistincte. Chacun de ses mouvements soulevait une vague de métal blanc qui fendait os et tendons, traversait muscle et graisse avec la même désinvolture meurtrière, faisait jaillir des crêtes d'écume rouge. Elle ouvrait des brèches dans lesquelles poussaient les Gardes impériaux masqués, les Manteaux Bleus reculant inlassablement sous la poussée virulente du Khan, comme la marée haute drosse des amas pathétiques de débris sur la grève.

Non loin d'Ambroisie, un colonel ligueur se mit à brailler, une poivrière de poing au bout de son bras levé.

Tyruman Khan bougea.

On l'appelait le Tigre de Hagen, se rappelait la jeune femme, et elle comprenait qu'il y avait quelque chose de littéral dans ce surnom. Il se déplaçait à la façon d'un de ces grands félins, suivant une espèce de faux rythme rendu encore plus trompeur par la taille du bonhomme. Il donnait une illusion de lenteur jusqu'au moment où il frappait et là…

Woooooouch !

… le hurlement belliqueux de l'officier sudiste s'étrangla tandis que le sang jaillissait à flots de son coude amputé. Sur un nouveau déplacement d'air, l'immense lame décrivit une courbe nette, dessina un long sillon horizontal de feu bleu-blanc. Le corps tomba à genoux au moment où la tête valdinguait par-dessus le parapet du pont, la bouche toujours ouverte.

Celle d'Ambroisie aspira une grande goulée d'air. La première depuis un moment, s'aperçut-elle.

En même temps que l'air dans ses poumons, l'instinct de conservation revint prendre ses quartiers sous sa boîte crânienne.

— On s'arrache ! déclara-t-elle.

Joignant le geste à la parole, elle attrapa à nouveau Ichoria par la manche et détala comme si elle avait le Faux Frère aux trousses, ce qui n'était pas loin d'être vrai, à certains égards.

Une ligne de Corps-Freux se dressait en travers de leur chemin, mais ce n'était pas après elles qu'en avaient les magiciens. Des gerbes de feu s'élevèrent depuis leurs paumes ensanglantées, formant un rideau incandescent qui emplit l'espace au-dessus des deux femmes. Par réflexe, Ambroisie se courba, obligea Ichoria à faire de même tout en la poussant devant elle.

La jeune femme risqua un coup d'œil vers l'arrière. Tyruman Khan s'avançait au milieu des cadavres des Manteaux Bleus. Il ne fit pas un pas en arrière pour éviter les traînées incandescentes qui lui fonçaient dessus : au contraire, il se saisit de son arme à deux mains, en leva la lame au-dessus de sa tête comme s'il s'apprêtait à parer un banal coup de haut en bas.

L'espace d'un instant, Ambroisie revit le chasseur de primes au sanctuaire, se rappela la manière dont il avait plongé son épée au cœur des flammes, comment la lame immaculée les avait absorbées. Mais Letto Larpal était seul au naos : là, près de vingt imprécateurs venaient d'unir leur sang et leurs pouvoirs en un seul sortilège dévastateur. Une véritable avalanche de feu, aussi large que le tablier du pont, se cabra au-dessus du Premier maréchal, qui persista à avancer. Qui accéléra.

Qui aboya un mot.

Le liseré bleu qui courait jusqu'alors le long du fil de son sabre s'intensifia, pâlit jusqu'à virer à un blanc aveuglant. Alors qu'elles amorçaient leur descente, les flammes semblèrent… ralentir. Elles se convulsèrent un instant avant de reprendre leur chute, mais au lieu de submerger le porteur de l'arme, elles formèrent un tourbillon qui s'enroula autour de la lame, l'habillèrent d'un drapé brûlant.

— Pourquoi elle les absorbe pas comme au naos ? demanda Ambroisie dans un souffle. Oh putain, non…

Tyruman Khan s'élança, rugit à nouveau, fouetta l'espace devant lui. Son sabre projeta un arc de cercle ardent qui balaya les magiciens, incendia leurs robes et leurs chairs. Un second coup dispersa leurs corps hurlants, en proie à la terreur. Certains passèrent par-dessus le pont, déjà morts. D'autres plurent en morceaux noircis autour d'Ambroisie qui, toute fatigue envolée, accéléra encore. Quelques morceaux de chair carbonisée pouvaient avoir un effet souverain sur la motivation. Elle avait senti la chaleur sur sa nuque, mais c'est un filet d'eau froide qui lui glissait le long de la colonne vertébrale.

Au loin, le Nouveau Phare se dressait, aguicheur.

C'est qu'une ligne droite, se dit-elle tandis qu'elle croisait en sens inverse d'autres Manteaux Bleus qui accouraient pour se faire tuer. Un épuisement total lui essorait le ciboulot, l'acculait à l'autosuggestion. *Une fichue ligne droite, ouais. C'est bien, les lignes droites. C'est le plus court chemin entre deux points. Des putain de maths élémentaires. Suffit d'avancer, et on arrivera au bout, fatalement. Ouais. C'est ça. Suffit d'avancer. Simple. Efficace. On va y arriver. Vivantes. Après on filera à Citégrise, je dégoterai le premier thaumaturge à la con pour s'assurer qu'Ichoria va bien et que bébé est toujours à son aise. Peut-être que le vieux Maître Lief exerce toujours ? Il faisait les avortements dans le temps, Chehanna était toujours fourrée chez lui. Il doit s'y connaître. Et après on pourra…*

— Ambre…

Arrachée à ses conjectures, Ambroisie pivota vivement pour découvrir une Ichoria pas beaucoup moins blanche que la pierre du pont, en train de se plier en deux comme si elle venait de prendre un grand coup dans le ventre.

— Qu'est-ce qui t'arrive ? demanda la cadette en prenant sa sœur par les épaules. Tu es bless… Oh merde, ne me dis pas que…

— D'accord, je ne te le dis pas, acquiesça Ichoria sans même relever la tête, entre deux respirations haletantes. Mais ça ne l'empêchera pas de sortir, ajouta-t-elle en s'appuyant contre Ambroisie qui se sentait à deux doigts de perdre les pédales.

— Mais… mais… Non non non non non non c'est pas le moment !

Son aînée se redressa juste assez pour lui jeter un regard noir avant de pointer un index tremblant vers son ventre.

— Va le lui expliquer, d'accord ?

***

Modi Svardstaf se sentait comme un naufragé.

La multitude qui se débandait trois étages plus bas ressemblait à une mer démontée, refluant sous la poussée de quelque phénoménal continent surgi des abysses. La Petite Sœur en présentait d'ailleurs la richesse et la complexité : des fleuves de fer, de cuivre et d'or rutilaient au creux des vallées mouvantes de son anatomie tectonique. La déesse se parait d'atours luxueux, incrustée sur des centaines de mètres carrés de pierres précieuses et de gemmes parmi les plus rares. Elle était un monde à elle seule.

La tâche qui lui incombait apparaissait invraisemblable à Modi. Il n'existait aucune description de la déesse. Les visions de Vituperato de Scalari n'avaient pas jugé utile de la lui montrer, et même son lointain ancêtre Tridi ne l'avait pas vue lorsqu'il l'avait réveillée treize siècles auparavant. Ce triste privilège échoyait en fin de compte au pauvre Modi, qui ne s'en sentait franchement pas digne.

J'ai vraiment le pouvoir d'arrêter cette abomination ?

Boniface avait raison. Modi aurait voulu son père à ses côtés à cet instant.

— Quand faut y aller…, grommela-t-il en essayant de faire le vide dans sa tête.

En temps normal, cela ne lui aurait pas demandé d'effort particulier. Un bon coup de gnôle aurait suffi. Le foutu matou avait vu juste, là aussi : sentir la présence des ancêtres aurait été beaucoup plus simple avec un ou deux verres dans le nez.

Un bruit dans son dos attira l'attention du jeune Nain : une espèce de déchirement soyeux, comme le craquement d'une flamme qui s'étirerait en longueur, qu'il avait appris à relier à l'Éclipse.

— D'jà d'retour ? lança-t-il en faisant volte-face. T'as fait drôl'ment vit…

Le premier coup l'atteignit au ventre. Le second, en pleine tête, l'envoya bouler au sol.

Une botte noire s'écrasa en travers de son cou.

— *Navrée du retard,* s'excusa Wilmora Radzek en appuyant un peu plus le talon de Falkenn sur la gorge du Dvargar qui se débattait en vain. *S'Éclipser dans un corps dépourvu d'affinité avec la magie n'est pas chose aisée, même pour moi. Et il m'a fallu un moment pour repérer l'odeur particulière de l'arcanite qui vous imprègne.* (Ses yeux verts ardents pivotèrent vers la Petite Sœur qui poursuivait son avancée inexorable.) *Ah… Voici donc la vraie déesse de Choriloch. La seule que ce monde mérite, ne croyez-vous pas ? Elle est à son image : une longue errance dépourvue de but.*

— De but ? Elle va détruire la ville ! s'égosilla Modi qui peinait à respirer.

— *Elle va détruire bien plus*, répliqua posément la nécromancienne. (La haine consumait son regard lorsqu'elle le baissa à nouveau sur le Dvargar.) *Vous avez tué ma fille.*

— Ouais. Et z'avez tué mon père ! On est quitte, espèce d'sale ordu…

— *Vous osez comparer mon enfant et votre minable géniteur ?* le coupa-t-elle en augmentant encore la pression sur la trachée de sa victime. *Une princesse de sang impérial et un mineur maudit pour les errements d'un ancêtre velléitaire ? Wilhelmina allait être impératrice ! Elle allait réussir là où son frère avait échoué. Là où moi, j'ai échoué. Et maintenant qu'elle n'est plus là…*

Sa voix s'était faite hésitante. Puis elle avait repris ; levé la spadamantine au-dessus de la tête de Modi.

— *Maintenant, je n'ai plus besoin de vous.*

***

C'était une petite cuisine comme on en trouvait partout. Un vieux carrelage damé ocre et blanc, une faïence de mauvais goût, des cuivres accrochés au mur. Le panorama de tours et de dômes pâles qui semblaient s'écouler vers le bord de mer par-delà l'unique fenêtre carrée luisait douloureusement sous le soleil d'un après-midi de canicule.

Un autre que Falkenn aurait pu passer à côté de ce souvenir, tant le cadre en paraissait d'une modestie incongrue pour une femme comme Wilmora Radzek qui avait occupé les plus hautes fonctions du temps du Divin Empire. Seulement voilà : le regard du flic, toujours prompt à considérer les évidences, non seulement pour ce qu'elles n'étaient pas, mais parfois aussi pour ce qu'elles étaient, avait justement décidé qu'il y avait là matière à cogiter.

« Où allons-nous, Mère ? » demanda une ravissante brune aux yeux violets. Assise sur le bord de la table, elle balançait ses pieds nus dans le vide avec un air d'ennui consommé. Falkenn n'aurait su dire si elle avait quinze ans, vingt ou davantage : les magiciens semblaient parfois vieillir à leur guise.

« Tu verras », répondit la seconde, qui ressemblait tant à l'autre qu'on en eût simplement dit une version plus âgée. Elle remplissait de nourriture en conserve un sac de voyage ventru.

« Et quand reviendrons-nous à Naugos ?

— Je n'en sais rien.

— Pourquoi Virdrad ne vient pas avec nous ?

— Ton frère doit poursuivre sa formation, répondit la mère dans un grondement. Ses maîtres d'armes ne tarissent pas d'éloges à son sujet, alors je lui en ai trouvé de plus vicieux. Je ne veux rien laisser au hasard. Il est déjà assez vaniteux comme ça. L'heure où il devra revendiquer le Trône des Lions approche à grand pas, et j'entends qu'il soit prêt lorsqu'elle sonnera.

— Et moi, je suis vraiment obligée de venir ? ronchonna la plus jeune. Tu sais que je n'aime pas quitter la ville. En plus, il y a la kermesse annuelle du Sénat qui commence la semaine prochaine, et avec Virdrad et la bande, on avait décidé de… »

La gifle fut si violente qu'elle désarçonna la gamine de son perchoir.

« Vous ne décidez *de rien ! hurla la vieille à sa fille, étendue par terre, qui massait une joue dont la teinte virait déjà au cramoisi. Vous n'êtes pas là pour vous distraire ou vous faire des amis ! J'ai dit que Virdrad devait parfaire son entraînement, et il en va de même pour toi, Wilhelmina ! Voilà pourquoi ton frère doit rester ici avec ses instructeurs, et voilà pourquoi toi, tu vas m'accompagner à Praghor !*

— Où est-ce, Praghor ? demanda au bout d'un moment Wilhelmina qui s'était relevée mais avait pris soin de mettre la table entre elle et sa mère.

— Loin dans le sud, répondit cette dernière. Une cité en ruines perdue dans les jungles au-delà des montagnes de la Petra Nebula. L'ancienne capitale de l'Empire Cadavéreux, qui régnait sur le Syamée il y a de nombreux siècles. Un royaume fondé et dirigé par des nécromanciens.

— Comme toi.

— Pas tout à fait, tempéra la mère. Ils se faisaient appeler les nécrarques, mais ce n'était pas un nom si judicieux, quand on y réfléchit bien. La magie qu'ils utilisaient présentait des différences notables avec celle que nous connaissons. Dis-moi, sais-tu ce qui arrive à un nécromancien lorsqu'il meurt ?

— Bien sûr, Mère, soupira ouvertement Wilhelmina. C'est la première chose que vous m'ayez enseignée. Il devient une liche.

— C'est-à-dire ?

— Pfff… »

La jeune fille leva les yeux au plafond, mais pas très longtemps, car ceux de sa mère projetaient déjà les éclairs annonciateurs d'une nouvelle correction. Elle reprit du ton de l'élève qui récite un cours ennuyeux, mais appris par cœur et à coups de règle en bois sur les doigts :

« Son corps commence à se décomposer très, très lentement. Le processus prend des centaines d'années, mais à la fin, le corps tombe en poussière, et l'esprit du magicien se change en spectre, coincé entre le monde des vivants et le Séjour des Morts, sans rien pouvoir faire.

— Exact. Des siècles de pouvoir accumulé qui s'achèvent dans l'impuissance. Voilà ce que je veux éviter, Wilhelmina. Voilà pourquoi nous allons nous rendre à Praghor, toi et moi. Car les nécrarques ont sublimé la nécromancie, vois-tu ? De l'Art des Ossements que nous connaissons, ils en ont fait un Art de l'Âme. Là où leurs homologues magneterriens ont vainement cherché de quelle façon vaincre la mort, les seigneurs de l'Empire Cadavéreux ont simplement trouvé comment l'esquiver. La prendre de vitesse. Ils appelaient cela l'animurgie : le moyen, pour un esprit libéré des contingences physiques et des lois naturelles, de ne faire plus qu'un avec l'énergie vitale de ce monde, d'en chevaucher les courants qui baignent tout Choriloch. Comprends-tu ce que cela veut dire ? »

D'un geste prudent de la tête, Wilhelmina fit signe que non. Elle écouta donc attentivement les explications de sa mère. Falkenn fit de même.

Il laissa ensuite s'estomper la cuisine du misérable exil naugosien de Wilmora Radzek. À présent, il savait quoi faire.

Il cessa de s'agripper à celui de ses souvenirs qu'il avait si précieusement gardé près de lui jusque-là. Ce fut comme lâcher une petite balle en caoutchouc du fond d'une piscine : il remonta comme une flèche vers la surface de sa conscience entravée, surgit fougueusement de la tourmente des deux mémoires entrelacées…

C'étaient les réminiscences d'une belle matinée d'automne. D'un ciel clair et du soleil caressant les avant-toits rutilant de givre nocturne. De drapeaux claquant au vent au-dessus d'une place noire de monde mais silencieuse, éprise de communion. Le souvenir clair d'une femme, une femme enchaînée.

Qui dansait sur son bûcher.

***

La lame rata sa cible de moins d'un cheveu. Comprenez par là qu'au lieu de fendre en deux le crâne de Modi Svardstaf, elle lui rafraîchit la tignasse et l'allégea de quelques millimètres superflus d'oreille.

La spadamantine tinta sur le toit.

La pression se relâcha sur la gorge du Nain qui vit vaciller l'expression sur le visage du chasseur de primes. La rage vengeresse qui lui meurtrissait les traits l'instant d'avant céda d'abord la place à la surprise, puis à une horreur grandissante qui lui arrondissait la bouche et les yeux. Le vert dans ces derniers déserta peu à peu, refoulé par une teinte d'acier bleuté.

Falkenn chancela, se retint d'une main au rebord du toit.

— Ç'a marché…, siffla-t-il tout bas, de sa vraie voix.

— M'sieur Falkenn ? s'extasia Modi. C'est vous ?

— Pour l'instant, relativisa le chasseur de primes.

— Mais comment vous avez fait pour…

— Je lui ai rappelé les pires instants de sa vie : les derniers. Nécromancienne ou pas, contempler sa mort par les yeux d'un autre doit être une expérience traumatisante. Mon épée, je vous prie.

— Elle est toujours là, hein ? supposa le Dvargar en rendant *Santana* au chasseur de primes.

— Ne vous occupez pas de moi. Vous n'avez plus beaucoup de temps devant vous. Moi non plus, au demeurant.

— Qu'esse z'allez faire ?

— La seule chose encore à ma portée.

Falkenn abandonna là le jeune Svardstaf. Il s'éloigna autant qu'il le put, titubant entre les rangées de cheminées contre lesquelles il s'appuyait pour conserver un semblant d'équilibre. Sa démarche avait tout de celle du poivrot, et la partie de lui-même qui conservait toujours une certaine distance avec les événements immédiats s'amusait presque de l'image qu'il devait donner à cet instant, lui l'officier de police si rigoureux, pincé et hautain, qui n'avait jamais pris la moindre cuite de toute sa vie. La situation n'offrait toutefois guère matière à plaisanterie : dans chaque hésitation de ses pieds, dans chaque tremblement qui agitait son bras armé, dans chaque instant de confusion, Falkenn percevait davantage que le seul épuisement. Une autre sensation le gagnait peu à peu, sourde et menaçante.

Doutant de pouvoir encore faire un pas sans s'effondrer, il finit par s'adosser à un épais conduit métallique noirci et se saisit de la spadamantine des deux mains : la droite serrée autour de la poignée, la gauche appuyée sur la rose du pommeau.

Lorsqu'il tendit les bras devant lui, plaçant la lame parallèle au sol et pointée sur son sternum, les tremblements qui agitaient déjà son bras s'intensifièrent de façon alarmante. Une vive douleur lui étreignit le poignet, comme si on l'écrasait avec un gant de fer, et ses doigts, qui avaient déjà commencé à le picoter quelques instants plutôt, devinrent gourds. À sa grande horreur, Falkenn vit alors — bien plus qu'il ne sentit, car un froid complet avait gagné son bras au-delà du coude — sa main droite qui commençait à s'ouvrir pour lâcher son arme.

Tout son corps agité de tremblements, les dents serrées à telle enseigne qu'il avait l'impression qu'elles allaient se briser sous la pression, Falkenn mobilisa ses dernières forces pour déplacer sa main gauche le long du pommeau et l'enrouler autour de la droite désormais défectueuse. Il verrouilla sa prise, contraignit ses doigts glacés à rester refermés sur la poignée…

… et dans un ultime effort de volonté, se passa sa propre épée en travers du corps.

***

Où est Ambroisie ?

Où est Ambroisie Galate ? La reine des quatre-cents coups, la bagarreuse la plus vicelarde, la piqueuse la plus habile de Citégrise, la fille au genou le plus vif des bas-quartiers de Solmost ; celle qui ne redoutait ni les cadors de la Ville sans Jour ni les condés, qui riait à gorge déployée alors même qu'elle avait les cabots de la Sûreté au derche ; celle qui encore tout récemment a sauté dans la baie depuis la vigie du Vieux Phare après avoir survécu à un affrontement avec un type armé d'une foutue épée magique — rien que ça ! Cette fille-là, où est-elle passée, merde ?

J'en sais foutre rien, mais j'aimerais qu'elle soit là en ce moment. Avec une bouteille de whisky et un paquet de clopes.

Voilà où j'en suis. Après toute une vie passée à multiplier les conneries, et leur avoir à chaque fois survécu, après avoir affronté le monde de la finance, autrement plus redoutable que la faune citégrisarde, et même réussi à m'échapper de l'Alaqarak en proie aux combats en trimballant derrière moi ma grande sœur gravide, qu'avais-je encore à redouter ? L'Ambroisie que je connais pouvait faire face à toutes les situations sans paniquer.

Sauf que là, face à ma frangine adossée au garde-fou ouest du Pont Blanc, je me sens une vraie godiche. Je connais rien à la grossesse. J'y ai toujours échappé, un vrai petit miracle quand on sait qu'à une époque je levais la cuisse aussi facilement que le coude. Je n'étais donc pas une habituée de l'avortoir de Maître Lief, même si j'y ai souvent accompagné Chehanna : la pauvre garce, car j'ose enfin l'appeler ainsi, semblait dotée du pouvoir de tomber enceinte au premier regard échangé avec un homme.

De quoi on a besoin, pour un accouchement ? D'eau, non ? D'eau chaude, je crois. Et de torchons, aussi. Sûrement pour nettoyer une fois que c'est fini. Quoi d'autre ?

Ah oui : un putain de thaumaturge !

— Ambre…, *glapit Ichoria.*

— Ça va aller, *la rassuré-je en maudissant ces trois mots, les plus débiles du répertoire de platitudes à la disposition des impuissants. Mais qu'est-ce que je pouvais dire d'autre ?*

Entre deux respirations façon soufflet, Ichoria jure comme un charretier. J'ignorais que son vocabulaire était si riche — à moins qu'il ne faille voir là une mécanique universelle. Peut-être que les injures viennent naturellement aux femmes, même les mieux éduquées, la première fois qu'elles découvrent à quel point Dame Nature les a entubées.

L'idée m'effleure que je pourrais dénicher un de ces Soigneurs militaires et le ramener par la peau du cul, mais je répugne à abandonner Ichoria. Sans compter qu'il me faudrait d'abord libérer mes doigts qu'elle broie avec entrain. Ma grande sœur taillée comme une brindille pourrait casser des briques à mains nues en ce moment, si elle n'était occupée à souffrir.

— Ambre… Je… Je ne sais pas si je vais y arriver.

— Mais si, mais si…, *rétorqué-je, et à nouveau l'envie me prend de me coller des beignes. Sérieux, je n'ai rien trouvé de plus con, comme formule ?*

De mon côté, j'essaie de rationaliser. Les femmes font ça depuis la nuit des temps. Nos ancêtres accouchaient seules dans la cambrousse, à une époque où il y avait peut-être un thaumaturge pour dix villages, et elles s'en débrouillaient très bien malgré tout, pas vrai ?

Je garde mes idées pour moi. Je ne suis pas certaine qu'elles rassureraient Ichoria, mais je sais que, moi, elles ne me rassurent pas.

La bataille se poursuit autour de nous. Les épées crissent, les mitrailleuses sifflent, les canons tonnent. De temps à autre, un brusque éclat blanc dessine mon ombre sur l'intérieur du parapet lorsqu'une dragonnef éprouve la solidité des boucliers des Corps-Freux. Les petits éclairs bleutés qui volettent dans l'air, tout autour du pont, comme des phasmes de lumière, me font me demander s'ils tiendront encore longtemps.

Autre chose m'inquiète. Une idée… Non, ce n'est même pas une idée, en fait. Je serais bien incapable de le formuler par des mots : c'est l'ombre d'une intuition qui se serait faufilée à l'improviste et me chatouillerait maintenant le cervelet. Elle me susurre des mots, trop bas pour que je les comprenne.

Mon hébétude se fendille un peu lorsque je sens qu'on m'appuie sur l'épaule. Je tourne la tête, découvre une main, remonte mécaniquement le long d'un bras enveloppé de tissu noir…

L'homme me repousse, gentiment mais fermement, avant de s'agenouiller face à Ichoria dont la stupeur a momentanément éclipsé les souffrances. C'est alors que je me rends compte que le type m'a mis un objet dans les mains lorsqu'il m'a obligée à m'écarter. Un objet très long et encombrant, pourtant pas aussi lourd que j'aurais pu le croire.

Un tigre d'ivoire me lance un regard fier, rouge de rubis et de sang.

Une douzaine de soldats anscarides forment un demi-cercle autour de nous. Une discussion semble s'être engagée entre ma sœur et l'homme, et il me faut un moment pour réaliser qu'il s'exprime en camoréen, quoique avec un accent que même son sabre ne pourrait pas couper. Il ne roule pas simplement les « r » : il les enrobe dans plusieurs couches de miel. Sa voix est si peu à l'avenant de son apparence qu'on se surprend à chercher qui parle vraiment. Bienveillante et chantante, elle a la clarté d'un éclat de cristal, la suavité rassurante et chaleureuse d'une caresse presque palpable. Dans une autre vie, Tyruman Khan aurait fait un ténor du tonnerre.

— … appeler un thaumaturrge, *entends-je.* C'est votrre prremier ?

— Oui, *répond Ichoria d'une petite voix.*

— Ce n'est pas forrcément plus difficile la prremièrre fois. Je suis l'aîné de sept frrères, et je suis sorrti comme une savonnette, parraît-il. Cela n'a guèrre été plus compliqué pourr mes prropres enfants. J'en ai accouché deux moi-même, d'ailleurrs. *(Il ferme l'œil, se fend d'un sourire paternel.)* Les aléas de la vie de soldat.

J'ignore s'il a mentionné cette anecdote dans le seul but de rassurer ma sœur, mais à le voir faire, on sent une certaine habitude. Il a l'air aussi à l'aise pour orchestrer les respirations et les poussées d'Ichoria qu'il l'était tout à l'heure pour massacrer les Manteaux Bleus.

Une lueur rosée nous baigne tout à coup, me caresse la joue d'une chaleur douce. Je lève les yeux vers l'ouest pour voir le soleil s'écouler du couvert nuageux qui encombre l'horizon. Son irruption soudaine fait rougir les eaux de la Mer du Lion, comme si elles se remplissaient d'un coup de…

Ce qui n'était qu'un vague soupçon se dépouille de son manteau d'incertitudes, se mue en une longue vipère glacée qui s'enroule autour de mon échine, vient déverser son venin dans mon esprit. Le souffle jusque-là incompréhensible se mue en tempête.

Du sang s'écoule sur le tablier du pont, juste sous mes yeux. Et ce n'est pas celui des soldats.

Le décor qui m'entoure change. Le ciel bas et nuageux est une canopée de ténèbres, le panache des tirs et des explosions un épais feuillage brassé par un vent aussi tranchant qu'une lame de rasoir, aussi malveillant qu'un esprit démoniaque surgi du Sépulcre. Les fûts noircis des mitrailleuses s'alignent, imperturbables, comme les troncs des saules dans la futaie de mes nuits hantées. Les corps qui se meuvent autour de moi ne sont guère plus que des ombres, leurs cris à peine plus audibles que les chuchotis de l'eau juste avant qu'elle n'engloutisse la silhouette labile de ma…

— Ambroisie !

… *de ma sœur. Ma sœur qui prononce mon prénom. Mon vrai prénom.*

Je garde les mains serrées autour du manche d'ivoire, jusqu'à ce que mes paumes me fassent mal. Je m'y accroche pour m'arrimer à la réalité qui me fuit, au cauchemar qui s'emballe, les deux tourbillonnant autour de moi sans que je ne parvienne plus à faire la différence. Je suis là, immobile, apeurée, inutile. Stupide. Comme la petite fille plantée sur son bout de berge.

J'entends les cris de ma sœur, mais mon attention reste fixée sur le soleil qui s'unit à la mer, sur l'obscurité qui gagne le ciel à mesure que l'eau prend une teinte de plus en plus cramoisie. J'entends les encouragements de Tyruman Khan, mais je n'ai d'yeux que pour le sang. Le sang d'Ichoria qui s'étale sur les dalles blanches comme il envahissait la rivière dans les sous-bois obscurs. J'entends les cris du bébé, mais c'est le visage d'Ichoria que je fixe. Son visage si beau, si serein, si pâle. Je m'entends crier son nom, mais c'est le silence qui me prend à la gorge. Le silence de ma sœur. Ma sœur qui ne me répond pas.

Qui ne me répondra plus.

***

Falkenn rejeta la tête en arrière. Des escarbilles vertes explosèrent dans ses yeux écarquillés par la douleur.

Une douleur unique, atroce, impensable, au-delà de tout ce qu'un homme pourtant habitué à prendre des coups pouvait envisager. La confusion des sensations entremêlées des deux esprits avait une conséquence fâcheuse : chacun percevait les souffrances de l'autre avec la même acuité et la même intensité que les siennes propres. Or, la morsure physique de la spadamantine, commune aux deux, se révélait à peine plus qu'un pincement en comparaison du pouvoir immatériel qu'elle déchaînait à présent. Au supplice, le chasseur de primes avait l'impression que du métal en fusion circulait dans ses veines.

Il tomba à genoux, perclus de tremblements.

Le feu sinople formait des rivières de larmes qui lui dégoulinaient sur les joues, que crevassaient des taillades lumineuses, des lésions ouvertes d'où suintaient d'autres écoulements incandescents. Des gerbes identiques giclaient d'entre ses dents serrées, mêlées de sang frais. Tout son visage ruisselait d'un flamboiement maladif.

« L'énergie vitale du monde, Wilhelmina, c'est l'arcane, avait dit la nécromancienne. *La magie : les restes du pouvoir créateur et impérissable du Démiurge, sans frontière ni limite.*

Si on peut s'unir à elle, transmuter l'âme en fragment de pure arcane, l'on devient soi-même impérissable, on acquiert un pouvoir illimité et l'on abat la dernière frontière, celle qui sépare la vie et la mort. L'on accède à l'immortalité réelle, car rien ne peut détruire l'arcane. »

La bouche de Falkenn s'ouvrit toute grande et un hurlement s'en échappa. Porté par une voix de femme. Des langues ardentes, couleur de malachite, giflaient l'air là où la lame de *Santana*, désormais crépitante d'énergie, s'introduisait entre les côtes du chasseur de primes, comme si elles cherchaient à s'échapper. Ce qui était le cas, en un sens.

Car si rien ne pouvait détruire l'arcane, le fer-diamant dans lequel étaient forgées les spadamantines, lui, l'absorbait très bien.

***

Le Chant s'élève.

Partout dans Citégrise, il se propage. Du nord au sud, d'est en ouest, des secteurs industriels actifs jusqu'aux squats connus des seuls zonards, il se dissémine, s'épand en un chœur fantomatique de voix qu'on pourrait croire surgies du passé, relevées d'entre les siècles révolus par ses chaînes de syllabes incompréhensibles. Dans les ruines désertes du quartier nain, les demeures lugubres semblent se repeupler à son contact. Au plus obscur des mines de Malethorarlod, il bruit jusque dans les puits les plus antiques, ranime des générations de mineurs morts depuis longtemps. Il est plus qu'une complainte : il est une mémoire vivante.

Mais il est faible. Il perd en vigueur à chaque mur qu'il rencontre au lieu de rebondir dessus, comme un vieillard qu'essoufflerait une course trop intense. Il s'égare dans les hauteurs pierreuses, reste captif de l'obscurité qui les habite et l'étouffe. L'acoustique des lieux, tout en voûtes monumentales, habituellement si prompte à entonner le moindre refrain, qui transmue en aria le murmure des aqueducs et improvise des symphonies vigoureuses orchestrées pour le martellement des usines, demeure étrangement rétive à s'approprier cette ritournelle inédite.

Le Chant résonne, mais la déesse de l'Oubli persiste à avancer.

Sur des centaines et des centaines de mètres, elle est en train de vider la Ville sans Jour. C'est toute sa population qui cherche à se sauver, précédée par un tapis mouvant et couinant de rongeurs. On fuit à la mode de Citégrise : peu importe la destination, pourvu qu'on ait la force de courir.

La cité souterraine s'en trouve livrée à une sérénité dont ses habitants ne sont guère coutumiers. Si l'amour donne des ailes, la peur en fournit plusieurs paires avec un petit supplément de jugeote : même les camés les plus indécrottables, ceux qui n'émergent en règle générale qu'une fois l'an de leur brouillard psychotrope, ont trouvé la ressource de dégager.

Aussi personne ne fut-il témoin de la présence du vieillard.

Assis au bord d'une plate-forme, tout en haut d'un pilier, il ne paye vraiment pas de mine — dans le cas contraire, on lui ferait payer le prix fort, taxes non comprises. Chauve et édenté, le menton semé d'un chaume blanc et dur, il est vêtu d'une tenue noire crasseuse. Sans la pelle, elle aussi maculée de terre, qui s'appuie contre un étal de saucisses-frites abandonné, juste derrière lui, on le prendrait facilement pour un des innombrables clochards du coin.

Les pieds dans le vide, un mégot répugnant coincé entre deux dents rescapées, il observe la Chose qui, un peu plus loin, s'étale, s'évase, glisse et s'épanche au gré des caprices de sa nature volage et inconstante. Il n'a pas l'air d'en avoir peur. Il se contente de la regarder. Il ne fait pas un mouvement, sauf de temps en temps lorsque sa main vient s'emparer de son infâme clope. Alors il exhale un rond de fumée avant de se la recoller dans le bec, et reprend sa contemplation taiseuse. Il n'a vraiment pas l'air d'avoir peur. En vérité, quiconque se serait tenu à côté de lui en cet instant aurait pu constater qu'il souriait.

La fumée de sa cigarette a des mouvements étranges, illogiques. Les nuages qu'il recrache à intervalles réguliers ne s'envolent ni ne s'évanouissent dans les airs ; au lieu de cela, ils se massent à ses pieds, puis se lancent dans une expédition tournicotante qui les mène de palier en palier, de rue pentue en volée de marches branlantes, les fait s'enrouler autour de la pile, en direction du sol. Ils s'y accumulent, forment comme une immense procession nébuleuse blanche qui stagne un instant, curieusement immobile, presque en alerte ; puis elle se répand à travers les rues. Vers la Petite Sœur.

Le mur de brume crayeuse qui s'avance maintenant est dépourvu de la consistance fluide de la vapeur ou de la fumée de nicotine. Il présente des aspects singulièrement tangibles, une densité telle qu'on s'attendrait presque à l'entendre racler contre le pavage, les parois et les toits des bâtisses qu'il englobe. Son mouvement même a quelque chose d'impérieux et d'irrépressible. Il fait penser à une avalanche. Une avalanche qui prendrait son temps.

Des formes ont l'air de s'aligner dans sa masse compacte. Des formes humaines, par centaines. Elles se meuvent juste à l'orée du rideau virginal, mais à mesure que celui-ci se rapproche de la Petite Sœur, se distinguent, de plus en plus nettement, leurs yeux noirs.

Et l'on discerne autre chose sur ces Mânes : les vestiges des vêtements qu'ils portaient au moment de leur mort — récente. Des vêtements à la forme générale étrangement similaire et pourtant, en dépit de leur unité chromatique, on y repère encore certaines spécificités. Des bottes de cavalier. Des galons. Des brandebourgs. Une pelisse doublée de fourrure ; ou un shako. La coupe traditionnellement ample du caftan d'un *askari*. Certains spectres blancs affichent une expression tellement figée qu'on devine qu'un masque dissimulait leur visage lorsqu'ils ont expiré, et ils l'arborent encore. Parfois, dans les couches supérieures du nuage, toupillent les silhouettes félines et ailées de grypes dont les cavaliers font tourner leurs sabres, bouche ouverte sur un cri inaudible pour les vivants.

C'est une armée. Une armée en ordre de marche. Les morts de la bataille de Solmost, unis dans un dernier combat, qui font maintenant face à l'Oubli.

À leur tour, ils entonnent le Chant, et se lancent à l'assaut.

14. Le temps guérit tout

Cessez d'évoquer la Ligue de « Skarland ». Skarland est ville vardener, et Reisenvard aujourd'hui libre du joug de l'empire bas-terrien. Car la prétendue Ligue n'est rien d'autre que cela : un Divin Empire aux petits pieds, sans souverain ni majesté ; sans dieu ni raison d'être. Et ces nobliaux véreux du Sud, princes-marchands et usurpateurs, osent nous regarder de haut, quand le sang des empereurs francs coule dans les veines de notre roi ? Qu'on se le dise : j'accepterais mille invasions anscarides plutôt que de baisser les yeux ne serait-ce qu'une fraction de seconde face à Damyr de Morinthe ou au baron de Torée.

Stanek Votha, général vardener, gouverneur des Tournegrises

LES HEURES DÉFILÈRENT.

Metisto Strabyzem s'était employé à les rentabiliser. Dès l'assaut des dragonnefs, alors même que les autorités de Solmost organisaient l'évacuation des civils à Citégrise, lui-même orchestrait le déplacement des stocks de drogues du *Nélombo*. Des équipes préparées de longue date avaient tracté des chariots pleins à craquer vers des planques secondaires disséminées aux confins de la Ville sans Jour, avec pour consigne d'attendre vingt-quatre heures avant de les extraire par les points de sortie prévus. Elles passeraient ensuite par les Monts des Cinq Divins, s'y disperseraient et ne se retrouveraient qu'une fois regagnées les plaines, côté morinthien.

Metisto ignorait si elles arriveraient jusque-là. Il s'en fichait. Ces équipes n'étaient que des leurres. À leur insu — car il fallait bien motiver tout ce petit monde — leur chargement se réduisait à un mélange de sucre, de sable et de balles de coton. De quoi occuper la Sûreté qui, d'ici quelques heures seulement, passerait sous le contrôle de la Maison Prétorienne anscaride. Connaissant la virulence et l'absence notable de subtilité des Juges Rouges en matière de lutte contre les stupéfiants, ils allaient sans doute passer Citégrise au lance-flammes. Là encore, peu importait au Drude : il serait déjà loin à ce moment-là.

Car la vraie dope, ses plus fidèles Demi-Ogres s'employaient à finir de la charger à bord du *Vaurien*. L'imposant submersible, dont les moteurs teuf-teufaient déjà en préparation du départ, mouillait au secret sur les bords d'un lac souterrain connu seulement de Metisto et de ses proches lieutenants. Le Drude y avait veillé. L'unique accès depuis le *Nélombo* en était dissimulé par une illusion bioalchimique si complexe et élaborée que non seulement on passait devant sans le voir, mais toute personne n'étant pas au fait de son existence croirait se heurter à un obstacle solide si d'aventure elle venait à le franchir par inadvertance.

— Et il va vite, votre cigare ? voulut savoir Roxane Malnati.

Assise en tailleur sur une de ses caisses d'ergot-feu, la grande rousse tatouée tuait le temps en donnant de petits coups de la pointe d'un couteau sur le bois devant elle, sans quitter des yeux deux Demi-Ogres qui manœuvraient péniblement un autre conteneur de drogue de combat.

— Il n'en existe pas de plus rapide, répondit Metisto. Je l'ai acheté à un renégat de la Secte Mécaniste qui était une pointure dans sa partie, mais j'ai radicalement modifié la coque et les moteurs entre-temps. Il ne reste qu'une fine épaisseur d'acier sur la première : la majeure partie est en bois noir de Krelfe. Je m'étonne que personne n'y ait jamais songé. On gagne en vitesse sans rien perdre en solidité. Mais c'est sa propulsion qui le rend révolutionnaire. *Le Vaurien* est un hybride. Il fonctionne au charbon et à l'arcanite. Il fait du trente-trois nœuds en vitesse de croisière et peut monter en pointe à quarante-quatre nœuds — quatre-vingts kilomètres-heure, à une queue de baleine près. Je vous avais promis une livraison rapide : avec ce petit bijou, nous serons à Scalari en moins de deux !

Il s'était exprimé avec une certaine fierté, mais le regard creux que lui adressa Roxane Malnati aurait douché même les ardeurs d'un troupeau de rhinocéros en rut. Elle avait l'air mortellement ennuyée : deux termes qu'on ne souhaitait pas voir accolés quand on avait affaire à un tas de muscles irascible de presque deux mètres carburant à l'ergot-feu.

— Han han… Dommage que vos bâtards d'Ogres n'aillent pas aussi vite, finit-elle par lâcher en dépliant ses grandes jambes.

Une fois debout, elle remisa le couteau dans son fourreau au milieu de la collection d'armes qui lui alourdissait la ceinture, avant de soulever la lourde caisse au prix d'à peine un grognement.

— Je crois que je vais les aider, sinon on sera encore là pour le solstice d'été.

Metisto profita du départ de sa meilleure cliente du moment pour retourner au *Nélombo*. Il traversa les quatre étages désormais vides et silencieux de l'établissement et regagna son atelier où il avait encore quelques détails à régler avant de mettre les voiles.

Ses corbeaux étaient du nombre. Ses yeux, ses messagers. Des piafs très utiles dont il avait encore accru l'intelligence en leur injectant des composés bioalchimiques de son invention, mais il n'avait jamais réussi à leur ôter leur sale manie de croasser pour un oui ou pour un non.

Pourtant, lorsqu'il passa la porte, la volière faisait penser à une congrégation de moines dont on aurait complété le vœu de silence par l'ablation de la langue. Les grands oiseaux noirs patientaient, immobiles, sur leurs perchoirs. On n'entendait même pas bruire leurs plumes.

Et ils regardaient tous dans la même direction. Vers le plafond.

Le Drude leva la tête vers les poutres, ouvrit la bouche, mais la première syllabe de la phrase « Oh non putain de bordel de merde » n'eut pas le temps de la franchir qu'il était déjà mort.

Une minute supplémentaire passa, particulièrement bruyante et salissante, au terme de laquelle il ne resta plus de Metisto Strabyzem qu'un tas de défroques souillées d'un liquide épais, dont le coloris noir-mauve rappelait la peau d'aubergine.

— Saletés de Diablotins, ronchonna Boniface en s'ébrouant dans l'espoir de se débarrasser de celui qui lui empoissait le pelage. Même leur sang schlingue.

Le silence revint. Le mandragot s'était assis sur son derrière et observait maintenant fixement le béret à peu près intact qu'avait porté le Diable Bleu. La plume de paon en oscillait d'avant en arrière, aussi incertaine que l'atmosphère des lieux.

Au bout d'un moment, le chapeau se déplaça tout seul.

Boniface le regarda faire quelques secondes d'un air intéressé avant de l'envoyer valdinguer d'un coup de patte. Ladite patte s'écrasa ensuite sur ce qui se trouvait dessous.

Il s'agissait d'un Drude. Une réplique parfaite quoique minuscule, nue et imberbe de Metisto, dont les yeux de la taille de grains de raisin paraissaient d'autant plus disproportionnés sur un corps d'à peine dix centimètres de haut.

— Fascinante, cette capacité que vous avez à vous reconstituer à partir de trois fois rien, fit le mandragot sur le ton de la conversation.

— Retire ta grosse paluche, espèce de sale greffier de merde ! couina l'homoncule bleu d'une voix suraiguë en agitant vainement ses membres minuscules.

— Ouh, c'est des vilains mots, ça. Presque aussi moches que toi. Ma mère dit souvent : « Sois poli si t'es pas joli ». Eh ben là, tout de suite, t'es vraiment pas beau à voir, alors je crois que tu ferais mieux de changer de ton avec moi. (Le félin approcha sa grosse tête et laissa monter un grognement du fond de sa gorge.) Tu nous as balancés !

— Tu t'attendais à quoi ? répliqua le Drude sans se démonter. J'ai fait ce que j'avais à faire pour préserver mon affaire ! J'ai mis des années à construire et consolider mon réseau, alors si j'avais une chance d'empêcher ces connards d'Anscarides de tout foutre en l'air, tu t'imagines tout de même pas que j'allais la laisser passer pour les beaux yeux de Luther ? Si les Ligueurs avaient réussi à contrôler cette arme…

— C'était *pas* une arme, crétin de fion bleu ! C'était une déesse, le bousin ! T'as pas entendu les Svardstaf ?

— Tu crois vraiment que je suis arrivé aussi haut en prêtant attention à ce genre de divagations de vieille morue superstitieuse ?

Boniface hésita. La répartie de Metisto ne manquait pas de logique. Les Drudes n'avaient aucune religion, aucun système de croyances, pas même civique ou purement symbolique. Tout au plus tenaient-ils les dieux pour des formes de vie qu'il valait mieux éviter de se mettre à dos si on ne pouvait se les mettre dans la poche, au même titre que les juges ou les policiers. Les seules divinités qu'avait sans doute jamais priées Metisto Strabyzem devaient s'appeler *Oseille*, *Pognon* et *Flouze*.

— Tu nous as tout de même donnés, insista le félin.

— À ma décharge, je constate que tu t'en es tiré.

— Oui, mais pas Luther, gronda le mandragot.

— Quel brave toutou tu aurais fait, Boniface, persifla Metisto. Tu viens venger ton maître, alors ? Et après, quoi ? Tu vas te laisser mourir de faim pour prouver à quel point tu lui es loyal ?

— J'envisageais surtout de te boulotter, toi. En mastiquant bien, histoire d'être sûr que tu pourrais pas te régénérer. Mais Luther est encore en vie, et malheureusement, tu es sans doute le seul en ville à pouvoir l'aider. J'ai besoin de toi et de ta bioalchimie. Alors voilà le marché : tu me files un coup de patte, et moi j'évite de t'en filer plein d'autres en travers de ta sale tronche. Plutôt honnête, non ?

— Tu es un as de la négociation, il n'y a pas d'erreur, convint Metisto d'un ton grinçant où perçait néanmoins un foret de trouille.

Boniface le laissa se relever, puis renoua avec sa forme domestique.

— Allez, magne ton sale petit cul bleu.

— Un instant, lança Metisto en se dirigeant vers les épaves de son manteau.

Il se glissa dans une poche dont il ressortit au bout de quelques secondes en traînant péniblement la plus minuscule malle de voyage concevable. À l'intérieur, toute une garde-robe, cousue par un tailleur qui avait dû y laisser une rétine. Metisto se saisit d'une longue tunique noire pendue à un cintre qui se résumait à un tout petit bout de fil de fer. Il enfila le vêtement avant de se coiffer d'une toque de tissu de la taille d'un dé à coudre.

Le Drude eut un haussement d'épaules devant le regard ahuri de Boniface.

— Tu ne te figurais tout de même pas que j'allais me balader à poil ?

***

Une nuit et un jour défilèrent.

Pour Ostri Scramasaxe, ils avaient été bien remplis. Le Nain n'avait pas attendu confirmation du décès de Somas Athossi pour réunir le cabinet royal. En situation d'urgence, si le poste de vicaire venait à être vacant, la coutume gouvernementale faisait prévaloir la règle de l'ancienneté. Le vicariat provisoire était donc revenu au doyen d'âge : en l'occurrence Ostri lui-même, qui avec ses deux-cent-soixante-trois ans, clouait au poteau la kyrielle des vieux barbons du Haut Conseil, y compris le nonagénaire maréchal Argorode. Ostri avait presque regretté l'absence du vieux militaire sur place — quel plaisir cela eût été de le voir courber l'échine devant un Dvargar ! —, mais devait admettre que cela lui facilitait considérablement la tâche.

Il n'avait pas attendu de voir les cadavres du général Wolfdagger et de Dame Morville pour les enterrer. Le cabinet avait voté une proclamation incendiaire contre les deux hauts responsables ligueurs :

Le Haut Conseil de Sa Majesté le roi Vénézilios II se félicite en ce jour du trépas du général Oscar-Baruk Wolfdagger et de la Dame-Imprécatrice Wilhelmina Morville.

Sous la conduite de ce général félon et ambitieux, aidé des sortilèges et des mensonges d'une magicienne fanatique, Pont-Salin s'est égaré au bord de l'abîme, prêt à glisser vers son propre anéantissement au nom d'idéaux qui, non contents de n'avoir jamais été les siens, n'avaient en réalité d'autre objet que de dissimuler un pronunciamento *militaire en faveur de la Ligue de Skarland et de ses dirigeants.*

Durant ces longues et tristes semaines, notre pays a tremblé. Pour la première fois depuis le règne terrible du Bâtard, son peuple a été contraint de plier sous un tyran étranger, son État pris en otage et ridiculisé, son honneur bafoué. Sous la botte de ce régime fantoche et illégitime, les pires outrages ont été infligés à nos lois, traditions et coutumes ; les arrestations arbitraires et exécutions sans jugement se sont multipliées, visant non des ennemis de la nation, mais bien les adversaires des factieux qui s'étaient arrogés le droit de parler en son nom. Leurs actions ont souillé la mémoire pontsalinoise d'une tache honteuse.

Au nom de Sa Majesté Vénézilios II, par la grâce des Cinq, roi de Pont-Salin, le Haut Conseil déclare nulles et non avenues l'ensemble des décisions adoptées depuis le décès du regretté vicaire Ivannis Barca d'Ire. Il rompt également, avec effet immédiat, tout lien avec la Ligue de Skarland et la Compagnie du Silence, dont les autorités ont cautionné, appuyé et, en dernière instance, dirigé le coup d'État perpétré par le général Wolfdagger et Dame Morville.

Ostri estimait qu'il s'agissait d'un bon texte. Et pour cause, loin de sortir du chapeau, l'essentiel en avait été rédigé de sa main même des jours plus tôt : l'art d'anticiper restait la vertu cardinale dans la finance comme dans la politique. Sans jamais les mentionner, le document ne pouvait que donner entière satisfaction aux Anscarides. Il cognait là où il fallait tout en cultivant une imprécision de bon aloi sur certains points, notamment en évitant de nommer des personnes encore un peu trop vivantes — bien que la chose demeurât sujette à débat s'agissant du roi —, en particulier Alchynon de Torée et Damyr de Morinthe. Ostri ignorant combien de temps le premier parviendrait à se maintenir à la tête de la Ligue et l'énergie qu'il faudrait déployer au second pour la prendre, il préférait ne froisser personne. Raison pour laquelle, s'il avait bien apposé le sceau du vicariat au bas du document, il s'était en revanche gardé de signer de son nom en arguant du caractère provisoire de sa titulature. Un provisoire qui durerait : libéré des arguties juridiques et des épanchements moraux d'Athossi, débarrassé de l'encombrant général Wolfdagger et d'Argorode qui, le Dvargar n'en doutait pas, appellerait sans doute à la structuration de quelque stupide mouvement de résistance, il savait désormais avoir les coudées franches pour orienter à sa guise les décisions du cabinet. Avec le roi toujours moribond, Ostri Scramasaxe se retrouvait, en fait comme en droit, le seul maître à bord.

Il n'avait pas attendu pour user de ce pouvoir. Il avait viré du Haut Conseil tous les ministres nommés par Athossi, remplacés au débotté par des crétins choisis parmi les chefs de corporations. Et il n'avait pas non plus attendu pour faire hisser le drapeau blanc.

À présent, cependant, assis dans la salle du Haut Conseil dont les membres se muraient dans le silence de qui s'apprête à signer la reddition, Ostri Scramasaxe attendait l'arrivée du commandant des troupes d'invasion. Qui n'avait pas l'air de vouloir se presser.

— Qu'est-ce qu'il fiche, bon sang ? finit par marmonner le patron des armateurs. Voilà une heure qu'on poireaute.

— Il faut croire que la ponctualité ne figure pas au nombre de leurs prétendues vertus, se gaussa le chef de la guilde des artisans et commerçants.

— Dites-le plus fort, des fois qu'on ne vous aurait pas entendu à l'autre bout du palais, espèce de…

— Bouclez-la, ordonna Ostri d'une voix calme. Tous.

Des bruits de bottes se faisaient entendre dans le couloir d'accès à la salle de réunion, mais ce fut un palicare qui se présenta, raide comme un piquet et aussi blême que s'il avait vu Netras en personne se balader dans le palais. Il peinait à reprendre sa respiration après avoir couru.

— Eh bien ? s'impatienta le vicaire intérimaire.

— Il est dans les appartements royaux, Excellence !

— Qu'est-ce qu'il fout là-haut ? lâcha le patron de la corporation des forges.

— Nous n'allons pas tarder à le savoir, fit Ostri en se levant.

À la tête de ce qui, même par nuit noire, aurait eu des difficultés à passer pour l'élite d'une quelconque nation, le Dvargar quitta la salle du Haut Conseil pour se diriger vers les appartements du roi Vénézilios.

La découverte de ce qu'était devenu ce dernier suscita quelques hauts cris parmi les membres les plus impressionnables du cabinet, mais ils furent rapidement réduits au silence par les regards outrés des soldats présents.

Ils étaient une quinzaine, alignés de part et d'autre de la couche royale. Tous portaient l'uniforme des *tudaïtchin*, mais ayant abandonné leurs masques ouvragés, ils révélaient la richesse des ethnotypes que pouvait abriter un empire s'étendant sur presque vingt-deux millions de kilomètres carrés. De grands Sverigs blonds, d'imposants Braks aux barbes tressées, des Silmers dont la chevelure plus rouge que simplement rousse trahissait la férocité, côtoyaient les yeux bridés de Safars trapus, taillés pour la chevauchée, et de Kosuans aux mentons tatoués ; parmi un spectre de teints qui allait du pâle au tanné en passant par l'olivâtre. Une courte majorité présentait toutefois des traits similaires, ceux-là mêmes qu'on retrouvait chez Tyruman Khan Saragaï : les yeux clairs et en amande, le cheveu blond cendré qui blanchissait facilement avec l'âge.

Le Premier maréchal se tenait au chevet du roi. Coiffé d'une haute toque noire sur laquelle était attachée une aigrette en or, sertie de saphirs et plantée de plumes blanches et rouges, il s'appuyait sur le pommeau d'un très grand sabre. Par-dessus son caftan dépourvu de décorations — n'étaient les traces de sang qui le maculaient des bottes au col — , il portait une impressionnante cape : la fourrure complète d'un tigre blanc du Septentrion. L'énorme tête féline, privé de sa mâchoire inférieure, lui recouvrait l'épaule gauche, donnant l'impression que la bête observait le cadavre en train de faire remuer ses chaînes, timidement cachée derrière le chef de guerre.

À l'entrée des membres du cabinet, celui-ci était penché en avant, son seul œil valide fermé, marmonnant ce qu'Ostri devina être une prière. Il tenait entre ses doigts un petit objet en or, comme un médaillon, qu'il remisa dans son uniforme sitôt que deux de ses hommes eurent quitté la chambre en refermant les portes.

— Est-ce ainsi que l'on trraite les rrois dans le Sud ? lança-t-il à la cantonade en se redressant, mais il n'attendait visiblement pas de réponse.

Sans accorder un regard aux ministres présents, il leva cérémonieusement et des deux mains son arme à la verticale au-dessus du lit, récita quelques mots dans une langue qu'Ostri ne comprit pas et transperça le roi, déclenchant une nouvelle vague de clameurs horrifiées dans les rangs du cabinet.

Ostri les ignora. Son attention se focalisait sur la lame de la spadamantine, qu'entourait maintenant une énergie verdâtre. Cette dernière avait l'air de sourdre directement de la blessure, s'entortillait en flammèches qui dansaient, ivres, sur le fil du sabre, avant de s'étioler lentement.

Un râle monta de la gorge de Vénézilios. L'instant d'avant, Ostri Scramasaxe aurait juré apercevoir l'ébauche d'un sourire sur la face pâle et ravinée du souverain zombifié, désormais rendu à l'immobilité des trépassés.

— Qui est le rresponsable de cette infamie ? cracha Tyruman Khan, et cette fois le cercle polaire qui lui servait de seul iris était braqué sur les membres du Haut Conseil, qui n'en menaient pas large.

Mais il en fallait plus pour impressionner un Scramasaxe.

— Il s'agit de Dame Wilhelmina Morville, révéla Ostri. Elle commandait les Compagnons du Silence présents en ville.

Jadis, son père et les Révérends du Fer lui avaient enseigné que c'était laid de dire du mal des morts, mais il avait immédiatement repéré la faiblesse du raisonnement. Les morts ne pouvaient plus crier leur innocence, encore moins apporter d'encombrantes et futiles précisions.

— Commandait ? Dois-je en conclurre qu'elle est morrte ?

— En effet.

— Bien. Ce serra donc du trravail en moins pourr nos magistrrats, constata-t-il. À qui ai-je la satisfaction de m'adrresser ?

La « satisfaction », remarqua Ostri. Pas « l'honneur ». Il se demanda si c'était une traduction maladroite d'une formulation anscaride ou si le Premier maréchal avait simplement voulu manifester son mépris.

Le Dvargar décida de répondre à l'injure potentielle par la bonne volonté. Voilà déjà des années qu'il avait appris le ténéstro-stalois — pas folle, la guêpe — pour le cas où, prisonnier de la cage la plus solide, il lui faudrait se concilier les bonnes grâces du geôlier.

— *Ostri, fils de Dreng, fils de Golfi, fils de Tolmi, fils de Valur, du clan Scramasaxe,* détailla-t-il par conséquent dans la langue véhiculaire de l'Empire. *Je suis le vicaire intérimaire.*

Habituellement, il tenait en horreur les salamalecs où les siens, par conformisme, plaisaient à se vautrer — et encore n'était-il pas remonté jusqu'au fondateur du clan, comme l'eût exigé la coutume. L'on trouvait toutefois difficilement plus conformiste que les Anscarides, et l'on prétendait qu'ils faisaient eux aussi grand cas des ancêtres. Ce que confirma le Premier maréchal en répondant, dans la même langue :

— *Tyruman Khan, fils de Ruham Khan, fils d'Elchemaï, fils de Tyruman, de la lignée Saragaï du clan Tsaguma. Premier maréchal de l'Empire de Ténéstrane et Stalosie et Patriarche de la Maison Militaire.*

Sans un mot échangé ni un regard de part et d'autre, le soldat impérial le plus proche tendit un fourreau d'ivoire ouvragé dont le Premier maréchal se saisit pour y remiser sa lame. Comme il se déplaçait pour venir se camper face au Haut Conseil, il révéla la présence d'une personne qu'Ostri n'avait pas remarquée. Une jeune femme.

À en juger d'après ses yeux effilés et les formes absconses tatouées sur son visage, elle était originaire de Kosuagne. Une province de l'empire réputée pour sa porcelaine, avec laquelle la femme présentait d'étonnantes similitudes. Elle en avait la pâleur — même ses cheveux étaient totalement blancs —, l'éclat ; sa silhouette frêle dégageait une fragilité que compensait l'assurance de son regard profond, sombre et pourtant rieur. Sa présence parmi la soldatesque réunie dénotait aussi de par sa mise : contrairement aux hommes qui l'entouraient, tous vêtus de noir, elle portait une robe blanche, cousue de dragons d'or.

Sans doute une prêtresse de la Maison Impériale, pensa Ostri qui nota alors qu'un très beau saphir lui ceignait le front. L'avidité naturelle du Dvargar se voila de dégoût lorsqu'il réalisa qu'aucune chaîne, aucune bande de métal ne retenait la pierre : elle semblait encastrée, non seulement à même la peau, mais enfoncée jusqu'à l'os.

— *Et qui est donc la gente dame qui vous accompagne ?* demanda-t-il en ne manifestant rien de ses sentiments profonds.

— *La gente dame ?* répéta Tyruman sans comprendre.

— *Je crois qu'il parle de moi, Maréchal-Khan,* lâcha la jeune femme en blanc avec un sourire.

— *Oh... Certes. Pardonne les inattentions d'un vieil homme, ma chère,* dit le Premier maréchal en se tournant brièvement vers la Kosuane. *Je vous présente Védapra.*

— *Dame Védapra,* la salua courtoisement Ostri.

— *Pas « Dame »,* corrigea-t-elle avec humilité. *Védapra. Juste Védapra.*

— *Comme il vous plaira,* acquiesça servilement le Nain avant de faire à nouveau face à Tyruman. *Maréchal-Khan, ce n'est pas en tant que représentants d'une nation vaincue que nous vous accueillons aujourd'hui. N'en doutez pas un seul instant : Pont-Salin se souviendra longtemps de ce jour, mais non comme celui d'une défaite. Ce soir, notre pays est libéré. Libéré des comploteurs morinthiens qui ne voient en lui qu'une monnaie d'échange ou un marchepied. Libéré de la junte ligueuse qui était prête à sacrifier jusqu'au dernier pontsalinois pour assurer la sécurité de ses bailleurs de fonds les plus importants. Libéré de la Compagnie du Silence et de ses sinistres expérimentations. Libéré de leurs mensonges, à tous. Maréchal-Khan, vous me semblez homme d'honneur et croyez bien que je parle non seulement en mon nom propre, mais aussi en celui de tous les membres de cette assemblée, lorsque je vous dis que nous nous félicitons de votre venue et de la perspective d'œuvrer avec vous pour gagner la paix. Moi, Ostri Scramasaxe, suis fier d'être le premier Pontsalinois à jurer allégeance et fidélité à l'empereur du Septentrion.*

Au cours des heures qui avaient précédé, Ostri avait eu le temps de peaufiner aussi bien cette tirade que le raisonnement dont elle n'était que l'expression superficielle et momentanée. Fondamentalement, la donne ne changeait guère : un État pontsalinois amoindri par ses dissensions internes et la rupture de la continuité dynastique passait simplement d'une influence étrangère à une autre. L'identité de tel ou tel protagoniste importait peu.

Du reste, à bien y réfléchir, Saragaï n'était pas si différent de Wolfdagger. Ils étaient moins des contraires que la figure inversée, symétrique, l'un de l'autre. Deux soldats fanatiquement dévoués à leur maître et à leur cause qui s'étaient élevés jusqu'à de hautes fonctions à grands coups d'épée et dont l'intelligence se teintait d'orgueil. Or, Ostri s'y connaissait pour exploiter la fierté d'autrui.

Le Premier maréchal le regardait, l'air de réfléchir. Plantée à côté de lui, Védapra souriait toujours au Dvargar. Puis Tyruman Khan tourna la tête vers sa voisine pour s'adresser à elle, non en ténéstro-stalois, mais dans un antique dialecte kosuan que personne d'autre, pas même parmi les Gardes impériaux présents dans la chambre, ne comprit.

— *Ton avis, Diseuse de Vérité ?*

— *Il ment comme un arracheur de dents, Maréchal Khan,* répondit Védapra sans cesser de sourire et de regarder le Nain.

— *J'aurais pu le deviner,* baguenauda le Premier maréchal. *J'ai senti bouger mes prémolaires rien qu'à l'écouter baver. Est-il un partisan acharné de la Ligue ?*

— *Plutôt un partisan acharné de lui-même,* nuança la Diseuse de Vérité. *Il ne se soumet à nous que dans la mesure où il estime que c'est le meilleur choix pour ses propres intérêts. Il nous obéira tant qu'il nous pensera les plus forts, mais au premier signe de faiblesse, c'est tout le service de couteaux à viande qu'il nous plantera dans le dos.*

— *Et je suppose qu'il est impliqué dans tout ce qu'il s'affaire maintenant à dénoncer ?* présuma Tyruman Khan avant de refaire face au Nain une fois que Védapra eut acquiescé. (Il repassa au camoréen.) Au nom de Sa Majesté l'Emperreur Hagen, j'accepte votrre serrment, Ostrri fils de Drreng. Car vous avez dit vrrai : il nous faut à prrésent gagner la paix, mais les arrmes y sont impuissantes. Seuls les mots ont ce pouvoirr, et vous les maniez mieux que moi.

— Vous me flattez, Maréchal-Khan. Je ne suis qu'un simple homme d'affaires. Qui a prospéré, certes… notamment dans le monde de la presse écrite. Une influence que je me ferai un devoir de mettre au service de la vérité, afin de dissiper le rideau de brouillard que des années de guerre et de propagande, l'une et l'autre désastreuses, menées par la Ligue de Skarland, ont tendu entre les peuples du Septentrion et des Basses-Terres. Et cela commencera par les mensonges concernant les centaines d'exécutions sommaires qu'on vous accuse d'avoir ordonnées après la prise de Bilfimir.

— Quels mensonges ?

Affirmer que ces deux petits mots jetèrent un froid relèverait de l'euphémisme. Car à contempler l'expression sur le visage de Tyruman Khan, on devinait immédiatement le sens de sa question. Il ne confessait pas se trouver dans l'ignorance de ce qui se racontait sur le massacre de plus de deux-cents officiers ligueurs et d'édiles municipaux à Bilfimir — décapités, pendus, noyés ou débités en morceaux. Il en confirmait la véracité, avec une telle désinvolture qu'Ostri lui-même en perdit pied un instant.

— Vous… Vous les avez vraiment exécutés ?

L'œil de Tyruman se posa sur lui avant de passer sur chaque membre du cabinet un à un, aussi encourageant qu'un hiver sans fin.

— Non. On n'exécute que les hommes. Les animaux, on les *abat.* Confrrontés au spectrre de la défaite, manquant d'effectifs, les officiers de la Ligue ont enrrôlé de forrce jusqu'aux femmes et aux enfants. Coupée du rreste du monde, la cité se mourrait de faim, mais les chefs et les maîtrres de guildes étaient claquemurrés dans leurs manoirrs, s'enivrrant et festoyant. Ces chiens ont rreçu le châtiment adéquat. Leur morrt servirra la cause de la Verrtu. Car s'il est une chose que la morrale des ancêtrres comme les Écrritures Sacrrées nous enseignent…

L'Anscaride volta. Une forme blanche scintilla un instant dans l'air en sifflant doucement.

Le cadavre d'Ostri Scramasaxe s'écroula aux pieds du Premier maréchal. Sa tête roula un peu plus loin, le visage toujours gravé d'une consternation sincère — un qualificatif qui l'avait si peu accompagné au cours de sa vie qu'il semblait comique qu'il le suivît dans la mort.

Les membres survivants du Haut Conseil les plus alertes intellectuellement s'étaient déjà jetés sur les portes, seulement pour découvrir qu'elles avaient été verrouillées de l'extérieur.

— … c'est que le poisson pourrrit toujourrs parr la tête ! s'exclama Tyruman Khan, lame déjà brandie tandis que les ministres se mettaient à hurler.

***

Les semaines défilèrent.

Chacune apportait son lot de nouvelles et de rumeurs fraîches, véhiculées par une presse dont l'activité connaissait un regain après les jours moroses ayant précédé la bataille de Solmost. Des jours durant lesquels le général Wolfdagger et Ostri Scramasaxe avaient verrouillé non seulement l'information, mais aussi les journalistes.

La Maison Prétorienne pratiquait quant à elle une censure qui n'était ni plus rigoureuse ni moins arbitraire que celle en vigueur du temps d'Ivannis Barca d'Ire, encore qu'elle proposât en sus des prestations touristiques inédites : aux plus rétifs à l'autorité, les Juges Rouges offraient des séjours tous frais payés dans la Marche de Sverker, l'ancienne Kisildishlirie, la province la plus septentrionale de l'Empire anscaride. Un coin tout à fait charmant dont le nom originel signifiait littéralement « l'hiver avec des crocs ».

Cependant, les grands titres solmostins s'étaient merveilleusement accoutumés à la nouvelle donne politique. Leurs rédactions se préparaient de longue date à un potentiel changement de régime si d'aventure le roi de Morinthe venait à hériter du trône de Pont-Salin, si bien que dans nombre d'articles rédigés à l'avance pour louer l'action du nouveau gouvernement, on s'était contenté, juste avant l'impression, de remplacer *Damyr* par *Hagen.*

La Missive Vespérale fraîchement rachetée, *L'Apocrisiaire* et *La Grype* s'en donnèrent à cœur joie, à cet égard. Les événements étranges survenus à Citégrise lors des dernières heures de la bataille leur fournirent l'occasion rêvée de s'en prendre à la Ligue de Skarland :

« Plus de 3 000 morts à Citégrise », titrait ainsi *L'Apocrisiaire* du 25 Sapième 1221 avant de porter ses soupçons sur *« une arme magique d'un genre nouveau, secrètement mise au point par la Compagnie du Silence pour contrer les prouesses de la Ganartec »*, dont les Ligueurs auraient *« perdu le contrôle »* au moment de l'utiliser face aux Anscarides, *« causant de ce fait son explosion »*, ajoutait l'article pour expliquer qu'on n'en avait rien retrouvé après coup.

La Grype, dont le nationalisme s'accommodait en fin de compte plus facilement du lointain pouvoir d'un empereur régnant depuis l'autre bout du continent que des ambitions plus directes d'Alchynon de Torée, ne s'embarrassait même pas du conditionnel et accusait ouvertement ce dernier — *« le petit baronnet morinthien »* — de s'être servi de Pont-Salin *« comme d'un terrain de manœuvre afin d'expérimenter de nouvelles armes, sans égard pour la vie de nos concitoyens »*. Il ne fut donc guère étonnant de voir la une du même journal, en date du 6 Floriâtre, se féliciter sans retenue de la disgrâce du lieutenant-général : *« LE BARONNET AU GNOUF : MIEUX VAUT TARD QUE JAMAIS ! »*.

L'exemplaire du même jour de *La Missive Vespérale* s'efforçait de rendre compte un tout petit peu plus objectivement des combines politiques internes de la Ligue de Skarland :

« Après plusieurs jours particulièrement agités, la diète de la Ligue, réunie en session extraordinaire à Arclonum, s'est finalement prononcée à une courte majorité en faveur de la destitution d'Alchynon de Torée. Une décision rendue dans un climat politique tendu et qui inaugure une période d'incertitude, tant sur le devenir du désormais ex-lieutenant-général ac-

cusé de haute trahison et de crimes de guerre, que sur l'identité de son successeur. En effet, bien que des noms circulent déjà, aucun candidat ne s'est encore, à ce jour, ouvertement déclaré. »

Si elles tapaient plus ou moins sévèrement sur les anciens alliés de Pont-Salin, les feuilles de chou de la capitale n'oubliaient pas de se montrer dithyrambiques à l'endroit des autorités anscarides. L'empereur Hagen, moins que jamais « Boucher Blanc », « Tyran du Nord » ou « Maître de Starisad », était désormais présenté comme un modèle de souverain éclairé, *« du type qui fait si cruellement défaut aux Basses-Terres »*, allait jusqu'à écrire un *Apocrisiaire* décidément jamais en manque de souffle. De Tyruman Khan qui avait, disait-on, refusé la régence, *La Grype* vantait *« la modestie typique du soldat, nourrie d'un esprit de service »*. À propos du nouveau vicaire, le margrave Karel-Vaërios enn Tolymar-ant-Streelitz, d'origine krelfienne, *La Missive Vespérale* se répandait à longueur d'articles en qualificatifs élogieux, sans pour autant parvenir à orthographier correctement son nom.

Si le ton des articles sombrait généralement dans la flagornerie, le contenu n'en était pas toujours faux ni même exagéré pour autant. En particulier, des efforts considérables avaient été entrepris pour rénover Citégrise : outre les nouveaux logements mis en chantier et la nourriture convoyée en urgence depuis Bilfimir, un véritable éclairage public avait commencé à voir le jour sous la forme d'un réseau fixe de *malastinaï*, les « petits soleils » de la Ganartec, plus connus dans le Sud sous le nom générique d'*helioquartz*.

Plus important encore, le Malniki Saraï avait annoncé la reconstruction prochaine de la Gare Centrale et la réouverture des voies de chemin de fer pour la fin de l'année. Des milliers d'emplois en perspective, et la promesse qu'une fois le tronçon Solmost-Bilfimir raccordé à la célèbre Transvardienne impériale, l'on pourrait voyager de Starisad à Solmost en moins de six jours. L'ouverture du chantier attira une foule de badauds sincèrement enthousiastes. La presse à l'unisson y vit *« le début d'une ère nouvelle »*.

Cette idée réussit à faire son chemin partout à Citégrise, où pourtant on lisait peu les grands quotidiens ou hebdomadaires. La population locale prisait davantage les satires de *La Vérole* ou le ton provocateur et revendicatif de *L'Écho des Forges*. Cependant ce dernier, désormais officiel et qui portait la voix des syndicats fraîchement légalisés par le nouveau gouvernement, en était réduit à se féliciter des réformes adoptées au pas de course par le vicaire au nom imprononçable : jours chômés fixes, pensions pour les veuves et les orphelins, augmentation des caisses de retraite rachitiques désormais pourvues d'un financement public.

L'« ère nouvelle » avait même gagné les coins reculés du quartier nain, pourtant théoriquement soustrait aux innovations impulsées par le protectorat anscaride. À la mort d'Ostri Scramasaxe, le gros de la gestion des affaires à Malethorarlod était revenu entre les mains de son père Dreng, qui avait décidé de suivre le mouvement en imposant des congés obligatoires pour les mineurs. « Hérésie ! » s'étaient récriés les Révérends du Fer, mais le vieux Scramasaxe avait tenu bon, enfonçant le clou jusqu'à accorder une prime de cent florins et quinze jours de repos à tous ceux des habitants du quartier qui avaient perdu un proche au cours de la bataille.

Modi Svardstaf avait passé l'essentiel de ce temps au Berceau. Enterrer tous les soldats un par un lui en avait pris une bonne part : il en avait tout de même compté quatre-vingt-quinze. Un chiffre sujet à caution, et pas seulement parce que Modi était fâché avec l'arithmétique. L'utilisation de balles explosives par Falkenn et la propension de Boniface à démembrer ses victimes faussaient un peu le calcul. Le Nain s'était efforcé de faire de son mieux pour qu'il n'y ait qu'un seul soldat par tombe, mais il s'était tout de même retrouvé à enterrer de pauvres types avec trois bras, une poignée de doigts surnuméraires ou sans tête.

Il avait également décidé qu'aucune stèle n'indiquerait l'emplacement des sépultures. De toute façon, la végétation vigoureuse du Berceau avait déjà entamé la reconquête des lieux : elle aurait eu tôt fait de les recouvrir.

Aussi longue et pénible que fût l'opération, l'alternative de ne creuser qu'un grand charnier pour y entasser tous les corps ne s'était même pas aventurée dans l'esprit de Modi. L'idée de balancer la dépouille du dénommé Wolfdagger au fond du gouffre du saint des saints l'avait chatouillé, en revanche, même s'il y avait vite renoncé. Son père n'aurait pas approuvé. Tous les morts méritaient le respect. S'ils devaient recevoir une punition pour les crimes souillant leur âme, elle n'était pas du ressort des vivants.

Sans compter que Modi préférait se tenir à l'écart du précipice. Pas seulement parce qu'il lui rappelait trop la vision, qui le poursuivrait jusqu'à la fin de ses jours, du corps sans vie de son père avalé par les brumes ; mais aussi parce qu'*ils* étaient là.

Les Mânes-soldats qui avaient refoulé la Petite Sœur montaient une garde vigilante autour de sa prison. Ils en occupaient non seulement le fond, mais aussi les parois, alignés le long de cercles parfaits, d'une précision toute militaire que Modi jugeait dérangeante. Elle les rendait plus effrayants que leurs prédécesseurs : loin de jouer les spectres errants, les nouveaux venus adoptaient une immobilité de statues, figées, solennelles et martiales. Ils formaient une armée, et elle semblait attendre la prochaine campagne. Les voltigeurs avaient quant à eux conservé l'indiscipline de leur vivant : ceux que leurs fidèles montures avaient accompagnés dans la mort tournoyaient autour de la chute d'eau, cabriolaient dans les airs en toute liberté, se livraient à l'occasion à des passes d'armes mutiques dans les hauteurs du Berceau.

N'était la présence de ses nouveaux locataires, le saint des saints avait retrouvé son apparence d'antan. Plus aucune trace ne subsistait des atrocités commises.

Harassé après une nouvelle journée entière à creuser, Modi alla appuyer sa pelle contre le tronc d'un banian, là où il avait laissé un sac contenant du pain, du fromage et une bouteille de vin morinthien achetée avec la prime de Scramasaxe. Il s'installa aussi confortablement qu'il le put, dos au mur végétal, et venait à peine d'avaler la première bouchée qu'il le vit, accroché à une branche basse, à peine deux mètres au-dessus de lui.

Un petit bout de tissu rouge.

Le Nain resta immobile un bon moment, le visage levé, les yeux fixes. Se mouvant finalement comme sous le coup d'une succession d'automatismes, il but une gorgée de vin pour faire passer le pain et le fromage, reposa la bouteille en s'assurant qu'elle ne basculerait pas, se leva en époussetant l'arrière de son pantalon, attrapa la pelle dont il se servit pour faire tomber le haillon. Il y parvint au bout de plusieurs minutes d'efforts : un escabeau l'aurait bien aidé.

Une fois le morceau de tissu entre ses mains, il se mit à genoux et creusa des doigts un tout petit trou au fond duquel il déposa sa trouvaille avant de remettre la terre en place par-dessus. Après quoi, il cracha, davantage qu'il ne la prononça, la formule rituelle pour le repos des défunts des Cantiques du Fer. Tous les morts avaient peut-être droit au respect des vivants, mais ils pouvaient se passer de leur hypocrisie.

— C'est sympa de votre part de faire ça, lança une voix rauque dans son dos. Même si je doute que ça l'aide, là où elle est maintenant.

Redressé d'un bond, Modi découvrit qu'un vieil Humain, vêtu de noir et placidement appuyé contre le mur de figuiers maudits, le regardait avec curiosité. Un très vieil Humain auquel il ne restait plus aucun cheveu, pas tellement davantage de dents et, à l'entendre parler, sans doute un unique poumon dont la garantie allait bientôt expirer. Ce qui ne l'empêchait pas de tirer comme un forcené sur l'immonde roulée qu'il tenait entre ses doigts breneux de nicotine.

Une information capitale se présenta aussitôt à l'accueil du cerveau de Modi, mais comme souvent dans ces cas-là et peut-être égarée par les brumes de l'alcool, elle se trompa de guichet. Aussi, le Nain grogna-t-il :

— D'où tu sors, l'ancêtre ? Et t'es qui ?

— Le fossoyeur, répondit le vieillard.

— Quoi, à Supplicate ? M'prends pas pour une tanche, tu veux ? ajouta Modi qui s'était saisi de sa pelle et la tenait maintenant comme une arme. Y'a plus d'fossoyeurs qui bossent à la nécropole depuis plus d'vingt ans, alors j'vais sûrement pas croire que…

L'information capitale susmentionnée, ayant enfin trouvé le bureau des réclamations, tapa du poing sur la table afin d'attirer l'attention des neurones noyés de vin morinthien sur un certain nombre de détails qui leur avaient échappé. En particulier, sur la majuscule qu'ils n'avaient pas entendue dans la réponse du vieil homme.

— Le fossoyeur…, lâcha Modi. Vous… Vous voulez pas dire le *Fossoyeur*, tout d'même ?

— Oh, je vois. Je ne vous semble pas assez divin, peut-être ? supposa son interlocuteur.

Il souffla un rond de fumée en direction de Modi dont les yeux picotèrent, le faisant battre des paupières.

Le vieux avait disparu. À sa place, se tenait un autre Humain, de haute stature, vêtu d'une ample robe noire, aux épaules drapées d'un pallium mauve maintenu par une fibule d'argent symbolisant une rose en train de faner. La moitié droite de son visage, dominée par une masse raide d'abondants cheveux noirs qui lui tombait jusqu'à la ceinture, aurait pu servir de modèle à un peintre ou à un sculpteur. Aux proportions parfaites à même de faire se damner le plus ennuyeux des mathématiciens, s'ajoutait le filigrane de toutes les vertus morales après lesquelles la majorité des gens ne s'échinait plus à courir passé le prétendu âge de raison : tempérance, bonté, compassion et probité.

Cependant, ledit peintre ou sculpteur aurait dû faire abstraction de la partie gauche.

Cela n'avait rien à voir avec les statues que croisaient fidèles et serviteurs en se baladant dans les vieux naos ou les modernes nécrothénons du dieu des Morts. La peau ne s'interrompait pas proprement et gentiment pour laisser la place à l'os dénudé. Depuis une frontière de chair grise au tracé incertain, s'élançaient des cordons de tissu conjonctif, comme autant d'attaches maintenant un masque mal conçu, inadapté. Une tignasse précaire, blanche et malingre, coiffait cette portion du divin chef comme une couronne d'épis de givre.

Un crâne n'aurait rien dû pouvoir exprimer. Dans l'orbite de celui-là brûlait pourtant un point rouge, pas plus grand qu'une tête d'épingle, mais à l'intensité de fournaise. Un seul regard, aussi bref fût-il, traversait les couches successives de sédiments cognitifs accumulés au cours de la vie — mensonges, excuses, prétextes et motifs ineptes de justification et d'autocélébration — pour mettre à nu la conscience profonde, la réalité authentique de l'être.

— *Jugez-vous cette apparence-ci plus convenable, Modi fils de Canute du clan Svarstaf ?*

Il s'exprimait de voix multiples, des centaines ou des milliers, utilisant toutes une inflexion différente. La discordance produite avait un effet saisissant, dans le sens le plus littéral, comme des vagues vous entraînant de plus en plus loin de la côte. On ne pouvait lutter contre la déferlante de cette polyphonie trouble, ni par le corps, ni par l'esprit. Modi sentit tous ses nerfs se tendre à l'unisson : c'était le Juge des Âmes qui parlait à travers elle.

— Euh… non, réussit-il à souffler, mais à peine.

Ses yeux le démangèrent à nouveau, un très bref instant.

— C'est bien ce que je pensais, dit Andraxès d'un ton gentiment moqueur.

C'était de nouveau le vieillard à la cigarette qui lui faisait face. Modi le vit pêcher dans une poche crasseuse de son manteau une flasque en étain passablement terni qu'il lui tendit avec un geste engageant de la tête.

— Ça vous dit, un coup de tord-boyaux ? C'est du fait maison.

L'alcoolique en Modi, qui n'avait jamais appris à orthographier correctement le mot « non », ébaucha un mouvement pour se saisir de la fiole avant de s'interrompre à mi-chemin pour se poser une question essentielle : à partir de quoi un dieu distillait-il de la gnôle ? Plus important encore : à partir de quoi un *dieu de la Mort* distillait-il la sienne ?

— C'est fait avec des pommes de terre, l'informa Andraxès comme s'il avait lu dans son esprit (ou comme s'il avait vu la tête terrifiée qu'il faisait, ce qui revenait au même). Les patates n'ont jamais tué personne. Je suis bien placé pour le savoir. Mais ça arrache, attention. Parole : ça réveillerait un mort. (Il adressa un clin d'œil au Dvargar.) Bonne blague, hein ?

Modi but une grande rasade afin de noyer la réponse. Il ne se sentait ni l'autorité ni le courage de contester les goûts humoristiques d'un dieu. Ce dernier le scrutant attentivement et n'ayant pas l'air de vouloir relancer la conversation, le jeune Nain but encore un peu puis, rebouchant la flasque, chercha à meubler le silence.

— Pourquoi ce… euh… déguisement ? C'était… l'apparence de quelqu'un ?

— D'un fossoyeur. Un vrai, je veux dire. Le vieux Gavrilès Tanit. Il bossait à Supplicate, dans le temps. (Le dieu des Morts ferma les yeux et agita la cigarette entre deux doigts dans un geste de défi.) Il a vécu la majeure partie de sa vie avec des poumons plus noirs que du marc de café à cause de ce truc-là, mais c'est finalement son palpitant qui l'a lâché le premier, à plus de quatre-vingts ans, dans les bras d'une catin qui aurait pu être son arrière-petite-fille. Enfin, quand je dis *dans les bras*… Vous me suivez. (Un sourire aussi joyeux qu'ébréché fendit soudain sa physionomie cacochyme. Son coude cagneux rencontra les côtes du Nain.) Il était raide, quoi.

Modi porta une nouvelle fois la flasque à ses lèvres pour ne pas montrer son imperméabilité à l'humour divin. Il suspectait de plus en plus le breuvage de s'appeler de *l'eau-de-mort*.

— J'ai toujours eu de l'affection pour ces corps de métier, vous savez ça ? lança Andraxès qui s'était éloigné de quelques pas et se campait à présent à l'extrême bord du précipice. Les fossoyeurs, les croque-morts. Les thaumaturges-légistes et les nécropsistes. Ils ont les qualités qu'on est en droit d'attendre de prêtres. Discrets, respectueux. Proches des gens. Et leurs professions tiennent du sacerdoce : mal vues, mais indispensables. Alors ils font le boulot qu'on attend d'eux, même si ça les coupe du monde qui les entoure. C'est justement pour ça que je suis ici.

Le dieu des Morts s'interrompit le temps de tirer une nouvelle taffe et d'évacuer un petit cumulonimbus de brume puante.

— Quelqu'un n'a pas fait son boulot.

Il fit à nouveau face à Modi. Le Nain constata que son œil gauche luisait, rouge et ardent.

— Alors il faut que quelqu'un paie, ajouta Andraxès en jetant son mégot dans le gouffre.

Il leva la main à hauteur de son visage, paume orientée vers lui, doigts écartés. D'un geste soudain, nerveux, il serra le poing.

Le cœur de Modi rata un battement. Un long battement. L'immobilité s'éternisa dans sa poitrine en un interminable instant de vide, chargé d'angoisse et d'une conviction à la froideur de linceul.

Je suis en train de mourir, pensa le Nain, à genoux et incapable de reprendre sa respiration. Des pensées confuses explosaient sous son crâne. Des pensées où se mêlaient les fantômes d'un passé pas si lointain et les mirages d'un avenir qui s'étiolait un peu plus à chaque seconde qui passait, le rapprochant de l'issue inévitable.

Un choc violent contre son sternum le ramena à la vérité d'un instant présent qui devait être le dernier. Son cœur avait dû littéralement éclater.

Pourtant, le monde autour de lui ne sombra pas dans les ténèbres les plus profondes, pas plus qu'il ne s'évanouit, emporté par la plus vive des lumières. Il ne s'effondra ni dans le silence d'un précipice infini ni dans les crépitements d'un enfer tourmenté et bouillant. Il était toujours là, inchangé, aussi réel que la terre et la pierre. Et Modi l'était également.

— Z'avez fait quoi ? coassa-t-il.

Il se cherchait des douleurs, mais n'en trouvait aucune, pas même celles qu'il savait devoir trouver. Il se sentait étrangement… bien.

— J'ai repris mon Chant, répondit Andraxès en s'allumant une nouvelle cigarette avec un briquet à moitié rouillé. Vous ne le transmettrez pas à vos enfants. Vous êtes libre.

— Vous avez l'vé la malédiction ?

— Ça n'a jamais été une malédiction, répondit le dieu des Morts en traçant d'éphémères formes dans l'air avec la clope qu'il tenait dans sa main en coupe pendant que Modi se relevait et essuyait ses genoux. Et ce n'était même pas une punition, bien que vous l'ayez vécue comme telle.

— J'entrave que dalle à votre histoire, signala le jeune Nain aussi aimablement qu'il le put. Z'avez dit que quelqu'un avait pas fait son boulot. Que quelqu'un d'vait payer.

— C'est le cas. (Andraxès aspira longuement, leva la tête et souffla un long ruban de fumée qui se fondit dans les vapeurs d'eau.) Votre ancêtre Tridi avait commis un crime pour lequel aucune justice mortelle ne l'aurait condamné. J'aurais pu simplement le tuer. Lui prendre juste sa vie, à lui. Au lieu de quoi j'ai pris celles de son fils, de son petit-fils, de son arrière-petit-fils et ainsi de suite, jusqu'à votre père. J'ai fait payer aux générations suivantes non seulement le crime de leur ancêtre, mais mes propres erreurs : car en offrant à Tridi cette part de moi-même que votre famille s'est transmise comme une tare, je me suis délesté d'une responsabilité qui m'incombait. Par ma faute, des milliers d'âmes seront à jamais égarées dans le Néant, hors de portée de la félicité spirituelle à laquelle elles avaient droit.

— Mais vous avez vaincu la Petite Sœur, rappela Modi.

— Pas tout seul. Nous avons été d'une chance insolente, révéla Andraxès en tirant sur son mégot. Je n'avais pas assez de pouvoir pour l'affronter. Même si les Quatre autres avaient été présents, la refouler aurait pris des mois, et encore. C'est le gros défaut de nous autres, dieux secondaires : quand les gens cessent de croire en nous, notre lien avec l'univers physique s'amenuise, et notre puissance finit par suivre la même pente.

— Les gens croient encore aux dieux.

— Vous y croyez, vous ? Vous croyez en Eldrugar ? jeta sèchement Andraxès qui ne laissa pas à un Modi pris de court l'occasion de balbutier un début de réponse. Non : vous le craignez. C'est différent. Et ça marche mieux : lui aurait peut-être pu intervenir, quoique je soupçonne qu'il aurait attendu que le Néant ait dévasté la moitié du continent, juste pour nous faire chier. Quant aux Humains… Ils croient surtout dans les habitudes qu'on leur a enseignées. Ils s'inclinent devant des idoles, font brûler des cierges ou de l'encens ou sacrifient des veaux ou des moutons, mais ce sont des rites déconnectés de leur objet. Ils ne voient plus en nous autres les forces qui gouvernent leurs vies.

« Ce n'est pas un reproche, précisa-t-il. Juste un constat. Il y a deux-mille ans, lorsque Netras a voulu s'emparer de ce monde, nous avons laissé tomber les mortels, alors ils nous ont laissés tomber à leur tour. L'équilibre, Modi fils de Canute. Toute cause produit des effets à sa mesure qui la contrebalancent. Fichu équilibre cosmique ! C'est lui, la vraie divinité de Choriloch. Personne ne le voit, mais il est partout. On ne l'entend jamais, mais il répond même aux prières qu'aucune bouche ne lui a adressées. Et tout le monde finit par s'incliner devant lui, même les dieux : si le petit accrochage entre Ligueurs et Anscarides n'avait pas fait autant de victimes en si peu de temps, je n'aurais jamais pu trouver assez de Mânes volontaires pour repousser et garder le Néant.

— *Volontaires ?*

— Je n'allais pas commettre deux fois la même erreur. Vous avez vu avec quelle facilité cette imprécatrice a brisé la première barrière. J'ai confié les clés de la prison du Néant à des taulards : quoi de plus logique qu'ils se soient fait la belle dès qu'ils ont aperçu une porte de sortie ? Cela n'arrivera plus. L'Armée des Mânes veillera pour l'éternité sur le Berceau. Et je serai à ses côtés, à jamais.

Modi Svardstaf ne dit rien. Il n'avait rien à dire : la théologie lui était un sujet inatteignable, en dépit des origines cléricales de son clan.

Andraxès avait pourtant raison sur au moins un point. Les Dvargars ne croyaient pas en Eldrugar. Ils le redoutaient depuis la petite enfance jusque sur leur lit de mort, parce qu'il était à l'image du plus despotique des chefs de clan, intraitable et vindicatif, une manifestation directe des pires traits de la race naine. Modi s'était toujours figuré que tous les dieux lui ressemblaient : des tyrans domestiques arbitraires et vaniteux. Jusqu'à aujourd'hui.

Il chercha encore quelque chose d'intelligent à dire. L'énormité de la situation le fit toutefois abandonner : s'il n'avait su comment rassurer son cousin Baerg lorsqu'il avait écopé d'une semaine de prison pour avoir vomi sur le mur extérieur des forges sacrées un soir de cuite, il aurait toutes les peines du monde à réconforter un dieu qui venait de se condamner lui-même à la perpétuité incompressible.

Au bout d'un moment, pourtant, une idée lui vint. Il ramassa la flasque et y but une dernière fois avant de la tendre au dieu des Morts en suggérant d'un air innocent :

— Ça va êt' chiant à en crever, hein ?

À travers une énième bouffée de tabac qui lui ressortait par les narines, Andraxès sourit.

— Pas mal, mon gars, admit-il en prenant la flasque. Pas mal du tout.

***

Les mois défilèrent.

À Solmost, ils virent débarquer un printemps impétueux, bouillant, qui déposa au bord de la Baie de Sel des bagages lourds de températures estivales. Un printemps qui bousculait des habitudes bien ancrées et que d'aucuns jugeaient un peu envahissant, à commencer par les nuages. Depuis la ville haute et le Pont Blanc, l'on pouvait voir d'immenses traînées barbouiller l'horizon lointain et s'éloigner, dépitées et hargneuses, à la manière de bons bourgeois qui opteraient pour un détour après avoir découvert sur leur itinéraire habituel un clochard particulièrement malodorant, soûl et agressif.

C'était, de mémoire de Pontsalinois, le premier printemps sans orage depuis des siècles. Un printemps pas commode mais protecteur, qui tenait en respect les tempêtes lorgnant sur les récoltes, qui chassait les averses diluviennes prêtes à engloutir les chantiers. Un printemps artificiel, aussi. Un *Printemps anscaride.*

Les Solmostins avaient fini par se faire aux dragonnefs. Leurs allées et venues dans le ciel irréprochable de la capitale étaient rythmées par les missions habituellement dédiées à la Marine Royale : surveillance des eaux territoriales, sécurité du commerce maritime, arraisonnement des navires pirates et de contrebandiers — encore qu'en ce domaine, l'Aile du Dragon Impérial privilégiât l'incinération pure et simple et sans sommation. Les citadins de la ville haute n'y prêtaient plus vraiment attention.

La matrianef, en revanche, attirait toujours autant les regards. Au soir de la bataille de Solmost, alors même que l'Alaqarak et la cité étaient encore la proie des incendies provoqués par les dragonnefs, elle avait émergé du manteau noir des nuages, masse sombre incommensurable encore plus impénétrable que la nuit. Puis les lueurs de l'aube avaient à leur tour percé le plafond nébuleux, ruisselé sur le blindage cuivré, révélé l'étonnante complexité du premier vaisseau de transport de troupes de la Ganartec.

Si, à l'image des dragonnefs, elle rendait hommage à Meterkaph, la matrianef se limitait à la seule tête du divin reptile. Elle flottait posément au-dessus de l'Alaqarak, son museau chevalin de près de cent-cinquante mètres de long troué de baies et de hublots, ses mâchoires délicatement refermées sur trois imposantes sphères de lévitation dont l'éclat bleuté poignait à peine des babines blindées, des garde-fous derrière lesquels s'activaient des centaines d'arcano-technologues et d'*askari*. Les tours coiffées de bulbes d'or qui hérissaient le haut du crâne, entre les plumes maxillaires qui assuraient l'équilibre du vaisseau, en abritaient bien plus. Elles dissimulaient également l'immense machine climatique qui garantissait au pays son printemps le plus clément. Autant de motifs pour les badauds de s'extasier encore et encore sur le prodige absolu que représentait ce « vaisseau-mère ».

Dreng Scramasaxe avait une vue imprenable sur l'engin depuis son nouveau bureau. Les locaux de la BNC avaient été provisoirement déménagés dans un manoir de la ville haute, acquis à vil prix auprès d'un propriétaire désireux de voir du pays, et le vieux Dvargar, habitué à travailler dans une atmosphère de fournaise avec le soleil au-dessus de sa tête, avait eu l'idée de s'installer dans l'ancienne serre. Présentement débarrassée de son trop-plein de chlorophylle et moyennant l'ajout de rideaux et d'un mobilier cossu, elle constituait un cadre de travail insolite, mais, en dernière instance, agréable pour qui considérait trente degrés comme la température idéale.

Dreng y avait retrouvé l'essentiel de ses rituels. Ce midi-là, tandis qu'il dégustait un savoureux vol-au-vent de ris de veau arrosé d'un excellent rouge brubartois, il découvrait la une des journaux. Elle se résumait à deux mots.

LA PAIX !

« L'armistice a été signé hier matin par les représentants anscarides et ligueurs. L'imposante délégation impériale, menée par le Premier maréchal Saragaï et comprenant notamment le roi Cornélius IV de Reisenvard, le duc Zavar de Krelfe et le général Stanek Votha, gouverneur des Tournegrises, a rencontré le nouveau lieutenant-général de la Ligue de Skarland, le roi Damyr de Morinthe », rapportait dans un élan rare de sobriété *La Voix de Solmost* — le nouveau nom de *La Missive Vespérale*. Les journalistes de *L'Apocrisiaire*, apparemment frappés d'amnésie car ils avaient oublié dans quel camp se battaient les troupes pontsalinoises encore un mois plus tôt, se rengorgeaient à l'inverse d'une *« juste victoire ténéstro-staloise qui met fin à près de quarante années d'instabilité politique dans le centre des Basses-Terres »*. Dans ses colonnes, *La Grype* rappelait que *« l'allégresse bien légitime qui accompagne une aube où les canons se sont enfin tus »* ne devait pas faire oublier *« le sang versé de part et d'autre, les pertes immenses, civiles comme militaires »*, ni les *« deux générations laminées »* par le conflit. Dans l'unique article sérieux qu'il consacrait à la nouvelle, le titre satirique *La Vérole* avançait le chiffre aberrant, mais non moins crédible, de *« plus de dix millions de morts, majoritairement pontsalinois, krelfiens et anscarides »*.

Non sans un plaisir gourmand, Dreng rechercha en vain même un articulet intitulé *Pont-Salin lâché en rase campagne par ses ex-alliés*. La question n'était jamais abordée, pas même sous un jour hypocrite. Il n'en fut pas étonné.

Les Scramasaxe ne croyaient pas beaucoup aux règles, encore moins aux valeurs — pas même celle des métaux précieux dont on pouvait si aisément manipuler le cours —, mais s'attachaient fermement à l'idée qu'il existait un certain nombre de réalités intangibles, et la survie du plus adapté était du nombre. Ils concevaient l'existence comme une partie d'échecs croisée à un jeu de chaises musicales, le tout joué à bord d'un bateau par gros temps : les joueurs changeaient sans arrêt, les pions agissaient parfois de leur propre chef et souvent en dépit du bon sens, de temps en temps le plateau versait et il fallait tout recommencer de zéro. Toutefois, si l'on réussissait à toujours maintenir un coup d'avance sur l'adversaire, quel qu'il fût, alors on capitalisait en vue de victoires futures. Car il n'y avait jamais de triomphe définitif, bien sûr : la partie recommençait, encore et encore.

Fidèle aux préceptes familiaux, Dreng Scramasaxe avait donc anticipé. L'empereur nationalisait systématiquement les banques privées des pays conquis passées quelques années ? Qu'à cela ne tienne ! Le vieux Nain avait de lui-même proposé la transformation de la Banque Nationale pour la Croissance en une société au capital mixte, dont la tâche principale serait de trouver les financements nécessaires aux travaux considérables qu'allaient exiger à la fois la reconstruction du pays maintenant que le continent s'acheminait vers la paix, mais aussi les projets d'envergure voulus par le nouveau gouvernement.

L'idée avait beaucoup séduit le vicaire Tolymar-ant-Streelitz — qu'une presse désemparée et à court d'idées en était réduite à surnommer *Toly* — qui avait entériné la création de la Pontsalinoise d'Investissement Public et d'Équipement, dont Dreng Scramasaxe prendrait la tête. Le plateau pouvait bien être renversé, les chaises être remplacées par des bancs et le bateau couler, le principal joueur allait rester le même.

Dreng découvrait les jeux de mots astucieux qu'inspirait le nouvel acronyme aux cruciverbistes de *La Vérole* lorsqu'un claquement de talons sur le parquet lui annonça l'arrivée de sa secrétaire.

— Votre rendez-vous de quatorze heures, Monsieur.

— Faites entrer, répondit-il sans relever la tête de sa lecture.

Les échos des chaussures de sa secrétaire s'éloignèrent, bientôt remplacés par d'autres bruits de pas et par un étrange brinquebalement métallique. Les jurons obscènes qui les accompagnaient lui apprirent que la personne qui franchissait le seuil de l'ancienne serre était d'assez mauvaise humeur.

— Mademoiselle Galate, lança-t-il en détachant enfin les yeux de son journal. C'est très aimable à vous d'être venue. Comment va ma future comptable en chef ?

Il voulut se fendre d'un sourire engageant qui mourut à mi-chemin de ses lèvres pour se figer en expression sidérée lorsqu'il découvrit la nouvelle arrivante.

Ce n'était pas Ambroisie Galate. Ce ne pouvait pas être Ambroisie Galate. Aucune des Ambroisie Galate qu'il avait connues jusqu'à aujourd'hui — la comptable aussi coincée que son chignon pas plus que la furie qui s'était échappée des catacombes de Supplicate en fracassant le crâne d'un truand — n'aurait porté de petite robe bleue à fleurs jaunes et des espadrilles lacées autour des chevilles.

Le soleil inexpugnable de la dernière quinzaine avait réussi à la jeune femme. Sa crinière, enfin libérée de toute entrave, semblait avoir été passée à la feuille d'or. Le bleu de ses yeux chatoyait à la faveur d'une carnation d'airain. Ses mollets à eux seuls auraient suffi à provoquer une émeute parmi la population masculine, quoiqu'une portion non négligeable de ladite population eût probablement été douchée par la présence de l'imposant landau.

— Claquée, répondit finalement Ambroisie en s'effondrant dans un sofa fort à-propos. Tu parles d'une grimpette avec tout ce fatras à pousser ! Le zigue qui a conçu les plans de Solmost avait ni femme ni enfant, je vous le dis, sans quoi il les aurait faites plates, ses putain de rues ! Vous auriez pas un truc à boire ?

— Whisky, scotch ? proposa le vieux Nain en se dirigeant vers un bar mappemonde. Oh, non, attendez : j'ai un merveilleux petit kirsch des Strises, vous m'en direz des nouvelles.

Il remplit un verre en cristal d'un liquide transparent qu'il tendit à la jeune femme, puis profita de ce que celle-ci sirotait son alcool pour s'approcher du landau.

Les bébés, quelle que fût leur espèce, ne l'intéressaient pas spécialement. Scramasaxe les classait spontanément dans la même catégorie que les chiens, les prototypes de fiacres à vapeur et le tuba : des choses bruyantes qui exigeaient un entretien considérable et se révélaient globalement inutiles, sauf à y investir une partie de sa vie. Il avait l'impression que la plupart des adultes entretenaient avec les nouveau-nés le même type de relation qu'un ornithologue avec les oiseaux : une passion à sens unique. Seuls les premiers gaspillaient leur temps à admirer les seconds.

Pourtant, lorsque Dreng se hissa sur la pointe des pieds pour regarder à l'intérieur du landau, deux billes bleues accrochèrent immédiatement son regard, et ne le lâchèrent plus.

— Je constate que le jeune Ivannis est toujours aussi vif, dit-il.

Une petite main s'était saisi de la tresse de sa barbe qui avait eu le malheur de passer à portée.

— Et il a encore pris du poids, si je ne m'abuse.

— Il bouffe plus qu'un chat. Mais il dort beaucoup moins, malheureusement, précisa Ambroisie en finissant son verre. Hmm… C'est délicieux, ce truc-là ! Vous dites que ça vient d'où ?

— Des Strises, répéta Dreng qui s'efforçait de récupérer sa barbe. Une province de Reisenvard. Les importateurs n'ont pas attendu l'armistice pour reprendre leurs activités. Qu'est-ce que c'est ?

Le Dvargar venait d'aviser un petit colifichet, d'à peine trois centimètres, fixé au-dessus du landau. Il représentait un dragon doré aux multiples ailes tendues, tenant au bout de ses quatre antérieurs un glaive, un sabre, un marteau et une serpe. Deux minuscules zircons lui servaient d'yeux. Pour une raison quelconque, un tout petit sac de cuir pendouillait, fixé à sa queue recourbée.

— Un médaillon tétrarète, expliqua Ambroisie. Il représente leurs fameuses Quatre Vertus : l'or, le fer, le cristal, et le sachet contient de la cendre. La dévotion, le courage, l'intégrité et l'humilité.

— Vous avez l'air très au courant, badina Dreng dont la tête disparaissait de plus en plus à l'intérieur du landau à mesure qu'Ivannis tirait sur la natte. Vous seriez-vous convertie ?

— Je suis une Citégrisarde qui a bossé toute sa vie d'adulte pour le clan nain le plus retors du continent, rectifia la jeune femme qui s'était d'autorité servi un nouveau verre de kirsch vardener. Je m'adapte. Quant au médaillon, c'est un cadeau de Tyruman Khan pour Ivannis. Il paraît que ça influe sur le destin du porteur. J'y crois pas trop, mais autant mettre toutes les chances du côté du gamin pour l'avenir. (Son verre s'immobilisa à mi-chemin de ses lèvres.) Pardon… J'aurais peut-être pas dû parler de Saragaï devant vous, vu que…

— Qu'il a tué mon fils aîné ? compléta Dreng.

Il parvint à se libérer des mimines du jeune Ivannis et s'assit dans un fauteuil à côté du canapé qu'occupait Ambroisie.

— Ostri a toujours eu tendance à sous-estimer ses adversaires. Pour un Scramasaxe, c'est un péché d'orgueil inacceptable. Il a joué… Il a perdu. Tout cela appartient déjà au passé. L'avenir reste à écrire et, qu'on le veuille ou non, que cela nous plaise ou pas, Tyruman Khan fait partie des paramètres qu'il nous faut prendre en compte. La situation n'est d'ailleurs pas aussi critique que ce à quoi nous aurions pu nous attendre. Les Anscarides se révèlent des conquérants très généreux. Et… honorables, si on s'intéresse à ces choses-là.

— Faut avouer que les funérailles qu'ils ont organisées pour le roi et le prince héritier valaient le coup d'œil, fit remarquer Ambroisie entre deux gorgées. Moi qui suis pas très portée sur les uniformes, les drapeaux et les flonflons, j'ai trouvé ça très beau. J'ai même failli chialer, tiens.

— La cérémonie pour Barca d'Ire et Athossi prévue demain sera sans doute du même ordre, quoique nécessairement un peu moins clinquante. Vous viendrez, bien sûr ?

— Bien obligée. Ichoria… aimait beaucoup le vieux Barca d'Ire. Je crois qu'elle apprécierait pas que je me défile.

— Et en tant que future cadre de premier plan de la PI… hum, de la Pontsalinoise d'Investissement Public et d'Équipement, il est très important que vous vous montriez. Vous devez penser à votre propre avenir, ajouta Dreng en désignant le landau. (Il descendit de son fauteuil et revint à petits pas vers son bureau.) Comment se porte votre sœur, au fait ?

— Mieux, répondit Ambroisie. Beaucoup mieux. Les thaumaturges anscarides ont été aux petits soins pour elle.

— Quand doit-elle quitter l'infirmerie de la matrianef ?

— Dans une semaine. Elle aurait pu sortir bien plus tôt, mais je soupçonne le thaumaturge en chef de faire du zèle pour une célébrité locale. Tout le monde sait qui l'a accouchée, après tout. Ou alors, il veut l'épouser.

— Un peu tard, non ?

Il avait sorti d'un tiroir de son bureau un carton blanc aux bords mordillés, de la taille d'une petite enveloppe. Une fois déplié, l'on pouvait y lire une date, le 29 Aurième 1221, l'adresse d'un temple quintimien de la ville haute, et deux noms entrelacés dans une élégante typographie florale : *Ichoria* et *Enzios.*

— C'est très gentil à votre sœur de m'inviter à son mariage, fit Dreng en reprenant place derrière son bureau. Vous la remercierez pour moi. J'apprécie beaucoup ce geste.

— Attendez…, grommela Ambroisie qui en était à son quatrième kirsch. C'est quand même pas pour ça que vous vouliez me voir, hein ? Vous m'avez pas fait traverser la moitié de la ville en poussant ce landau à la con pour que je fasse la coursière auprès de ma frangine ? Vous pouviez pas simplement lui envoyer une lettre, comme tout le monde ? Je peux vous garantir que mes mollets auraient vachement apprécié ce geste-là !

— Ce n'est pas la raison pour laquelle je voulais m'entretenir avec vous, rétorqua le Dvargar dont les traits s'étaient soudainement durcis. (Il agita le faire-part d'un geste agacé.) Vous m'avez demandé de trouver un emploi au fiancé de votre sœur, cet… Enzios Tolac. Vous avez prétendu qu'il serait parfait pour diriger la sécurité de notre nouvel établissement, qu'il avait l'expérience des questions de surveillance et une connaissance subtile des problèmes spécifiques au monde de la banque.

— Je n'ai pas repiqué à la drogue, vous savez ? Je me souviens parfaitement de ce que je vous ai dit.

— Dans ce cas peut-être devriez-vous malgré tout envisager une cure de désintoxication, car il est regrettable que vous ayez oublié de mentionner ceci. (Dreng désignait un carton posé à sa droite. Il avait l'air très lourd.) Savez-vous ce que c'est ?

— Nan, mais je sens que vous allez me le dire, répliqua Ambroisie en sifflant une énième gorgée d'alcool de cerise.

— C'est un casier judiciaire. Le casier judiciaire de votre futur beau-frère. Plus précisément, il ne s'agit que d'une partie dudit casier : j'en ai encore dix comme ça dans la pièce d'à côté. (Il croisa les mains sur le bureau, afficha l'air sévère du professeur qui a pris un élève en faute.) Qu'avez-vous à dire pour votre défense ?

— Ma défense ? répéta la jeune femme, les sourcils levés. Et de quoi je devrais me défendre ?

— Vous plaisantez ? Vous m'avez ouvertement menti quant aux compétences de ce monsieur et…

— Je n'ai menti à aucun moment, le coupa Ambroisie sans se démonter. Je vous ai dit que Zios avait l'expérience des questions de surveillance, ce qui est vrai : son dossier est juste là, alors vous n'avez qu'à vérifier le nombre de fois où il s'est évadé de taule.

— Et qu'en est-il de sa « connaissance subtile des problèmes spécifiques au monde de la banque » ? grommela le Nain, poings et dents serrés.

— Oh, les banques, il connaît, vous en faites pas pour ça. J'ajoute qu'il a jamais fait sauter un seul coffre de toute sa carrière. Un stéthoscope ou même un cornet acoustique, et hop, en moins de deux, c'est ouvert !

— À voleur, voleur et demi, c'est ça votre idée ? grogna Dreng dont la moutarde lui débordait maintenant quasiment des narines.

— Vu la taille de son casier, je dirais que Zios en vaut au moins trois à lui tout seul.

— Vous vous payez ma tête !

— C'est vous qui me prenez pour une conne, rétorqua sèchement Ambroisie qui faisait cascader dans son verre sa cinquième dose de kirsch. Vos vigiles demi-ogres sont tous des pégriots ! Il y en a pas un qui ne joue pas les gros bras le soir venu pour mettre du beurre dans les épinards !

— Je sais très bien qui j'ai engagé, répliqua le Nain avec hauteur. Je sais aussi très bien pourquoi je les ai engagés, et pour quelle raison ils restent à l'extérieur du bâtiment.

— Parce que vous pensez que ceux qu'on croise à l'intérieur valent mieux ? ricana la jeune femme. Les mecs qui taffent à la sécurité sont jamais des angelots, vous le savez. Sinon ils ne feraient pas ce boulot.

— Ce n'est pas une raison pour transformer l'organigramme de cette banque en annexe de prison ! Mes cadres…

— … sont tous des enculés, le coupa Ambroisie. Moi la première : vous voulez un rappel de ce que contient *mon* casier judiciaire ?

— Je m'en passerai, merci. Évitons de rouvrir des dossiers fâcheux qui terniraient votre image.

— L'image de la banque, vous voulez dire ? (Elle s'était approchée du bureau sur le bord duquel elle appuyait maintenant les phalanges, ses yeux bleus plantés dans ceux de son interlocuteur réduit au silence.) Je ne suis pas née de la dernière pluie : je sais très bien que vous ne m'avez pas engagée pour vous faire pardonner ou vous donner bonne conscience. Pas même pour mes compétences. Vous vous en fichez, de tout ça. Ce que vous voulez, c'est ce que je représente. Une jeune femme. Une Humaine. L'innocente maltraitée par les Ligueurs. La tante du gamin venu au monde en pleine bataille grâce à Tyruman Khan. Des symboles à exhiber devant vos nouveaux potes anscarides, comme vous avez déjà obtenu que je m'exhibe aux funérailles de Vénézilios et Belaïstès. Vous voulez que je continue à me prêter à ce petit jeu ? C'est donnant-donnant : j'accepte de tenir mon nouveau rôle si vous donnez ce poste à Zios. Sinon, j'irai voir ailleurs, conclut-elle en faisant volte-face.

— Serait-ce du chantage, Mademoiselle Galate ?

— Non, seulement de la négociation. Si je voulais vous faire chanter, j'aurais mentionné certains de vos précieux cadres au-dessus de tout soupçon, ou même quelques-uns de nos plus gros clients, qui ont dû creuser très profond pour enterrer des cadavres autrement plus encombrants. De vrais cadavres, pour certains. Je pourrais lâcher quelques blases à la presse.

— C'est surtout cette bouteille de kirsch que vous devriez lâcher ! s'emporta encore le Dvargar pendant qu'Ambroisie, loin de prêter oreille à ce conseil, remplissait à nouveau son verre, le septième ou le huitième, qu'elle vida cul-sec. Vous êtes complètement soûle !

— Pas avec votre jus de cerise. Il en faut plus pour faire rouler sous la table une vraie Citégrisarde. Parce que c'est ce que je suis. J'ai vécu presque toute ma vie en bas. C'est de là que je viens, et à l'époque, c'est là que je retournais à la nuit tombée, une fois débarrassée de mes fausses lunettes, de mon uniforme d'employée modèle et de ces talons à la con. J'avais une vie à la surface, et une autre en dessous. Vous pensez que j'étais la seule dans ce cas en ville ?

— Je ne…, tenta mollement Dreng, mais Ambroisie poursuivait sur sa lancée :

— Parce que ça marche comme ça, vous voyez ? N'importe quel Citégrisard vous le dira : quand ceux qui vivent au-dessus se débarrassent de la merde qu'ils ne veulent pas avoir sous les yeux, c'est sur notre tronche qu'elle atterrit. Tout ce qui passe par le trou de vos chiottes finit dans nos rues, nos bars, nos maisons, parfois nos lits. Salissant, mais pratique si on a l'oreille fine et le museau pas trop exigeant. Si vos égouts se mettaient à refouler, m'est avis que l'odeur aurait vite fait d'incommoder les Juges Rouges.

Dreng Scramasaxe peinait à trouver les mots pour répondre à ça. Les seuls qu'il avait à l'esprit à ce moment-là étaient ceux qu'il avait lui-même prononcés quelques minutes plus tôt, à propos d'un péché d'orgueil inacceptable et du fait de sous-estimer ses adversaires.

— Bien, finit-il par souffler en se redonnant une vague contenance. Vous aurez ce que vous voulez : j'engagerai votre beau-frère. Tant que nous en sommes au stade de la… *négociation*, n'est-ce pas, peut-être y a-t-il d'autres points que vous désireriez soulever ? Votre salaire, par exemple ?

— Il me convient très bien.

— Il est vrai que vous n'avez plus guère besoin de travailler à présent, releva Dreng, désormais plus serein. Le dédommagement que vous avez reçu pour les accusations fallacieuses portées à votre encontre et votre incarcération abusive était… très généreux, si j'ai bien compris. Et vite versé. Les Juges Rouges ont sans doute voulu marquer le coup, accélérer la procédure afin de démontrer qu'ils étaient sensibles aux injustices. Un million de florins, n'est-ce pas ? Cent-mille ducats sainteusiens. Vous êtes riche.

— J'en ai donné la moitié à Ichoria, relativisa Ambroisie qui avait pris son neveu dans les bras et lui chatouillait maintenant le ventre. De quoi assurer l'avenir d'Ivannis, et même des autres enfants qu'elle pourrait avoir.

— Ce qui vous laisse tout de même avec la modique somme de cinq-cent-mille florins, fit remarquer Dreng. Si vous avez besoin de conseils pour les investir, vous savez à quelle porte toquer, n'est-ce pas ? Avec la reconstruction du chemin de fer, les opportunités ne vont pas manquer. Certes, le réseau appartiendra à l'État, mais en acquérant des terrains aux alentours du tracé des futures lignes, vous pourriez réaliser une très belle plus-value ainsi que…

— J'ai déjà tout dépensé.

Le Nain s'en étrangla presque. Tout le kirsch des Strises n'aurait pas suffi à faire passer l'énormité de ce qu'il venait d'entendre.

— Vous plaisantez ? lâcha-t-il.

— Pas du tout.

— Ma foi, je ne suis plus très sûr de vouloir vous confier la comptabilité de cet établissement. Vous avez vraiment claqué un demi-million en quelques jours ?

— Oh, pas en quelques jours, répondit joyeusement Ambroisie qui faisait maintenant faire l'oiseau à un Ivannis hilare. Ça m'a pris tout au plus dix minutes.

Dreng n'en revenait pas. La décomplexion radieuse affichée par la jeune femme tandis qu'elle se vantait presque d'avoir jeté par les fenêtres un véritable pactole frisait la démence. Le soleil lui avait peut-être mis de l'or dans les cheveux, il n'avait apparemment rien fait pour lui ajouter du plomb dans la tête.

À moins que je ne sois encore en train de la sous-estimer, se rabroua mentalement le Dvargar. Inconsciemment, il s'était mis à pétrir nerveusement les nattes de sa barbe, signe immanquable d'une cogitation intense.

Ambroisie replaçait son neveu dans le landau lorsque Dreng Scramasaxe donna enfin sa langue au chat.

— Qu'avez-vous fait de tout cet argent ?

***

Les saisons défilèrent.

Dans les Brisures, personne ne les vit passer. Il fallait sûrement y voir une forme de trait culturel : aucun habitant de l'archipel qui se respectait ne voyait jamais passer qui ou quoi que ce fût, surtout si la question lui était posée par un type en uniforme. Dans ces îles où venaient traditionnellement trouver refuge ceux qu'une corde, un couperet ou un bûcher — voire, dans certains pays où les autorités judiciaires estimaient qu'une exécution publique valait surtout pour son potentiel festif, un bassin rempli de piranhas — attendait sur le continent, on cultivait le désintérêt pour ce qui se passait au-delà du seuil de sa propre porte comme un facteur de longévité. Les Brisards tenaient à mourir le plus vieux possible, de préférence sans l'aide de personne.

Or donc, tandis que l'histoire traçait sa route bruyante à travers un monde extérieur en perpétuel chamboulement, que cela lui convînt ou non, les Brisures suivaient leur propre petit bonhomme de chemin de traverse, dans la superbe ignorance des événements historiques, les grands comme les petits, les considérables autant que les anecdotiques. La guerre, la paix, les victoires et les défaites, les accomplissements et les disgrâces, tout cela leur parvenait assourdi, étouffé par l'ouate d'une méfiance gnomique. Le temps les survolait sans qu'elles lui prêtassent la moindre attention. Allez savoir : il avait peut-être des choses à se reprocher, lui aussi.

Cependant, le temps, lui, n'ignorait pas les Brisures. Il lui arrivait de les oublier, tant il avait à faire ailleurs, mais aimait à se rappeler à leur bon souvenir par des catastrophes ou des drames collectifs, histoire que chacun gardât à l'esprit qu'il était vain de prétendre se soustraire indéfiniment à la brutalité de la vie. Raz-de-marée, ouragans, flambées inopinées de violence et épidémies balayaient parfois l'archipel, dépeuplant en quelques minutes, heures, jours ou semaines des îlots entiers, dès lors abandonnés au silence… Du moins, jusqu'à temps que les singes et les mouettes s'y mettent à l'aise.

C'était aux quais encroûtés de fiente d'un de ces rogatons oubliés qu'était amarré *Le Vaurien*. Bouffi, silencieux et noir, ses flancs d'acier lustrés par un crépuscule couleur de patchouli, le sous-marin gîtait légèrement sous l'effet de la houle. Quelques goélands s'étaient déjà posés sur le sommet de son kiosque et avaient entrepris de le repeindre dans des tons plus à leur goût.

Du sas latéral ouvert surgit le large dos d'un Demi-Ogre. Il s'aventura sur la passerelle jetée en travers du bras de mer à reculons, en lançant régulièrement des regards nerveux derrière lui pour s'assurer qu'il ne risquait pas de finir à la flotte. À sa suite, la lumière déclinante révéla l'extrémité d'une très, très grosse caisse qui, à en juger d'après les veines gonflées des imposants biceps du métis et les grincements émis par le ponceau, avait l'air encore bien plus lourde. De l'autre côté du conteneur, un congénère peinait : non content de lui encombrer les mains, leur fardeau commun lui bouchait le champ de vision, si bien que son comparse devait le guider, pas à pas.

Parvenus au bout de leur périple, ils déposèrent la caisse sans aucun ménagement. Un choc sourd retentit depuis l'intérieur.

— Vous ne pouvez pas faire un peu gaffe, non ? C'est une cargaison fragile ! s'exaspéra Metisto Strabyzem qui venait de surgir au sommet de la baignoire du *Vaurien*.

Vêtu d'une robe de velours noir, le Drude portait son habituel béret piqué d'une plume de paon et avait retrouvé sa taille normale. D'un geste de la main, il fit fuir les goélands très occupés à déféquer sur les flancs du kiosque.

— Foutez le camp, vous ! Oh, bon sang, ça pue la merde de piaf, par ici !

— Ça peut pas sentir plus mauvais qu'à l'intérieur ! lança une voix nasillarde depuis l'autre côté du sas.

La silhouette élancée de Boniface bondit sur la passerelle. Le mandragot se précipita sur les quais, dérapa en laissant des sillons avec ses griffes et avala un grand bol d'air à la fraîcheur faisandée de guano.

— Ouais, je confirme : on respire mieux que dans ton foutu cercueil ambulant. Encore que je sois pas certain qu'un macchabée puisse cocotter autant.

— On fait ce qu'on peut avec ce qu'on a, fit le Drude d'un ton d'excuse. Les boîtes de conserve, c'est très pratique lorsqu'on est un peu limité niveau ravitaillement.

— Ouais, ouais, mais… les fayots, c'était vraiment obligé ?

— Cesse de geindre. Tu te rends compte de ce que *Le Vaurien* vient d'accomplir ? Nous avons rallié les Brisures à partir de Naugos en à peine six jours ! Sans avoir à contourner l'Archipel d'Anuirloc ! Tu réalises ? C'est un record !

— Bon courage pour le faire homologuer, hein, fit valoir Boniface en ricanant. Sérieux, j'ai l'air d'en avoir quoi que ce soit à battre, de ton putain de record ? Si j'ai plus jamais à monter à bord de ton bidule hybride, ce sera déjà une fois de trop !

— Dans ce cas, je crains qu'il ne te faille repartir à la nage, intervint Luther Falkenn qui franchit alors le sas, un journal à la main dont il se servait comme d'un éventail.

On sentit une certaine précaution dans sa démarche lorsqu'il se risqua à son tour sur le ponceau. La pointe de sa canne claquait sur le bois, peut-être un peu trop fort pour un simple objet d'apparat. Parvenu sur l'appontement, le chasseur de primes s'étira, en silence mais longuement, comme s'il cherchait à soulager une douleur particulièrement rétive.

— Tu veux que ces deux animaux-là t'accompagnent ? jeta Metisto depuis le kiosque en désignant d'un doigt interminable ses deux hommes de main.

— Inutile de m'encombrer davantage, répondit le chasseur de primes avec un geste de la tête en direction de Boniface. J'ai déjà bien assez à faire avec l'animal ici présent.

— Tu sais ce qu'il te dit, l'animal ? siffla le mandragot du coin de la gueule.

Son maître ne répondit pas. Il avait sorti sa montre à gousset et, après l'avoir consultée et rangée, dévissa tranquillement le pommeau de sa canne-épée.

— Pile à l'heure pour la livraison, se félicita-t-il avant de trancher une à une les attaches qui fermaient la caisse.

Un côté de celle-ci bascula avec un coup mat en rencontrant le bois de l'embarcadère, libérant au milieu d'une brassée de paille à l'odeur infecte un Nain à demi inconscient qui roula au sol en gémissant.

— Bonsoir, Monsieur Scramasaxe. J'espère que les conditions de votre voyage vous ont agréé ?

On pouvait deviner que ça n'avait pas été le cas, même sans attendre la réponse de l'intéressé. Les jours qu'il avait passés, drogué, au fond de sa prison exiguë, lui avaient ôté toute superbe. Pieds nus, vêtu seulement d'une chemise souillée et d'un pantalon que ne retenait plus qu'une bretelle de guingois et dont le coloris initial, quel qu'il fût, avait cédé la place à divers tons de noir, de gris et de marron, Elder Scramasaxe avait tout l'air du rescapé d'un naufrage.

Ayant réussi à ramper jusqu'au bord du quai, il lâcha dans la mer un long jet de bile.

— Moi, j'espère que Metisto a pas trop forcé sur la dose de narcotique, commenta Boniface. Ce serait con que celui-là nous claque entre les pattes maintenant.

— Fal… Falkenn… ? éructa avec difficulté Elder Scramasaxe en s'appuyant dos à un pilotis gangrené de sel.

Ses yeux, lézardés de rouge, étaient encore dilatés des effets du somnifère que le Drude lui avait fait ingurgiter.

— Qu… Qu'est-ce que… ça veut dire ? Que… faisons-nous… ici ?

— Pour répondre à vos questions dans l'ordre, cela veut dire, mon cher Monsieur Scramasaxe, que vous êtes un homme très recherché. Le grand-duc Karely a apparemment beaucoup de choses à vous dire. Les révélations de la presse pontsalinoise ainsi que, je n'en doute pas, les informations des services secrets sainteusiens, lui ayant laissé entendre que vous vous trouviez à Naugos, il a officiellement adressé au sénat de la ville une demande en vue d'obtenir votre extradition. Demande à laquelle les Naugosiens ont répondu par l'étonnement, affirmant qu'aucun Dvargar du nom d'Elder Scramasaxe ne résidait dans leur belle cité.

Le chasseur de primes déplia son journal et se mit à en commenter le contenu comme s'il était lancé dans un échange aussi courtois que banal sur l'actualité.

— L'affaire a pris des proportions considérables, vous vous en doutez. Vos petits trafics avec les Tucks ont coûté la vie à des Sainteusiens, bien sûr, mais aussi à des Lourgoniens, des Pontsalinois et des Morinthiens, dont les pays revendiquent également le droit de vous juger. Rendez-vous compte : même les Juges Rouges de Solmost et Damyr de Morinthe veulent votre peau. Et ce n'est pas tout : eux aussi sont persuadés que les Naugosiens vous protègent. Les répercussions diplomatiques risquent par conséquent d'être très lourdes. Je lis ici que le tout nouveau régent de Pont-Salin, le général Votha, envisage même de solliciter l'empereur Hagen afin d'obtenir que les dragonnefs participent à un blocus de tous les ports naugosiens. Une menace prise très au sérieux, y compris par les autres cités-États syams. Évidemment, cet exemplaire du *Courrier de Naugos* date d'il y a quelques jours maintenant : les choses se sont peut-être encore envenimées depuis.

La gazette une fois repliée, Falkenn baissa sur son prisonnier un regard dont la teneur en ironie peinait à dépasser celle en dédain.

— Quelle fin de carrière en fanfare que la vôtre, Monsieur Scramasaxe. Une guerre vient à peine de prendre fin qu'on entend déjà en déclencher une nouvelle rien que pour vos beaux yeux, cette fois avec les Anscarides et les Ligueurs dans le même camp. Cela n'arrivera pas, naturellement. Car votre carrière est bel et bien terminée, cette fois. Vous vous en doutez sûrement pour l'avoir fréquenté des décennies durant : Karely s'est très vite retiré de ce petit jeu et a mis votre tête à prix pour une somme considérable. Ce qui répond, je suppose, à votre seconde question quant à notre présence sur cette île.

— On dirait… les Brisures, remarqua Scramasaxe, et Falkenn confirma cette intuition.

— Un secteur discret pour une transaction qui n'a guère besoin de publicité. Si je vous emmenais à Sainte-Eusie-Ville ou dans n'importe quel autre port sainteusien d'importance même moyenne, vous seriez immédiatement reconnu et lynché. Une issue inadmissible : justice doit être faite.

En dépit de sa situation précaire, de son allure à offusquer même un sans-abri atteint de la gale et de sa bouche pâteuse, le Dvargar trouva la ressource de rire.

— La justice ? Vous allez l'attendre longtemps pour n'en obtenir qu'un simulacre. Karely ne touchera pas à un seul des poils de ma barbe. Je connais trop de ses petits secrets honteux, à lui et à sa famille. Il aura trop peur des répercussions pour s'en prendre à moi.

— C'est pour ça que vous vous êtes tiré à Naugos dès que ç'a commencé à puer à Sainte-Eusie ? Vous êtes pas bien crédible, mon vieux, intervint Boniface.

— Combien Karely vous offre-t-il ? demanda Scramasaxe sur un ton pressant pendant que Falkenn le remettait d'autorité sur ses deux pieds par le col et le poussait vers le petit port désert. Je peux vous proposer le double ! Le triple !

— Je me demande bien avec quel argent, rétorqua Falkenn d'une voix unie. Vous n'avez plus rien.

— J'ai de nombreuses possessions à Naugos que je peux…

— Vendre ? Ne vous donnez pas cette peine, Monsieur Scramasaxe. Une fois qu'ils auront découvert votre disparition, vos bons amis naugosiens s'en chargeront pour vous afin d'effacer au plus vite toute trace de votre présence chez eux. Quelle qu'ait pu être votre valeur à leurs yeux, elle s'est effondrée dès l'entrée en lice du général Votha et des Anscarides. Vous ne valez pas une guerre entre la Magneterre et le Syamée. Vous ne valez plus rien, vous n'avez plus rien et vous n'êtes plus rien.

Un minuscule village, semé de maisons blanches, sommeillait à l'abri d'une corolle de fougères, sous la masse dénudée d'un cône montagneux aux flancs abrupts. Les trois marcheurs l'investirent au son des grillons.

Il s'avéra que la bourgade n'avait pas été totalement abandonnée. Dérangés dans leur routine, de petits lémuriens à la fourrure blanche touffue avaient surgi par dizaines de sous les toitures crevées et s'amassaient à présent le long des chéneaux comme aux places de balcons d'un opéra. Dans les replis élaborés de leurs faces sombres, la lumière douloureuse du couchant accrochait de grands iris mordorés. Ils ne lâchaient pas les visiteurs d'une semelle.

Et ils n'étaient pas seuls dans ce cas.

Sur une bonne portion de la longueur de la rue, portes et persiennes claquèrent à la volée. Surgissant des maisons, une quinzaine de Nains, bronzés et mal fagotés, investirent la ruelle devant Falkenn. En quelques secondes, le chasseur de primes se retrouva sous la menace d'une improbable collection de carabines, de tromblons, de pistolets à rouet et d'arbalètes à répétition.

— Les pirates du Requin Rouge, gronda Boniface, dont la voix fut couverte par le tintamarre outré des lémuriens qui se dispersaient.

Un rapide coup d'œil vers l'arrière lui apprit qu'un autre groupe de Dvargars leur coupait désormais toute retraite. Une poignée de pirates éparpillés postés aux fenêtres ou sur les toits couvraient leurs congénères.

C'étaient de vilains Nains, et pas seulement parce que chacun d'entre eux affichait une trogne torve et couturée, une barbe hirsute et davantage de têtes de mort tatouées qu'un pénitencier de haute sécurité. Tous avaient perdu des morceaux au cours de leur carrière, et ceux à qui il ne manquait pas un bras, une jambe ou un œil avaient trouvé le moyen de compenser en égarant des pièces plus originales. Il y avait de lourds fendoirs en guise de mains, des pilons de bois enrobés de fil de fer barbelé. À l'un auquel l'abdomen avait sans doute été arraché par un quelconque prédateur marin, on avait posé une pansière en guise de prothèse, clouée à même les côtes et garnie de pointes. Un autre qui avait perdu la moitié inférieure de son visage s'était vu greffer ce qui ressemblait à la mâchoire d'un phacochère, pourvue de défenses d'acier.

Parmi cette clique bancale dont personne tenant à la vie n'aurait osé railler les infirmités, il en était un qui coiffait au poteau tous les autres. Rien n'avait l'air d'origine chez lui. Pas plus les jambes — on le devinait à la façon qu'il avait de les déplacer lentement l'une après l'autre avec d'amples balancements du torse — que l'énorme pince en or, similaire à celle d'un homard et tout incrustée de pierres précieuses, qui lui faisait office de bras droit et déséquilibrait encore davantage son allure. Quoique irisée, l'opale de la taille d'une mandarine qui remplaçait son œil gauche brillait moins que l'éclat vicieux qu'on lisait dans le droit, profondément enchâssé sous l'arcade d'acier d'un demi-crâne artificiel. Le nez aussi était en métal. La forme crochue n'en avait sans doute pas été choisie pour des raisons d'ordre esthétique.

La même remarque valait pour la cape de fourrure. Elle semblait avoir été recousue des centaines de fois par un taxidermiste pris de folie, jusqu'au moment où l'attention de l'observateur, pleinement accoutumée, comprenait avec répugnance que ce qui avait l'air d'une mosaïque de peaux de petits mammifères était un assemblage de scalps.

— Je suis Havared fils de Draved, déclara le Nain en prenant la pose, le pouce dans le ceinturon, tout près de deux tromblons ouvragés aux canons à l'image de requins, gueule béante.

Ventripotent, enharnaché et chaussé de cuir, la barbe jaune perlée de crânes de singes, il portait un bicorne un poil trop grand pour lui.

— Des Brisures aux jungles syams, on me connaît sous les noms de l'Éclopé, Brasonpoil, la Terreur des Léonines, le Seigneur aux Mille-Deux-Cent-Treize Scalps, chef du clan Tucks et grand amiral de l'Armada du Requin Rouge !

Pas impressionnés pour un sou suite à cette présentation tonitruante, les grillons reprirent leur récital de crissements exaspérants, ajoutant encore à la tension. Falkenn avait dégainé la spadamantine et laissé tomber le fût de bois noir pour se saisir de l'Ami des Grands Jours et se tenait, immobile, non loin de Boniface qui guettait l'instant le plus opportun pour se transformer.

Un rire s'éleva.

Elder Scramasaxe avait titubé contre la façade lépreuse d'une maison et s'accrochait maintenant à la gouttière rongée de rouille qui grinçait férocement sous son poids. Il riait si fort que tout son corps en vibrait de spasmes.

— Vous ne vous attendiez pas à cela, Falkenn ! s'exclama-t-il entre deux hoquets.

Ayant finalement lâché la gouttière, il avança, clopin-clopant et toujours hilare, vers les pirates étirés en travers de la rue qui pointaient toujours leurs armes baroques sur le chasseur de primes. Parvenu à la droite de Havared Tucks, Scramasaxe se tourna à son tour vers Falkenn, sur lequel il braqua un regard triomphant et un doigt tremblant, menaçant.

— Vous prétendiez que je n'avais plus rien ? Vous aviez oublié qu'il me restait des alliés puissants ! Vous disiez que je n'étais plus rien ? Vous allez bientôt apprendre qui je suis, et ce qu'il en coûte de me trahir, une fois que les Tucks en auront fini avec v…

La grosse pince de Havared lui atterrit au beau milieu du visage, interrompant sa tirade dans une éruption de sang et de chicots. La tête de Scramasaxe partit en arrière, très vite suivie du reste de son corps qui toupilla un instant avant de s'effondrer lourdement sur le pavé sablonneux.

— Acrès, gabier de poulaine ! fulmina le seigneur pirate. Tu jacteras si je te le demande !

Deux Dvargars qui avaient remisé leurs armes dans leur ceinturon vinrent se saisir d'un Elder déjà à la limite de l'inconscience. Ils l'avaient tout juste relevé sur des jambes qui n'étaient déjà plus que du coton lorsque la pince le frappa en plein dans le creux de l'estomac. Il se retrouva à genoux, les bras maintenus en croix. L'un des pirates lui attrapa le menton pour lui relever la tête.

— Qu'est-ce que tu t'imaginais, savetier de mes deux ? tonna Havared Tucks. Qu'on n'était plus en affaires, toi et moi ? Que tu pouvais me lâcher, lâcher mes frères, en gardant ta part du butin ? Qu'on n'allait pas te demander des comptes pour la merde que vous avez foutue, toi et ton clan de marchands de chandelles ? C'était quoi, toutes ces révélations dans la presse ? Des journaux à toi, je parie ? Tu t'es servi de nous et tu nous as balancés, hein ?

Quelques mètres plus loin, Falkenn observait la scène, impassible. Le seigneur pirate avait ponctué chacune de ses interrogations d'un nouveau coup de sa lourde prothèse d'or sur la figure de son prisonnier. Manifestement, les réponses de ce dernier ne l'intéressaient pas trop.

Un peu essoufflé au terme de ce passage à tabac, Havared glissa sa main valide sous les replis innommables de son horrible manteau. Ses doigts serraient un couteau, pas bien grand mais diablement bien aiguisé, lorsqu'il l'en ressortit.

— T'avais un truc à dire, rat de cale ? Eh bien, vas-y, ouvre-la maintenant, ta grande gueule !

D'un geste qui dénotait une certaine pratique, il entailla profondément la chair sur la partie supérieure du front de Scramasaxe, juste à la limite des cheveux. Il réalisa une incision vers la droite, suivant la courbure de l'implantation capillaire : la lame glissa jusqu'au bas de la tempe, opéra un virage autour de l'oreille, poursuivit sa route sur une partie du cou. La même opération fut ensuite répétée de l'autre côté du visage qui, déjà écrasé par l'or massif de la pince et lacéré par les joyaux coupants qui la capitonnaient, se résumait désormais à une bouillie rouge. Le sang y ruisselait en filets épais.

Ceci fait, Havared rangea son coutelas, passa derrière Scramasaxe toujours fermement maintenu par ses deux garde-chiourmes. Il agrippa fermement la tignasse de sa victime. Lui posant un pied botté dans le dos, le seigneur pirate tira de toute la force de son unique bras tout en secouant violemment la tête pour arracher, depuis le front jusqu'à la nuque, le cuir chevelu du pauvre ex-banquier.

Ce dernier, conformément à l'injonction qui lui avait été précédemment faite, n'avait pas fermé la bouche de toute la manœuvre. Le flot ininterrompu de cris qui s'en échappait encore une fois la scalpation achevée noyait autant de futiles menaces que d'absurdes adjurations à la clémence.

Il hurlait toujours lorsqu'on le traîna sans plus de procès vers l'autre bout de la rue, sous les insultes des Frères du Requin Rouge présents qui emboîtèrent le pas à leurs deux camarades. Fusil à l'épaule, ils ne prêtèrent plus aucune attention à Falkenn et à Boniface.

Le chasseur de primes n'avait pas esquissé un mouvement de tout le règlement de comptes. Il y avait assisté sans mot dire ni ciller : si une quelconque émotion avait traversé ses prunelles grises, elle l'avait fait sur la pointe des pieds.

Les mêmes prunelles fixaient à présent Havared Tucks, demeuré seul au milieu de la rue. L'Éclopé considérait le chasseur de primes de son œil unique. Le duel muet se prolongea ainsi quelques minutes, expression murée de fer contre visage paré d'acier, au terme duquel le vieux pirate brandit le poing qui étreignait toujours l'affreux trophée poilu et goûtant de sang pris à Elder Scramasaxe.

— Merci de nous l'avoir amené jusqu'ici, grommela-t-il. J'ai des potes au sénat naugosien qui n'auraient pas apprécié de voir débarquer mon armada pour attraper ce bulot fistuleux. Grâce à votre participation, me voilà hors du coup, pour une fois.

— Que va-t-il lui arriver, à présent ? demanda Falkenn.

Sa voix laissait entendre qu'il ne posait la question que pour la forme. Il rangea son pistolet dans le holster à sa ceinture et récupéra le fût de son épée.

Havared eut un haussement d'épaules contrarié par sa morphologie malmenée.

— S'il survit ? Bah, il est bon en chiffres, non ? Mes gars ont du mal à additionner un et un sans se gourer. On lui trouvera un truc à faire. Comme compter les dents des requins, ajouta-t-il avec un sourire où l'on aurait pu compter les carats.

Falkenn ne fit aucun commentaire. Il finit d'assembler sa canne-épée puis tourna les talons. Il n'avait pas fait dix mètres que la voix de l'Éclopé retentit de nouveau.

— Eh, chasseur de primes !

L'intéressé s'immobilisa, se détourna à demi.

— Y'a un truc que je pige pas, avoua le seigneur pirate en faisant quelques pas de sa démarche chaloupée de pingouin en direction de Falkenn. Le grand congre de Sainte-Eusie a mis à prix la tête de Scramasaxe pour une petite fortune. Tous les États côtiers de la Mer du Lion orientale veulent le voir se balancer en haut d'un gibet. Pourquoi avoir proposé de nous le remettre, à nous, sans contrepartie ?

— Pour que justice soit rendue. Il était peu probable que Scramasaxe soit exécuté. En tant qu'ancien patron de la Fédération Bancaire Eusienne, il en sait trop long sur les magouilles des uns et des autres, dispose de trop de contacts et d'appuis, jusqu'à la cour du grand-duc. Il allait sans doute passer les prochaines décennies assigné à résidence et, une fois cette affaire oubliée, Karely ou son successeur l'aurait libéré. Il aurait alors repris ses activités comme si de rien n'était.

— Ouais, mais vous vous seriez fait un paquet de blé, argua Havared.

Luther Falkenn lui adressa un sourire. D'un requin à un autre.

— Ne vous en faites pas pour moi…, dit-il en portant deux doigts à son chapeau en guise de salut.

Sur quoi, il se détourna à nouveau pour reprendre sa route, imité par Boniface qui se mit à trottiner à son côté.

— … J'ai déjà été grassement payé.

Remerciements

Ma gratitude va tout d'abord à Hélène, mon éditrice, pour la confiance qu'elle m'a témoignée, et pour l'énergie qu'elle a déployée afin qu'un Printemps succède à l'hiver. En réalité, le mot «gratitude» est en deçà de la réalité, mais la langue française n'en a pas de plus adapté.

Mes remerciements à Nicolas Jamonneau, pour avoir si bien fait vivre mes personnages sur la couverture (et pour avoir retenu mes idées dont je n'étais pas certain qu'elles convaincraient un professionnel!) et à Tiphs pour sa magnifique carte. Un grand merci également à Nicholas Morineau et à Raphaël pour la version originale de la mappemonde.

Mes remerciements à Ingrid, la correctrice, à qui j'adresse également mes plus plates excuses pour cette avalanche de tirets cadratins et de points-virgules. J'en ai supprimé un certain nombre!

Je renouvelle mes remerciements et mon affection à ma mère, et les adresse également à mes camarades du Forum des Jeunes Écrivains : Élodie (ma très chère Miss V), Florent, Manuel, Mary, Noémie, Rulae, Sandra (ma Frangine des Alpes) et Tengaar; pour leurs corrections, leurs conseils, leurs dégoisements, leur humour et leur dévouement. Ce livre est aussi le leur.